国家社科基金
GUOJIA SHEKE JJIN HOUQI ZIZHU XIANGMU
后期资助项目

宋代诗学新探

林湘华　著

南京大学出版社

图书在版编目(CIP)数据

宋代诗学新探 / 林湘华著. — 南京：南京大学出版社，2024.12

ISBN 978 - 7 - 305 - 27663 - 7

Ⅰ.①宋… Ⅱ.①林… Ⅲ.①诗学—研究—中国—宋代 Ⅳ.①I207.2

中国国家版本馆 CIP 数据核字(2024)第 026511 号

出版发行　南京大学出版社
社　　址　南京市汉口路 22 号　　　　邮　编　210093
书　　名　**宋代诗学新探**
　　　　　SONGDAI SHIXUE XINTAN
著　　者　林湘华
责任编辑　高　军

照　　排　南京南琳图文制作有限公司
印　　刷　苏州市古得堡数码印刷有限公司
开　　本　718 mm×1000 mm　1/16 开　印张 20.75　字数 370 千
版　　次　2024 年 12 月第 1 版　2024 年 12 月第 1 次印刷
ISBN 978 - 7 - 305 - 27663 - 7
定　　价　86.00 元

网　　址　http://www.njupco.com
官方微博　http://weibo.com/njupco
官方微信　njupress
销售热线　(025) 83594756

国家社科基金后期资助项目
出版说明

后期资助项目是国家社科基金设立的一类重要项目，旨在鼓励广大社科研究者潜心治学，支持基础研究多出优秀成果。它是经过严格评审，从接近完成的科研成果中遴选立项的。为扩大后期资助项目的影响，更好地推动学术发展，促进成果转化，全国哲学社会科学工作办公室按照"统一设计、统一标识、统一版式、形成系列"的总体要求，组织出版国家社科基金后期资助项目成果。

全国哲学社会科学工作办公室

前　言

一

　　"我们最需要的就是某种统合的设计,能为这个领域带入某种'秩序与清明'(弗洛伊德半个世纪前的话)……含纳所有差异面向的模式……"[①]心理科学如此,人文学术亦如是。

　　在中国古代文学领域中,从来不乏在各个面向积极探索、具有各种深度的研究,特别是唐宋文学,可说是这个领域的中坚。在学术成果万象纷呈的情况下,本书尝试给出一个具有统合性的结构,为这丰富的文学场域建构一种"秩序与清明"的整体诠释,以格式塔(gestalt)式地呈显宋诗宋学的独特品貌。

　　文学不光是一种透明的载体,更是一种文字所铸就、立体而稠密地涵盖了认知、沟通、表现等层次的专门"艺术";而作品与论述也并不孤立,必须放在文学史的脉络中,理解意义、判断得失。必须在多方面的动态共构中,才能展开具有生态学意义的文学思想史。

二

　　以此发端,本书论题出自这样一场提问:宋诗的总体形态是什么? 如何掌握它?

　　宋诗作为一种完整的诗学体系、一种足以与唐诗并峙且影响力不下于唐诗的文学样态,相较于唐诗研究已经集中而全面地揭示了唐诗的美学思维、艺术手法和文学理念,关于宋诗这一大体系,它的本质核心、它的发展目的与行动策略,以及由此展开而呈现的种种审美特征、文学实践、观念谱系,都还有庞大的研究空间。基于这种总体精神的视野,本书以诠释关键课题为"经",以解析作品与文艺思想的内容为"纬",考察具有典型宋诗特征的作

[①]　罗洛·梅《焦虑的意义》,台北:立绪出版社,2019年,第70页。

品(以宋诗学理念为判准,而非作品或评论产生的时代),并为宋诗理论批评及其影响后学的观念提供诠释架构,在宋诗主要课题的展开下,综合掌握动态的诗学形成、诗歌的发生形态,建构能够涵盖思想与技艺的宋诗整体。

如首章开宗明义以一首黄庭坚典型的作品作为"示范",揭示他如何在这首小诗中,几乎熔铸了所有宋诗辨识度最高的特征。根据这些特征,本书依序展开以下主题:法、用典、"无一字无来处"、拗体、宋诗的格律问题、江西诗派、禅式语境、工夫、境界等,其中涵盖了宋诗作品实践和诗学诠释的交互印证,从实作和理论两方面完整探讨宋诗实质和样貌的形成原因。

在每一独特的课题与个别的作品和貌似零散的论述中,均有着宋诗整体结构性的发展意向支持;透过诗歌创作的实际演示,彰明底层理论系统的知识与诗人技艺能力如何交响互动,而诗人所彰显的技艺实作与才学理念,既促成宋诗表现之极致效果,也构成了足以说服后学的完整宋诗体系。最后,也是这些脉络相连的主题,共构了宋诗的总体精神,由此理解宋诗重理与艺术美学的关系,理解宋诗成为与唐诗并峙的一大文学体系的原因。

三

研究不只是基本地呈现现象的"What",更该进一步追寻其思维理路的"How"与发源及结果的"Why"。

例如宋人好谈"法"的课题,不只探究宋人如何谈论"法"或有哪些说法,更要了解为何"法"的观念此后如此盛行,为何萌生出迥异于前人的"法"观念,以及诗人如何创造其"法"、作品如何体现其"法";以致在此种种意识下,诗作与诗歌论述发挥"作用",而"发明"、实现了这课题所代表的诗学特征、美感价值和文学意义。正是这些脉络相连的课题开出了宋诗的"语境",经由这些课题的建构,能够全面地理解宋诗独特的性格、思维、作法意义何在、价值何在;更能扣紧文学本质解释问题、说明问题。这样解释和说明,才能展现文学发生、昌明或衰微的线索。

本论题最大的难点是:宋诗所以精湛宏博,在于诗人能够融会技艺和思维而成就极致表现,此中关键多得自意会心知或濡染同化等种种非认知性的环节,以当今认知性的、思辨性的学术语言从事整合性的诠释和论述,是非常有挑战性的,有如以二维的认知语言指述三维思维的创作!这也是前人往往以所谓印象式的批评从事"只可意会不可言传"的论述的原因。当新异的文艺观念正值发蒙之时,其独到而先进的"意"思,诗人往往已得之于心而在技艺精湛的诗作中实现,却还未能同步发展出成熟的认知性、后设性的语言来称说之,故往往直接以诗作成果或充满比拟而含混的说法来相互喻示或启引,这是从方回直到清代纪昀、何印芳等诗家都难以回避的困境。

幸而在这道宋诗诠释的长流里,的确有"后出转精"的现象:方回欲振作宋诗、振作江西精神,却由于才识不足与缺乏清晰的论述语言,纠结于启蒙大师们新异的诗作与精微的理念而心史力绌。但关于宋诗的重要认识,逐渐在世代传述探讨中深化,到了明清时期,诗人已经能够在兼具实作心得与学识认知的语境下转化出更加明确有条理的指引,例如"意脉"的观念和作法,明清诗评家所讲就比宋代卷帙满目却充满含混比喻的论述,更能够一针见血地指出宋诗作品的要义与特性;而在某些课题上,他们在传统语境与诗艺下熏陶纯熟的"法眼",往往使其成为更好的诠释者。

故本论题除阐释宋人自身的批评论述外,也汲引后世诗评家更加清晰而能够导引的语言来明确思想脉络,与宋诗实际作品一起概括归纳,始能涵括整个宋诗文艺课题的深度及全面性。

举一个自然科学的例子:子午线并非地球上实际之地界,然而此一"虚拟"借用之"理据",却实现了人类运用时间、空间与移动知识的具体功能;本论题亦欲借助不同时代的诗学专家之著述,发挥"异代知音"之功能,探赜宋诗旨趣,当不失为跨越时代界线,更进一步的诠释之方。

四

另一方面,近年来宋代诗学研究中关于理论主张及文化与文学的探究成果俱已相当丰硕,唯作品研究虽多,仍多半属于诗人诗集的注解,与文化史、文学理论结合的研究尚有大可开发之余地。

特别是宋诗作品,相较于唐诗而言,虽然阵容远为庞大,但其理念深沉,又于传统抒情和意象化之外另辟蹊径,深度结合作品艺术表现以呈显实质的美学与文化个性的研究尚有欠缺,亟待能将作品与文艺思想结合而为时代诗学建立一全面统绪之研究,以为宋诗阐发其足以成就一代文学革新并开创后来诗学局面之价值。

罗宗强先生曾在访谈里提到文学思想史研究很可开发的一个方面:"把文学创作实际中反映出来的文学思潮、文学观念的变化给清理出来,结合当时文学批评、文学理论的表述,二者互相印证。"[①]本书正期望从这样的路径出发,从诗人的实际创作和认知出发,解释其如何体现理论主张和时代文化思想,结合宋代文人擅长的人文内涵和文艺专业的省思,结合文学创作和时

---

① 罗宗强、张毅《"自强不息,易;任自然,难。心向往之,而力不能至"——罗宗强先生访谈录》,《文艺研究》2004 年第 3 期,第 88 页。

代思潮、文艺理论的研究,为完整的文学思想史建构关键环节。在这样的总体观照下,本书企望成就以下学术价值:

一、回到文学本身进行文学研究;能够落实于创作方法而展开文艺思想的研究。

二、书写凸显艺术审美性格的文学思想史;能够为宋代诗学浓厚的理性色彩找出其背后感性思维的基础,阐明文学技艺性。

三、说明宋代诗学多方面的影响因素;整合脉络交错而复杂的多维因素,为文学的艺术实践和时代文化条件建构互为支持的完整解释,为文学思想运作的动态生成建立通盘的观点。

本书为国家社科基金后期资助项目(项目编号:20FZWB077)成果,并获得韩山师范学院配套经费资助,在此谨表谢忱!

目　录

第一章　一首"宋诗"的典型:《题落星寺》 ………………………… 1

　　一、有"法":从《题落星寺》到宋诗 ………………………… 1

　　二、多重复合地用典 ………………………………………… 3

　　三、"无一字无来处" ………………………………………… 5

　　四、拗体:"拗"出了什么"声情"? ………………………… 6

　　五、格律与声情:律诗体制与音韵的表现性 ……………… 8

　　六、从杜甫到黄庭坚 ………………………………………… 8

　　七、从黄庭坚到江西诗派 …………………………………… 9

　　八、宋诗与禅宗 …………………………………………… 10

　　九、"拾遗句中有眼":工夫 ……………………………… 12

　　十、"彭泽意在无弦":境界 ……………………………… 13

　　十一、"活法"与"心法" …………………………………… 14

　　十二、"技进于道"的宋代诗学 …………………………… 15

第二章　说"法":宋诗有"法" …………………………………… 17

　　一、法"源":时代精神 …………………………………… 17

　　　　(一)文学/诗学理念的转变 ………………………… 19

　　　　(二)诗法与句法:为何谈"法"? 如何说"法" ……… 22

　　二、诗文创作之方:"章法"之"法" ……………………… 31

　　　　(一)"江西诗派"与"法" …………………………… 31

　　　　(二)律体到长篇:章法、格局与思维 ………………… 37

第三章　用　典 ………………………………………………… 46

　　一、三首典型 ……………………………………………… 47

　　二、六朝以来"据事以类义,援古以证今"的用典通则 …… 49

　　三、六朝用典的效用与局限 ……………………………… 51

四、苏、黄之前的突破 ·· 55

五、黄庭坚之"用典" ·· 57

六、多重而结构性的用典 ·· 62

（一）转化而创造表现性 ····································· 62

（二）凸显诗歌的"符号"性格 ························· 65

第四章 "无一字无来处" ·· 67

一、一段辩证的长路：从"陈言务去"到"无一字无来处" ············· 67

二、"能自树立"的"以俗为雅""以故为新" ············· 71

（一）崭新的语言建构与"前文性"丰富的意义空间 ············· 71

（二）如何"即旧为新" ····································· 73

第五章 拗 体 ··· 94

一、近体诗体制大备之后 ·· 94

二、"拗"出有因："拗"的表现与锻炼 ····················· 98

（一）主体表现力：入乎其内，出乎其外的"气"与"格" ············· 99

（二）创作论的成熟辩证：古今合体的变制之功 ············· 102

三、从杜甫的"吴体"到黄庭坚的"拗体"：总体表现力 ············· 109

第六章 格律与声情

——诗歌体制与音韵的表现性 ······························· 113

一、诗歌也是声音的艺术 ·· 113

二、感知形式代表了一种美学逻辑 ····························· 115

（一）"言""律""意"三重层次的复合结构 ············· 116

（二）创造美学风格与价值判断 ························· 118

（三）"顿挫"与"古风"的综合美学 ················· 125

三、"斫轮于甘苦之外"的艺术统觉、美学辩证 ············· 130

第七章 从杜甫到黄庭坚

——"江西诗派"典范之形成 ································· 136

一、一段诗学"典范"化的过程 ····························· 136

（一）"典范"与专业社群之构成 ····················· 136

（二）从唐风到学杜的宋诗专门之学 ················· 138

二、杜甫："宗师"与"典范" ····························· 144

（一）杜诗之"变"：开启"宋诗"之门 …………………… 144

（二）从"可学"到"法度"之作：启迪风气 …………… 146

（三）"入神"：启引"工夫""境界"之思 …………… 149

三、杜甫—黄庭坚—"江西诗派" ………………………… 153

（一）学杜之门：杜诗之开拓者 …………………… 153

（二）黄庭坚诗学体系 …………………………… 157

（三）陈师道与江西"句法"：句法的形式倾向与瘦硬拙老之风格

……………………………………………………… 171

（四）所以"江西"为"江西" …………………… 180

四、后"江西诗派"：典范的批评与变革 ………………… 195

附录 那些不在"江西"概念下的宋诗 …………………… 200

第八章 禅宗语境下的宋诗 ……………………………… 208

一、禅宗与唐宋文学思维 ………………………………… 208

（一）佛学·禅学·禅道思想 …………………… 208

（二）禅学、美学与诗学 ………………………… 211

二、禅学语境下的宋诗 …………………………………… 229

（一）诗歌从"自性""悟入"到"工夫""境界"的思维和语境 … 229

（二）诗"兴"与诗"意"：创作之发兴、造意与诗法 …… 233

（三）表现效果："至味"与"别材""别趣" …… 240

三、结论 …………………………………………………… 248

第九章 运斤之工夫

——"拾遗句中有眼" ……………………………… 250

一、诗歌自为一门专业：有学问也要有"工夫" ………… 250

二、专业的核心：文字工夫的经营 ……………………… 254

（一）"文之精"：专业技艺的琢磨与锻炼 ……… 254

（二）"意"和"语"：以形式创造最极致的表现力 … 257

三、表现力：知识方法多方运用下的综合判断 ………… 262

（一）工夫做在关键：照会全篇的"句中有眼" … 265

（二）精彩不在意象：虚词彰显"诗中有法" …… 269

四、"熔铸"全篇的"象征"与"表现" ………………… 278

（一）用"意"、寄"意"与寓"意" …………… 278

（二）"意"的主导：从关键的"眼"与"法"到技艺的深层内容

………………………………………………………………… 283

第十章　大匠之境界

———"彭泽意在无弦" ………………………………………… 290

一、诗歌也是一门奥衍宏深的学问：工夫之极致与升华………… 290

二、"发源"与"诗外工夫"：情感底蕴与综合炉炼的表现力……… 297

（一）"发源"：支撑起完整美学表现的情感底蕴 ……………… 297

（二）"诗外工夫"是真工夫：专精而综合多方的能力 ………… 303

三、极致的境地："本质"与"真实" ……………………………… 307

（一）从工夫到境界：实现永不匮乏的美学本质 ……………… 307

（二）存在与存有的本质：一切的最终与最初 ………………… 310

参考文献……………………………………………………………… 318

第一章 一首"宋诗"的典型:《题落星寺》

题落星寺(四首之三)

落星开士深结屋,龙阁老翁来赋诗。

小雨藏山客坐久,长江接天帆到迟。

燕寝清香与世隔,画图妙绝无人知。

蜂房各自开户牖,处处煮茶藤一枝。

(《山谷外集诗注》卷八)①

透过一首"江西诗派"盟主黄庭坚代表性的诗歌,本章将提纲挈领略述以下纵贯宋代诗学的主要课题。

一、有"法":从《题落星寺》到宋诗

宋人对诗文"言""意"关系特有的体会,称为"法",并以这般的概念经营作品而发展出创作与鉴赏更精微而全面的美学认知与方法意识,对诗学诗坛的运作产生关键的影响。"法"在黄庭坚精湛的示范与深刻的论述下,成熟并影响广远,造就了宋代诗学迥异于唐诗的另一番创作手眼与美学形态,《题落星寺》就是典型作品。

关于"法"的概念,诸如"诗法""句法""章法"等说法,本都是后来的诗论家从大家的创作手法中归纳出来,并将其概念化而定名。诗人创作时并未指示既定的规矩法则,然而阅历甚深的诗家以其专家法眼为作品当中这类卓有成效的手法指出了言律意的安排部署等用思之道,这些作法和效果开启了后人的理解,建立了"法"的认知和意识。于是"法"的概念

---

① 黄庭坚《题落星寺》诗共有四首,这是第三首。由于这四首诗诗句内容部分重复,一般认为四首应非同时所作,岁月难指。落星寺在江州庐山彭蠡湖(今鄱阳湖)中。《山谷诗注》外集第八卷,台北:台湾中华书局,1965 年,第 189—191 页。

愈发成熟,经过了概念化与定名之后,充实了诗歌作为一门"专门之学"的基础——可认知、可反思的学习与实践。而后在诗话大量的传播下,兴盛起来。

正是经由具体创作——在概念尚未成熟、诗人能够明确论述之前的有力示范,宋人默会致知(犹如成功"典范"作为具体学习基质的作用)地摸索出门道,创生了之后诗论必不可少的种种创作与鉴赏思维。

从这首《题落星寺》开始,本书试图阐释宋诗种种"言""意"布置的特意经营、句式篇章安排设计的手法与思路等后来被笼统地概括为"法"的典型示范。

此诗首联"落星开士深结屋,龙阁老翁来赋诗"以叙事开头。开士,本指菩萨,后来泛称僧人。"龙阁老翁",由于山谷未曾任职龙图阁,一般推断"龙阁老翁"讲的是山谷的舅父李公择。李公择曾任职龙图阁,也是南康人,落星寺在南康境内,李公择或曾在落星寺题诗。也有可能诗人只是以此借指自己。

值得注意的是,这一句"龙阁老翁来赋诗"开场虽然浅白,却来头不小:以下将要讲到拗体,这首诗就是首大拗体,而且是向杜甫借来的大拗体。此诗便是透过这句开场,向江西诗派的老祖宗、宋诗路线的绝对领袖——杜甫致意,同时是学自杜甫"吴体"的工夫的展示。"吴体"是杜甫创立的诗"法",黄庭坚发扬了这样的"拗"体,成为宋诗讲究律式经营、安排等技能中很具代表性的一类"句法""诗法"。

在杜甫首创而称之为"吴体"的十九首奇峭律诗里,有一首《七月一日题终明府水楼》之二:

> 虑子弹琴邑宰日,终军弃繻英妙时。
> 承家节操尚不泯,为政风流今在兹。
> <u>可怜宾客尽倾盖,何处老翁来赋诗。</u>
> 楚江巫峡半云雨,清簟疏帘看弈棋。

黄庭坚这首《题落星寺》的拗法,学的便是这首诗。杜甫诗里讲终明府"可怜宾客尽倾盖,何处老翁来赋诗",山谷此处则回应以"龙阁老翁来赋诗",摆明了向杜甫致意。山谷虽不直接具有"龙阁老翁"的身份,但这巧黠的对应,不妨视为诗人一种暧昧模糊的自称,如此使得这诗的上下文有主脑,同时也突显了黄庭坚向老杜致敬之余,更企望承接诗人余绪的自许。

第二联接的是:"小雨藏山客坐久,长江接天帆到迟。"

清代方东树说:"以议论起,易入陈腐散漫轻滑;以序事起,忌平铺直衍冗絮迁缓。此惟谢、鲍、山谷最工。"①此诗首联便是叙事;以叙事起,怕的是"平铺直衍冗絮迁缓"。

黄庭坚另一首有名的七律,就是以叙事起,第二联异峰突起,摆脱"平铺直衍冗絮迁缓"的佳范——《登快阁》,第二联为名句"落木千山天远大,澄江一道月分明"②。

"落木千山天远大,澄江一道月分明",接在"痴儿了却公家事,快阁东西倚晚晴"之后,顿时展开恢宏劲健的大景,斩截地跳开了首联平铺直叙的闲情。但我们看《题落星寺》这首诗,接着首联的是"小雨藏山客坐久,长江接天帆到迟"。这一联,在辞气及意象上,并没有明显的转折,而是顺着前一联的叙事,把时空拉开来。

这一联有什么特点,有什么设计,在貌似平顺中,摆脱冗絮迁缓的可能,能如方东树所谓"往复展拓,顿挫起落"③,展现有劲道、有层次的诗歌艺术的"势"与"法"?这有两者可说:一在用典,二在声调。

二、多重复合地用典

三、四两联的用典,扣住了首句"落星开士深结屋"的"深"意(注意:这几个字是拗体,而不用符合律式的"结深屋")——文字之中,意脉深结。

"小雨藏山客坐久","藏山"一语,一般多以为用的是《庄子》"藏舟于壑,藏山于泽"的典,《庄子·大宗师》:"夫藏舟于壑,藏山于泽,谓之固矣;然而夜半有力者负之而走,昧者不知也。"讲冥冥中造化变迁,万象移易,岁久致有截然变异,而俗人总是执持目前以为固有,以不变为常理,而昧于事物迁流之必有之义,实是大惑。

这样用典虽无甚过,但一来,咏释家用庄子的典故,不免有些参差;二来,此处讲时空已冥冥变易,与"坐久"意复且不免空泛。

是故,钱锺书补充说:"青神(史容)注引《庄子》'藏山于泽',按仅标来

---

① 《昭昧詹言》卷一。此编讲的虽是五古,然此理亦通用于律诗。见傅璇琮编《黄庭坚和江西诗派资料汇编》上册,北京:中华书局,1978 年,第 437 页。
② 全诗为:"痴儿了却公家事,快阁东西倚晚晴。落木千山天远大,澄江一道月分明。朱弦已为佳人绝,青眼聊因美酒横。万里归船弄长笛,此心吾与白鸥盟。"
③ 方东树就讲此诗"腴妙",谓其"笔势往复展拓,顿挫起落"。《昭昧詹言》卷十二,见《黄庭坚和江西诗派资料汇编》上册,第 323 页。

历,未识手眼。胜处在雨之能藏,而不在山之可藏。贾浪仙《晚晴见终南诸峰》云:'半句藏雨里,今日到窗中',庶可以注矣。坐久者,待雨晴而山得见……"(《谈艺录·补订》)将此语解释成有"藏雨"之趣。

经此解释,这一句便成了"景语",取代了史容注之重于"意"的解释。

然而,或不仅是如此。此处的"藏山",更可能用的是僧肇《物不迁论》之典。按《肇论·物不迁论》有"然则庄生之所以藏山,仲尼之所以临川,斯皆感往者之难留,岂曰排今而可往"云云,借庄子藏山之喻、仲尼临川之叹,说明今不去昔、昔不来今,时空非静非动、亦静亦动的"物性各住于一世"之义。《肇论》中"物不迁"的论证,精辟地运用了真(谛)俗(谛)相因相依、不一不二的辩证,更强调时空之绝对变异,更精敏于佛学不住不移透彻之"空"义。这使得——"小雨藏山客坐久,长江接天帆到迟"一联,更含藏了《肇论》"谈真导俗"真俗相依的辩证旨趣,藏深彻之"空"义于浮生半日之世俗闲情中;并蕴含了"若动而静,似去而留""虽往而常静""虽静而常往"等时光"不住不迁"的思维,"客坐久"因此反衬而益显其妙。于是,"客坐久""帆到迟",便在静态的行动中,在待雨晴而山得见的情致中,隐藏着静动相因依之流动性;并与"落星开士""龙图老翁"等前前后后真俗名相之间激荡真俗相因相依的趣味。在此清晰深透的时空辩证下,眼前之"景"物与辩证之思"意",形成了内外交互对诘之错综感受,莫名而隽永。

同时,这静中有动的"物性各住于一世"的暗示,更顺势地带起了第三联。"燕寝清香与世隔",也就恍然有《物不迁论》中所谓"吾犹昔人,非昔人也"这一日新之变、转瞬隔世的意味。

此处"燕寝清香"也用了一个比较曲折的典,这就是韦应物《郡斋雨中与诸文士燕集》一诗中的"燕寝凝清香":

> 兵卫森画戟,燕寝凝清香。海上风雨至,逍遥池阁凉。
> 理会是非遣,性达形迹忘。……神欢体自轻,意欲凌风翔。……

韦诗里的"兵卫森画戟"也是双关,禅宗本有以胸中棨戟森然比喻一心凝然不受物遣之说。因此,山谷"燕寝清香与世隔"一句,除了表明是非双遣、性达形迹的逍遥之义外,还有透过檃栝韦应物此诗而暗喻禅宗胸中有兵卫而遣离世务(呼应"与世隔")之意——燕适放达里却寓含萧寂肃敛。

于是透过这样的用典,诗句呼应了"味禅"的主题,全然不直接说禅却隐约透露出深曲且二道辩证的禅意。

下一句"画图妙绝无人知",有黄庭坚自注:"(寺僧)僧隆画甚富,而寒山、拾得画最妙。"还是充溢着禅味。

这两联的用典,无一字说禅道佛,却处处呼应禅意;而禅思丰富的辩证运用,在文字、内容等具象载体所实指的经验之外,更衍生出跌宕错综而更超越一层的心灵体会,实现了宋人引以为至高诗境的"味外之味",也是宋人讲求"工夫"、讲究"言""意"经营之至境。

三、"无一字无来处"

如此层层推宕的用典,也是宋诗"无一字无来处"的充分展示。

任渊注解山谷诗说:"山谷诗律妙一世,用意高远,未易窥测,然置字下语,皆有所从来。"山谷诗"无一字无来处",援引故实手法高明,能够使诗歌"用意高远",同时奇外出奇的用典技巧,成为加深诗歌意脉、丰富诗歌内涵的媒介。

特别是多重用典、复合式的用典方式,技巧上比传统用典的"据事类义"(引用同类事况类比)、"援古证今"等"引义连类"的作法更复杂。① 山谷教人作诗,要"先体古人致意曲折处,久乃能自铸伟词",又要"以故为新",其要领便在此。

在层层复合的"来历"中,在每一次事义的运用中,同时也展开更进一步或更悠远的思意,随之产生了新的诠释、新的认知。在运用前人故事或文字的同时能够创造新的精神意趣,这就是"用古人语,而不用其意"最重要的内涵。对山谷作品中"夺胎换骨""点铁成金"等手法的诠释,在这样的意义下才能相应:在"前文性"厚实的基础上,经由崭新的语言构作,转化"陈言"原有的历史内涵,使意义辗转相生,愈演愈奇。

这种引用,完全没有"袭古"、捃扯古人现成之意,由此看来经常因过度传播而成为反对者口实的"点铁成金""夺胎换骨"都得重新翻案。

山谷本人从未具体说过"夺胎换骨",也未曾将"点铁成金"指实为任何定式;关于"点铁成金",黄庭坚本人是这么说的:

> 自作语最难,老杜作诗,退之作文,无一字无来处。盖后人读书少,故谓韩、杜自作此语耳。古之能为文章者,真能陶冶万物。虽取古人之

---

① 本书第三章将提到其他"用典"深刻的例子,如义山诗与东坡诗等,而这类运用故实的深意和山谷诗高明的创作手法,一直是相互成就,互为辉映的。

陈言,入于翰墨,如灵丹一粒,点铁成金也。①

这在创作上是教人心胸通脱,以"陶冶万物"为标的,始能"以故为新",发挥无所不可的表现力,也正是杜诗韩文"海涵地负"的精神所在。而在阅读上,学者须有无书不读的相应的通博,方能识得作者苦心刻画的字字"来处",深刻体会作品的意蕴。

但这句话随后被范温化约成这样:"句法以一字为工,自然颖异不凡,如灵丹一粒,点铁成金也。"②如此成了执持"以一字为工"的文字刻画。

而"夺胎换骨",更未有山谷本人直接的解释,一般引用惠洪传述:"不易其意而造其语,谓之换骨法;窥入其意而形容之,谓之夺胎法。"在这种说法中,"意"和"语"被打成两截,失去了黄庭坚原来"语""意"紧密联系而有机互动的用意。

类似这样的片面理解,被范温、惠洪等人传扬开来之后,令黄庭坚所讲求的"句法",或是被指实为特定的法式,或是以之为规摹古人现成的作法,平添剿窃的口实。在理解了山谷高深的用典工夫之后,本书第四章将阐述其"无一字无来处"的思维如何为诗文带来创造性的价值。

四、拗体:"拗"出了什么"声情"?

除了上述用典的工夫之外,这首诗还运用了拗体,发挥出勾抉深至的表现力。

落星开士深结屋,龙阁老翁来赋诗(双救)。

小雨藏山客坐久(仄仄平平仄仄仄,不救),长江接天帆到迟(平仄平,非律句)。

燕寝清香与世隔(失黏),画图妙绝无人知(三平,古风)。

蜂房各自开户牖,处处煮茶藤一枝(双救)。

方回:"此学老杜所谓拗字吴体格。"方东树《昭昧詹言》卷二十"此摹杜公《终明府水楼》……"

这首诗韵律全学杜甫《七月一日题终明府水楼》之二,是所谓的"吴体"。为方便说明,此处再加引录:

① 《与洪甥驹父》,《黄庭坚全集》正集卷第十八,成都:四川大学出版社,2001 年,第 475 页。
② 《潜溪诗眼》,见《宋诗话全编》,南京:江苏古籍出版社,1998 年,第 1258 页。

七月一日题终明府水楼(之二)

杜 甫

虑子弹琴邑宰日,终军弃<u>缑</u>英妙时。

承家节操尚不泯,为政风流今在兹。

<u>可怜宾客尽倾盖</u>,何处老翁来赋诗。

<u>楚江巫峡半云雨</u>,清簟疏帘看弈棋。

以上杜诗四联无一不对,文字上是非常严整的律诗,声韵上却是夹用非律句,五、七句又失黏。

再看山谷诗。首先,"长江接天帆到迟""燕寝清香与世隔"二句,均与前后失对失黏,这种声韵出律所表现的抽象声情与形式上的断隔,恰恰鸣应了辞情中时空的杳然无系,体现了"与世隔"的世外之趣。

声韵上的"断"与"接"之间,也因呼应着前述用典"小雨藏山""长江接天"所带来的(不住不迁、物性各住于一世)时空感,声情的顿挫起落,更叠加了思意的往复展拓,令此诗淡泊宁静的风格中,能够内蕴"相接万里"的"思"与"势"。

其次,中二联之落句:"长江接天帆到迟""画图妙绝无人知",都用了非律句(古诗的韵律),在本应途辙严密的律诗中,尤其是讲究对仗的中间二联,在字面稳洽的对仗中刻意用此韵律(本诗前三联文字上皆是精整的对偶),宕开了律句的紧密齐整,引入萧散闲适的古风,这是实中有虚地混融了律诗和古体的韵味,用律而不板滞,慕古而有新奇。[①]

如上所述,"小雨藏山客坐久,长江接天帆到迟",接在叙事之后,要避免平铺直衍,必须有所转折;但要呈现文人味禅的悠闲淡远,就不能横空排崒,转折痕迹不可过于透显。此诗表面上的辞气意象皆不拗峭,却透过用典和拗律,传达字面之外宛转隐约的意趣,意与韵皆幽深曲折,风貌却奇而不露,也暗喻着一种英华内敛的涵养。

透过音韵、特殊的文字刻画等安排,运用种种具象形式以抽象地表征不易指实的情思内容,因此而丰富了诗歌的表现力,这是杜甫和黄庭坚的专长。拗体的设计,便是他们一大得意之作。

---

① 这种"以古入律",在初盛唐就有类似的形态,崔颢那首有名的《黄鹤楼》就是个典型,但初盛唐时期的古律应视为律诗发展进程中的一种自然现象,非刻意为之,也没有针对性。然而,在律诗体制已经成熟之后,格律讲求极为严谨的杜甫或宋人的"以古入律",却是刻意的、自觉的,特别是宋人,更有着因应诗歌写作困境的目的性。

五、格律与声情：律诗体制与音韵的表现性

在诗歌中，音韵是更为抽象的逻辑形式；和音乐不同的是，它不能纯粹抽象，而必须结合辞意内容共同完成表现，也就是声情与辞情的交互作用。

律诗体制的固定，让诗人可以更专注于辞情，中晚唐之后，诗歌"意"的课题更突显、文字之工更讲求，便是以近体诗声调体制的完成为基础的。

然而，律诗体制成形之后，体制的固着，很容易使得声情表现僵固。这自然也影响到辞情的共同表现。声情底定，"法"式也就容易变成静态。创作的主动性会跟着降低，所产生的问题一是"语弱"，二是"主体表现"的衰微。[①] 这些问题都在晚唐之后凸显。

欧、苏已经意识到这一问题，意图用诸如"白战""险韵"等文字竞赛来应对这个危机，扭转晚唐颓风。（宋初虽仍承继不少晚唐风气，然而在欧、苏诗论里，一些晚唐作品也常是被批判的对象）。但他们都还未有意触碰律诗结构形式的界限，仍算是在体制内作工夫。

而杜、黄的拗体则是更高的形式创造的挑战，把韵律与声情视为可变的、综合的、能够决定诗歌表现力的积极因素；这时，"意新"与"语工"便形成动态的交互影响，"言""意""象""韵"之间的互动也更加细致繁复。

杜甫已经开始了这一工作，他被称作"吴体"的拗体诗便是成果。

六、从杜甫到黄庭坚

黄庭坚追随杜甫，成为新一代的创新者，上述的"拗体"便是其显著的成就。然而杜诗的伟大开创，以及黄庭坚所建立的宋诗宏大"规模"，皆不仅于此。

拗体只是"晚节渐于诗律细"之典型一端，代表了杜甫在盛唐诗歌体制

---

① "语弱"或"主体表现"衰微的问题，可以从宋代诗话里有许多批评晚唐诗歌"格卑"的例子看出来。例如："唐王建《牡丹》诗云：'可怜零落蕊，收取作香烧'，虽工而格卑。"（陆游《老学庵笔记》卷十）又如叶梦得说："'开帘风动竹，疑是故人来'，与'徘徊花上月，空度可怜宵'，此两联虽见唐人小说中，其实佳句也。郑谷诗：'睡轻可忍风敲竹，饮散那堪月在花'，意盖与此同。然论其格力，适堪揭酒家壁，与市人书扇耳。天下事每患自以为工处着力太过，何但诗也。"叶梦得《石林诗话》卷上，《历代诗话》本，北京：中华书局，2004 年，第 410 页。

与表现皆已全面成熟而巩固的基础上,更跨越一步,为开创新的格局,反思既定的创作规范与表现力的关系,例如近体诗格律底定之后的声情表现的问题。这种对于诗歌艺术与表意全方位的反思与创作突破,让他成为唐诗成就最伟大的传承者与开创者,拗体,或诸如上述用典用事愈益精切与深密的作法,都是杜诗作为诗学"集大成"者之一隅。

中唐以来,已有成绩斐然的学杜者各有所成地扩展了杜诗成就的方方面面。宋初,欧阳修领导的诗文革新,使古文运动以来的"道"和人文精神更加普遍化,而其"意新""语工"的指引,更提示了诗歌表"意"、表达人文旨趣与诗歌专门的艺术手法之间更辩证的关系,开拓了宋诗的大方向。

黄庭坚就是在这样的时代精神下,以他最能符应诗学方向的诗论与实际的创作示范,作为最能彰显宋诗性格的"典范"。山谷回应历史发展,结合"道""意"与"文"的整合实践,以及杜甫以来诗歌登峰造极的艺术表现能力,展现宋代文人心向往之的既是高深技艺又是人文精神表征的诗歌创作理型。

无论是开拓声律形式、经营句法句式意脉,还是诗中人文意象与思维的创造、读书万卷天地恢宏的诗歌内涵,黄庭坚均承继了杜甫的反思,融合了中唐以来的诗文革新精神而拓展了学杜的规模,提出了历史和文学条件的解方(solution),统整了时代与诗学各方面的实作与意义,也因此堪称历来学杜之"集大成"者。经由他的成功示范,宋人口中的"学杜",成为宋代富含人文内涵的诗学之概括。

因此,以黄庭坚为盟主的观念社群——江西诗派,这一被追认的宋诗专业社群,也就踵事增华地追认了自家宗祖杜甫。

七、从黄庭坚到江西诗派

承继了杜甫创新工程的黄庭坚,更在这基础上建立可学习、能鉴别、能操作的法度,且建构了能够沟通实践而自成体系的论述,黄庭坚本人的创作更提供了专业学术圈运作所必需的习作典范,而建立起精神导师的地位,满足了诗歌作为一专门之学、建立共同社群的条件。在开拓"专门之学"的格局,因应历史传承与挑战之后,黄庭坚诗学成为诗人默认公从的指标,其后学在此基础上建立起创作、鉴赏和学习所依循的路线——日后其同意者或反对者,都无法回避这套诗学的专业体系,而在此课题基础上讨论、演练诗学专业的概念与技能。

黄庭坚之后,典范已然成形,一待吕本中提出"江西诗派"的正式名号,追认师友黄庭坚的一群诗人,江西诗派便成了成熟的诗歌学术、观念实体的践行者。

这以"杜甫—黄庭坚"为核心的诗坛发展路线上,迭经江西观念的成熟、固着,作品成就难撑大局的典范异化与窄化,以及方法的反省与重建。而后"永嘉四灵""江湖诗人"等,皆产生于对此宋诗主流的改革,可惜其创作成就一样未能战胜文化和历史的挑战。

在此典范变革的危机里,方回有意重新巩固江西诗派,经由以江西一家观念为批评判准的《瀛奎律髓》的编撰与"一祖三宗"的提倡,意图将宋诗拉回这"杜甫—黄庭坚—陈师道……"的路线。相对于此,严羽的《沧浪诗话》,则是全盘颠覆江西所代表的宋诗风格的作品。这两者对江西"典范"的巩固与批判,便成为往后诗学革新、新的认知和路线的起点;明清之后,诗学以此为基底,发展出各种更为精准独到的专家评断与主张。

同时,严羽所用以颠覆这一典范的手段——"以禅论诗""以禅喻诗",却在根本精神和理想上,与宋诗早已发展出来的、散漫未成体系却遍布于诗话与一切交流平台的,关于诗歌本质、诗歌艺术认知与表达的深刻体会等种种辩证而默会的致知不谋而合;这些更具启发性的感悟式诗学理念,正是因为《沧浪诗话》的聚焦而被深刻认识。

八、宋诗与禅宗

再回到这首诗。

第二联是时间感受,第三联则是空间经验,两者巧妙地运用了典故与声调,营造了超离世外的氛围。

二、三联已"离"于世外,最后一联则要拉回"即"俗。俗世的味道是什么呢?"蜂房各自开户牖,处处煮茶藤一枝",很具象的禅房日常景象。

蜂房"各自开户牖"、处处煮茶"藤一枝",门户俱在,各求其悟,人人参禅,所悟不同;正是禅宗讲的"自性自度",各人度化各自去了。

于是也回头呼应而圆足了首句"落星开士深结屋"。也是到这儿一回头,我们才发现"落星开士深结屋"不只是单纯的叙事。

二、三联的主脑,看起来是"龙阁老翁",但用典与拗律暗藏的隐喻,却是严丝合缝地指涉着"落星开士"。整首诗歌的开张收结都声息相通地回应着这个主题,而字面或意象却一直与这个主题不"即"不"离"、既"黏"且"对"。

到这里,诗人所要表现的禅味禅趣,包含了离俗与即俗、即相与离相的辩证,透过文字声调的经营布置,超出文字表面形成了这些情思价值。

我们知道,这首诗的情感内涵是诗人"味禅"的趣味。宋代以禅宗为代表的佛学已广泛地进入文人生活中,也是文人生活雅趣一个重要的主题。如此诗所要表现的"味禅"或与僧人交游的趣味,在宋人当中相当普遍。这种普遍的主题,如何表现得不俗,带点颇堪思量的情味却又不说教,需要"设计"。虽说精神内涵要"皮毛落尽"以见真实,但这种主题一旦直白到底,也就毫无趣味。就像许多"说"禅的禅诗,不只缺乏诗意,甚至连隽永的禅"趣"也都失掉了。

宋代盛行的南宗禅,自慧能孤明独发的启悟以来,其独特的禅趣便在即俗与离俗之间,在即念与无念之间,在即相与无相之间,在当下与真如之间,种种辩证与直观之感悟。在诗文中最极致的表现,便是即于文字与离于文字之间的表现力。[①] 这样的精神,后来渗透到诗学里,成就了"味外之味"的审美价值。

"味外之味",意味着诗歌应有某种超越于文字意象及所表达的情感经验的美感价值。不过我们也知道,诗歌的前提就是文字,就是文字铸就的意象内容、情思经验,在不滞泥于文字表象之余,诗歌也不应该"离"于这些关键元素而存在。这般"不即不离"的要求,正对应于南宗禅超脱于过往佛学槁木死灰的修行、灰身灭智的断灭空寂而创造出的佛学新境界。于是诗歌所寻求的工夫与境界的超越,便和南宗禅这种与念、与相"不即不离"的精神若合符契而同步发展了。

诗歌"味外之味"的价值,要求在创作表现上不露相。诗歌所要表现的情思内涵不只是表露在文字所呈现的意象或内容所指涉的特定情感中,更在于这些意象或内容之上抽象的寓意或曲折的引申意味。

如这首《题落星寺》,在它文字意象所对应、所表现的闲情逸趣之外,使它更具精神的是,在这些可指的、有相的情感经验之上,再衍生出一层委曲宛转的思意。这比过去情景相融议题中所谓的以景表情,更为深刻曲折,也更加耐人寻味,更含蓄了一层。

这种即相而不着相的手法,也转化了过去诗学里所谓的"含蓄""平淡",

---

① 宋代禅宗盛行的公案、语录、颂赞的表现形式即是其代表。本来佛学传统上检核智慧进境、证立学佛心得,最主要的表述形式是"论"这一著作,然而"教外别传"的禅宗,以"行入""悟入"推翻了往昔言说的"智证"形式。公案、语录、颂赞的表述形式,虽不脱离文字,然而其随意松散的表述方式、随破随立,正是最能对应其"念念不住"精神的传法方式。而这些也普泛地影响了宋代诗歌表现,以及诗歌传述的主要媒介——"诗话"的言说立场与形式。

把文字、辞藻、事态、意象上的淡而寡味,转化为技巧上的深藏内敛,令诗歌平淡中出奇峭,常理常形中内蕴真实。这使得诗学从"平淡"风格的课题里,转生出"工夫""境界"的内涵,及其极致高明的层层辩证。

九、"拾遗句中有眼":工夫

思深绪密的工夫,还是从学杜开始,学的是"拾遗句中有眼"。

"眼""句中眼",出自佛教所谓的正法眼藏,被诗论借来比喻诗中关键性的安排布置,能够振起全诗精神,也就是山谷"安排一字有神"的意思。不过山谷的意思并不是非要以句中哪一个字词作为关键,重点在那些可以振起全诗精神的安排。所以像范温那般专指诗中第几个字,或什么样的转折是句中眼,便是误解。

如上所述,透过用典、形式布置等种种辞情、声情的着意设计,达到独特的表现效果,这是宋诗"自成一家"的当家本领。

于是,有待才识养成而苦心经营的"工夫"讲求于焉而生。

诗歌发展到晚唐之后,体式圆熟却声情僵固,辞情也因此熟极而腐,诗人有意以"语健而奇"矫治之,特别是从杜甫、黄庭坚这里学到的典范,便是从文人更加博学、更加刻意,也更加融会与成熟的专业技艺钻研入手。

山谷之后,后山发扬之。"宁律不谐,而不使句弱;用字不工,不使语俗""宁拙毋巧,宁朴毋华,宁粗毋弱,宁僻毋俗",于是形成了之后的江西诗学在形式风格上的第一个特征——"瘦硬生新"。宋人诗学的"工夫",就用在这里:透过深抉言意表现的"语工",振起"意新"。

因为所求在"意",诗人开始注意到句中虚字对"意"有着更为关键的作用。所谓一字两字的工夫,就刻意做在这里。于是句中虚字的工夫,也成了宋人当家之学。

如叶梦得举杜甫"江山有巴蜀,栋宇自齐梁""粉墙犹竹色,虚阁自松声"两诗句说:

> "江山有巴蜀,栋宇自齐梁",远近数千里,上下数百年,只在"有"与"自"两字间,而吞纳山川之气,俯仰古今之怀,皆见于言外。《滕王亭子》"粉墙犹竹色,虚阁自松声",若不用"犹"与"自"两字,则余八言凡亭

子皆可用,不必滕王也。①

也因此衍生出"诗人以一字为工"的工夫精髓。

讲求虚字、用心于"意",以致可以不借助意象、不用景语,刻意走一条跟唐人善用意象、善用景语、善于情景交融、善于以景喻情的路完全不同的路径。② 如方回说:"看前辈诗,不专于景上观,当于无景言情处观。"甚至特别称许黄、陈诗"有四十字(五律)无一字带景者",后山诗"四十字(五律)无一字风花雪月"。③

不用景语,好用虚字,使得诗歌显得分外瘦硬而不丰腴、奇峭而非流丽。

虚字的妙处在让"意"有更深曲的转折、更繁复跌宕的层次;同时在文字上则显其平实平淡的朴拙之感。不用景语,也相当于是一种白战,全无文字装饰性的作用,在意绪的营造上,便毫无回避躲闪的空间,这使得创作更争竞一字之奇,拓展诗歌另一纵深:虚中能运转力道。

这样的认知,奠定了江西诗学由"语工"实践"意新"的路线和标的。由此产生的一种"清新奇峭"却自然简远的风貌,也就成了以江西诗学为代表的宋诗风格。

这就是宋诗的工夫。

十、"彭泽意在无弦":境界

工夫成就的结果决定于其终极目标。"拾遗句中有眼"的刻抉深至,目标便是"彭泽意在无弦"——工夫研炼到极致所呈显的"境界"。境界,也就是修炼者工夫圆成之示现。

这个境界要从陶诗的启发说起:高明须从平实养起。

宋代重文,也重用文人。科举阶层勃兴,文人容易集结成群体(朋党之争也是由此而来),容易形成群体的品味和默契,于是也容易建立起一种普遍的、日常性的、集体认同的文化空间。

---

① 《石林诗话》卷中,《历代诗话》本,第420页。
② 好用虚字最典型的是陈师道。如他的《别负山居士(张仲达)》:"田园相与老,此别意如何? 更病可无酒,犹寒已自和。高名胡未广,诗兴尚能多。沙草东山路,犹烦一再过。"四十个字几乎没有景物,全在"意"上层层转进、字字打磨,倚仗的就是虚字工夫。全凭虚字铺陈,却无一字踏虚,极其平实老成的存问,意绪醇厚,颇耐斟酌。比较唐诗送别的典型,例如李白《送友人》:"青山横北郭,白水绕东城。此地一为别,孤蓬万里征。浮云游子意,落日故人情。挥手自兹去,萧萧班马鸣。"情景相生,而意象旷远,甚为超脱。唐宋之别,判然可见。
③ 《黄庭坚和江西诗派资料汇编》上、下册,第200、531页。

这类因文人群体素养而形成的文化空间,往往以一种日常而默契的品味呈现。例如,像"记"这种原本属意于场景特殊性的文体,却在王禹偁《黄州新建小竹楼记》、范仲淹《岳阳楼记》、欧阳修《醉翁亭记》、苏轼《超然台记》①等中共同产生了一种既平实又超脱的常态性的趣味。比起王羲之名士雅聚的《兰亭集序》、柳宗元沉浸于心凝形释的山水游记,宋代这几篇记所显现的文人的"志"与"趣",特别表现了一种蓄养于平易而不假特殊场景的生活雅趣——无须刻意与日常时空区隔、孤绝于人际,就实在于一般生活的场域里。文人获得了自足而又不俗的欣赏生活的能力,建立起一种新的风雅品味;而在宋代之前,足以代表此种文人趣味的典型,正是陶渊明诗歌里所表现的精神气质。

在精神遥契的语境之下,苏轼引领了和陶之风,后人跟进,形成了宋代文人社会的崇陶风气,愈发琢磨出陶诗深厚的韵味,推而广之,深抉陶诗"质而实绮,癯而实腴"的表现性,并探索"平淡"而有"味"的诗情诗意。

这种平淡的本质,在宋人的心目中,并非真是淡而无味,而更需一番工夫的历练方能成就。这种工夫,便是上述用心于"意"、精炼形式而令意态老健厚实的工夫。至于"味",而且更好的是"味外之味",完全诉诸内敛于工夫自身、由工夫的运作焕发出来的醇厚之味,不假借意象或特定情感等动人的力量。② 于是,工夫的指标,便是"句法简易而大巧出焉""平淡而山高水深";工夫的极致,便在损而又损,简而又简——繁华落尽而真醇在。

这造成了一种内外对诤又相济的强大辩证:文字声韵步步刻画求奇,精神气象却要平实高远,不可露相。于是要用形式设计去深化思意,却又消泯了斧凿痕迹,这便呈现出外表上自然淡泊,内蕴却曲径幽深、意态圆成而难测缝隙的表现功力。

十一、"活法"与"心法"

在大量的"法度"的创作演练和学术沟通的基础上,宋诗以"心法""活法""无法"种种后设反省之名,发展出一套涵盖人文、艺术、学习,甚至社会

---

① 文体中的"记",本是"所以备不忘,如记营建,当记月日之久近,工费之多少,主佐之姓名,叙事之后,略作议论以结之"(吴讷《文章辨体序说》,台北:长安出版社,1998年,第52页)。宋代的文人却在这么实用的功能上,表现出超脱闲逸的品味。

② 宋诗这样的追求,跟传统的"物感"说,几乎是完全不同的两条路。这也是典型的宋诗一旦创作功力不足,很容易落于"枯槁"之故。

共同默契的、体现文艺共通精神的全面的认识论。

拜古文运动带来的文化融合及哲理与文艺的会通，这些理念，往往借助于禅学"拈花微笑"或道家"得意忘言"之类的术语、观念，阐释其"默会致知"（tacit knowing）的深层感悟式的、辩证式的领解。诗歌之"法"在积累无数诗学之"技"而凝练人文与心识整体能力之后，升华为一种全面的认识论，不只是方法上的最高锻炼，更融贯了一切心智能力，并将其发挥至极致。在广大"工夫"与高深"境界"中光大诗学之"道"——以习道的精神树立了诗歌之学超然不凡的境界。

这套出自诗歌美学的实际经验，却会通于一切文艺和学术的认识论，也成为诗歌能够从艺术品类之一"技"，转化为人文精神最高实现方式的关键，最高明也最普遍（"极高明而道中庸"）地实现于一切人事物理。

十二、"技进于道"的宋代诗学

黄庭坚引领后学，从形式的琢磨进入诗歌的专门之学，然而这最后的工夫简易、繁华落尽，仅仅是技巧纯熟的结果吗？

如果只是这样的话，那还不算是他特殊的成就。

在黄庭坚之前，欧阳修、王安石、苏轼等大家对"工夫深处却平夷"，早就深有认识，并且已经做出了成功的示范。

在这个时候，诗歌作为一门专门学术，正要面对一个时代性的关键问题：古文运动以来，写作中"文道"的思考已成共识，整个文化环境中充满着"道"的反思。欧阳修、王安石、苏轼这些文坛领导人物在古文创作上的成绩，和他们对"道"的论述相互辉映，其文章写作既发挥极致的艺术表现，同时也归依"道"的精神。

这个问题，落在诗歌上会更加曲折：诗歌作为"文之精"，更加具有技巧性，特别是唐代以来，诗歌作为一专门之学的自觉愈益突显，在技巧性高张的时候，它与大环境里文化反省的"道"思考之间，关系更加紧张。如何圆融地处理诗歌中"文""道"的关系、如何使诗歌愈益发达的高度技巧不会愈发背离道的价值，成了诗学必须突破的时代问题。

散文创作在韩、柳的作品以及贯通的理念下，先走出了一条路，做出成功的示范。韩、柳在"文一道"关系中，提出并强调了"人"（创作主体、"意"）这个层次，使得文道关系更富辩证性，"文"与"道"都更加开通，创作者"自铸伟辞"的能力，成了沟通并成就"文""道"两端的关键。

但还没有圆满的创作论来缓和诗歌中"文""道"关系的紧张,在这种时代氛围下,诗歌学术的正当性,有赖于证成诗歌创作和"体道"的关系,否则它就同百工技艺一般,无论如何巧思构作,只是与主流文化价值无关的一"技"。①

证成写作的技术磨炼和"道"修养的精进能够是一件事,才是文道实践上真正的大问题。

黄庭坚成功的地方在于,他的创作与理念能够提供示范、提供解释,使得诗歌的"技"与"道"可以是同步实践的同一件事,提供了"文与道俱"能够成功实现的下手处与技道辩证的贯通工夫,提出了诗学中尚未认真面对的时代问题(欧、苏等大家,算起来对此也只是存而不论,才会招致与理学家的冲突),导引了解决之道,呼应了时代的氛围。

他指点后学的种种论述和创作示范,表明了诗歌的深度表现也是文化涵养的实现;又指出了什么样的"心法"是技道一体的,使"文与道俱"有确实可行的入手工夫。②

工夫与境界在此不只是技能性的训练与目标,黄庭坚进一步在两者中引入了人文涵养的问题,把诗歌写作应有的纯技巧性的训练,转化成心性修养和思意自律的磨炼,形成了被后人概括为"技近于道"的理念与实践。

黄庭坚诗学为诗歌愈益精巧的艺术设计取得正当性;同时,证成了"道"修养能够贯通诗歌万象出清新的表现力。在推进诗歌艺术性的基础上,成功地投契了宋代文化社会中的"道—文"氛围,也发挥了古文运动以来,韩、柳的主张中所蕴含的"道—创作主体—文"的理想。

这一切,成为江西诗学风行影从的理念基础。

诗歌写作在以道自任的色彩下,更追求"无一字无来处"地深化"意"思;更锐意于"炼字""炼句"等文字经营,后来,吕本中作《江西诗社宗派图》,凝聚了黄庭坚诗学的要义,并加以阐释和发挥,江西诗派于是成为一代诗学的观念指标。长期以来大环境下形成的资书、学古、句法、"炼字""炼句""炼意"……这些关键词便附托在江西诗派下,成了宋代诗学的标记。

这便是"技""道"重重辩证发展下宋代诗学大致的内涵。

---

① 汉代人把《国风》那些民谣俚曲、匹夫匹妇之情,解释成美刺讽谕或温柔敦厚之说,同样也是在时代氛围下,为诗歌取得正当性的作为。

② 他的作法,事实上就是韩、柳那种"道—创作主体—文"的创作模式。而他的说法又更富于辩证性,对于更需技巧的诗歌之学来讲,他的形式体会又更具可行性。由于加意发挥了创作的主体性,以及更具人文制作的理念,他这套诗学富有古文运动那般影响力,仿佛诗学里的古文运动的传承。首为江西诗派树立旗帜的吕本中就格外意识到这一点。

第二章　说"法"：宋诗有"法"

一、法"源"：时代精神

六朝时期，不同知识分类而治的意识成熟，"经""史""子""集"著作分流，令"文学"和传统学术分途，同时也代表了文人正视"文学"为一专门之学；与此同时，伴随"篇章"观念的成熟，对形诸语言文字的作品，形成更多体制规范的要求，产生了文"体"的讲求，产生了重要的"文""笔"之争，"文"成为富含情思精心结撰成篇的著作，于是确立了作者"言志缘情"，以及以作品为中心的"论文辨体"的一代之学，六朝的文体论述由此引领文学观念走向客观体制，如刘勰所说："文场笔苑，有术有门。务先大体，鉴必穷源。"（《总术》）①论述文之"结体"及体制因革，"分理明察，谓之知文"②，意味着对于文学形式有更高自觉的时代来临。

后来近体诗的格律范式，也是在这一"文成法立"的总体精神下，历经一番长期的试验，最终奠定下来。

也是在这时，"言""意"课题从哲理上的思辨，延伸至文学上"言""意"的互为表现，成为这时论文辨体主要风潮下的一道潜流。体制格式等艺术形式完成了，可是所要表达、所要表现的精神内涵如何与之相契？透过"文"的形式讲求，发挥诗文所要传达、所要表现的最大力量成为文学接下来的要务。

刘勰的"风骨""神思"，钟嵘的"建安风力""兴托"，讲"滋味"，讲"动心""感荡心灵"，指出了"what"，即诗文要能表现情味，并因之产生感染力（表现效果）的要求。后来在这专业路途上的诗人、文人进一步问"how"，如何

---

① 刘勰著，范文澜注：《文心雕龙注》，北京：人民文学出版社，1958年，第657页。
② 章太炎：《国故论衡》，上海：上海古籍出版社，2019年，第100页。

透过文学的表现形式，实现这等表现力，在古文运动之后，成为"文"如何"载道"的挑战；在律体成熟之后，转化为诗歌如何经营艺术手法、思"意"表现的问题。于是，深化了"言""意"之间如何沟通、如何互为表现的意识，"言""意"课题突破形式与内容二分的思考，产生了进一步的思维辩证。①

宋初，以"意新语工"为嚆矢，开启了言意互为表现的方法意识，并在诗话平实而具体的示范指点下，直接从作品中产生与表现"方法"有关的话题，产生大量心得反省。在《六一诗话》经典般地示范了寓有效的提点于散漫的"闲谈"之后，诗话里普遍流传着具有方法意识的论述。

在《六一诗话》之前，中晚唐的诗格、诗式等著作，就经常根据唐诗作品，归纳讨论种种写作法则，只是这些"法"都还停留于语汇、修辞，或押韵、对仗等固定格式的层面。直到《六一诗话》，在其活泼的取材和适性平易的论述中，萌生了更符合诗文创作的"兴"致、品"味"、意趣等美学理解，而所生发的诗文创作之方的意识，更启发士人灵活而适切地出入于诗歌规则，活用写作要领。

如以下这则诗话闲谈韩愈押险韵的作法和产生的效果，启发更胜于以往诗格、诗式僵固的形式要求：

> 退之笔力，无施不可，而尝以诗为文章末事，故其诗曰"多情怀酒伴，余事作诗人"也。然其资谈笑，助谐谑，叙人情，状物态，一寓于诗，而曲尽其妙。此在雄文大手，固不足论，而余独爱其工于用韵也。盖其得韵宽，则波澜横溢，泛入傍韵，乍还乍离，出入回合，殆不可拘以常格，如《此日足可惜》之类是也。得韵窄则不复傍出，而因难见巧，愈险愈奇，如《病中赠张十八》之类是也。余尝与圣俞论此，以谓譬如善驭良马者，通衢广陌，纵横驰逐，惟意所之。至于水曲蚁封，疾徐中节，而不少蹉跌，乃天下之至工也。圣俞戏曰："前史言退之为人木强，若宽韵可自足而辄傍出，窄韵难独用而反不出，岂非其拗强而然与？"坐客皆为之

---

① 这段诗歌美学的历史演进，亦可参考韩经太《诗歌史：关注方式的转换与审美心理的调整》里的精辟概括，更有助于理解本书后续几章从诗歌为一专门的语言艺术，一路谈到诗人"工夫""境界"等极致理想的构思："中国民族对诗歌艺术的历史关注，经历了以下三个阶段：首先，是以春秋称《诗》为历史现实基础，而以汉儒'经世之学'为思想引导的社会道德之关注，由此引发了诗的社会教化意义；其次，是以魏晋南朝缘情体物之作为创作实践基础，而以玄学'言意之辨'为思维方式之自觉的艺术哲学的关注，由此引发了诗作为语言艺术的本质性美学规定；最后，是以唐宋诗的高度成就为理论思考之前提，而以'唐宋诗之争'为特定思考课题的历史整合性关注，由此引发了对中国诗歌之终极美学理想的建构意向。"《文学评论》1993 年第 5 期，第 49 页。

笑也。①

如此,伴随着对"意新语工"的认识,"言""意"观念更加成熟,诗人能够在更为复杂交关的对应关系下,探讨"语"/"言"如何适切表现"意",以至能"'状'难写之景,如在目前;'含'不尽之意,见于言外",形成更为全面的方法概念,广泛涵盖了押韵、用字用词、句式安排、篇章开阖呼应,甚至音律声调节奏等,而"句法"的理解也在这之后慢慢形成。

之后,有关"法"的课题相继出现,引起大量而全面的讨论,文学论述进入技术性手段(know-how)、学习核心、有鉴别度的评价标准……种种超出认知性的、抽象归纳的普遍原理或历史规律,产生了具有实践性(Exercise)的详情或心得,并且出现了有关作品与内涵"品质"(而非"品第")等内在性的判断——能够阐明诗歌具有层次性的超越表现和主体的思致旨趣("境地""味""韵")。这一切,意味着诗歌"技艺"成熟,成为一门具有独到学识和心智的"专业"。

(一) 文学/诗学理念的转变

宋诗写作方法、表现方法的讨论,逐渐涵盖了炼字、炼句、炼意,而扩及醒题、开阖收摄等谋篇布局之道,甚至扩展至局外——与时事、前人之作、前人事典、文化风物,甚至"物外意"等激荡回响,产生作品内外交相呼应与后设的作用,更拓展了创作方方面面的经营策略。

可以看出,在总体精神(时代精神、美学特征、诗歌发展)下,诗歌的主体、核心要素,已经从六朝的"美文",特别是形制之美、辞藻之美,从唐诗意象美感与抒情表现的经营,转变成以(文字表现为本质的)"文"为中心,以文字工夫、语言感受与文"意"之经营为主轴的发展。在唐诗各体美学以"意象""抒情"为中心所形成的规范之外,宋人以"法"、以文字表现的精心经营,也建构了另一番行家规范,指导进路:以文字、"意"为核心的具体门路、创作切实可行的下手处。

这个转变,成为宋人好说"法"的原因和根本背景,也是后来"杜甫—黄庭坚—江西诗派"这一路线能够满足时代条件而成为宋诗主流的缘故。从"情""景"到"意""思",唐诗"情景交融""意与境会"的美感范式,代换成关注文字表现及其效果的"气格""意韵""浑成""沉郁顿挫""大手笔"等。

例如:《春江花月夜》《黄鹤楼》这两首常被称道的"唐人第一",出色地彰

---

① 《六一诗话》,《历代诗话》本,第 272 页。

显了唐诗所难及的典型美感：流转圆美的风调，情意与物象完美交织，其美学特征表现在由一连串的意象所贯穿、所象征、所串联的抒情表现方面。

而这些——以"意象"和"抒情"为主体的，以"景语"、以"境"为主要表现资料的——美学范式在中晚唐之后改变了。对照我们第一章所讲的黄庭坚的代表作，也是宋诗的代表作，诗作所以精彩的主体不同了，不是意象、不是抒情，我们探索它内涵深远的"意"与"思"，探索它曲折却精彩的表现方式，层次丰富的文字、句式、布局——我们可以借用苏轼所说统摄这一切的"意"来指称这个新主体、新趋向、新的美学范式，这个几乎全建立在文字、文意表现之上的美感典范。①

宋人是如此体会诗歌的，犹如以下这类奠基于文字"炼句""句法"而有别于唐诗重"境"重"景"的立场所云："天下之诗，莫出于二句：一曰'意句'，二曰'境句'。境句则易琢，意句难制。境句人皆得之，独意不得其妙者，盖不知其旨也。……陈去非诗云：'一官不辨作生涯，几见秋风卷岸沙'，境也，著'几见'二字，便成意句。"②

"境句"犹唐诗所长之"意象""景语"，在此宋人以晚唐过度发展以致"人皆得之"之"境句"相比，凸显时代精神下，"（文字炼就之）意句"方为宋人所重；并以陈与义诗句工夫为例，说明其如何应用此种"炼意"而顿显文思之精彩。

于是，"意"以及"文字"表现（广义的、人文色彩浓厚的"文"）成为这个时代文学的要角。此时所讲的各种"法"，也不出"文"与"意"互为表现的作用和关系。例如，在"法"的观念上，刘勰基于文章首须辨体执术，遵守客观恒定之法式而极力避免的"谬体"（《文心雕龙·颂赞》），恰恰与杜甫、黄庭坚（为表现人文主体、"气格"等文学效果）等一路刻意经营的"拗体"之学，相映成趣。

一切改变要从中晚唐说起——一个因应时代转折、积极求变而曲折复杂、丰富多面的时代。

在累积了大量意象与抒情表现的成功之作后，中晚唐的诗论里，"意"的课题兴起。中晚唐诗格、诗式从讲"境"、讲"意象""意兴"逐渐扩展到"心境"

---

① "对中国诗歌来说，唐宋诗，既是两个时代风貌的艺术表现，又是两种理想范型的具体呈示，前者是诗歌史上的自然现象，而后者则是诗歌史逻辑自律的理性发现……必须以通古今之变的眼光去透视……也就是为什么我们要以唐宋诗之争为中国诗歌史之整合性自觉之课题的理由所在。"参见韩经太《诗歌史：关注方式的转换与审美心理的调整》，《文学评论》1993 年 5 期，第 49 页。

② 普闻《诗论》，《黄庭坚和江西诗派资料汇编》下册，第 792 页。

"两重意""文外之旨"，而晚唐创作重视"一字之工"之后，也开始重视这文字之"工"带来的表现效果，联系起"文""意"关系，并在古文运动之后，愈来愈深化。由于"文""道"关系的思维，"意"和文字表现力结合在一起，而被普遍地意识到。后来，这些论述使得文字和"意"的关系，在诗歌的创作上，逐渐超越了意象与抒情表现，成为诗论的主角，也改变了诗歌的美感范式。

此时的诗格、诗式，最初也秉承六朝以来文章体制之学"成法"（成其规矩方圆）的思维，讨论格律（特别是近体诗）、句式等形式"程式"的要求。然而在唐诗丰富的成果累积和诗人自身的经验下，这类形式规范的意见中，逐渐掺入了主体体会，展开"境""意"的思维。

诗人在谨守体制成规之余，在经营文字刻画情景之余，意识到诗歌更出色的表达，有赖于"思"与"意"更深沉的经营。而此中更可贵的是抽象缥缈却充溢着情性、思致（spirit）的"文外之旨""两重意"等，凡此皆触及文字（内涵或外延）的生命力，以及如何生动地传达等种种考验。

到了欧阳修，通过"意新语工"将"意"和"语"结合了起来：

> 圣俞尝语余曰："诗家虽率意，而造语亦难。若意新语工，得前人所未道者，斯为善也。<u>必能状难写之景，如在目前，含不尽之意，见于言外</u>，然后为至矣。贾岛云：……姚合云：……等是山邑荒僻，官况萧条，不如'县古槐根出，官清马骨高'为工也。"余曰："语之工者固如是。状难写之景，含不尽之意，何诗为然？"圣俞曰："<u>作者得于心，览者会以意，殆难指陈以言也</u>。虽然，亦可略道其仿佛：若严维'柳塘春水漫，花坞夕阳迟'，则天容时态，融和骀荡，岂不如在目前乎？又若温庭筠'鸡声茅店月，人迹板桥霜'，贾岛'怪禽啼旷野，落日恐行人'，则道路辛苦，羁愁旅思，岂不见于言外乎？"①

此段讲"意"讲"语"，结合了创作的"主体性"与"符号"表现性，开启了诗歌专业上另一层次的"言""意"辩证，也将大文化思维背景下的"道"/"文"辩证，落实到文艺具体的创作实践中。

古文运动以来，文章以"意"为关键，并蕴含人文省思之"道"以及上述六朝以来"文"的形式觉知，"主体性"与"符号表现"的认识深植于文学思维。②深具人文意义的符号性落实到创作中，是对（语言）表现力的重视，重视经由具象的文字经营，表现深厚的情感内涵；经由篇章安排、字句刻画，甚至用

---

① 《六一诗话》，《历代诗话》本，第267页。
② 宋人这兼具主体性与符号意识的认知，以及"道—意—文"的整合发展，详见笔者《中国诗学的关键流变——宋代"江西诗派"》，上海：上海古籍出版社，2022年，卷叁第一章。

典、格律、押韵、声调等一切为"文"的手段实现海涵地负的表现力。

如此,欧、梅"意新语工"开启了语言技艺与思意的辩证,成为宋人好谈"法"的风气的滥觞,议论诗文(文字)应如何表现与培养表现力的课题,寻求其中的要义与规律。

(二) 诗法与句法:为何谈"法"? 如何说"法"

1. "法"何用——作诗、鉴识的"门道"与专门之学的建立

欧、梅之后,诗人揣摩如何透过"语工"(语言经营)表现"意新"(情感内涵),并用"法"来指称一切经营表现的作法;从琢字、用词、炼句的规范到泛指一切写作方法或一定法则的要求,宋人普遍以"诗法"或"句法"称之。于是"法"的观念普遍化,为诗歌成为专门之学做了扎实的准备。

如此应用非常普遍,以至于常被刻意归纳出一些名目、称谓,例如:南宋魏庆之《诗人玉屑》"诗法第二"所谓的法,列举了晦庵、诚斋……白石等人论诗歌的基本原则;或如其卷三、卷四所谓"句法",列举"错综句法""影略句法""象外句"……"置早意于残晚中,置静意于喧动中""句中有眼""句法不当重叠""唐人句法""风骚句法"等句与意的解析、字句安排法则,或具体的琢字炼句之法。

但当"法"的意识被指实为这类品目俨然、名相繁多的所谓"句法"时,反而多是一些狭隘浅显的字面规矩、约定俗成的产物,未能关涉诗人的创作深思与表现意图,也就是诗论在进一步省思之后所称的"死法"——陷溺于名相和成规。宋人句法或诗法观念真正精彩之处实在于名家活学活用,在实际创作和演练中具体示范出来。单一名目规则不足以概括"法",以及由此衍生的丰富思考和辩证。种种超脱于"法"、超脱于文字,不可解析而实际运作于诗人更具感受性与领悟力的创作与鉴赏之中的"法",无论是统称为"句法"或后来所称的"活法""无法"等,皆必须置于上述人文发展与时代精神的大背景下来把握。

不妨看一首欧阳修的作品,句法"语工"的营造赋予诗歌内容以新颖独特的表现力——"意新":

戏答元珍

春风疑不到天涯,二月山城未见花。

残雪压枝犹有橘,冻雷惊笋欲抽芽。

夜闻归雁生乡思,病入新年感物华。

曾是洛阳花下客,野芳虽晚不须嗟。

这首名作清新流畅,而格调不俗。方回:"'春风疑不到天涯'一句,未见其妙,若可惊异。"陆贻典:"句法相生,对偶流动。"查慎行:"起句得松快。"纪昀:"起得超妙。不减柳州。"许印芳:"起句妙在倒装。"①

"春风""天涯""二月""花",俱是诗中常见意象,平易的一般词汇组成了首联的千古奇句,语皆平常,众评家指出妙在其特殊的句式,全非晚唐至宋初精心堆砌"景语"、意象或西昆用尽典实等众作可比,堪称令人耳目一新之作:"这两句('残雪压枝犹有橘,冻雷惊笋欲抽芽')在意思上似乎并列,皆写初春山城景色,句内却含转折之意,尤其'犹有橘''欲抽芽',更显示出一种力度……全诗几经浮沉顿挫,章法抑扬开阖……具见诗人善于运用古文章法,使诗歌结构呈现出最大的张力。"②

这便是欧阳风格的"语工",安排、设计一切文字可用的元素以经营诗歌独特效果,甚至引入古文章法,以致带出"意新"的表现,也就是这样"言""意"互为作用的经营,逐渐积累形成了后来诗人眼中的"诗法""句法"。在宋代,可以说,"法"代称所有以"语工"表现"意新"的方法、手段。

于是"法"的论述和实作逐渐展开:如山谷说东坡诗作有超绝的"句法"("句法提一律,坚城受我降"),后人又盛称山谷"句法":"'桃李春风一杯酒,江湖夜雨十年灯''万里书来儿女瘦,十月山行冰雪深'……以上并山谷先生句法也"③,或如"洪龟父言山谷于退之诗,少所许可,最爱《南溪始泛》,以为有诗人句律之深意"④,等等。

发展到后来,"句法"的应用可谓面面皆到。如上述刘埙论山谷种种"句法"之前,既论及其"精深有议论,严整有格律",又说他以程婴、杵白等人事比喻竹之风采,"形容绝妙",又说其押韵:"山谷作诗,有押韵险处,妙不可言。如《东坡效庭坚体》诗云:……只此一'降'字,他人如何押到此?奇健之气,拂拂意表。"⑤在"法"的观念和应用全面成熟的清代,方东树如此析解黄庭坚《题落星寺》的妙处并评论它:"全抚杜……起二句叙,三、四句写,五、六句换笔。自注:'僧隆画甚富。'收承五、六,有不尽之妙。笔势往复展拓,顿挫起落。"⑥以上论述,展示了从"意"从"言"出的表现,到经由句式内容经营

① 诗为方回《瀛奎律髓》卷四"风土类"所选,诸评见李庆甲《瀛奎律髓汇评》上册,上海:上海古籍出版社,2008年,第199页。
② 张立荣《北宋前期七言律诗研究》,北京:中国社会科学出版社,2014年,第401—402页。
③ 刘埙《隐居通议》卷八,《黄庭坚和江西诗派资料汇编》上册,第194—195页。
④ 胡仔《苕溪渔隐丛话》前集卷十八引王直方诗话,《黄庭坚和江西诗派资料汇编》上册,第406页。
⑤ 刘埙《隐居通议》卷八,《黄庭坚和江西诗派资料汇编》上册,第194页。
⑥ 方东树《昭昧詹言》卷十二,《黄庭坚和江西诗派资料汇编》上册,第323页。

安排的表现力,而展开种种"法"思维的诗学发展历程。

类似的各类论述与指点,将"句法"概念延伸扩充至一切创作元素中。

清代汪师韩《诗学纂闻》记了一则前辈说诗的例子:

> 尝侍茶江彭先生于东园,中秋对月,先生举许丁卯七律示余⋯⋯曰:"此诗意境似平,格律实细。首云'待月东林月正圆',月从东出,待在未出之时,既出则月正圆也。次云'广庭无树草无烟',写月之明,一句尽矣。三云'中秋云净出沧海',此特补点中秋,以别于他月之望。四云'午夜露凉当碧天',半夜月正当头也。五云'轮影渐移金殿外',月昃而西移矣。六云'镜光犹挂玉楼前',将落而犹未落也。结云'不辞达旦殷勤望,一堕西岩又隔年','隔年'又以醒中秋之意。八句次第写尽达旦之景,此唐律所以胜于后人。不然,轮影镜光,玉楼金殿,抑何尘容俗状欤?"("许丁卯中秋诗"条)①

原诗看来四平八稳,不觉别有精彩,不过,经过这么一解释之后,就可看出来诗思与旨趣。句法观念成熟之后,在这类论述的指引下,鉴赏和创作能够更落实于文字经营的作用,而超越抽象片段的印象式批评;另一方面,从技艺和审美来讲,也必须寻求读出"滋味"的线索。例如许浑此诗,比之其他别出新意或高明独特之作,层次或许不算高远,但诗话正点出了这类晚唐诗亦有值得欣赏之处,有其胜景所在。

这就是为什么诗家(特别是诗人的"专业"社群)要讲"法"、讲"章法"、讲"诗法"专业模式的成立,不会只建立在李、杜、苏、黄等人登峰造极、人皆望尘莫及的作品基础上;在最平常处、最普遍处,有其基准的、可供(专业)辨识或学习的路径,以及由普遍具有这般能力的社群所构建的稳固基底,在宋人借着诗话大量论述、大量示范、大量演练而建立起来的"法"思维里,成为诗学的中坚力量。

唐有书法,宋有诗法。就如同魏晋自然天成之风韵在唐人法度下消歇远引,却使书法成为普遍可学、可鉴识,而有稳实的专业群体作为基底支撑的恒常之学,宋人之法,虽未直追盛唐气象浑成之辉光,却一样以庸常可久之道建构了诗歌作为专门之学勤习致远之长路。

再看一例,在熟练已成专精的"法眼"下,产生了诗话里众多的改字、改句,甚至改题的讨论。而此种"法"思维下的可修正、可规训的演练,正是一门学科(discipline)成熟的标志,是推进专业学术进步的一大契机:

---

① 丁福保编《清诗话》,上海:上海古籍出版社,1978 年,第 464 页。

送李阁使知冀州

梅尧臣

腰裹黄金络,春风北渡河。将军守汉法,壮士发燕歌。

绿水塘蒲短,晴天塞雁多。家声复年少,矍铄笑廉颇。

诗虽不坏,但一时也难以道其精彩,选诗的方回不甚了了,顾左右而言他,冯舒、陆贻典勉为其难说:"第七句凑""落句太远"。倒是熟精于门道的纪昀,看出了若有似无的问题,提出了一条更贴切、更具体的修正意见:"三句与起二句<u>不配色</u>,<u>此意只可用于结处</u>,而以笑廉颇意作三、四,即两得之。"①行家一看便通透。把三、四句"将军守汉法,壮士发燕歌"和尾联"家声复年少,矍铄笑廉颇"调换过来,文理通顺,面目顿新,更是意脉融洽、精神倍出。

"法",养成了专业"门道",养成了处处指点之功。在"法"密合于实际演练的"做中学"(know-how)的意识下,技能的养成才得以同时与学科普遍化同步推进。

例如:方回《瀛奎律髓》所选的刘禹锡《自江陵沿流道中》一诗:

三千三百西江水,自古如今要路津。

月夜歌谣有渔父,风天气色属商人。

沙村好处多逢寺,山叶红时觉胜春。

行到南朝征战地,古来名将尽为神。

除其他评家形容此诗"壮健""笔力千钧"等风格式的概括外,纪昀为此诗作了一番中而出色的提点:"<u>入手陡健。三、四言闲适自如则有渔父,迅利来往则有商人</u>,言外寓不闲居又不得志之感。结慨儒冠流落,即飞卿'欲将书剑学从军'、昭谏'拟脱儒冠从校尉'之意,<u>而托之古迹,其辞较为蕴藉</u>。"而后评家许印芳则赞叹:"此评亦妙! 全从言外悟出,与他人就诗论诗、死于句下者迥然不同。<u>如此解说,乃知三、四句及七、八句皆是藏过自己一面,从对面着笔也</u>。"②如此解诗,精彩倍出,诚如韩愈所谓世有伯乐,而后千里马出矣!

这样的深度批评,比起原理原则的抽象归纳,溯源讨流的分析整理,专注于专家诗人的"法"眼和门道、诗作覃思经营的指点,以及种种难以学术语

---

① 诗为方回《瀛奎律髓》卷四"风土类"所选,诸评见李庆甲《瀛奎律髓汇评》上册,第175页。

② 诗为方回《瀛奎律髓》卷四"风土类"所选,诸评见李庆甲《瀛奎律髓汇评》上册,第183—184页。

言、概念化语言言说的精湛技艺、实作能力。①

　　"法"提供了创作、鉴赏的门道,于是我们更能理解,诗话里那许多例子,讨论"一字之差"、一句两句工夫、用字、遣词、句式、布局,笔法深稳不深稳、意脉谐洽不谐洽,或者是评断表现效果,都能够说得出一番"道理"来——有其内在实质而具有决定性、能动性的质素,而并非如表面上那么玄虚难测、不可描摹。在"法"意识下,默会相传却能够理解、指示的"门道",便成为指引后学的基本的起手、入手之处。②

　　"法"思维下的诸般"门道",推进了诗学从"业余"到"专业"的进程。"专业"与"业余",实非关"精"与"不精"、"好"与"不好"之别,而是取决于专业社群和技术性手段能否成功地同步并进,形成能够"同化"(assimilation)的普遍而可行的"典范"。诚如翁方纲所说:"谈理至宋人而精,说部至宋人而富,诗则至宋而益加细密,盖刻抉入里,实非唐人所能囿也。而其总萃处,则黄文节为之提挈,非仅江西派以之为祖,实乃南渡以后,笔虚笔实,俱从此导引而出。"③

　　"文"事之专业环境的成熟,正奠基于黄庭坚等树立的可学、可法的专家技能的示范。而宋诗也正是在山谷之学的观念引导下,走进了策略性的、全面性的谋篇布局之道,使创作和鉴赏成为更有目的、有门道,而注重效果,创发更丰富意义(意味)的行动。

---

① 　清代诗人能够如此清晰明确地用"法",一方面来自宋诗作品出色的示范,另一方面得力于宋以来诗话、诗论普遍而大量的"法"思维、"法"意识的论述,认知观念和论述语言发展而积累成熟。然而相较于清人能够如此精确指点宋诗涵藏之"法",宋人本身的论述,作为清人认知观念、后设反省初步发展的沃壤,却往往止于"得之心,会以意"片断、支离而驳杂的阶段,使精湛的技艺思维,以一种诗人群体间默契般模糊的共识流通而养成,而传承,成功的作品已出现,然而后设语言还未及成熟,加之主要的传授"平台"—— 诗话本身日常而漫谈的言说体例,使大量累积性的材料"难"以用于直接说明作品的"文心""手痕"。然而由于其创作的应用与开发已有出色的成绩,即使散漫模糊,这类思维和意识依然在相应的文化氛围里有效地作用、积淀和发展,故所以一旦"法"的思维和后设语言积累成熟,清代诗人便能够精确指认宋诗精彩之处、下手的工夫所在。本书在说明整首宋诗创作示范时,常常必须引后人说法,方能具体解释其"法"意识、"法"思维的精湛运用,却少有宋人之说可用以直接印证指认个别创作或诗句。虽然创作的技能和"心得"的确是在这一沃壤中养成而传承,虽然只言片语式的"法"论述或技能指点遍布于诗话等语录材料当中,但本书中将其作为一种大"语境"以支持创作和全方位的素养,而发挥这些课题实际的影响。

② 　这种道理,犹如张健所说:"语句之间看似没有明显的逻辑关系,没有秩序,缺乏条理,即所谓'语无伦次';但是,其内在的意却有严密的逻辑关系,即'意若贯珠'。或者说,意脉贯通,语脉不联。……对于诗而言,这种内在意义结构的外在表达却未必(不是必不)呈现出明显的逻辑脉络。"张健《知识与抒情——宋代诗学研究》,北京:北京大学出版社,2015年,第152页。

③ 　翁方纲《石洲诗话》卷四,《黄庭坚和江西诗派资料汇编》上册,第301页。

这使黄庭坚和江西诗派具有极其显著的时代意义;也就是在专业之"法"的意识下,宋诗不祖东坡而追随山谷:"宋诗之大家无过东坡,而转桃苏祖黄者,正以苏之大处,不当以南北宋风会论之;舍元祐诸贤外,宋人盖莫能望其肩背,其何从而祖之乎?"①

从"法"与"典范"形成的角度来看,杜甫、黄庭坚是专业的共主,而李白②、苏轼则是不世出的天才,"太白以天分驱学力,少陵以学力融天分……山谷跂子美而加严。……山谷工用事,雄说理,江右由是成派,其究雅多而风少"③。江西诗派这样的专业社群正是以其"可学"可法处而得以成立,宋人讲"可学""不可学"("可法""不可法"),正是基于专门之学、专业社群成立之意识。

月 夜

杜 甫

今夜鄜州月,闺中只独看。遥怜小儿女,未解忆长安。

香雾云鬟湿,清辉玉臂寒。何时倚虚幌,双照泪痕干。

这是一首平易的思家怀人的诗作,而在诗评家"法"的成熟眼光下,可以从中诠释出不少专业诗人可法可学的经营门道,如纪昀解读:"(三、四句)言儿女不解忆,正言闺人相忆耳,故下文直接'香雾云鬟湿'一联。"冯舒:"只起二句,已见家在鄜州矣。第四句说身在长安,说得浑合无迹。五、六紧应'闺中',落句紧接'鄜州''长安'。"纪昀更细说:"入手便摆落现境,纯从对面着笔,蹊径甚别。后四句又纯为预拟之词。通首无一笔着正面,机轴奇绝。"许印芳:"三百篇为诗祖,少陵此等诗从《陟岵》篇化出。对面着笔,不言我思家人,却言家人思我。又不直言思我,反言小儿女不解思我,而思我者之苦衷已在言外。五、六紧承'遥怜',暗切'月夜'。写闺中人,语要情悲。结语'何时'与起句'今夜'相应,'双照'与起句'独看'相应。首尾一气贯注,用笔精而运法密,宜细玩之。"④

诗经《魏风·陟岵》是此类从对面写来的开山之作:

---

① 翁方纲《石洲诗话》卷四,《黄庭坚和江西诗派资料汇编》上册,第301页。

② 沈德潜:"太白(歌行)想落天外,局自生变,大江无风,涛浪自涌,白云卷舒,从风变灭。此殆天授,非人力也。"《说诗晬语》卷上,《原诗·一瓢诗话·说诗晬语》,北京:人民文学出版社,1998年,第209页。赵翼谓其:"神识超迈,飘然而来,忽然而去……自有天马行空不可羁勒之势。"《瓯北诗话》卷一,北京:人民文学出版社,2006年,第3页。

③ 刘埙《隐居通议》卷十,《黄庭坚和江西诗派资料汇编》上册,第195页。

④ 诗为方回《瀛奎律髓》卷二十二"月类"所选,诸评见李庆甲《瀛奎律髓汇评》中册,第907—908页。

陟彼岵兮,瞻望父兮。父曰:"嗟! 予子行役,夙夜无已,上慎旃哉,犹来无止"!

陟彼屺兮,瞻望母兮。母曰:"嗟! 予季行役,夙夜无寐,上慎旃哉,犹来无弃。"

陟彼冈兮,瞻望兄兮。兄曰:"嗟! 予弟行役,夙夜必偕,上慎旃哉,犹来无死!"

笔意相袭,然而一为自然天成、风味不可再现的"素人"之作;一为立"法"、创"法"的专家诗人精心营造。愈益成熟的法度论述,抽绎出普遍可学的专业技能,后人又复刻此一"专业"创制之"法",使其成为普遍的学识技能。

2. 宋人爱讲的"句法"——从章法观念到句法等课题

相较于手法素朴的《陟岵》原诗,有为有"法"的杜诗,技巧更是千变万化,这刻意展现表现力而处处精微之"法",乍看轻易,细读深密,杜甫开创性的成就使技艺醇熟至浑融无迹。这等具有技艺和经验内容的"知识",被宋人以"句法""诗法"等意识与专业演练承继了下来。

宋人口中之"法",众说纷纭,涵盖甚广,稍稍归纳如下。

（1）有时指章法,如篇章布局组织之法。

表面辞义之下的布置和安排,如前述汪师韩对于许浑中秋诗的分析,就是指出其中组织有序的写作思维。此等关涉全局之"法",关乎意脉的展开与运作、写作的总体策略、全篇的格局组织,杜甫和黄庭坚更做出了影响深远的示范,本章下一节将详述之。

（2）有时指布置句中之意,即诗人特有的安排句意的一种方式（句式风格）。

如吕本中说荆公、东坡、山谷各自一种句法,一种个人命意造语的风格特色:"前人文章各自一种句法,如老杜'今君起柂春江流,予亦江边具小舟''同心不减骨肉亲,每语见许文章伯',如此之类,老杜句法也。东坡'秋水今几竿'之类,自是东坡句法。鲁直'夏扇日在摇,行乐亦云聊',此鲁直句法也。学者若能遍考前作,自然度越流辈。"①

（3）有时指一句之内的句式安排。

如范温与山谷论苏轼诗句"耕田欲雨刈欲晴,去得顺风来者怨""千岩无人万壑静,十步回头五步坐"中运用"七言诗四字三字作两节"的句内作对也

---

① 吕本中《童蒙诗训》,《黄庭坚和江西诗派资料汇编》上册,第43页。

说是一种"句法"之学。① 看来范温所领会的句法之学,是使句式在对仗等形式方面更为严谨的炼句工夫。

（4）有时指句中精心设计的特殊语序、语法。

例如前述欧阳修的"春风疑不到天涯";或如宋名家竞相效仿的李白诗句:"青天有月来几时,我今停杯一问之。"(李白《把酒问月》)"公今此去何时归,我今停杯一问之"(王安石《送吴显道》五首之二),东坡"公独未知其趣耳,臣今时复一中之"(《太守徐君猷通守孟亨之皆不饮酒以诗戏之》)。

山谷便善于运用此类刻意设计的特殊句法,表现、隐喻,甚至"类比"诗歌含义,为艺术效果增色,如:

次韵雨丝云鹤(二首之二)

黄庭坚

几片云如薛公鹤,精神态度不曾齐。

安知陇鸟樊笼密,便觉南鹏羽翼低。

风散又成千里去,夜寒应上九天栖。

坐来改变如苍狗,试欲挥毫意自迷。

首句不谐律式平仄,又云淡风轻一般的语法,正是以句式"类比"和更形象地表现了第二句所谓的"精神态度不曾齐"散淡不羁的风流神态。

山谷诗中此例甚夥,营造了极为丰富的诗歌形式,形象直观的文字,却能象征、影射、蕴含繁复的意义。

（5）有时是以有"法"指称独到的"工夫"与"境界",指称工夫精到之后句律谨严的成就。

如山谷说老杜至夔州后的诗歌成就:"但熟观杜子美夔州后古律诗,便得句法简易而大巧出焉。平淡而山高水深,似欲不可企及,文章成就更无斧凿痕,乃为佳作耳。"②

这等"句法"展现技艺学"识"所到,亦考验读者相应的"法眼"、相当的鉴赏能力,如吕本中所谓:"渊明、退之诗,句法分明,卓然异众,惟鲁直为能深识之。学者若能识此等语,自然过人。"③

以上概念不一,也不能以特定法则概括之,然而都指向指点技艺能力、指引表现方法,以借助有效心得促成专业上的切磋琢磨,示人以"如何"精进

---

① 范温《潜溪诗眼》,《黄庭坚和江西诗派资料汇编》上册,第38页。

② 《与王观复书》,《黄庭坚全集》正集卷第十八,第470页。

③ 吕本中《童蒙诗训》,《黄庭坚和江西诗派资料汇编》上册,第43页。

的诗歌之道。例如以下这个例子，钱起一首诗作不同的版本与用词，引起了专业诗家的争议；此中虽无定论，然而这些在成熟的"法"思维下，在诗人各自养成的"法"眼下，在各种创作手"法"的敏锐知觉下的争论，却启发后学什么是"更好"的写作、更精进的表现力：

裴迪书斋望月

夜来诗酒兴，月满谢公楼。影闭重门静，寒生独树秋。

鹊惊随叶散，萤远入烟流。今夕遥天末，清辉几处愁。

首先是挑选诗作的方回说："姚合《极玄集》取此诗'月满'作'独上'，予以'独'字重，改从元本。'鹊'元本作'鹤'，予改从姚本。"冯舒不认同，曰："诗酒发兴，故接'独上'，不嫌其重用'独'字也。'月满'则呆矣，'独上'二字妙绝。且'谢公楼'内已含'月'字，不必再赘。"冯班呼应其说："仲文不避重字，《湘灵鼓瑟》诗可证。"纪昀则支持"月满"："'月'乃题眼，不可不点，不但'独'字重也。"①

言人人殊，皆以各诗家素来养成的"法"眼为依据。正是从宋人诗话只言片语点滴累积起来的成果和充斥于各种文学论述中的切磋之说，成为诗中"炼字""炼句""炼意"等最具体的演示和诗学的基础和门槛。

总之，"法"无定式。然而，基于对文字深厚的理解、深厚的文学涵养，"大手笔"总能从其所欲表现的体大虑周、思深绪密的内涵出发，经营、设计各种精湛形式，甚至因此反馈了、"发明"了诗文更高明、更极致的价值。在"法"意识之下，产生了种种"炼字""炼句""炼意"甚至"炼格""练气"之说；而"法"也成为诗家虽未明言却默识而了然于胸的基本认知，普遍应用于创作鉴赏，以其实际演练推展了"法"之大用，推进了诗歌专门之学的高深艺术。

正是这等"法""句法"的意识，在专业的基本法门上，促成了诗学专业社群——江西诗派的产生。

---

① 诗为方回《瀛奎律髓》卷二十二"月类"所选，诸评见李庆甲《瀛奎律髓汇评》中册，第915页。

二、诗文创作之方:"章法"之"法"

(一)"江西诗派"与"法"

江西诗派是在讲"法"、讲文字经营的时代风气中形成的文学社群。

这个被追认的观念社群,推尊黄庭坚为盟主,并追溯到杜甫的创作为宗祖。因上述的诗学专业观念,诗"法"思维的流行与传播,诗坛流传着所谓的江西诗法、江西句法,代表着当时创作法门之大宗,代表着宋代文人写作、鉴赏、评价、学习之主流观点。

也因此,宋人所开拓之"法",便多围绕着杜诗,以杜诗为指标、为典范,最典型的就是方回在《瀛奎律髓》中所评点之"法"。《瀛奎律髓》是以江西诗法、以杜诗之法为圭臬的律体选评之作。《瀛奎律髓》作为宋代诗论的大结裹,其中以诗歌具体表现所指称的"体"(体式)和"法"(句法)的观念,便成了后人对宋诗"体"与"法"课题的定论,例如以下文字所说的句"法":

> "落花游丝白日静,鸣鸠乳燕青春深"此等句法惟老杜多,亦惟山谷、后山多,而简斋亦然。乃知"江西诗派"非江西,实皆学老杜耳。因附见于下:"清江碧石伤心丽,嫩蕊秾花满月斑""珠帘绣柱围黄鹤,锦缆牙樯起白鸥",老杜也;"头白眼花行作吏,儿婚女嫁望还山""青春白日无公事,紫燕黄鹂俱好音""钓溪筑野收多士,航海梯山共一家""旧管新收几妆镜,流行坎止一虚舟""霜髭雪鬓共看镜,黄糁菊英同送秋",山谷也;"语鹊飞乌春悄悄,重帘深院晚沉沉""来牛去马中年眼,朗月清风万里心""问舍求田真得计,临流据石有余清""熟路长驱聊缓步,百全一发不虚弦",后山也;"寒食清明愁客子,暖风迟日醉梨花""前江后岭通云气,万壑千岩送雨声",简斋也。东坡亦有之:"白砂碧玉味方永,黄纸红旗心已灰""经卷药炉新活计,舞衫歌扇旧因缘";如欧阳公"金马玉堂三学士,清风明月两闲人",皆两句中各自为对。①

方回提到的"两句中各自为对"的"句法",即后世所说的当句流水对,也就是他以陈师道诗为例所说的"变体":

---

① 《瀛奎律髓》卷二十五"拗字类"杜甫《题省中院壁》诗评,见李庆甲《瀛奎律髓汇评》中册,第1114—1115页。

早　起

陈师道

邻鸡接响作三鸣，残点连声杀五更。

寒气挟霜侵败絮，宾鸿将子度微明。

有家无食惟高枕，百巧千穷只短檠。

翰墨日疏身日远，世间安得尚虚名。

方回评语："'有家无食''百巧千穷'，各自为对，变体也；如'寒气挟霜侵败絮，宾鸿将子度微明'，轻重互换，愈见其妙。……不以颜色对颜色，犹不以数目对数目，而各自为对，皆变体也。"此即所谓江西"句法"。

而这类"句法"的典范最有名的，恐怕非杜甫的《登高》莫属：

登　高

杜　甫

风急天高猿啸哀，渚清沙白鸟飞回。

无边落木萧萧下，不尽长江滚滚来。

万里悲秋常作客，百年多病独登台。

艰难苦恨繁霜鬓，潦倒新亭浊酒杯。

此诗胡应麟谓为古今七言律第一，"通章章法、句法、字法，前无昔人，后无来学"。

这类流水对法，确实可使句意如贯珠倾泻而下，使句式灵活而不板滞。然而也只是写作总体策略下诸般经营门道之一，不可滞泥于此一"法"，或将其指实为使诗作成功之关键。此首杜诗之"法"，实已涵盖种种交光叠影、复杂错综而彼此牵引的精湛手法，已不是任何一套规律法则所可涵括，成功诗作里的种种句法、诗法，皆众说纷纭。杜甫等"大手笔"创作的"法"源出多方，而在宋代富于艺术感受和文学积淀的诗家发扬之后，已广泛涉及各种维度的文学思辨，甚至文艺认知与美学价值等多层次的体悟。因此"法"的概念虽普遍为诗人论述、传播，催化了默认公从的效力，并产生了专业群体来实践、来代表，却不能够以任何一种可以指实、可以界定的观念来确认。这颇有一种只能"目击道存"的意味，也促成了诗学知识和方法上更深广的"活法""无法"，以及如何"参"、如何"悟"等辩证。①

虽说方回是江西观念的整理者，然而他也正代表了宋代谈"句法"者常

---

① 诗话里的这类说法，详见笔者《中国诗学的关键流变——宋代"江西诗派"》卷肆第一章第三节"'活法'是'心法'"。

犯的指实与异化之弊。他的标格"江西",往往板滞不化,走向窄路(所见宛如初始的"见山是山"),远不如后来诗家摆落任何一具实之"法"的局限,在宋代诸大家变化万方的具体诗作中,凭专业眼光所养成的"法"眼慧识、综合解析、归纳总结出来的种种前呼后应、有起有收、有铺陈有转折⋯⋯的法门、进路(如种种从"见山不是山"到"见山是山"的灵活辩证)。

在这个"法"门初生而说法混乱的发展时期,要探讨具有美学和方法论意义的"法",可以回溯到"法"最重要的启发者——黄庭坚创作与理论中的"法"。略有以下几种:

(1) 改革声律的"法"。

以"破弃声律"为创新的拗体之"法":

> 以声律作诗,其末流也,而唐至今谨守之。独鲁直一扫古今,直出胸臆,破弃声律,作五七言,如金石未作,钟声和鸣,浑然天成,有言外意。近来作诗者颇有此体,然自吾鲁直始也。
>
> (张耒评价黄庭坚语)①

山谷所立下的拗体法式,是当时律诗界的一大革新,它的渊源、作法、评价、争议等,都在后来的诗说中固着了下来,奠定了"杜诗—黄庭坚诗—江西诗派"的"传承"路线;而所谓的江西"句法",也随着这类说法的流行而兴起,并随之发展或附会出各种观念,而在专业群体默认公从的氛围下,被称为"江西诗法"或"江西句法"。

更重要的是他"为什么"提倡拗体。如张耒所说,这"一扫古今"的声律改革不只是单方面的形式创新,这自我作法的背后,潜藏着更根本、更广博的创作思考——思考如何更能成就"钟声和鸣""有言外意"的诗歌绝技。山谷在创作上的实际作为,本书将在第五章和第七章具体说明。

(2) 高度辩证而引起直观超越之"法"。

山谷诗作包蕴极广,往往综合而辩证地消化了多方(书、画、历史、人文价值等)文艺美学的心得,这本是宋代文人写作普遍的趋向。黄庭坚独创"法式"的价值在于:在虚实双照、内外互见中打破界域,使"真"谛熔铸于诗篇之中,成就极致的表现力,"山高水深,似欲不可企及"。

此等创造性极尽可能地引发直观超越之用心,难以在字面上见出真巧,故更难以言说指认。此"法"之难,连苏轼都无以称说。例如:苏轼曾作雪诗,此诗本拟自韩诗,而后众人又拟苏诗;在众作中,黄诗"夜听疏疏还密密,

---

① 《王直方诗话》,《黄庭坚和江西诗派资料汇编》上册,第29页。

晓看整整复斜斜"一联引发争议,苏轼极口称赏,众人却不见其好。

其实苏轼亦难指明这诗句究竟有何好处,原因就在于:苏轼(从更高远的视野)已看出黄诗有意的开创与实验精神(而这正命中韩愈诗,以及苏诗拟韩的"真"意所在:超越奇章巧句或一艺一能之开创性),不在字里间、不在作品写作成败,这只能直观之用心未必能具象呈现在任意一次实验结果(具体诗作)中。本来欧、苏等大手笔拟作韩诗,目标就不在"拟"或作一好诗(刻意作好诗随时可作),而在于呼应、发扬韩诗的开创性、实验性(这也是韩诗真正的"亮点",而不是这些诗句究竟写得好不好)。苏诗又引来众多拟作,却只有山谷直指要义,如六祖接过了五祖的题目,不为说得一口好"禅"(诗),而是如拈花微笑般直面"心法"(后来的大师,禅都说得比慧能好),直至不可言说的真精神。

杜、黄创作也是如此,因为有着远大的目标,都带着强烈的实验性的精神,所以重点并不在作品实体、每一篇章的成败,而在于这每一"步"向着他们所揭橥的(山高水深的)方向推进了多少;这才是他们真正的用意。天才往往命中常人看不见的目标。但后人执持篇章良莠的定见,难以充分认识实验过程中阶段性的成果,自无法洞悉其"真谛"所在。

咏雪奉呈广平公

黄庭坚

春寒晴碧来飞雪,忽忆江清水见沙。
夜听疏疏还密密,晓看整整复斜斜。
风回共作婆娑舞,天巧能开顷刻花。
正使尽情寒至骨,不妨桃李用年华。

方回记载了此诗所引起的大疑惑:"'夜听''晓看'一联,徐师川有异论。东坡家子弟亦疑之,以问坡,谓黄诗好在何处,坡却独称许之。"而方回自己也说不清楚,只能推给诗人们打哑"谜":"元祐诗人诗,既不为杨、刘'昆体',亦不为'九僧'晚唐体,又不为白乐天体,各以才力雄于诗。山谷之奇,有'昆体'之变,而不袭其组织。其巧者如作谜然,此一联亦雪谜也。……下一联'婆娑舞''顷刻花'则妙矣。"其他诗评家也赞得不甚了了,唯许印芳说得较有见地:"三、四虽不可标作句法,却是独创一格,此等最见本领。虚谷以五、六为妙,真儿童之见。"[1]已见出其创造性要义。

此等创新实验非大见识、大手笔不能作,这也是苏轼不说破的另一项原

---

① 诗为方回《瀛奎律髓》卷二十一"雪类"所选,诸评见李庆甲《瀛奎律髓汇评》中册,第886—887页。

因：不可袭学之，但可养而致，没有山谷等人的深厚涵养，极易画虎不成反类犬。后来江西的承袭者或改革者皆难以成事，亦与其少有大见识、大手笔有关，这也是许印芳所说"不可标作句法"。

（3）"入神""尽得其规摹"之"法"。

山谷较常为人所识认、称引为有"法"之作，有《登快阁》一诗，以"法"眼观之乃如此："起四句，且叙且写，一往浩然。五、六句对意流行。收犹豪放，此所谓寓单行之气于排偶之中者。姚先生云：'能移太白歌行于律诗。'愚谓小谢《冬日晚郡事隙》等篇，山谷所全本，可悟为诗之理。"[①]或谓"次连亦自写得'快'字意出"[②]。

从评语中可知，此诗之"法"所以成功，正在于能够"规摹"而变化一切规范成为资源，能够"化用"篇章句意等媒介，令表现力扩充至尽以至神气倍出。结合黄庭坚的创作和所讲之"句法"，此种"规摹""法度"，含义更为抽象深远，包含了一首诗歌善于援引，甚至从容操作文类的、结构的、历史的种种规范而成就特殊表现的能力；此等出入于既定框架而为我所用以臻"入神"之作，未必只在"炼句""炼意"间，更不能指实为某种句式，或什么样的用字法则："句法不光指语词的排列组合，而是相当于诗歌中一切具有美学效果因素的结构（structure），是一种有意味的形式（significance）。……这种结构原型更典型的是诗句之间节奏律动和语序意脉的共通性。"[③]

善于化用既有资源为美学要素的精神，充分掌握了诗歌创作的本质、规范技巧：

> 所寄诗文……但其波澜枝叶不若古人耳。意亦是读建安作者之诗与渊明、子美所作未入神尔。[④]

> 予友王观复作诗，有古人态度……但未能从容中玉佩之音，左准绳、右规矩尔。意者读书未破万卷，观古人之文章，不能尽得其规摹，及所总览笼络，但知玩其山龙黼黻成章耶？[⑤]

黄庭坚最具创造力的"句法"精神，在在超脱于一切可能限定的观念与法度，而成就其不可测度的艺术效果，以致有尺幅之间藏万里之势的神采：

> ……层次多。每一二句，即当一大段，相接有万里之势。山谷多如

---

① 方东树《昭昧詹言》卷二十，《黄庭坚和江西诗派资料汇编》上册，第 326 页。
② 何焯评语，《黄庭坚和江西诗派资料汇编》上册，第 430 页。
③ 周裕锴：《宋代诗学通论》，上海：上海古籍出版社，2007 年，第 192 页。
④ 《与王庠周彦书》，《黄庭坚全集》正集卷第十八，第 467 页。
⑤ 《跋书柳子厚诗》，《黄庭坚全集》正集卷第二十五，第 656 页。

此,凡大家短章多如此。①

　　山谷之妙,起无端,接无端,大笔如椽,转折如龙虎,扫弃一切,独提精要之语。每每承接处,中亘万里,不相联属,非寻常意计所及。②

　　大抵山谷所能,在句法上远:凡起一句,不知其所从何来,<u>断非寻常人胸臆中所有</u>……每篇之中,每句逆接,无一是恒人意料所及,句句远来。③

　　读韩公与山谷诗,如制毒龙,敛其爪牙横气于盂钵中,抑遏閟藏,不使外露,而时不可掩。④

　　虽不可具实名之,但宋人还是在"意"的经营之道中,帮黄庭坚造出许多"句法"来。这是因为宋人写诗工夫的下手处在"意",意脉要发起、要勾连、要转折、要开宕、要收束、要呼应,就得寻思句式的安排方式与效果,特别是黄庭坚的诗歌,在这方面确有许多独到之处,于是其"句法"之说,就往往被简化成"句"式之"法"则,如"命意""用意""造语"等说法。

　　这样的百般设计,从形式突破、写作策略,到化框架为资源,令诗作焕发无可比拟的精神与表现力,成为宋人诗法之关键。后人以为此等"法"皆自杜、黄开创而来。

　　在一片诗学有"法"声中,宋人学杜"诗法"最足称道者,无论拥唐派、拥宋派皆推陈与义:

观　雨

山客龙钟不解耕,开轩危坐看阴晴。

前江后岭通云气,万壑千林送雨声。

海压竹枝低复举,风吹山角晦还明。

不嫌屋漏无干处,正要群龙洗甲兵。

许印芳谓"结语用老杜'床头屋漏无干处'及《洗兵马》诗意。大处落墨,固见作家身分。中四句笔力雄健,五、六尤新"。并详解此诗"法脉":"首联叫起后文,次联承上'阴'字,写雨来是从宽处写。三联承上'晴'字,写雨止,是从窄处写。而第五句跟四句'千林'来,第六句跟三句'后岭'来,此两联写雨十分酣足。尾联恰好结出洗兵,而屋漏句应起处'坐轩',洗兵句应起处'不解耕',言意不在灌田,而在洗兵也。'群龙'二字收三、四句,连五、六句包在

---

①　方东树《昭昧詹言》卷十一,《黄庭坚和江西诗派资料汇编》上册,第319页。
②　方东树《昭昧詹言》卷十二,《黄庭坚和江西诗派资料汇编》上册,第319—320页。
③　方东树《昭昧詹言》卷十一,《黄庭坚和江西诗派资料汇编》上册,第320页。
④　方东树《昭昧詹言》卷十一,《黄庭坚和江西诗派资料汇编》上册,第319页。

内。前三联归宿在结句中,滴水不漏。<u>全诗法脉大概如此。其余炼字、炼句、练气、炼笔,又当别论。凡名家好诗,处处藏机法,字字有着落。</u>"①

观江涨

涨江临眺足销忧,倚杖江边地欲浮。

叠浪并翻孤日去,两津横卷半天流。

鼋鼍杂怒争新穴,鸥鹭惊飞失故洲。

可为一官妨快意,眼中唯觉欠扁舟。

此诗纪昀谓"雄阔称题"。许印芳再引以说其"法"要:"中四句全寓宋家南渡之感。六句喻清流失所,结语紧跟此句说。凡结联固要收拾通篇,尤宜紧跟五、六句来,或单跟第六句来。如此则<u>气脉联贯,神不外散。此是律诗定法。</u>"②

这两首诗歌,诗评家以深细而不失宏观的解读,称说其面面俱到地应用一切结构、资源与策略之"法",成就气脉完备的艺术效果。陈与义诗正提供了不可确指、不可抽象概括的宋诗诗法最合适的示范。

(二) 律体到长篇:章法、格局与思维

"法脉""意脉""气脉"在"法"的论述中从未缺席,"句法"有笼罩全篇的思维,然而在初始摘句为评的风气下,并未凸显;一直要到豪健如东坡(特别是其古体)、精深如山谷,示范了统筹内外、照应全篇,以炼铸一完形之"意"——讲求全篇布置、格局、开阖收摄而连贯一气的篇章之"法",其论述与演练才繁盛起来。

诗家注目于全篇而据以对一诗作出总体判断,可以从以下这个例子来领会。晁端友有一首《登多景楼》,此诗为长篇排律,方回选在《瀛奎律髓》卷一"登览类",并谓其"无一字一句不工"③:

楼上无穷景,楼前正落晖。开轩跨寥廓,览物极纤微。

云破孤峰出,潮平两桨飞。东溟看月上,西渡认僧归。

---

① 此诗"海压竹枝低复举,风吹山角晦还明"一联,读来是否与上述苏黄打哑谜之"夜听疏疏还密密,晓看整整复斜斜"有神似之趣? 心法的微妙就在这里,类似的机关、要领,透过难言其详的实例、议论纷纷却不着边际的论述,流传了下来,到了悟性高的诗人手上,于是能"用",用出其"道理"来,于是能够相机而下,累积心得经验,到了清代在"法"眼下涵养成熟的诗家,更能够用清晰明确的语言来指称之。

② 以上诗为方回《瀛奎律髓》卷十七"晴雨类"所选,诸评见李庆甲《瀛奎律髓汇评》中册,第700—701页。

③ 方回《瀛奎律髓》卷一"登览类",李庆甲《瀛奎律髓汇评》上册,第23页。

木落吴天远，江寒越舶稀。鱼龙邻海窟，鸡犬隔淮圻。

草色迷千古，波声荡四围。废兴怀霸业，融结想天机。

浩浩群流会，沉沉百怪依。登临真伟观，回首重歔欷。

但我们再参酌其他评语：

冯舒："全似乐天江州诸诗，目之所见，则成一联，似乎语无伦次，不知题是多景楼故也。"查慎行："律以工部之开阖抑扬，此诗瞠乎后矣。有铺排，无转折故也。"纪昀："'废兴'四句删去，觉紧健洁净。"

这首诗关键的问题，就在"有铺排，无转折"。这不能用题为"多景楼"为之开脱。"废兴"四句之所以应删，是因为"意脉"毫无融结，致使各联有如零玑碎羽，不成一体。

此诗号称"多景"，每一寓目，一景即成一联，虽着力刻画饶富铺排，却未能紧密连接而有松脱之病；炼句精湛，故尚有极目四望，登临遐远之情致，但到了用"意"之时，即"废兴怀霸业，融结想天机"句，不能汇聚一完整的意脉，反成赘语，删去之后，各联反能自成往复错落的景致，而让全篇自然简净地收束于"登临真伟观，回首重歔欷"。

全诗疏密、秾淡、轻重、疾徐、收放，如何铺排得当，如何转折，如何调度，如何变换交接，浑然一体，这正是宋人以来所谓开阖抑扬、前呼后应，种种在作品作为一整体的"章法"思考下，融会连贯的"炼意"之要求。

这凸显了"意"在长篇中关键的作用，此诗虽然"无一字一句不工"，但作品作为一整体之艺术"完形"，尤其长篇大作，更需要艺术手法上顾全大局、有铺陈、有动态、有层次、有张弛、有内外交替作用与呼应连贯等丰富变化，挑战着精深缜密的言意觉知、高瞻远视的创作才华。

比较一首在宋人诗"法"观念兴起前，就已有布局、有法度之诗作：

西塞山怀古

刘禹锡

西晋楼船下益州，金陵王气黯然收。

千寻铁锁沉江底，一片降幡出石头。

人世几回伤往事，山形依旧枕寒流。

今逢四海为家日，故垒萧萧芦荻秋。

许印芳引沈归愚语："起首如黄鹄高举，见天地方员。"纪昀："第四句但说得吴，第五句七字括过六朝，是为简练。第六句一笔折到西塞山，是为圆熟。"

查慎行谓之:"见解既高,格局亦开展动宕。"①

一篇七律,八句里有开展、有转折、有布局、有收场,且气脉连贯,层层推进,层层包蕴,虽是怅对山河凭吊兴亡,而终是千钧笔力!何义门云:"气势笔力匹敌黄鹤楼诗,千载绝作也!"

相较于前述晁端友诗,诗歌的劲健与松散判然可分,这就是诗歌讲求章法的窍要。

陆游一首长律:

顷岁从戎南郑,屡往来兴凤间,暇日追忆旧游有赋

昔戍蚕丛北,频行凤集南。烽传戎垒密,驿远客程贪。
春尽花犹坼,云低雨半含。种畲多菽粟,薪木杂松楠。
妇汲惟陶器,民居半草庵。风烟迷栈阁,雷霆起湫潭。
城郭秦风近,村墟蜀语参。快心逢旷野,刮目望浮岚。
考古时兴感,无诗每自惭。嘉陵最堪忆,迎马柳毵毵。

方回:"流丽绵密,所圈五字,以全篇太缛,到此合放淡故也。"(按:方回于"快心逢旷野,刮目望浮岚"两句旁加圈。)陆贻典:"有味乎其言。"纪昀:"此入微之论。"②方回指出了这首长律疏密浓淡的谐洽安排,而他所见识的工夫法门,得到陆、纪两位评家的首肯,也显示长诗更须有"法"、有开展、有转折、有纵横收放的自觉。

中唐"文以载道"之后,诗歌不让于文章,也力求表现、象征更宽广的"情感概念",蕴含更丰富的意义;此时趁势而起,在"以意为主"的思维下,宋人议论之风,也促成诗中更劲健深密的"意脉"。此后,诗歌好议论,更需要艺术手法来承载,而不至于成为讲道文章;"思"与"意"大幅开展,要营造诗歌更宏大的意图、更宽广的布局,尤须有"法"。

唐诗以抒情为主体,纵使有议论,也往往点到即止,寓于抒情感慨之中;这在中晚唐之后,有了变化,例如:

经伏波神祠

刘禹锡

蒙蒙篁竹下,有路上壶头。汉垒麋豜斗,蛮溪雾雨愁。
怀人敬遗像,阅世指东流。自负霸王略,安知恩泽侯。
乡园辞石柱,筋力尽炎洲。一以功名累,翻思马少游。

---

① 诗为方回《瀛奎律髓》卷三"怀古类"所选,诸评语见李庆甲《瀛奎律髓汇评》上册,第102页。
② 诗为方回《瀛奎律髓》卷四"风土类"所选,诸评见李庆甲《瀛奎律髓汇评》上册,第181页。

方回谓其"笔端老辣,高处不减少陵"。纪昀说这首徘律,五、六两句是其关隘:"上下转阖,一句束住本题,一句开出议论。"①

五、六句"怀人敬遗像,阅世指东流",不只是佳句,也是诗歌总体铺展上一处关键的转圜,用宋人的话来讲,便是"诗眼"(关键的手笔)。

诗歌从温柔敦厚或慷慨苍凉的抒情文体,到能够以"老辣"见赏,皆须拜议论与尚"意"炼"意"之赐;而此诗还只是略展议论,其中议论和抒情、写景,尚维持着三分天下的局面。然此时议论已开始争抢情景交融的抒情风采,成为诗歌精神所在,显现唐诗渐变、即将过渡至宋诗好"意"的征兆。

开启议论风范的,仍是杜甫:

蜀　相

丞相祠堂何处寻,锦官城外柏森森。
映阶碧草自春色,隔叶黄鹂空好音。
三顾频烦天下计,两朝开济老臣心。
出师未捷身先死,长使英雄泪满襟。

纪昀:"前四句疏疏洒洒,后四句忽变沉郁,魄力绝大。"②

一样是寄托出色的议论于深沉的感慨中,从眼前之景、沉思之境,判然陡转,直下气盖天下的"大判断",更显出扭转乾坤一般的宏大气魄;示范了议论如何决定关键的气脉、气势,显现沉郁雄浑的诗"意"。

于是诗歌亦讲究议论之"法":

双　庙

王安石

两公天下骏,无地与腾骧。就死得处所,至今犹耿光。
中原擅兵革,昔日几侯王。此独身如在,谁令国不亡。
北风吹树急,西日照窗凉。志士千年泪,泠然落莫筋。

冯班:"(此徘律)不作整对,有力量。起四句议论有力,陡健可诵。"查慎行:"五、六、七、八抟挽转折有力。"纪昀:"一气盘旋。"许印芳:"此诗善炼气,故无板排直泻之病。纯使议论,且纯向空际着笔,绝不挦扯事实,而事实皆在浑括中。足见笔意之高,力量之大。前八句曲折往复,极沉郁顿挫之致。九句、十句陡然接写景物,神色益旺。尾联以吊古作结,含情无限。此等诗老

---

① 诗为方回《瀛奎律髓》卷二十八"陵庙类"所选,诸评语见李庆甲《瀛奎律髓汇评》中册,第1224页。

② 诗为方回《瀛奎律髓》卷二十八"陵庙类"所选,诸评语见李庆甲《瀛奎律髓汇评》中册,第1233页。

炼沉雄,虚谷所云步骤老杜者是矣。"①

这首"托意深远"的徘律,开头就起议论,而议论之所以能不假抒情和意象而显得出色,是因为气势、气概使得出言行篇不落于庸弱板滞;以徘律而言,其谋篇布置相当于长篇,既要转折顿挫,又必须气脉连贯,令气概开展,于是诗中"托意"的方式有了类似"文脉"的思考,考虑排篇布局之法,首先便是忌"板排直泻"之病:须有往复曲折、有贯连起伏之动势。

在律体中,最能掌握此等"文脉"曲折、篇章之全面布置者,当推杜、黄:"杜公所以冠绝古今诸家,只是沉郁顿挫,奇横恣肆,起结承转,曲折变化,穷极笔势,迥不由人。山谷专于此苦用心。"②律体全篇之捭阖照应,也是山谷学杜最为出色一路:"诗(《野望》)起势写望而寓感慨。中四句题情。三、四远,五、六近。将点题出场,创格。此变律创格……读此深悟山谷之旨。放翁竟终身未窥见此境,故多平衍,可谓习气。"③此处所指陆游律体之失,便是败在律体"文脉""章法"之掌握未精。

于是,在近体诗中,"法""章法"等思维,亦极尽涵藏锻炼,如范温《潜溪诗眼》:"古人律诗亦是一片文章,语或似无伦次,而意若贯珠。……与文章真一理也。今人不求意处关纽,但以相似语言为贯穿……岂不浅近也哉。"④在杜、黄的示范下,律体也被当作篇章来经营。

拓展诗法的可能大用,一则如前述黄庭坚在成熟的律体中突破,下创新工夫,二则在还有多方面发展空间的长诗中发挥。后者更能打开"法"的演练空间,更挑战创作才华。

对于亟求发展的宋诗,在各种经营之"法"的思维下,要扩充格局、挑战更深密宏博的技艺,莫若长篇写作。黄庭坚《论作诗文》:"每作一篇辄须立一大意,长篇须曲折三致焉,乃为成章尔。"⑤南宋姜夔省思创作之道,也数次强调:"守法度曰诗","小诗精深,短章蕴借,大篇有开阖,乃妙""作大篇,尤当布置"。

谨于布置的概念带来了体大思周的策略、更高明的布局、更曲折的篇章起伏、铺排与转折,与综合为完整一体而"成章"的统合能力。诗歌也要铺排、部署与转折:一般律诗,在八句四联的篇幅内,没有太大的铺陈空间,或

① 诗为方回《瀛奎律髓》卷二十八"陵庙类"所选,诸评语见李庆甲《瀛奎律髓汇评》中册,第1229—1230 页。
② 方东树《昭昧詹言》卷十四,《黄庭坚和江西诗派资料汇编》上册,第439 页。
③ 方东树《昭昧詹言》卷十七,《黄庭坚和江西诗派资料汇编》上册,第440 页。
④ 范温《潜溪诗眼》,《宋诗话全编》,第1247 页。
⑤ 黄庭坚《论作诗文》,《宋诗话全编》,第963 页。

格局章法等大幅度的艺术安排的发挥空间,这在实践性很强(不只博学,也重视 know-how 之学)的宋代诗坛,为不断推陈出新的创作手法,以及读者阅读与理解上更多维的挑战,激扬了更全面的诗"法"、全体篇章之"章法"的议题,使得需要铺展的长篇成为章法竞技的一大场域,也提升了长篇的写作能力。

"章法"的观念经黄庭坚和江西诗人推展开来,结合宋初以来"意新语工"的主旋律,创作须有精心构思、布置安排的观念深入人心,也推进了各种方法和方法论的思考,甚至衍生出"奇""正"掉阖,错综变化等讲究:"波澜开阖,如在江湖中,一波未平,一波已作。如兵家之阵,方以为阵,又复是奇,方以为奇,忽复是正。出入变化,不可纪极,而法度不可乱。"①

"法"的问题,随着律诗变体、拗律的大量讨论,在古体尤其是长篇中又掀起更壮阔的波澜。为借助谋篇布局之道,拓展长篇宏大的思意,韩愈、刘禹锡、李商隐已在古体、律体等长篇里,引进了古文(或四六文)长篇经营的概念,发挥浩瀚宏肆的文思,在布置、转折、连贯、收放等方面,打开了诗歌之"法"的范畴和观念,因此"法"的思考更加多维、远大而全面,所汲引的资源和方法,更广及经史:"章法……齐梁以下,有句无章;迨于杜、韩,乃以《史》《汉》为之,几与'六经'同工;欧、苏、黄、王,章法尤显。"②

专讲"诗法"的《瀛奎律髓》里,便收了一首韩愈六韵长律:

送郑尚书赴南海

番禺军府盛,欲说暂停杯。盖海旌幢出,连天观阁开。
衙时龙户集,上日马人来。风静鹍鹏去,官廉蚌蛤回。
货通师子国,乐奏武王台。事事皆殊异,无嫌屈大才。

方回如此评论:"唐人诗六韵、八韵、十韵以上,春容之中寓以揫敛,如此者不一。近人学晚唐诗,止于八句中或四句工,或二句工,而尾句多无力。此诗……尾句着力一结,而'殊异'二字乃一篇精神也。"清代查慎行也同意此说:"(此诗)结句可为长律之法。"③诗的主题是当代人事,却用了史事议论的笔法,正如上述方东树所云杜、韩创章立法,"以《史》《汉》为之,几与'六经'同工",为长诗体式引入了史事史论,而足为建制立(章)法之典范。

这类笔法布局也为古体篇章之"法"建立了典式:"……(东坡《石鼓歌》)

---

① 姜夔《白石道人诗说》,《宋诗话全编》,第 7548—7549 页。
② 方东树《昭昧詹言》卷一,《黄庭坚和江西诗派资料汇编》上册,第 436 页。
③ 诗为方回《瀛奎律髓》卷四"风土类"所选,诸评李庆甲《瀛奎律髓汇评》上册,第 156—158 页。

暨《王维吴道子画》《龙兴寺》《武昌剑》《虢国夜游》《雪浪石》,杜《李潮八分》,韩《赠篜》《赤藤杖》,李《韩碑》,欧《古瓦》《菱溪》,黄《磨崖碑》,皆可为典制之式。"①而开发杜诗真传的黄庭坚更全面地提示了长篇之"章法"的思维,如上述可与杜、韩、欧、苏并为典式的《书磨崖碑后》《浯溪碑》盛称"诗有史法"②;这"史法"也就是叙述与议论史事的能力,如元代刘埙所谓:"山谷翁《书磨崖碑后》《题老杜浣花醉图》,皆精深有议论,严整有格律。"③

宋人长篇之中,章法变化万千,犹不失意境情味,有经营、有安排,有"法"有"理"有议论,仍不失诗人风致,当数苏、黄所作:

次韵子瞻和子由观韩干马,因论伯时画天马

黄庭坚

于阗花骢龙八尺,看云不受络头丝。

西河骢作蒲萄锦,双瞳夹镜耳卓锥。

长楸落日试天步,知有四极无由驰。

电行山立气深稳,可耐珠鞯白玉羁。

李侯一顾叹绝足,领略古法生新奇。

一日真龙入图画,在坰群雄望风雌。

曹霸弟子沙苑丞,喜作肥马人笑之。

李侯论干独不尔,妙画骨相遗毛皮。

翰林评书乃如此,贱肥贵瘦渠未知。

况我平生赏神骏,僧中云是道林师。

方东树《昭昧詹言》卷十二:"叙题章法老。'李侯'二句逆入题。'一日'二句棱。'曹霸'二句议。'论干'四句,反复有笔势。'翰林论诗',言苏公亦同李论。初学须解此种,乃不妄下笔,入滑俗伧父派。沉着曲折,所谓气深稳,语意重。"④"法"(布置)以运"气","法"沉着而"气"深稳,足能运千钧于笔端(于诸名相、形象、句式中),所以"语意"重。

次韵子瞻题郭熙画山

黄州逐客未赐环,江南江北饱看山。

玉堂卧对郭熙画,发兴已在青林间。

---

① 方东树《昭昧詹言》卷十二,《黄庭坚和江西诗派资料汇编》上册,第438页。

② 曾季狸说"山谷《浯溪碑》诗有'史法'",《艇斋诗话》,《历代诗话续编》本,北京:中华书局,1983年,第296页。

③ 刘埙《隐居通议》卷八,《黄庭坚和江西诗派资料汇编》上册,第194页。

④ 诗和笺注见黄宝华《黄庭坚选集》,上海:上海古籍出版社,1991年,第229—231页。

郭熙官画但荒远,短纸曲折开秋晚。

江村烟外雨脚明,归雁行边余叠嶂。

坐思黄柑洞庭霜,恨身不如雁随阳。

熙今头白有眼力,尚能弄笔映窗光。

画取江南好风日,慰此将老镜中发。

但熙肯画宽作程,十日五日一水石。

翁方纲《七言诗歌行钞》卷十:"前有玉堂一幅实景作衬,故后半又于空中宕出一幅,仵发远神。"方东树《昭昧詹言》卷十二:"'黄州'四句,叙毕。'郭熙'二句,正面。'江村'句,写。'归雁'句,顿住。'坐思'二句入己,纬也。乃空中楼阁,妙。'熙今'二句,驰取下二句。'画取'二句,点出宗旨。'但熙'二句,余情远韵,力透纸背。曲折驰骤,有江海之观、神龙万里之势。"①

今人则称:"此诗四句一转韵,每一韵又两句一转义。头四句……紧扣苏诗之题旨。接下来四句,转入正面写郭熙秋山图,前两句概括其意境,后两句具体描绘画面的景物。'坐思'四句,前两句……由写郭熙画境转到自身;'熙今'二句又转回写郭熙……最后四句,'画取'二句顺势写来,点出宗旨……结尾两句,转向……赞美郭熙山水画如唐王宰之造诣高超。"②。

虚实回宕,曲折展开,乃上述方东树所谓"曲折驰骤""余情远韵"之谓也;有意于山水画意,与以下苏诗寄兴于画、出入于近景远思之间的曲折逸兴互为辉映,往复流转间,山谷用"意"取"神"之"法",足可深思。

郭熙画秋山平远

苏　轼

玉堂昼掩春日闲,中有郭熙画春山。

鸣鸠乳燕初睡起,白波青嶂非人间。

离离短幅开平远,漠漠疏林寄秋晚。

恰似江南送客时,中流回头望云嶂。

伊川佚老鬓如霜,卧看秋山思洛阳。

为君纸尾作行草,炯如嵩洛浮秋光。

我从公游如一日,不觉青山映黄发。

为画龙门八节滩,待向伊川买泉石。

题的是眼前的秋山平远,开篇却回忆起当日任职翰林时,在玉堂所观的郭熙

---

① 诗和笺注见黄宝华《黄庭坚选集》第233—234页,方东树《昭昧詹言》卷十二,《黄庭坚和江西诗派资料汇编》上册,第320页。

② 邹进先《宋代杜诗学述论》,北京:中国社会科学出版社,2016年,第325页。

另一幅画(《春江晓景》)；写的是秋山之画，想的是秋林日晚的浮光。秋光日远，而神思更遐远。如此，虚虚实实，远远近近，思及"嵩洛浮秋光"，思及"青山映黄发"，暗含这位"黄州逐客""日远？""长安(洛阳)远？"(所以山谷云"恨身不如雁随阳")等"秋晚"(晚景)之思。

前首山谷诗首句"黄州逐客未赐环"就击中苏诗发兴的神髓，这是高手交锋，唱和诗的极致！无怪乎翁方纲说山谷："坡公之外又出此一种绝高之风骨，绝大之境界，造化元气发泄透矣！所以有'诗到苏、黄尽'之语。"[1]

东坡此诗发兴，远而又远，这也是画中"三远"之"平远"手法的特质，郭熙画论云："山有三远。……自近山而望远山，谓之平远。高远之色清明，深远之色重晦，平远之色，有明有晦。高远之势突兀，深远之意重叠，平远之意冲融而缥缥缈缈。其人物之在三远也，高远者明了，深远者细碎，平远者冲澹。"[2]此诗诗思诗兴，近而又远，远而还近，曲折往返，时光与空间明晦层叠，足以寄幽情托遐意于其间，情致澹宕而风韵动人。若将方东树评山谷和诗所谓的"曲折驰骤""余情远韵"移用于此，亦无丝毫舛差。

"法"自从在宋代昌行之后，一直争议不断。较之以上所列有所示范、有所成就之"法"，诗论中陷于僵固法则、口头名相的"法"亦复不少。虽然如此，这毕竟代表着重"文"的时代风气"落实"于文字、兑现于文字的用心。因为有"法"，诗歌自为一家专门学术也更上一层次，此学此艺，不再遮蔽于一片朦胧不可言说的意象美感，更有门道可讲求——透过具体文字经营的专业讲求与深度鉴识而实践之。

虽然许多僵化于字面之法的讲求常成为陈腔滥调，但历经文字意识日常修习，自有大才翻上一层，在丰沃的诗学土壤里进行方法的反省、表现意义的省思，"工夫""境界"于焉而生，造就了全面而辩证的创作论与鉴赏论，甚至推进到诗歌本体论的、诗文本质性的思考。从最粗浅平常的论述到最深厚渊博的体用辩证，法之大用存焉！

---

[1] 翁方纲《石洲诗话》卷十，《黄庭坚和江西诗派资料汇编》上册，第 302 页。

[2] 转引自徐复观《中国艺术精神》，台北：学生书局，1966 年，第 342—343 页。

第三章　用　典

　　用典是文人诗作重要的特征。诗歌虽以抒情为主,本无须用典,然而随着艺术手法和情感表现日益精进,诗人也把高明的巧思带进了典故的运用,为诗歌"言有尽而意无穷"的表现效果增色。最典型的如李商隐的用典,在唐诗成果丰硕而各方面开发已过度完熟的局面下,为晚唐诗歌另辟境地,在既有的题材、常见的主题中,创造出格外出色的效果。

　　宋诗用典的几个转折,从效法李商隐的西昆体,事类烦冗、堆垛典实;到欧阳修平易雅洁,清省多姿;到苏轼的博识多闻,引类旁通,又机辩巧黠,"所读之书,博赡精熟,故其使事取字,密切赡给,如数家珍""直缘胸中蓄得道理多,触手而发,左右逢原,皆有归宿,使人心目了然餍足,足以感触发悟心意"①,开拓了用典所有的可能,然而此天才笔力,并非可学而致。后来到了黄庭坚综合融贯的"多重用典"。"多重用典"正是黄庭坚融贯而推拓杜甫诗学的长项之一,和山谷锻炼至精的诗"法"一样,能示人以门径,成为山谷诗学与"心法"之一环。

　　此处所谓"多重用典",指的是宋诗(特别是以黄庭坚为代表的)错综、复合地运用典故的方法,以及由此方法所实现的表现目的。它呈现出宋诗统摄人文传统与诗歌形式创造的成就,也同时把诗歌写作应用历史故实的手段,领向一个新的里程。借由黄庭坚用典手法的具体分析,可以探讨其如何不同于以往,而能将"典故"之用,推升至"言""意"的极致表现,并经由用典的手段,满足他以诗文作为<u>人文符号</u>的诗学理念,达成宋代以来诗歌沟通主体表现与形式表现的要求,而成为宋人诗歌创作的另一项示范性成就。

---

① 　方东树《昭昧詹言》卷一、卷九,《黄庭坚和江西诗派资料汇编》上册,第438页。

一、三首典型

1. 黄庭坚《题落星寺》

这在第一章讨论过。

特别是其中"小雨藏山客坐久,长江接天帆到迟"及"燕寝清香与世隔,画图妙绝无人知"二联,一个典故里综合交叠了好几个层次的意涵,且互相影射、辩证、焕发多义,"禅"与"道"、"世"与"俗"、"时间"与"空间"、"此"刻与"彼"方、禅房一隅与(心灵和时空)玄冥"天地",或正或反,或虚或实,又翻用,又辩证,又错置、暗合、联想,推宕出无穷的哲思与情致,也挑战了极精妙的"言""意"连环往复、互相涵摄之表现。如此"多功能",集中于连贯完整之"事"与"意",毫不涣散,因而与西昆之用好几件故实,却不出一二意思,大异其趣。

这就是最典型的山谷用典的慧心。

2. 李商隐《马嵬》二首之二

> 海外徒闻更九州,他生未卜此生休。
> 空闻虎旅传宵柝,无复鸡人报晓筹。
> 此日六军同驻马,当时七夕笑牵牛。
> 如何四纪为天子,不及卢家有莫愁。

"海外徒闻更九州",用邹子"九州之外,更有九州"意,又檃栝了白居易《长恨歌》海上有仙山以下之诗意;①也因此使得下一句的"他生未卜此生休",不仅影射了"当时七夕笑牵牛",也含义更加深远地呼应了"天长地久有时尽,此恨绵绵无绝期",括尽《长恨歌》笔意。西昆所学,虽用典繁博,却徒排比事义,而不及此等含蕴精密工夫,远不如后来山谷之"用西昆工夫"而能引申使用。

前人曾有些诗论对李商隐此诗表达不满,"此日六军同驻马",相形之下,"当时七夕笑牵牛"及这"笑"字过于浅白轻薄,显得"斗凑"、巧对,(见元方回,清屈复、毛西河等人的说法)。然而,如果善加回味以上指涉和意蕴,寻思《长恨歌》里"上穷碧落下黄泉"之杨妃在蓬莱、明皇寂寞西内之诗意,"当时七夕笑牵牛"就包含很有分量的故事内涵。儿女闲情与严肃军机("六

---

① 范温《潜溪诗眼》指出此诗"其意则用杨妃在蓬莱山,其语则用邹子云:'九州之外,更有九州'",以为诗歌命意用事之典范,"深稳健丽"。《宋诗话全编》,第1252页。

军同驻马"之后,就是天人两隔,也暗合了"海外""九州"、"他生""此生")成强烈反差,如此环环相扣、前前后后交互照应的用典,分量实重,"笑"字一笔千钧地带起"此日六军同驻马"事件内涵的沉重肃杀;且字面(言)与内蕴(意)之间轻重相形的戏剧性作用益加凸显。相较之下,若是少了"海外徒闻更九州,他生未卜此生休"一联的深广橐栝,只此"此日六军同驻马,当时七夕笑牵牛"一联,则诗意的确薄弱突兀,而"笑牵牛"也无以力敌"同驻马"了。

可见义山用典中,已深有上一章所谓照应全篇的"章法"功力。用典在李商隐的手上,已经不是单一作用,而远远高于六朝以来用典之惯例,甚至西昆虽刻意剿袭义山,亦见未及此。

老杜之后,善用故事、熔铸多义最成功的便是义山诗。宋人好用典,亦得力于李商隐的"熔铸"之功。精思于"意"、思深绪密,正可对治中晚唐诗歌如元白流于率易和晚唐工巧空泛之憾。宋人常说,去浅易鄙陋之气,要读李义山、黄庭坚诗①,道理就在这里,因为他们的诗作能示人以思意深刻之高明手法。这种巧思不仅是钻研技巧的问题,而是丰富意义、完备形式的思维锻炼,是学识与美感融会的高度挑战,甚而在山谷诗学的提倡下,也是诗歌用以澄汰心胸的工夫。

3. 苏轼《百步洪》

> 长洪斗落生跳波,轻舟南下如投梭。
> 水师绝叫凫雁起,乱石一线争磋磨。
> 有如兔走鹰隼落,骏马下注千丈坡。
> 断弦离柱箭脱手,飞电过隙珠翻荷。
> 四山眩转风掠耳,但见流沫生千涡。
> 崄中得乐虽一快,何意水伯夸秋河。
> 我生乘化日夜逝,坐觉一念逾新罗。
> 纷纷争夺醉梦里,岂信荆棘埋铜驼。
> 觉来俯仰失千劫,回视此水殊委蛇。
> 君看岸边苍石上,古来篙眼如蜂窠。
> 但应此心无所住,造物虽驶如吾何。
> 回船上马各归去,多言譊譊师所呵。

---

① 许𫖮《彦周诗话》:"作诗浅易鄙陋之气不除,大可恶。客问何从去之,仆曰:'熟读唐李义山诗与本朝黄鲁直诗而深思焉,则去也'",《黄庭坚和江西诗派资料汇编》上册,第76页。

"四山眩转风掠耳，但见流沫生千涡""我生乘化日夜逝，坐觉一念逾新罗""觉来俯仰失千劫，回视此水殊委蛇"，也是用了《物不迁论》（"旋岚偃岳而常静，江河竞注而不流""四象风驰，璇玑电卷，得意毫微，虽速而不转"）的典故。

僧肇本以此晓喻物性不动亦不静之辩证，直证佛家性"空"的道理。但苏轼在此综合运用之下的这些辞意，再加上"荆棘""铜驼"等用事所蕴含的沧海桑田式的感慨，其意思仍较接近庄子之"物不迁"义，即《庄子·德充符》所说的"审乎无假而不与物迁，命物之化而守其宗也"之义，所谓万象本自迁流不息，但达人明晓此理，因此心识能"不与物迁"而守其真。

同样用《肇论》的典，比较黄庭坚《题落星寺》"小雨藏山客坐久，长江接天帆到迟"这一联，苏轼此诗虽不像山谷诗运用得那么隐微曲折，却更加错综活泼，流水般急速转换于种种动作、意象与心念之间：一时之间，既是"即目"，又是陈迹；既是万象，又是哲思；既是经验之"真"，又是心念如"梦"；既是"事"，又是"理"；既是迅疾一瞬，又是亘古千年；念念不住。

两诗手法不同，效果也不同。山谷诗在整体之静中生出了动——动静、真俗的辩证流动、不住不迁的思维回荡；东坡诗则更动态交错着似静而动、似动而静的辩证，在"曾不能以一瞬"的险乐交错、众乱纷纭而念念不住的万"动"之中，"不与物迁"的至人之心，"游"于往来古今，游于历历变化如不变的沧桑感性，如领受了剥蚀冲刷而寂寞永定之苍石。

苏轼《百步洪》一诗作于熙宁十年（1077），而山谷《题落星寺》诗则史容《外集诗注》将其编在元丰三年（1080），如此则两诗创作时间相距不远，不妨视为苏黄又一诗歌竞赛、更高明的"炼意"技巧的示范，对同一典故各自作了精彩而方向完全不同的创发。

以这三首极具特色的典型诗作，比较六朝以来用典的通则，可知唐宋以来，用典手法演化之巨。

二、六朝以来"据事以类义，援古以证今"的用典通则

六朝用典的通则，大概可以《文心雕龙·事类》篇讲的"据事以类义，援古以证今"为据。[①]

---

① 陆机《文赋》里虽提到写作要"颐情志于典坟""收百世之阙文，采千载之遗韵"，但并没有具体的用典的方法。

《事类》篇陈述了文章用典的源流、用典的必要，以及用典所依据的范式与避忌。《事类》篇所指的用典，大约有两类：一是"略举人事，以征义者"，如《易·既济》九三爻辞引殷高宗伐鬼方之事解释此爻所意味的事态；二是"全引成辞，以明理者"，如书经所记盘庚迁都时告诫臣民的训诰，引用了迟任之言。

这两者，"明理引乎成辞，征义举乎人事，乃圣贤之鸿谟，经籍之通矩也"，源自传统经典征引典故的惯例。在这个传统下，这时用典的目的，在借以明理征义：举历史事件印证道理，发挥具体而微的作用，使说理不至于抽象；而引用前人的"成辞"，则得乞灵于文本权威，获致更强的说服力。准此，这类"捃摭经史，华实布濩"的用典观念遂逐渐成为后人用典之范式，依刘勰《事类》篇的看法，这能力就显现了学问之厚薄。

于是，在这样的目的下，也就形成了一些用典的基本规范。

1. 强调一事一义之"真"

典故的使用，原是承袭经典"据事类义""援古证今"的作法，以最简约的语言取代大段的论述，以类比的方式精确无误地指示相关事态，以达到文章"明理征义"的作用。诗文里的典故，踵继着经籍用典的成规，强调一事一义之"真"。

例如：曹植《报孔璋书》有"葛天氏之乐，千人唱，万人和"，《事类》篇据《吕氏春秋·古乐》讲"葛天之歌，唱和三人而已"，认为曹植引事乖谬；而陆机《园葵》诗有"庇足同一智"句，刘勰认为"葵能卫足"与"葛藟庇根"分属两件故实，陆机用"庇足"讲园葵，是改事失真。两种情况，皆是用事"不精"所致之过。①

但早在司马相如《上林赋》中就说过："奏陶唐氏之舞，听葛天氏之歌，千人唱，万人和，山陵为之震动，川古为之荡波。"为什么不能把曹植的用典看成引用司马相如的"成辞"而非《吕氏春秋》的典故？如此则不足以言谬误，但刘勰不这么认为。

刘勰也知道，这个典故应是由相如推衍而来的。但他站在要求"本事"的立场，认为这是"信赋妄书"，以致此谬。这样的立场表明了引用典故必须严格从属于本事本意，必须局限于一事一义具体指涉之真，不得延展其义扩充解释。

其批评陆机的立场也是如此。陆机《园葵》诗："庇足同一智，生理各万

---

① 周振甫《文心雕龙注释》，台北：里仁书局，1994年，第594—595页。

端",刘勰认为,在此若是用"葛藟庇根"(《左传》文公七年乐豫云"葛藟犹能庇其本根")的典,则葛藟并非园葵,引事不对;若用的是"葵能卫足"(《左传》成公十七年孔子所说"葵犹能卫其足")的典,那么应该用的是"卫"而非"庇",因此陆机就是改事失真。

这更是连字都不能改换了。在这种意义下,典故的使用,近于一种作为"指示"的"信号",用以指涉特定的对象、特定的事态。① 为保证类比的有效,要求用事之"精",即必须严格从属于本事本意,限定于固定指涉,不得扩充其意蕴或多加解释。刘勰认定曹植、陆机引事"不精"而致疵谬,就是因为他们在用语或造意上更动,跨越了本事的范围。

2. 典故须与诗文内容具同质性、逻辑性

在"明理征义"的作用下,用典必须扣合文章所表达的内容,所谓"校练务精,捃理须核",正是要求用典必须与诗歌内容逻辑严实,要求"理得而义要",说明了用典与诗文的关系是同质性的、逻辑性的,采用什么样的典故是严格地以文理内容之"义"而非作品表现之"意"为依归的。

诗文的写作,在刘勰"道沿圣以垂文"的文道脉络中,乃是宗经征圣的行为,有其"秉经制式"的准则;又加上六朝"客观文体论"的立场,写作普遍须依循文类既定的成规。因此,上述在"圣贤鸿谟,经籍通矩"传统下发展出来的用典成规,便俨然成为一时难以逾越的典范了。

三、六朝用典的效用与局限

然而,被刘勰认为是疵谬的这种错综引事,师心用字,在后来却是很普遍的,如我们上节所举唐宋三首出色的用典之例,都已超越本事本义本字,甚至是更加高明精湛的手法。这种用典,就如同"郢书燕说",因作品本身的表现目的而用,并且可以辗转地、间接地使用。

---

① 这里所讲的"信号",是为了与下文所谓的"符号"作用作参照。语言可兼"符号"与"信号"的作用,但由于语用及指涉的不同,而有"符号"与"信号"之别。在本文中,这两者是判断黄庭坚诗歌创新的重要依据。"符号"(symbol)与"信号""记号"(sign)不同,符号的功能是"象征","记号"则起"指示"的作用。"记号"指向确定的、具体的事项或状态、行动,也就是所谓"指示"的作用;然而"符号"所指涉的目标往往是不确定的,旨在传达某种意味或内在含义。因此,"记号"与代表物往往是一一对应的,而"符号"则否,它通常蕴含了多层意思,是"表现"抽象概念的形式。"符号"与本体的代表关系不同于"记号",不是发挥简单的指示作用。简单地说,"记号"对应着可限定、可指实的事件或状态;而符号指涉的是已经抽象化而蕴含更多意义的"概念"。

王安石就明白推翻了刘勰这规定：

> 荆公尝云："诗家病使事太多，盖皆取其与题合者类之，如此乃是编事，虽工何益！若能自出己意，借事以相发明，变态错出，则用事虽多，亦何所妨！"故公诗如"董生只被公羊惑，岂信捐书一语真""桔槔俯仰何妨事，抱瓮区区着此身"之类，皆意与本处不类，此真所谓使事也。①

用典要"自出己意，借事以相发明，变态错出"，甚至是"意与本处不类"。典故是为"表现"出相烘托、相触发、相映照、相参差，甚至相对立以成趣的种种可能的美学效果而用，不是为"表达"为事件内容逻辑所限定的意义而用。

在讲宋人用典之前，我们需要注意一个问题：在六朝的用典观念下，钟嵘所代表的"直寻"、反对用典的意义。上述恪遵一事一义的用典，其功能主要是"表达"性的，而非"表现"性的。也就是说，在描述、传达、铺陈、指称、概括事件、事理、事义、事态上，进行同质性的表达，方能明"理"征"义"。这对于以抒情性为主的诗歌，有积极的作用吗？

根据以上《事类》篇的说法及六朝的用法，可以整理出用典对结撰篇章发挥的两种作用：

1. 厚实而精练的取代

典故的使用，能令语言经济而厚实。

典故浓缩了相关的历史事态，以最经济的方式，唤起相关的文化记忆以类比，减省了长篇论述；同时善用典故明指或隐指的手法，可以调节所叙之事件、事态的意义层次，使文章论述得以包容广大，而文脉依旧简洁而不拖沓。这是让篇章厚实而有分量的作法。

赋或骈文这类文体，之所以讲究用典，目的也是充实形式考究的美文，充实长篇操作的分量而不致蹈空于华辞丽藻。

2. "众美辐辏，表里发挥"以显才学

典故的使用，能令语言华美。

一来透过穿织其中的具体的历史事件、历史语言，充实作品内容，扩充读者的文化想象，诗文表述得以虚实相生，辞采丰富，如环珮琼玖，为佳人增色。

---

① 蔡居厚《蔡宽夫诗话》，《宋诗话全编》，第 635 页。又王安石这两首诗分别是：《窥园》诗："杖策窥园日数巡，攀花弄草兴常新。董生只被公羊惑，岂信捐书一语真。"《赐也》诗："赐也能言未识真，误将心许汉阴人。桔槔俯仰妨何事，抱瓮区区老此身。"典型的拗相公的翻案之作，无怪乎不能接受循规蹈矩的用典成规。

二来"君子以多识前言往行",建立读者心理合作的表述氛围。引经据典,本就有助于增强论断的权威性,而诗文用典,又不仅仅是为了说服的作用,更是为了诉诸丰富的"前文性"而激发读者的情感认同。① 从接受心理来讲,征引旧作更容易召唤读者群的心理"合作",营造共同的阅读氛围,有助于增强"言志""缘情"形态的诗歌抒情沟通的力量。

如此,一直到西昆体,"用典"还是延续了这般作为。

汉 武②

杨 亿

蓬莱银阙浪漫漫,弱水回风欲到难。
光照竹宫劳夜拜,露溥金掌费朝餐。
力通青海求龙种,死讳文成食马肝。
待诏先生齿编贝,那教索米向长安。

"蓬莱银阙浪漫漫",《史记·封禅书》汉武帝信李少君言,遣方士入海求蓬莱仙者。"弱水回风欲到难",相传出自东方朔所著之《十洲记》载:"汉武帝既闻王母说……有此十洲,乃人迹所稀绝处。又始知东方朔非世常人,是以延之曲室而亲问十洲所在所有之物名,故书记之。方朔云:……凤麟洲,在西海之中央,地方一千五百里。洲四面有弱水绕之,鸿毛不浮,不可越也。""光照竹宫劳夜拜",则用《汉书·礼乐志》载武帝"以正月上辛用事甘泉圜丘,使童男女七十人具歌,祠至明。夜常有神光如流星止集于祠坛,天子自竹宫而望拜";以及《汉书·郊祀志》载后来成帝时"初罢甘泉泰畤作南郊日,大风坏甘泉竹宫"事,合两事而有"劳"夜拜一语。"露溥金掌费朝餐",《史记索隐》引《三辅故事》曰:"建章宫承露盘高三十丈,大七围,以铜为之。上有仙人掌承露,和玉屑饮之。故张衡赋曰'立修茎之仙掌,承云表之清露'是也。""力通青海求龙种",此句明用《史记·大宛列传》载太初元年武帝为取宝马派贰

---

① "前文性",是文化丰富积累的成果,并且它关系着一切文化制作释义的语境。"无可否认,社会生活(为)文学提供了经验材料。但哪怕在素材上,任何一种艺术门类,发展到一定程度时,就会出现'文类内转',即把这门类中,或这个文化中,已确定的'文本'(读者已比较熟悉的'文本'),作为素材,也作为释义的控制力量。从《诗经》乐府到唐诗宋词,我们可以看到在中国诗歌这艺术门类中,前文性越来越多,对现实经验材料的依赖逐渐减少。对读者'修养'的要求也越来越高。这种前文性,既来自这文类历史上形成的积累,(词语、借用、通用象征、仿作、戏仿),也包括整个文化中其他表意方式(哲学、伦理、历史……)积累的材料。……前文性,实际上是整个文化传统,尤其是人文传统,在文学文本中的呈现方式。"(赵毅衡《文化转型期与纯文学》,《当代》1991年第64期,第79页。)

② 此诗收在《西昆酬唱集》中。诗与以下注解参见王仲荦《西昆酬唱集注》,上海:上海书店,2001年,第42—44页。

师将军西伐大宛事。但同时,由于《史记·封禅书》亦载同年武帝以方祠诅匈奴大宛等事,因此此一故实亦暗暗地勾连了诗句前后武帝佞信方士之事,也因此带起了下一句。"死讳文成食马肝",《史记·封禅书》载汉武帝宠信齐人少翁,拜为文成将军,赏赐甚多;后少翁因作假事败遭诛。此后又有方士栾大说武帝,武帝大悦,栾大故以少翁事问武帝,武帝诳曰:"文成食马肝死耳。""待诏先生齿编贝,那教索米向长安",《汉书·东方朔传》载东方朔上书武帝,谓己"目若悬珠,齿若编贝,勇若孟贲,捷若庆忌……"又谓武帝曰:"朱儒长三尺余,奉一囊粟,钱二百四十。臣朔长九尺余,亦奉一囊粟,钱二百四十。朱儒饱欲死,臣朔饥欲死。臣言可用,幸异其礼;不可用,罢之,无令但索长安米。""上大笑,因使待诏金马门,稍得亲近。"

这首诗旨在借汉武故事讽喻宋真宗迷信祥瑞、大举封禅事,所用典故皆不离题,全用汉武故事,就用典的规矩而言,是合宜而非常严谨的。

此诗用典绵密,环环相扣,整个汉武故事层层推进,全用叙事,不加议论;然而典故组织所讲述的"故事",已有长篇议论之力道。最后一联宕开,用东方朔滑稽语,一则暗扣第一联,影射神仙方术之无稽;进一步谓,此等迷信之无稽又更甚于东方朔文士之大言,而上位者宁信神仙无益之事,也不肯用大臣之言,若如是,相较于东方朔讽刺性的结局("上大笑,因使待诏金马门,稍得亲近"),其惑岂非更甚于此!

杨亿实已善于编织故实,运用事件本身的层次推进论述,文脉通贯而有层次、有力道,中二联径自有一层直追一层的议论张力。不只能表达才学,且善于剪裁学问,能安排层次表现力度;不只能令语言经济,且能将诸多事件事态通贯灌注于完整的"意"脉。此等厚实宽宏的议论能力,实资于史事史见的通博,较之犀利却抽象的持论有其更加难能可贵之处。

这种用典能力,充分发挥传统用典的功力,把本事本义的典故作用发挥到极致,其实也可以反驳上述王安石的部分说法,诗家用典,即使"皆取其与题合者类之",也能够不只是叙事,而能够剪裁出一段很精彩的故事。

因此,即使到这时,用典真正的问题,也不在该不该合于本事本义。真正的问题,要回到诗歌传统来看,也就是,无论功能如何强大,对于多数非表达性的诗歌而言,如此用典有什么必要呢?

坚持诗歌抒情性的钟嵘,反对用典,正反映了典故用法的局限——它不能为抒情性增色。

"吟咏情性,亦何贵于用事",诗歌的抒情沟通,可以直接诉诸情感表现,未必要借助于上述博文君子的合作氛围,或者宏大精深的思意。也就是说,这时的用事,无益于抒情表现的"滋味"。

这也是上述杨亿用典精确缜密的《汉武》诗,却被王船山讥为"汉武谜"(《夕堂永日绪论》)的原因。从王船山诗论"现量"的主张来看,再怎么浑厚丰富的叙事能力,对于诗歌之抒情也无帮助,且更可能隔了一层,阻挡了目击道存的抒情性。

那么,用典能突破它与抒情性的界线,使诗歌富含"滋味"之时,就是诗歌应该积极、有意地用典的时候。

四、苏、黄之前的突破

在进入诗歌"表现"性地用典之前,我们先比较在苏黄之前的突破:

李商隐诗歌先做出了示范,用典能够积极挹注抒情性,富含"滋味"。他的用典方式,远已脱离了原故实的事义,曲折又曲折地转化,完全郢书燕说地为诗中创发的新的事意所用,如"薄宦梗犹泛,故园芜已平"(《蝉》)、"莫讶韩凭为蛱蝶,等闲飞上别枝花"(《青陵台》)等;更不用说其《锦瑟》诗:

> 锦瑟无端五十弦,一弦一柱思华年。
> 庄生晓梦迷蝴蝶,望帝春心托杜鹃。
> 沧海月明珠有泪,蓝田日暖玉生烟。
> 此情可待成追忆,只是当时已惘然。

这首诗歌的成功,用典至少起到了一半的作用。

在这首诗里,所用诸多典故,完全没有,也不用有具体意义指称,不受本事本义囿限。不固着于本事本义的典故,反而更能够契合于诗作表现的意境,推拓了诗歌比兴的空间,烘托、反衬、叠加对抒情作用的发挥更有显著之功。元好问说此诗是"望帝春心托杜鹃,佳人锦瑟怨华年",正指出了这些故实寄托遥深的作用。

李商隐用典所带来的深远想象,成功地示范了促成其诗歌"有味"的重要手段。

西昆学李商隐,号称用典繁博。考察西昆体在诗歌抒情性上的用典方式,如钱惟演的《无题》:

> 误语成疑意已伤,春山低敛翠眉长。
> 鄂君绣被朝犹掩,荀令薰炉冷自香。
> 有恨岂因燕凤去,无言宁为息侯亡。
> 合欢不验丁香结,只得凄凉对烛房。

这首诗从"无题"的诗意到各个典故，无不模仿李商隐诗。但这首诗的用典，意思未免太露，各个故实都规规矩矩地对应着它们的本事本义，这就很难生发其他层次的抒情表现。于是真成了所谓雕金砌玉，徒然排比事义。

要突破用典与抒情性的扞格，关键或还是如王安石所云——"自出己意，借事以相发明，变态错出"。就像以上例子，李商隐成功打破了用典与诗歌抒情性的隔阂，也打破了典故须对应于本事本义的作法，典故的运用活泼许多。西昆之后，宋代的几位大家，对于用典，也秉持诗文革新的创造力，各有独到的发挥。

从欧阳修对用典采取比较开通的观念开始：

> 如子仪《新蝉》云："风来玉宇乌先转，露下金茎鹤未知。"虽用故事，何害为佳句也。又如"峭帆横渡官桥柳，叠鼓惊飞海岸鸥。"其不用故事，又岂不佳乎？盖其雄文博学，笔力有余，故无施而不可。

用不用"故事"，视笔力所到而定，笔力宏博者，自不受其拘限。他自己的名句"玉颜自古为身累，肉食何人与国谋"（《崇徽公主手痕诗》），精于诗歌鉴赏的叶梦得评为："此是两段大议论，抑扬曲折，发见于七字之中。婉丽雄胜，字字不失相对。虽昆体之工，亦未易比，言所会处如是，乃为至到。"[1]把一篇具有历史脉络的大议论，藏进了抑扬曲折的诗歌形式里，以精巧洽称的格律形式，声情深婉地表现了意义判断，正是"言"与"意"会精到的呈现，示范了综合运用各类艺术手法，扩充典故的意义与作用，而"意新语工"地统合于完备的诗歌美学之中。

王安石是李商隐的异代知音，也是宋代善学李商隐的先驱。在用典的观念上，如以上所举的例子，王安石已经明确宣示该摆脱本事本义的板实对应，"自出己意，借事以相发明，情态毕出"，而能够发明"意与本处不类"的典故作用。

苏轼更是如此。赵翼《瓯北诗话》说："昌黎、放翁，使典亦多正用，而东坡则驱使书卷入议论中，穿穴翻簸，无一板用者。此数处，似东坡较优。"[2]

谈及苏、黄之前的用典创新，似不应在于杜甫之下。然而杜甫"读书破万卷，下笔如有神"，其典故之用，经史百书，不在话下，而其手法，早已超出"用典""使事"观念，与他浑涵万状的各种艺术表现密切交织，难以将其与杜诗无所不至的总体艺术分别而论，如方回以"诗法""句法"之高妙或"规摹前

① 叶梦得《石林诗话》，《宋诗话全编》，第2688—2689页。
② 《瓯北诗话》卷五，第63页。

人"的高明手法统而称之,又如赵翼所谓"深人无浅语",其诗"浑涵汪茫,千汇万状,兼古人而有之"(《唐书》本传),那么,何处非用典?何处无故实?

例如:"'朱门酒肉臭,路有冻死骨',此语本有出处。《孟子》……《史记·平原君传》……《淮南子》……此皆古人久已说过,而<u>一入少陵手,便觉惊心动魂,似从古未经人道者</u>。"[1]此时以引用"典故"来析论,则失其厚意。因此本书拟将这类比较全面的"用古","熔铸"前人前作前事等复杂的手法,放在下一章概括以"无一字无来处"的精神一并讨论之。

五、黄庭坚之"用典"

黄庭坚刻意用典,虽不如苏轼之潇洒无羁,但其繁复多元与刻抉深至,更有可堪玩味者:

和答钱穆父咏猩猩毛笔

黄庭坚

爱酒醉魂在,能言机事疏。平生几两屐,身后五车书。

物色看王会,勋劳在石渠。拔毛能济世,端为谢杨朱。

"晋阮孚云:'未知一生能着几两屐',又五车书,庄子言惠施事。盖鲁直上句借孚语以用研事,下句借施事以言作笔钞书耳。极刻露处,能余其隐,故不嫌其太作意也。"[2]宋《王直方诗话》:"山谷《猩猩毛笔》乃篇章中《毛颖传》。"许顗《彦周诗话》:"凡作诗……能如《猩猩毛笔》诗云……精妙明密,不可加矣。当以此语反三隅也。"[3]

方回说:"此诗所以妙者,'平生''身后''几两屐''五车书',自是四个出处,于猩猩毛笔何干涉?乃善能融化斡排至此。末句用'拔毛'事,后之学诗者,不知此机诀不能入三昧也。"贺裳《载酒园诗话》卷五:"虽全篇俳谑,使事处犹觉天趣洋溢。"王士禛《分甘余话》:"咏物诗最难超脱,超脱而复精切,则犹难也。宋人《咏猩猩毛笔》云:'平生几两屐,身后五车书',超脱而精切,一字不可移易。"纪昀说:"点化甚妙,笔有化工,可为咏物用事之法。"[4]

---

① 《瓯北诗话》卷二,第22页。
② 吴景旭《历代诗话》卷五十九,《黄庭坚和江西诗派资料汇编》上册,第252页。
③ 许顗《彦周诗话》,《黄庭坚和江西诗派资料汇编》上册,第76页。
④ 诗为方回《瀛奎律髓》卷二十七"着题类"所选,诸评见李庆甲《瀛奎律髓汇评》中册,第1163—1165页。

此诗题小径狭,却能开宕有致,妙不离题而能联想多端,处处合拍,将多义善加引申,层层思意转圜自如,又汇聚连贯,多重典故虽各有出处,却无一不因此题而彼此转相因依,彼此点拨、交互激荡,意义转相汲引,因此而发挥反衬、辩证、翻案种种之用,以至于从"至小"("拔一毛"、小命题)发挥到"至大"("济世"、大判断),而总其旨归,岂非皆由此"笔"哉!有诗评家批评题目之"笔"字不显,然而,"笔"意实无所不在,典故的"实"在处处暗喻扣合"笔"意之"虚"设,并因此转圜连贯了其回荡发散之多"义",虚而不显、却总摄旨归之"意",正是此诗"环中之枢"。

东坡曾谓为文之道在于总摄全体的"意",而山谷此诗正是以虚实之法,有形、有迹、有"作用"地涵摄了多重典故而贯串于"意",彰显句法"炼意"之全体大用。

岂止作为咏物典范,这也是宋人常讲的"点化"之功:"山谷先生作……用事深远,此点化格也,不知者岂知其工。"①所谓"用事深远",在于山谷凡作一诗一文,皆有超出眼前范畴之进一层次、上一层次的思考,虽源自其"多思"的性格,致使用"意"深沉,却也在其"点化"功力下,总体辩证、后设省思,把诗歌作为一项技艺、一门学问推进到"极精微""至高明"的地步——只是这往往也更挑战读者的眼力,而使其诗歌更不易为人理解。

于是,"用典"一事,到了山谷手上,便从作品附庸、为文章增色之"小道",上升为攸关诗歌锻炼绝艺的工夫境界,知"言"会"意"之关键法门,诗篇成为"文之精也"的"专门之学"的根底。

精于用典也得力于黄庭坚统合人文价值与艺术的主体表现力("道—意—文")的成功创造:

和师厚接花

妙手从心得,接花如有神。根株穰下土,颜色洛阳春。

雍也本犁子,仲由元鄙人。升堂与入室,只在一挥斤。

方回:"山谷最善用事,以孔门变化雍、由譬接花,而缴以庄子挥斤语,此'江西'奇处。""此诗妙在用孔门弟子的升堂入室,喻嫁接之变凡花为明葩,而以'一挥斤'挽结二事,更觉别开生面。"②

结句以"挥斤"之绝技("技进于道"),总摄了全诗远远近近、直接间接、儒家道家("道")、园艺("技")各种故实;并呼应开头(以斫轮于甘苦之外的)

---

① 张邦基《墨庄漫录》卷二,《黄庭坚和江西诗派资料汇编》上册,第77页。

② 方回评与黄宝华语,见黄宝华《黄庭坚选集》,第43页。

"心得"之破题起"意"。

　　山谷之好奇、用奇的特色也呈现在他的用典上：匠工艺人之事接合种种富含人文底蕴的故实，犹如接花之"技"竟能与庄子玄妙非常之"道"完美嫁接，"运斤成风"地收摄众题而绾结一体，出乎寻常的联想和思路，却都能融洽接应，超逸而神采倍出。接花人新奇殊绝的"挥斤"之功，不也是山谷的"夫子自道"——"嫁接"人文之道与诗歌之艺？于是用典成为他更凸显诗歌人文精神的手段。

静居寺上方南，入一径，有钓台，气象甚古，而俗传谬妄。意
尝有隐君子渔钓其上，感之作诗

　　　　避世一丘壑，似渔非世渔。独吟嘉橘颂，不遗子公书。
　　　　笋蕨园林晚，丝缲岁月除。安知冶容子，红袖泣前鱼。

由"渔钓""橘颂"，引出下一联"笋蕨园林""丝缲岁月"绝世高蹈的隐士生涯。"红袖泣前鱼"，此典的通常寓意为"红袖"之意不在鱼，在恩幸与荣利之好也；惟山谷此诗特意牵合"鱼""渔"而反用其义，故用此"泣前鱼"之联想，令"冶容子"又暗中与信修姱美的林下君子成一对比，更因此呼应首联（不慕荣利）心有丘壑而避世的"似渔非世渔"；诗思上经此一"拗"，更加劲健有力地收摄全篇。

　　这便是黄庭坚用典多层次而综合转化的作用，传统的渔钓主题，经此转用、反用，创生了别裁而新颖的意味。

摩诘画

　　丹青王右辖，诗句妙九州。物外常独往，人间无所求。
　　袖手南山雨，辋川桑柘秋。胸中有佳处，泾渭看同流。

首联"九州"是非常普遍的典，但一连上次联的"物外"，很容易让人联想到"九州之外，更有九州"之意。第二联"独往"与第三联，明显檃栝了王维诗句"兴来每独往""空山新雨后，天气晚来秋"等句与境；而以"物外"之意观之，"南山"则既是王维的"南山陲"，亦可影射渊明的南山。末联收结于"泾渭同流"，颇有与世推移，出入"人间""物外"，游乎六合（九州）内外之佳趣。

　　不过，题目是"画"，破题之后，接下来讲的却都是"诗"，用典与檃栝几乎都是从"诗句妙九州"来——此需求之于"物外"之思："胸中佳处""泾渭同流"，说的不只是（画之）主题的物内物外，也是"诗""画"之内外、之合流（又暗合了东坡那段著名的评语："味摩诘之诗，诗中有画；观摩诘之画，画中有诗。"）；因此，末联这"泾渭同流"，回头呼应、"圆"了破题（与主题）的"丹青"！

此诗生动表明了山谷诗成如容易（意表澹宕）却内藏"艰辛"（曲折深蕴）。

山谷还有《陈留市隐》一诗，用典也极高明：

> 市井怀珠玉，往来人未逢。乘肩娇小女，邂逅此生同。
>
> 养性霜刀在，阅人清镜空。时时能举酒，弹铗送飞鸿。

此诗前有序言："……陈留市上有刀镊工，年四十余，无室家子姓，惟一女年七岁矣。日以刀镊所得钱，与女子醉抱。醉则簪花吹长笛，肩女而归。无一朝之忧，而有终生之乐。疑以为有道者也。"①

"隐"者历来有市井之隐、老庄之隐，及方外之隐；此诗中"霜刀""清镜"是禅宗的比喻，"弹铗送飞鸿"，让人联想到嵇康"目送飞鸿，手挥五弦"，"邂逅此生同"则是《国风》里匹夫匹妇"适我愿兮"的称心惬意之乐，如此异质而交错的用典，使得市井之隐，兼综多重风味，且得以融会为一统一的风格；在极平凡、平静的市井生涯的外貌下，表现出极丰富深厚的精神内蕴。

这又是不同类别、不同性质的典故交错运用的成果。清镜、霜刀②为禅宗常见的譬喻，市井的职业，用上了禅宗常用的话头，烘托出任运自然、怀道自安的情景；末联绾合了嵇康式的自然出尘之想与养性阅世等入世的修养，综合这些异质性的因素，更丰富了一个恬淡自适、洒脱从容的具体形象；而最后引用嵇康令人悠然神往的名句，将全篇收得轻盈飞扬，纵然多重用典，却更无挂碍；"时时能举酒，弹铗送飞鸿"，似乎还听得嵇康以来名士风流之空中余音。

这些故实，若仅作为引义联类、铺陈事义之用，则诗歌韵味失色不少。正是其多层交错而聚会于一"意"的用典用字功力，令读诗者无一字不联想而追究其"来历"，吸引后学："上穷碧落下黄泉"地开辟此类意思高远之境。

还有几首黄庭坚创造力丰富的诗歌用典：

徐孺子祠堂③

黄庭坚

乔木幽人三亩宅，生刍一束向谁论？

藤萝得意干云日，箫鼓何心进酒樽？

白屋可能无孺子？黄堂不是欠陈藩。

---

① 《山谷诗注》内集（任渊注）卷六，第106页。
② 禅宗常用葛藤等譬喻心念之牵扯难断，有待刀剑断割。
③ 此诗为熙宁元年作，时黄庭坚任汝州叶县尉。以下诗歌与注解参考：黄宝华《黄庭坚选集》第3—4页。

古人冷淡今人笑,湖水年年到旧痕。

方东树解析此诗笔法(意脉经营):

> 起二句分点。三、四写景,五、六所谓借感自己。收切祠堂,高超入妙,即五、六句中意。今人尚笑古人冷淡,则我安得不为人笑,但有志者不顾也。末句所谓兴也,言外之妙,不可执着。①

其中用典,处处符应了笔法开展,使言外所寓之"意"精彩而生色:

徐稚,东汉高士。《后汉书·徐稚传》:"时陈蕃为太守,以礼请署功曹,稚不免之,既谒而退。蕃在郡不接宾客,唯稚来特设一榻,去则县之。"此诗之前有曾巩《徐孺子祠堂记》记其修建徐孺子祠堂一事。

《诗·小雅·伐木》:"出自幽谷,迁于乔木";《易·履》:"履道坦坦,幽人贞吉。"又韦应物有"山空松子落,幽人应未眠"。《孟子·梁惠王》:"五亩之宅,树之以桑",此处山谷言"三亩",乃极言其安贫守道。《后汉书·徐稚传》:"及林宗有母忧,稚往吊之,置生刍一束于庐前而去,众怪,不知其故。林宗曰:'此南高士徐孺子也。诗不云乎,"生刍一束,其人如玉"吾无德以堪之。'""箫鼓",热闹的音乐。"白屋":庶民所居,不施采画,谓之白屋;"黄堂":太守之堂。

末句"湖水年年到旧痕":李白和孟浩然咏岘山怀古都有"水落"的意象,("天清远峰出,水落寒沙空""水落鱼梁浅,天寒梦泽深"),都暗喻古迹不随时湮没之意;此处黄庭坚虽非直接用"水落"的意象,然而"湖水年年到旧痕",也正有这样一层意思在,影射古迹"古意",不仅不被长远的时光湮没,反而岁岁年年更为实在而永续地保留了下来,正呼应了曾巩为徐孺子修建祠堂一事。

对比是山谷诗歌相当常见的、效果也相当突出的手法,第三、四、五、六、七句,全用对比手法,再加上频繁的反问语气,如此连番紧凑地使用,恰恰更把意思逼聚到、集中到"古人冷淡今人笑"(祠堂湮没、人文不彰),(相较于"湖水年年到旧痕")更有对照当世或"今之视昔"犹"后之视今"的意味:

盖《老子》四十一章:"上士闻道,勤而行之;中士闻道,若存若亡;下士闻道,大笑之,不笑不足以为道。"是谓"古人冷淡"(以致徐孺子祠堂湮没不显),尚属中士("若存若亡"也),而今日又有多少自以为是而实"失道"之"下士"之笑(岂能理解徐孺子之品格以及曾巩修此祠堂的意义)!这同时也呼应首二联"生刍一束向谁论""藤萝得意干云日,箫鼓何心进酒樽",而(与今

---

① 方东树《昭昧詹言》卷二十,《黄庭坚和江西诗派资料汇编》上册,第325页。

日世道下士之笑)形成反讽反差。然而,尽管如此,亦无碍这人文应有之"道"与天地长存——"湖水年年到旧痕"! 最后便在这宁静致远又平实淡泊的精神下,收束了徐孺子(的人格)、曾巩修祠堂的意义,收束了(祠堂前因后果的)古今新旧的人事,作为整首诗致意良深的总结。

这首诗歌也典型地展现了黄庭坚致力于贯通人文与"自然"(之"道")。如他《漫尉》一诗诗序所自言:"庭坚读漫叟文,爱其不从于役,而人性物理渊然诣于根理。……尚使来者知居厚为寡悔之府(按:《老子》三十八章:'是以大丈夫处其厚,不居其薄;处其实,不居其华。')……"

"人性物理渊然"所诣之"根理",即为其从来所处之"厚""实",即为山谷诗文所要表现的——融通了人文与自然情性的"道"。如此丰厚的"意"也往往实现于其诗文以多层次的辩证手法所达到的表现力。

六、多重而结构性的用典

(一) 转化而创造表现性

人文性的用典,如何适用于诗歌的抒情性? 如何转化?

山谷援引故实的手法,本是其丰富创作内涵,使之更具人文性格的门道,后来在文人间蔚然成风,也引得诗话里喜欢讨论"某某句意出自某某""出自某某诗意"。然而此一手法,却也是山谷最容易招致误解的作法。拜惠洪及范温等人好为传播之赐,这些诗句,后来常常被误解为"不易其意而造其语""窥入其意而形容之""因人之意,触类而长之""意同而语异"……这些后人所谓的"夺胎换骨""点铁成金"等说法,往往局限于语法语义等语言表面结构的变化,对创作过于化约与窄化,把写作当成前人经验法则的归纳模拟,未能触及黄庭坚诗学的核心。①

黄庭坚与他们真正的差异,便在"创造了什么"——美学上的、表现上的创造。"山谷黔南十绝七篇,全用乐天花下对酒、渭川旧居、东城寻春、西楼、委顺、竹窗等诗,余三篇用其诗,略点化而已。叶少蕴云:'诗人点化前作,正如李光弼将郭子仪之军,重经号令,精采数倍。'此语诚然。"②显然是肯定了黄庭坚这样的"袭用",有"重经号令"之功,在美学上有了新的创造。

---

① 笔者《中国诗学的关键流变——宋代"江西诗派"》,卷肆第一章曾详加探讨这一问题。
② 葛立方《韵语阳秋》,《诗人玉屑》卷八,台北:世界书局,1992 年,第 193 页。

经过山谷之手,每一首作品皆能蕴含更丰富的文化传统。

诗到苏黄,更加有意地扩大使用典实,吕本中说:"苏黄用韵下字用故事处,亦古所未到。"①宋人又公认:"书存于世,惟六经、诸子及迁、固之史有注,其下方者以其古今之变,诂训之不相通也。而今人之文,今人乃随而注之,则自苏、黄之诗始也。……而苏、黄二公,乃以今人博古之书……山谷之诗与苏同律,而语尤雅健,所援引者乃多于苏。"②诗集开始出现当代人的注释本,由苏黄开此风气,原因就是两人的诗歌用典最为庞博,援引的资源太过丰富,以致连当代人如不穷考索据,也未易掌握其中窍要。

而苏黄相较之下,黄庭坚的文化使命感更强,"所援引者乃多于苏",呈现他诗歌中"前文性"更加浓厚的氛围,更有意地容摄文化传统。黄庭坚自云:"庄子多寓言,架空为文章;左氏皆书事实,而文调亦不减庄子,则左氏为难。"③他对庄子和《左传》的评断,反映了他好用典实,对诗歌"前文性"的刻意追求。

用典,本来就反映了文学"前文性"积累的成果,从刘勰《事类》篇的历史陈述中,可知有一个文本文化自然累积的过程。因此,六朝用典大致上是维持在"据事以类义,援古以证今"这样的手法和范围内。

然而,黄庭坚这几种用典的特殊手法,却显然让典故在作品里的角色超出了过去所扮演的范围。这不仅是"使用量"的问题,不是他的用典遍及百家三教等取材的问题,而更是每一首作品的包蕴能力大为扩充的问题。

方法的创新,使得山谷诗歌用事的层次更加错综叠衍,思致更加曲折深刻,因而大量扩展了一首作品里能够运用的典故的"质"和"量",文化内涵也因此更丰富。许尹说:"二公(黄庭坚、陈师道)之诗,皆本于老杜而不为者也。其用事深密,杂以儒佛,虞初稗官之说,隽永鸿宝之书,牢笼渔猎,取诸左右……二家诗兴寄高远,读之有不可晓者。"④

前人每以"如盐入水",比喻用事如出胸臆而不使人觉方为高境(见《西清诗话》),然而山谷这几种用典方式恰恰不是如此,他反而是要"水清石

---

① 《童蒙诗训》,引自《古典文学研究资料汇编·杜甫卷》(上编)第一册,北京:中华书局,1982年,第284页。

② 钱文子《山谷外集诗注序》,史容《山谷外集诗注》卷首,《黄庭坚和江西诗派资料汇编》上册,第150页。

③ 出自范温《潜溪诗眼》,此段节录自《黄庭坚和江西诗派资料汇编》上册,第38页。

④ 《黄陈诗注序》,《黄庭坚和江西诗派资料汇编》上册,第70页。

见"①,呈现有意甚至是刻意的用典效果。上述宋人说他"语尤雅健",便指出了他自觉地以表现力为指标,更有意识地驾驭形式表现,并以之包蕴广博的人文内涵的作法。所谓山谷诗"奇古可畏"②之处就在此。

山谷的用典,诉诸整体的表现力,不以雕章丽句为目的,而是要求映带前后,以全诗能够蕴藏深厚为目的。常常呈现为非逻辑对应的文思,用意在"点化"前人故事。必须在将作品视为一个完整的符号、一个作者完整的主体表意的语境下去理解,所以典故是象征的表现,不可指实为特定思意、不能指实为特定情感,也因此一首作品才能够包容更复杂、冲突而多变的情思。

譬如杨万里说他能"用古人语,而不用其意"为妙法,就是如此:"诗家用古人语,而不用其意,最为妙法。如山谷《猩猩毛笔》是也。猩猩喜着屐,故用阮孚事;其毛作笔,用之钞书,故用惠施事。二事皆借人事以咏物,初非猩猩毛笔事也。《左传》云:'深山大泽,实生龙蛇。'而山谷《中秋月》诗云:'寒藤老木披光景,深山大泽皆龙蛇。'《周礼·考工记》云:'车人盖圜以象天,轸方以象地。'而山谷云:'大夫要宏毅,天地为盖轸。'《孟子》云:'《武成》取二三策。'而山谷称东坡云:'平生五车书,未吐二三策。'"③

"用古人语",在用其人文意蕴以营造前文性的氛围;而"不用其意",则指明了不是一事一意的相对应,而是象征模糊的事态,借助这具象的象征唤起更多可能的、充满历史意蕴的想象。山谷如此用典,在于唤起文化的记忆,而不是历史事件或事义。记忆,是主体再消化而与当时情境之回忆融洽地再现,因此是主体性的,是作者与个别作品的关系,而不是历史事义与文本辞义内容的关系。

这样的用事,正是前述王安石所云"能自出己意,借事以相发明,变态错出",所谓"意与本处不类",正是如此。用事方式不拘诗歌本事,不限一事一意、不限于句义或内容的逻辑联系,在这种异质性的辩证综合之下,得以使所咏事物,含藏更多层次的想象,更能够在当下的美感形式中,注入人文经验的内涵。所谓寓意"深远",在于:"用典",不只是文本性地指涉一事一意,更能够笼罩全局,指向创作者意向性的全幅表现,创造新的情感想象;不是事与事的关联,古今事义承袭的关系,而是创作者历史理解与当下文思辩证

---

① 山谷《次韵文潜》一诗有"水清石见君所知,此是吾家秘密藏"句,任渊以《西清诗话》"水中着盐"为之注,钱锺书认为这是郢书燕说之过,山谷所谓"秘密藏",应是着眼于"水中石之可得而见"才是。见《谈艺录》,北京:生活·读书·新知三联书店,2001年,第61—62页。
② 徐积语,江端礼《节孝先生语录》,见《黄庭坚和江西诗派资料汇编》上册,第2页。
③ 杨万里《诚斋诗话》,《历代诗话续编》本,第141页。

的产物。

如此用典,由于是为表现当下诗歌的文脉而用,故有时也用得相当曲折,所指涉内涵经历几度转化:"山谷先生作《苏李画枯木道士赋》云:'惧夫子之独立,而矢来无乡,乃作女萝施于木末,婆婆成阴,与世宴息。'而尝以'矢来无乡'问人,少有能说者。后因观《韩非子》有云:'矢来有乡,则积铁以备一乡;矢来无乡,则为铁室已尽备之。……'山谷用事深远,此点化格也,不知者岂知其工云。"①"山谷作《钓亭》诗,有云:'影落华亭千尺月,梦通岐下六州王。'上句盖用华亭船子和尚诗云……下句盖用文王梦吕望事。然'六州王'事见《毛诗·汉广》云:'文王之道,被于南国。'《疏》云:'言南国则一州也。于是三分天下有其二,故雍、梁、荆、豫、徐、扬之人,咸被其德而从之。'云云。山谷用事深远,其工如此,可为法也。"②

如此曲折用典,使意义氛围层层延伸而去,则能包容极广,超出原来出处事义,并得以借力使力,把一层层意思宛转有力地表达出来。这整个,便如宋人所说:"山谷措意也深,故游泳玩味之余,而索之益远。"③要在文脉的可能范围内,撑开最大的想象空间,透过一个典故辗转运用里外几层指涉意义的捭阖交错,"一波才动万波随"的递延作用,表现内涵丰富的张力。

(二) 凸显诗歌的"符号"性格

典故的使用,原本是一种语言经济的手段,以简驭繁,利用简洁而具体的历史事件或历史知识,交代一段原需长篇大论才能表达的论述。而这种具体的取代,也具有扩大意义范围、导出附加含意和联想的作用:"由于唤起对过去的一连串的联想,它们能够建立起别开生面的意思,而且扩大眼前上下文的意义内容。……正像意象表现和象征表现,典故能够有效地经济地具体化某些感情和情况,唤起种种联想,而且扩大诗的意义范围。"④

传统诗文中典故与上下文意间的逻辑关系是明确的,因此它所唤起的联想是有限的,是指向某一特定的事态的,如此才能具体凝聚表述的焦点;即使是它所导出的附加含义与联想,往往与诗歌所表达的内容也是同质性的,如此才能取代且明示所指事义;它所提示的情感也必须是单纯的、缘于上下文脉的,才能抒发抒情自我特定的情感经验;如此才能达到依仿经典"据事以类义,援古以证今""理得而义要"的目的。

---

① 张邦基《墨庄漫录》卷一,《黄庭坚和江西诗派资料汇编》上册,第77页。
② 张邦基《墨庄漫录》卷四,《黄庭坚和江西诗派资料汇编》上册,第77页。
③ 晦斋《简斋诗集引》,《简斋诗外集》卷首,《黄庭坚和江西诗派资料汇编》上册,第90页。
④ 刘若愚《中国诗学》,台北:幼狮文化,1979年,第221—222页。

这样的典故，是为结撰成篇以负载一先在的情思而被选择的。虽然也扩大了意义范围，然而它的"所指涉"以及"能指涉"的方法仍是逻辑性的、有定向的，是指示性的。这种用法与传统诗歌"言（定向之）志""缘（特定之）情"的性质是一致的。

相较于此，黄庭坚更有意地透过上述非逻辑性的、异质的绾合，在多层次意义空间的激荡下，把典故的运用，从修辞性的转为表现性的，从指示性的取代作用转为统合性的象征作用，让各种范畴的情感经验——具存并完整而明晰地被把握。而这就是艺术作品"符号"的性格。①

过去，典故修辞性的运用，发挥了"以少总多"的作用，把原需费尽繁复描述说明的事态，浓缩在一个典故里；但当山谷表现性地使用它们时，又寄寓了更多的思致，发挥了"谁言一点红，解寄无边春"的象征效果（非代表、非浓缩）。不拘一事一意的用典，呼应整体的完整脉络。映带前后，以点化全诗。不只是主体有一先在的认知而引用典故，更是因为这个典故而丰富了原来所要表达的题材，让整首诗歌的意义更显豁，含义却更丰富。用典的这种能动性，正是创作的符号性格超越抒情性格的地方。

山谷错综用典的手法，是他符号表现形态的诗学确立的表征之一。他的创作使诗歌突破传统言志抒情的功能，更能概括许多异质性的情思，既能像散文一样，包容至大无外的文化传统，又能推拓其表现的能力，以复合形式表现诗人更为交错综合的情感经验，确立了诗歌作为完备的表现符号的条件。山谷诗，魏了翁说其"以草木文章发帝机杼，以花竹和气验人安乐"②，指的正是这种象征表现的功力。这样的多重用典，已不同于明喻、暗喻等修辞手法，也不是翻案、点化等具有特定指向的技术方法，而是在拓展表现力的标的下，统合新旧意义的价值创造，所谓"领略古法生新奇"。③

①　这种"抒情表现"和以下所讲黄庭坚的"符号表现"的比较，以及艺术作品的符号性格，详见笔者《中国诗学的关键流变——宋代"江西诗派"》卷贰第二章第二节。
②　王应麟《困学纪闻》卷十八《评诗》，《黄庭坚和江西诗派资料汇编》上册，第 173 页。
③　本章集中于诗歌用典的探讨，宋人诗歌用典也有部分与文章用典用事的精神相契合，关于宋人文章之用事，请参考祝尚书《论宋元文章学的"用事"》一文，《四川师范大学学报》2008年第 5 期。

第四章 "无一字无来处"

一、一段辩证的长路：从"陈言务去"到"无一字无来处"

前一章概述了宋人在"用典"一事上的突破；然而从更宽广，更面面俱到的诗歌艺术来看，支持用典使事能有如此精湛高超的艺术动能的，是对诗文背后所厚植的"前文性"、所积累的文化质素善于调度、运用的能力，这一认知，特别是前述黄庭坚的创作是经典示范。以宋人的话来讲，这是弥漫于一切文字创作"无一字无来处"的精神。

我们都还记得，在如此善于摹古、用古的作法之前，在诗文力求革新的精神下，在这一变化出新的古今百代转折之"中"，中晚唐诗人是如何追求独特表现、宁陷于奇僻险怪也不愿与人同；迥然异于后来宋人视之当然的学古习古、讲究使事用典等"规摹"古人、善用历史"陈言"的作风。

韩愈强调"陈言务去"，在语言创新、文化革新的时代风气下，咏古、怀古虽不失为创作之长项，然而与以文显道、传道之理想并行的，却是以韩、孟诗歌之奇险，以及种种"笔补造化"、争竞一字之工为代表的追新求奇等作为。

承继了这般文化复兴的精神，在宋代人文社会所涵养的诗文改革，虽一样追求不与人同的主体表现，却是加意走向"好古"、用古，且最终以黄庭坚"以故为新""无一字无来处"获致最极致的实现。这一长期辩证发展的创新之路，收获了长远的文化积淀和文学语言划时代的变革，也走出一段人文与艺术交互深化的历史。在好古博学的风尚与诗歌专业素养的同步发展下，创作观念达成了（须）有"来历"、（才）有"工夫"的共识，而完成了这一诗学与人文表现的历史辩证。

韩愈虽主张以文"明道"、以古圣贤为法，然而强调能文者必"能自树立""不因循"：

> 然则用功深者，其收名也远；若皆与世沉浮，不自树立，虽不为当时

所怪,亦必无后世之传也。足下家中百物皆赖而用也,然其所珍爱者,必非常物。夫君子之于文,岂异于是乎?今后进之为文,能深探而力取之,以古圣贤人为法者,虽未必皆是;要若有司马相如、太史公、刘向、扬雄之徒出,必自于此,不自于循常之徒也。若圣人之道,不用文则已,用则必尚其能者,能者非他,能自树立,不因循者是也。有文字来,谁不为文,然其存于今者,必其能者也。①

陈言务去,而更"何其难"者,在"必出于己,不袭蹈前人一言一句"②。如此,激发了语言全面的创新,激发了语言务须生新的觉知,造就了中唐诗人好异作奇,别开生面的荣景。在累积了大量文化和诗文历史成绩之后,文人面临更大的挑战。

韩愈自身的创作自不待言,为创造新颖不俗的语言,韩愈始终不落人后,也在在有所开拓。如第二章所举的《送郑尚书赴南海》一诗,除了方回等重视其足以为"诗法"典范外,清代许印芳则赏重其运用新颖的口语文字,创造不俗的效果:"……此诗骨力老重,格律严整,可为后学矩矱。……如此诗'龙户''马人''师子国''武王台',非寻常口语乎?文章之道,岂能离绝寻常口语?用口语而缀以文词,则雅而不俗……"③

不过,即使是韩愈,也引出不少争议与诗人深刻的反省:如前述欧阳修论韩愈用韵之奇险,笔力非常人所能到,然而这也关乎天分性格,是其为人"拗强"所致;这也意味着,这种种新异特甚,甚至愈险愈奇的创句造语,并非人人可法。

此外,还有作意生新而不免于寒俭枯俭淡的问题,虽韩愈、郊岛等大家亦不能免;苏轼"郊寒岛瘦"之类的评语颇有提示意义,而以下这个判断更洞察其中关键——工致精巧的语言文字之"中"有什么?苏轼《评韩柳诗》云:

柳子厚诗在陶渊明下,韦苏州上。退之豪放奇险则过之,而温丽靖深不及也。所贵乎枯澹者,谓其外枯而中膏,似澹而实美,渊明、子厚之流是也。若中边皆枯澹,亦何足道!

苏轼以审美旨趣重勘诗人追新求变的作法,"能自树立"虽好,而"中"有所载更难;相较于陶、柳之韵味淳厚,韩诗才雄力富却失其温丽靖深之美质——诗文本质的厚味;而此等语言刻画之"中",更须在字句经营之外,重

---

① 《答刘正夫书》,《韩昌黎全集》卷十八,北京:中国书店,1998年,第264—265页。
② 《南阳樊绍述墓志铭》,《韩昌黎全集》卷三十四,第420—421页。
③ 诗为方回《瀛奎律髓》卷四"风土类"所选,诸评见李庆甲《瀛奎律髓汇评》上册,第156—158页。

新获取。

更深一层的问题是："奇"的文学意义是什么？有了貌似全新的语言建构，是不是还更需要些什么？

韩愈也曾意识到这个问题。关于创作，在要求"能自树立""辞必己出"的同时，韩愈也从未轻忽"海涵地负"的表现力（辞义丰赡、文思滂沛），"其富若生畜，万物必具，海涵地负，放恣横纵，无所统纪，然而不烦于绳削而自合也"。

诗歌方面，在这"能自树立"，又"海涵地负"的路途上，欧阳修以"意新语工"稍欲两合"言""意"，苏轼则逞其雄才笔力与明敏慧见另辟化境，"高风远韵"丝毫不让；唯黄庭坚在这时代精神的原路上，加意开凿，极力经营中晚唐以来险峭而无所不至的文字"工夫"，继续贯彻前述韩愈为文"能深探而力取之"的作法，并在诗歌专业基础上，挟文人好古博学之风尚，更强调"出处"与习古，以熔铸学识于精湛的技艺，熔铸出想落天外的非凡思意，而重新示范了、诠释了常人难到的"辞必己出"和"海涵地负"境界。

古文运动"学古"的文化成果很早就实现在文章上，韩、柳早早就透过他们"师其意不师其辞""约六经之旨而成文"的内化工夫，达到文学复古的理想，经营"载道"又不失文字专业的两全之道："（韩愈）口不绝吟于六艺之文，手不停披于百家之编……作为文章，其书满家。上规姚姒，浑浑无涯。周诰殷盘，诘屈聱牙。春秋谨严，左氏浮夸。易奇而法，诗正而葩。下逮庄骚，太史所录，子云相如，同工异曲。""（柳宗元）本之《书》以求其质，本之《诗》以求其恒……参之榖梁氏以厉其气，参之《孟》《荀》以畅其支……"

而从中晚唐一直到宋初，诗歌还未建立典型可法的成功示范，虽然它所需要的文化准备已然就绪：一方面，中唐以来浓厚的历史意识、古文运动的复古精神，以及宋人重"文"的气质，本来就充溢着好古博学的文化风尚；在重"道"、重"意"的精神下，自不能无所用心于作品所蕴含的人文或历史的质素。另一方面，在诗歌专业上，自杜甫"读书破万卷，下笔如有神"以来，诗歌作为专门之学也具备了人文创作的意识，而在文化复兴的氛围下，用"古"精神遂与创作的人文意识画上等号。已先行为"熔铸"古学以出新意的工夫作了文化准备。

于是，诗歌的"言—意"表现，在经过了欧阳修"语工"而令"意新"的揭示，王安石"思深绪密"的推进之后，苏轼也提出了"以故为新"的理念，以救济诗歌专业发展导致的好奇务新之弊："诗须要有为而作，用事当以故为新，以俗为雅。好奇务新，乃诗之病。"为诗歌在"新""奇"的技艺基础上，结合文化资源，补足其虚欠的"厚味"，运用故实又能够转化以"不自于循常"，提供了一套辩证的解方。

而黄庭坚更将这套理念直接落实并以大量的作品成就了平实可"法"的示范,将故实用得深稳精切,"言"包容多方,而使"意"推拓至极,使得熔铸"来历"成为一门锻炼"言""意"的"工夫":"鲁直善用事……如咏猩猩毛笔云:'平生几两屐,身后五车书。'又云:'管城子无食肉相,孔方兄有绝交书',精妙稳密,不可加矣。当以此语反三隅也。"①经由"工"于熔铸"来历"的作法,山谷用事多所取材,出处宏博,意蕴深广,提供了宋代博学之士可举一反三的用典之"法"。

于是,承接韩愈以来以"意"为关键的创作观念,加之以博学为根底,黄庭坚从容运作渊博浩瀚的各类"出处":

> 盖诗之言近而指远者乃得诗之妙,唐人吟诗,绝句云如二十个君子,不可着一个小人也。作诗句要须详略,用事精切,更无虚字也。如老杜诗,字字有出处,熟读三五十遍,寻其用意处,则所得多矣。②

> 予友王观复作诗,有古人态度……但未能从容中玉佩之音,左准绳、右规矩尔。意者读书未破万卷,观古人之文章,未能尽得其规摹,及所总览笼络,但知玩其山龙黼黻成章耶?③

强调"出处"与博学,并能为广大资源建构运用之方,提点如何"规摹"古人之作,又如何博观约取,活用万卷书,在精练的文字中注入磅礴才气;而黄庭坚所发展出来的"取古人之陈言,入于翰墨"的工夫,更具体落实了韩愈"能深探而力取之"的习学之方。于是宋诗更加强调善用学识,以"无一字无来处"达到诗歌意义丰赡又新颖的效果。善用"来历"的工夫,便成了创作"能自树立"而"海涵地负",丰富诗歌内涵的关键方法。

在文化长路上,黄庭坚成熟而辩证地实现了诗学的"陈言务去"与"无一字无来历":"山谷尝与杨明叔论诗,谓以俗为雅,以故为新,百战百胜;如孙吴之兵,棘端可以破镞,如甘蝇飞卫之射,捏聚放开,在我掌握。"④

于是,用"故",不再是写作的包袱,却反而是创新富厚的资源;在黄庭坚辩证式的创作思维下,成了灵丹一粒、点铁成金之资:"自作语最难,老杜作诗,退之作文,无一字无来处。盖后人读书少,故谓韩、杜自作此语耳。古之能为文章者,真能陶冶万物。虽取古人之陈言,入于翰墨,如灵丹一粒,点铁

---

① 《类苑》,见《诗人玉屑》卷七,第153页。
② 黄庭坚《论作诗文》,《宋诗话全编》,第963页。
③ 《跋书柳子厚诗》,《黄庭坚全集》正集卷第二十五,第656页。
④ 葛立方《韵语阳秋》卷三,《黄庭坚和江西诗派资料汇编》上册,第92—93页。

成金也。"①

在黄庭坚这套具有实践性的辩证中,诗歌以"作品—(符号地象征)—人文传统"的整全作法,同时满足"能自树立"与讲究"规摹"经史百家以成"文"、以厚植诗文之"意"的人文风尚,实现了文化上的"文与道俱"及文学专业的"必出于己,不袭蹈前人一言一句"。

二、"能自树立"的"以俗为雅""以故为新"

黄庭坚"以俗为雅""以故为新"的作为,有效地沟通了"文"与"道"、创作与人文。作品能够唤起"前文性",拓展了丰富的意义空间;而他"即旧为新"的熔铸工夫,更能把庞大的故实资源转化为"无穷出清新"的创新根底,产生了"能自树立"又能"海涵地负"最好的辩证结果。

(一) 崭新的语言建构与"前文性"丰富的意义空间

工于用古、用"来历"之所以成功,在于透过崭新的语言建构,扩充了"前文性"的意义空间。

诗文"前文性",建立在经典涵养的共通学识基础上,唤起读者想象、情感、推论、理解等"合作"的心理共鸣,扩充了文本的解释空间,叠加了作品的表现性与"感染力"。黄庭坚正是以此熔铸转化的工夫,力敌苏轼左右逢源、滂沛富赡的才力,而成功地回应了历史条件,成就了文学史中的"典范"。

以语言崭新的建构与作品内在的"意""内涵",互为"夺胎换骨"地转化、活化的作用,恰与哲学家关于语言生新的觉知若合符节:

> 语言必须成为一正在新兴苗壮中的个体生命感受的一种表达(Ausdruck)。当这样的一些生命感受在朝着语言激荡的时候,语言里的许多不为人所知的潜能,都将会于沉睡中被唤醒。在这一种情况下一般日常表达方式中的单纯的歪离(Abweichung)将会一变而为一些形式上的崭新建构(Neugestaltung),这一种形式上的崭新建构之发展,可以发展至于一非常极端的程度,使得整个语言的躯干,亦即是说使得此一语言之词汇、语法和风格都显得经历了一脱胎换骨的改变。②

---

① 《与洪甥驹父》,《黄庭坚全集》正集卷第十八,第475页。
② 卡西勒《人文科学的逻辑》,关子尹译,台北:联经出版公司,1986年,第192页。

语言必然是一种表达（或表现），它内容里某种深具意义的潜质一旦被唤醒，必然会随之改变它的形式建构，反之亦然。

崭新的语言建构，犹如脱胎换骨般彻底的改变，不只创造了崭新的语言性格，更少不了更厚实、更新颖有味、有所着力的表达（或表现）。

黄庭坚的"以故为新"，以"取古人之陈言，入于翰墨"所陶冶磨砺出来的，以"孙吴之兵""甘蝇飞卫之射"所精辟比喻的，就是如何在"文与道俱"的前提下，建构新的语言以涵纳丰富的文化资源；如何在新颖而含义丰富的感性形式里，在新旧交会而充满动态的意义空间里，激发出充满动力与张力的思维运动，以唤醒人文思维里深刻的却总是静谧的情感、理解和感悟；以创造立体的文字空间——诗评家所谓"纡余"（宽绰的意义空间）"有力"（能够唤醒的作用），让广大而活泼的"前文性"更显作用。

这等"夺胎换骨"般的语言效果，宛如卡西勒所说的："歌德逝世时的德国语文显然与歌德出生时的德语比较起来已再不是同一个模样了！……它涵摄了许多在一个世纪之前还是不为人所知晓的于表达方式上的崭新可能性。"①古文运动之后的文学语言，也不同于韩愈出生时的文学语言；黄庭坚之后的诗歌语言，也不同于宋初的诗歌语言，他们都创造了一种具有时代性的崭新的语言表现。此后，诗学辨识、探讨、评断诗歌的方法和眼光反映了这个历史里程。黄庭坚的贡献，不仅是把文化意象承袭了下来，正如他"以故为新"的表现力，不仅得力于"博"学之功，更善用"前文性"的意义空间，创造了独特的表现。这便是宋诗成功的历史进程。

在熔铸"来历"的工夫中，故"事"、故"文"更关乎技巧，更具有创造性的应用，开拓了广大而充满活力的意义空间、永续的诠释可能。杰出的作品都具有多面向而交互作用的理解，留给后人不断探索、研讨的空间，而充满沟通古今的能量。

最好的佐证，还是诗作的示范：

追和东坡壶中九华

黄庭坚

有人夜半持山去，顿觉浮岚暖翠空。

试问安排华屋处，何如零落乱云中。

能回赵璧人安在，已入南柯梦不通。

赖有霜钟难席卷，袖椎来听响玲珑。

---

① 《人文科学的逻辑》，第193页。

这首诗有段很长的序言：

> 湖口人李正臣蓄异石九峰,东坡先生名曰"壶中九华",并为作诗。后八年自海外归湖口,石已为好事者所取,乃和前篇以为笑。实建中靖国元年四月十六日。明年,当崇宁之元五月二十日,庭坚系舟湖口,李正臣持此诗来,石既不可复见,东坡亦下世矣。感叹不足,因次前韵。①

首联引用了《庄子·大宗师》中"藏舟于壑,藏山于泽"的典故。"有力者"(造化)负之而去的,不只是山"石",更是时光,那宛如"翠空"之"浮岚"的过往岁月;而不复返的,也不只是"石",还有东坡,还有那和东坡一起为此石言笑晏晏的(当时)时光。

第二联"试问安排华屋处,何如零落乱云中",曹植《箜篌引》有"生存华屋处,零落归山丘"句;在这层意思之上,"华屋""云中",同时也辉映着东坡(此时所"归"去的)"琼楼玉宇"的"天上宫阙"。第三联的典故句意都容易明白,"人安在""梦不通",故人故石("璧"),绝代难逢。末联本有李白"客心洗流水,遗响入霜钟"(《听蜀僧浚弹琴》)一典;不过,在此山谷又鸣应了东坡一回。

东坡有《石钟山记》一文,"有大石当中流,可坐百人,中空而多窍,与风水相吞吐,有窾坎镗鞳之声,与向之噌吰者相应,如乐作焉"。于是,此"玲珑"之余响更拟喻了回音不尽的东坡永恒之"影响";同时也暗喻他(承东坡之余响者)将不时能袖椎来与之共鸣,与东坡玲珑相叩,风水相激,赓续其余响,而此种种意义(影响)是任何"有力者"都难以席卷而去的。

在围绕一事一"意"的短幅诗歌中,创造了广大的前文性与多层次的理解空间,而余韵无穷地与物、与人、与时、与文,诸般"影响"(意义),相互椎击鸣应,纶音不断。

(二) 如何"即旧为新"

语言和意义空间的建构,离不开种种构思造"意"之能。

1. 诗人炼意

熔铸"来历"的工夫,首先根植于"炼意"的能力。

例如,梅尧臣精妙的炼意用典的示范:

---

① 诗与部分诗注见黄宝华《黄庭坚选集》,第304—305页。

送张景纯知邵武军

赌却华亭鹤，围棋未肯还。方为剖符守，又近烂柯山。
鱼稻荆杨下，风烟楚越间。小君能赋咏，应得助余闲。

此诗用典颇得佳趣：前四句言张氏赌棋输鹤，不只用"华亭鹤"典，又巧妙系联著名的棋典"烂柯山"，于送别诗中另出新意，巧创一格。故纪昀曰："善求新径，而气格浑融，胜于雕镂一字两字以为新。"

许印芳阐明其高明的使事炼意之法，何以浑融一体，而新颖有味：

> 诗贵求新，然必如何而后能新？且必如何而后每有新制，皆入作家之室？……如此诗只就眼前实事熔铸成章，一切油熟语自然屏除净尽……文字专从不同处落想，同者亦随之而化矣。此诗所言"华亭鹤""烂柯山"，皆故事也，此与古人同者也。围棋赌鹤，新事也，此与古人不同者也。故事而串以新事，遂化臭腐为神奇。……诗径新矣，若但解雕镂字句，或炼一字而成句，或炼两字而成联，有句则无联，有联则无篇。……若论家数，正如人有四体，体不备不成人也。圣俞此诗高在取径新而运以盛唐人气格，不向琐碎处用工夫，故能使章法浑成，痕迹融化。命曰作家，斯为无愧。……炼词炼意据实事，炼气炼格法古人，诗文求新之道在是矣。①

此"专从不同处落想"，谓其创作能够"先立其大"——炼"意"为先。

无论是梅尧臣自己主张的意新语工，还是古文运动以来"作品—（符号地象征）—人文传统"的认知，都重视诗歌"意"的表现。以"意"为主脑收摄一切，而锻炼转化旧语成为意义连贯的新制。诗歌虽篇幅精简，却更精警而表现力丰富，为诗家之"无一字无来处"奠定了坚实的基础。

止斋即事（二首之二）

陈傅良

教子时开卷，逢人强整襟。最贫看晚节，多病得初心。
地僻荻莲好，山低竹树深。寄声同燕社，明日又秋砧。

纪昀说止斋高才胜人（陈傅良为南宋著名学者、理学家），此诗："三、四沉着至深语。不袭古人而直逼古人，非寻常议论为诗之比。"且认为"才高人以余力为诗，亦自胜人；然毕竟不能深细。昌黎之诗亦然，不但止斋也"。

黄庭坚说韩文杜诗之高才，源自"无一字无来处"，而化之以"点铁成金"

---

① 诗为方回《瀛奎律髓》卷二十四"送别类"所选，诸评见李庆甲《瀛奎律髓汇评》中册，第1056—1057页。

之功,止斋诗亦然。乍看虽"自铸伟辞",然而许印芳指出,其"直逼古人"的工夫,正是由高明的"炼意",陶铸化用古人陈言而来:"唐人于良史诗云:'僻居人事少,多病道心生。'止斋此诗下句,正是袭用于语,而意较切实。上句独造,意尤深警,于诗远不能及。此皆炼意胜古人处。晓岚乃称其不袭古人而直逼古人,非也。"①

如此用古用事而锻炼至于无形,亦常被视为杜诗以来专业诗家的本领:

> 《名贤诗话》《西清诗话》言杜少陵云:作诗用事要如释语"水中着盐",饮水乃知盐味。此说诗家秘密藏也。如"五更鼓角声悲壮,三峡星河影动摇",人徒见凌轹造化之工,不知乃用事也。《祢衡传》"挝《渔阳掺》,声悲壮",《汉武故事》"星辰影动摇,东方朔谓民劳之应"。则善用故事者如系风补影,岂有迹哉?②

善于学杜的陈与义,也善于熔铸来历:

登岳阳楼(二首之一)

陈与义

洞庭之东江水西,帘旌不动夕阳迟。
登临吴蜀横分地,徙倚湖山欲暮时。
万里来游还望远,三年多难更凭危。
白头吊古风霜里,老木沧波无限悲。

首句"洞庭之东江水西",仿拟《水经注》篇首常见的"江水又东"等语式,难怪许印芳说此句用"古调"。晚唐严维"柳塘春水漫,花坞夕阳迟"句,是欧梅称许为"状难写之景,如在目前,含不尽之意,见于言外"的典范名句③,从此宋代文人好用"夕阳迟"三字。"登临""多难"语,则不难联想老杜"万方多难此登临",于是,"万里来游还望远,三年多难更凭危",乃向杜诗借力使力,烘托其南渡避难心绪。

岳阳楼自来名篇不少,而较之于唐诗名作,简斋此诗得力于"意"更甚于"境";以上用古,亦是逞其炼"意"之功以斡旋捭阖,故而意脉沉着劲健,不以

---

① 诗为方回《瀛奎律髓》卷二十三"闲适类"所选,诸评见李庆甲《瀛奎律髓汇评》中册,第984页。

② 张镃《仕学规范》卷三十九引《西清诗话》语,《宋诗话全编》,第7522页。

③ 《六一诗话》:"圣俞尝语余曰:'诗家虽率意,而造语亦难。若意新语工,得前人所未道者,斯为善也。必能状难写之景,如在目前,含不尽之意,见于言外,然后为至矣。'……圣俞曰'作者得于心,览者会以意,殆难指陈以言也。虽然,亦可略道其仿佛;若严维'柳塘春水漫,花坞夕阳迟',则天容时态,融和骀荡,岂不如在目前乎……'"

袭用成词而熟滑平靡。满篇用古、用"杜",而意味淳厚,充满杜诗怀古伤情的氛围(纪昀说"意境宏深,真逼老杜"),却不涉因袭,正在于其檃栝之余,用"意"工夫老到。全诗虽处处袭用前人用语,却也处处与我"意"周旋,挥洒陈简斋之特有风格、自我面目,故能博得评家句句"警策"之誉。①

眼　疾
陈与义

天公嗔我眼常白,故着昏花阿堵中。

不怪参军谈瞎马,但妨中散送飞鸿。

着篦令恶谁能继,损读方奇定有功。

九恼从来是佛种,会如那律证圆通。

方回解释此诗典故:

> 此诗八句而用七事……"盲人骑瞎马,夜半临深池",此《世说》殷仲堪参军所作危语。……"只见门外着篦,未见眼中安障",此方干令以嘲李主簿范。宁武子患目痛,求方于张湛,湛戏谓此方用损读书一、减思虑二、专内视三、简外观四、早晚起五、夜早眠六、凡六物熬以神灰,下以气篨。……白眼、阿堵、送飞鸿,三事非僻。"那律"事出《楞严经》:"无目可以证道。"

又言"其要妙在用虚字以斡实事,不可不细味也"②。八句接连用了七个互不相属的典故,却流畅圆顺,源于善用虚字连接转换之功,使意脉相承而畅达有致,难怪纪昀也说"纯是宋调……不甚伤雅,格韵较宋人高故也"。

虽是戏作,此诗却属宋诗虚字工夫中较为丰赡圆熟的佳作。典故的丰富与流畅转圜,赋予了诗作博雅思理的趣味;又因皆契合于"目"之韵事,不至纷纭无所归,故虽云疾病,却生发出更为优容舒闲的意义空间,格外焕发怡情悦性的"达生"之意、乐天之趣。

想如此用事多端而以虚字斡旋,如锻炼工夫不到或意脉松散,则极易成"堆砌"之弊:

耳　鸣
范成大

东极空歌下始青,西方宝网奏韶英。

---

① 诗为方回《瀛奎律髓》卷一"登览类"所选,诸评见李庆甲《瀛奎律髓汇评》上册,第41—42页。
② 诗为方回《瀛奎律髓》卷四十四"疾病类"所选,诸评见李庆甲《瀛奎律髓汇评》下册,第1596—1597页。

不须路入兜玄国,自有音闻室筏城。

牛蚁谁知床下斗,鸡蝇任向梦中鸣。

如今却笑难陀种,无耳何劳强听声。

此诗同上引陈与义诗一样援引多方故实,同是宋调常见的虚字运用,然而句意断裂无着,未能绳之以中心一贯之"意",直是七宝楼台,杂凑不成一体,是故诸评皆道:"堆砌""如此用事,亦是恶道""气息不好""直是不通"云云。①

善于运用故实,炼意铸奇以创造诗歌丰富意蕴,在以苏轼为核心的文人唱和间亦常有佳作:

寄苏内翰
刘景文

倦压鳌头请左符,笑寻颍尾为西湖。

二三贤守去非远,六一清风今不孤。

四海共知霜鬓满,重阳曾插菊花无。

聚星堂上谁先到,欲傍金樽倒玉壶。

次韵刘景文见寄
苏 轼

淮上东来双鲤鱼,巧将诗信渡江湖。

细看落墨皆松瘦,想见掀髯正鹤孤。

烈士家风安用此,书生习气未能无。

莫因老骥思千里,醉后哀歌缺唾壶。

上一首,方回曰:"'六一清风'一联已佳,'四海''重阳'一联不唯见天下人共惜东坡之老,又且开慰坡公,随时消息,不必以时事介意也。句律悲壮豪健,人人能诵之。"

后一首东坡诗,方回曰:"三、四劲健;五、六……气象崔峣,未易攀也。"纪昀则谓此诗:"前半有致。后半极其沉着。五、六是开合句法。"②

"二三贤守""六一清风""聚星堂"等故实,谓欧阳修、苏轼先后担任颍州(辖内有西湖)太守之美事,并同聚聚星堂吟咏诗篇,挑战"白战"体等雅韵余风,而引申至东坡之"老"而弥尊,引领文坛风骚(如欧阳修主导一代文风)的地位。

---

① 诗为方回《瀛奎律髓》卷四十四"疾病类"所选,诸评见李庆甲《瀛奎律髓汇评》下册,第 1598—1599 页。

② 诗为方回《瀛奎律髓》卷四十二"寄赠类"所选,诸评见李庆甲《瀛奎律髓汇评》下册,第 1515—1516 页。

而后一首,东坡回得气格高越而谦雅,"情""理"两全。

援引"烈士家风"之实"事",礼尚对方美意,揄扬之余,"书生习气"又隐含以对方为同声相应之同道之义,故不显得前句为应酬而生分;有情有理,蕴意丰富,使此联成为两相匹敌、珠联璧合的对仗。而后联自引"老骥伏枥,志在千里"的典故,承领来诗嘉许又不失态,既昂扬自负又深寓感慨,故谓之"沉郁"。

两诗均巧运典实,而将情感意趣提炼至有格调有姿态的高度,使唱和之作韵致不凡;远过于一般酬唱诗引经据典地堆垛身份地位,板实地谀美推举。

山谷善用典故,熔铸多义以成浑厚之风的高明,亦不下于义山、东坡等:

和师厚郊居示里中诸君

篱边黄菊关心事,窗外青山不世情。
江橘千头供岁计,秋蛙一部洗朝醒。
归鸿往燕竞时节,宿草新坟多友生。
身后功名空自重,眼前樽酒未宜轻。

在此诗之评语中,方回列举山谷诗句诸如"明月清风非俗物,轻裘肥马谢儿曹""功名富贵两蜗角,险阻艰难一酒杯""春风春雨花经眼,江北江南水拍天""碧嶂清江元有宅,黄鱼紫蟹不论钱"等对偶法,誉其"变体"极多;然而方回眼界不宽,只见得其句中对偶(此处所谓"就句对")之特别,未能发抉诗人联翩对偶之外出奇的衔接,其故事与眼前、遥想与实事间、远近交错、虚实回宕的神思,如"'归鸿往燕',言时光之易逝,'宿草新坟',言人事之难久",固其义易明,而厉害之处更在于:此中源源汇聚并化用了《礼记·檀弓》("朋友之墓有宿草而不哭焉")、《诗经·常棣》("虽有兄弟,不如友生")以至韩愈诗句("新坟与宿草,已矣两如何")等,却接得巧妙而畅达明白,撑起了一个繁复多重的情感空间,以下这"竞时节""多友生"有拗有救,互为呼应反衬,相互切磋共鸣,益添感慨而变生多重思意;①而在这重重的意义叠加中更见新故迭代,百感交集。

此诗几乎句句皆用典故,且"典"出多门,句式句义往复交关错落,生发新意,而最终能回应、关锁于一"意"(与诸君之"关心事""不世情"),总摄全篇;此所以繁复用典而不嫌拘泥,不滞于静态的事义,思致动宕往来而流转

---

① 诗为方回《瀛奎律髓》卷二十六"变体类"所选,评见李庆甲《瀛奎律髓汇评》中册,第1143页;注释用典参见黄宝华《黄庭坚选集》,第44—45页。

圆"活"。

2."规摹其意":檃栝前人诗意或造语

上一章所阐述的属于有明确本事的使事用典,此外在精于用"意"及着眼于全盘的诗法眼光下,诗人还发展出转化或多方"用古"而未明示典故的造语工夫,进一步概括或影射前人诗句或成词,以蕴蓄多层次多面向的思意,这就是此后诗话里常讲的:"即旧为新""暗合""承袭"前人诗意,或"隐括""祖述"前人诗句,等等。

> 古诗云:"人生不满百,常怀千岁忧",而渊明以五字尽之曰:"世短意常多",东坡云:"意长日月促",则倒转陶句尔。①

> 欧阳文忠公虽作一二十字小柬,亦必属稿,其不轻易如此。……东坡大抵相类,初不过为文采尔。至黄鲁直,始专集取古人才语以叙事,虽造次间必期于工,遂以名家,士大夫翕然效之。②

在学识积累博厚的宋人眼里,处处用得着故实,"自古诗人文士,大抵皆祖述前人作语"③。用"古"之妙,在发挥"前文性"的大用之时,化于无痕,完美支持诗作的艺术目的。于是诗话屡屡讨论善于檃栝前人诗意或造语之佳范,如何发挥了整首诗歌完美布置之关键作用,造就"熔化"之功,如:

> 子京一联云:"将飞更作回风舞,已落犹成半面妆。"……《南史》:……此"半面妆"所从出也。若"回风舞"无出处,则对偶偏枯,不为佳句,殊不知乃出李贺诗云:"花台欲暮春辞去,落花起作回风舞。"前辈用事,必有来处;又精确如此,诚可为法也。④

> 句有偶似古人者,亦有述之者。杜子美"映阶碧草自春色,隔叶黄鹂空好音",此何逊行孙氏陵云"山莺空树响,垅月自秋晖"也。……阴铿云"莺随入户树,花逐下山风",杜云……"水流行地日,江入度山云",此一联胜。庾信云"永韬三尺剑,长卷一戎衣",杜云"风尘三尺剑,社稷一戎衣",亦胜庾矣。……陆龟蒙云"殷勤与解丁香结,从放繁枝散诞春",介甫云"殷勤与解丁香结,放出枝头自在

---

① 罗大经《鹤林玉露》补遗,《宋诗话全编》,第7674页。
② 阙名《南窗纪谈》,《黄庭坚和江西诗派资料汇编》上册,第47页;同样这段话又见朱弁《曲洧旧闻》卷九,《黄庭坚和江西诗派资料汇编》上册,第83页。
③ 周紫芝《竹坡诗话》卷二,《黄庭坚和江西诗派资料汇编》上册,第50—51页。
④ 胡仔语,见《诗人玉屑》卷七,第152页。

春"，作者不及述者。①

"郑谷蜀中海棠诗……'秾丽最宜新著雨，妖饶全在欲开时'，然欧公以郑诗为格卑；近世陈去非尝用郑意赋海棠云：'海棠默默要诗催，日暮紫绵无数开。欲识此花奇绝处，明朝有雨试重来。'虽本郑意，便觉才力相去不侔矣。山谷亦有'紫绵揉色海棠开'之句。"②陈与义挟郑谷与山谷诗意，抟揉而两得之，赋海棠以新意，而诗句兼有风情与气格。

这类范例山谷诗尤多，可视为山谷处处习练的储备，作为他创作时更精深且多重交摄用典的实力累积，以时刻发挥其"点化"之功。能积累盛多而檃栝于无形，于是事溶于语，转化其义（用其意不用其语）而倍添精彩。这部分尤常见于宋人所传颂的黄庭坚"点铁成金""夺胎换骨"等诗法："唐刘禹锡作柳州文集序云：韩退之曰：'雄深雅健，似司马子长，崔、蔡不足多也。'……山谷咏张文潜诗亦用此意，有曰：'晁张班马乎，崔蔡不足云'，其善于夺胎换骨如此。"③

此例甚夥，如曾季狸《艇斋诗话》特意搜罗列举山谷檃栝前人诗句者数十则："山谷《咏明皇时事》云：'扶风乔木夏阴合，斜谷铃声秋夜深。人到愁来无处会，不关情处亦伤心。'全用乐天诗意。乐天云：'峡猿亦无意，陇水复何情？为到愁人耳，皆为断肠声。'此所谓夺胎换骨者是也。"④

葛立方亦曾列举多首范例，指出此等高明檃栝之法，如以下分别以王维、杜甫、黄庭坚为例说明前人成词如何经过"点化"得以精彩尽出：

> "水田飞白鹭，夏木啭黄莺"，李嘉祐诗也。王摩诘衍之为七言曰："漠漠水田飞白鹭，阴阴夏木啭黄莺"，而兴益远。"九天宫殿开阊阖，万国衣冠拜冕旒"，王摩诘诗也，杜子美删之为五言句，"阊阖开黄道，衣冠拜紫宸"，而语益工。近观山谷黔南十绝，七篇全用乐天《花下对酒》《渭川旧居》《东城寻春》《西楼》《委顺》《竹窗》等诗，余三篇用其诗略点化而已。乐天云"相去六千里，地绝天邈然。十书九不到，何以开忧颜"，山谷则云"相望六千里，天地隔江山。十书九不到，何用一开颜"。乐天云"霜降水反壑，风落木归山。蒇蒇岁时异，物皆复本原"，山谷云"霜降水反壑，风落木归山。蒇蒇岁华晚，昆虫皆闭关"。乐天诗云"渴人多梦

---

① 杨万里语，见《诗人玉屑》卷八，第179—180页。

② 《复斋漫录》，见《诗人玉屑》卷八，第182页。

③ 刘埙《隐居通议》卷十一，《黄庭坚和江西诗派资料汇编》上册，第195页。

④ 曾季狸《艇斋诗话》，《黄庭坚和江西诗派资料汇编》上册，第87页；其他示例则见是书第85—88页。

饮,饥人多梦餐。春来梦何处,合眼到东川",山谷云"病人多梦医,囚人多梦赦。如何春来梦,合眼见乡社"。叶少蕴云:"诗人点化前作,正如李公弼将郭子仪之军,重经号令,精彩数倍。"今观三公所作,此语殆诚然也。①

又如:"杜甫《梦李白》云:'落月满屋梁,犹疑照颜色。'山谷《簟》诗云:'落日映江波,依稀比颜色。'……此皆用古人句律,而不用其句意,以故为新,夺胎换骨。"②

除诗歌外,其他如赋作、词作亦处处可见山谷时时储备而精湛的"櫽栝"之能:"欧阳公知滁日,自号醉翁,因以名亭作记。山谷櫽栝其词,合以声律,作《瑞鹤仙》云:……一记凡数百言,此词备之矣。山谷其善櫽栝如此!"③

可见规摹前人诗意至黄庭坚已成典范,足为诗人法式。④

六朝以来骈文和诗歌也常概括典籍与历史故实,熔铸新语,但是直接以既成的诗文诗句为对象的取用,则不多见;相对于此,黄庭坚则有意以现成的作品为资材,以一种后设的诠释氛围对原有的情感想象进行再创造,更带有一种现代性的别出心裁的设计风貌。

出迎使客质明放船自瓦窑归

黄庭坚

鼓吹喧江雨不开,丹枫落叶放船回。

风行水上如云过,地近岭南无雁来。

楼阁人家卷帘幕,菰蒲鸥鸟乐湾洄。

惜无陶谢挥斥手,诗句纵横付酒杯。

此诗櫽栝了许多前人名句,并善用虚字与动词调动韵律变化,为之增添动势,使意象灵动,天然清新,熔铸成"潇洒清扬"之意态。此所以朱熹谓"后山诗雅健胜山谷,无山谷潇洒清扬之态"(《朱子语类》),王渔洋谓"涪翁掉臂自

---

① 葛立方列举许多诗人"点化""换骨法"之范例,皆见于《韵语阳秋》,《黄庭坚和江西诗派资料汇编》上册,第91—93页。

② 杨万里《诚斋诗话》,《黄庭坚和江西诗派资料汇编》上册,第124页。

③ 魏庆之《诗人玉屑》卷二十一,《黄庭坚和江西诗派资料汇编》上册,第427页。

④ 关于这类"夺胎换骨"作法引发的"是否剽窃"的问题,有个可供判断的基准:"是否作为以个人名义发表的作品"呈现。不比书法绘画等"实体"的艺术品,诗文这类"抽象"的写作,在宋代,这个基准还是很模糊的,有些作品确实是以个人(有为而作的)大作的身份出现,然而有些作品一开始是以友朋间沟通、交际的姿态出现,甚至因为奉酬或向前人致意的关系,还刻意模仿彼此,有时甚至因此大受欢迎而成为"创作"典范,成为名作,于是又跨越了这个界线。诗话写作最能呈现这种模糊性。

清新"(《戏效元遗山论诗绝句》),皆云其善于用古创造奇健雅趣,而不自限于一味瘦硬老拙姿态。从容规摹前人诗意诗语,行有余力,尚能调和鼎鼐、转化原意,导引流畅清新之意脉。

题画睡鸭

黄庭坚

山鸡照影空自爱,孤鸾舞镜不作双。

天下真成长会合,两凫相倚睡秋江。

赵与时有一段说明,有助于领会此诗"点化"之奇:"徐陵《鸳鸯赋》云:'山鸡映水那相得,孤鸾照镜不成双。天下真成长会合,无胜比翼两鸳鸯。'黄鲁直《题画睡鸭》曰……全用徐语点化。《容斋随笔》谓鲁直末句尤精工。余幼时不能解,每疑鸳鸯可言长会合,两凫则聚散不常,何可言长会合? 后乃悟鲁直所谓长会合,特指画者耳。"①

山谷此诗"点化"自徐陵诗作,表面上句意相仿佛,深思之,则山谷之作兼及画里画外而进一层,有辩证之趣,同时也点拨了画作不同于自然情景的精彩。山谷改动了原单纯写景诗句的寥寥数字,顿时成为一首出色的题画诗,丝毫不逊于现代主义以极简手法创新之艺术。

任渊《内集诗注》:

> 徐陵《鸳鸯赋》曰:……山谷非蹈袭者,以徐语弱,故为点窜,以示学者尔。至其末语,用意尤深,非徐所及。唐人吴融《池上双凫》诗曰:"可怜翡翠归云髻,莫羡鸳鸯入画图。幸是羽毛无取处,一生安稳老菰蒲。"意虽佳而语陋。山谷兼用二人之长,正如临淮王用郭汾阳部曲,一经号令,气色益精明云。

钱锺书《管锥编》二二九《全陈文卷六》:

> 黄诗纯自徐陵赋推演,着眼在人事好乖,离多会少……真鸳鸯虽称并命之禽……争及画中睡凫相倚,却可积岁常然而不须臾或变。故徐、黄貌若同言"真成长会合",黄实举徐初语,因从其后而驳之……如禅宗之"末后一转语"。……知来历者,便省其言外尚有徐所赋鸳鸯在,鸳鸯胜山鸡、孤鸾,而画凫尤胜鸳鸯;不止进一解,而是下两转也。②

黄庭坚规摹古人而能独树一帜之胜处,便在这"下两转"的点化工夫,

---

① 赵与时《宾退录》卷十,《黄庭坚和江西诗派资料汇编》上册,第169页。

② 诗和笺注见黄宝华《黄庭坚选集》,第138—139页。

"转"而又"转","语"益工而"意"复生新别致,"意"中别出一"意",内外交涉、益翻益奇,其至有对映或辩证之趣。

此等变化应用古人成句,令语言标致新奇而思意跌宕交错,点老熟陈旧之"铁"成灵动奥衍之"金",黄庭坚于此最是当行。"宋黄山谷诗云:'翰墨场中老伏波,菩提房里病维摩。近人积水无鸥鹭,唯有归牛浮鼻过',盖用《北梦琐言》陈咏诗云:'隔岸水牛浮鼻渡,傍溪沙鸟点头行。'此本陋句,一经山谷妙手,神采顿异。"①"'断送一生惟有酒''破除万事无过酒',韩昌黎句。山谷仅去一字,为《西江月》云:'断送一生惟有,破除万事无过',此并用之,袭而愈工也。"②

袭用前人诗文现成的语汇或句意,首先呈现为一种情感认同、价值认同。本来典故的使用就诉诸经典丰富的前文性,而黄庭坚更把前人诗文中的艺术想象、美感想象带进来,放置在另一个不同的艺术脉络里,让读者记忆里原来的情感想象,在不同情境下激发另一种层次的感受。

山谷《次韵刘景文登邺王台见思》诗"西风一横笛,金气与高明"一联便是如此:③

> 黄浊归大壑,涟漪绕重城。西风一横笛,金气与高明。
> 归鸦度晚景,落雁带边声。平生知音处,别离空复情。

"以往七律多借景传情,中间常有一联写景,而山谷则少借乃至不借景,表现出重意轻景的特点,而直接将感受体验凝缩在对偶中。"④从山谷此诗与杜牧原来诗句("深秋帘幕千家雨,落日楼台一笛风")的比较就可看出,杜诗重景,以景写情,而黄诗则全是"意",将感受凝缩其中而不枯涩,振起全诗宏深的寓意,山谷这种概括前人诗意的作法挑战性极为突出。

本诗颔联檃栝了杜牧"深秋帘幕千家雨,落日楼台一笛风"诗意,杜诗原是六朝怀古之作,当这种原生的情感想象被安排在一个新的文脉中("西风一横笛,金气与高明"),本有会心的艺术作品在另一个陌生的美感情境下,便刺激着读者进一步接合两者的情思,进行再一次的抽象整合,刺激读者生成一种新的想象,一种兼融原有诗意并且表现当下特殊情思的想象,于是便在原来诗意的基础上产生意义叠加甚至超越的效果,如本诗在六朝怀古之

---

① 诗见《病起荆江亭即事》十首之一,任渊《山谷内集诗注》卷十四,第264页;评见祝诚《莲堂诗话》卷上,《黄庭坚和江西诗派资料汇编》上册,第217页。
② 沈雄《词品》卷下,《黄庭坚和江西诗派资料汇编》上册,第269页。
③ 《次韵刘景文登邺王台见思》五首之一,《山谷内集诗注》卷一,第19—20页。
④ 黄宝华《黄庭坚选集》,第20页。

思外,同时也蕴蓄了邺王台悲凉精爽的精神象征。此一由认同到转化的过程,也更加扩充了"似曾相识"的美感距离与情感张力。

此诗更有意思的是,杜牧其实也曾以《长安秋望》一诗"南山与秋色,气势两相高"规摹老杜"千崖秋气高"句;而山谷此处的"再规摹",更故意以类似的句法,檃栝二诗的诗意。于是诗思之绵密层叠,犹如重重回响,如这阵阵涟漪绕"重城"一般,回环反复,余情不尽。

这等趣味好似东坡谐仿太白之檃栝谢朓诗:

> 东坡送人守嘉州古诗,其中云:"峨眉山月半轮秋,影入平羌江水流。谪仙此语谁解道,请君见月时登楼。"上两句全是李谪仙诗,故继之以"谪仙此语谁解道,请君见月时登楼"之句。此格本出于李谪仙,其诗云:"解道澄江静如练,令人还忆谢元(玄)晖。"盖"澄江静如练"即元(玄)晖全句也。[1]

东坡好促狭,如此谐仿,仿佛拉上了诗人对话起来;虽未必展现艺术之"工",却创造出多层次的趣味,颇有连环解语的盎然兴味;而山谷更以其精工别致的手法,创造耐人寻味之艺术表现。

又如山谷《次韵柳通叟寄王文通》一诗:[2]

> 故人昔有凌云赋,何意陆沉黄绶闲。
> 头白眼花行作吏,儿婚女嫁望还山。
> 心犹未死杯中物,春不能朱镜里颜。
> 寄语诸公肯湔祓,割鸡今得近乡关。

此诗有着山谷特有的奇崛语式语序:"(中二联)以拗硬之笔写奇崛之态,如颔联在上下句相对中又当句成对,读来往复回环。颈联却奇峰突起,以不合正常七言句节奏的散文句式构成对偶,读来拗硬顿挫,生动地传达出牢骚不平之气。"[3]"……中间两联,虽保持对偶的形式,但一句一转,律句流动中的对称和一气单行的直遂贯通相融合,流转自如而无微不透。……颔联……叙事语势流走;而颈联……语序倒错,对偶工整而奇崛顿挫、一气贯通,与诗人思潮起伏的情怀恰好相得益彰。"[4]

而其来历:"心犹未死杯中物,春不能朱镜里颜"一联,任渊注:"渊明诗

① 《苕溪渔隐丛话》,见《诗人玉屑》卷八,第186—187页。
② 《山谷内集诗注》卷八,第141页。
③ 《宋辽金诗鉴赏》,上海:上海古籍出版社,1998年,第205页。上引文为黄宝华撰写。
④ 邹进先《宋代杜诗学述论》,第337页。

曰:'天运苟如此,且进杯中物。'乐天诗:'白发逐流落,朱颜辞镜去。'又云:'独有病眼花,春风吹不落。'此其用意。"除任渊所说的渊明及乐天诗句之外,此处实也默会了冯延巳词:"谁道闲情抛弃久,每到春来,惆怅还依旧。日日花前常病酒,不辞镜里朱颜瘦。"可说是综合了多重意思的隐喻。

同样是感叹年华,渊明诗由无奈而转为豁达,乐天诗是既无奈又诙谐,而冯延巳词则为惆怅伤春,相较之下,山谷用意又更进一层。"心犹未死杯中物,春不能朱镜里颜",在这般复合的櫽栝中,包含了许多冲突对立:少年意气与老大伤悲、壮心未老与时不我与、杯酒抒怀与光景添愁、老来应求安逸与志意尚待追求……这么多层的蕴意,在"心犹未死""春不能朱"当中动词的强烈转化下,表现出这昔有凌云之志的故人,在与造化抗争中,难堪的处境与紧张的心绪冲突;且对照出这位"头白眼花行作吏,儿婚女嫁望还山"的老友落拓中不失倔强的性格,以及不时流露出那尚能追念的少时意气、青春憧憬。① 在诗中环环相扣的对照对映下,内蕴的情绪比起陶诗、白诗等要强烈复杂许多。而透过这重重张力,同时也曲折地表现出作者强将豁达却不能豁达的尴尬体会(观看者与被观看者的往复影响);这实在比诸多表现心性如何恬淡、如何旷远的诗歌要深刻丰富许多,洞达人性、刻画人性的功力也更厚实。

山谷作诗本就善用对净融合的手法,本诗就是用这种手法来消化故实,把种种矛盾櫽栝在诗意中,在彼此的激荡下,表现出很强烈的情感张力,然而其高明之处在于:在唤起与陶诗和白诗等原来诗意的对净中,这些概括和点化又使得种种冲突矛盾、复杂交织的情感经验能够涵融一体,丝毫不影响作品的完整统一。②

江西"一祖三宗"的陈与义,亦精于此"规摹古人"之奥妙:

> 王维"遥知兄弟登高处,遍插茱萸少一人",岑参"遥怜故园菊,应傍战场开",皆佳句也。去非《重九》二绝云"龙沙北望西风冷,谁折黄花寿两宫",五言云"菊花纷四野,作意为谁愁",虽用前人之意,而不袭其语,殊自苍然。③

---

① 钱锺书《谈艺录》曾评王国维诗句"一事能狂便少年",谓"老成人而'能狂',即不失为'少年',即言倘狂态尚犹存,则少年未渠一去不回也"。亦可为此诗参照。

② 山谷像这类作品常被提到的,还有:"人生真成长会合,两凫相倚睡秋江。"(《睡鸭诗》,任渊《山谷内集诗注》卷七,第130页)等等。

③ 胡应麟《诗薮》外编卷五,《黄庭坚和江西诗派资料汇编》下册,第835页。

思杜亭

姜仲谦(约与陈与义同时)

十里松阴古道场,一亭还复枕潇湘。

诗翁至死忧唐室,野客于今吊耒阳。

窗户云生山雨集,岩溪花发晓风香。

不唯临眺添惆怅,自是年来鬓已霜。

纪昀:"第四句('野客于今吊耒阳')从背面托出吊古感时,两边具到。'野客于今'四字有无穷之趣,得此对句,三句益佳。"又谓此诗:"规格意思,全是温飞卿《过陈琳墓》诗。三、四事本烂熟,惟切故警。'野客'非泛以凑对,盖即'霸才无主始怜君'意。"①

而所檃栝的温庭筠诗,也是为异代词人(陈琳)而作,本有诗人"同是天涯沦落人""卿须怜我我怜卿"之感慨相惜;以致姜之咏杜,犹如温庭筠之咏陈琳,亦即《兰亭集序》所谓之"后之视今,亦犹今之视昔"之意。如此,化解了陈熟之故实("诗翁至死忧唐室"),而寓辗转而新奇之厚意。

诗中更刻意袭用杜甫诗中自称之语(按:杜甫诗有"杜陵野客人更嗤"等语),使得诗意更加"切"合而"警"拔,果是"兴感之由,若合一契"!如此善用来历、善用故实,而略加点化,便产生了繁复而警切的意义叠加之趣,倍加"有感于斯文"。

3."宕开一笔":异质性的绾合

为使意不相袭,诗人在规摹前人诗句时,本有一类"反其意而用之"之方:"王文海云:'鸟鸣山更幽。'至介甫则曰:'茅檐相对坐终日,一鸟不鸣山更幽。'皆反其意而用之。"②而"点化"更精,遐思益远的"用古"、用"来历"的本事,更创造出迭衍更甚的异质性绾合手法:"'燕燕于飞,参差其羽。之子于归,远送于野。瞻望弗及,泣涕如雨。'……东坡送子由诗云:'登高回首坡垅隔,惟见乌帽出复没。'皆远绍其意。"③"远绍其意",也是将固有之诗意移用于别有参差的他事他意,虽事异时异或属性不类,但在思及千古的心理空间下,在仿佛于本事之意蕴("瞻望弗及,泣涕如雨")下,表层异质的诗句依稀与"前文"所表征之情感经验互文为训,以致反衬而创造了更为殊异而

---

① 诗为方回《瀛奎律髓》卷三十五"庭宇类"所选,其他诸评见李庆甲《瀛奎律髓汇评》下册,第1429页。按:温庭筠《陈琳墓》:"曾于青史见遗文,今日飘零过古坟。词客有灵应识我,霸才无主始怜君。石麟埋没藏秋草,铜雀荒凉对暮云。莫怪临风倍惆怅,欲将书剑学从军。"

② 《苕溪渔隐丛话》,见《诗人玉屑》卷八,第189页。

③ 《彦周诗话》,见《诗人玉屑》卷八,第183页。

特出的情感表现。

寄题荣州祖元大师此君轩

黄庭坚

王师学琴三十年,响如清夜落涧泉。

满堂洗尽筝琶耳,请师停手恐断弦。

神人传书道人命,死生贵贱如看镜。

晚知直语触憎嫌,深藏幽寺听钟磬。

有酒如渑客满门,不可一日无此君。

当时手栽数寸碧,声挟风雨今连云。

此君倾盖如故旧,骨相奇怪清且秀。

程婴杵臼立孤难,伯夷叔齐采薇瘦。

霜钟堂上弄秋月,微风入弦此君悦。

公家周彦笔如椽,此君语意当能传。

当中"程婴杵臼立孤难,伯夷叔齐采薇瘦"一联来历,令人耳目一新。超出历来咏竹的传统,黄庭坚在主人祖元大师的逸趣及竹的丰采描述之外,神来一笔地插入这与上下文毫无逻辑联系的一联典故,胡仔《苕溪渔隐丛话》谓其"善于比喻",元代刘埙甚至说:"山谷《寄题荣州祖元大师此君轩》云:'程婴杵臼立孤难,伯夷叔齐采薇瘦'形容绝妙。后有作者,何以加之?"[1]

如上章所述,传统用典,为"明理征义"之用,典故与文脉内容间必须有同质性的、逻辑性的联结。然而黄庭坚自觉地结撰异质性的典故,在诗歌里运用了许多与咏题或内容在性质上、逻辑上都不直接相干的典故,达到了令人惊艳的表现效果。

东坡诗歌已经极善比喻了,如他咏红梅、咏定惠院海棠、以西子比西湖,均是杰作,但这些精妙的譬喻,主要还是建立在句义内容之间关系的同质性上,所谓"有理而妙"是也;而山谷则已脱离内容表达的拘限,在铺陈了祖元大师以及"此君轩"的渊源,形容了竹的神采之后,引入"程婴杵臼立孤难,伯夷叔齐采薇瘦",透过表面与竹无关的故事,异峰突起地转换即将沦入前人故步的意脉,唤起"此君"一派新的精神想象。这也就是宋人所说的"宕开一笔"。这些典故与竹的情态并非直接对应,但这得之于天外的想象,在截断了指示作用的惯性思维后,却更足以映带前后,营造一种新的情感氛围,把诗句的逻辑文脉转换为非逻辑性的、更富整体寓意的象征,把竹的想象转换

---

[1] 刘埙《隐居通议》卷八,《黄庭坚和江西诗派资料汇编》上册,第 194 页。

到一个新境界，所谓"无理而妙"。妙在虽无逻辑性的联系，却能在精神意蕴上潜贯融通竹的性格想象，葛立方讲山谷诗"意甚远而中实潜贯者，最为高作"①，正是这种象征作用的妙趣所在。在前人几乎已经说尽其神韵之后，给"此君"缔造了一种更富人文色彩的性格，让整首诗歌在这新的象征之下，更显得不同凡俗。

大胆地绾合异质性的用事用意，有其貌似无理而强烈的表现效果，但在不同的立场下，很容易因为逻辑上的"不相干"，招致所谓"牵凑拉杂"的批评。例如清代贺裳《载酒园诗话》说："至山谷咏竹而曰：'程婴杵臼立孤难，伯夷叔齐采薇瘦'，终嫌晦涩。此不过言'苦节'二字耳。"黄爵滋："咏竹而用及程婴、杵臼等事，此《选》赋之体，非诗正格，不善学之，则泛滥牵凑拉杂之病，无所不至。"②在同质性用典的惯性思维下，黄爵滋以逻辑联系的眼光，嫌其"泛滥牵凑拉杂"；贺裳则是在一事一义的比喻关系下，把用典化约为辞义的表达，截取典故最简约而平面的意蕴（此不过言"苦节"二字耳）。

也因为熔铸多重典故，更须炼"意"深细，更挑战作品内外层次的工夫，所以惯常以静态释义阅读、线性逻辑思考的文人，常谓其有"隔""作态"，不如苏轼之"自然"，此犹如以平面图像眼光看 3D 立体动态，势不免难以会意其趣。贺、黄二人正是因为把山谷的用典看得片断而平面，看成是比喻，秉承"博物可嘉""据事以类义"等六朝惯例，而不能看出典故在诗歌文脉完整铺垫的作用下，涵融吸纳了复杂而冲突的异质性，因而橐栝了一种立体的想象氛围，囊括了此诗前半部分咏竹的清峻形象，赋予警拔而明晰生动的性格，并超出了譬喻，唤起更多层次的感受，成为富含人文情感的完整想象。"程婴杵臼立孤难，伯夷叔齐采薇瘦"这个表象，并不能简单地化约为"义"且"清"的平面形象。在诗歌对仗及呼应前文呈现的丰姿神采的情况下，它已经化身为伦理处境与伦理行为的动势，包含了对情感经验的诠释形式。

经此想落天外的宕开，绾合异质性的质素，虽拉开了距离，却令思致有连山断岭般的契应，情韵更深远，意蕴更绵长。此路一开，便打开了诗歌用"古"更活泼、更宽广的局面，任何极雅、极俗之诗材无不可入诗，一切相异质素，在诗人高明的表现力之下，均可融通在整体潜贯的意脉中，辩证地转化为更加丰富的符号，更能蕴含各种复杂冲突的人文意态，内涵更加深远广博，更能满足符号表现所期许的典型——充满意味的形式。

---

① 《韵语阳秋》，《黄庭坚和江西诗派资料汇编》上册，第 91 页。
② 贺裳《载酒园诗话》、黄爵滋《读山谷集》，见黄宝华《黄庭坚选集》，第 280 页。

舟中（古体）

陈师道

恶风横江江卷浪，黄流湍猛风用壮。

疾如万骑千里来，气压三江五湖上。

岸上空荒火夜明，舟中起坐待残更。

少年行路今头白，不尽还家去国情。

这是哲宗绍圣元年（1094），元祐党人再遭贬谪，陈师道被罢去颍州教授，离开颍州还家时作。在绘声绘影的动荡情状里，还藏了"用壮"的典故，《易·大壮》九三爻辞："小人用壮，君子用罔。"虽不算使事，却有"来历"，借由这"来历"，暗藏隐晦的讥刺。透过这櫽栝的深意，加上动词、虚字等运筹帷幄，势头险恶之状，尽在笔下。在几乎湮没于（前二联倾力描写的）湍流猛浪的情势下，经此（深寓人事的"用壮"）一典宕开，主脑顿出，而凸显了主体的意图与人文含义，更显出险恶情势中，君子昂藏，矫然挺拔于逆境之气格。

寄黄几复①

黄庭坚

我居北海君南海，寄雁传书谢不能。

桃李春风一杯酒，江湖夜雨十年灯。

持家但有四立壁，治病不蕲三折肱。

想得读书头已白，隔溪猿哭瘴溪藤。

"亦是一起浩然，一气涌出。五、六一顿，结句与前一样笔法。山谷兀傲纵横，一气涌现，然专学之，恐流入空滑，须慎之。"②

此诗不流于"空滑"，正与其蕴蓄丰富的用事有关，其用典处处呼应笔法，熔铸出不凡风味：

"我居北海君南海"，用《左传·僖公四年》"君处北海，寡人处南海"句。

"寄雁传书谢不能"，用《汉书》苏武故事以及相传雁不过衡阳之说。更突显南北辽阔，音书不到。

"桃李春风一杯酒，江湖夜雨十年灯"有"巴山夜雨"的典故，又隐喻了桃李不言，心怀契阔的情感，如此交叠之意象与意味纷繁杂陈，不可言喻却极有情致。正如陈模所说："（此联）盖言杯酒别又十年灯矣。同一机轴，此最

---

① 元丰八年作。山谷有跋云："几复在广州四会，予在德州德平镇，皆海滨也。"《山谷内集诗注》卷二。

② 方东树《昭昧詹言》卷二十，《黄庭坚和江西诗派资料汇编》上册，第327页。

高处。"①陈模在此所谓"杯酒别又十年灯矣",有现代诗人郑愁予诗歌之情味:"这次我离开你,是风,是雨,是夜晚。你笑了笑,我摆一摆手,一条寂寞的路便展向两头了。"(《赋别》)山谷"机轴高处"就在善于援引不同的典故,一典里总是包含多重意味,交相推宕,彼此指涉互蕴,而表现出难以明言的复杂感受。

"持家但有四立壁",典出陶渊明《五柳先生传》"环堵萧然,箪瓢屡空";"治病不蕲三折肱",则是《左传·定公十三年》:"三折肱知为良医。"于是,"持家但有四立壁,治病不蕲三折肱",两句互文为训,作者自嘲自己的境遇,谓世路艰难,更有甚于病痛者;盖病痛尚能"三折肱而成良医",而其所谓拙于持家,是因为不擅仕途钻营之道,盖本性如此,故利禄之途,即使频遭打击,也不会从经验中得到好处,只有愈发遭受挫折,比不得遭遇病痛尚能"三折肱而成良医"。

最后,"想得读书头已白,隔溪猿哭瘴溪藤"。

"隔溪猿哭瘴溪藤":复想黄几复的景况,此处櫽栝了《楚辞·九歌·山鬼》一篇中"猨啾啾兮又夜鸣""石磊磊兮葛蔓蔓"等泉石杂错、藤蔓蔽日、猿狖哀啼的气氛,若合符节,可以代表诗人对南方瘴疠地阴森幽晦的想象。同时这与北方迥异的景象,更呼应了前面"我居北海君南海"的南北悬绝,"江湖夜雨十年灯"的契阔苍凉。

"溪藤",许多承自任渊的解释可能都有待商榷,任渊注里说:"四会在广东,故云'瘴溪'。"(内集诗注卷二)。按:此句黄庭坚用了二"溪"字,何不嫌其重? 故疑此"溪"非"瘴溪",而是"溪藤"的溪,"瘴"可为动词。东坡诗:"书来乞诗要自写,为把栗尾书溪藤。"(《墨妙亭诗》)此"溪藤"指剡溪纸。剡溪水制纸甚佳,尤以藤纸为最,故亦名其纸为剡藤。

如此,这两个"溪"字因意义不同,故不犯重。前一"隔溪"之溪确是广东四会之溪,后一溪藤之溪,则是剡溪纸之代称。而"瘴溪藤"便更有了文士思念故友的情味,仿佛瘴气弥漫了书纸,野猿的啼声,唤来南方的瘴气,渲染了满纸的思念。

"想得读书头已白",用杜甫怀李白诗意:"不见李生久,佯狂真可哀。世人皆欲杀,吾意独怜才。敏捷诗千首,飘零酒一杯。匡山读书处,头白好归来"(《不见》,原注:近无李白消息)。匡山,或指蜀之匡山,相传李白少时曾读书于此地;或指庐山,李白曾卜筑庐山愿为归老之处。

如此,在重重异质的指涉中,在层层推宕、繁复交关的用典寓意里,"持

---

① 《怀古录》,《黄庭坚和江西诗派资料汇编》上册,第154页。

家但有四立壁,治病不蕲三折肱""寄雁传书谢不能""隔溪猿哭瘴溪藤",这一我一你,一往一来,一此(收摄、逼仄、颠簸)一彼(宕开、辽远、清寂),往复呼应前面"我居北海君南海""桃李春风一杯酒,江湖夜雨十年灯"的离合契阔之情;并在这两相排比对应之下,进一步衍生"同是天涯沦落人""卿须怜我我怜卿"的感慨。而接续这"卿须怜我我怜卿"之同情的,还有"我意独怜才"的知音相惜,用上述杜甫怀李白诗意,既呼应前述"桃李春风一杯酒,江湖夜雨十年灯",又在心怀契阔中,进一步以格外珍重的情分作结,收摄全篇不尽的思致与情意。

山谷用事博洽,"无一字无来处"的案例,频见于诗话,提供文人考证典故的好题目,如其《追和东坡题李亮功归来图》诗句有"鱼千里"一词:"予问诸学士'鱼千里',多云:'此《齐民要术》载范蠡种鱼事……'后因读《关尹子》云:'以盆为沼,以石为岛,鱼环游之,不知其几千万里不穷也',乃知前辈用事如此该博,字皆有来处。"①岂止"该博",其更难者,则在多重用典的功力,往往字字多来处,层层叠叠,绾合多重意旨而推宕无穷意思,诗话精到的评论亦往往只能管窥其一端。

追和东坡题李亮功归来图

黄庭坚

今人常恨古人少,今得见之谁谓无。

欲学渊明归作赋,先烦摩诘画成图。

小池已筑鱼千里,隙地仍栽芋百区。

朝市山林俱有累,不居京洛不江湖。

前三联,分别有其来处:从"今之古人""渊明赋""王维得宋之问辋川别业及画《辋川图》",到"鱼千里"之出自(道家)《关尹子·一宇》"以盆为沼,以石为岛,鱼环游之,不知几千万里不穷乎! 夫何故? 水无源无归。圣人之道,本无首,末无尾,所以应物不穷",各各檃栝了李亮功有渊明归心田园之高致,李伯时有王维乐游辋川及《辋川图》等游心物外之趣(诗之本事为李伯时画其弟亮功之隐居宅第),大意皆契合庄子"心有天游"的精神,逍遥于世外山林的天地;有"今之古人"的高情远韵。

末联更推宕出此物外之外更有其"外",由此"游心"世外一隅之天地,衍宕至(在无穷的相对性外)应物无穷的恢恢宇宙,而以山谷跳脱内外,两不挂搭的感悟作结:"朝市山林俱有累,不居京洛不江湖。"既呼应前意,又拓广至

---

① 张邦基《墨庄漫录》卷三,《黄庭坚和江西诗派资料汇编》上册,第77页。

渊明"结庐在人境""心远地自偏",而结合了禅宗"随缘应物"之精神,于是,由游心物外又宕至"不一不二""与物推移"、与时推移,无有界际,无不自得之境界。

规摹来历大意之精华后,再加以神来一笔,推衍更高,则后势无穷,余味回荡不已。

不过,这种善于融会来历,宕开一笔,引入新意的工夫,虽由山谷发扬,却不是宋代才有,也不是宋人号称字字用意的杜甫才开始,且看李白这首古诗:

杨叛儿

> 君歌杨叛儿,妾劝新丰酒。何许最关人,乌啼白门柳。
> 乌啼隐杨花,君醉留妾家。博山炉中沉香火,双烟一气凌紫霞。

这是一首拟古乐府,古《杨叛曲》如下:

> 暂出白门前,杨柳可藏乌。欢作沉水香,侬作博山炉。

李白用古乐府题,未必符合原来古曲的文意,有时改换全部内容,有时文意虽近,却别有诗人自己特殊的寓意或情味。如此诗,看似演绎了古曲文意,却有别出心裁之处。原来古曲中的"杨柳可藏乌",比较近于因此物及他物的"兴",在李白的演绎下,却有更加缠绵委曲的"比"的作用,还增添了情节动态的想象;且在这个新的脉络下,把原来"欢作沉水香,侬作博山炉"的旖旎情怀,转化为更加清奇秀异的"博山炉中沉香火,双烟一气凌紫霞",更有超脱飞升的意境。

杨升庵说:"古《杨叛曲》仅二十字,太白衍之为四十四字,而乐府之妙思益显,隐语益彰……沉水、博山之句,非太白以'双烟一气'解之,乐府之妙亦隐矣。"在古《杨叛曲》中,主脑在"欢作沉水香,侬作博山炉",一个静态的焦点;而李白的《杨叛儿》中,由一连串的意象动势递连成一道主线,以"双烟一气"收摄,且呼应了古曲。

相较于山谷、后山等精心经营的"宕开"之笔,回味太白古风古意之"来历",这自然天成、一笔神往的飞扬情致,"曲罢不知人在否",更是余音悠然,远而又远。

李白这般缘古诗题目而宕开新意的作法,也在黄庭坚的用古本事下,更进一层;他的《题竹石牧牛》一诗,檃栝了李白《独漉篇》风格句式,却更是宕开原题独出心裁,绾合了古风与即景而时新之咏画新题,益见匠心:

> 一日,因坐客论鲁直诗体致新巧,自作格辙,次客举鲁直题子瞻伯

时画竹石牛图诗云:"石吾甚爱之,勿遣牛砺角。牛砺角尚可,牛斗残我竹。"如此体制甚新。公徐云:"独漉水中泥,水浊不见月。不见月尚可,水深行人没。"盖是李白《独漉篇》也。①

当黄庭坚说出"无一字无来处"时,他所未及以及将要说出的是,没有任何一篇作品是孤立的;所有人文创作,都会在情感上、精神上、意趣上与异代知音相鸣应,穿透时空的界限,并因此为漫漫无垠的"宇宙"赋予饱满的声响与情致。

---

① 《陵阳室中语》,见《诗人玉屑》卷八,第181页。

第五章　拗　体

在唐代近体诗格律体制成熟完备之后，宋诗以黄庭坚为主盟开创出"拗体"的奇特创作。"拗体"之作，可远溯杜甫"吴体"开新，而在宋代由黄庭坚出色的创作打开新局面。诗人为何要创作这等大破大立的"变格"之作？而"拗体"的创作在杜、黄的大手笔之下，又呈现了什么样特殊的作为与效果，对律诗早已圆熟固着的体制风貌带来何等冲击？尤其这等创作凸显了律诗的声情表现，打开了"言""律""意"三重结构空间互为辩证而更加繁复工巧的交互作用，使得律诗创作，无论在"言意"思维或艺术表现力方面，都获致崭新的成效。如此种种，为格律完备之后的律诗开创出一条具有创制之功的新路，也建构了宋诗所以足以对峙于唐诗而自成一家的艺术美学；杜、黄等"拗体"之作，值得从这些面向一探究竟。

一、近体诗体制大备之后

唐宋时期，近体诗的文学成就取得显著的进展，其艺术手法和创作美学，最是启人心目；而在创作美学上，它的体制——格式、韵律、对偶等稳定的规范，使文人达成了诗学为一专门之学的共识，也成为任何行家在创作或鉴赏上基本的门槛；以此为基础，建构了大量诗学艺术方法的论述。

近体诗的平仄、对仗、韵脚，乃至句式等规律，比古诗更规范，也意味着更为细腻、复杂的美学考量，更为精巧的形式技巧和表现，而历来古诗里本有的比兴、铺陈、用典，或联章、叠衍等手法，汇流到此，也促成与其严整形式更加繁复多维的交互运用。

律诗由于有足够的篇幅充任形式规律内部复杂的设计，以及多层次辩证的表达内涵，"言""意"之间互为表现的关系更为精工机巧（sophisticated），于是诗人更须灵敏会意于形式与内涵的交关表现，掌握曲折而内外多重的言意关系，在多道抑扬顿挫的艺术线条之间，密析旁通而综合融贯。

如此，"工"与"巧"的手法很自然地成为律体成熟后的一大课题，从中唐到宋代，律诗格式的规范性更加牢固，纯就写作的技能来讲，也更加全面而缜密精细。

虽然言意、形式与内涵等辩证性的表现复杂难解，还有赖天才特出的诗人继续悉心推演、实现；不过外在的、语言性的形式规律，自会随着历史演化、成果累积，逐渐形成范式、惯性，普遍被追随，而逐渐定型。然而，当建构性的、完善的形式规律，普遍、成熟而巩固下来，而精益求精之后呢？

充满自觉的诗人进一步思考：这样的形式精工，终究能否达到写作律诗真正想要的目标？关于声律完美表现的目标；关于形式和内涵互为表现的目标；关于韵味，甚至关于抒情、叙事、议论能够以诗歌形式表现到最好的目标；此种种——包含一切必须透过诗歌这一独特的形式，尽其所能的最极致表现。

这正是杜甫与黄庭坚独到之处，艺术伟大的实验精神所在。

然而如此耽溺于极致完足的艺术世界，往往也令他们的作品"费解"——繁复高超的美学手法也组构了机关重重之"隔"。苏轼已意识到这种极精致机巧的艺术世界之危险，"鲁直诗文如蝤蛑、江瑶柱，格韵高绝，盘飧尽废；然不可多食，多食则发风动气"[1]，虽出于戏谑，却有其真实。"观之不足"而无止境的求索，很容易陷溺于艺术手段无止境的追逐，迷失"本心"，迷失创作"雕琢复朴"扎实的立足点。"发风动气"虽是玩笑语，却点出了艺术与性情的关键。（关于"真性"的省思，宋人在理学和禅宗的陶冶下，有格外出色的体会，本书将于第八章详加讨论。）

这般思考与作为，正对治了近体诗在唐诗的完美示范、在格律完备之后，在辞情与声情、表现形式与内涵上所出现的普遍困境。"自齐梁后，既拘以四声，又限以音韵，故大率以偶俪声响为工，文气安得不卑弱乎？惟陶渊明、韩退之时时摆脱世俗拘忌……盖笔力自足以胜之也。"[2]声调萎靡、气格卑弱之弊，也在诗歌声律底定之后显现。不只声调，近体诗的格律严整，也造成如蔡居厚举郑棨"铢两轻重不差"的诗句所说"晚唐诗句尚切对，然气韵

① 《东坡题跋》卷二，《黄庭坚和江西诗派资料汇编》上册，第5页。
② 蔡居厚《蔡宽夫诗话》，《宋诗话全编》，第607页。

甚卑"①,或如叶梦得说郑谷诗气格卑下,所谓"每患自以为<u>工处着力太过</u>"②。

中晚唐之后,律诗体制的定型让诗人可以更专注于辞情,诗歌"意"的课题更突显、文字之工更讲求,这些都是以声调体制的完成为基础的。然而律诗体制成形之后,很容易因为体制的固着,声情表现僵固,这自然也影响到辞情的共同表现。声情底定,"法"式容易静态化,创作的主动性会跟着降低,代表着主体表现力和形式表现力的衰微。这些问题都在晚唐之后凸显,加之晚唐文字意象极尽工巧所产生的异化:本来形式规范是为创造更丰富、更完美的表现,当创作的重心锚定在精密机巧的既定设计,特别是声律的"工"整上,本来表现的多种可能,被形式框架、声律框架限制住了,于是缺乏主体表现的积极性、缺乏形式表现的活力——这就是上述"语弱""格卑"的问题,宋人以此指称规行矩步却声调俗靡、语言空滑之作。

以是,体式固着之后的律诗,亟待突破性的发展:"七言律诗极难做,盖易得俗,是以山谷别为一体。"③有待提出真知灼见的诗人,为主体表现、形式表现找寻大破大立之道。

近体诗在历经六朝和初唐的探索、尝试之后,体制规范奠定下来,取代了古体诗,成为创作的主流,并产生大量作品。然而即使是在其初盛时期,也已经有诗人意识到格律谨严、形式整齐的人工刻意之作,恐伤诗歌天然淳厚的"大雅"之美;所以有陈子昂、李白等倡导古风,在近体诗的潮流中,以古体见长,创作天真浑朴而滋味淳厚之作。然而近体诗的流行已是势不可返,古调虽高,逆挽不了诗人群体的写作趋势。

然而杜甫借着近体格律严整的规则,精炼律诗、创生新境界——使用拗字、创造非古非律,引古入律的"拗体"作品。

方回《瀛奎律髓》论拗体:

> 拗字诗在老杜七言律诗中,谓之吴体。老杜七言律一百五十九首,而此体凡十九出。不只句中拗一字,往往神出鬼没,虽拗字甚多而<u>骨格愈峻峭</u>。……唐诗多此类,独老杜"吴体"之所谓拗,则才小者不能为之矣。五言律亦有拗者,止为语句要浑成,气势要顿挫,则换易一两字平

---

① 蔡居厚《蔡宽夫诗话》,《宋诗话全编》,第643页。
② 叶梦得说:"'开帘风动竹,疑是故人来',与'徘徊花上月,空度可怜宵',此两联虽唐人小说,其实佳句也。郑谷诗:'睡轻可忍风敲竹,饮散那堪月在花',盖与此同。然论其格力,适堪揭酒家壁,与为市人书扇耳。天下事每患自以为工处着力太过,何但诗也。"《石林诗话》卷上,《宋诗话全编》,第2691页。
③ 吴可《藏海诗话》,《黄庭坚和江西诗派资料汇编》上册,第79页。

仄，无害也；但不如七言"吴体"全拗尔。①

诗歌到了宋代，更从抒情、意象走向了文字工夫，透过形式精炼实现人文内涵，扩充了"诗"与"境"的可能性，并在"意"为主导下，对"语工"深刻反省；对律诗体制和手法有了改革的认识，对杜诗的作为有深切的领会，于是意在创新的黄庭坚，更是全面地涵泳古今之作，创造拗律交错的作品：

> 山谷拗体如何？环溪曰：在杜诗中"城尖径窄旌旗愁，独立缥缈之飞楼""峡坼云埋龙虎睡，江晴日抱鼋鼍游"，是拗体；如"二月饶睡昏昏然，不独夜短昼分眠""桃花气暖眼自醉，春渚日落梦相牵"，是拗体；如"夜半归来冲虎过，山黑家中已眠卧""傍观北斗向江低，仰见明星当户坐"，大是拗体。又如"白摧朽骨龙虎死，黑入太阴雷雨垂""客子入门月皎皎，谁家捣练风凄凄""负盐出井此溪女，打鼓发船何郡儿""运粮绳桥壮士喜，斩木火井穷猿呼"等句，皆拗体也。盖其诗以律而差拗，于拗之中又有律焉。此体惟山谷能之，故有"黄流不解涴明月，碧树为我生凉秋""石屏堆叠翡翠玉，莲荡宛转芙蓉城""纸窗惊吹玉蹀躞，竹砌翠撼金琅玕""蜂房各自开户牖，蚁穴或梦封侯王"等语，皆有可观。然诗才拗则健而多奇，入律则弱为难工。②

反省了晚唐以来"入律则弱为难工"，相较之下，杜、黄则示范了如何"拗则健而多奇"。透过这般违反惯例的音韵设计，拗体"拗"出了什么？③

种种问题，欧、苏都曾意识到，并意图用诸如"白战""险韵"等形式考验的作法来面对这个危机，扭转晚唐颓风，不过这都还属于格律体制内的努力；而杜、黄的拗体是游戏规则的改变者，直面更高阶的挑战，把声情与辞情的关系视为动态的，"意新""语工"变成动态的交互影响，而拓展了律诗"言""意"互为表现的极度可能。

"拗"的形式设计，不只解决形式自身音调平靡的问题，让声音的抑扬顿挫重展声情的活力；且在层层交关而健动的思维里，以形式的拗峭焕发了，甚至后设地衍申了"意"，推宕了内涵层次。在声情与辞情交互表现中，"言""律""意"的三重逻辑、多层结构，挑战了更繁复的"工"、更出人意表的"奇"，也推拓了形式表现更非常的可能性。

---

① 见方回《瀛奎律髓》卷二十五"拗字类"卷首，李庆甲《瀛奎律髓汇评》中册，第1107页。
② 吴沆《环溪诗话》卷中，《黄庭坚和江西诗派资料汇编》上册，第162—163页。
③ 据邹进先《宋代杜诗学述论》中统计："老杜七律中拗体约50首，黄诗中七律共311首，其中拗体就有153首。"并引朱自清语："黄庭坚的成就尤其在七律上，组织固然精密，音调中也有谐有拗，使每个字都斩绝的站在纸上，不至于随口滑过去。"参见是书第340页。

这种拗体的效果,杜甫之后,陆续获得少数诗人的实践。例如,方回《瀛奎律髓》里选了一首杜牧诗:

长安杂题(六首之五)①

洪河清渭天池浚,太白终南地轴横。
祥云辉映汉宫紫,春光绣画秦川明。
草妒佳人钿朵色,风回公子玉衔声。
六飞南幸芙蓉苑,十里飘香入夹城。

"此诗三、四,分之皆拗句,合之则上下不黏,乃'古调'也。"作为近体诗体式上的"变体",这类拗句、出律之作,亦被部分诗评家称作古风、古调,所谓"引古入律"之作。

南宋刘克庄曾批评"晚唐诗",并以杜牧诗和同时代的许浑诗相比:"晚唐诗体柔靡,牧之于律诗中,常寓拗峭以矫时弊。许丁卯与牧之同时,而诗各自为体,丁卯律诗丽密或过牧之,而抑扬顿挫不及也。"许印芳也引述他的评语说明杜牧如何"寓拗峭以矫时弊"。诗人们共同认知的晚唐"时弊",就是上述晚唐之后诗歌务极工巧,特别是近体诗完备后熟极而流的形式规则,虽谐律齐整,却神气萎靡,毫无个人志意的表现。杜牧"情志豪迈",身在晚唐却高出晚唐之上,也表现于借声情之助使得诗歌"格"高的手法;其中引不合律式的"古调"入近体的作法,便是他从老杜诗中学来的拗体,也就是方回所谓的善用"老杜句律"——杜甫先知先觉地创新实验出的变体拗律之作,当时称为"吴体"。

成也格律,败也格律。格律完备成就了唐诗的鼎盛风华,而熟极而腐也造成了晚唐诗歌的格卑气弱,唯大手笔如老杜、小杜,能入乎其内,出乎其外,开凿新意于既成矩式而规模庞大的磐石之上,开拓崭新进境。

二、"拗"出有因:"拗"的表现与锻炼

律诗之作,用字平侧,世固有定体,众共守之。然不若时用变体,如兵之出奇,变化无穷,以惊世骇目。如老杜诗云:"竹里行厨洗玉盘,花边立马簇金鞍。非关使者征求急,自识将军礼数宽。百年地辟柴门迥,五月江深草阁寒。看弄渔舟移白日,老农何有罄交欢。"此七言律诗之

变体也。[1]

拗体不仅是形式改革的问题，并非为"拗"而"拗"，为创生一种"拗"体的新形式，更是大破大立地突破既成体制下种种表现力的局限。本章先讨论拗体首要凸显的声律与气格、文气等主体表现力、形式表现力；下一章则在言意更宏观的格局下，思考此声情讲究的全体大用，更全面地看待诗歌整体美学下，这类形式与声情的革新作为。

（一）主体表现力：入乎其内，出乎其外的"气"与"格"

上述声韵之"抑扬顿挫"所引起的，所谓"气""格"等关乎"情志"的表现，本于传统诗歌抒情与"言志"的立场；而在唐宋之际，唐诗创作的成果启发丰富的省思，以及古文运动带来的人文反省及对主体之"意"的重视，以致"情志"表现的层次有更上一层楼的要求，更关注诗歌美学上"气韵""神气"等精神性、主体性的价值。把精神性的价值融会于感性表现之中，正是缘于宋人承接的古文运动的人文精神与文艺社会对美学形式敏锐感知的统一思维，转化为强调"气""格"等带有精神价值的美学评断。有高度人文自觉的诗人，有意识地透过"语工"以发挥"意新"等交互作用的努力，将诗歌美学领上了人文精神的层次。美学一进入精神层次，首先就对治格卑、气弱等过于注重有形之"工"的形式异化的问题。

其中格外自觉，最具典型性、最能另辟蹊径并能凸显针对性与普遍性的，就是"拗"律的创作——杜甫发明的写作创新之道。

上兜率寺

杜　甫

兜率知名寺，真如会法堂。江山<u>有巴</u>蜀，栋宇自齐梁。
庾信哀虽久，何颙好不忘。白牛连远近，且欲上慈航。

纪昀谓此诗中的"江山有巴蜀"，句中"有""巴"两字之拗，为"单拗法，单拗者，本句三、四平仄互换也。惟用于出句，不用于对句"。又云："此乃巴蜀，'巴'字不可易，以'有'字拗之耳。"[2]虽然纪昀不认同方回所认为的非用"有"字不可而造成拗字；然而无论如何，如此一"拗"，此诗用字效力非凡。叶梦得说："'江山有巴蜀，栋宇自齐梁'，远近数千里，上下数百年，只在'有'与'自'两字间，而吞纳山川之气，俯仰古今之怀，皆见于言外。《滕王亭子》

---

[1]　出自《苕溪渔隐丛话》，《诗人玉屑》卷二所引，第37页。
[2]　诗为方回《瀛奎律髓》卷二十五"拗字类"所选，诸评见李庆甲《瀛奎律髓汇评》中册，第1109—1110页。

'粉墙犹竹色,虚阁自松声',若不用'犹'与'自'两字,则余八言凡亭子皆可用,不必滕王也。"①

无论是为非"有"字不可,还是为"巴蜀"而用拗——仄声的"有"字,竟一体熔铸了炼意、炼字与炼句,显现此拗之用实为精神气势上无可取代之上上之选。

"拗"体创作,或"格高""格卑"的评价,是为了对治"律"体格式规整之后从工整到"老""熟"的弊病,是风格手法从平顺到平庸的临界点上采取的对策。

格律用"熟"、用"老"之弊,最典型就是晚唐许浑务为精巧工密的诗篇,后来被宋人目为"恶诗""格卑"②。陈师道说:"后世无高学,举俗爱许浑",直是以其诗为至俗的代表。后来纪昀就曾针对许浑诗说:"'体格太卑,对偶太切',八字评用晦(许浑字)切当。用晦之病在格意凡近""……终是意境浅狭。如老于世故人,言动衣冠,毫无圭角,而有一种说不出可厌处。"

晚唐诗格卑韵俗的问题是一个普遍性的大问题:律诗作为成熟已极的文体,创作者如无特别的自觉,即使高才,也很容易写出逐流之作。

例如,上述杜牧与许浑诗的分别看似判然不同,其中实有不经醒觉、不易识认的关键。如杜牧另有《洛阳长句》一诗,诗中亦有佳句如"桥横落照虹堪画,树锁千门鸟自还。芝盖不来云杳杳,仙舟何处水潺潺",一般评家皆称其"典赡风华",然而纪昀一语明快地点出这四句其实"近丁卯"③。意谓尽管雄才大手,然而在众作如云,创作的质量俱已饱和无加的情况下,如此同质性的创作实难突破,若无特别的意识如拗体等创新发明来"救",尽管是丽密精致之作,在大量同类的佳作之中,也很难说独能高出于时代风气多少,难能凸显前诗那般"风格自遒"的况味,一样湮没于万千作品之中,湮没于晚唐气韵。

于是,振起"神气",拯救被湮没的主体表现力,从"出奇"、摆脱俗套开始。为强调主体表现性,为摆脱齐整的近体诗大量写作以致浮滥肤浅之弊,甚至还出现了"诗到无人爱处工"的心态:"苏子瞻尝称陈师道诗云:'凡诗,须做到众人不爱,可恶处方为工。'"④

中晚唐的几位大诗人,皆开创不从流俗的诗歌作法,或有跳脱体制(如韩愈主要以古体求突破),或以怪奇。可惜的是,此等以"奇"矫"工"的作为,

① 叶梦得《石林诗话》卷上,《宋诗话全编》,第 2699 页。
② 李庆甲《瀛奎律髓汇评》上册,第 510 页。
③ 诗为方回《瀛奎律髓》卷四"风土类"所选,诸评见李庆甲《瀛奎律髓汇评》上册,第 194 页。
④ 叶梦得《石林燕语》卷八,北京:中华书局,1997 年,第 117 页。

却一样沦失于一片(形式上)新奇工巧的大潮中,而类似杜甫自觉地使用拗体或其他别具表现力的作法,在当时也仅限于几位大手笔偶然之作,还未能产生决定性的作用。

山谷之前,为了经营"语工",创造新"意",欧梅也有一些引古入律或变异律体的作法,除了先前叙述过的欧阳修"春风疑不到天涯,二月山城未见花",妙用倒装,在律诗中带入古文气韵和节奏外,以下这首梅尧臣的作品,更引入十足的古诗风调,其或有古律难分的意趣:

夜

日从东溟转,夜向西海沉。群物各已息,众星灿然森。

虾蟆将食月,魑魅争出阴。阮籍独不寐,徘徊起弹琴。

此诗但题一"夜"字,非特定之夜色夜思,非某夜之游、之观行,而覃思奇特,发想多方,唯欧阳修有一首《夜意》可与之颉颃,两诗俱有一种旷观天地、超脱于特定人意的"物理"之思。除了后来理学家们的"天理""格物"诗外,这等命意发想在古典诗歌的抒情传统里,相当"出格"。梅诗又加以出格的形式表现之,思意与声情具有别出心裁的趣味。①

此诗的格律,方回说"不专从律",冯舒说"似古体",纪昀说:"又自一格,殊有别味。屡诵熟甜之作,便令人有螺蛤之思。"许印芳:"此诗惟五句是平调(按:合于律式),二、三句,六、七句皆拗调,余句则皆古调。平调、拗调、古调,三体兼用。唐人律诗原有此格。然古调只用作起句,此诗首句及四句、八句皆用古调。按之唐人声律,实是古体,非律体也。"②此诗以格律声调上的声情别出,托载奇思异想,也是欧、梅"意新""语工"的实质创获。

然而,欧、梅甚至王安石等刻意有所突破的作品,在数量和改革幅度上都还有限,革新作为还未成气候,振起整体精神转折要到黄庭坚石破天惊之作了。

《王直方诗话》载张耒云:"以声律作诗,其末流也,而唐至今谨守之。独鲁直一扫古今,直出胸臆,破弃声律,作五七言,如金石未作,钟声和鸣,浑然天成,有言外意。近来作诗者颇有此体,然自吾鲁直始也。"③山谷以破为立,反而扩充了诗歌声律的表现力,为突破近体疆域所做的句式、音调、韵律

---

① 此诗稍稍有些《天问》类诗篇的风味:遍观往古来今之宇宙,质问物理与历史现实,而直面"自然"或旷视"存有"。不过欧、梅毕竟未能突破至宋代已巩固下来的人文视野,虽有出格,而未出文人写作的表述范式,终归于"阮旨遥深"之类的感怀。

② 诗为方回《瀛奎律髓》卷十五"暮夜类"所选,诸评见李庆甲《瀛奎律髓汇评》上册,第543—544页。

③ 《王直方诗话》,《黄庭坚和江西诗派资料汇编》上册,第29页。

等安排,更有丰富而奇特多义的表现;而因此所展现的积极的创作性格,更成为宋诗精神价值的代表。

方东树甚至认为山谷拗体的创制之功,直追杜、韩,是"百世师"之事业:

> 涪翁以惊创为奇,意、格、境、句、选字、隶事、音节,著意与人远,此即恪守韩公"去陈言""词必己出"之教也。故不惟凡近浅俗、气骨轻浮不涉毫端句下,凡前人胜境,世所程式效慕者,犹不许一毫近似之。……而于音节,犹别创一种兀傲奇崛之响,其神气即随此以见。杜、韩后,真用功深造,而自成一家,遂开古今一大法门,亦百世之师也。①

以下由杜、黄等透过声律创造"言外意"的金石之声,探究拗体作法"创制"之功。

(二) 创作论的成熟辩证:古今合体的变制之功

在古今合体的创制上,做出大工夫的,首以杜甫为典范。

十二月一日(三首之一)②

杜 甫

今朝腊月春意动,云安县前江可怜。

一声何处送书雁,百丈谁家上濑船。

未将梅蕊惊愁眼,更取楸花媚远天。

明光起草人所羡,肺病几时朝日边。

此诗前六句字面上皆齐整对偶,表面上是工整的律诗规格,声情却大相径庭。不只通篇不"黏",且平仄多有拗折,所传达出的是与眼前景象颇有反差的"心象"。在这年关交接的岁暮时节,眼看着旧去新来,应该更是一番新气象了吧!诗人强自撑持,在渺茫却恒远的期待里,眼前笔下是"春意动""江可怜(可惜可爱)",而与这即目之景大相径庭的,是心绪的年年蹉跎、郁郁无期的等待:年年船来雁去,种种"人所羡"者,落在"何处""谁家""几时"!而借由声律的效果,声情与文字所表现的历落差池,也符应着百感交集的历落差池。这正是"个句之间确乎看不出其有什么逻辑联系……但范温认为,其内在的意却有严密的逻辑,即所谓'意若贯珠'"③。

如此借助声韵表现与文字逻辑间"奇正""虚实"的交互作用,为作品的

---

① 方东树《昭昧詹言》卷十,《黄庭坚和江西诗派资料汇编》上册,第317页。
② 诗为方回《瀛奎律髓》卷十三"冬日类"所选,许印芳评见李庆甲《瀛奎律髓汇评》上册,第488页。
③ 张健《知识与抒情——宋代诗学研究》,第152页。

布局拉开了立体的、后设的层次，作品的蕴意更丰富；岂止是形式与内涵的关系，诗歌成为"言""声""意"总体设计下耐人寻味的艺术。诗人于是更懂得运用古体（不合律式、拗字）与近体（律式）的交相作用，拗出错综交织而风味隽永的声情效果。

题落星寺（之三）

黄庭坚

落星<u>开</u>士深<u>结</u>屋，龙阁<u>老翁</u>来赋诗（双救）。

小雨藏山<u>客</u>坐久（仄仄平平仄仄仄，不救），长江接天帆到迟（平仄平，非律句）。

燕寝清香<u>与世隔</u>（失黏），画图妙绝<u>无人知</u>（三平，古风）。

蜂房各自开户牖，处处煮茶<u>藤</u>一枝（双救）。

许印芳说："姚姬传先生《今体诗钞》选《落星寺》诗独取此章，批云：'此诗真所谓似不食烟火人语。'其他选本亦多取此章。"[1]

此诗已于第一章解析过。整体结构里，充满寓意重重的表现技艺和才学，而这一切。实中有虚地混融了律拗和古体的韵味，声律比兴与一连串用典、暗喻产生了连动而叠加的作用，"意"思更加深隽而耐人寻味。透过音韵、特殊的文字刻画等安排，运用种种具象形式以抽象地表征不易指实的情思内容，因此而丰富了诗歌的表现力。<u>如此刻意经营声情的纵深感，使得表现效果不止于文字和辞意，而创造了诗歌"言""律""意"三维交互作用的立体结构。这是杜甫和黄庭坚的专长</u>，拗体的设计，便是他们一大得意之作。

这等古今杂错之"变格"，也是时代学术精神之产物。

回溯诗歌体式之源头，六朝在客观体制之学下，执持着"术有恒数，按部整伍"的原则（《文心雕龙·总术》），于是极力避免"谬体""讹体"（《文心雕龙·颂赞》）；[2]然而一代有一代之文学精神，在人文主体之学的理念下，杜、黄以寓"讹""谬"于严整律式为手段，刻意经营"拗体"以推进律诗的艺术层次，以整合古、律，创造更精湛的形式表现力、主体表现力。而此前六朝坚持因袭"恒数"的立场，恰是杜、黄等创新大手笔所欲打破者。

中唐以来，主体表现力形成重要的课题（"意""气韵""格"），杜甫的拗体，也在这些课题的环绕下，被黄庭坚推上高峰，在山谷诗学的示范下，广为

---

[1] 以上两首诗为方回《瀛奎律髓》卷二十五"拗字类"所选，诸评见李庆甲《瀛奎律髓汇评》中册，第1118—1120页。

[2] 《文心雕龙·总术》《文心雕龙·颂赞》，周振甫《文心雕龙注释》，第672—674页，第138页。

推展,历经历史的辩证而成熟,成为可行可法的一代典范。

如上所述,在历经近体诗高度发展——特别是声律的成就——之后,探索形式表现力,成为(杜甫之后)宋诗独辟蹊径、自立一家的关键。所谓"唐律中作活计":"黄鲁直自黔南归,诗变前体,且云:'须要唐律中作活计,乃可言诗。'以少陵渊蓄云萃,变态百出,虽数十百韵,格律益严。盖操制诗家法度如此。予观鲁直……直可拍肩挽袂矣。"①

杜诗之拗体,在唐代还很有争议性,到了宋代,在黄庭坚的发扬下,逐渐领会其变制之功:"《禁脔》:'鲁直换字对句法……其法于当下平字处以仄字易之,欲其气挺然不群……',苕溪渔隐曰:'此体本出于老杜……似此体甚多……'今俗谓之拗句者是也。"②

《王直方诗话》记载:"山谷谓洪龟父云:'甥最爱老舅诗中何等篇?'龟父举'蜂房各自开户牖''蚁穴或梦封侯王''黄流不解涴明月,碧树为我生凉秋',以为绝类工部。山谷云:'得之矣。'"③以上诗句,分别出自黄庭坚《题落星寺》四首之三、之一,及《汴岸置酒赠黄十七》;"绝类工部"乃因这些诗句都是源出于杜甫"吴体"的大拗体。此处表明了黄庭坚自认有得于杜诗——特别是其拗体诗的心法。而方回《瀛奎律髓》卷二十五:"(《题落星寺》)此学老杜所谓拗字吴体格,而编山谷诗者置外集古诗中,非是。""(《汴岸置酒赠黄十七》)亦吴体,学老杜者。"④黄庭坚向杜甫"吴体"致意的作品,有意继承并发扬了杜诗的创作革新,把握拗体的诗学与美学目的,发挥其形式个性,创造独特的表现力。也从此推升了"学杜"和"拗体"的风气。

"吴体"之名,始见杜甫诗集,其于《愁》诗题下("江草日日唤愁生"一诗)自注:"强戏为吴体。"杜、黄二人"吴体"如以下几首:

题省中院壁

披垣竹埤梧十寻,洞门对雪常阴阴。

落花游丝白日静,鸣鸠乳燕青春深。

腐儒衰晚谬通籍,退食迟回违寸心。

衮职曾无一字补,许身愧比双南金。

首二句,三、四句,两联均不对,有拗字,也有"三平"古调。

---

① 李颀《古今诗话》引《名贤诗话》《西清诗话》语,《黄庭坚和江西诗派资料汇编》上册,第38—39页。

② 胡仔《苕溪渔隐丛话》前集卷四十七,《黄庭坚和江西诗派资料汇编》上册,第57页。

③ 《王直方诗话》,《黄庭坚和江西诗派资料汇编》上册,第27页。

④ 诗为方回《瀛奎律髓》卷二十五"拗字类"所选,诸评见李庆甲《瀛奎律髓汇评》中册,第1120—1121页。

方回谓之"八句俱拗,而律吕铿锵。……以下'吴体'皆然"。亦如许印芳云:"句法参用平调、拗调、古调,便不嫌其重沓。"并云:"(杜甫)此数诗同是连用平起调,每篇上下联及上下句,平仄各有转换,无雷同者,亦无挨板者。学者须从变化处细心探讨,始知结构之法。"①

杜甫一开始创作这类"吴体"的"戏作",(形式)格局就很开阔,律体、拗体、古调尽皆掺用,表意甚深;许印芳在此已指出此等平仄声律事关"结构"(整首诗的组织构思),不仅是文字音律片面的关系,而关乎诗篇内外虚实、多维表现间连贯旁通之全体大用,挑战绾合了一切诗歌可能体式的完美变制。同时,诗人作为一位开创者和整合者,以包罗"言""律""意"等诗歌所有连动于整体结构的感知形式为己任,在发展已达至精的文字、意象等"言""意"之用外,彰显了作为诗歌整体表现之关键一环的声情表现。

二月丁卯喜雨,吴体为北门留守文潞公作

黄庭坚

乘舆斋祭甘泉宫,遣使骏奔河岳中。
谁与至尊分旰食,北门卧镇司徒公。
微风不动天如醉,润物无声春有功。
三十余年霖雨手,淹留河外作时丰。

此诗明标"吴体",许印芳解析:"前半数行用拗调,第三句却不拗,后半用平调,第六句却拗'春'字。通首上下相黏,全是律体,不用古调。与杜诗参用古调者迥然不同,而题目明标'吴体'。"并据此断定"吴体"即是"拗体",也就是方回所谓的"拗字吴体"诗;"亦不必尽如杜诗之奇古""欲学者以杜、黄二家之诗为凭"。

显然"拗体"之定义与规范奉杜、黄二家为圭臬。

以下这首诗,就是前此《王直方诗话》中所记载的黄庭坚自许为学杜——学"吴体"诗——有所得之作:

汴岸置酒赠黄十七

吾宗端居丛百忧,长歌劝之肯出游。
黄流不解涴明月,碧树为我生凉秋。
初平群羊置莫问,叔度千顷醉即休。
谁倚柂楼吹玉笛,斗杓寒挂屋山头。

---

① 诗为方回《瀛奎律髓》卷二十五"拗字类"所选,诸评见李庆甲《瀛奎律髓汇评》中册,第1114—1116 页。

纪昀:"三、四绝佳,五、六言神仙可不必学,且与世浮沉,取醉为佳耳。"①

本诗也是有拗、有不黏不对、有古风。拗折和古风周旋在人文典故、自然意象和"我"之心象之间,使得声情所兴发的一重纵深,深化了整首诗歌的架构,将难以言喻的景致与情致,托衬得更为气格不凡;令此"忧"此"赠"别有姿态(声律也是一种营造整体氛围的"姿态")。于是,清风明月非泛泛清风明月,而多思多忧之吾友,亦如倚楼吹笛、不与人同之玉人一般神气殊异;虽非神仙中人,却也仿佛有黄叔度这般人间高士的高逸气度。

《王直方诗话》里山谷自豪本诗绝类杜诗,而认为其甥洪龟父有见于此,可谓学有进境,有得于心。因此查慎行说:"可悟作诗之法。"②谓其已把握了山谷句"法"经营之门道。和《题落星寺》一样,此诗也是拗体,拗有其理,有其表现。在王直方以及后来诗话的传播下,山谷示人的学习之方,成了江西诗"法"的重要内容。

题落星寺(之一)

星官游空何时落,着地亦化为宝坊。
诗人昼吟山入座,醉客夜愕江撼床。
蜂房各自开牖户,蜂穴或梦封侯王。
不知青云梯几级,更借瘦藤寻上方。

此诗四联皆不黏。纪昀谓:"意境奇恣。此种是山谷独辟。"

"星官游空何时落,着地亦化为宝坊",此想落天外之思,何以表现之?创造这整个"意境"的,不只是奇特的意象或启引深思的比喻,更有奇恣的声情表现。不循常理的拗救结构、跳跃不谐的黏对,都支撑起整个生僻奇异而梦幻疏离的氛围,若是撤去了这层声情因素,整个幻境效果就很平面了。

题胡逸老致虚庵

黄庭坚

藏书万卷可教子,遗金满籝常作灾。
能与贫人共年谷,必有明月生蚌胎。
山随宴坐图画出,水作夜窗风雨来。
观水观山皆得妙,更将何物污灵台。

纪昀:"三、四好在理语不腐。""律诗上下联叠用风月山水等字,山谷以前作

---

① 诗为方回《瀛奎律髓》卷二十五"拗字类"所选,诸评见李庆甲《瀛奎律髓汇评》中册,第1120—1121页。
② 诗为方回《瀛奎律髓》卷二十五"拗字类"所选,诸评见李庆甲《瀛奎律髓汇评》中册,第1120—1121页。

者皆用在前半,而且上联总起,下联分承,如沈云卿《龙池》篇、杜子美《吹笛》篇是也。山谷此诗却命在后半,上联分说,下联总收,变化得妙。"①

"理语"要说得不腐,得要相应的感性形式大力襄助;如此处让声情挹注理性的、议论的文字,以促成奇特不凡不流于平板的效果。此诗节奏的调节让它摆脱了这类主题容易迁滞沉闷的困境:"(第三联)'山'与'水'两个单音节词置于七言句首,使句子的节奏突破常格,别具拗趣,'随'与'作'二字下得别致,写出了景物的动感。"②加上此诗前三联拗救相济的声律,有一种一报一答及反差对比的效果,也类比了此诗主题(胡逸老建致虚庵的由来)——"相互匡济""善有善报"的精神;更以最后一联可救可不救的律式心平意得地收结,而暗示了"与人为善"(积善之家有余庆)处处自得的深意。

诚如纪昀所言,这类主题正难于"不腐"不迁,唯山谷善用声情暗喻,把这"老好人"的主题说得敦厚而不失雅兴。

黄庭坚之后,诗人法此,亦借助拗峭声情焕发比兴,表现独特思意;如方回《瀛奎律髓》卷二十五"拗字类"下所收"吴体",亦有张耒《寒食》及《晓意》两诗:

寒　食

张　耒

暗空无星云抹漆,邑犬吠野人履霜。(不黏)
岁云暮矣风落木,夜如何其斗插江。
屋头眠鸡正寂寂,野县严鼓先逢逢。
摩娑老面起篝火,春色床头酒满缸。

纪昀:"峭拔而雄浑。与'江西'野调不同。"③

之所以称江西"野调",乃因后山之后,江西诗派好用虚字动词等朴淡词汇(取代唐人意象丰润的效果),尤其音律上又故为拗峭,以求枯槎奇崛,却往往失之拙野不文。张耒在此,虽同样拗折声律,也醒目地运用了虚词,相较之下,此处虽用拗调以不落平靡衰飒,却有沉着平抑姿态,丝毫不显生硬;而"岁云暮矣""夜如何其"等语,更还原了《诗经》时代的质朴语感,因此等文学来历而增添了"文"的气息,并借此声情调剂了诗歌内容的朴野,相济得宜

① 诗为方回《瀛奎律髓》卷二十五"拗字类"所选,诸评见李庆甲《瀛奎律髓汇评》中册,第1121—1122页。
② 《宋辽金诗鉴赏》,第207页,上引文为柳丽玉撰写。
③ 诗为方回《瀛奎律髓》卷二十五"拗字类"所选,诸评见李庆甲《瀛奎律髓汇评》中册,第1122页。

以致整体气格挺拔而浑厚。

曾几也有一首"吴体",明仿前述山谷《题落星寺》(之三):

张子公召饮灵感院

竹舆响肩軥哑呕,芙蕖城晓六月秋。
露华犹泫草光合,晨气欲动荷香浮。
给孤独园赖君到,伊蒲塞供为我修。
僧窗各自占山色,处处熏炉茶一瓯。

曾几嗜学山谷诗,曾说"案上黄诗屡绝编"。此诗亦学山谷拗救不断,却能将拗救声情与意象结合得两相融洽,又善以声律节奏与虚字动词等结合,故景语虽多,却调度灵活,不落于平靡工整,显得"韵"奇"意"奇;甚至末句虽直接化用山谷《题落星寺》诗"处处煮茶藤一枝",却教诗评家谓"落句直抄山谷落星寺结,然却妙"①。

次韵向君受感秋

汪　藻

向侯挂笏意千里,肯为俗弹头上冠。
何时盛之金琐闼,妙语付之乌丝栏。
日边人去雁行断,江上秋高枫叶寒。
向来叔度倘公是,一见使我穷愁宽。

纪昀谓其"顺笔直走,亦落落有致";又云:"诗用虚字最难工……然'江西'拗体间入虚字,却不妨其格。"②此诗虚字与语法灵活,因此对偶虽错落参差,却能产生错位相应的关联;又每一联虽都失黏,却能拗得自然流畅,流转自如的虚词语法与音调声情,共为落落有致的效果。

东留道中

王　质

山高树多日出迟,食时雾露且雾霏。
马蹄已踏两邮舍,人家渐开双竹扉。
冬青匝地野蜂乱,荞麦满园山雀飞。
明朝大江载吾去,万里天风吹客衣。

---

① 诗为方回《瀛奎律髓》卷二十五"拗字类"所选,诸评见李庆甲《瀛奎律髓汇评》中册,第1124—1125页。
② 诗为方回《瀛奎律髓》卷二十五"拗字类"所选,诸评见李庆甲《瀛奎律髓汇评》中册,第1125—1126页。

方回：“此诗乃吴体而遒美。”①此诗对偶应用灵活，字义上对仗无缺，而几乎句句是平仄黏对拗救参差，以致声情上也是一片“雾露雾霏”“雀飞蜂乱”的景象。在此又是另一种拗体之美，拗而多姿，却未必是一贯瘦硬生新、拙倔朴淡风格。此诗虽句句用拗，声情、辞情尽是平畅流美，无甚关隘——以至于处处要挑出句中之“眼”的方回，难得的在此竟不多言。

运用成熟的拗体创造独特的风格，又如陆游饱含“奇”气之作——一首带有现代感的古典风调之作：

感昔(二首之二)

陆　游

五丈原头<u>秋</u>色新，当时许国欲忘身。

长安之<u>西</u>过万里，北斗<u>以</u>南<u>惟</u>一人。

往事<u>已</u>如辽海鹤，余年<u>空</u>羡葛天民。

腰间白羽凋零尽，却照清溪整角巾。

许印芳说此诗“三、四老横，<u>上句古调，下句拗调</u>。凡平调中参拗调一联，乃是常格；此则<u>拗调以古调作对</u>，为变格也。”②

第三句是三仄的古风，第四句是一般拗字格，此联以感兴旷宕之姿忆入（“当时”）慷慨壮恣之豪情，采用古调，用了拗体，声气经此一折，豪逸纵情顿成老横拗健——所感已是“当时”事；而经此顿挫之拗，萦回的感愤之情，更是显得沉郁掩抑而回荡不已。纵恣之余，内蕴奇气，迥非一般平顺直叙当年豪勇可比。

于是下一联“辽海鹤”“葛天民”之超脱，不只在与当年投身之豪情对比下，更添张力；且相对于前一联之拗挫激荡，此联无可脱洒的清空，令“已”“空”二(拗)字脱颖而出，更显其表现力。借此中间四联声情抑扬往复的张力，遂令结句的“却照”二字，呼应全局而更回荡万千感怀，余情不尽(纪昀所谓“结得不尽”)。

三、从杜甫的“吴体”到黄庭坚的“拗体”：总体表现力

杜、黄为什么“引古入律”，为何不直接选择古调或律体分别书写，像绝

---

① 诗为方回《瀛奎律髓》卷十四“晨朝类”所选，诸评见李庆甲《瀛奎律髓汇评》上册，第525页。

② 诗为方回《瀛奎律髓》卷四十五“感旧类”所选，诸评见李庆甲《瀛奎律髓汇评》下册，第1607页。

大部分诗人一样，或像陈子昂、李白、韩愈那样，选择以古体为长项，在音声宏远不受拘忌的长短篇古风里尽情挥洒，在自由的形式中，倾其心力于内涵表现，表现其主体之"意"与精神价值之"气"？

若论形式，律体本身就是一种最简洁、最精实的艺术形式。也就是说，律体是经过历代发展改进，最后确立下来的最有艺术性、最能够"锻炼"艺术精确表现力的诗歌体式。对于诗作，杜、黄皆有很强烈的"技""艺"之学的理念，追求要保有，且更精于这样的艺术形式——及至绝对，及至圆成。以致诗人希望通过形式的自我塑造、自我锻炼，追求完美的艺术技能，以透过这技艺，极致地发挥其形式的表现力，在完美规范中还能健而多奇，要传达破纸而出的"意""气"神采；于是诗人常欲追求入律而能健，但写作近体诗如何"入律而能健"？

杜甫的"吴体"是最早在声情上试炼的努力。

吴体关乎诗作的体格结构，不是一般数个"拗字"、拗而能救、音节尚能合律者，而特别是指其中诗句有全不入律、音节大拗者。这些不入律的音节，在规矩整饬的律诗当中产生苍茫历落的语感，使得律诗也能产生像古诗那样"健而多奇"的声情。

如此基本格式上的突破，在近体诗的发展史上，当然是有争议的。如叶适所说：

> 五七言律诗。……及沈约、谢朓，竞为浮声切响，自言灵均所未睹。其后浸有声病之拘，前高后下，左律右吕，匀致丽密，哀思宛转，极于唐人，而古诗废矣。杜甫强作近体，以功力气势掩夺众作，然当时为律诗者不服，甚或绝口不道。至本朝初年，律诗大坏，王安石、黄庭坚欲兼用二体，擅其所长，然终不能庶几唐人。①

唐诗把近体诗的表现发展到成熟完备，更加周全了律诗的写作成规，发挥了在这匀致丽密的天地内一切可能的技巧经验，但同时在严密的规矩下，古诗萧散天成的高风远韵也失落了。杜甫把不入律的古诗声调带进了律诗中，被称为"强作近体""当时为律诗者不服"。

这种争议显出了律诗写作的两难，但同时也指出了有才气者欲就中寻求大突破的一线天。然而这种基本体制的藩篱，连欧、苏等大家也不轻易突破。② 直到黄庭坚才捕捉到了杜甫吴体真正的创发性美学价值——声情表

---

① 叶适《习学记言》卷四十七，《黄庭坚和江西诗派资料汇编》上册，第134页。
② 杜甫之后有皮日休、陆龟蒙等续作此体，但都没有取得具有示范性的成就。

现力的挑战。

黄庭坚刻意学杜,是有意识地打破格式,操纵声律,追求崭新的表现力。无怪张耒说:"……独鲁直一扫古今……浑然有律吕外意。"惠洪则说:"其法于当下平字处,以仄字易之,欲其气挺然不群。前此未有人作此体,独鲁直变之。"①他们都看到了黄庭坚操控声律的表现力,看到了山谷诗能够在大拗中入律而奇健的具体示范,也看到了拗体能够实现一种前所未有而意味丰富的形式。

从已经完熟的体制认知这一面来看,宋人看到了黄庭坚在古体与近体之间的创造力。特别是黄庭坚的作品,蕴含人文思维,永续且多方面地运用文化资源,"拗"健多奇的表现和运作,这种石破天惊的"惊创"(方东树语)之能,往往暗寓一种"天行健,君子以自强不息"般一再突破与创新的精神。

就大部分诗人而言,可以选择在既有的各种体制规范里,采用不同的体式,以表现不同的情感内涵,可以事其所适,各得其宜;这是一种美学选择,在得体的写作形式中,在特定形式自有的标准中,发挥最纯熟完美的创作能力。

然而,换一种选择,有时候在美学上所追求的并不是艺术形式上最成熟完美的作品(所谓最成熟完美,必然是以某种客观的标准为前提),而是某种不可取代的独特性、无可比拟的创造力,而这种独特性或创造力,源出于一种理想的挑战(天才的理想往往是还没被具体想象过,还没有人能说出它应该是什么),未必有既成的客观标准——而是一种主体表现力的追求;这正是宋人讲"意"、讲"格"、讲"气"等精神价值的极致目标。

这是杜甫、黄庭坚别有所见的独特追求。

如叶梦得所说:"自唐以后,既变以律体,固不能无拘窘,然苟大手笔,亦自不妨削镵于神志之间,斫轮于甘苦之外也。""削镵于神志之间",指能够充分地表现主体那只能神会不可析解的完熟的情感概念;"斫轮于甘苦之外",是不可比拟而在客观法理之外的形式直觉,目击道存的艺术性的统觉。

宋代诗学所谓的"大手笔"、所谓的"自成一家",指的就是这种具有独创性的美学典范。

文人主体性极高的宋代社会,认同了黄庭坚这样的作法。如陆九渊说他:"包含欲无外,搜抉欲无秘,体制通古今,思致极幽渺。"刘克庄更从诗歌演化历程角度,肯定黄庭坚从声律着手,大破大立、有意创新之功,其开宗立

---

① 惠洪对句法的理解虽然太过胶固,然而这里也指出了黄庭坚改动声律成规,乃出之于主体表现的意图。

派之影响,更甚于欧阳修、苏轼等天才之作:"如潘阆、魏泰,规规晚唐格调,寸步不敢走也。作杨、刘,则又专为昆体,故优人有挦扯义山之谑。苏、梅二子稍变以平淡豪俊,而和之者尚寡。至六一、坡公,巍然为大家数,学者宗焉。<u>然二公亦各极其天才笔力之所至而已,非必锻炼勤苦而成也。豫章稍后出,会粹百家句律之长,究极历代体制之变,搜□笔,穿异穴,间作为古律,自成一家</u>;虽只字半句不□出,遂为本朝诗家宗祖,在禅学中比得达摩,不易之论也。"①

　　宋诗正是从黄庭坚开始,作出了"自成一家"的示范,也因此区划出宋诗能够超越唐诗美学的明确指标。

---

　　① 刘克庄《后村先生大全集》卷九十五,《黄庭坚和江西诗派资料汇编》上册,第159—160页。

第六章　格律与声情

——诗歌体制与音韵的表现性

声律,是诗歌关键的美学要素。特别是近体诗,格律规范已是其不可或缺的美学标志,这套形式规律基于诗人对于音声感知形式和声情表现的深刻认知发展而成。诗歌创作透过声律的讲求扩充其表现性,关系着诗歌美学持续演化。这个问题不仅不曾终止于近体诗体制的确立,更在律式成熟而大量创作之后,激发起更精微而全面的省思。尤其是经过了六朝"言意"思辨的深化、唐诗格律巩固后诗人对律诗与古风更加敏锐的风格判断,以及宋代文人着意经营语言文字下的形式觉知,促使诗人进一步开发声律所创造的感知形式和美学效果。从杜甫多方面革新诗律的大实验,到宋代苏、黄等大手笔,敏会的诗人,更有积极的创获;结合诗史反思、美学价值和文字经营之功,以"言""律""意"三重层次的复合结构,开发字义、声情、辞情交互作用下更完备而极致的艺术表现性。

一、诗歌也是声音的艺术

宋人极讲究声情者,首推王安石和黄庭坚:"王介甫律诗甚是律诗,篇篇作曲子唱得。盖声律不只平侧二声,当分平上去入四声,且有清浊,所以古人谓之吟诗,声律即吟咏乃可也。仆曰:鲁直所谓诗须皆可弦歌,公之意也。"(《陵阳室中语》)[①]也是以这二人为首,宋诗特别注意声律设计之妙旨,以致如上一章所述,黄庭坚等人出色的拗体创作,进一步抉发杜诗出入于律诗体制而开创新局之苦心。

从对格律的关注到杜、黄对声韵的深耕,标志着诗人意识到音声也是诗

---

① 《诗人玉屑》卷十二,第265页。

歌艺术表现的一环，一样有着不亚于文字形、义、意象等象征、隐喻、联想、烘托、反衬等的作用，特别是在律体的发展过程中，启发了音乐性等时间艺术的概念，将全方位的声情表现，引入了声调、音韵、节奏，更能够作用于感知、想象与理解，丰富诗歌形式表现的效果。

上一章所论述的"拗体"，更是诗人肯认诗歌全方位艺术的观照，并进而能够用以推进其全体大用，以至发挥诗歌形式最极致的表现。这也是唐宋时期诗歌艺术最显著的进展。

《文心雕龙·声律》虽总理六朝声韵认知之成果、格律的原则，然而纯就音声效果而论，着重于声音形式和谐圆转的讲求，视声律如盐梅般调味之佳品，使作品具有宫商谐洽的吟咏之美，无涉于其与诗文所表现内容之交互关系，亦即尚未结合表现内涵，观照形式内外、言意互为表现等更加全面的效应。

然而唐宋以来在格律的探索、讲求和议论中，已逐渐产生音声与内涵互为表现的认知："……声音构造，不但是象征着某一观念，且亦随伴有某种感情，换句话说，构词上的声音形式同时就在象征或隐喻着某种感情。……除了作为知解的记号之外，有时对于情绪的激发，犹具有独特的效果。"[①]这都已远远超出《文心雕龙》所关注的篇章形式谐美的效果。

可以说声音形式在艺术表现的"知""情""意"上，都有显著的作用；而在诗学里，此理须待杜甫和宋人合"意新""语工"，探索其交互表现效果，方得以发明。

这等熔裁声律所创造的美学效果，王梦鸥曾举例说明："'草色行人远'，'更忆罗裙碧草长'，这五个及七个紧密连接着的音节，不特不容易构成清楚的听觉印象，而且更难于唤起想象作用；如果把前一句说作：'平芜尽处是春山，行人更在春山外。'把后一句说作：'忆得绿罗裙，处处怜芳草。'至少要较原来的声调容易于知解，也容易于发生想象……不能不关涉到韵律的进化。"[②]

宋人常讲的"响"与"哑"，指的就是不同音节、不同声韵等声音形式的组织，对引起"易于知解""发生想象"等感知效果，如何起着决定性的作用；而把一个原来的含义，经过句法、语言和声律的变化，重新组织、重新设计，甚至改头换面成为另一诗句，无论是音韵效果更"响"（更明晰、更清畅、更朗朗上口），或声情表现更丰富，或是有"意在言外"等作用，都是善用声音的艺术

---

① 王梦鸥《文学概论》第七章"韵律的形成"，台北：艺文印书馆，1994年，第66页。最典型的例子就是贾岛"推""敲"的本事。然而，在中唐之前，甚至格律还没定型之前，无论古体或近体创作，就已经普遍呈现诗人用心"推敲""音"与"义"交互作用的成果。

② 王梦鸥《文学概论》第七章"韵律的形成"，第101页。

手法,成就了创造性的效果,而它们全都可以包罗在前几章所讲述的,宋人所谓"点化""点铁成金""夺胎换骨"之一环中。

在声韵效果上,所谓"响""哑",还更进一步牵涉诗歌(尤其是格律严整的律诗)音韵调式的交错设计和整体表现力的关系,于是发展成为行家鉴赏的一项要目,激起了创作上"响"/"哑",以至于诗句、诗篇"气""格"平庸靡弱或宏雅调畅等课题。

方回曾举例说明当时诗家对此课题的主张:

> 虚己……初与曾致尧倡和,致尧谓:"子之诗工矣,而其音犹哑。"虚己惘然,退而精思,得沈休文浮声切响之说,遂再缀数篇示曾,曾乃骇然叹曰:"得之矣。"予谓此数语诗家大机括也。工而哑,不如不必工而响。潘邠老以句中眼为响字,吕居仁又有字字响、句句响之说,朱文公又以二人晚年诗不皆响责备焉。学者当先去其哑可也。亦在乎抑扬顿挫之间,以"意"为脉,以"格"为骨,以字为眼,则尽之。①

然而此处潘大临、吕居仁和朱熹等所谓的"哑""响"并不专指音声,更扩及音调抑扬与节奏之下,"意"的流畅传达、思意是否有突破性的表现;于是这又更关系到声音在炼字、炼句与用"意"之间,更深密而灵活的相互作用,彼此互为彰显、互为涵蕴的表现力。

这已经超出格律规范,更多维、更全面地考量音调与思意的相互表现关系,在格律定制的约定之外,辩证地思考声音的艺术性与表达性,表明声律艺术形式也是诗歌美学结构中不可或缺的要素。

这些观念,后来也影响了明代诗歌高论声调的主张;而宋诗话中许多细腻而超越的辩证也可以说明,为何遗失了"音""意"间灵活而复合辩证思考的许多明代诗歌,虽高举"格调"却沦为"诵之琅琅,而味之了无余致"②的"假响"之作。

二、感知形式代表了一种美学逻辑

"因为语言记号本身的任务,除了声音效果之外,它尚有直接的象征的任务。……文学语言之审美的对象,既不像'泉声'或'鸣语',也不是空洞的

---

① 见李庆甲《瀛奎律髓汇评》下册,第1512页。
② 纪昀语,见《瀛奎律髓汇评》下册,第1512页。

'旋律',而它仍是一种可知可想和可感的东西。"①这"可知可想和可感"之物,正代表了艺术表现自身的一种美学逻辑,一种与所要表现的内涵同声相应的感性动势。在诗歌中,音韵是更抽象的逻辑形式,它和音乐不同的是,它不能纯粹抽象,而必须结合辞意内容共同完成表现,也就是声情与辞情的交互作用。

因着这般"声"与"文"互为表现的认知,站在人文本位的古典文人,反过来将音乐性、音律形式"文学化"了②,而诗文创作者更是将原本纯粹抽象的韵律形式(音乐是最抽象的艺术形式),转化为富含寓意的表现符号,也就是借由声律更为直观、细腻而辩证的感性形式——组织起、设计出自身的美学逻辑,以之表现更丰富的文学性、情感内涵。

(一) "言""律""意"三重层次的复合结构

运用"文"字、"音"律以表现"言""意"之间两重以上的互动层次,以层次间阴阳虚实、奇正顺逆等分进合击之道来表现作品复合错杂的内涵,可以说是中国古典诗歌一种独特的"复调"、一种类似"和声"结构的表现。③

语言、说话,遵循一种直线式、单一时序的逻辑,而"思""情""意"俱有所超越,更遑论其相互融会连贯的作用;遑论诗歌艺术里的"言"(言语)除文字外,音声又是一重能动的感知形式。如上所述,音律的线性起伏与思意的线性起伏,可以有种种相互表征、虚实交会的作用,于是能够在诗歌形式里创造多维的复调和声的效果,而更足以表现"思""情""意"等难以言传的"文外之旨"。

诗歌不只有"文"的部分,还有"律"(音乐性)的部分,这是它"技""艺"的重要组成部分。本书第二章中宋人所讲的"法",所谓"锻炼"(炼意、炼句、练气、炼格),有一大半便在琢磨、掌握文字、音律等感知符号与其所象征、体现的美学逻辑的关系,以及这些抽象逻辑所表现的丰富意味。这种种表现力,便是诗歌"技""艺"的一大组成部分。

从律诗格律的发展,到拗体的突出表现,代表了声音(音律)在诗歌中也是一重要的表现形式、可以活用的思意载体;声情的"比兴"作用,和意象、文

---

① 王梦鸥《文学概论》第八章"韵律的可变性",第 78 页。
② 上述书中还举出儒家如何将音乐文学化的情况,"因而主张一种繁文简节的中和的韵律",见王梦鸥《文学概论》第八章"韵律的可变性"第 78 页及其注 9,第 81 页。而这"繁文简节的中和的韵律",也在艺术形式皆趋向"文学化"的意识下,几乎成了诗文声律表现的"基调"。
③ 傅雷说,中国古典音乐没有像西方音乐的"复调""和声系统"的设计。见刘靖之《傅雷的音乐艺术观》,收入《傅雷音乐讲堂》序言,台北:脸谱出版社,2009 年,第 20 页。

字等同为应物起兴的重要因素,成为感知形式和情意表现的重要一环,也应涵纳在"文"的大全之道里,对于博通全盘学识、文艺的宋代诗人更是如此。

苏、黄都是大书法家,深知抽象线条与美学逻辑的表现关系,更善于运用抽象的形式逻辑表现形外(言外、物外、感性符号之外)之"意",拓深作品内涵的层次。

出颍口初见淮山,是日至寿州

苏　轼

我行日夜向江海,枫叶芦花秋兴长。

长淮忽迷天远近,青山久与船低昂。

寿州已见白石塔,短棹未转黄茅冈。

波平风软望不到,故人久立烟苍茫。

此诗诗句诗情平易和缓"犹如信口唱出,未加裁铸"①,却是一篇大拗体。除首联还可拗救外,频频失黏失对,甚至后三联皆三平古风,是引古入律之奇作,清人方东树评曰"奇气一片"②。其"律"之奇拗古调,恰与字面"言"之平易和顺形成反差;加上即目所见的空间远近低昂、曲折推衍(意象),又更呼应诗歌内外(韵律、思意)的重重反衬、反差。

按此诗背景是:苏轼其时忤于王安石新法,请求外调,而被任命为杭州通判,此诗所写为途中渡淮乘舟所见景物。在"新法"的大环境下,一肚子"不合时宜"的诗人,诗歌中隐隐有所谓"古调虽自爱,今人多不弹"之意,且声律、节奏之间,更隐喻古调虽"拗"于今人,其辞气、步调、行处流布却更为和缓而可行之久远,更为平和悠远,更是意致绵长。

于是,此"言"、此"律"、此"意"重重互掎互诤,更为意蕴丰富,且迭有表现上的层次感。

但是饶富声情的创作也并非止于律诗、拗体等特别重视形式布置的体裁,古风也有创造声情表现,并生发"言""律""意"之间共鸣、呼应或反衬等动态而复合之效果。

山南行

陆　游

我行山南已三日,如绳大路东西出。

平川沃野望不尽,麦陇青青桑郁郁。

---

① 《宋辽金诗鉴赏》,第158页,上引文为何满子撰写。

② 《宋辽金诗鉴赏》,第159页。

地迎函秦气俗豪,秋千蹴鞠分朋曹。

苜蓿连云马蹄健,杨柳夹道车声高。

古来历历兴亡处,举目山川尚如故。

将军坛上冷云低,丞相祠前春日暮。

国家四纪失中原,师出江淮未易吞。

会看金鼓从天下,却用关中作本根。

此诗韵转"意"转,形成辞气畅达的相续段落:由大路之行开出平川沃野、青青麦陇;顺势(由麦陇桑田)接着地貌风俗,随着马蹄过处,大道继续顺势开展,(由马蹄车声)接着历历山川,在此历史兴亡处,低回一番("将军坛上""丞相祠前")——又顺势引出家国之思,并以天下之念作结。

特别是在思意转换之处,表面的"言"和"声"却是相续的,使得"意"脉"断"而不断,于是既能顺势铺陈又有转折调畅,也令歌行体制更加显色。中间二段,通过流丽如串珠的对仗,在流畅的行进中,形成一段流连伫望或兴发思致的环节。整首诗歌,虽顺着这大道之行一路平衍直下,却由于律调驰骤有节而不致平板熟滑,整个形式结构"气""势"调畅,既"活"且"响",足为陆游盛年时期得意的代表风格。

音律是时间的艺术,在诗歌里,格律和文字间的对应关系,将时间秩序幻化为文字空间(思意空间)的艺术。而在以文字为载体的表现里,时间秩序、感性动势与文字、文义内蕴"意脉"的交互表现作用,在"言""意"之中又叠加了几重辩证关系。明敏的诗人体会到"文"的表现,不只是字面和思维的,也是听觉和动态直观的,音声也是创造全面"象征"和生动"表现"的灵便符号;进而积极运用这"文"和"律",创造交互涵蕴而多层次的表现效果,形成另一重"言""意"的交互辩证,或者说是"言""律""意"之间的辩证结构,于是,一种类似复调体系的多重和声结构,在诗歌里成形了。诗是"文"之精华,而"文"的大全是形音义辩证融会的整全。

(二) 创造美学风格与价值判断

诗歌以可感知的声韵形式象意地表达其独特的美感样式,表现一种美学逻辑的同时,在"美"不"美"之外,声音的情感表现,也传达了,或令人意会了某种价值判断。这当归因于诗人或专业的诗评家,将某些精神价值、人文意识和审美判断连结了起来,灌注在诗学里;而这还是与古文运动和中唐以来主体性及人文性的意识有关。于是,原属于感性形式的文字声律等,进而在鉴赏论、风格论上,衍生出具有精神含义的价值判断,如"气""格""气格""气韵"。(相对于唐宋以后诗学评论里的"气"在审美判断中带有价值论色彩而凸显主体志意的意味,"气""韵"含义在客观体制论的六朝时期并不明显,当时的"气"比较近似于本体论、存有论等溢于纸上的磅礴"元气""浩然之气"之类,甚至直到讲唐诗"气象雄浑"也都还有这样的意味。)

晚唐之后,在格律务求精工却往往流于平靡的大背景下,"气""韵""格"等评断,往往以强调诸如健动、奇逸、神气、神采等独特的主体表现或别具一格的精神价值呈现。而上一章所讲的"拗体"手法,正是凸显这类精神的翘楚。这也意味着:音韵的感性编码所构成的声情表现,当时时与作品全体的文字布置,交互辩证或作用,创造独特的风格与审美价值。

除了近体诗利用格律的拗救原则外,古体诗的韵脚由于在转韵换韵上更加自由,也成为诗人能够灵活运用的好材料:

刘禹锡《沓潮歌》并引:"元和十年夏五月,终风驾涛,南海羡溢。南人曰:'沓潮也,率三更岁一有之。'余为连州,客或为余言其状。因歌之附于南越志。"

> 屯门积日无回飙,沧波不归成沓潮。
> 轰如鞭石矻且摇,亘空欲驾鼋鼍桥。
> 惊湍蹙缩悍而骄,大陵高岸失岧峣。
> 四边无阻音响调,背负元气掀重霄。
> 介鲸得性方逍遥,仰鼻嘘吸扬朱翘。
> 海人狂顾迭相招,屦衣鬈首声哓哓。
> 征南将军登丽谯,赤旗指麾不敢嚣。
> 翌日风回沴气消,归涛纳纳景昭昭。
> 乌泥白沙复满海,海色不动如青瑶。

此诗句句押韵,一韵到底,且只用下平二萧韵,丝毫不掺用在古诗中可通之看豪二韵。

古典诗歌从汉末逐渐发展成熟,几乎确立了隔句押韵的体式,句句押韵的诗歌,在《柏梁台》及曹丕《燕歌行》后殊为少见;诗人特意用此,别有深意。

此诗描绘南海沓潮风俗情状,所谓沓潮,《唐音癸签》十六引遁叟云:"《番禺记》:两水相合曰沓潮,盖风驾前潮不得去,后潮之应候者复至,则为沓潮,海不能容则溢。"

沓潮之情景,盖因前潮未去,后潮随即迫至,两水重合复沓,因而海口满溢,蔚为壮观,所谓"屯门积日无回飙,沧波不归成沓潮"者也;此诗通用一韵,且句句皆押,便造成极其紧凑的节奏,是真"前潮不归,后浪复至",创造音韵上复沓叠衍之势以与文字表现相互辉映。此后一气直下,直到"翌日风回涔气消"前,都无转折,将诗人所"感"风物"表现"(象征地表达)得淋漓尽致;此等文字声情的动势,及其与多维感知形式的互动回响,使其迥异于一般风俗志异记叙性的平板书写,创造出诗作自身的艺术表现性与气格遒美健动的审美价值。

金楼感事

吴　融

太行和雪叠晴空,二月郊原尚朔风。

饮马早闻临渭北,射雕今欲过山东。

百年徒有伊川叹,五利宁无魏绛功。

日暮长亭正愁绝,哀筝一曲戍烟中。

纪昀:"音节宏亮而沉雄。五代所少。"①

感性形式的营造与心声心曲的表达间有相互符应的艺术本能,晚唐文风之平靡,不只在辞藻空乏、不只在了无深"意",也同步显现在其声律表现上,故晚唐五代之作,音韵一般也无所建树。此诗透过声律中几个对应的拗字,配合文意从豪雄到末联收在"愁""哀",一折一挫之间,整体气脉在雄浑中更添沉郁,所谓"宏亮而沉雄",更有抑扬起伏的韵味;纪昀的评语,特以这般美感样态与五代相比,有其意在言外的关于"气格"的价值判断。诗人创造价值之功,得力于声情不少。

这般音律的创造,就连一向讲求平淡空寂的禅诗也不例外。律体成熟之后,大量格律工整平顺之作,造成美感的疲乏,在这等窠臼下,就连王、孟、韦、柳所开拓出来的最称隽永的山水田园或禅思写意,也由初始的平静恬淡走向一片枯寂寡味。

从格律、声情表现着手也是诗人另辟蹊径的妙方:

题破山寺

常　建

清晨入古寺,初日照高林。竹径通幽处,禅房花木深。

山光悦鸟性,潭影空人心。万籁此俱寂,惟闻钟磬音。

一般的五律已经过度格式化,几乎成为习套:前六句不外景,后二句以述情收结,尤其释梵类诗歌,在同时代大量的同类创作下,由于诗人对禅学内涵的理解均无甚差别,从风格到手法都很难突破。

---

① 诗为方回《瀛奎律髓》卷三十二"忠愤类"所选,诸评见李庆甲《瀛奎律髓汇评》下册,第1367—1368 页。

许印芳:"此五律中拗体,'空'字平声。"辞意充满清空平静的气息,而声律的表现却与之对诤,三仄、三平的古调,又有拗字,曲折幽深,耐人寻味,果真是"竹径通幽处,禅房花木深";正是这等音韵铿锵的变异,打破了格律上众声一致的万籁枯寂。

又次联不对,亦迥异于晚唐之对偶精切、圆熟工巧的风格。许印芳云:"前半不用对偶,乃五律中散行格。又有通首不对者,孟襄阳、李青莲集中皆有之,李集尤多,五律格调之最高者也。"不"圆熟"、不精切的散体,"格调"("气格")反而更高。三、四句不用对偶,却更行云流水般顺适谐和,灵活雅致,思意超卓,语句的表现力更丰富。

若非如此,单凭意象造语,实难凸显于一众同样清空恬淡、意象精微的会禅之作,此所以其能"字字入神","兴象深微,笔笔超妙,此为'神来'之候。'自然'二字尚不足以尽之"[1]。于是透过感性形式的顿挫变格,创造新颖的美感逻辑、美学风格,便更加与带有主体表现的价值判断"气格""神韵"等同声一气地发扬起来。

送刁景纯学士使北

梅尧臣

尝闻朔北寒尤甚,已见黄河可过车。
驿骑骎骎持汉节,边风惨惨听胡笳。
朝供酪粥冰生椀,夜卧毡庐月照沙。
侍女新传教坊曲,归来偷赏上林花。

"意新语工"的实践,除了"状难写之景,如在目前""含不尽之意,见于言外"等言辞、表意上的示范外,欧、梅也在对晚唐气格的反省意识下,为音韵、节奏和格律等声音美感之表现,开拓一番新局面。

此诗风格遒健,"宛陵集勿论古今体皆能自出手眼,不肯依傍古人。其七律于排比之中,每寓拗峭以避平熟。起一句多不用韵,亦每用拗峭之笔以取势。如送乐职方云:'长堤冻柳不堪折,穷腊使君单骑行。'送张少卿云:'朱旗画舸一百尺,五月长江水拍天',皆妙。集中此体多苍老遒劲之作"[2]。讲梅诗已留意到声音表现的效果,善用拗律以提振气势,欲使气格老成而矫健。

---

① 诗为方回《瀛奎律髓》卷四十七"释梵类"所选,诸评见李庆甲《瀛奎律髓汇评》下册,第1665—1666页。
② 诗为方回《瀛奎律髓》卷二十四"送别类"所选,诸评见李庆甲《瀛奎律髓汇评》中册,第1075—1076页。

正如评语所云,此诗除首句不用韵,中二联亦于严整排比中用拗。首句不用韵,一开头即显遒劲;接下来的四个"拗"都是在该用仄字处代以平声字,加上末联辞意,言外似寓"小亨"、利有攸往之意,大意为此行虽艰劳,却能申命行事,并以亨通和顺,化劳难之事为雅顺和悦。

宋代自黄庭坚、江西诗派之后,诗人颇能欣赏老拙朴淡的风格,而江西诗法强调虚词虚字、不重意象,工夫也多作意于此。如此却衍生出工夫用老而流于浅率滑易之习气,甚至损及气格,也形成宋诗常见之弊病,虽陆游、杨万里等大笔亦不能免。陈与义亦是善于学杜之江西大家,诗作却能沉着遒劲,始终是宋人"格高"的代表。除了精通江西炼"意"工夫,他也善用杜、黄拗体之声律效果,展现主体气格:

十　月

十月天公作许悲,负霜鸿雁不停飞。
莽连万里云一去,红尽千林秋径归。
病夫搜句了节序,小斋焚香无是非。
睡过三冬莫开户,北风不贷荚荷衣。

方回:"简斋诗独是格高,可及子美。"就连挑剔宋人"习气"的纪昀也说:"简斋风骨高出宋人之上,此评是。"许印芳则细说:"全诗苍老,真似少陵。五、六虽是习气,然尚不恶。末句淡语而意极沉着,故晓岚密圈之。前半平调,上下相黏。五、六变为'吴体'。七、八平调作收,与五、六相黏,却与前半不黏,在律体中另是一格。"①

整首诗以小拗(可救)示沉着,大拗(失黏、不救)显反差:前半平调而雄浑悲壮,五、六一挫(呼应首句之"悲"),字面意义看似萧条平淡,然而格律上折以失黏拗调;经此声律一拗,把表面之"习气"转化成了内蕴拗峭动势,一内一外,一张一弛,文"意"形成内外反差,"骨"老意老而工夫毫不用老;如此,五、六句以格律之失黏与拗劲象喻了在萧索日常的情景下,老骨练达而内蕴不平之气,最后回到律体平调的末联则以形式的平缓,沉着而顺势收结。

前半以平调和小拗表现天地苍莽而沉着浑厚之"老",后半则用大拗以寓人意淡然而内蕴气骨之"老";声情辞情表意的内外辩证,风骨劲健而韵味丰富。

---

① 诗为方回《瀛奎律髓》卷十三"冬日类"所选,诸评见李庆甲《瀛奎律髓汇评》上册,第492—493页。

巧借声律营造独特的感知形式，或形式内部的意蕴、辩证、动态、形势等，创造别具一格的气格韵致。江西派中被称为"清劲洁雅"的曾几诗作，也尝运用拗变之体来抒写梅花"神情萧散"的意趣：

瓶中梅

小窗冰水青琉璃，梅花横斜三四枝。

若非风日不到处，何得色香如许时。

神情萧散林下气，玉雪清映闺中姿。

陶泓毛颖果安用，疏影写出无声诗。

字面对得稳洽谐美，通篇声律却是处处不黏不对；方回谓此诗为"吴体"，（表现得）"神情萧散"，纪昀则说"此别有趣"。①

诗歌风味所以"神情萧散"，所以有"别趣"，正与拗律所经营的"变体"有关。诗中不"黏"不"对"处呼应"萧散"情味；"三平""三仄"古风处，既是（瓶中）梅枝古雅闲逸之姿质，亦影射（律中）古诗疏宕形影与情味。律诗而带有古风韵味，恰可表现梅枝清新洒落、韵致别出的"林下风致"；又借用典衬出题目"瓶"字［"陶泓"，砚；"毛颖"，笔也；隐喻瓶中之梅如画（框）中之梅，已非"现实"尘世之梅］，这是应和而点化了山谷"人间风日不到处"诗意，谓瓶中梅枝清芬出尘如许，应在诗与画里，非人间风物。笔笔往复呼应回响，思意流转离合，收结得洁净隽永而有余韵。在文字声律的刻意经营下，一幅静物写出了意韵灵动、情趣盎然的神采，熔铸声情于笔意，"意新"正在"语工"之中。

曾几另有一首中秋诗，虽非拗体，但也极懂得安排音韵，衬得这首明月诗不只意态"老健"，更以其"音节浏亮"，诗情佳境与月华争辉：②

八月十五夜月（二首之二）

云日晶荧固自佳，幽人有待至昏鸦。

远分岩际松枫树，复乱洲前芦荻花。

曳履商声怜此老，倚楼长笛问谁家？

霜螯玉柱姚江上，作意三年醉月华。

此诗用字声韵清亮，呼应月色光华；而作对（多用流水对）流利浃洽，似月光

---

① 诗为方回《瀛奎律髓》卷二十"梅花类"所选，诸评见李庆甲《瀛奎律髓汇评》中册，第820页。

② 诗为方回《瀛奎律髓》卷二十二"月类"所选，诸评见李庆甲《瀛奎律髓汇评》中册，第926页。

流泻而下。亦是善表声情之作。

赠童道人,盖与予同甲子

陆 游

吾侪之生乙巳年,达者寥寥穷比肩。

退士一生藜藿食,散人万里江湖天。

忍贫不变我自许,挟术自营君岂然?

一事尚须烦布策,几时能具钓鱼船?

纪昀:"作'吴体'……然自疏散有致。"①

此诗大拗,又间入古调,宕开律式的精整,声律间呈现随兴而悠畅的情调,与所欲表现的情意感受两相应和,"退士""散人"生活、生命适性徜徉之"趣",完整表现在这"自疏散有致"的句义和"声"意的复调里。

又陆游《夜步》一诗:

市人莫笑雪蒙头,北陌南阡信脚游。

风递钟声云外寺,水摇灯影酒家楼。

鹤归辽海逾千岁,枫落吴江又一秋。

却掩船扉耿无寐,半窗落月照清愁。

第七句这么一拗,使得本来由于音律松快对偶平顺而几乎流于熟靡无奇的律句,承"鹤归辽海""枫落吴江"之后,却不落清寥消沉,使气韵不弱。这一拗,关乎美学和意脉布置的"势"与"劲":声律的这一顿挫,收束了始自"信脚游"的散缓,以致从"云外寺""酒家楼"以至"鹤归辽海""枫落吴江"等跨越之思不至于河汉突兀;而这一收,诗人的"清愁"也不至流于无根之叹。这兴发有的的一"收",将前六句信步焕发的"意"绪收得蕴藉沉深。

清人刘熙载:"放翁诗明白如话,然浅中有深,平中有奇,故足令人咀味。"(《艺概》卷二)②如这声律之用,便是他"浅"中所以有"深","平"中所以出"奇"之一方;"言""律""意"的三重结构开阖有当,成就了作品有力的美学判断。

暮秋独游曲江

李商隐

荷叶生时春恨生,荷叶枯时秋恨成。

---

① 诗为方回《瀛奎律髓》卷三十七"技艺类"所选,诸评见李庆甲《瀛奎律髓汇评》下册,第1442—1443页。

② 刘熙载《艺概》卷二,台北:金枫出版社,1998年,第99页。

深知身在情长在,怅望江头江水声。

这首绝句,整首皆是拗体,却拗折而益显深情。一、二句同一声律秩序(虽不"对")的安排,使得第一联时间与因果的延续感,在声情的烘托下,更显得赓续不断。二、三句失黏,却更显出第三句与第二句间深重之转折与怅惘无绪。整首诗之"拗",特别拗在四句皆有仄声拗以平声,令全首以"拗"所寓之错差,接连转成平声,似乎也类比了那绵绵长在之怅惘。冯浩谓之"调古情深";张采田曰:"措语生峭可喜,亦复宛转有味,巧思拙致,异于甜熟一流,所谓恰到好处者也。"①此巧拙之间异于甜熟的不凡思致,正是出于上述声情完美的表现。

(三)"顿挫"与"古风"的综合美学

在善用音律表现声情,以创造美学逻辑与精神价值外,诗人更进一步,错综运用声律等感知形式,形成一首诗中参差不同的美学逻辑,而营造其间多种美学风格的交互作用,诸如烘托、反衬、对诘、辩证等等。

最典型的,就是把顿挫不齐的拗体与和畅悠远的古调结合在一起,形成层次跌宕多变的复合美感,集精工新异与萧散恬淡的工夫于一体,内蕴拗峭与高逸之间光谱般的交互流动、呼应等美学动态。

例如,以下这首诗歌,当辞情与声情、文字与格律出现冲突时,由于"意"和"语"的综合选择,形成两种不同版本,然而诗评家的判断却道出这首诗歌多层次的复合美学:

终南别业

王　维

中岁颇好道,晚家南山陲。兴来每独往,胜事空自知。

行到水穷处,坐看云起时。偶然值林叟,谈笑滞(无)还期。

这首盛唐典范引出诗评家在声律与造辞用意间的一场争论:

纪昀:"'滞'字一作'无','无'字声律为谐,而下语太重;'滞'字文意活脱,而声律未谐。然唐人拗体亦有末联入律者,似尚未妨。"(纪昀认为:声律上,"无"较合乎整首诗的拗体作法,但文意上,"滞"字较好;不过拗体的末句入律无妨,加上文意的考量,于是主张用"滞"字。)

然而许印芳认为:"'滞'一作'无',语更浑成。"又详述:"按此诗全作拗体,末句仍当作'无还期'。惟次句既非律调,亦非拗调,乃古调也。盛唐人

① 见刘学锴等《李商隐诗歌集解》(下),台北:洪叶文化公司,1992年,第1784—1785页。

律诗每用古调作起联,五、七律皆有。或以为拗调而尊用之,则误矣。"

在此许印芳又引出一段关于"拗体"规矩的见解:"又按此诗第四句,乃平起调下句,拗字之变格。盖平起调下句,律有定式,本是仄仄仄平平,拗体则第三字拗作平声。如此诗末句'谈笑无还期'之类,为拗字正格。若第三字拗作平,第四字又拗作仄,如此诗第四句及孟襄阳'八月湖水平''北阙休上书'之类为拗字变格。或以为古调,而不敢尊用,则又误矣。"①许印芳认为"无还期"更为谐洽;虽同为三平不入律,末句和次句的用法不同,次句之三平为古调,而末句之三平倒是拗体正格。这关乎三平是"拗体"还是"古调"的认定,以及拗体与古调是否相掺用的看法。

两人的议论关乎"拗体"与"古调"历来的争议:这两者究竟是分属两个不同(盛唐诗)却常掺用的类别(许印芳所持论),还是纪昀所认知的三平或古调本就是全首拗体的一部分。拗体、古调,都是律诗成熟过程中发展出来的观念,都是诗论家根据大量创作成果归纳总结的经验法则,并非先验之成规。故而,在探讨律诗形式的时候,常常有争议,却没有绝对的判准。倒是这争议凸显了诗论家对"拗体"与"古调"不同的风格认知,纪昀选择文意活脱的"滞"字,正是因其与拗体整体一致的风格;许印芳选择"语更浑成"的"无"字,正是在"古""拗"掺用的复合美学下所做的判断。

这首诗歌引起的争议恰反映了它的综合风格下,有关"意"与"语"的复杂考量。就美学风格来讲,拗体(应对于律体)所代表的变化转折,古调所体现的平和悠远,本来是不同风格的表现,却被诗人一体而用之。在这两种声律表现的冲突中,又加入了辞情(纪昀:"'滞'字文意活脱"、许印芳:"作'无',语更浑成")的考量。不管诗人究竟是用了哪一个字,在这两套辞情与声情的解释里,都充满了层次错位的冲突和美学辩证,也使得这首情貌澹宕悠远的诗篇,以其复合而能动的声情结构,扩充了含意的纵深,在多层次的风格中,充满再寻味的深美之趣。

白帝城最高楼

杜 甫

城尖径仄旌旆愁,独立缥缈之飞楼。

峡坼云霾龙虎卧,江清日抱鼋鼍游。

扶桑西枝对断石,弱水东影随长流。

杖藜叹世者谁子,泣血迸空回白头。

---

① 诗为方回《瀛奎律髓》卷二十三"闲适类"所选,诸评见李庆甲《瀛奎律髓汇评》中册,第930—931页。

此诗"声"情表现颇为独特,从一连串舌间音划开险隘耸峭的景物与凄清愁仄之心境开始,几乎无句不拗;虽然中二联的文字是对仗稳实的律体,而整首诗中兼有不黏、有救或不救的拗字等拗体,又有三平三仄等古风;(此处有三平三仄古风,又有"杖藜叹世者谁子"类似古文散句的句式节奏,于是也檃栝了《诗经·黍离》"知我者谓我心忧,不知我者谓我何求,悠悠苍天,此何人哉"的古风诗意)这些都是杜甫声律大实验精神之一环。

在唐代,诗人已经意识到如何透过声调韵律的呼应、烘托、映衬,以强化、推进诗歌内容所要表达的情景、趣味,这便是声情的效果。也是这样的认识,促成了近体诗声律的全面成熟,同时也间接刺激了古体诗音律和风格的省思,深化了古、近体此疆彼界的意识。

然而,先知先觉的诗人并不止步于此,杜甫以其大匠之远见,已注目于律体之将颓,率先整合古、律,甚至拗体,以峭拔之拗体,对治律式之平靡;又引高逸之古风,对治声韵之烦琐,展开体制形式自身多维度的结构革新,复合风格间的辩证融合。

本来律诗就已经借平仄变化特有的效果,建立了一套完善的写作规范;现在诗人又进一步,经由打破这样的格式规律,形成特别的声情效果,获致特别的意义,借由感性形式别具一格的表达,传达其"言外之意"。尤其当律、拗与"古风"相持相生,"抑扬顿挫"与平和冲淡,多重的反差辩证,张弛有致的动势,造就了沉着深美而美学意义复杂丰富的一门技艺。

杜诗沉郁雄浑之美,在于和平高远的气象里,总能经由精湛的表现技艺,内蕴盘桓深美,其中愈益深至的重重推展宛如一再顿挫又一再蕴蓄的生命动力,处处演绎着高度后设的神思展现,以及层次丰富而立体的美学辩证。

另一种借音律格式的综合,形成独特风格的表现,则是周旋于古体与律体间感性形式的跳跃,刻意形成一种非古非律的"变格"。除了上一章的拗体之外,黄庭坚另有一类"变律为古"的创新,也是他"破弃声律"的绝俗之作:

谢黄从善司业寄惠山泉

锡谷寒泉椭石具,并得新诗蚕尾书。
急呼烹鼎供茗事,晴江急雨看跳珠。
是功与世涤膻腴,令我屡空常晏如。
安得左蟠清颍尾,风炉煮茗卧西湖。

方东树《昭昧詹言》卷十二:"起三句叙,四句空写。五、六句议,二语抵一大段。七、八句另一意,又抵一大段。叙、写、议虽短章而完足,转折抵一大篇。凡四层,章法好,短章之式。"黄爵滋《读山谷诗集》:"此种变律为古,自成一体,的是变格。"①

表面是八句律诗,平仄却是不"黏"不"对",全非律式(依黄爵滋看,这已经是古体了);其中句式有对偶却又不全对,每联都有部分对偶与参差相对,有"对"意又不是严格的律式之"对",在"律"与"古"的形式流转之间,象征地"意"蕴着在整个郑重其事(鼎茗品"书"诸事)的仪式中充溢着清空暇缓(怡情悦性)之闲情。

于是,仿佛之间:五、六句所谓的一大段"小""大"之间、"事"与"无事"的重重辩证,已全被清简的形式、句意类比地表现了。煞有其事地铺叙烹茗("急呼烹鼎供茗事,晴江急雨看跳珠"),轻描淡写地提点官事("左蟠清颍尾"),最后又收入七、八句的"写意"之中:既"安得左蟠清颍尾"(治世而"有功"),又兼有"风炉煮茗卧西湖"(枕流而"晏如")之别致。种种表现,既得之律式精整之功,又融洽古体澹逸之风;如此,风格形式的辩证,同时也符应着"意"的辩证,"言"传而"意"会,使得短短小诗,韵味十足。

以下,又是山谷诗颇堪寻味的"变律为古":

题竹石牧牛

黄庭坚

子瞻画丛竹、怪石,伯时增前坡牧儿骑牛,甚有意态,戏咏。

野次小峥嵘,幽篁相倚绿。阿童三尺箠,御此老觳觫。
石吾甚爱之,勿遣牛砺角。牛砺角尚可,牛斗残我竹。

吕本中《东莱吕紫微诗话》:"或称鲁直'桃李春风一杯酒,江湖夜雨十年灯',以为极至;鲁直自以此犹砌合,须'石吾甚爱之……牛斗残我竹',此乃可言至耳。"②吴景旭《历代诗话》卷五十九:"余观此诗机致圆美,只将竹石牛三件顿挫入神,自成雅调。"③

此篇句式体制别有韵味,"似仿太白《独漉篇》"④。李白典型古风的《独漉篇》开头:"独漉水中泥,水浊不见月。不见月尚可,水深行人没。"而此诗则仿佛一五律短章,中或"意"对而"语"不对,或且"律"且"拗",全篇非古非律,既似律体,又似全非律式之古调;无论平仄、节奏,俱有一反常"律"的奇

---

① 诗和笺注见黄宝华《黄庭坚选集》,第224—225页。
② 吕本中《童蒙诗训》,《黄庭坚和江西诗派资料汇编》上册,第43页。
③ 诗和笺注见黄宝华《黄庭坚选集》,第263—264页。
④ 姚埙《宋诗略》卷九,《黄庭坚和江西诗派资料汇编》上册,第283页。

峭清新,而摹情写态更为可喜,既有古风之质朴情味,又有律拗之新奇颖异。

诗序言其缘起于东坡怪石丛竹与李伯时之画,原画合文人画之写意与画工之巧艺为一,本就是一怪奇而有味之作;此诗别致之"意",既表现此一"甚有意态"之主题,又以其不古不律之声律形式暗扣原画不一不二之手笔,其"怪"也宜乎哉!

对文字之各种感知形式特有敏会的黄庭坚,又另有一首图"怪"与诗"怪"的璧合之作:

次韵黄斌老所画横竹

酒浇胸次不能平,吐出苍竹岁峥嵘。
卧龙偃蹇雷不惊,不与此君俱忘形。
晴窗影落石泓处,松煤浅染饱霜兔。
中安三石使屈蟠,亦恐形全便飞去。

前半为四句皆押韵之古体,后半句式与对偶近似"近体",然而后半这"近体",却又杂有拗折、失黏失对。

画本奇,诗益奇。

"横竹",在笔墨之间,在"常形"之外,忘形横恣,如卧龙屈蟠于怪石之侧。诗亦忘"形"得"意":"形"在平仄顿挫(不)黏(不)对间——当韵脚皆平似古风处,则用字动态奇峭,使句"势"有如静中有动般盘屈偃蹇;而后半仄韵处则拗又不对,形容峥嵘特立;而此"意"亦只能在感性形式错综复合之间心领神会。

不只如前述大拗体等"引古入律"或"变律为古",黄庭坚还有出色的"引律入古"之作,关键也在于声律、声情与表现力的创造:

听宋宗儒摘阮歌

翰林尚书宋公子,文采风流今尚尔。
自疑耆域是前身,囊中探丸起人死。
貌如千岁枯松枝,落魄酒中无定止。
得钱百万送酒家,一笑不问今余几。
手挥琵琶送飞鸿,促弦聒醉惊客起。
寒虫催织月笼秋,独雁叫群天拍水。
楚国羁臣放十年,汉宫佳人嫁千里。
深闺洞房语恩怨,紫燕黄鹂韵桃李。
楚狂行歌惊市人,渔父拏舟在葭苇。
问君枯木着朱绳,何能道人意中事。

> 君言此物传数姓,玄璧庚庚有横理。
>
> 闭门三月传国工,身今亲见阮仲容。
>
> 我有江南一丘壑,安得与君醉其中,曲肱听君写松风。

画线一段("寒虫催织月笼秋……渔父拏舟在葭苇")尽管用典繁复,却无板滞拗涩之感,而是流利畅达,一气贯注,这得力于对偶句式的运用。……诗人在古体中有意运用这样节奏齐整的对偶句,读来气势直贯而下,加上优美的辞藻,使这一段音乐描写犹如乐曲中的"华彩乐段",熠熠生辉,声情并茂。① 这一连串绵密拟声寓情之用典,融入了常见于律式的对偶,甚至流水对般宛转圆美的"华彩乐段",调和了朴实而一气直下的古风歌行,并将(声音)意象与(抒情)情境,流丽华美地融为一体;在整首歌行古风中,营造古律相生、新旧有节的韵律,气韵清新而格调宏肆。虽是古物古事古风古意,从物境到心境,从心境到意境,古而不旧不迁,自然遐远却丽密雅致,得益于山谷巧妙融通古律的综合艺术。

三、"斫轮于甘苦之外"的艺术统觉、美学辩证

以上所论述的都是透过古律之间的声情变化,成就独特的表现,而在层层而上的综合辩证里(此中还有宋人"技""道"辩证的思维),更有奇而又奇,出入于韵律、声情与风调等一切规范的统合全局的创造。

创造富含表现力的符号,要掌握各种形式特性,这些形式要素包括声韵、格律、典故、文字等。黄庭坚格外意识到操作这种种形式要素的重要性,"黄鲁直自黔南归,诗变前体,且云:'须要唐律中作活计,乃可以言诗。以少陵渊蓄云萃,变态百出,虽数十百韵,格律益严。盖操制诗家法度如此。'"② 同样是在格律中作活计,杜甫的"别裁伪体亲风雅",是诗歌格律成熟的标志,在杜甫的时代它凸显了精炼形式规范、奠立艺术规律的历史意义;但符号表现的精神让黄庭坚转化了杜诗变态百出的内涵,在唐律中作活计的目的是表现诗人独特的感知与理解,发挥主体创造力,创造完美的人文符号,而致力于形式创构的突破。于是创新的最终目标,是笼络一切形式结构于掌握之中,尽情发挥其最合适、最极致的表现能力,掌握一切技巧"甘而不固,苦而不入"之"数"、之艺术心法,以超脱于任何形式的界限——"斫轮于

---

① 《宋辽金诗鉴赏》,第189页,引文为黄宝华撰写。
② 李颀《古今诗话》引《名贤诗话》语,《黄庭坚和江西诗派资料汇编》上册,第38—39页。

甘苦之外"。

在五七言古、律、拗体之外,黄庭坚六言诗亦极出色,其声情又自不同于其他:

题郑防画夹五首

惠崇烟雨归雁,坐我潇湘洞庭。欲唤扁舟归去,故人言是丹青。
能作山川远势,白头惟有郭熙。却写李成骤雨,惜无六幅鹅溪。
徐生脱水双鱼,吹沫相看晚图。老矣个中得计,作书远寄江湖。
折苇枯荷共晚,红榴苦竹同时。睡鸭不知飘雪,寒雀四顾风枝。
子母猿号槲叶,山南山北危机。世故谁能樗里,彀中皆是由基。

六言略似四言,韵律易于清绮修整,然而相对容易落于板滞,尤其偶对的运用为难;山谷在此,双字用词精整,又能于句间转折变化推宕高远神思;对仗谐洽,又偶用动词与虚字以及流水对等手法灵活调剂,更添精警而圆转;配合声律平仄亦多工整黏对,微杂隔首拗救,益显节奏分明而变化有序。因此这"2-2-2"的规律节奏不致板滞,可谓善用六言声情特质,营造浅淡而有远致之诗风。

山谷对于各类形式的构思布置,常巧于"借势"——善于因势利导,借助形势所长,发挥该体制表现之极致。

因此他绝句的风味,也与其律诗或古诗异辙:

题郭熙山水扇

郭熙虽老眼犹明,便面江山取意成。
一段风烟且千里,解如明月逐人行。

绝句的声情韵味,又自不同于古诗长韵。一样咏郭熙山水,《次韵子瞻题郭熙画山》发挥长篇神采,诗法章法,层次俨然;这首品题扇面山水的小诗,精简明快,却一样能发挥山水诗(山水画)"取意"于咫尺片刻之间舒展遐远神思的趣味。绝句篇幅短小,也就不作大拗,但于第三句略略设计小巧的拗救,应和着短幅山水,便点染了一段意远思黯而新巧可喜的小品。

才力富健的苏轼,虽不刻意着力于形式的新变与改革,但也偶尔运用拗体,发挥其无所不至的表现力。只是他想落天外的才思,也格外与其他诗人不同:

(和子由四首:)送春

梦里青春可得追,欲将诗句绊余晖。
酒阑病客惟思睡,蜜熟黄蜂亦懒飞。

芍药樱桃俱扫地,鬓丝禅榻两忘机。

凭君借取法界观,一洗人间万事非。

方回为此诗虚虚实实、轻重往来地解析了半天,只好承认是"系风捕影,未易言矣",说是"坡妙年诗律颇宽,至晚年乃神妙流动",一语带过。好"法"的诗人解读说"三、四两句是对面烘染法。好在'亦'字,上下镕成一片";而重声律的诗家们则争论此"拗"之"应""不应"该、"变""不变"格,究竟算是"小疵"("第四句对得奇变……末联上句用五仄落脚,下句'万'字宜用平声,此亦小疵"),还是"变格"("七律平起式,上句第五字拗作仄,下句第五字宜拗作平以救之。若第五、第六皆拗作仄,尤不可不救,此正格也。有不救者,乃是'变格'")。①

声律上,其他都好,就是"法界"二字不对,又似乎是英雄欺人,连救也不救,闹得诗评家莫衷一是。不过,要是这一气呵成、气机圆转的诗篇,一骋才力所到,甚至连为创新家所设的变体、拗体的规则都打破,不也暗合了此首"纵横如意"、挥斥有余的作品所要表现的——"凭君借取法界观,一洗人间万事非"?

正当后来的诗家们附声随影地争论着这究竟是"拗"中之疵,抑或"变格"之变,管你何"法"何"界"、何"是"何"非",苏大手笔早已"鬓丝禅榻两忘机",超乎格式、音声、语句一切形相边际,坐忘于创作与存在皆"随心所欲"、老熟与青春两相得意之境。

这就是苏轼——妙在形式技巧甘苦之"外",以超脱一切"法""界"的通透巧思,以其"螳螂捕蝉、黄雀在后"式的后设思维,赋予诗作更为层次丰富的辩证。

这也是敏于声律的苏轼所以不常动用拗体之故。和苏轼不同,黄庭坚会积极地调动任何形式与声情的波折变化,来经营他或后设或辩证的多层次诗思,是"自其变者而观之",或甘或苦皆有滋味;苏轼则行于所当行地直接运用一切形式自身所诉诸的感性效果,高明的形式本身就有所象征表现,而不需要再刻意地设计它,这是"自其不变者而观之",其妙本在甘苦之外。

法惠寺横翠阁②

苏 轼

朝见吴山横,暮见吴山纵(冬韵)。

---

① 诗为方回《瀛奎律髓》卷二十六"变体类"所选,诸评见李庆甲《瀛奎律髓汇评》中册,第1139—1140页。

② 以下诗与纪昀评语,见《苏轼诗集》(二),北京:中华书局,1999年,第426页。

吴山故多态,转折为君容(冬韵)。

幽人起朱阁(药韵),空洞更无物(物韵)。

惟有千步冈,东西作帘额(陌韵)。

春来故国归无期(支韵),人言秋悲春更悲(支韵)。

已泛平湖思濯锦,更看横翠忆峨眉(支韵)。

雕栏能得几时好(皓韵),不独凭栏人易老(皓韵)。

百年兴废更堪哀(灰韵),悬知草莽化池台(灰韵)。

游人寻我旧游处,但觅吴山横处来(灰韵)。

纪昀:"短峭而杂以曼声,使人怆然易感。"

"短峭"谓其换韵急促,特别是前半段,声情表现短促而变化多态,尤其第二段,连用三个入声韵,恰正以此映衬着目不暇接的湖山情貌,把上一联的"多态""转折""为君容"发挥得淋漓尽致。"曼声",则在于后半段押"支""灰"韵的效果,此二韵部本易连结凄凄思情,又是相通的两个韵部,在此连成一片声气绵长的罩思感兴之音。

韵部起落之间,从风物舒展到感物兴悲,"声情"叠加了"物情",叠加了比兴的作用;而转"韵"之间,也叠加了转"意"的变化。

类似的情感表现和心绪转折变化,有王羲之《兰亭集序》:从惠风和畅游目骋怀,趣舍万殊静躁不同,直到情随事迁感慨系之;苏轼则从"吴山故多态,转折为君容",直到"春来故国归无期,人言秋悲春更悲""雕栏能得几时好""百年兴废更堪哀""游人寻我旧游处,但觅吴山横处来"。此古今二者,是真"兴感之由,若合一契""后之视今,亦由今之视昔……虽世殊事异,所以兴怀,其致一也"。而王羲之以书法点画之线条,苏轼则借声律音节之组织,两大艺术家隔空千古交锋,一以视觉的艺术逻辑,一以不可见的声情美感逻辑,殊途同归地为这般罩思心曲、文字意象增色。而其"文",拱顶石般深稳地结合了多样艺术心能的表现,成就连缀古今意味深沉的整全美学。

苏轼作为全方位的一代文豪,其豪放词虽盛称是"曲子里缚不住"的,偶有不谐音律的出格之作,然而,是不为也非不能也;岂止文字,对于音律,对于"声"与"意"复杂交关的艺术表现关系,他都有应时应机的精到掌控,只是行于所当行,止于不可不止罢了。

另:明末清初王夫之讲古诗及歌行之换韵,须"韵意不双转",要"句绝语不绝""韵变意不变";然而在苏轼的古诗中,却未必依循这等法则;以上这首诗,在其高明的手笔下,虽然"韵""意"双转,却能够随着"韵变意变",照样经由声律意象达成"句绝语不绝"的奇妙效果。

可见诗人得于心、应于手,其统觉一般的创作才华,也是成"法"所缚不住的;大家自明白其目标,另创奇思异径。

凤翔八观·王维吴道子画①

苏 轼

何处访吴画?普门与开元。开元有东塔,摩诘留手痕。

吾观画品中,莫如二子尊。

道子实雄放,浩如海波翻。当其下手风雨快,笔所未到气已吞。

亭亭双林间,彩晕扶桑暾。

中有至人谈寂灭,悟者悲涕迷者手自扪。

蛮君鬼伯千万万,相排竞进头如鼋。

摩诘本诗老,佩芷袭芳荪。

今观此壁画,亦若其诗清且敦。

祇园弟子尽鹤骨,心如死灰不复温。

门前两丛竹,雪节贯霜根。

交柯乱叶动无数,一一皆可寻其源。

吴生虽妙绝,犹以画工论。摩诘得之于象外,有如仙翮谢笼樊。

吾观二子皆神俊,又于维也敛衽无间言。

此诗在两个主题间,在唐人以来各具典型的两种画品间,在字面上各各有别的画面外,全篇一韵贯串到底,保持同一风格,同一节奏,连贯而下;中间虽大半分别叙说二子,然而各联之间甚至以双声或联绵词顶真相连;"声""调"与韵律的联结,形成段落间的系连不断,一气相从地类比出被声情连贯起来的、统一不辍的审美判断:表象是各申其旨,道子与摩诘、画佛与画竹,两道主题,两道辩证,精神却道通为一。这也正是纪昀所谓:"双收侧注,寓整齐于变化之中。"

再借对宋人美学颇有影响的韦应物一首声律与意象独特的诗歌,领会这自中唐以来启蒙的声情之用:

自巩洛舟行入黄河即事寄府县僚友

韦应物

夹水苍山路向东,东南山豁大河通。

寒树依微远天外,夕阳明灭乱流中。

孤村几岁临伊岸,一雁初晴下朔风。

为报洛桥游宦侣,扁舟不系与心同。

① 以下诗与纪昀评语,见《苏轼诗集》(一),第109—110页。

纪昀谓:"三、四名句。归愚所谓上句画句,下句画亦画不出也。"①

此诗次联与首联不黏,韵脚选了朗豁清亮的东韵;正如诗句所谓"扁舟不系与心同"(喻心如不系之舟),次联与首联不黏(不系),同时也以声情类比了一、二联之间的转折——相对于首联的意象显豁、词情畅达,次联"寒树依微""夕阳明灭"的曲折变化,不仅以文字意象表达,也透过声律上"不黏"和"拗救"等微妙的暗示来表现难摹难画的情景意态。

此诗三、四句不仅描写黄昏落日之"即事"、日没夜临之际即目之景,更以拗字之声情表意,隐喻类比眼前景象所触发之难以摹写的思意和感受——一种"目击道存"而难以言喻的意会,故为奇句。

韦应物诗歌常与"诗中有画,画中有诗"的王维比并,尤其在美学"味外之味"的表现上占有一席之地,正是因为他也善于诉诸多样的感知形式、思意内涵,营造艺术统觉,含不尽之余味。如摩诘之诗,如摩诘之画,于有形有相的诗与画的形式里深有托寓(象征),韦应物的诗作作为感性形式常能"见山非山,见水非水"地表征非常理常情所能涵摄的情意内涵,寄托超乎各类(艺术)形式范畴的美感"统觉",于是可以"诗画本一律,天工与清新",获致"味外之味",获致超乎常理常情的"画外意"。

"不可画"之情境思意,尤堪玩味。

连绘画的感性形式都承载不了的情境、"意味"、情感内涵,令人想起欧、梅所说的诗家"状难写之景,如在目前;含不尽之意,见于言外",只能经由诗人与读者"得于心""会以意"的绝妙诗境;那超乎一切形式、一切名相,非此"诗"不可的绝对之境,似乎触及了一切艺术(存有论上、本体论上、存在意义上)最高的价值,而"见山是山,见水是水"地贯通了禅学、美学和文学等一切认识论上最终极的命题。

---

① 诗为方回《瀛奎律髓》卷三十四"川泉类"所选,诸评见李庆甲《瀛奎律髓汇评》下册,第1404页。

第七章　从杜甫到黄庭坚

——"江西诗派"典范之形成

一、一段诗学"典范"化的过程①

（一）"典范"与专业社群之构成

从唐至宋，诗学日益成为一门"专业"之学，并逐渐形成一套"学问"自身的专业规范和文化论述，也就是"典范"化，而其代表性的成果，便是运作于两宋诗坛的"江西诗派"的观念。

江西诗派并非代表一种决定诗学全体的实际规范，然而作为一门专门的学科、学术成熟的关键征象，作为"典范"而对同侪（诗人、专家）群体产生共识与同化作用，江西诗派与宋代诗坛的关系很具有代表性。

一套专业典范的形成，必要的条件包含共同的"学习基质"和实际摹习演练的成功范例（"典范"作品、"典范"人物），将孔恩的这种观念移用到文学上，大概是：

在创作上：有约定路线、标的、明确具体的实作之方（know-how）；

在鉴赏上：提出有鉴别性的评断方法；

在学习上：可以训练、可以着力的运作范式，养成"行家"必需的"做中学"（look and work in one）。

而以上三者在一个典范群体内有其连贯性和系统性。其中，还会有几

---

① 关于本书所提到的"典范"观念，请参考孔恩《科学革命的结构》（程树德等译）中关于科学史演进与革新当中"典范"的关键作用的论述，台北：远流出版社，1998 年；以及笔者《中国诗学的关键流变——宋代"江西诗派"》，说明宋人如何视诗歌为一"专门之学"而得以以"典范"革新来解释"江西诗派"形成的学理因素。

位作为精神领袖的宗师——提供作品和论述以供实质效习的"典范"人物，作为结聚起这整个"典范"架构的拱顶石，作为同侪学习和知识运作所维系的核心要素。

在中晚唐诗格、诗式这类过渡形式中，已经浮现了这般意识：对于诗歌这样一门显学而言，写作必须刻意追求精益求精的表现。特别是在盛唐诗的大量典范下，中唐诗人已经试图进行各种路线的突破，从文字、意象、句式、押韵，甚至到运用怪奇的譬喻和起兴等特异的情感表达。这也锻炼了读者，再也不能只泛泛道好、应和，还须说出何等特别的作品具有何等特别的好处，评论家必须是专业的赏鉴者，要有一套特别的赏鉴的法则，能够精确地鉴赏那些有意为之的艺术经营、高度发展的绝技，评断这些试验、这些创新的成与败。（这也是后来诗话论述兴盛，专业批评家、鉴赏家也在诗坛占有一席之地的助因。）

有意思的是，当韩愈这位"文以载道"的提倡者，也针对诗歌的形式技巧从事大幅度的开发与实验性的创新，更反映着整体风气下，诗家已认识到作为"文之精"的诗歌必须有其独特的技艺表现和写作门道，而逐渐形成视诗歌为一特须"锻炼"的专门之学的氛围。

欧阳修不只承接韩愈"文""道"的主张，亦接收了韩愈以至晚唐以来诗歌一技之工的讲求，除了以前人或近人作品为具体范例指点"意新语工"等指导性的门道外，还有更具"实效"的诗学贡献：他建立了让所有观念指导可以落实为"实质"运作的平台——《六一诗话》开创了一种诗学论述的新体例、新形态，在其平易而貌似随机散漫的言说方式下，提供了文人在鉴赏和创作上可以彼此切磋琢磨、演练沟通的平台，满足了诗歌另类致知方式——适于群体协调同化、表达主观心得感知甚至心识内化的致知（knowing）。于是诗学论述从呈示客观抽象的形上规律与历史价值的"载体"（可参照《文心雕龙》与《诗品》的论述方式），走向可以协调沟通、可以个案示范指点，可以达成共识、可以交流同化而享有共同的学习基质，而实现"知识"内化成为个人"技能"的实质运作平台。①

诗话的大量涌现，提供了诗歌"做中学"的资源，为典范的形成铺垫了深厚的经验基础。继欧阳修之后，在"唐风"的全盘反省以及几位大家出色的创作实践和论述指点下，黄庭坚更结合其诗论与创作，成功回应了中唐以来"道""意""文"以及诗歌的"技艺"性等种种互为辩证的历史要求，满足了"典

---

① 诗话这般特别的言说体例，以及它所建构的特别的"致知"功能，请参见笔者论文《宋代诗话与诗话学——一套"以言行事"的规范诗学》，《淡江中文学报》2008 年第 19 期。

范"成形的条件:创作上有确定的标的与路线——如学杜、如"炼意""炼格",以及涵养"心地"与"根柢";鉴赏上有更具鉴识力的评断进路——句法、章法;学习上有从杜—黄路线到"江西诗法"的种种技能演练。

于是,吕本中提出的"江西诗社宗派",虽仅是追认的观念社群,却代表了、凝聚了宋诗最"可学""可法"的"典范"运作,成为宋诗专门之学的代表。

(二) 从唐风到学杜的宋诗专门之学

"江西诗派"是宋诗从创新实验到成熟典范化(可为范式)的成果,其中包含了许多互不相属的因素,然而"学杜"的目标一直贯串于其间。

宋初以来,在各时期文学领袖主导下,以不同的诗歌好尚结聚的群体,各有所宗,一时风骚起落,最后汇归于杜诗:

> 国初沿袭五代之余,士大夫皆宗白乐天诗,故王黄州主盟一时。祥符、天禧之间,杨文公、刘中山、钱思公专喜李义山,故昆体之作,翕然一变。……景祐、庆历后,天下知尚古文,于是李白、韦苏州诸人,始杂见于世。杜子美最为晚出,三十年来学诗者,非子美不道。[1]

从晚唐、九僧、西昆、欧梅、王安石,以至苏轼,都曾造就过主盟的影响,而在"学杜"兴起、江西成形之前,整个创作的大方向,却是奠基于晚唐刻画精工的文字功力与反思上。

在创作上,宋初多袭晚唐遗风,其病则纤细工巧,格局不开、格调不高,其胜处则精于华辞丽藻,极造物写景之工。如九僧(宋初希昼、保暹、文兆、行肇、简长、惟凤、惠崇、宇昭、怀古等九人)诗气度闲雅,虽称学于晚唐,却少有诗境纤弱空乏之病;纪昀甚至认为"'九僧'诗源出中唐,乃'十子'之余响"[2]。

以下数首"九僧"诗可见其所代表的晚唐成效与风采:

书惠崇师房

希 昼

诗名在四方,独此寄闲房。故域寒涛阔,春城夜梦长。
禽声沉远木,花影动回廊。几为分题客,殷勤扫石床。

纪昀谓此诗:"中四句却炼得好。"许印芳云:"(九僧)其诗专工写景,又专工磨练中四句,于起结不大留意,纯是晚唐习径。而根柢浅薄,门户狭小,未能

---

① 蔡居厚《蔡宽夫诗话》,《宋诗话全编》,第 622 页。
② 李庆甲《瀛奎律髓汇评》下册,第 1718 页。

追逐温、李、马、杜诸家,只近姚合一派,却无琐碎之习,故不失雅则。"纪昀也说"九僧"诗:"大段相似,少变化耳;<u>其气韵实出晚唐之上</u>,不但'四灵'。"

早春阙下寄观公

希　昼

　　客心长念隐,早晚得书招。看月前期阻,论山静会遥。
　　微阳生远道,残雪下中宵。坐看青门柳,依依又结条。

纪昀甚至谓此首:"亦不减随州,非'武功'辈所可并论。"①

宿宇昭师房

保　暹

　　与我难忘旧,多期宿此房。卧云归未得,静夜话空长。
　　草际沉萤影,杉西露月光。天明共无寐,南去水茫茫。

纪昀:"五、六自是刻意做出,而妙极自然。上接'静夜',下接'天明',亦极细致。"

早秋闲寄宇昭

保　暹

　　窗虚枕簟明,微觉早凉生。深院无人语,长松滴雨声。
　　诗来禅外得,愁入静中平。远念西林下,相思合慰情。

纪昀:"三、四不减王、孟,六句佳。"②

宿西山精舍

文　兆

　　西山乘兴宿,静称寂寥心。一径杉松老,三更雨雪深。
　　草堂僧语息,云阁磬声沉。未遂长栖此,双峰晓待寻。

纪昀:"三、四已佳;五、六从三、四生出,更为幽致。通体亦气韵翛然。"③

①　以上二诗为方回《瀛奎律髓》卷四十七"释梵类"所选,诸评见李庆甲《瀛奎律髓汇评》下册,
　　第1714—1716页。

②　以上二诗为方回《瀛奎律髓》卷四十七"释梵类"所选,诸评见李庆甲《瀛奎律髓汇评》下册,
　　第1717—1718页。

③　诗为方回《瀛奎律髓》卷四十七"释梵类"所选,诸评见李庆甲《瀛奎律髓汇评》下册,第
　　1718页。

送陈豸处士

惟 凤

草长关路微,杂思更依依。家远知琴在,时清买剑归。

孤城回短角,独树隔残晖。别有邻渔约,相迎扫钓矶。

纪昀在此诗后评:"九僧诗气韵终高。"①

而学义山者有西昆。当时的西昆虽涉堆垛华辞和故实,但亦有绝唱:

赋得秋雨

晏 殊

点滴行云覆苑墙,飘萧微影度回塘。

秦声未觉朱弦润,楚梦先知蕙叶凉。

野水有波增澹碧,霜林无韵湿疏黄。

萤稀燕寂高窗暮,正是西风玉漏长。

很典型且成功的义山诗风。陆贻典就说:"如此宋诗,犹见先代典型。"纪昀
评道:"通首学义山逼真。结句虽太迫义山'秋霖腹疾俱难遣,万里西风夜正
长'意,而意境自佳。"为此还补了一段西昆通说:"'昆体'有意味者原佳,惟
一种厚粉浓朱但砌典故者可厌。"②

虽然西昆体之学唐(特别是义山诗)常有"有句无诗",或"雕砌"累重、
"装景"之憾,却也提供了足供后人普遍反思的大量课题——宋诗的开创与
成就,正是以此为基础,从它所引发的"气韵""磨练""精工""意味"种种反省
和批评中走出来的。

从以上作品与评论,可以看出,在晚唐根基之下,此时的宋诗,虽然还未
有大格局,然而无论"九僧"或西昆,这些少数的杰出之作,精炼文字意象、经
营意境韵味,皆尚有可观;而这种种"晚唐"风韵和困境,在别有见识的诗家
实作与省思下,成为宋诗起步与创革的基石。③

首开宋诗风气之先的欧、梅等诗人,也是始于晚唐作品的承袭与反省,
以提升眼光和阅历,而其可贵之处在于从晚唐高处入手,或庶几及于盛唐风
韵,进而能另辟蹊径。

---

① 诗为方回《瀛奎律髓》卷四十八"仙逸类"所选,诸评见李庆甲《瀛奎律髓汇评》下册,第
1780—1781 页。
② 诗为方回《瀛奎律髓》卷十七"晴雨类"所选,其他诸评见李庆甲《瀛奎律髓汇评》中册,第
692 页。
③ 详见黄奕珍《宋代诗学中的晚唐观》,台北:文津出版社,1998 年。

田人夜归

梅尧臣

田收野更迥,墟里隔烟陇。荒径已风急,独行唯犬随。

荆扉候不掩,稚子望先知。自是一生乐,何须间井为。

此诗"绰有王、孟气韵",而偏嗜宋派的方回认为除"格律独鸣"的黄、陈外,平淡有味的梅诗实为宋诗"五言律第一"[①]。而此诗更在王、孟诗"情景交融"的静态画面之外,善用虚字、动词等安排(野"更"迥、"已"风急、"候不掩""望先知"),令诗境产生动感与难言之情态,开始重视唐诗"景语"、意象与抒情之外的文字经营。

答劝农李渊宗嘉州江行见寄

宋　祁

嘉月嘉州路,轺轙授部船。山围杜宇国,江入夜郎天。

霁引溪流望,凉供水阁眠。愧君舟楫急,遂欲济长川。

方回:"三、四有老杜及盛唐人风味。"纪昀:"结有寓意,妙在无痕。"[②]开始了杜诗一般刻画于无痕却有"意"之布置。

除此类唐风之外,欧、梅也积极建立其独树一格的风范;除第二章列举的诗作外,以下几章论及"工夫""境界"时,还可见其履行"意新语工"主张的示范。

在文坛上,欧阳修承接了韩愈的文化复兴,正走出一条开拓与省思之道,开启此后全面诗文革新的局面。欧阳修又以其首创的"诗话"体例,在晚唐诗学的基础上,加上诗格、诗式等积累的心得成果,建构了文人普遍参与的平台:从经验心得的分享,到批评、鉴赏,到细部指引、演示,也同时协调了诗人的主观心得和群体概念。诗话、语录等言说体例双向地沟通起诗人社群,并在群体普遍招引下,凝聚且同化了文学同侪、文学规范与"专业"的认识。在此氛围下,一个松散却结聚了重要课题的文化论域也隐隐成形。

经由群体沟通的涵养浸习,这一时期虽尚无绝顶之作,然而诸如欧、梅高明透彻而平实易行的诗论指点,或王安石等在晚唐诗风下磨砺精工的作品,都为诗歌成为一门专业之学打下了厚实的基础。

王安石也是首位结合了"晚唐"胜处与"杜诗"思深绪密的大家。

---

① 诗为方回《瀛奎律髓》卷二十三"闲适类"所选,诸评见李庆甲《瀛奎律髓汇评》中册,第970—972页。

② 诗为方回《瀛奎律髓》卷三十四"川泉类"所选,诸评见李庆甲《瀛奎律髓汇评》下册,第1395页。

太湖恬亭

王安石

槛临溪上绿阴围，溪岸高低入翠微。

日落断桥人独立，水涵幽树鸟相依。

清游始觉心无累，静处谁知世有机。

更待夜深同徙倚，秋风斜月钓船归。

此诗写景精微、语言工致，虽犹是晚唐风调，然而其清新雅韵，已远胜之。半山的"用意精深""字字橐栝"，扫除之前诗学晚唐却堆垛典故辞藻等汗漫无功之弊，已经开启宋诗"炼字""炼句"之先河。在宋人学杜历程中，荆公正是奠基于晚唐而深探杜诗精微的开创者。

王安石、苏轼，皆是后继于欧阳修而能够以"大手笔"领导一时的创作者，然而宋诗"典范"并未成立于其创作之中。一些更"可法""可学"的因素：如"法"的认知、文人间交流协调与同化（内化）的平台作用，以及其他更能呼应历史挑战而实质运作的机制（workings），决定了诗歌这一专门之学需要的典范。学杜之风成熟，才出现了足为效法的具体成果——黄庭坚的作品与诗论，体现为"可学""可法"之方，表明了如何整合"道—意—文"，技艺、学问与心地完美结合于创作，奠定了"学杜"路线，示范了"炼意""炼格"等工夫以及种种社群足以共通的创作取向，于是宋诗"自为一家之学"的"典范"才有了眉目。

直到"江西诗派"确立之前，宋诗主流已形成了：

1. "杜甫—黄庭坚"路线

学杜路线到了黄庭坚，已有"能自树立"之实与"海涵地负"的开辟之功，且倍加推尊杜甫而有更全面的"师法"其作的创作基础，几乎形成了"不学杜，无以立"的局面。

2. 诗出有"法"

"句法""章法"的专业氛围也在黄庭坚与其追随者们好讲"法"、讨论"句法""诗法"的风气下形成。

3. "瘦硬生新""宁拙勿巧"等风格取向

黄庭坚之后，陈师道更是凸显与唐诗截然不同的一些面向，如好用虚字、不用意象等，宋诗与唐诗分流的性格更加突出，特别是"瘦硬生新""宁拙勿巧"等风格取向。

规范都已囊括在黄庭坚的诗学方向与实作里。因此，黄庭坚之后，在默认公从的领导者和约定路线下,标举江西"宗派"的条件成熟,促成了吕本中定于一尊的《江西诗社宗派图》的出现,"江西诗派"于是得名。

> 吕居仁近时以诗得名,自言传衣江西,尝作《宗派图》,自豫章以降,列陈师道、潘大临、谢逸、洪刍、饶节、僧祖可、徐俯、洪朋、林敏修、洪炎、汪革、李镎、韩驹、李彭、晁冲之、江端本、杨符、谢薖、夏倪、林敏功、潘大观、何颙、王直方、僧善权、高荷,合二十五人,以为法嗣,谓其源流皆出豫章也。①

"名"正所以"言"(观念范式)顺。在抽象观念、群体论述里运作的,正是诗学典范落实而沉淀巩固的内在过程,以致这时认知的规范化、普遍化,以及社群同化的进展都远过于诗歌作品与知识的推进。此时,除黄庭坚、陈师道外,一直要到后来的陈与义(江西"三宗"之一)、陆游等大诗人,才算是以作品充足的质量"实现"了"宋诗"。

典范的要件都确立了,于是,凡言及宋诗,必涉及种种与"江西诗派"有关的观念和作法,这使得吕本中的"宗派"虽是追认的观念社群,却不只是高张杜、黄旗帜之门派,而能实质且全面地笼络行家诗作和诗人群体论述,更扎实而具体地作用于宋代诗坛,发挥"典范"一般的作用。

典范的运作到了南宋,也产生了几番变革,经过深化转进、巩固、积弊和批评,在这典范的尾声里,方回《瀛奎律髓》里,如此断言:"古今诗人当以老杜、山谷、后山、简斋四家为一祖三宗";"老杜诗为唐诗之冠;黄、陈诗为宋诗之冠。黄、陈学老杜者也。嗣黄、陈而恢张悲壮者,陈简斋也;流动圆活者,吕居仁也;清劲洁雅者,曾茶山也。七言律,他人皆不敢望此六公矣。若五言律诗,则唐人之工者无数。宋人当以梅圣俞为第一,平淡而丰腴。舍是,则又有陈后山耳。此余选诗之条例,所谓正法眼藏也。"这拍板定论决定了后人所认定的江西"一祖三宗"之观念与路线。

这整个过程,就"江西诗派"的观念作用和代表性而言,正体现了宋诗建构专门之学的演化流变,故本章借由江西典范的起落,探讨宋代诗学实际演变的历史脉络。

以下先从杜甫到黄庭坚所树立的典范说起。

---

① 胡仔《苕溪渔隐丛话》前集卷四十八,《黄庭坚和江西诗派资料汇编》下册,第445页。

二、杜甫:"宗师"与"典范"

(一) 杜诗之"变":开启"宋诗"之门

杜甫秉承开创精神,为已经成熟而可预见其流泛之弊的近体诗拓展新出路,古近体诗在他手上都经历了深密变化,对偶变,句式变,格律变,法度变,格局变,种种推陈出新之举,预伏后来宋人诗学之道,广拓门径大放异彩的可能,此即东坡所谓"子美自我作古"(《辨杜子美杜鹃诗》)①的创新精神。

杜甫《杜鹃》:"西川有杜鹃,东川无杜鹃。涪万无杜鹃,云安有杜鹃。"一再叠用"杜鹃",引发宋人争议。苏轼为之诠解,认为其"自我作古",乃是大手笔的创格,足以为法。黄庭坚《书磨崖碑后》更是向其致意,并直接效法、呼应其叠用复沓的句法。如此,有非常变革而开创一"体",成为后人法式,这是杜诗以变体作为创"格"的法门,也是宋人学杜的第一要义。

江涨又呈窦使君(二首之二)
杜 甫

向晚波微绿,连空岸却青。日兼春有暮,愁与醉无醒。
漂泊犹杯酒,蹒跚此驿亭。相看万里别,同是一浮萍。

此诗"日兼春有暮,愁与醉无醒。漂泊犹杯酒,蹒跚此驿亭"二联,对仗新奇,句式流动而情景融洽,虚字更在其间扮演推动流转连贯的关键角色;纪昀说"五、六生动,此亦变体";许印芳则谓"三、四句不但对法是变体,句法亦是变体"。②

方回特为此类诗歌辟一门类,称为"变体",惜其所见者小,所示泛泛,仅能从对偶之轻重虚实、用字之谨细较量等方面着眼,故屡遭后来评家讥其无见。然而其特为变体划分出一门类,确实有创见:正是在杜诗路线下,宋人意识到其"变异"之雄才,于是各据才性,探索杜诗绝异变化之门径,开发种种别开生面的可能。

---

① 《古典文学研究资料汇编·杜甫卷》(上编)第一册,第101—102页。
② 诗为方回《瀛奎律髓》卷二十六"变体类"所选,其他诸评见李庆甲《瀛奎律髓汇评》中册,第1129—1130页。

送郑十八虔贬台州司户，伤其临
老陷贼之故，阙为面别，情见于诗

杜　甫

郑公樗散鬓如丝，酒后常称老画师。

万里伤心严谴日，百年垂死中兴时。

苍惶已就长途往，邂逅无端出饯迟。

便与先生应永诀，九重泉路尽交期。

此诗："一气盘旋，清而不弱，非具大神力不可。然此只是诗家一体。陈后山始专以此见长，而江西诗派源出老杜之说亦从此而兴，杜实不以此为宗旨也。"①

全诗之抒情皆不借意象语（全不似唐诗长于借景寓情之作法），单以"意"脉排斡推展，此所以纪昀谓其"清而不弱"，并指出后山诗专擅此一路径（不借景语、不借意象，专以虚字营造劲健语势），而这也是江西（宋诗）为杜甫后裔之缘由。

虽然杜诗门径博大，并未专意于此类"变体"一途，然而此等工夫，关系时代征象甚巨，实是杜诗变化唐诗之关键，也是杜诗开新局面、辟新路径之独造法门。而此等唯"骨"无"肉"之作品，亦全有赖于诗人用"意"之绝大神力，于是上者足以成就高明如山谷与二陈，其下者则无所掩饰，必趋碌碌。这是江西独树一帜的原因，亦是江西为人诟病处。

此外，杜诗以"意"为主导的"变体"，更成就了宋人理想的文道兼具——诗歌以精湛形式表征高妙精神的价值。

经韩愈在"文—道"恢宏的观点下加以发扬，"（诗）文"更足以承载、表现、象征深厚渊博的人文价值；又在宋人融会"意新语工"的理解下，经苏门宏雅博通的开发（见秦观《韩愈论》"成体之文"之说），以"道—意—文"的形态，形成"文""意"俱呈的默契共识。与此同时，在诗歌炼"意"、炼"格"的追求下，杜诗"用意深刻"与"诗律精深"的一贯性抉而愈出，俨然是文道融合的成功示范；后来江西观念，正是植根于这以"意"为枢纽延伸至"句法""炼字""炼句"等的诗歌法门。而此等熔铸锻炼，后续更衍生出宋人好言之"工夫""境界"等，本书将于九、十两章详述。

---

① 诗为方回《瀛奎律髓》卷四十三"迁谪类"所选，诸评见李庆甲《瀛奎律髓汇评》下册，第1552—1553页。

(二) 从"可学"到"法度"之作:启迪风气

送韩十四江东省觐

杜 甫

兵戈不见老莱衣,叹息人间万事非。

我已无家寻弟妹,君今何处访庭闱。

黄牛峡静滩声转,白马江寒树影稀。

此别应须各努力,故乡犹恐未同归。

清代熟习杜诗和宋诗且"法"度观念已大成的诗评家言此诗:"纯以气胜,而复沉郁顿挫,不比莽莽直行。因峡'静'而闻滩声之'转',因江'寒'而见树影之'稀',四字上下相生。""观前段可悟练气之法,观后段可悟炼句之法。"①

纪昀讲的是"炼字""炼意",许印芳则指出"练气""炼句";如此一首诗,将宋人最在意的"炼字""炼句""炼意""练气"之法都涵盖在内,同时也呈现了其间可学可悟之"法"。而这些术语和"法"门观念等,皆是宋人无数诗话之常谈,经过在学杜的过程里议论、摸索、发蒙、参究,而为后学累积出诗学"艺能"之大成。②

岁 暮

岁暮远为客,边隅还用兵。烟尘犯雪岭,鼓角动江城。

天地日流血,朝廷谁请缨。济时敢爱死,寂寞壮心惊。

纪昀:"沉郁顿挫,后半首中有海立云垂之势。""中四句俱承'用兵'说下,末句仍暗缴首句'为客'意,运法最密。"③

此诗"法度"井然的意脉安排,有"法"可循;而其不用意象,善用句式安排和虚字、动词等,令"意"脉起伏相承、开阖收放,收沉郁顿挫之功,开宋诗刻意运用虚词排斡气势的手法与炼字用意之先河。

而老杜之"法",又拓展至锻炼曲折以致"意"蕴深沉的步步安排:

---

① 诗为方回《瀛奎律髓》卷二十四"送别类"所选,诸评见李庆甲《瀛奎律髓汇评》中册,第1069—1070页。

② 此处虽是清代诗家的评断,然而"练气""炼句""气胜"等眼光,均发轫自宋人。宋人崇杜、学杜之常谈,在诗歌专业语言发展的初始阶段,多呈现为含混笼统如印象式的评语,然而此时诗人的实作示范已显示出对杜诗之"法"的吸收运用(详见后续黄庭坚及陈师道、陈与义等诗作实践的解读)。虽然专业论述和创作的成熟并不同步,然而后代诗评家对这类术语的沿用以及后出转精的议论,正反映了这可"法"之门径有其一路传承发展之历程,以致累积深厚心得的清代诗学家能有这等成熟而精确的解析。

③ 诗为方回《瀛奎律髓》卷二十九"旅况类"所选,诸评见李庆甲《瀛奎律髓汇评》中册,第1260页。

恨 别

洛城一别四千里,胡骑长驱五六年。

草木变衰行剑外,兵戈阻绝老江边。

<u>思家步月清宵立,忆弟看云白日眠。</u>

闻道河阳近乘胜,司徒急为破幽燕。

何义门:"'老'字正与结句'急'字呼应。"许印芳:"('思家步月清宵立,忆弟看云白日眠')此二句<u>全在转换处用意</u>,盖'清宵'本是眠时,偏说'立'而'步月';'白日'本是'立'时,偏说'眠'而'看云'。所以见思家、忆弟之无时不然也。"又引沈德潜谓此诗之"措词浑含":"若说如何思、如何忆,情事易尽;步月看云,有不言神伤之妙。"[①]诗家正是从种种曲折用"意"处建立可学、可着手实践之诗"法"。

又如《秋兴八首》,更是杜甫在拗体的实验之前,对律诗艺术性的各种可能一连串圆熟而完备的演示。《秋兴八首》,后人多有解析[②],"诗中往昔与目前、现状与回想、历史与现实、京城与夔府、自身与家国等的互相交织、互相转接,起伏跌宕,神光离合,乍阴乍阳,成就一种自由回旋的艺术时空、错综复杂的诗歌结构"[③]。

八首诗如八幅图景组成的长卷之作,一幅一景,各自成一首尾俱足的单元;各幅图景内中有今有昔,长安、夔府,迢迢时空,遥相对望,思意往复回还,八首连环相扣。各篇几乎都是最严密的律诗形式,不是八句皆对,就是首联或末联句参差而"意"对应,其余六句对得齐整。对偶方式手法谨严,令宋人惊艳的流水对、折腰句等,有着更频繁、更出色的使用。

秋兴(八首之一)

玉露凋伤枫树林,巫山巫峡气萧森。

江间波浪兼天涌,塞上风云接地阴。

<u>丛菊</u>两开他日泪,孤舟一系故园心。

寒衣处处催刀尺,白帝城高急暮砧。

三、四句自第二句开出,第三联开展,并联系今、昔、夔府与故园。最后收于"寒衣""暮砧",又与首句情景遥相呼应;末联"催""急"适与首联"凋伤""萧森"相照应,沉郁意象与顿挫辞情互为依托。

---

① 诗为方回《瀛奎律髓》卷三十二"忠愤类"所选,诸评见李庆甲《瀛奎律髓汇评》下册,第1359—1360页。
② 评述详见叶嘉莹《杜甫秋兴八首集说》,台北:大块文化出版,2012年。
③ 邹进先《宋代杜诗学述论》,第324页。

之三

千家山郭静朝晖，一日江楼坐翠微。

信宿渔人还泛泛，清秋燕子故飞飞。

匡衡抗疏功名薄，刘向传经心事违。

同学少年多不贱，五陵衣马自轻肥。

此诗虚词之用让实词（名词、景语）更为生色，甚至还凌驾其上成为主角，已走出唐诗以意象、胜境为主体的情景交融之作风，开后来宋诗虚字门径之先河。此诗八句对得严丝合缝，却句句不显板实，就是因为虚字牵引，让内中意绪活络。

更有甚者，此诗不只句句对偶，甚至联与联之间或反衬或彼此暗示，亦成（动静、抑扬、寂寞显贵等）"意"之"黏对"：如"泛泛""飞飞"一联固反衬"静"与"坐"，"信宿""清秋"固对映"一日""朝晖"，"同学少年"实亦与"匡衡、刘向"为对；同时，"泛泛渔人""飞飞燕子"，亦与"匡衡抗疏""刘向传经"一体两面，有类于"黏"之作用；末联"衣马轻肥"之"同学少年"也影射首联之"我"（之为何）"一日江楼坐翠微"，可谓互文为训般令这心事呼之欲出。

于是，文字之对外，首联与次联，三联与末联，"意"绪互对，而首联与末联、次联与三联，亦类似互文为训般相互隐喻影射，使得各联之间，以"意"双双互"黏"互"对"之意味浓厚。全篇动中有静、静中隐动，即目之景、心中之事与意中之情，不断回互涵摄、彼此扣引，如一精工构设而各细部皆交光互摄之完美艺术品。（而这经由意蕴错综交关布置而成就多层次意味的艺术精工，也正是后来黄庭坚独擅胜场之"法"，和其学杜至深之心得。）

之七

昆明池水汉时功，武帝旌旗在眼中。

织女机丝虚夜月，石鲸鳞甲动秋风。

波漂菰米沉云黑，露冷莲房坠粉红。

关塞极天唯鸟道，江湖满地一渔翁。

第二联"织女机丝""石鲸鳞甲"等，以实象、虚象等意象景语虚而实之，实而虚之地彼此穿错而交互为用，营造出如真似幻的意象；然后下接即目之实景，以"波漂菰米""露冷莲房"之"实"、之落寞萧瑟，倒映前两联织女、石鲸之"虚"，昆明、武帝一往而不返之鼎盛，同时下开末联极目天际而无可如何之思，而收结为江湖一渔翁。荣枯相映、今昔扣引，"关塞极天""江湖满地"与首联"武帝旌旗""昆明池水"遥遥相对，收得圆足，用最圆满的形式写下了遗憾。

其中"波漂菰米沉云黑，露冷莲房坠粉红"一联，更被宋代叶梦得援以为其著名的"云门三句"中"涵盖乾坤"句之代表而成为值得详参之典范。

之八

> 昆吾御宿自逶迤，紫阁峰阴入渼陂。
> 香稻啄余鹦鹉粒，碧梧栖老凤凰枝。
> 佳人拾翠春相问，仙侣同舟晚更移。
> 彩笔昔游干气象，白头吟望苦低垂。

"香稻啄余鹦鹉粒，碧梧栖老凤凰枝"，语式奇特，自来即是美谈；宋人特喜论其倒装之妙如何如何远胜于正常的"鹦鹉啄余香稻粒""凤凰栖老碧梧枝"之句式，并启发倒用之句法。最后一联以"白头吟望"收摄了八幅长卷，神游忆往，终归一叹。

以上，种种诗思的经营、构设，或是首尾开阖呼应，或是意脉扣引收结，或是实景虚象交错往还，或是对法缜密灵动，或如倒装等句式安排，令语句老练奇特而益显"意"奇。动词、虚字与景语、意象语的接合，令句式句法更加遒劲，在静态的想象与抒情外，更富于精微的意态、情态等表现；诗人以经营统一而完美的艺术精品的思维，示人以精到的诗歌语言、语法，更周延地象征表现曲折幽深的含意，而几乎涵盖了律诗在严整格律下最饱满的表现可能，可以说是"唐诗"最圆熟的手法总集。

杜诗"沉郁顿挫"的典型正是建构在完备而圆熟的艺术手法里；杜甫着意经营，炼句炼字愈益精到，"意"也随之更加曲折深至，于"言""意"的经营入手也正是宋人学杜的门径。宋诗别创门庭之"法"，各种"言""意"构设之方，多从此出，所以杜诗之"法"为宋诗之先师。宋人围绕学杜之法（包含"言""意"经营的视野、省思与实践）而形成"江西诗派"观念社群。

(三)"入神"：启引"工夫""境界"之思

在杜诗的演示下，经营之"法"已经开启了写作需要"工夫"锻炼的意识，而更有部分精益求精以臻高明的所谓"入神"之作，展现诗人由多方面的磨砺欲致"天工"的理想，启引了宋人如何拾级而上以至极致"境界"。

春夜喜雨

> 好雨知时节，当春乃发生。随风潜入夜，润物细无声。
> 野径云俱黑，江船火独明。晓看红湿处，花重锦官城。

方回："'红湿'二字，或谓惟海棠可当。"何义门："第五明，第六暗，皆剔'夜'字。结'春夜'工妙。"纪昀："此是名篇，通体精妙，后半尤有神。'随风'二字虽细润,晚人刻意或及之。后四句传神之笔,则非余子所可到。"①

此诗出色的字句经营、写作策略,处处带出惊喜,除上述诗评家所说,以明写暗、以暗喻明,又善写物情物态、结题漂亮之外;又如:"好"雨"知时节"、"当"春"乃发生",虚词之灵妙,使难言的"喜"之情态意兴唤之欲出,点题、开题极为出色。陆游在他的《春行》一诗中,刻意用了这样一个句子"猩红带露海棠湿,鸭绿平堤湖水明",并加以自注:"杜子美:'晓看红湿处,花重锦官城',李太白:'蜀江红且明',用'湿'字、'明'字,可谓夺造化之功,世未有拈出者。"杜诗"传神之笔"皆如此示范而启发读者无数。

宿府幕

杜 甫

清秋幕府井梧寒,独宿江城蜡炬残。

永夜角声悲自语,中天月色好谁看。

风尘荏苒音书绝,关塞萧条行路难。

已忍伶俜十年事,强移栖息一枝安。

冯舒:"第四说宿幕府,意致情事,无穷之极。"许印芳:"八句对。八句收到'宿府',回应首句,法律细密。"②

又是一首八句皆对的严整律体,而严整正宜表现(孤栖幕府之)寒肃气息。第二联语法之特别,不仅是音节节奏和语序之出奇(方回说是"三、四……声调,诗之样式极矣"),"永夜角声"之(自感、感自)"悲"终是"自语","中天月色"之"好"又是"谁看(?)"虚词在此之折冲,实为遒劲有力;末联之"已忍""十年""强移""一枝"语式表现力十足,能致曲折难言之情态,是杜诗沉郁之笔的代表。

又三联本自二联顺势说下,却是回头说起,令后半首与前半首形成"逆挽"的关系;正因"音书绝"故(应和)前句问"谁看",因"行路难"故有今日闻(关塞)角声而"悲自",也因"伶俜十年"而"强移栖息"故有今日之"独宿"幕府事。

各联之间"意"也环环相扣,"中天月色"衬"清秋","永夜角声"喻"独宿","关塞萧条"又扣(益添)永夜角声"悲","风尘荏苒"扣(更显)中天月色"好","伶俜十年"应"荏苒音书绝","强移栖息"正寓"行路难";最后的"栖息一枝"又回头遥应了首句"宿府"主题,如此收结而"圆"了整篇诗作。

---

① 诗为方回《瀛奎律髓》卷十七"晴雨类"所选,诸评见李庆甲《瀛奎律髓汇评》中册,第649页。

② 诗为方回《瀛奎律髓》卷十二"秋日类"所选,诸评见李庆甲《瀛奎律髓汇评》上册,第454页。

诗中思意脉络,连绵交错互为涵摄,始终萦绕一中心之"意",而彼此牵引出千丝万缕之思绪情态,故诗评家说是"意致情事,无穷之极",说其"法律细密",实不在话下。

如此锻炼愈益精奇,用尽了方方面面的经营,让诗中的情感、意态、思致皆达到最饱满的境地,追求诗歌语言表现之极致,以成就极耐深思寻味的艺术精品,这等创作精神也是山谷诗从工夫到境界的思维源头,黄庭坚所谓杜甫"夔州后古律诗……句法简易而大巧出焉。平淡而山高水深,似欲不可企及"云云。①

于是,从"法"的结构经营到"入神"的非常表现力,再到"平淡而山高水深",臻至"似欲不可企及"的极致境地。经由形于外的"法"度思维的经营,宋诗更进一步升华而超越,由是宋人也更加理解以下这等超乎有形锻炼,措意更加深远,更熔铸于无迹而深于感慨之作:

江　亭②

杜　甫

坦腹江亭暖,长吟野望时。水流心不竞,云在意俱迟。
寂寂春将晚,欣欣物自私。故林归未得,排闷强裁诗。

方回:"老杜诗不可以色相声音求。如所谓'圆荷浮小叶,细麦落轻花'……他人岂不能之?晚唐诗千锻万炼,此等句极多,但如老杜'水流心不竞,云在意俱迟',即如'片云天共远,永夜月同孤',景在情中,情在景中,未易道也。又如'寂寂春将晚,欣欣物自私''江山如有待,花柳更无私',作一串说,无斧凿痕,无妆点迹,又岂只是说景者之所能乎?""又此篇末句'排闷',似与'心不竞''意俱迟'同异,殊不知老杜诗以世乱为客,故多感慨;其初长吟野望时闲适如此,久之即又触动羁情如彼,不可以律束缚拘羁也。"纪昀也说:"虚谷此评最精。盖此诗转关在五、六句:春已寂寂,则有岁时迟暮之慨;物各欣欣,即有我独失所之悲。所以感念滋深,裁诗排闷耳。若说五、六亦是写景,则失作者之意。"意谓此二联虽有情景交融之功力,却更有意在言外之隐喻暗示,实已走出唐诗重意象语言之途辙,更非专意于锻炼或构设"景语"求文字之工可比。

按:"水流心不竞,云在意俱迟"一联,其得宋人佳赏,甚至不逊于渊明诗"云无心以出岫,鸟倦飞而知还"一联,达到所谓"彭泽意在无弦"之境。蔡梦

---

① 《与王观复书》,《黄庭坚全集·正集卷第十八》,第470页。
② 诗为方回《瀛奎律髓》卷二十三"闲适类"所选,诸评见李庆甲《瀛奎律髓汇评》中册,第938—939页。

弼《杜工部草堂诗话》云:"横浦张子韶《心传录》曰:陶渊明辞云:'云无心而出岫,鸟倦飞而知还。'杜子美云:'水流心不竞,云在意俱迟。'若渊明与子美相易其语,则识者往往以谓子美不及渊明矣。观其云'云无心''鸟倦飞',则可知其本意。至于水流而'心不竞',云在而'意俱迟',则与物初无间断,气更浑沦,难轻议也。"所谓"语有道心,直入渊明之室",已启宋人因"工夫"之超越而进乎"道"等境界之思。

方回在解析杜甫《江亭》诗时,同时举了黄庭坚诗句比并:"正如山谷诗'秋盘登鸭脚,春网荐琴高',其下却云:'共理需良守,今年辍省曹',<u>上联太工,下联放平淡,一直道破,自有无穷之味,所谓善学老杜者也</u>。"

讲的是黄庭坚《送舅氏野夫之宣城》诗,二首之一:

> 籍甚宣城郡,风流数贡毛。霜林收鸭脚,春网荐琴高。
> 共理须良守,今年辍省曹。平生割鸡手,聊试发硎刀。

《江亭》"水流心不竞,云在意俱迟"一联为难以言传而境界极高之佳句,然而下一联如何接得下来实为挑战。杜诗随后直接以"寂寂春将晚,欣欣物自私"这自然平易之"境"语承接,如此安排,不只借即目之景顺势写下,更将隐喻之心意托衬而出,使得前一联虽高明,因后一联有所影射,而不为空阔无当,故谓其一语道破却回味无穷;这是后联能"就势"接得巧妙而"发皇"了前联,并使整首诗意境俱出。而山谷此诗"霜林收鸭脚,春网荐琴高"一联颇用别名、典故,故谓其太工,于是其下就接"共理需良守,今年辍省曹",白话般一语点开前一联的喻义,也是整首诗的"主意"。如此安排,在工拙之间"就势"承接,有漂亮落差而不致流于平庸,且能于此"转关处"接得流利而"发皇"了前联并点醒全诗,所以说他善学杜诗。

如此,要锻炼深至到"入神""高妙"境界,须照顾创作之整体性与个中繁复交关的关节,进阶之道全在于"言""意"全面的安排与领会。如此措意深远而造语浑沦,也开发出不同于唐诗的一番新天地,让重视文字与思意的宋人知所镕裁,于精微揣摩中取得实际效法之功:"凡人作诗,一句只说得一件事物,多说得两件;杜诗一句能说得三件、四件、五件事物。常人作诗,但说得眼前,远不过数十里内;杜诗一句能说数百里,能说两军州,能说满天下,此其所为妙。"①虽然此等说法尚属粗浅,然而可大略看出杜诗用"意"之蕴蓄饱满、幅度跨越,也启发了宋人从炼意、炼句等具体可跻之阶升华到整体意脉经营入妙之境。

---

① 吴沆《环溪诗话》,《古典文学研究资料汇编·杜甫卷》(上编)第三册,第874页。

三、杜甫—黄庭坚—"江西诗派"

（一）学杜之门：杜诗之开拓者

"少陵七律，无才不有，无法不备。义山学之，得其浓厚；东坡学之，得其流转；山谷学之，得其奥峭；遗山学之，得其苍郁。"①杜甫作为唐诗一切开拓的"集大成"者，在黄庭坚、江西诗派之前，已有大家成功学得其神髓而自树旗帜。

唐代诗人中学杜者，李商隐最是典型。

许印芳评李商隐《筹笔驿》诗："沉郁顿挫，意境宽然有余，义山学杜，此真得其骨髓矣！"沈德潜云："瓣香在老杜，故能神完气足，边幅不窘，六句对法活变。"正应和了"义山学杜，得其神骨，而变其面貌，故能自成一家"②之说。纪昀说"义山五律佳者往往逼杜"，许印芳然其言，更举出以下多首与杜诗"气味逼真"者解析如下：

河清与赵氏昆季宴集得拟杜工部

> 胜概殊江右，佳名逼渭川。虹收青嶂雨，鸟没夕阳天。
> 客鬓行如此，沧波坐渺然。此中真得地，漂荡钓鱼船。

"三、四已佳，五、六尤得神解。风格之高，又不待言。"

过故崔兖海宅，与崔明秀才话旧，因寄旧僚杜、赵、李三掾

> 绛帐恩如昨，乌衣事莫寻。诸生空会葬，旧掾已华簪。
> 共入留宾驿，俱分市骏金。莫凭无鬼论，终负托孤心。

"八句皆对，极沉郁顿挫之致。末二语存心忠厚，尤可激厉薄俗。"

春　游

> 桥峻斑骓疾，川长白鸟高。烟轻惟润柳，风滥欲吹桃。
> 徙倚三层阁，摩挲七宝刀。庚郎年最少，青草妒春袍。

"前四句及末句皆有所指而托之于景物，便不着迹，杜诗深于比兴，义山得其奥秘，乃能如此运笔。五、六有奋发意而含蓄不露，亦赋体之佳者。"

---

① 施补华《岘佣说诗》，《黄庭坚和江西诗派资料汇编》上册，第371页。
② 这类评语见李庆甲《瀛奎律髓汇评》上册，第107、956页。

晚　晴

深居府夹城，春去夏犹清。天意怜幽草，人间重晚晴。

并添高阁迥，微注小窗明。越鸟巢干后，归飞体更轻。

"前半深厚，后半细致，老杜有此格律。"

念　远

日月淹秦甸，江湖动越吟。苍梧应露下，白阁自云深。

皎皎非鸾扇，翘翘失凤簪。床空鄂君被，杵冷女媭砧。

北思惊沙雁，南情属海禽。关山已摇落，天地共登临。

"通首排对，起四句伏脉，中四句细写，结四句点眼，总收两地相思，比例壮健；格律亦全摹少陵。"

戏赠张书记

别馆君孤枕，空庭我闭关。池光不受月，野气欲沉山。

星汉秋方会，关河梦几还。危弦伤远道，明镜惜红颜。

古木含风久，平芜尽日闲。心知两愁绝，不断若寻环。

"章法老成，句法高雅，'古木'二句，淡而有味；'池光'二句锤炼而出以自然。王荆公谓近老杜，洵非溢美。"

另义山有《哭刘司户蕡》诗：

路有论冤谪，言皆在中兴。空闻迁贾谊，不待相孙弘。

江阔惟回首，天高但抚膺。去年相送地，春雪满黄陵。

此题共有三首，皆沉郁之笔；此为第三首，许印芳评此诗："此章前半从旁面着笔，五、六收前二章（另二首《哭刘司户蕡》诗）意，结句倒追，回应第一章起句（'离居岁月易，失望死生分'），益觉黯然神伤，深得老杜用笔之妙。"①

夜　饮

卜夜容衰鬓，开筵属异方。烛分歌扇泪，雨送酒船香。

江海三年客，乾坤百战场。谁能辞酩酊，淹卧剧清漳。

冯舒谓："极似老杜。"而纪昀曰："三句纤，五、六沉雄。王荆公谓近杜，良然。"②

所以王安石深有见地地主张"学杜者当从义山入"，而他本身就是由此

---

① 以上许印芳选评部分，见李庆甲《瀛奎律髓汇评》中册，第956—957页。

② 诗为方回《瀛奎律髓》卷三十九"消遣类"所选，诸评见李庆甲《瀛奎律髓汇评》下册，第1454页。

首开宋诗风气的实践者。

　　宋初诗坛，还是以晚唐风格为诗歌主流；当时创作，多半带有唐诗重视意象抒情的风味，而辅以晚唐的工丽辞藻与精心刻画。然而，在诗文革新的人文意识下，欧阳修已认识到晚唐工巧但"格"卑的问题："唐之晚年，无复李杜豪放之格，但务以精意相高而已。"不过，欧阳修虽救西昆之弊，开宋诗"意新语工"风气，然而对于杜诗的认识，主要也仅是就其语"工"一面称赏之（见《六一诗话》"身轻一鸟过"的议论）；以致认为"杜甫于（李）白得其一节而精强过之，至于天才自放，非甫可到也"①。

　　能够接下这"意新语工"的心得，首开"宋气"典型，且将其与杜甫"用意精深"相联系的，应属王安石。

　　王安石的诗文，本有简练有法、刻意求工的倾向，也因此王安石最早留意到杜诗"晚节渐于诗律细"、好奇尚异、艰难而精工这一面。其编集《四家诗》，以杜诗为首："予考古之诗，尤爱杜甫氏作者。其词所从出，一莫知穷极。……其文与意之着也。然甫之诗，其完见于今日，自余得之。……呜呼，诗其难，惟有甫哉！"（《杜工部后集序》）视杜诗为文（词）意（思）俱高者。

　　"吾观少陵诗，为与元气侔，力能排天斡九地，壮毅颜色不可求。浩荡八极中，生物岂不稠，丑妍巨细千万殊，竟莫见以何雕锼。"（《杜甫画像》）足见王安石如何体认杜诗"雕锼"之深意。王安石强调作诗在于从这样匠心独运的"一字、两字工夫"（《钟山语录》）②作起，而这正是宋人由"炼字"以精湛"炼意"之开端。

　　甚至他最早提倡学杜，且特意提点诗人学杜当从李商隐诗学起，"王荆公晚年亦喜称义山诗，以为唐人知学老杜而得其藩篱，惟义山一人而已"③。纪昀称道荆公这说法实是"有把捉、有阅历语"。

登西楼

王安石

楼影侵云百尺斜，行人楼上忆天涯。

情多自悔登临数，目极应惊怅望赊。

一曲平芜连古树，半分残日带明霞。

潘郎何用悲秋色，只此伤春发已华。

　　此诗犹有义山风调以及晚唐刻意写景工致的韵味，然而其着意用字，已

---

① 《欧阳文忠公集》卷一二九，《古典文学研究资料汇编·杜甫卷》（上编）第一册，第71页。
② 以上见《古典文学研究资料汇编·杜甫卷》（上编）第一册，第80—81页。
③ 《蔡宽夫诗话》，《古典文学研究资料汇编·杜甫卷》（上编）第一册，第176—177页。

从晚唐的细润精巧,转向刻意沉深与后来江西式的炼字、炼句的拗健姿态。

王安石《半山春晚即事》开头一联的奇句、名句"春风取花去,酬我以清阴",已开宋人破"格"、变"格"的风气,所以引得素来反对宋派的二冯直指此诗"首句宋气""伤筋露骨以为奇",而查慎行说:"起句律中变格,下联承'清阴'二字来。"显然王安石这股"宋气"又与其古文写作上"意""意脉"(承接的)思维密不可分。

欲 归

王安石

水漾青天暖,沙吹白日阴。塞垣春错莫,行路老侵寻。
绿稍还幽草,红应动故林。留连一杯酒,满眼欲归心。

这首诗歌更能看出王安石刻意琢字炼句,甚至善用和声协韵的匠心。纪昀评:"此不减杜。五、六高妙,对句犹天然生动。""各自一意,此二句力在'稍'字、'应'字。虚实相配,情景俱到。"

因此许印芳说:"荆公诗炼字、炼句、炼意、炼格,皆以杜为宗。集中古今体诗,多有近杜者。然非形貌近杜,乃骨味神韵暗与之合也。……唐之义山,宋之半山、山谷、后山、简斋,此五家者真善学杜者也。后人欲入浣花翁之门,须从此五家问津。"

又王安石《春日》诗,也得查慎行评曰:"春日诗易作难工,如此诗三、四('莺犹求旧友,燕不背贫家')景中有意,乃为绝唱,老杜家法也。"[①]

然而王安石诗歌并非专注目于老杜一家。和宋初其他诗人一样,王安石诗歌仍带有强烈的唐诗风味,特别是晚唐余韵。荆公诗歌的圆熟处,正出于兼具唐诗风情——善于营造景语、意象的抒情风味,如上述评语所谓"景中有意",又结合老杜之诗律精工。他有些诗歌,甚至以肖似唐诗得誉:

暮 春

春期行晼晚,春意剩芳菲。曲水应修禊,披香未试衣。
雨花红半堕,烟树碧相依。怅望梦中地,王孙底不归。

此诗被拥唐派的冯舒誉为:"直作唐人看。"

其圆熟精到处,甚至能让苏轼亲书其诗歌,如这首《即事》:

---

① 诗为方回《瀛奎律髓》卷十"春日类"所选,诸评见李庆甲《瀛奎律髓汇评》上册,第346—350页。

径暖草如积，山晴花更繁。纵横一川水，高下数家村。①
静憩鸡鸣午，荒寻犬吠昏。归来向人说，疑是武陵源。

这是一个唐风即将过渡到宋气的关键。

(二) 黄庭坚诗学体系

宋诗到了苏轼、黄庭坚手里，更加蓬勃发展，并且产生了极有意义的分歧：宛如唐有李、杜一般，苏、黄两大家各自有成果丰硕足为后人取经的创作，亦各有大量或高明或翔实的诗学见解；从两者之取径、思维、风格等之迥异，已可见后来江西路线之端倪，也埋下了后来宋诗内部反省自我、批判江西的种子——借助于苏诗或苏轼诗论这外于江西的"他山之石"。

先说无所不可的苏诗。

苏轼不只词是"曲子里缚不住的"，他的诗作，也正是任何格律、法度、体式、风格都缚不住的。意兴遄飞似李白，力大才高，适性适志"游"于天钧，往往"鸿飞那复计东西"，"忘"乎物外。

也因为如此大才，更难示人以可"法"门径，例如《有美堂暴雨》：

游人脚底一声雷，满坐顽云拨不开。
天外黑风吹海立，浙东飞雨过江来。
十分潋滟金樽凸，千杖敲铿羯鼓催。
唤起谪仙泉洒面，倒倾鲛室泻琼瑰。

其诗思之豪奇壮恣，亦如倾天倒海的暴雨。方回："老杜《朝献太清宫赋》'九天之云下垂，四海之水皆立'，本是奇语。摘'海立'二字用之，自东坡始。此联壮哉！"拥唐派的冯班甚至说："大手。如此才力，何必唐诗？"查慎行："通首都是摹写暴雨，章法亦奇。"何义门："写雨势之暴，不嫌其险。"善于巧解诗法的纪昀亦无"法"可说，但谓："纯以气胜。"

苏轼曾解释《庄子·天地》"黄帝遗其玄珠"一段，谓："游以适意也，望以寓情也。意适于游，情寓于望，则意畅情出，而忘其本矣。"说明了游于物外的极致，就是意畅情出的"忘"。对苏轼而言，平生快意的为文乐事，也悟入这种"忘其本"的境界。这种状态，好比形式主义美学所常言：艺术自身的规律自然地会跃过一切概念或逻辑的判断，进入纯粹的审美状态中；亦即艺术形式自能引人进入专注的心理状态，并且对于对象有整一的作用。

---

① 诗为方回《瀛奎律髓》卷十"春日类"所选，诸评见李庆甲《瀛奎律髓汇评》上册，第346—350页。

　　所以苏轼于少有拘忌的古诗格外能恣意挥洒,遣词造意几无边际,酣畅淋漓;然而这在形式藩篱显著、美感范式紧系于格律、要求篇幅精练而工整的律体当中,就不免有脱缰野马之憾。兴会之作,如能前后照应,"通体深稳",则为极品;所谓"盖意不犹人,辞复超妙,坡仙所以独绝也!"然而率性手滑之作,亦复不少,所以纪昀说:"东坡七律,往往一笔写出,不甚绳削。其高处在气机生动,才力富健。其不及古人者,在少熔炼之工,与浑厚之致。"①

　　正是这"熔炼之工"使作品沉稳浑厚,成为苏诗与杜、黄一派的分水岭,也使得苏轼诗学与宋诗主流更文学化、更重视文字经营的时代风气相背离。

　　比起天才格力"纯以气胜"的苏诗,黄庭坚诗适为与其相映成趣的联璧之作。也正因为纯为天才格力,苏轼诗学虽为文人群体所推赏,却并未成立有体有则之体系或学脉;但这广纳百川的苏学大海,却在黄庭坚诗学体系下的江西诗派演化过程中,不时发挥关键的作用。

　　黄庭坚的诗学体系,在绕过了苏轼天才无际的创作后,继续自觉地建构诗歌有意为"工",有"法"而练就至"道"的学杜路线。

　　相对于王安石以学杜首开炼"意"炼字而意深语工的作风,黄庭坚的创作,法度更加缜密谨饬,而覆却万方的"意脉"布置,格局更为宏大;他的诗学主张,见地深远,直探创作本质,更有回应古文运动以来"文/道""言/意"透彻辩证的襟怀。在这一统合文道、"技""道"的见识的基础上,无论创作或是理论主张和学习法门,山谷诗学皆能大开宋诗门径,是引领并确立"宋诗"风气的有力者,因此"江西诗社宗派"说一出,黄庭坚作为宋诗主盟的地位于是底定。

　　黄庭坚将杜甫种种推动诗歌成为专门艺术的作为引入以下诗学三大面向,打下了宋诗自成一体的基础:

　　1. 创作论:"意"与"法"

　　将文字之"意"与"法"开辟净尽的山谷诗,建构了与唐诗存在根本差异的典型。

　　黄庭坚云:"凡作诗须要开广。"②立足于"开广"之意,他的创作眼界广、思辨广,联想引喻皆能开阖灵动,着眼于整体作品"意"与"语"内内外外的回互连动之间。在"开广"的见识下,他的创作格外突显以文字为核心的"意"

---

①　诸评见李庆甲《瀛奎律髓汇评》上册,第372—373页。
②　《王直方诗话》,《古典文学研究资料汇编·杜甫卷》(上编)第一册,第180页。

与"法"的妙用,使宋诗在这两方面精彩倍出,划出了与唐诗的根本差异。①

　　承继诗文革新以来以"意"为主导的精神,在"炼意"的核心思维下,山谷诗歌创作更加广泛而灵活地调动一切要素,虚词、动词、典故、平仄、对仗、句式、脉络、语境等,熔铸交互联想与呼应的多层意义,屡屡在创作中收获有法有度、有锻炼、有工夫的出色成果,成为宋诗"意"与"法"的典型。经营文字工夫的精神,确立了宋诗足以与唐诗并峙而截然相异的精彩。

<h3 style="text-align:center">送徐隐父宰余干(二首)</h3>

黄庭坚

地方百里身南面,翻手冷霜覆手炎。
赘婿得牛庭少讼,长官斋马吏争廉。
邑中丞掾阴桃李,案上文书略米盐。
治状要须闻岂弟,此行端为霁威严。

天上麒麟来下瑞,江南橘柚间生贤。
玉台书在犹骚雅,孺子亭荒只草烟。
半世功名初墨绶,同兄文字直青钱。
割鸡不合庖丁手,家传风流更着鞭。

　　"同兄文字直青钱",《新唐书·张荐传》:"员外郎员半千数为公卿称:'(张)鷟文词犹青铜钱,万选中中。'时号鷟青钱学士。"钱锺书《管锥编》(四)论鲁褒《钱神论》指出:"'半世功名初墨绶,同兄文字敌青钱',下句正用鲁《论》(《钱神论》)语(按:即'亲之如兄,字曰孔方')与张鷟文词号'万选青钱'语牵合,'同'即'敌','兄'即'钱',谓'文字'之效不亚于钱。"②正说明了山谷如何一联当中复合了多层意思,且相互交关触引,处处呼应主题并带引前后文。

　　除了熔铸用典,妙用牵合,发挥多重思意外;两首诗多联皆用流水对,节奏流畅稳洽,文思顺势而下,使黄庭坚典型的繁复用典有开宕效果,不至于显得平直板实或饾饤累赘。在句意上,也使得典故之间以贯珠走马的节奏回环呼应,不止于静态的引物联类,且增添律诗布局蕴藉而流动的效果;而二首连章,一张一弛,映带彼此,结句则各自一敛一宕,相映成趣。

　　以上各种手法的错综运用,调节了句"意"与形式的内外动态,虚实相

────────────

① 　方东树尤其赞赏山谷这种学杜的见识和气度,每每称说:"山谷之学杜,绝去形摹,全在作用,意匠经营,善学得体,古今一人而已"(《昭昧詹言》卷二十);"欲知黄诗,须先知杜诗,真能知杜,则知黄矣。杜七律所以横绝诸家,只是沉著顿挫,恣肆变化,阴开阳合,不可方物。山谷之学,专在此等处,所谓作用"(《昭昧詹言》卷十二)。

② 　诗和笺注见黄宝华《黄庭坚选集》,第143—145页。

济,开阖交替,使诗歌涵泳不尽、覃思有致;如此将诗歌所有可能牵涉的"意"与"法"等"文"字的作用发挥到无以复加,格外凸显了宋诗与唐诗截然异趣的路径。

登快阁

黄庭坚

痴儿了却公家事,快阁东西倚晚晴。

落木千山天远大,澄江一道月分明。

朱弦已为佳人绝,青眼聊因美酒横。

万里归船弄长笛,此心吾与白鸥盟。

纪昀:"后六句意境殊阔。"陆贻典:"大雅。山谷天份绝高。"查慎行:"三、四极似杜家气象。"方东树《昭昧詹言》卷二十谓:"起四句且叙且写,一往浩然。五、六句对意流行。收尤豪放。此所谓<u>寓单行之气于排偶之中</u>者。姚先生云:'能移太白歌行于律诗。'⋯⋯<u>可悟为诗之理</u>。"①

诗家所谓"寓单行之气于排偶之中",正是山谷又为律诗革新创造的一则可取之"理",甚至得古文家赞誉。此等开创,与其借鉴古文"意脉"开展之法有关:"山谷言文章<u>必谨布置</u>,每见后学,多告以《原道》命意曲折。"(《潜溪诗眼》)②方回曾引吕本中语,谓"山谷妙年诗已气骨成就"。而"气骨"之成就,与善能经营"意脉"而特出于一般着眼于排偶严整却有损纵恣浩荡之元气之律体有关。

虽然以古入律,自陈子昂、李白以来,早已有之;不过,在律诗成熟而巩固之后,除杜甫的开拓外,古、律已自分流。自晚唐与宋初以来,除欧阳修、苏轼的几篇律诗外,一直要到黄庭坚才又成功地建立这类兼具古风气韵意脉,且其创作之"理"亦足以为示范的典型。

这类诗作正是宋诗以"意"之经营盖过"意象"语的成就,且看黄庭坚如何把以下两封平常家书写得清奇有味:

伯氏到济南,寄诗颇言太守居有湖山之胜,同韵和

西来黄犬传佳句,知是陆机思陆云。

历下楼台追把酒,舅家宾客厌论文。

山椒欲雨好云气,湖面逆风生水纹。

想得争棋飞鸟上,行人不见只听闻。

---

① 诗与诸评见《黄庭坚选集》,第140—141页。

② 《古典文学研究资料汇编·杜甫卷》(上编)第一册,第207页。

次韵寅庵(四首之一、之二)

四时说尽庵前事,寄远如开水墨图。
略有生涯如谷口,非无卜肆在成都。
旁篱榛栗供宾客,满眼云山奉燕居。
闲与老农歌帝力,年丰村落罢追胥。

兄作新庵接旧居,一原风物萃庭隅。
陆机招隐方传洛,张翰思归正在吴。
五斗折腰惭仆妾,几年合眼梦乡间。
白云行处应垂泪,黄犬归时早寄书。

前一首的末联"想得争棋飞鸟上,行人不见只听闻",正收结而扣合了"湖山之胜"的主题,且迥异于一般的借意象、景语来描写"湖山之胜"的作品,反用"人""事"等"用意"语,引出了"而无车马喧"等心高地远的风神,以及"众鸟高飞尽,孤云独去闲"般悠然浩渺之趣,更点化出高人一等的湖山之"胜"。无怪袁昶赞曰:"后山、山谷之清镵隽永,终压杨、刘之丰肉少骨也。"(《山谷外集诗注评点》)谓山谷、后山之活用思"意"、不用景语,更胜于西昆之雕砌意象。

后两首诗则更是典型的山谷之作用典繁多,无一字无来历,虚字、动词的转折运用一个不缺,而融贯自如,毫不夹生,自然雅洁,意思稳洽而耐读;①创造了一个难以索解却足以直观感知的总体语境,而这正是律诗作为一种独特的艺术形式,足以容纳巨大创作空间的体现。如此熔铸精到,可以说在炼字、炼句、炼意、篇章安排等各方面,黄庭坚都能达到最完备的要求;加上本身文化涵养深厚(黄庭坚的哲思深度、辩证思维实不下于禅家、理学家,但取代了理性论述而出之以启悟性的文学象征之表现),其"意新"之能更不在话下。

以此,在诗文革新以来的时代风气下,黄庭坚更以其创作笔力示范而拓展了"文以载道"的实践之方——以主体表现力来"载道":实现"道"—"意"(主体表现)—"文"的理想。在这全面熔铸精到的方法基础上,打开了创作的新局面。相对于唐诗出色的"意象"语与感性价值,宋人更追求通过涵纳丰富的文字表现力,表现无尽的人文价值;而山谷这等作法,便成为最理想的示范。

---

① 方东树《昭昧詹言》卷二十谓:"通首皆写寅庵自得之趣,而措语清高,不杂一毫尘俗气。读山谷诗,皆当以此求之。"

次韵盖郎中率郭郎中休官（二首）

仕路风波双白发，闲曹笑傲两诗流。

故人相见自青眼，新贵即今多黑头。

桃叶柳花明晓市，荻芽蒲笋上春洲。

定知闻健休官去，酒户家园得自由。

世态已更千变尽，心源不受一尘侵。

青春白日无公事，紫燕黄鹂俱好音。

付与儿孙知伏腊，听教鱼鸟逐飞沉。

黄公垆下曾知味，定是逃禅入少林。

方回只录后一首，许印芳为其补上前首，谓："前半蕴藉，后半亦称。"①

这两首诗，不只如方回、纪昀所谓"对得活变"，其用典丰赡而谐洽，言内言外、虚词实词等引用，对应灵活；一联之中，多用流水对，流利圆转，上下两句句义又多层叠错复，有互文为训般的效果。如此，前前后后、句与句间之"意"与"法"，环环相扣，辗转相生，两首之间又彼此回响共鸣，令味足意厚，益读益精。无怪乎东坡戏称山谷诗如"江瑶柱"，实"观之不足"也。

因为能够把杜诗以来所反思、所累积的成果，以所有方法熔于一炉而冶之，交互谐洽地表现，扩充"言""意"总体脉络和氛围语境相互生发激荡的各种可能，在深厚的工夫基础上，示范了诗歌无数综合之"法"的可实现性；山谷创作因此为宋诗划出了成功的界域。

2. 鉴赏论："句法"与"法眼"

技艺的可实现性也开阔了诗家鉴识诗歌的眼光。

对于技艺有独到领会的诗人，认识到诗歌作为专业之学，必形成一番规范。擅长书法的黄庭坚，早早就将唐人论书之"法"，移用到诗歌创作里；早年就教于苏轼时，已有"句法"（说苏轼"句法提一律，坚城受我降"，又说张末"传得黄州新句法"）之说，而后创作理念更加成熟，以专业之学的姿态谈句法，如"诗来清吹拂衣巾，句法词锋觉有神……文如雾豹容窥管，气似灵犀可辟尘""所寄诗，醇淡而有句法。……语约而意深。文章之法度盖当如此"，或评梅尧臣诗"其用字稳实，句法刻厉而有和气"，等等。②

根据黄庭坚这些论述，"句法"主要包括诗歌从谋篇布局到意脉承接转

---

① 以上前后两首，一见《黄庭坚选集》，第68—70页；另一为方回《瀛奎律髓》卷二十六"变体类"所选，诸评见李庆甲《瀛奎律髓汇评》中册，第1141—1142页。

② 黄庭坚《子瞻诗律妙一世……》《次韵文潜立春日三绝句》《次韵奉答少潜纪赠二首》《跋雷太简梅圣俞诗》，见《宋诗话全编》，第934、938、937页。

折、开阖收放,到字句锻炼熔铸,炼"意"炼"气"炼"格"等"言""意"之间关系的经营布置;后来在他深厚的人文意识影响下,诗"法"的安排又包含了"意"内"意"外与一切人文、历史等相关涉的语境,因此成就了集"言""意"经营之大成的"诗法"认知。这也是"江西诗派"精神所本。

黄庭坚在有关诗歌的方法论述与心得经验的基础上,透过其老到又独特的作品实践,更加具体而明确地演示了诗中之章法、句法、炼字、炼意等观念和作法,启引了丰富而层次分明的诗法鉴赏之道。他在早年创作时期,就能揣摩识认苏轼高明的"句法";而经过句法工夫的磨砺深抉,越发能够洞悉苏轼灵动自如却可"法"可式的谋篇布局、运字用意。

如苏轼的《汲江煎茶》:

> 活水还须活火烹,自临钓石取深清。
> 大瓢贮月归春瓮,小杓分江入夜瓶。
> 茶雨已翻煎处脚,松风忽作泻时声。
> 枯肠未易禁三碗,坐听荒城长短更。

冯班不喜讲句法而谓其"气局自阔"。诗评家却经由其法度见识,各各能抉发此诗在概括性的"气局"之下,"言""意"精深的门道与效果。方回:"杨诚斋大赏此诗,谓'自临钓石取深清',深也,清也,近石也;又非常石,乃钓石;不令仆取,而自取之也。一句含数意。三、四尤奇。"查慎行:"'贮月''分江',小中见大;第六句对法不测。"何义门:"'大瓢'句反呼'三碗','分江'二字方见活水,'夜'字为结句伏脉,五、六是形容活火。三碗便不能成寐,以足深清之意。'长短'则亦有活字余韵,枕上闻时不闻也。"[1]

以"法"眼观之,虽东坡之诗中亦能抉发"江西"句法;尤其以下这两首戏作,在江西眼力门道下,更能尽挹其深至风味:

太守徐君猷、通守孟亨之皆不饮酒,诗以戏之

> 孟嘉嗜酒桓温笑,徐邈狂言孟德疑。
> 公独未知其趣耳,臣今时复一中之。
> 风流自有高人识,通介宁随薄俗移。
> 二子有灵应抚掌,吾孙还有独醒时。

全篇皆类江西,虚字灵动频生趣味,用典连连又妙契古今,句式步步推展,意若贯珠,交相连动呼应,虽是戏作,却光彩流转,逸趣横生;就连讨厌江西的

---

[1]　诗为方回《瀛奎律髓》卷十八"茶类"所选,诸评见李庆甲《瀛奎律髓汇评》中册,第721—722页。

冯班都说:"坡体有气力。**次联'江西'语也**。词气高旷,更觉可味。"查慎行:"用两人事实作两联,天成对仗。首尾一章反覆,章法新奇。"纪昀:"点化得玲珑璀璨。"许印芳细解:"三句、五句承孟嘉,四句、六句承徐邈。(纪昀)又曰'查初白云:中二联两两分承起句,章法独创。'"①"第三、四句,上句用孟嘉之语,下句用徐邈之语;第五、六句,上句用孟嘉之事而不用其语,下句亦用徐邈之事而不用其语,每个对偶联在用事方式上也具有一致性,而两联之间在用事方式上则有差异性,显示很高的艺术技巧。"②

另一首戏作,以"法"眼观之,也是满满江西味:

章质夫送酒六壶,书至而酒不达,戏作小诗问之

白衣送酒舞渊明,急扫风轩洗破觥。

岂意青州六从事,化为乌有一先生。

空烦左手持新蟹,漫绕东篱嗅落英。

南海使君今北海,定分百榼饷春耕。

冯班:"次联江西句法。"陆贻典:"<u>江西派句法</u>,却高旷可味。"查慎行:"次联,承蜩、弄丸,不足喻其巧妙。"③

诗人直接以"江西句法"指称苏轼诗中的妙处,这般评论的方法和眼光,正是黄庭坚及其后学广泛运用以及传播"句法"成就的。苏、黄的示范,除了建立起诗家对于句法、对于"言""意"可能的认知外,也启引了鉴赏眼力,启引了另一种赏鉴诗歌文字经营的眼光,更足以启发:"江西"之妙,非在瘦硬楂丫,非在强力斡旋,更不用卖弄学问,关键在"法眼"。

过平舆怀李子先,时在并州

黄庭坚

前日幽人佐吏曹,我行堤草认青袍。

心随汝水春波动,兴与并门夜月高。

<u>世上岂无千里马,人中难得九方皋。</u>

酒船渔网归来是,花落故溪深一篙。

"世上岂无千里马,人中难得九方皋"一联,韩愈《杂说》:"世有伯乐,然后有千里马。千里马常有,而伯乐不常有。……呜呼!其真无马耶?其真不知

---

① 诗为方回《瀛奎律髓》卷十九"酒类"所选,诸评见李庆甲《瀛奎律髓汇评》中册,第735—736页。

② 张健语,参见张健《知识与抒情——宋代诗学研究》,第167—169页。

③ 诗为方回《瀛奎律髓》卷十九"酒类"所选,诸评见李庆甲《瀛奎律髓汇评》中册,第736—737页。

马也!"钱锺书说山谷此联:"尤与韩旨相同,而善使事属对。"(《管锥编》)而史容《山谷外集诗注》引《潜夫诗话》:"山谷以此联教人,谓'此可为律诗之法'。"

除了属对灵活可为法式之外,此诗句值得为"法"的还有:洞察"言""意"之间的精妙连动,而能涵容形式内外做出最佳判断的见识,"大手笔"的前提正是这等专精而综合多方的见识与"诗外工夫"。

3.学习法门:"集大成而为醇乎醇者"

山谷诗学目标虽高远,却有以下具体而切实的学习门径导引:

(1)学诗从"博学""学古"做起。

山谷指导作诗,要人从读书做起,且要读得广博:"龟父笔力可扛鼎,它日不无文章垂世。要须……全用其辉光以照本心。力学,有暇更精读千卷书,乃可毕之能事。"以读书治学为文章根底。论及作诗文的"词意高胜","要从学问中来"[①]:"但语生硬不谐律吕,或词气不逮初造意时,此病亦只是读书未精博耳。长袖善舞,多钱善贾,不虚语也。""盖登太山而小天下,观于海者难为水也。企而慕者高而远,虽其不逮,犹足以超世拔俗矣,况其集大成而为醇乎醇者也。""欲温柔敦厚,孰先于《诗》乎?疏通知远,孰先于《书》乎?广博易良,孰先于《乐》乎?洁静精微,孰先于《易》乎?恭俭庄敬,孰先于《礼》乎?属辞比事,孰先于《春秋》乎?读其书而诵其文,味其辞,涵泳容与乎渊源精华,则将沛然决江河而注之海,畴能御之?周彦之病其在学古之行而事今之文也。若欧阳文忠公之炳乎前,苏子瞻之焕乎后,亦岂易及哉?然二子者,始未尝不师于古而后至于是也。夫举千钧者轻乎百钧之势……"(《与王周彦长书》)[②]

指导写作,却处处要人沉潜于经典之神髓,厚养扎实的思意根基;在文人化的社会里,黄庭坚已先知先觉地察识到为文而文、意浅思薄之病,而其解药则是为扛鼎之文蕴蓄丰厚的才力。

费衮曾演绎山谷要人"学古",要人学《檀弓》之法:"东坡教人读《檀弓》,山谷谨守其言,传之后学。《檀弓》诚文章之模范。凡为文记事,常患意晦而辞不达,语虽蔓衍而终不能发明。惟《檀弓》或数句书一事,或三句书一事,至有两句而书一事者,语极简而味长,事不相涉而意脉贯穿,经纬错综,成自然之文,此所以为可法也。"[③]

---

①　黄庭坚《书舅诗与洪龟父跋其后》,《论作诗文》,《宋诗话全编》,第953,963页。
②　以上《与王观复书》,《答王周彦书》,见黄宝华《黄庭坚选集》,第417、406页。
③　《梁溪漫志》卷四,引自黄宝华《黄庭坚选集》,第419页。

在黄庭坚宽广的见识下，不只诗文是一体的，读书、创作、治心养气，全都是"经纬错综"地综合为整体。这是再次承接了韩愈、欧阳修以至苏轼"海涵地负"的创作精神，发扬了古文运动以文化"道术"弘大"文"的观念，而其成功的作品示范，更印证了"道—意—文"整全的人文创作有其有效的实践之方。

诗文要能"从容中玉佩之音，左准绳、右规矩"，在广泛读书的基础上，还必须观古人之文章"尽得其规摹及所总览笼络"①。这也是之后宋人讲"文"、讲"诗"，往往兼及一切文艺创作、一切学术文章和人格体现之故。

（2）自省自得而融贯内化的"自求本心"。

读书通博的下手工夫归止于"自求本心"：贯通各类范畴的学问内化为沉实的感悟之知、自得之知。

> 荀卿曰："善学者通伦类。"……由此以进，智可至于一以贯之。一以贯之，圣人之事也。由学者之门地至圣人之奥室，其途虽甚长，然亦不过事事反求诸己，忠信笃实，不敢自欺，所行不敢后其所闻，所言不敢过其所行，每鞭其后，积自得之功也。（黄庭坚《论语断篇》）

> 要须且下十年工夫，识取自己，则有根本。凡有言句，皆从自根本中来。（黄庭坚《答郭英发二首》之二）

> 要须尽心于克己，不见人物臧否，全用辉光以照本心，力学有暇，更精读千卷书，乃可毕兹能事。（黄庭坚《与洪龟父书》）

> 杜子美云：读书破万卷，下笔如有神。此作诗之器也。然则虽利器而不能其事者，何也？无妙手故也。所谓妙手者，殆非世智下聪所及，要须得之心地。（黄庭坚《答徐甥师川三首》之二）②

学诗而须有心地"根本"，指示了诗歌创作是主体性的工夫，非自外而袭之；大异于六朝体制之学或唐人重《文选》选文之摹习，学诗学文到了宋人，前人"正典"、名篇的规范效力降低了，从欧阳修、梅尧臣"作者得于心""览者会以意"，到黄庭坚明指"自得""自求本心"，说明诗歌也是"内化"之学。这般转变，实有类于禅宗令"学道"一事从经典为重转变为"自性"自度。而黄庭坚整合人文价值的作法更强调内化自省与"读书"不可分割的关联，以致为这一历史转捩点上的诗文创作提供了实现之方。

（3）奠基于内化而统整全幅的学识能力，确立了充实"言""意"的学习

---

① 黄庭坚《跋书柳子厚诗》，《宋诗话全编》，第945—946页。
② 以上见《山谷文集》卷三十，黄宝华《黄庭坚选集》，第434—435页。

法门。

在内化而融贯学识的基础上，"意"成为(体道之人)主体与(充满象征、寓意的)表现双向的桥梁。于是意深而旨远的写作，综合融贯了"道—意—文"而推进了诗文"言""意"关系的历史进展。

山谷之旨正合于韩愈提出的"文""道"合一、"以意为主"的主张，并提供了诗学可行的实现之方，贯通"道—意—文"，使"道""文"相互表现、彰明，推拓了彼此的格局。后来为"江西诗派"正名的吕本中，正掌握了此一关键而申明了如何打开文章格局实现韩愈与山谷的文道观：

> 欲波澜之阔去，须于规摹令大，涵养吾气而后可。规摹既大，波澜自阔，少加冶择，功已倍于古矣。退之云："气，水也，言，浮物也。水大则物之浮者大小毕浮。气之与言，犹是也，气盛则言之长短与声之高下皆宜。"如此，则知所以为文也。……近世江西之学者，虽左规右矩，不遗余力，而往往不知出此。故百尺竿头，不能更进一步，亦失山谷之旨也。(《与曾吉甫论诗》第二帖)①

这"言""意"交互推拓而涵养统整下，诗学有宗旨，有归趋，而学识功深，以致"言"与"法"能够钩抉深至、熔铸多义，蕴"意"超妙，于是"意"味丰富，言近旨远，篇篇均有厚实的才学支撑曲折多致的"立意"，纵使长篇之作也不匮乏："每作一篇辄须立一大意，长篇须曲折三致焉，乃为成章耳。"②

于是，诗学长久以来"言近旨远"的理想，也有路径可达：

> 吟诗不必务多，但意尽可也。要须意律……盖诗之言近而指远者，乃得诗之妙。唐人吟诗绝句云：如二十个君子，不可着一个小人也。……思其的切如此。作诗句要须详略用事精切，更无虚字也。如老杜诗字字有出处……寻其用意处，则所得多矣。(黄庭坚《论作诗文》)③

奉答谢公静与荣子邕论狄元规孙少述诗长韵

黄庭坚

谢公遂如此，宰木已三霜。无人知句法，秋月自澄江。
二子学迈俗，窥杜见牖窗。试斫郢人鼻，未免伤手创。
蟹胥与竹萌，乃不美羊腔。自往见谢公，论诗得濠梁。
世方尊两耳，未敢筑受降。丹穴凤凰羽，风林虎豹章。

---

①　《古典文学研究资料汇编·杜甫卷》(上编)第一册，第284—285页。
②　《论作诗文》，《宋诗话全编》，第963页。
③　《古典文学研究资料汇编·杜甫卷》(上编)第一册，第128页。

小谢有家法,闻此不听冰。相思北风恶,归雁落斜行。

此诗可谓山谷一篇诗论。诗中直指"句法"的核心:学杜要能够自得以致无好奇尚异之病。如郢人之斧,斫郢中之质;而句法之力,有赖于长年涵养而自得于心,所谓"得之于濠梁之上";而此学所可与"质"者,为山高水深而皆归于"平淡"的真工夫,"秋月自澄江"的自然气象。

"窥杜见牖窗"者,尚未登堂入室也。谓世之学杜,虽靡然风从,然世言纷纷,学杜者往往惑于杜诗"渐于诗律细"等形式技巧之开创革新,而无所见于杜诗精神内化的本质。山谷所承继而发扬者,正在能示人以学诗之法门,且强调"根柢"而通透于艺术精神之本质——人文精神的内化。

外在学识成熟后,内化才是真挑战。古文运动走了一段长路,自韩、柳提倡、发扬了人文价值之"知",到北宋欧、苏已绽放光彩。然而这"知"如何转化为有感悟、有动力之"识"、之"心地",内化为可长可久之源头活水?黄庭坚已先一步洞察文人社会为文而文、致远恐泥之失;对于历史挑战下"道—意—文"的理想,亦示范了其可行之"法",且能贯通于其创作中。这是黄庭坚能够成为宋诗默认公从的盟主的原因,宋人诗学的格局,也大成于他手中:"凡作一文,皆须有宗有趣,终始关键,有开有阖。如四渎虽纳百川,或汇而为广泽,汪洋千里,要自发源注海耳。"而在"极论诗与文章之善病""古人绳墨"时,黄庭坚更关切"比来颇得治经观史书否?治经欲钩其深,观史欲驰会其事理,二者皆须精熟"。于是,在此"根柢"下,文章虽其末,亦要能"推之使高如泰山之崇崛,如垂天之云;作之使雄壮如沧江八月之涛,海运吞舟之鱼,又不可守绳墨令俭陋也"(《与洪甥驹父》)。

以上三方面,黄庭坚皆有显著的贡献和影响——宋诗话里普遍流传着山谷论诗的主张、创作手法,以及有意学杜的方方面面。在其成功而全面的示范之下,追随者大开门径,建立诗歌"可学"的专业典范。门径宽大,心胸宏博,成就了中唐以来学杜的集大成者黄庭坚,连后来诗歌风格、个性俱与之极为不同的袁枚也盛赞黄庭坚:"奥于诗者也……盖实见诗之道大而远,如地之有八音,天之有万窍,择其善鸣者而赏其鸣,足矣;不必尊宫商而贱角羽,进金石而弃弦匏也。"山谷门径广博,也致使宋人之"学杜"规模能"成其大":"文学韩,诗学杜,犹之游山者必登岱,观水者必观海也。然使游山观水之人,终身抱一岱一海以自足,而不复知有匡庐、武夷之奇,潇湘、镜湖之妙,则亦不过泰山上一樵夫,海船中一舵工而已。古之学杜者,无虑数千百家,其传者皆其不似杜者也。唐之昌黎、义山、牧之、微之,宋之半山、山谷、后村、放翁,谁非学杜者? 今观其诗,皆不类杜。"①

于是,江西一脉由此成形;争议有之,批评有之,而山谷诗作、诗学皆成了显著的标的——开启了宋诗的"典型",宋诗的理念、宋诗可实现的美学特质和独特的形貌,一套能一新眼目的"典范"自此具体成形。

次元明韵寄子由

黄庭坚

半世交亲随逝水,几人图画入凌烟。

春风春雨花经眼,江北江南水拍天。

欲解铜章行问道,定知石友许忘年。

脊令各有思归恨,日月相催雪满颠。

方东树《昭昧詹言》卷二十:"平叙起,次句接得不测,不觉其为对,笔势宏放。三、四即从次句生出,更横阔。五、六始入题叙情。收别有情事,亲切,言彼此皆有兄弟之思……此诗足供揣摩取法。"②

此诗起句突兀而来,次句承接起句交亲零落之意而迅速转入另一层意思……颔联截断首联……转而写景……似断而实连。颈联则从自然景物回到对人事的思索与感悟。尾联转入此诗主旨,化用老杜《得舍弟消息》之"浪传乌鹊喜,深负鹡鸰诗"和《舍弟观自蓝田迎妻子到江陵喜寄三首》之"鸿雁影来连峡内,鹡鸰飞急到沙头",以及《寄杜位》之"鬓发还应雪满头"……此诗章法曲折顿挫,转接不测,体现了山谷诗在结构上避常求奇的特点。③

起四句颇具奇思,想入天外而又能够精准破题,点出苏、黄在长年仕途风波中交亲而益敬的不凡意义;又充满人文意味,乃山谷"炼意"法门奇高之绝技。末联以两人各自的兄弟之思,呼应首句"半世交亲"并再次凸显题目,收结全篇,情挚意真。

这是黄庭坚诗的魅力所在,诗句开阖纵横,兴寄、取喻、取象皆宏远玄妙,而情理俱在;在立体而多维的艺术作品中,思意、联想精密无间,在开宕与收摄的呼应间,相关之人事、情谊、奇趣妙旨,无一疏漏,且全在寻常测度之外,创造诗歌"言""意"跌宕交关而寻思不尽的效果。

又杨万里谓:"'风光错综天经纬,草木文章帝杼机。'……此山谷诗体

---

① 袁枚《小仓山房文集》卷十七、卷三十一,《黄庭坚和江西诗派资料汇编》上册,第281—282页。

② 诗与评语见黄宝华《黄庭坚选集》,第120—121页。

③ 邹进先《宋代杜诗学述论》,第325页。

也。"(《诚斋诗话》)山谷常有此类型的"言""意"构思,意味着他结合自然风光与人文价值,总是能以人文眼光与心量涵摄天地,创造人所难及的思致。这也都源于上述沟通"道—意—文"的历史理想,能够寓于文字符号而开发人文之"意",与黄庭坚句法工夫善于创造独特的"人文意象"相印证,例如他这首《西禅听戴道士弹琴》:

> 灵官苍烟荫老柏,风吹霜空月生魄。
> 群鸟得巢寒夜静,市井收声虚室白。
> 少年抱琴为予来,乃是天台桃源未归客。
> 危冠匡坐如无傍,弄弦铿铿灯烛光。
> 谁言伯牙绝弦钟期死,泰山峨峨水汤汤。
> 春天百鸟语撩乱,风荡杨花无畔岸。
> 微露愁猿抱山木,玄冬孤鸿度云汉。
> 斧斤丁丁空谷樵,幽泉落涧夜萧萧。
> 十二峰前巫峡雨,七八月后钱塘潮。
> 孝子流离在中野,羁臣归来哭亡社。
> 空床思妇感蟏蛸,暮年遗老依桑柘。
> 人言此曲不堪听,我怜酷解写人情。
> 悲歌浩叹弦欲断,翻作恬淡雍容声。
> 五弦横坐岩廊静,薰风南天厚民性。
> 人言帝力何有哉,凤凰麒麟舞虞咏。
> 我思五代如探汤,真人指挥定四方。
> 昭陵仁心及虫蚁,百蛮九译觇天光。
> 极知功高乐未称,谁能持此献乐正。
> 贱臣疏远安敢言,且欲空江寒滩静。
> 渔艇幽人知我心悠哉,更作严陵在钓台。
> 吾知之矣师且止,安得长竿入手来。

大凡诗歌以聆乐为主题者,不免会与白居易《琵琶行》比较:两首诗同样都用了大段的意象来比拟、形容高人指下的音声与美感,如《琵琶行》就运用许多自然或器物的联想与动态,彰显了乐人高技下音声的审美效果,以及其中内蕴的悱恻情怀。山谷诗中固然也有"春天百鸟语撩乱,风荡杨花无畔岸""十二峰前巫峡雨,七八月后钱塘潮"这般流丽的"景语",然而全篇却更频繁地援引人文故事或典籍,来比拟古琴的音声美感与情感寄托,衍漾琴艺深远的寓意,而其间跌宕起伏的动势,则或产生于这些人文事件的戏剧性,或其情感对照的张弛。较之唐诗所擅长之"景语"多属"自然意象",山谷于"人文意象"所得独多,且寓意深远,成就宋诗之绝艺。

这便是山谷诗之一绝——"好使事"以创造人文内涵,虽然偶有失手贪用,不过,大致而言,黄庭坚用事往往皆能令"故"语"故"事,倍增精彩,其熔铸典故、扣合意理、表现情感手法之丰富与深度,不亚于义山诗,而人文思致更生色,令宋诗于唐诗的繁华盛景之后,"能自树立",建立一壁立千仞之绝岩。

(三) 陈师道与江西"句法":句法的形式倾向与瘦硬拙老之风格

在黄庭坚之后,陈师道建构起"句法"明确的体制论述,建构起有形的句法观念与易于辨识的操作法门,加上他本身性格鲜明的诗歌手法,使得江西诗派"杜甫—黄庭坚—陈师道"这个观念脉络成形。

黄庭坚与苏轼诗学的歧异,代表了元祐诗歌、诗学与江西诗派基本立场的差异。苏轼可以说是"以整全道术统合人文性和艺术性";而黄庭坚则是"以人文内涵统摄艺术性"。这种来自治心养气、博学多闻的人文内涵,使得山谷诗论纵然强调句法,也未出现专论句法的形式倾向;山谷论句法,一向是与人格工夫联系在一起的。相较于黄庭坚的诗歌理论,江西诗派的句法理论,到了陈师道手中,又有了一些转进和发展。其中主要的两项发展便是:句法的形式倾向与具体操作模式的出现,以及"山谷学杜"之说的形成。前者把山谷抽象玄远的句法境界,落实为可以从具体的诗歌命意和字句讲究,索求神理意韵的实际运作;后者则为这套操作模式提供最佳典范,导致了江西句法宗杜之说的确立。这两者,关系到江西诗派诗论的重要特征,以下详论之。

1. 陈师道的形式倾向:定"体制"

黄庭坚虽然与其他元祐诗人论诗方法不同,但他本是采取辩证的方式,追求和苏轼殊途同归的目的——整全道术下的无意为文。然而,明确宣称学黄的陈师道,却比黄庭坚更明显地提倡句法,析论字句之工拙,表现出与元祐诗学更大的差异。

> 黄鲁直云:杜之诗法出审言,句法出庾信,但过之尔。杜之诗法,韩之文法也。诗文各有体,韩以文为诗,杜以诗为文,故不工尔。
>
> (《后山诗话》)

此处虽称引述山谷之言,但陈师道眼中的杜、韩,已缺少黄庭坚辩证精神中杜、诗韩文所具有的文化内涵;故其论杜、韩,所重仅在辨体的立场,分析其诗文工拙,且他所谓的诗法、句法,仅就诗文论诗文,当真是专论句法之工拙,而不问义理也。①

因此其学杜也是如此:"苏子瞻云:子美之诗,退之之文,鲁公之书,皆集大成者也。学诗当以子美为师,有规矩故可学。退之于诗,本无解处,以才高而好尔。渊明不为诗,写其胸中之妙尔。学杜不成,不失为工。无韩之才与陶之妙,而学其诗,终为乐天尔。"(《后山诗话》),学杜是由于"有规矩故可学",明显是以诗歌有形之"法"为考量。

于是学黄诗韩文的态度亦是如此:"黄诗韩文,有意固有工,左、杜则无工矣。然学者先黄后韩,不由黄、韩而为左、杜,则失之拙易矣。"(《后山诗话》)迥异于前述苏门或黄庭坚的格局,陈师道所用心的显然是有意为工的创作,并且也是以这种立场来看待杜诗之集大成的地位:"老杜云:'白鸟去边明。'语少而意广。……杜云:'坐深乡里敬',而语益工。乃知杜诗无不有也。"(《后山诗话》)因为"语少意广""语益工",而肯定杜诗"无不有",这是纯粹就语言艺术技巧论定杜诗"集大成"的意义。这种"集大成"的意义,和苏门一向从道术已裂,述作纷纭,而论杜诗能兼该众体的立场已然分途。

> 馆中会茶,自秘监至正字毕集,或以谓少陵拙于为文,退之窘于作诗,申难纷然,卒无归宿。独陈无己默默无语,众乃诘之,无己曰:"……若以谓拙于文、窘于诗,或以谓诗文初无优劣,则皆不可。就其已分言之,少陵不合以文章似吟诗样吟,退之不合以诗句似做文样做。"于是议论始定,众乃服膺。(吴坰《五总志》)

可见到了陈师道,诗文体制之分也更明确了。而诗文体制如此分疆划界,无怪乎"本色""当行"之说由此出现:"退之以文为诗,子瞻以诗为词,如教坊雷大使之舞,虽极天下之工,要非本色。今代词手,惟秦七黄九尔,唐诸人不逮也。"(《后山诗话》)

诗文批评明确地提出"本色"辨体之说,似从陈师道始。前述的"诗文各有体",以及韩诗苏词非本色,都是就文学论文学的形式分析方法。这种形

---

① 句法有时可以"专论工拙"而"不问义理",语出范温《潜溪诗眼》,但在黄庭坚本人的诗论、文论中却几乎不曾出现这样的看法。范温也和陈师道一样,曾独立谈炼字炼句的句法;与苏、黄都有交往的惠洪,也常有炼意炼句之说,唯独黄庭坚未曾对句法的具体操作有所说明。这在句法理论的发展中,是个值得注意的现象。

式分析倾向[1]，与元祐君子均大不相类。黄氏诗论，到了陈师道的理解中，缩小了关怀的范畴，更加重视诗文自身的形式性、文字性。因而论诗有“宁拙毋巧，宁朴毋华，宁粗毋弱，宁僻毋俗”（《后山诗话》）之说，而这都是从文字刻画的立场来说的。[2]

因为着重从形式性、文字性论诗文，所以后山也是宋代较不看重陶诗的“异类”：“……陶渊明之诗，切于事情，但不文耳。”（《后山诗话》）虽然他说要“宁拙毋巧，宁朴毋华，宁粗毋弱，宁僻毋俗”，但这种“拙、朴、粗、僻”，实乃精意锻炼所致，当中自有工夫之刻画，此所以无意于文之陶诗不被看重。

例如他以下这首诗，同样被称为质朴“浑成”，然而其风味、手法，与陶诗大相径庭：

元　日

老境难为节，寒稍未得春。一官兼利害，百虑孰疏亲。
积雪无归路，扶行有醉人。望乡仍受岁，回首向松筠。

偏嗜江西的方回特意指出：“读后山诗，若以色见，以声音求，是行邪道，不见如来。全是骨，全是味，不可与拈花簇叶者相较量也。”纪昀：“虽未免推尊太过，然后山诗境实高。惟‘江西’习气太重，反落偏锋耳。”“字字镵刻，却自浑成。六句对面写法，如此乃活而有味。”[3]

陈诗之“朴拙”、之“境”高，纯然以文字之“工”求之，是“字字镵刻”所致。这也是方回所谓陈师道诗“句句如瘦铁曲蟠”[4]的“瘦硬”本色。

或如以下这首“语语峭健”的《放怀》诗：

施食乌鸢喜，持经鸟雀听。杖藜矜矍铄，顾影怪伶俜。

---

① 这种倾向，也许和王安石有关。黄庭坚说：“荆公评文章，常先体制而后文之工拙。”（《豫章黄先生文集》卷廿六，《书王元之竹楼记后》）而黄庭坚和陈师道均对王安石诗歌的艺术性相当肯定，杜诗“思深绪密”的艺术工夫也是王安石首先发掘出来的，句法理论恐不免与王安石有关。

② 陈氏非不重人格工夫，“拙、朴、粗、僻”其实也是从欲使诗歌表现气格的高度来讲的，但他的诗作里诗格和人格已经分开了。在他的讲法中，已经失去了黄庭坚那种辩证统一的精神，就因为诗格与人格并非“即”而“不异”，所以才要划定外在规范以刻画诗格来“表现”人格。这与黄庭坚作诗工夫“即是”人格工夫的观念是有差距的。陈师道的方法可以说是与目的不相应的，这也造成了后来句法理论的“异化”。句法的流弊，恐怕要从这里说起。若是照苏轼的说法，后山这种缺乏整全道术的观照、缺乏辩证升华精神的“拙、朴、粗、僻”，恐怕就是“中边皆枯澹”的类型了。

③ 诗为方回《瀛奎律髓》卷十六“节序类”所选，诸评见李庆甲《瀛奎律髓汇评》中册，第577页。

④ 诗为方回《瀛奎律髓》卷十六“节序类”所选，诸评见李庆甲《瀛奎律髓汇评》中册，第866页。

门静行随月,窗虚卧见星。拥衾眠未稳,艰阻饱曾经。

虽云"放怀",后山却示人以鹤立鸡群般的峭立之格,方回理解为"诗人穷则多苦思"。纪昀则谓之:"后山风格本高,惟沾染'江西'习气,有粗硬太甚处耳。"①

此"苦思"而着力"硬语",正是其别具一格处,也是后山绝异于渊明之处。

2. 句法观念与具体操作

陈无己先生语予曰:"今人爱杜甫诗,一句之内,至窃取数字以仿像之,非善学者。学诗之要,在乎立格、命意、用字而已。"予曰:"如何等是?"曰:"《冬日谒玄元皇帝庙》诗,叙述功德,反复外意,事核而理长;《阆中歌》,辞致峭丽,语脉新奇,句清而体好?兹非立格之妙乎?《江汉》诗,言乾坤之大,腐儒无所寄其身;《缚鸡行》,言鸡虫得失,不如两忘而寓于道;兹非命意之深乎?《赠蔡希鲁》诗云:身轻一鸟过,力在一'过'字;《徐步》诗云:花蕊上蜂须,功在一'上'字;兹非用字之精乎?学者体其格,高其意,练其字,则自然有合矣,何必规规然仿像之乎?"

(张表臣《珊瑚钩诗话》卷二)

在黄庭坚的诗论、文论中,虽常提及"句法",但都是关于理念的、境界的,多与治心养气之功和读书博学之道相即,从未涉及特定的操作模式,也未把文章视为一独立存在来论述其中规范以及运作方式。真正把句法理论化为具体操作规律的,恐怕应是陈师道。

山谷称许陈师道读书能"知天下之络脉""九川涤源""四海会同",作诗渊源"得老杜句法",作文"深知古人之关键",论事"救首救尾,如常山之蛇",都无关乎创作者的主体体会或人格境界;②加上上述陈师道论诗都立足于能识文章关掫的客观立场,完全着重文本事理与规范性的掌握,表明了陈师道作诗为文的倾向,无怪乎他会朝着更形式化的、重视体制的方向发展。

陈师道的学诗历程有一段曲折,在以下例子里或可看出其创作渊源及就文论文、就诗论诗的个中端倪。方回《瀛奎律髓》选了几首曾巩诗歌,并因宋人长期流传的"曾子固不能诗"之说为曾巩诗大抱不平,特别是其中一首

---

① 诗为方回《瀛奎律髓》卷二十三"闲适类"所选,诸评见李庆甲《瀛奎律髓汇评》中册,第978页。

② 山谷虽也称许过陈师道的人品,但似乎未曾将其人品与诗文成就视同一事一体论之,其他人有关陈师道的说法也往往如此。

《上元》诗①，更令方回发了以下一段议论：

> 子固诗一扫"昆体"，所谓恒饤刻画咸无之。平实清健，自为一家。后山未见山谷时，不惟文学南丰，诗亦学南丰。既见山谷，然后诗变而文不变耳。②

这段向古文家曾巩学习诗文的历程，或可说明他的"渊源"。而从曾巩诗文转向山谷诗学，或许有助于理解上述陈师道对诗文分野的重视，以及更强调原为古文所重的"立格""命意"，致令山谷盛赞其文脉经营与写作"关键"之掌握。

3. 建立句法与学杜的谱系

陈师道论自己的诗学渊源，后来也成为江西诗派法系渊源最重要的一句话："仆之诗，豫章之诗也。豫章之学博矣，而得法于杜少陵，其学少陵而不为者也……"（《后山诗话》）

对同时身为元祐君子的黄庭坚而言，诗为整全道术之一环，学问人格就是这整全道术的窍要；然而诗歌本身，就其作为一分殊的范畴而言，亦有其自身的规律，那就是"法"。陈师道直接就这诗法的关系建立一套谱系的说法，就是后世论江西定不离"杜—黄—陈"的原始依据。

如上所述，陈师道所以提倡以杜甫为师，主要在于"有规矩故可学"，这也是基于他将句法理论明确化以落实于具体操作的立场。如此，把"尽兼众体"的山谷诗歌推原到"集大成""奇、常、工、易、新、陈无不好"的杜诗，形成传承法系，一来帮句法理论在历史中找到得力的靠山③，迎合了时代的风尚，取得了权威；二来给山谷那些高远抽象的目标找到了最好的典范，而能够给他这些实际操作模式提供资材。

山谷学诗取径宽广，除了广为宋人称许的陶、杜外，其他诗人也常在他的诗论中出现，吕本中称他"抑扬反覆，尽兼众体"（《苕溪渔隐丛话》引《宗派图序》），刘克庄称他"会粹百家句律之长，究极历代体制之变……自成一家"（《后村先生大全集》卷九十五），均有兼容并蓄、转益多师的意味。相较于

---

① 按：全诗为"金鞍驰骋属儿曹，夜半喧阗意气豪。明月满街流水远，华灯入望众星高。风吹玉漏穿花急，人倚朱栏送目劳。自笑低心逐年少，只寻前事捻霜毛"。
② 诗为方回《瀛奎律髓》卷十六"节序类"所选，诸评见李庆甲《瀛奎律髓汇评》中册，第620页。
③ 这时杜诗的境况，已从杨亿、欧阳修等不好杜诗的状况转变到"今人爱杜甫诗，一句之内，至窃取数字以仿像之"（张表臣《珊瑚钩诗话》卷二），这点参看《苕溪渔隐丛话》也可看出。

此,后山则以宗杜为主,有不少作品学杜诗的手法显得相当直接。①

例如,《寄无斁》:

> 敬问晁夫子,官池几许深。已应飞鸟下,复作卧龙吟。
> 待我中痁愈,同君把臂临。泥涂无去马,夏木有来禽。

纪昀甚至说:"从老杜《寄语杨员外》一首脱出,亦觉太似。"

这首诗符合上述后山所谓"语少意广"的标准,加上他一贯着意虚字、不用意象语,确有朴老意趣,所以纪昀说其能入"老境",然而"无其骨力而效之,便作元、白滑调"。而冯班则直指其"不读齐梁诗,只学子美,所以不得法"②。取径太狭,又专意于炼字、炼句等体制工夫,在后山诗中已渐露其弊。甚至他的《和寇十一雨后登楼》被纪昀评为"清稳而太无意味"③。文字体貌皆安排有度,却了无深意,这是后山诗的罩门。

然而后山为什么会说山谷得法于杜甫呢?同时代人如张耒,已说过山谷诗"不践前人旧行迹,独惊斯世擅风流"(《读黄鲁直诗》)、"独鲁直一扫古今,(直)出胸臆,破弃声律……然自吾鲁直始也"(胡仔《苕溪渔隐丛话》前集卷四七引张耒之说)后山的说法,有根据吗?

山谷论诗虽不专宗杜,但论及句法创作的指导时,均举杜诗为理想典范。黄庭坚与杜甫的关系,并不全然是被塑造出来的,山谷本人确实常有学习老杜之意,且常与句法理论有关,如:

> 作文字须摹古人,百工之技,亦无有不法而成者也。……如老杜诗,字字有出处,熟读三五十遍,寻其用意处,则所得多矣。(《论作诗文》)

> 所寄诗多佳句,犹恨雕琢功多耳!但熟观杜子美到夔州后古律诗,便得句法简易而大巧出焉,平淡而山高水深,似欲不可企及。文章成就,更无斧凿痕,乃为佳作耳。(《与王观复书五首》之三)

> 陈履常正字,天下士也。读书如禹之治水,知天下之络脉,有开有塞,而至于九川涤源,四海会同者也。其作诗渊源,得老杜句法,今之诗人,不能当也。(《答王云子飞十七首》之三)

---

① 见葛立方《韵语阳秋》卷二,客云后山诗多点化杜语而成一事。即使为后山辩诬,认为不是点化,而是熟读杜诗之故,但也反衬了后山专意学杜的特色。

② 诗为方回《瀛奎律髓》卷十七"晴雨类"所选,诸评见李庆甲《瀛奎律髓汇评》中册,第667页。

③ 诗为方回《瀛奎律髓》卷十七"晴雨类"所选,诸评见李庆甲《瀛奎律髓汇评》中册,第669页。

这许多与句法有关的论述,都以杜诗为楷模。山谷的句法理论,确实有以杜诗为典范的倾向。也因此容易被"不问义理"地解读为句法技巧乃取法杜诗。有意学诗的后人着重发挥了"拾遗句中有眼"的原则,而忽略了"彭泽意在无弦"的精神,怕是因此而来。

如山谷有名的一段诗论:"宁律不谐,而不使句弱;用字不工,不使语俗——此庾开府之所长也,然有意于为诗也。至于渊明,则所谓'不烦绳削而自合'。……渊明之诗,要当与一丘一壑者共之耳。"(《题意可诗后》,《山谷集》卷二六)对有意求"工"的诗人而言,很容易略去后半段,而着意于前半段的"宁律不谐,而不使句弱;用字不工,不使语俗",陈师道所谓的"宁拙毋巧,宁朴毋华,宁粗毋弱,宁僻毋俗",岂非与此同调?

由于陈师道这样的倾向,故当他说"仆之诗,豫章之诗也。……而得法于杜少陵",说的其实是他眼中所取舍的黄诗、杜诗。这种"得法",是取其艺术性的、技巧性的面向,也就是句法中较具形式意义的面向。而这样的杜、黄关系,也就成了具有句法传承意义的杜诗与黄诗的关系。后来"杜—黄—陈"这种传承关系被认定了之后,不免也接受了这种形式倾向。于是,从苏、黄以来意欲统合的分裂(文化内涵和文艺表现的分立),不免又偏向了文艺性这一端,而且是更为形式取向的一端,导致江西后人亦常从句法技巧上专论山谷之学杜。[1]

山谷不仅重视人文内涵,也把深刻的形式觉知实现在创作中。黄庭坚所接受的杜诗、韩文之集大成说,有很大一部分的意义就是他们善于运用声音色相来表现丰富的人文内涵。而在陈师道的取舍下,江西的学诗要旨相应地转向单方面地讲求技巧、形式。

本来,重视人文意义的黄庭坚,借着以道御技的工夫,将文道观下诗文应"说什么"的问题,转化为应"怎么说"的实际作为。使得"道"对文的内容羁束被释解了,转移到"术"的运用问题上,转移到心性人格表现在文字工夫上,以及所致力的情感淬炼的境地。"文""道"的对立变成了"人巧"("人文")与"天工"("道")的工夫辩证,成为"理"在"事"中且即"事"即"理"的呈现。但陈师道因为专取其中句法法则的部分,而少顾及文化、义理的熔炼等问题,是故专意于创作中的"命意""炼字"以造就情感简劲平易的表现;重视"语工",而着力于"立格""命意",在句法"平淡而山高水深"的最高原则下,讲求"宁拙毋巧,宁朴毋华,宁粗毋弱,宁僻毋俗"。这使得他的诗歌在平夷的表现中,虽能蕴藏深挚朴实的个人情感,如刘埙所谓:"简洁峻峭,而悠然

---

[1] 如胡仔《苕溪渔隐丛话》前集卷四七所举的几个例子,都是从这种立场说山谷如何学杜。

深味,不见其际,正得费长房缩地之法,虽寻丈之间,固自有万里山河之势也。凡人才思泛滥者,宜熟读后山诗文以药之。"(《隐居通议》卷八)然而专意于情感的平易表现,也有矫情近俗之虞,如刘辰翁所谓"意愈近而愈不近,着力政难……如陈后山'归近不可忍',以为精透亦可,以为鄙亵亦可"(《须溪集》卷六),恐亦是"诗到无人爱处工"的过度发挥。①

陈师道出色的实践,如以下这几首堪称"老洁""清整"之作:

后湖晚出

水净偏明眼,城荒可当山。青林无限意,白鸟有余闲。

身致江湖上,名成伯季间。目随归雁尽,坐待暮鸦还。

方回谓其"简而有味",纪昀称其"高爽",虽冯舒评其"第六句费解,亦接不下",纪昀则以"语不接而意接",为其开脱,谓其功力足以跨越疏阔的语句常理,回荡曲折深意。

又如以下这首《宿齐河》:

烛暗人初寂,寒生夜向深。潜鱼聚沙窟,坠鸟滑霜林。

稍作他方计,初回万里心。还家只有梦,更着晓寒侵。

方回更称其"句句有眼,字字无瑕,尾句尤深幽"。纪昀也说:"尾句沉着,用意颇近义山。"

虽是如此句句用心,其刻意雕锼的文"意"仍不免常有寒俭的情状:

晚 坐

柳弱留春色,梅寒让雪花。溪明数积石,月过恋平沙。

病减还憎药,年侵却累家。后归栖未定,不但只昏鸦。

寒 夜

留滞常思动,艰虞却悔来。寒灯挑不焰,残火拨成灰。

冻水滴还歇,风帘掩复开。孰知文有忌,情至自生哀。

两诗平易质朴,感情也真实,但此例一多,情感未有开拓,虽用力于细节,不免亦流于叹老嗟卑;而这种句句用意、虚字用力、形式整饬之作,也难免因"生硬"而难跻佳作之列。② 又由于专意于字句经营,诗"意"不免过于

---

① 苏子瞻尝称陈师道诗云:"凡诗,须做到众人不爱、可恶处为工。今君诗,不惟可恶,却可慕;不惟可慕,却可妒。"叶梦得《石林燕语》卷八,见《黄庭坚和江西诗派资料汇编》下册,第482—483页。

② 以上诗为方回《瀛奎律髓》卷十五"暮夜类"所选,诸评见李庆甲《瀛奎律髓汇评》上册,第547—551页。

俭涩拘窘,虽极尽工夫之锻炼,反更凸显刻意为写作而写作的问题。

4. 宋诗来到陈师道:"句法"深化转进之后

在宋人的文道观下,句法理论有两个根本问题要解决。一是正当性的问题,即在文字上用工夫,是否会驰骛心志而害"道";或是像西昆那样产生雕琢之弊? 针对这个问题,黄庭坚将人格境界、文化内涵和句法工夫结合起来,而避开了道学家的批评。二是方法论的问题,即句法应如何实践,才能与诗歌的本质相契合? 这就是宋代最重要的"法""无法""活法"的争论。

在这两个问题上,陈师道经由"宗杜"之说,使句法理论从杜诗那里取得了权威;并且,经由具体操作模式,赋予"法"更实际的运作内容,从山谷诗论到江西诗论,在诗人间持续发展的句法理论,在"理"与"势"皆已完备的情况下,一待"正名"的工作完成(吕本中宗派图的出现),就大肆开展并蔓延整个南宋诗坛①,也是可以理解的了。

早　春

陈师道

度腊不成雪,迎年遽得春。冰开还旧绿,鱼喜跃修鳞。
柳及年年发,愁随日日新。老怀吾自异,不是故违人。

此诗方回评为:"极瘦有骨,尽力无痕,细看之句中有眼。"陆贻典更谓:"起四句何减老杜!"纪昀则曰:"自然闲雅,良由气韵不同。"②

或如他另一首成熟而成功之作:

春怀示邻曲

断墙着雨蜗成字,老屋无僧燕作家。
剩欲出门追语笑,却嫌归鬓着尘沙。
风翻珠网开三面,雷动蜂窠趁两衙。
屡失南邻春事约,只今容有未开花。

方回誉之"淡中藏美丽,虚处着工夫,力能排天斡地,此后山诗也"。后来评家虽以为推许太过,但也认为是"刻意劖削,脱尽甜熟之气"的佳作。

这些诗歌,明显学的是杜诗老成拙淡、虚词排斡的一面,从炼句、炼字上着手,特别是虚字,以营造"瘦硬生新"的效果。然而这等形式化的倾向,也

---

① 当然,江西诗派诗论的开展也不是单向的,上述的"理"与"势"只是给出了一个大方向,而在这大方向下是各种理念波涛汹涌、彼此鼓荡甚至辩证的形态。

② 诗为方回《瀛奎律髓》卷十"春日类"所选,诸评见李庆甲《瀛奎律髓汇评》上册,第351—352 页。

引起了后来江西诗的种种争议与流弊。

十五夜月

陈师道

向老逢清节,归怀托素辉。飞萤元失照,重露已沾衣。

稍稍孤光动,沉沉众籁微。不应明白发,似欲劝人归。

方回:"诗意谓向老而俯仰世间,为明月所照破也。老硬!"冯舒也不禁赞道:"落句极摹杜。"纪昀:"后四句深微之至,可云静诣。六句入神,所谓离形得似。"不过纪昀同时也在方回之说后补上一句:"'江西派'病处为着此二字于胸中,生出流弊。"①

使尽气力为"老"、为"硬"而书写,毫不假借意象语,硬是虚词盘纡,已有过度用力的问题;又如许印芳时时为其挑拣出的"复"字之弊,更显出其因此常困于意窘辞塞之态。

或如这首后山典型的排纂之作:

立 春

马蹄残雪未成尘,梅子梢头已着春。

巧胜向人真奈老,衰颜从俗不宜新。

高门肯送青丝菜,下里谁思白发人。

共学少年天下士,独能濡湿辙中鳞。

这是方回盛赞的能于"虚字上独着力构幹"的典型之作,却是复字复意为多。拥唐派的冯班更说这是"枉学杜"。

就在形式体制圆熟老成之后,后山诗的作法却未能达到宋人的理想与杜诗的进境。这意味着:在这创作路线底定之时,江西诗派核心的问题也出现了。

(四) 所以"江西"为"江西"

虽然后来江西之说风行,然而此前此后,宋诗都经历过相当转折;除了宋初有晚唐、西昆风格外,"庆历以后,欧、梅、苏、王数公出,而宋诗一变。坡公之雄放,荆公之工练,并起有声。而涪翁以崛奇之调,力追草堂,所谓江西派者,和之最盛,而宋诗又一变。建炎以后,东夫之瘦硬,诚斋之生涩,放翁之轻圆,石湖之精致,四壁并开,乃永嘉徐、赵诸公以清虚便利之调行之,见

---

① 诗为方回《瀛奎律髓》卷二十一"月类"所选,诸评见李庆甲《瀛奎律髓汇评》中册,第920—921页。

赏于水心,则四灵派也。而宋诗又一变"①。

吕本中作《江西诗社宗派图》,自此为"江西诗派"定了名;由于是一个被追认的时代群体,真正的成员组成并无定论,包括被吕本中具体列名其中的诗人,也未必得到公认。南宋以来,江西诗派虽无确指,却影响着诗学理念与诗人间沟通的规范。

杨万里后来如此定义"江西诗派":

> 江西宗派诗者,诗,江西也,人非皆江西也。人非皆江西,而诗曰江西者何? 系之也。系之者何? 以味不以形也。……高子勉不似二谢,二谢不似三洪,三洪不似徐师川,师川不似陈后山,而况似山谷乎? 味焉而已矣。酸咸异和,山海异珍,而调腲之妙,出乎一手也。……一其形,二其味;二其味,一其法者也。(《江西宗派诗序》)②

所以后来诗话的相关论述,以及标榜江西诗法的《瀛奎律髓》所收录的作品,绝大多数出于宗派图所列名之诗人诗作之外;其所以谓之"江西"者,多取决于诗人诗作在当时表现了上述黄、陈以来的特质,产生了具有代表性的影响,而也是这些非法则性的宽泛因素,决定了后来对于"江西诗派"的认知,决定了江西诗派的风格和实践。

在江西诗派综合归纳的界定中,有一项几近"宪章"地位的判准,那就是"学杜":"近时学诗者率宗江西,然殊不知江西本亦学少陵者也。故陈无己曰:'豫章之学博矣,而得法于少陵。故其诗近之。'……江西平日语学者为诗旨趣,亦独宗少陵一人而已。"③前述"杜—黄"路线形成了这个专业典范运作的核心,造成了宋诗无一语不言及"杜诗""法度"和"瘦老"风格的论诗风范。

名列宗派图的晁冲之江西风格的诗如:

感梅忆王立之

王子已仙去,梅花空自新。江山余此物,海岱失斯人。
宾客他乡老,园林几度春。城南载酒地,生死一沾巾。

方回:"此诗才学后山,便有老杜遗风。"而不喜江西的冯舒也承认此诗"亦清挺",纪昀则谓:"似平易而极深稳,斯为老笔。"④"此诗之妙还得力于其句法

---

① 全祖望《宋诗纪事序》,《黄庭坚和江西诗派资料汇编》上册,第 280 页。
② 《古典文学研究资料汇编・杜甫卷》(上编)第二册,第 644—645 页。
③ 胡仔《苕溪渔隐丛话》前集卷四十九,《黄庭坚和江西诗派资料汇编》下册,第 446 页。
④ 诗为方回《瀛奎律髓》卷二十"梅花类"所选,诸评见李庆甲《瀛奎律髓汇评》中册,第 761 页。

的自然,作为五律,其语言毫无雕琢之感,中二联的对偶极其匀称妥帖。"①

汪藻是与吕本中同时的诗人:

己酉乱后寄常州使君侄(四首之一)

汾水游仍远,瑶池宴未归。航迁群庙主,矢及近臣衣。

胡马窥天堑,边烽断日畿。百年淮海地,回首复成非。

"四首入之杜集不辨。起二句斡旋得体。"②学杜路线明确,又善用虚词排斡,虽未列名宗派图,但显然是典型的江西诗风、宋诗主流。

也因此,在吕居仁所标榜的"江西"诗派二十五人之外,实有更多风格符契的遗珠,例如与吕本中同时代的芮烨之作:

罗浮宝积寺

木落天寒山气沉,年华客意共萧森。

偶于佳处发深省,其实宦游非本心。

红日坐移钟阁影,白云闲度石楼阴。

还家莫话神仙事,老不宽人雪满簪。

一样着力虚词,炼意深警,如此沉着稳洽的笔法,更像是江西风格之雅健者。纪昀称其"起二句高耸",又谓"此'江西派'中之高雅者"③。

江西派中,还有"一祖三宗"之外的大作手,例如"江西之清劲洁雅"的曾几。曾几是典型的江西诗人,与吕本中及其他列名者同时,却并未列在宗派图里。他曾如此称许诗友:"老杜诗家初祖,涪翁句法曹溪。尚论渊源师友,他时派列江西。"

自七月二十五日大雨三日,秋苗以苏,喜雨有作

曾 几

一夕骄阳转作霖,梦回凉冷润衣襟。

不愁屋漏床床湿,且喜溪流岸岸深。

千里稻花应秀色,五更梧桐最知音。

无田似我犹欣舞,何况田家望岁心。

方回:"三、四已佳。五、六又下得'应'字、'最'字,有精神。"冯舒:"腹联流

---

① 《宋辽金诗鉴赏》,第 245 页,上引文为黄宝华撰写。

② 诗为方回《瀛奎律髓》卷三十二"忠愤类"所选,诸评见李庆甲《瀛奎律髓汇评》下册,第1357 页。

③ 诗为方回《瀛奎律髓》卷四十七"释梵类"所选,诸评见李庆甲《瀛奎律髓汇评》下册,第1757 页。

便。"查慎行："三、四俱用杜诗作对。"纪昀："精神饱满，一结尤完足酣畅。"①
此正为曾几学杜且"炼"而有得之作。

又曾几有一首被方回誉为"南渡雪诗之冠"的《雪作》：

> 卧闻霰集却无声，起看阶前又不能。
> 一夜纸窗明似月，多年布被冷如冰。
> 履穿过我柴门客，笠重归来竹院僧。
> 三白自佳情亦好，诸山粉黛见层层。

纪昀："浅语，却极自然。熟语，却不陈腐。此为老境。不甚作意，比苏、黄诸
作却自然。"②此诗正好在"不甚作意"，实为江西难得的从容之作。

不过江西门径，实有善学、不善学之别。如曾几的佳作，也有宜学不宜
学之处：

癸未八月十四日至十六夜月色皆佳

> 年年岁岁望中秋，岁岁年年雾雨愁。
> 凉月风光三夜好，老夫怀抱一生休。
> 明时谅费银河洗，缺处应须玉斧修。
> 京洛胡尘满人眼，不知能似浙江不？

纪昀谓此诗："纯以气胜，意境亦阔。"许印芳云："前半老而健，故无颓唐之
病。浅人学之，则有率易之病，空滑之病，俚俗之病。好诗亦有不可妄学者，
此类是也。五、六亦是熟料，一再袭用，便成臭腐。结意沉着，妙在从容不
迫，举重若轻，此最宜学。"③

而江西门墙之下，若善学者用黄、陈所开出的长于锻炼之能事，实足以
"药"中唐以来种种诗"病"。

和李上舍冬日书事

韩　驹

> 北风吹日昼多阴，日暮拥阶黄叶深。
> 倦鹊绕枝翻冻影，飞鸿摩月堕孤音。
> 推愁不去如相觅，与老无期稍见侵。

---

① 诗为方回《瀛奎律髓》卷十七"晴雨类"所选，诸评见李庆甲《瀛奎律髓汇评》中册，第
703 页。
② 诗为方回《瀛奎律髓》卷二十一"雪类"所选，诸评见李庆甲《瀛奎律髓汇评》中册，第 892—
893 页。
③ 诗为方回《瀛奎律髓》卷二十二"月类"所选，诸评见李庆甲《瀛奎律髓汇评》中册，第
927 页。

顾借微官少年事,病来那复一分心。

方回:"三、四极工。五、六前辈有此语,但锻得又佳耳。"纪昀:"风格亦遒。"
许印芳:"此诗字字锤炼,可药油滑率易之病。虚谷评亦允当。"①

江西瘦硬风格也能"炼"出意蕴幽美畅达的"老淡"风致:

五月十日
韩 淲

片月生林白,沿流涧亦明。幽人方独夜,山寺有微行。

野处偏宜夏,贫家不厌晴。薰风吹老鬓,腐草见飞萤。

这样一首田野小诗,查慎行说:"三、四流丽自然。"就连多所批评的纪昀也
说:"风格遒上,意境不凡。结有人不能化之感,寓意亦深。"②此诗末联隐含
俗谚"腐草化飞萤",于是又隐喻了庄子天地自然物化流行之意;不以明喻、
不用"化""成"等字眼,不说之说,宛如"见南山"等自然之"见",寓意宽广深
微,所以风格、境界更显超脱。这是江西式的炼字炼意所以独步之处。

十三日
韩 淲

南山春雪未全消,路并浮梁步石桥。

深绿渐归高柳叶,浅红初上小梅梢。

峭寒寺院钟声起,昏暮人家烛影摇。

一夜东风吹酒醒,梦回花月是元宵。

此诗方回誉之"于诗中纵横无不可者""常人自不能道";纪昀虽指出其"既
'梁'又'桥',句不了了"(这也是自陈师道以来江西用字用词常有的复沓之
弊),却也赞其"五、六自好。结却淡而有味"。

另其《寒食》诗亦是江西"老淡"风格之佳作:

晓色犹蒙淡淡烟,花间行过小溪边。

人家寒食当晴日,野老春游近午天。

吹尽海棠无步障,开成山柳有堆绵。

呼儿觅友寻邻伴,看却村农又下田。

方回:"三、四不用工而极其工……同时'江湖'人戴石屏,'四灵'皆云此老淡

---

① 诗为方回《瀛奎律髓》卷十三"冬日类"所选,诸评见李庆甲《瀛奎律髓汇评》上册,第
493 页。
② 诗为方回《瀛奎律髓》卷十一"夏日类"所选,诸评见李庆甲《瀛奎律髓汇评》上册,第
404 页。

之作。"陆贻典说"五、六奇句。"纪昀:"三、四老健深稳。五、六'无步障''有堆绵','有''无'二字太笨。"①也是炼"意"而冲淡之佳作。

这两首诗,皆属江西之清新有味者。而纪昀之赞赏与批评恰正彰显了江西之得与失:江西的优长本在善于用"意",以刻抉深至、创造新颖独特的字句、格律来经营深复有味之"意",创造了奇峭老健的风格,发展出脱却意象雕砌、善于锻炼、善用虚字的江西绝学;然而,也因此易因窄化和炼字炼意过度以致意思枯槁空泛,江西诗作常见的词意复沓也与此相关。以上两首诗已经算是江西风格的成功之作;虽无"意贫"之弊,然而虚字工夫用"老"用熟,已经难免有微瑕自现的问题了。

江西"窠臼"也因此积渐而生。此后这问题逐渐浮现,成为江西风格成熟后一大殷忧,也衍生出后续的反省和颠覆。

如陈岩肖所言:

> 本朝诗人与唐世相亢,其所得各不同,而俱自有妙处,不必相蹈袭也。至山谷之诗,清新奇峭,颇道前人未尝道处,自为一家,此其妙也。至古体诗,不拘声律,间有歇后语,亦清新奇峭之极也。然近时学其诗者,或未得其妙处,每有所作,必使声韵拗捩,词语艰涩,曰"江西格也",此何为哉!②

所以后来的元好问虽推重山谷,却毫不认同江西诗派:"古雅难将子美亲,精纯全失义山真。论诗宁下涪翁拜,未作江西社里人。"③

流派既成,积渐难免又成窠臼;恰如"江西诗派"之定名者,江西诗派中号称最"流动圆活"的吕本中诗,一旦陷入宗派窠臼,亦难免其弊。如其《夜坐》:

> 所至留连不计程,两年坚卧厌南征。
>
> 荒城日短溪山静,野寺人稀鹳鹤鸣。
>
> 药裹向人闲自好,文书到眼病犹明。
>
> 较量定力差精进,夜夜蒲团坐五更。

此诗虽因为风格"瘦硬而浑老",被方回评为"'江西'诗之最佳者"④,然而句

---

① 诗为方回《瀛奎律髓》卷十"春日类"所选,诸评见李庆甲《瀛奎律髓汇评》上册,第387—388页。

② 陈岩肖《庚溪诗话》卷下,《黄庭坚和江西诗派资料汇编》上册,第94页。

③ 《论诗绝句三十首》,《黄庭坚和江西诗派资料汇编》上册,第191页。

④ 诗为方回《瀛奎律髓》卷十五"暮夜类"所选,诸评见李庆甲《瀛奎律髓汇评》上册,第561页。

句显得有意锻炼,特别是五、六句典型的江西句法,句"意"实不显豁,着力虚字工夫却反致生疏而不清朗,有刻意造作横生硬语之嫌。

出入于江西之间,吕本中时有摆脱宗派标格之佳作,如《柳州开元寺夏雨》一诗:

> 风雨脩脩似晚秋,鸦归门掩伴僧幽。
>
> 云深不见千岩秀,水涨初闻万壑流。
>
> 钟唤梦回空怅望,人传书至竟沉浮。
>
> 面如田字非吾相,莫羡班超封列侯。

方回:"居仁在江西派中,最为流动而不滞者,故其诗多活。"虽然冯班仍拣出"第七句'江西'字样",然而其佳处更有过于此,特别是其中五、六一联,查慎行谓之"题外见作意",纪昀更谓之"深至""不似江西派语"。①

方回在评及吕本中《孟明田舍》诗时,说:"简斋诗高峭,吕紫微诗圆活,然必曲折有意。如'雪消池馆初晴后,人倚栏杆欲暮时''荒城日短溪山静,野寺人稀鹳鹤鸣',皆所谓'清水出芙蓉'也。如此二诗,末句却议论深复,非轻易放过者。"②吕诗的"清遒",诚得之于"意"与"语"锻炼深至而不刻意作态的灵活圆美。

又如以下这首诗,少了江西刻意"瘦硬"之姿,更平易畅达:

雨后至城外
吕本中

> 日日思归未就归,只今行露已沾衣。
>
> 江村过雨蓬麻长,野水连天鹳鹤飞。
>
> 尘务却嫌经意少,故人新更得书稀。
>
> 鹿门纵隐犹多事,苦向人前说是非。

纪昀称:"吕公难得此深稳之作。""三、四清远,七、八沉着,此居仁最雅洁之作。"③

是故江西之解药,更有赖于作者"入乎其内,出乎其外"的自知与反思。吕本中自己就曾说:"学古人文字,需得其短处。如杜子美诗,颇有近质野

---

① 诗为方回《瀛奎律髓》卷十七"晴雨类"所选,诸评见李庆甲《瀛奎律髓汇评》中册,第702页。

② 诗为方回《瀛奎律髓》卷十五"暮夜类"所选,诸评见李庆甲《瀛奎律髓汇评》上册,第1004页。

③ 诗为方回《瀛奎律髓》卷二十三"闲适类"所选,诸评见李庆甲《瀛奎律髓汇评》中册,第1003—1004页。

处……东坡诗有汗漫处，鲁直诗有太尖新、太巧处，皆不可不知。东坡诗如……皆穷极思致，出新意于法度，表前贤所未到。然学者专力于此，则亦失古人作诗之意。"(《吕氏童蒙训》)"谢无逸……'以居仁诗似老杜、山谷，非也。<u>杜诗自是杜诗，黄诗自是黄诗，居仁诗自是居仁诗也'</u>。"(《东莱吕紫微师友杂志》)①

众人之外，别出一帜，走杜诗路线而又能沉郁悲壮的，有陈与义。

> 靖康以后，北宋诗人凋零殆尽，惟与义为文章宿老，岿然独存，其诗虽源出豫章，而天分绝高，工于变化，风格遒上，思力沉挚，能卓然自辟蹊径。《瀛奎律髓》以杜甫为一祖，以黄庭坚、陈师道及与义为三宗，是固一家门户之论，然就江西派中言之，则庭坚之下，师道之上，实高置一席无愧也。……故刘克庄《后村诗话》谓其……以简严扫繁缛，以雄浑代尖巧，第其品格，当在诸家之上。……其……墓志云："公诗体物寓兴，清邃超特，纡余宏肆，高举横厉"，亦可谓善于形容。②

陈与义学杜有成，几乎是所有诗评家的公论。就连黄庭坚主盟江西，其学杜路线之成败，诗人都有分歧的意见；然而，不分拥唐拥宋，陈与义作为宋代学杜第一高手，诗家几无异议。胡应麟："宋之学杜者无出二陈，师道得杜骨，与义得杜肉；无己瘦而劲，去非赡而雄；后山多用杜虚字，简斋多用杜实字。"③

除　夜
陈与义

畴昔追欢事，如今病不能。等闲生白发，耐久是青灯。
海内春还满，江南砚不冰。题诗饯残岁，钟鼓报晨兴。

方回谓："'海内春还满'，此一句壮甚。"许印芳指出"此句用意在'满'字"；纪昀认为"四句沉著有味"，许印芳则谓"六句对法活变"④。这首诗有老杜式的忧嗟之语或萧索心事，却能骨含劲健，不落寒俭，虚(词)实(字)相为依托，稳实中含矫健，所以简斋诗对法灵动，意致沉着而耐寻味。

---

① 《古典文学研究资料汇编·杜甫卷》(上编)第一册，第283、281页。
② 纪昀《四库全书总目提要》卷一百五十六，《黄庭坚和江西诗派资料汇编》下册，第841页。
③ 胡应麟《诗薮》外编卷五，《黄庭坚和江西诗派资料汇编》下册，第834页。又"陈与义学杜，与山谷学杜求奇求巧，后山学杜求拙求深的审美追求不同，'简斋体'的风格与黄、陈诗的筋骨瘦劲不同，沉雄悲壮而又句语流丽，仪态声响，自成一格。"邹进先《宋代杜诗学述论》，第380页。
④ 诗为方回《瀛奎律髓》卷十六"节序类"所选，诸评见李庆甲《瀛奎律髓汇评》中册，第574页。

道中寒食(二首之二)

陈与义

斗粟淹吾驾，浮云笑此生。有诗酬岁月，无梦到功名。

客里逢归雁，愁边有乱莺。杨花不解事，更作倚风轻。

方回："简斋诗即老杜诗也。"纪昀："后四句意境笔路皆佳。<u>绰有工部神味，而又非相袭</u>。"许印芳："惟近而非相袭，乃真杜也。又按：五、六是折腰句，情景交融，意味深厚。"①

除　夜

陈与义

城中爆竹已残更，朔吹翻江意未平。

多事鬓毛随节换，尽情灯火向人明。

比量旧岁聊堪喜，流转殊方又可惊。

明日岳阳楼上去，岛烟湖雾看春生。

此诗意脉跌宕有味。冯舒："落句好。"纪昀："气机生动，语亦清老，结有神致。末二句闲淡有味。"许印芳："律诗为排偶所拘，最易板滞。欲求生动，<u>贵用抑扬顿挫之笔</u>。此诗中四句可以为法。凡高手律诗亦多用此法。"②

同时，陈与义出色的诗歌创作，在当时就已引发回响，认为他正解决了当时宋诗到了苏、黄之后，到了江西中期，所遭遇的一大问题：此即因此时江西困境所引发的诗学苏、黄之争：

> 然东坡赋才也大，故解纵绳墨之外，而用之不穷；山谷措意也深，故游泳玩味之余，而索之益远。大抵同出老杜，而自成一家。……近世诗家，知尊杜矣。至学苏者，乃指黄为强；而附黄者，亦谓苏为肆。<u>要必识苏、黄之所不为，然后可以涉老杜之涯涘。此简斋陈公之说云尔。……乃之公所学如此，故能独步一代</u>。(晦斋《简斋诗集引》)③

苏、黄之争，远因如本章前节所述，埋根于苏、黄各负别有门径的绝学，二人诗学从神思、旨趣，乃至创作有"法"无"法"……皆有大别；而后江西诗派渐成气候，有"法"可依却也渐成习套，以致争议浮现。此时历经元祐风波之后，苏学再起，故有抑黄崇苏之说，欲不落江西窠臼而引苏学恢复宋诗能自树立的精神；然而拥护江西者，也力排此说，欲维护宋诗一路走来于"言"

---

① 诗为方回《瀛奎律髓》卷十六"节序类"所选，诸评见李庆甲《瀛奎律髓汇评》中册，第 591—592 页。

② 诗为方回《瀛奎律髓》卷十六"节序类"所选，诸评见李庆甲《瀛奎律髓汇评》中册，第 607—608 页。

③ 《古典文学研究资料汇编·杜甫卷》(上编)第三册，第 824 页。

"意"锻炼别有创获之成就。

适简斋之作,能够有"法"而无"窠臼",才力博大、视野高越,有杜诗之沉郁劲深却无后山等江西生硬刻意之弊,于是振起两家诗风,而能殊途同归地汇流于"学杜"这一大潮之下,是为一代诗学振兴之有力者。

对 酒

陈留春色撩诗思,一日搜肠一百回。

燕子初归风不定,桃花欲动雨频来。

人间多待须微禄,梦里相逢记此杯。

白竹扉前容醉舞,烟村渺渺欠高台。

方回:"简斋诗,响得自是别。"纪昀:"简斋风骨高秀,实胜宋代诸公。"又云:"三、四有托寓。"许印芳说:"诗乃折腰句法,而筋骨不露,最善学杜。"[1]

晚晴野望

洞庭微雨后,凉气入纶巾。水底归云乱,芦蓑返照新。

遥汀横薄暮,独鸟度长津。兵甲无归日,江湖送老身。

悠悠只倚杖,悄悄自伤神。天意苍茫里,村醪亦醉人。

冯舒:"此亦不减唐人。"纪昀:"此首入之杜集,殆不可辨。'兵甲'二句,诚为高唱。结意沉挚。"

"学杜"这个目标巩固下来,成为宋诗重要且普遍的一大课题,也是经由陈与义的创作成就体现示范。上述几首诗歌,比起本章前述几位"大手笔"之学杜,更推进一层,不只用意精深、句法精到,尤其精神上,于沉郁顿挫之杜诗风格别有所得,将杜诗之神髓发挥得透彻无遗,也因此,陈与义之后,诗人的专业认知,诗歌的法门,几乎到了"不学杜,无以立"的境地。

简斋之外,江西风气下,还有南宋四大家的创作能得宋诗风韵又不落江西狭境。[2]

落 梅

尤 袤

清溪溪畔小桥东,落月纷纷水映红。

---

[1] 诗为方回《瀛奎律髓》卷十九"酒类"所选,诸评见李庆甲《瀛奎律髓汇评》中册,第737—738页。

[2] 以下关于南宋几位重要诗人,陆游、杨万里,甚至朱熹与江西诗人、江西诗风之间传承和突破的关系,请参考曾维刚、王兆鹏《南宋中兴诗坛的传承与文学史演进》,《江西社会科学》2005年第8期,第88—91页。

五夜客愁花片里，一年春事角声中。

歌残玉树人何在，舞破山香曲未终。

却忆孤山醉归路，马蹄香雪衬东风。

方回《瀛奎律髓》选了两首尤袤梅花诗，谓其堪称"笔妙""蕴藉"之作，并说："尤遂初诗，初看似弱，久看却自<u>圆熟</u>，无一斧一斤痕迹也。"纪昀却认为："佳处、病处皆在此。"①

纪昀见识犀利，同时也看出了四大家共通的问题——"圆熟"。这既是大家功力的显现，却也是动辄千首万首诗作的作者最普遍的难题。

杨万里为多产诗人，曾自许"万象毕来，献予诗材"，自成一套信手拈来、快镜取物般的摄象能力；相较于江西的窠臼，诚斋诗的"透脱""活法"更能够超出规范化的框限，力求活泼表现，同时还能综合当时（因反省江西而兴起的）晚唐之精细白描，形成他独特的诗风。他本有脱去江西习气的可能，却也是这自恃的诗法之"活"，诗材之不拘，使其大量诗作往往过于松脱，沦于流滑浅俗，难耐深读，而这般宽泛率易的问题，也几乎成为四大家的通病。

送丘宗卿帅蜀（三首之二）

杨万里

谕蜀宣威百万兵，不须号令自精明。

酒挥勃律天西碗，鼓卧蓬婆雪外城。

二月海棠倾国色，五更杜宇说乡情。

少陵山谷千年恨，不遇丘迟眼为青。

此诗算是诚斋难得的"极谨严之作"，五、六句还能令纪昀赏其"艳而警"②。

乙未元日用前韵书怀，今年五十矣

范成大

浮生四十九俱非，楼上行藏与愿违。

纵有百年今过半，别无三策但当归。

定中久已安心竟，饱外何须食肉飞。

若使一丘并一壑，还乡曲调尽依稀。

查慎行："五、六恬退，语却气概飞扬。"纪昀："纯作宋调，<u>语自清圆</u>。虽不免

---

① 诗为方回《瀛奎律髓》卷二十"梅花类"所选，诸评见李庆甲《瀛奎律髓汇评》中册，第831—832页。

② 诗为方回《瀛奎律髓》卷二十四"送别类"所选，诸评见李庆甲《瀛奎律髓汇评》中册，第1094页。

于薄,而胜吕居仁、曾茶山辈多矣。"①大家大笔,虽一贯圆熟,却仍不免于"薄";语虽纵横,而含义不丰,少有可寻味处。江西窠臼之外,宋诗成熟之后语式圆熟却意蕴平浅的"异化"问题,在四大家熟极而流的作品中更加突显出来。

陆游少时学诗于曾几,"陆务观尝学诗于曾文清公,有赠赵教授诗云:'忆昔茶山听说诗,亲从夜半得玄机。律令合时方贴妥,工夫深处却平夷。'"(陈鹄《耆旧续闻》卷五)②"律令合时方贴妥,工夫深处却平夷",的确是江西自黄、陈以来一贯之心得。

六日云重有雪意独酌

陆　游

遍游薮泽一渔刅,尽历风霜只缊袍。
天为念贫偏与健,人因见懒误称高。
地连海潨涛声近,云冒山椒雪意豪。
偶得芳樽须痛饮,凉州那得直蒲萄。

方回:"三、四善斡旋,有味。"纪昀也说三、四句"是真正宋调。"查慎行:"尾用翻案语,隽。"纪昀又云:"先写情,后入题,运笔有变化,语亦圆洁。"③这是务观诗得江西好处而足以作为句法"斡旋"的佳范。

冬日感兴十韵

陆　游

雾雨天昏曀,陂湖地阻深。蔽空鸦作阵,暗路棘成林。
有客风埃里,频年老病侵。梦魂来二竖,相法欠三壬。
旧愤开孤剑,新愁感断砧。唐衢惟痛哭,庄舄正悲吟。
瘦跨秋门马,寒生夜店衾。但思全旧壁,敢冀访遗簪?
楼上苍茫眼,灯前破碎心。长谣倾浊酒,慷慨压层阴。

纪昀:"起四句比也。五、六此种入法,非老笔不能。结亦比也。收得满足之至。"许印芳:"结亦比,谓第八联。"④

放翁诗的好处,在于能够收获"江西"众长,亦能"兼入盛唐";加之一生创作岁月悠长,足以消化驳杂,自成丰富,此所以其才力富健,拙朴处亦厚实。方回云:"放翁诗万首,佳句无数。少师曾茶山,或谓青出于蓝。然茶山

---

①　诗为方回《瀛奎律髓》卷十六"节序类"所选,诸评见李庆甲《瀛奎律髓汇评》中册,第610页。
②　《古典文学研究资料汇编·杜甫卷》(上编)第三册,第808页。
③　诗为方回《瀛奎律髓》卷十九"酒类"所选,诸评见李庆甲《瀛奎律髓汇评》中册,第741页。
④　诗为方回《瀛奎律髓》卷十三"冬日类"所选,诸评见李庆甲《瀛奎律髓汇评》上册,第482页。

格高,放翁律熟;茶山专祖山谷,放翁兼入盛唐。"①

许印芳曾胪列陆游诸诗,阐明其诗法开合之"活"如何与"沉郁顿挫"相为表里;这与江西一贯的杜诗风范相契,却又远超其瘦峭謷窄:

书　愤

陆　游

早岁那知世事艰,中原北望气如山。

楼船夜雪瓜洲渡,铁马秋风大散关。

塞上长城空自许,镜中衰鬓已先斑。

出师一表真名世,千载谁堪伯仲间!

"此诗前开后合,章法又……不同,笔意变化。……通篇沉郁顿挫,而三、四雄浑,不但句中力量充足,抑且言外神彩飞动。此等句集中颇多,如'万里关流孤枕梦,五更风雨四山秋''江声不尽英雄恨,天意无私草木秋''云埋废苑呼鹰处,雪暗荒郊射虎天''十年尘土青衫色,万里江山画角声''阶前汗血洮河马,架上霜毛海国鹰''鸾旗广殿晨排仗,铁马黄河夜踏冰''青海战云临贼垒,黑山飞雪洒貂裘''地连秦雍川原壮,水下荆扬日夜流',此等句真可嗣响少陵。……其余佳句……此类或含蕴,或豪健,或沉着,皆集中上乘。至如……此类以工稳圆熟见长,在集中为中乘……之类,意境太狭,对偶太工,便落下乘。……在放翁无所不有,在学者宜以上乘为法。"②

"江西诗派"确是创造了新颖独特的写作手法和风格,卓有成效地奠定了"宋诗"气派,然而自上述苏、黄的分歧伊始,相对于苏门之豪健,山谷之徒缜密精微的特质,也始终与江西发展共起落;于是先天的意拙思苦之弊,也一直与根植于江西风骨的刻意锻炼相始终。固然难得几位大手笔不为所限,但偶一手滑,仍不免蹈空。上述陈师道诗复字连连,用力甚大却思意空阔,所显露的拘窘作态自不待言;相对于苏诗几乎总是"阳光之下,连灰尘都闪闪发亮"的气魄③,江西一门,就连被尊为盟主的黄庭坚也难免有败笔,而众皆推尊的杜甫也常有争议。

如此种种,更形诸"句法"完熟之后。

即使是大家之作,在穷尽锻炼、句法圆熟后,如无追新求变之作为,一样

---

① 诗为方回《瀛奎律髓》卷十三"冬日类"所选,诸评见李庆甲《瀛奎律髓汇评》中册,第1006 页。

② 诗为方回《瀛奎律髓》卷三十二"忠愤类"所选,诸评见李庆甲《瀛奎律髓汇评》下册,第1372—1373 页。

③ 本是歌德语。笔者此处借以比喻东坡在中国文学史上之地位,实不亚于歌德之于德国文学。

落入肤阔空滑。例如：方回《瀛奎律髓》选了一首陆游《入城至郡圃及诸家园亭游人甚盛》诗，查慎行说："剑南诗非不佳，只是蹊径太熟，章法、句法未免雷同，不耐多看。"纪昀甚至说："三、四（'太平有象人人醉，造物无私处处春'）竟是巷市春联。"①这并非失手所致，而是写作熟极不思之过。

乍晴初游

八十山翁病不支，出门也赋喜晴诗。
小楼酒旆阑街处，深巷人家晒练时。
本借微风敧帽影，却乘新暖弄鞭丝。
归来幸有流香在，剩伴儿童一笑嬉。

舍北行饭书触目

落雁昏鸦集远洲，青林红树拥平畴。
意行舍北三叉路，闲看桥西一片秋。
少妇破烟撑去艇，丫童横笛唤归牛。
形容野景无余思，自怪痴顽不解愁。

以上陆游老熟之作，其实并不乏清新可喜之处，然而清浅流畅的风韵，也被这"过熟"之弊给带累了，显得薄浅。虽然纪昀称其"浅而有姿"，然而冯班"诗亦好，但味薄"②之评语却更合拍。特别是第二首，实已入清隽好诗之流，纪昀肯定其"词调清圆可诵"，尤其三、四句更是"自然脱洒"，但也同时指出其美中不足之处为"格意未高"。

放翁产量几为唐宋诗人之最，学唐也好、江西作派也好，早已是熟门熟路，然而就因这"熟"，让他许多律诗作品流于牵率、薄淡寡意。

如他一首《小舟游西泾渡西江而归》：

小雨重三后，余寒百五前。聊乘瓜蔓水，闲泛木兰船。
雪暗梨千树，烟迷柳一川。西冈夕阳路，不到又经年。

方回说"三、四极新。"纪昀反驳："不足言新。"查慎行论这两句谓："'瓜蔓水''木兰船'作对固然佳，然学诗若靠此等字样，进境便难。"纪昀则说："语亦清妥，然效之易入空腔。"③

陆游晚年的闲适之作，常被批评为轻率、俚浅，所谓"香山体"（白居易诗）之流。这类闲散之作，非无风姿，工夫非不到位，其滋味淡薄，如纪昀评

① 诗为方回《瀛奎律髓》卷五"升平类"所选，诸评见李庆甲《瀛奎律髓汇评》上册，第230页。
② 诗为方回《瀛奎律髓》卷五"升平类"所选，诸评见李庆甲《瀛奎律髓汇评》上册，第230页。
③ 诗为方回《瀛奎律髓》卷十"春日类"所选，诸评见李庆甲《瀛奎律髓汇评》上册，第355页。

· 193 ·

白居易诗所说:"闲散当在神思间,使萧然自远之意,于字句之外得之,非多填恬适话头即为闲散也。比如有富贵者不在用金玉锦绣字,有神味者不在用菩提般若等字……此诗尚是字句工夫,不得谓之有闲散之味。"①

又如陆游另一首"手滑"之作《五月初夏病体轻偶书》,方回盛赞曰:"可见此翁无日无诗,所以熟,所以进,所以不可及。"纪昀谓其"恶趣""手滑调复,亦正坐无日无诗。诗以言志,无所为而作不已,不得不流连光景矣。此剑南之诗,所以谐于俗,而终不逮古也"②。

益老熟益空滑,正显现在"大家"之作上,此即诗家所谓"习气"。方东树曾以老杜《野望》诗说明:"此诗起势写望而寓感慨……此变律创格,与'支离东北'同。读此深悟山谷之旨。放翁竟终身未窥见此境,故多平衍,可谓习气。"③

陆游对于自己"六十年间万首诗"甚是自豪,然而,诚如纪昀所说:"此正放翁之病。盖太多,则不能尽有深意,而流连光景之词,不能一一简择。肤浅草率之篇亦传,令人有披沙拣金之叹。所以品格终在第二流中。"④若无反省,何能有"进"?

大家、老手的泛泛之作,正点出了江西开创文字之功的根本问题:有"法"之学埋藏了日后文字技能过于熟练而"异化"的种子。

请循其"本"!黄庭坚的可贵之处在于:处处是辩证超越,处处从根本处反省以翻上更高层次。方东树讲山谷一生用心于"惊创"之境,相较之下,"放翁竟终身未窥见此境"。犹如山谷所谓诗思如"八节滩头上水船",杜、黄以其逆水行舟般的工夫,"逆"行于千万人之上,早早能反思文字工夫致远恐泥之失,以防背离于大象无形之深情厚"意",于是开辟了诗学丰富的综合与辩证思维,翻上更高境地,以表现力为指归,力求会通融贯艺术形式与人文表现、主体表现。此江西绝学藏"厚意"于"天工"巧艺之本质,可概括为"作品(文)—象征—情感概念(意、道)"的表现模式。⑤"言""意"辩证思考之极致,就在苏、黄等高瞻远瞩,根源于艺术人文之本质,所提出的"道艺俱进""平淡而山高水深""繁华落尽见真实"等境界说,以及"技进于道"的艺术本体论等种种课题与创作示范。

---

① 纪评见李庆甲《瀛奎律髓汇评》上册,第397页。
② 纪评见李庆甲《瀛奎律髓汇评》上册,第417页。
③ 方东树《昭昧詹言》卷十七,《黄庭坚和江西诗派资料汇编》上册,第440页。
④ 方东树《昭昧詹言》卷十七,《黄庭坚和江西诗派资料汇编》下册,第740页。
⑤ 详见笔者《中国诗学的关键流变——宋代"江西诗派"》卷贰引苏珊·朗格符号论美学以解释宋人诗歌美学之形态和运作。

有工夫、有法度、有反思、有超越,进境无穷,才是江西诗派过人之处,也是宋诗的宏图所在。

四、后"江西诗派":典范的批评与变革

"江西诗派"所形成的典范效力及影响,就是一个迭经群体建构的诗派观念史。建立了文学社群共识下一套专门之学的典范,而"典范"成立之后,也一样面对随之而来的流弊、批评、颠覆或巩固等过程。[①]

方回说:"老杜诗为唐诗之冠;黄、陈诗为宋诗之冠。黄、陈学老杜者也。嗣黄、陈而恢张悲壮者,陈简斋也;流动圆活者,吕居仁也;清劲洁雅者,曾茶山也。七言律,他人皆不敢望此六公矣。若五言律诗,则唐人之工者无数。宋人当以梅圣俞为第一,平淡而丰腴。舍是,则又有陈后山耳。此余选诗之条例,所谓正法眼藏也。"针对此说,纪昀也中肯地评论:"此一段是'江西'宗旨,其自成一家处在此,其局于一家处亦在此。"[②]

正如前述,江西一路走来,从"专家之学"逐渐走入套路、窠臼,积重难返;依附门阀,拘守成法,才不称位。就连名列"江西诗社宗派图"的徐俯,其诗也曾被标格江西的方回评为:"诗律疏阔,其说甚傲,其诗颇拙。"而纪昀认为"其说甚傲,其诗颇拙"八字恰恰写尽宋诗(江西)习气。[③]

包括自居专业诗评家、宋诗定论者的方回,也是高据江西派阀,说"法"、说"眼",而无视诗歌发展脉络、价值本体、美学根源等全面体察,拘执用字句式,以致"以枯寂为平淡,以琐屑为清新,以楂牙为老健,此虚谷一生病根"[④]。而方回之病亦即江西之积弊也。

在此之前,南宋有"四灵"刻意以晚唐风格矫之,却苦于才力不足,或常流于晚唐"武功派"之纤巧俚浅之作,或往往辛苦锻句,却空疏无味。方回就曾于赵师秀《桃花寺》下评曰:"'四灵'诗赵紫芝为冠;大抵中四句锻炼磨莹为工。以题考之,首尾略如题意,而中四句者亦可他入,不必切于题也。"纪

---

① 关于这个过程在诗论中的呈现,详见笔者《中国诗学的关键流变——宋代"江西诗派"》卷肆讨论典范的固着与"后江西诗派"时期的变革与颠覆。

② 方回在《瀛奎律髓》"登览类"卷一陈与义《与大光同登封州小阁》诗下评语,纪评见李庆甲《瀛奎律髓汇评》上册,第42页。

③ 见李庆甲《瀛奎律髓汇评》中册,第816页。

④ 纪昀之说,见李庆甲《瀛奎律髓汇评》中册,第970页。

昀谓:"此语切中'四灵''九僧'之病,并切中晚唐人之病。"①

以下几首,是其中佳作:

冷泉夜坐

赵师秀

众境碧沉沉,前峰月正临。楼钟晴听响,池水夜观深。

清净非人世,虚空见佛心。却寻来处宿,风起古松林。

方回:"三、四下一字是眼,中一字是眼之来脉。"纪昀说此诗"自然清妙,'四灵'诗之意境宽阔者"②。

润陂山上坐

赵师秀

一山大半皆楮叶,绝顶闲寻得径微。

无日谩劳携纸扇,有风犹怯去绵衣。

野花可爱移难活,啼鸟多情望即飞。

惟与寺僧居渐熟,煮茶深院待人归。

此亦四灵常见之"薄而有致"之作。③

薛氏瓜庐

赵师秀

不作封侯念,悠然远世纷。惟应种瓜事,犹被读书分。

野水多于地,春山半是云。吾生嫌已老,学圃未如君。

此诗第五句虽因直用白居易("人家半在船,野水多于地")诗句而引争议,然而用在此处("野水多于地,春山半是云")亦不碍其清新韵致,故纪昀云:"此首气韵浑雅,犹近中唐,不但五、六佳也。"④

梦　回

翁　卷

一枕庄生梦,回来日未衔。自煎砂井水,更煮岳僧茶。

---

① 诗为方回《瀛奎律髓》卷四十七"释梵类"所选,诸评见李庆甲《瀛奎律髓汇评》下册,第1713页。

② 诗为方回《瀛奎律髓》卷十五"暮夜类"所选,诸评见李庆甲《瀛奎律髓汇评》上册,第554页。

③ 诗为方回《瀛奎律髓》卷三十三"山岩类"所选,诸评见李庆甲《瀛奎律髓汇评》下册,第1386页。

④ 诗为方回《瀛奎律髓》卷三十五"庭宇类"所选,诸评见李庆甲《瀛奎律髓汇评》下册,第1419页。

宿雨消花气,惊雷长荻芽。故山沧海角,遥念在春华。

此诗纪昀谓其:"通体闲雅,五、六气韵尤高。"①

寄从善上人②

翁 卷

数载不相见,师应长掩关。香烟前代寺,秋色五峰山。

棋进僧谁敌,琴余鹤共闲。几时重过我,吟话此林间。

这类诗歌,虽不乏佳致,然而风格词句亦大抵相似,其佳处略同于晚唐清新格调。从宋初的"九僧",到晚宋的"四灵",虽兴起于不同的历史渊源,然而其作法、风格与弊病,大抵皆相袭于晚唐。在前述宋初"九僧"之希昼诗后,诗评家即曾论此二者如何同于晚唐之弊:"(九僧)其诗专工写景,又专工磨炼中四句,于起结不大留意,纯是晚唐习径。而根柢浅薄,门户狭小,未能追逐温、李、马、杜诸家,只近姚合一派,却无琐碎之习,故不失雅则。……此等诗病皆起于晚唐小家,而'九僧'承之,'四灵'又承之。读其诗者,炼句之工犹可取法,至其先炼腹联后装头尾之恶习,不可效尤也。"(许印芳语)"'西昆'之流弊使人厌读丽词,'江西'以粗劲反之,流弊至不成文章矣。'四灵'以清苦唐诗,一洗黄、陈之恶气味、狞面目,然间架太狭,学问太浅,更不如黄、陈有力也。"(冯班语)③

江西成法之下,面目千篇一律,如何脱颖而出?四灵倡导诗学"晚唐"以改其弊,并非无的,然而其以小家碧玉革除粗疏槎丫,一样拘守一派风格、意兴,甚至诗材也多囿于一类一貌,一样教人气沮。

事实上,晚唐亦多有嘉惠后人之处;除前述宋初诗人得其清雅风韵外,就连江西"三宗"之一、学杜最是得法的陈与义亦有得力于晚唐处:

放 慵

陈与义

暖日薰杨柳,浓春醉海棠。放慵真有味,应俗苦相妨。

宦拙从人笑,交疏得自藏。云移稳扶杖,燕坐独焚香。

方回赞"此公气魄犹大。起句十字,朱文公击节,谓'薰''醉'字下得妙。又

---

① 诗为方回《瀛奎律髓》卷二十三"闲适类"所选,诸评见李庆甲《瀛奎律髓汇评》中册,第988页。

② 诗为方回《瀛奎律髓》卷二十三"闲适类"所选,诸评见李庆甲《瀛奎律髓汇评》下册,第1713页。

③ 诗为方回《瀛奎律髓》卷四十七"释梵类"所选,诸评见李庆甲《瀛奎律髓汇评》下册,第1714—1715页。

何必专事晚唐?"而查慎行说:"'薰''醉'二字固妙,然非'暖''浓'字,则此二字亦不得力。"指出下字精妙,正是得力于晚唐用字工夫;故纪昀反驳方回:"二字诚佳,然以诋晚唐则不然,<u>此正晚唐字法也</u>。"①一样晚唐字法,甚至类似主题,却能灵活妙用,有自家风采,这是简斋得力处。

后又另有"江湖诗人"欲以平易矫江西瘦硬之弊,然而江湖诗作中,除姜夔诗清隽疏雅独出众人外,其他人多落得拙浅,"刻意摆脱而才力窘弱,转遁入恶趣之中"②。江湖诗也常与晚唐"武功派"比并,连名家刘克庄也难逃此弊,幸好其诗尚属"武功派之不恶者"③。

上 巳

> 樱笋登盘节物新,一筇踏遍九州春。
> 似曾山阴访修竹,不记水边观丽人。
> 豪饮自怜非少日,俊游亦恐是前身。
> 暮归尚有清狂态,乱插山花满角巾。

此诗之前,方回亦选了赵昌父一首同题诗,其中"不见山阴兰亭集,况乃长安丽人行"一联,方回认为"天生此对",后来诗评家颇不以为然。刘克庄《上巳》亦用此典,而诗家评价其"胜于赵句"(纪昀语),"三、四一联胜赵,虚字较圆"(查慎行语)。纪昀:"此诗深警,胜后村他作。"许印芳:"此诗亦用此两事,而情致流动,故晓岚取之。上句是古调,下句是拗调,乃变格也。"④这其实也是善用山谷"拗体""点铁成金"心法之例。

赠陈起

刘克庄

> 陈侯生长纷华地,却似芸香自沐熏。
> 炼句岂非林处士,鬻书莫是穆参军。
> 雨檐兀坐忘春去,雪案清谈至夜分。
> 何日我闲君闭肆,扁舟同泛北山云。

此诗意象清新,用典也只及于近人典故,摆脱(江西素来)用"老"、用"骨"套

---

① 诗为方回《瀛奎律髓》卷二十三"闲适类"所选,诸评见李庆甲《瀛奎律髓汇评》中册,第978—979页。
② 纪昀语,见李庆甲《瀛奎律髓汇评》中册,第852页。
③ 纪昀评,见李庆甲《瀛奎律髓汇评》中册,第991页。
④ 诗为方回《瀛奎律髓》卷十六"节序类"所选,诸评见李庆甲《瀛奎律髓汇评》中册,第631页。

式,故冯班誉之以"稳切"①。

以上种种,可以说是在"江西诗派"之后"典范"时期,宋诗专门之学内部气候的变革。在此观点下,无论是建构"崇唐抑宋"典型论述的严羽或标榜江西正典的方回,其诗论都可视为后典范改革气候下针对"典范"而来的颠覆或巩固。正是《沧浪诗话》《瀛奎律髓》这两部著作,决定了后来学者对于宋诗、对于江西"诗法"之定见。不过,这两者都是以其论述发挥作用,影响后人观念认知;②而诗坛的实况还是得回到诗歌来看,在专门之学的技艺能力之进退中见分晓。也就是以上诗艺诗评所显示的:在此流变中诗歌创作之得失与文学意义。

---

① 诗为方回《瀛奎律髓》卷四十二"寄赠类"所选,诸评见李庆甲《瀛奎律髓汇评》下册,第1534—1535 页。
② 这些论述和诗论的地位和意义,详见笔者《中国诗学的关键流变——宋代"江西诗派"》卷肆讨论典范的固着与"后江西诗派"时期的变革与颠覆。

附录　那些不在"江西"概念下的宋诗

　　无论在"江西诗派"概念兴起之前,还是后来笼罩在江西影响之下的诗坛,其实尚有许多脱逸于群侪,独立一世之诗人,他们无关乎文学浪涛潮来潮去一时兴替,虽未成一"家"气魄,却有个人风采,足以为宋诗补足更加全面的图像。

冬夜旅思
寇　准

　　年少嗟羁旅,烟霄进未能。江楼千里月,雪屋一龛灯。

　　远信凭边雁,孤吟寄岳僧。炉灰愁拥坐,砚水半成冰。

寇准诗虽带晚唐风格,却无晚唐靡丽气息,所以查慎行说"晚唐无此气概"①。

题山寺
寇　准

　　寺在猿啼外,门开古涧涯。山深微有径,树老半无枝。

　　望远云长暝,谈空日易移。恐朝金马去,还失白云期。

纪昀:"老当之笔,不必有何奇处。'寺在猿啼外'五字有致,作起句尤妙。"②

送思齐上人之宣城
林　逋

　　林岭蔼春晖,程程入翠微。泉声落坐石,花气上行衣。

　　诗正情怀澹,禅高语论稀。萧闲水西寺,驻锡莫忘归。

澄澹闲雅,无晚唐一味空阔无味的造景,或泛写枯寂作了无尘俗的意态。纪昀谓"情韵亦佳"③。

---

① 诗为方回《瀛奎律髓》卷十五"暮夜类"所选,诸评见李庆甲《瀛奎律髓汇评》上册,第542页。
② 诗为方回《瀛奎律髓》卷四十七"释梵类"所选,诸评见李庆甲《瀛奎律髓汇评》下册,第1698页。
③ 诗为方回《瀛奎律髓》卷四十七"释梵类"所选,诸评见李庆甲《瀛奎律髓汇评》下册,第1706—1707页。

山园小梅

林　逋

数年闲作园林主，未有新诗到小梅。

摘索又开三两朵，团栾空绕百千回。

荒邻独映山初尽，晚景相禁雪欲来。

寄语清香少愁结，为君吟罢一衔杯。

林和靖梅诗自是有名，《山园小梅》诸诗，诗评家谓"句中有骨""有味""有神"。① 他另两首梅花诗，在欧阳修和黄庭坚各自精辟而独到的评断下，更指标性地成了晚唐风范与宋诗典型的分水岭。林逋诗难得地反映了诗人兼具承继与反思的敏锐体会，以及同一时期，两种价值表现的典型交错而共存的风貌。

过桐庐

胡　宿

两岸山花中有溪，山花红白遍高低。

灵源忽若乘槎到，仙洞还同采药迷。

二月辛夷犹未落，五更鸦白最先啼。

茶烟渔火遥堪画，一片人家在水西。

方回："八句五十六字无一字不佳，形容桐庐尽矣。起句十四字并尾句，可作'竹枝歌'讴也。"查慎行："睦州青江景致逼真。"纪昀："风韵绝人。只三、四格调稍复耳。"②

九日登戏马台

贺　铸

当时节物此山川，倦客登临独悯然。

戏马台荒年自久，射蛇公去事空传。

黄华半老清霜后，白鸟孤飞落照前。

不与兴亡城下水，稳浮渔艇入淮天。

此诗虚词的运用，颇多前人痕迹，不过也能与景语衔接得宜，造语稳洽。

---

① 诸诗为方回《瀛奎律髓》卷二十"梅花类"所选，诸评见李庆甲《瀛奎律髓汇评》中册，第786—787 页。

② 诗为方回《瀛奎律髓》卷三十四"川泉类"所选，诸评见李庆甲《瀛奎律髓汇评》下册，第1405 页。

夏日龙井书事(四首之一、三)

道潜(参寥子)

翠树高萝结昼阴,骄阳无地迫吾身。

石崖细听红泉落,林果初尝碧柰新。

挥麈已欣从惠远,谈经终恨少遗民。

何时暂着登山屐,来岸乌纱漉酒巾。

自怜多病畏炎曦,长夏投踪此最宜。

青石白沙含浅濑,碧桐苍竹聒凉飔。

云中鸡犬听难辨,谷口渔樵问不知。

斑杖芒鞋随步远,归来烟火认茅茨。

道潜之诗,于僧人诗中特有奇气,少有僧诗寡淡空无的气息。纪昀说无"酸馅之气",查慎行则谓:"参寥诗却有士气,故佳。"这四首诗,纪昀谓"皆音节高爽",而头一首"后四句笔力开拓"。第三首方回言其"三、四用四个颜色字,而不艳不冗,大有幽寂之味。末句尤深淡可喜"①。

还有不属于"江西"范围的张耒诗歌,不落套数的恣逸之笔,常有苏门遗风:

北桥送客

桥上垂杨系马嘶,桥头船尾插红旗。

船来船去知多少,桥北桥南长别离。

亭上几倾行客酒,游人自唱少年辞。

百年回首皆陈迹,浮世飘零亦可悲。

纪昀:"本色老健。前四句恣逸特甚,然不是率笔,故佳。六句好在对面落墨,感慨殊深。"②

和周廉彦

张 耒

天光不动晚云垂,芳草初长衬马蹄。

新月已生飞鸟外,落霞更在夕阳西。

花开有客时携酒,门冷无车出畏泥。

---

① 以上二诗为方回《瀛奎律髓》卷四十七"释梵类"所选,诸评见李庆甲《瀛奎律髓汇评》下册,第1751—1752页。

② 诗为方回《瀛奎律髓》卷二十四"送别类"所选,诸评见李庆甲《瀛奎律髓汇评》中册,第1087—1088页。

修禊洛滨期一醉,天津春浪绿浮堤。

此诗意象流转,韵律灵动跌宕,风姿天成,文字表现能够如此,自不在费力苦思,句句用"意"、字字用劲处。此方回和纪昀所以赞赏:"三、四不见着力,自然浑成。""何等姿韵! 何必定以语含酸馅为高。"

　　而张耒以下这首诗,又更能够在"律熟句妥"中,不落平靡而"句格爽朗"。

夜　泊①

远雁初归枫叶干,孤舟晚系岸边滩。
淮声夜静凌风壮,月色秋深照客寒。
疏拙功名甘阔略,飘零踪迹但悲叹。
不关酒薄难成醉,自是年来少所欢。

腊日晚步

张　耒

喜觉阳和近,山园策杖行。草应知地暖,柳欲向人轻。
残雪通春信,鸣禽报晓晴。田间未成计,搔首问春耕。

纪昀:"此首新警有致。"许印芳云:"……三、四之隽妙。"②

腊日(二首之一)

张　耒

腊日开门雪满山,愁阴短景岁将阑。
江梅飘落香元在,汀雁飞鸣意已还。
佳节再逢身且健,一樽相属鬓生斑。
明光起草真荣事,寂寂衡门我且闲。

　　方回说腊日难得好诗。观其"节序类"所选,岂止腊日难有好诗,此等谀庆之作皆难;难得张耒有别裁清新之作。此诗纪昀特别指出:"三、四殊佳。三句即王元之'霜摧风败,芝兰之性终香'意以自警也。四句即薛道衡'人归落雁后'意;更以对面写法,蕴借其词。"③

　　"江西"风气下,一般皆以气格独擅胜场,然而宋诗犹有以风韵著称者:

----

① 诗为方回《瀛奎律髓》卷十五"暮夜类"所选,诸评见李庆甲《瀛奎律髓汇评》上册,第559—560页。

② 诗为方回《瀛奎律髓》卷十六"节序类"所选,诸评见李庆甲《瀛奎律髓汇评》中册,第569页。

③ 诗为方回《瀛奎律髓》卷十六"节序类"所选,诸评见李庆甲《瀛奎律髓汇评》上册,第606页。

和开祖丹阳别子瞻后寄

陈舜俞

仙舟系柳野桥东，会合情多劳谪翁。

相对一尊浮蚁酒，轻寒二月小桃风。

羁怀散诞讴歌里，世事纵横醉笑中。

莫恨明朝又离索，人生何处不匆匆。

寒食中寄郑起侍郎

杨仲猷

清明时节出郊原，寂寂山城柳映门。

水隔淡烟修竹寺，路经疏雨落花村。

天寒酒薄难成醉，地回楼高易断魂。

回首故山千里外，别离心绪向谁言。

纪昀："情韵并佳。一望黄茅白苇之中，见此如疏花独笑。"（按：以上两篇取自方回《瀛奎律髓》卷四十二"寄赠类"，此卷多应酬语，庸沓之作多。故纪昀评点如斯。）①

九日怀舍弟

唐 庚

重阳陶令节，单阏贾生年。秋色苍梧外，衰颜紫菊前。

登高知地尽，引满觉天旋。去岁京城雨，茱萸对惠连。

方回："唐子西诗无往不工。"纪昀："五句自佳……三、四借对法，末二句一点便住，笔墨高绝。"②

访端叔提干

葛天民

水趁潮头上，山随柂尾行。大江中夜满，双橹半空鸣。

雁冷来无几，鸥清睡不成。平生师友地，此夕最关情。

方回说此诗"三、四有盛唐风味"，难得诗家皆认同其说，纪昀更说："前四句雄阔之至。五、六起末二句，有神无迹。"③

---

① 诗为方回《瀛奎律髓》卷四十二"寄赠类"所选，诸评见李庆甲《瀛奎律髓汇评》下册，第1510—1511页。

② 诗为方回《瀛奎律髓》卷十六"节序类"所选，诸评见李庆甲《瀛奎律髓汇评》上册，第600页。

③ 诗为方回《瀛奎律髓》卷十五"暮夜类"所选，诸评见李庆甲《瀛奎律髓汇评》上册，第555页。

和张文潜浯溪中兴颂(二首之一)

李清照

五十年功如电扫,华清花柳咸阳草。

五坊供奉斗鸡儿,酒肉堆中不知老。

胡兵忽自天上来,逆胡亦是奸雄才。

勤政楼前走胡马,珠翠踏尽香尘埃。

何为出战辄披靡,传置荔枝多马死。

尧功舜德本如天,安用区区纪文字。

着碑铭德真陋哉,乃令神鬼磨山崖。

子仪光弼不自猜,天心悔祸人心开。

夏商有鉴当深戒,简策汗青今俱在。

君不见当时张说最多机,虽生已被姚崇卖。

李清照两首关于浯溪碑文中兴颂的古体,"意""气"横溢,神采飞扬,确实和她的婉约词作相异其趣,而这也契合她在《词论》中关于诗词分野犀利的见识。

宋人周煇《清波杂志》谓其"深有思致"。中兴碑兴感之诗,在此之前,黄庭坚、张耒等人的作品较著名,此诗即步韵张耒诗而作。历来多以黄、张此题比较,谓一成一败,前者可"入子美之室",后者不如所期(张戒《岁寒堂诗话》),然张诗实亦慷慨高古,故李清照步韵之。而李诗思致不凡,且更为一篇翻案大文章;诗中用典、史论、意脉、辞气,俱是长篇古体醋畅淋漓之"当行""本色"。

甚至道学家也有与江西声气相通的好诗篇:

九日登天湖,以菊花须插满头归分韵赋诗,得归字

朱　熹

去岁潇湘重九时,满城风雨客思归。

故山此日还佳节,黄菊清樽更晚晖。

短发无多休落帽,长风不断且吹衣。

相看下视人寰小,只合从今老翠微。

方回:"文公诗得后山三昧,而世人不识。且如'故山此日还佳节,黄菊清樽更晚晖',上八字各自为对,一瘦对一肥,愈更觉好。盖法度如此,虚实互换……山谷、简斋皆有此格。"

后山诗不爱意象,炼意炼字老拙而矍铄,本近于道学格调,故而后出而饶有法度的朱熹诗常被认为近于江西,尤其常拿来与后山比并。纪昀谓此

诗"一气涌出,神来兴来,宋五子中惟文公诗学功候为深""'落帽'是九日典,'吹衣'不用九日典,而用来铢两恰称,此由笔妙"①。

朱熹是理学家当中难得的当行诗人,甚至有黄、陈之风,以下梅花诗是其中翘楚:

观梅花开尽,不及吟赏,感叹成诗,聊贻同好二首

忆昔身无事,寻梅只怕迟。沉吟窥老树,取次折横枝。

绝艳惊衰鬓,余芳入小诗。今年何草草,政尔负幽期。

棐几冰壶在,梅稍雪蕊空。不堪三弄咽,谁与一樽同。

鼻观残香里,心期昨梦中。那知北枝北,犹有未开丛。

方回谓:"文公诗似陈后山,劲瘦清绝,而世人不识。"查慎行说:"脱落凡近,胸次有别。"纪昀则说"二诗皆不失雅意":"文公火候,不及后山之深,而涵养和平,亦无后山硬语盘空之力。盖兼习之与专门,固自有别。"②

次韵秀野雪后书事

朱　熹

惆怅江头几树梅,杖藜行绕去还来。

前时雪压无寻处,昨夜月明依旧开。

折寄遥怜人似玉,相思应恨劫成灰。

沉吟落日寒鸦起,却望柴荆独自回。

方回:"诗有兴,有比,有赋。如风、雅、颂,古体与今固殊,而称人之美即颂也;实书其事曰赋;要说得形状出,微寓其辞,则比兴皆托于斯。如此诗首尾四句,实书其事也;中两联赋则微寓其辞,言寻梅,见梅,寄梅,有比,有兴,而味无穷矣。"此处方回鉴赏理学家诗而引《诗经》之体例,也算得相当"中的"!纪昀则赞同此论,并谓此诗"颇饶情致"③。

次韵(二陆)

德义风流凤所钦,别离三载更关心。

偶扶藜杖出寒谷,又枉篮舆度远岑。

---

① 诗为方回《瀛奎律髓》卷十六"节序类"所选,诸评见李庆甲《瀛奎律髓汇评》中册,第638页。

② 诗为方回《瀛奎律髓》卷二十"梅花类"所选,其他诸评见李庆甲《瀛奎律髓汇评》中册,第765页。

③ 诗为方回《瀛奎律髓》卷二十"梅花类"所选,其他诸评见李庆甲《瀛奎律髓汇评》中册,第827页。

旧学商量加邃密，新知培养转深沉。

却愁说到无言处，不信人间有古今。

　　此诗是朱熹的名篇之一。诗篇能将问学肯綮说得深透，且不失诗歌况味，可见吟咏之功浸润匪浅；尤其是其中"旧学商量加邃密，新知培养转深沉"二句，深达学问三昧。而朱熹的诗文"事功"，亦颇值得拿来与为写诗而写诗、一味钻研文字一事的写作者深沉"商量"了。

　　再看一首不带道学味的道学家诗：

赵宣(二首之二)

胡　寅

冠月裾云佩绿霞，百年将此送生涯。

愁心别后无诗草，病眼灯前有醉花。

落笔擅场聊写意，背山临水却成家。

也须南亩多栽秫，休似东陵只种瓜。

正如纪昀所谓："此首特佳，道学诗之不涉道学者。"①

---

① 诗为方回《瀛奎律髓》卷四十二"寄赠类"所选，诸评见李庆甲《瀛奎律髓汇评》下册，第1522—1523 页。

第八章　禅宗语境下的宋诗

一、禅宗与唐宋文学思维

作为佛学中国化的代表，禅宗的兴起，带给文化与文学重大的影响。唐宋时期，正是融会了佛学空、有二大宗以及中国道家思想的南宗禅兴起，在思想界全面发挥影响力的时期；而这时也正是中唐之后在文化复兴与反思的风潮下，思想深化的时期。文学躬逢其盛，在此历史的大环境以及文化语境之下，与禅学交流会通，呈现出一番崭新的面貌和活力。本章立足于文艺美学与文学价值，探讨禅学与文学在荣景之下共通的思维基础，特别是"文学中的禅式思维"；期望更从存有本体、观物致知和语言表现等面向说明禅学在大语境中的作用如何推促文学内涵更加广袤阔深，文学经验更为精微丰富。

（一）佛学·禅学·禅道思想

从思想关系来讲，禅学属于佛学的一条支流；禅宗与文学无从属关系，而另有一番面貌。

原本在浩如烟海的佛教经典中就形成了一套佛教特有的文学传统，它们在印度佛教时期即有丰硕的成果。佛教传入中国，无论是奇幻瑰丽的佛典故事、繁复的名相事数，或传译过程中带来的文字语汇的演变，在在丰富了文学作品所能表达的内容与形式，也促成了新的文类的开发。这是佛教文学在中国的影响，它与印度佛学在中国的传播有莫大的关联。

然而，印度原始经典的传译工作，到北宋告一段落。一方面此时佛学三大体系都已圆熟，在真常之教后，印度佛教本身没有再发展出创新的理论；另一方面一直到隋唐，历经大量的传译工作之后，重要经典的引介多已完备，在传译之外，理论的消化与作为理论成果的学风学派的创建成为这一时期最重要的工作,佛教中国化的重头戏在此展开。禅宗本身也是趁此浪头而兴,而在历史的因缘下,它几乎成为中国佛教的代表。在这种时代环境下,前此因为文化交流而产生的佛教文学发展的动力也暂为止息。而后,佛教在文学领域里的影响以禅宗为最;而成熟于中国文化土壤里的禅宗思想与文学,也与前此异文化刺激下的佛教文学大为不同。

以禅宗修行本位的立场,以及佛性论的色彩来看,它本属于佛学"真常之教"一系,义理渊源可溯及如来藏系统。然而禅宗在历史发展中,处处融会中观之学,以般若空观融通佛性,并以非有非无、双遣双非等遣执荡相的方法凸显实相境界,特别是后者,发展成禅宗不缚不滞的说法方式,为禅门凸显自性真如无念、无相、无住的宗旨发挥了很大的作用。

"凡言禅皆本曹溪。"一般所讲的禅宗,指禅门大兴之后认定以六祖慧能的教义为依归所发展出来的禅法,也就是所谓南宗禅。它们基本上是以慧能所提示的"三无"("无念为宗、无相为体、无住为本")为法性,在"于一切法上无有执着"这类的修行观念下,由慧能后学五家七宗所发展出来的禅法。不过,流布在文化环境里的禅宗或禅学,虽是以慧能及其后学所发展出的禅学谱系为主,但实际上并不囿于这些原始宗旨。主要原因是禅宗在其历史发展中,融会了不少思想或其他领域的因素,特别是禅宗本身在"本来无一物,何处惹尘埃"等应机接物的实践中成就了意义的开放性,促成它自身丰富而复杂的转变。因此,对于"禅"的认定,以及它与其他文化领域的相互影响,并不能一味守着原始的"教外别传"的立场,以为不坐禅、不念佛、不思善、不思恶才是"禅",以为只有破弃言教才是"禅",以为喝佛骂祖才是"禅";而必须正视它在宗教与思想的发展过程中所容纳的演变和积淀。可以说,被指称为"禅"的,基本上都是以"体见自性"为依归,然而,关于该如何下手作"工夫"——"如何"体见,要达到什么样的"境界"——"自性"为何,各宗各派众说纷纭,不同时期由于它们在文化中所扮演的角色不同而产生不同的效应。当我们要作一总体概括的时候,不嫌驳杂的体认是必要的前提。

一个明显的例子,禅宗在中唐发展到江南一带时,就产生了与道家思想合流的情形。慧能禅学最重要的意义,本在于把不可思议的成佛理想,直截了当地指示出来,就在当下的修行工夫中,体现"众生皆有佛性""一切众生皆能成佛"的大乘要义;把玄远的涅槃佛性释放在人间,在一切众生的日常心行中,如印顺所说:"从宗教的仰信,而到达宗教的自证。"①这种精神,本身与传统道家(特别是玄学化的庄子)的逍遥无待、任心随运可相融洽,加上

---

① 印顺《中国禅宗史》,台北:正闻出版社,1994年,第372页。

江东禅学发展的历史因缘,禅宗思想里于是涵纳了丰富的道家资源。

虽然佛道两家的思想有其根本的差异,然而在历史的因缘下,后来的禅学论述,包括"任运自然""平常心是道"等种种说法,无论是使用的语汇还是思想内涵,常常带有道家的身影,亦即在纯粹的佛学论述外,另外开辟了一块新的"论辩境域"(discourse)。这个新的论辩境域,我们不妨把它称为"禅道思想"。"禅道思想"的论辩境域流传深广,以致许多被我们泛称为"禅学"或"禅宗美学"的思维,已经不能用佛学的本义来约束它。因此,禅风影响下的文学,往往必须以一种"禅道思想"的范畴来看待。

但"禅"论述也并非漫漶无所归趋的,它们原则上是依循着"识心见性"与当下体悟的宗旨而展开的。如上所述,禅宗与文学的关系,已不再如初期佛教文学满怀异文化的印记,而是在大环境下,整体文化不同领域的会通化成,它们的成果,已突破语汇事数等文化表象,进一步成为价值架构和思维方式,进入了文化的深层意识。同样地,我们也应该掌握这些基本宗旨,在语汇名相之上,穿透交光叠影的语言结晶,探索这已被暗中偷换的意义神髓。

就文学本身来讲,思想领域所能带来的影响,一是对于作品表达内容的开拓;二是思想经由致知内化,成为主导作者自身构思、感物、观物、美感体验等的思维模式,因而决定了作品独特的观照层面与艺术"表现"方式。因此,禅宗对文学的影响基本上有两个层次:一类是直接以禅学宗旨为指归的创作,内容充满禅思禅意,或者发挥禅门大意,或者描写习禅的体验,或者书写求道的心境,或者叙说禅悦的欣喜等,常见于一些所谓的禅诗之流,如寒山、拾得、齐己等著名诗僧的作品。① 这一类,不妨说是以文学"载"禅道的,我们称它作"禅学作品"或"禅道艺术"。就如傅伟勋所说:"禅道艺术的旨趣并不是在艺术作品的高度审美性,而是在乎此类作品能够自然反映或流露禅者本人(无位真人)无我无心的解脱境界。"② 由于其旨归往往不以文学艺术性为重,此类作品有类于理学家诗篇,主要作为思想信念之表达沟通。也因此,往往广及许多无涉文学价值的范围:包括充斥于禅宗经典与语录的韵语俳诗,包括许多家喻户晓的禅偈,或是表达禅理心得的作品。

另一类作品的禅思则已内化为文学感物观物的方式,影响了文人发抉事物美感因素之独特眼光,以及作品表现形式或风格蕲向等艺术特征。例

---

① 诗僧所作的诗歌也未必全属禅诗,在诗禅交流鼎盛的唐宋时期,许多僧人也创作一般诗歌,表现世间一般的人情况味,例如宋代江西诗派中就有几位成员是僧人,他们的创作和一般诗人并没有两样,这种情形也同样见于宋初九僧的作品。

② 傅伟勋《学问的生命与生命的学问》,台北:正中书局,1994 年,第 107 页。

如诗史上蕴含丰富禅趣的王维、韦应物等人的作品，往往呈现为不讲禅的"禅"；或如宋代在"以禅喻诗""以禅说诗"之风下，从非关佛禅的陶诗之中发掘禅意诗境之"表现"，此类或可称为"文学中的禅式思维"。

如同叶维廉对传统诗论中常见的诗禅之喻，提出这样的问题："诗究竟从哪一个角落，哪一个层次上，到什么的程度可以与禅相比？这个类比里包括了哲学内容吗？宗教热忱吗？还是仅指感应（和表现）现象现实的方式与过程？"[①]前二者属于上述所谓的"禅学作品"或"禅道艺术"，而后者——也是更重要的，攸关文学作品独特的表现性，正是我们所谓的"文学中的禅式思维"。

本书希望在此有所明确：鉴于过去的诗禅研究常过于关注作品的禅学内容，然而在"禅学作品"之外，对于文学更重要、影响更大的，是那已被诗人内化、美学消化了的不讲禅的"禅"，也就是文学美学中的禅式思维。因此本书拟集中视角于后者——禅思与审美价值、文学表现的关系。期望从文学语言、艺术表现等面向，回应前述叶维廉所提出的"诗究竟从哪一个角落，哪一个层次上，到什么的程度可以与禅相比"的问题；从两者内在思维着手或许是更符合文学价值和文艺美学的探索。

（二）禅学、美学与诗学

唐宋时期，禅宗与文学的关系，已突破佛教文学在文化表象上的影响，更进一步进入文化深层，与传统文化里的思维和价值形成更内在的交流互动，产生更丰富的面貌，甚至启发文学文艺思想的新思维。例如后来的"味外之味""妙悟"等课题，体现了精湛的禅思如何引领诗歌表现进入更精微、更辩证的层次，如何令诗歌的感性价值，有了更深远丰富的内涵。正是此等课题，正是这种种已被诗人内化、美学消化了的不讲禅的"禅"，流行于诗坛，从诗人的感物观物到构思，甚至及于诗歌本质本体层次，改换了创作与鉴赏的范式。

禅与文学同构，并且以此颠覆旧有典范，改变了文学认知与创作的基底，主要有以下三方面：

1. 本体论："自性"与"真实"本质

禅与文学艺术的大幅会通，首先在于本体论上共通的价值基础。

慧能禅学结合了空有二宗，结合了般若与唯识的精神，以"自性"作为禅

---

① 叶维廉《从现象到表现——叶维廉早期文集》，台北：东大图书公司，1994年，第182页。

之本质,而此"自性",就如其明法偈所揭示的"菩提本无树,明镜亦非台,本来无一物,何处惹尘埃",是"应无所住而生其心"之本然清净的"真如""本心"。

由于南宗禅肯定自性人人本有,本然清净,无须一味抹除尽净而成顽空,在慧能精神下,世间万物皆是禅理、禅思之示现,禅意之"寄迹",所谓"行住坐卧皆是禅"或"无处青山不道场"(赵州从谂禅师语)等等。

能于世间活泼现形,能与万象自然应接之作用本体,在唐宋思潮下,遂同为思想、学术、文艺所共有:"《五灯会元》卷三慧海所谓:'应物现形;青青翠竹,总是法身,郁郁黄花,无非般若。'又如少陵诗鱼乐鸟归,即不违生理之一端;水心诗包容花竹,自是阳舒,谢遣荷蒲,正为阴惨。皆即《中庸》说鸢飞鱼跃之意。其在世也,则是物本为是理之表见(Manifestation);其入诗也,则是物可为是理之举隅(Instance)焉。"[①]

正是在此种本然自性之下,能够肯定种种心智的本源、表现的价值,文学艺术等人文创作也在此找到了能够与禅相互肯认的本体价值,从此展开文学、美学与禅学的全面交流。

(1)南宗禅的"真如""自性"与诗歌"本质"的思考。

诚如禅宗经常以"还我本来面目"(南泉普愿)这般质问,引发学者全面的自问:"禅"是什么? 禅何在? 南宗禅的精神革命,重新确认了自身的根本;这思想风潮,也触动了深有慧识的知识分子,在诗歌发展上,引发反思:诗歌的根本、诗学的主体是什么? 诗歌的"真实"何在?

诗歌的价值根本虽不在空无之道,却能够以这复归本体的精神,反思何者是诗歌的本质本原,以及如何实现诗歌的极致价值;这也是在唐诗丰硕成果下,追求"自成一家"的宋代诗家亟待追问的。

与心学、理学和禅学合辙而走向主体性一样,诗人在他的表现和思维里,处处隐含着这般的精神基础:为何而写? 为何而读? 为何而表现? 询问自己创作的最终意义和价值。如此深省,更呼应了中唐古文运动以来重视人文主体性的思潮,诗人从本体上认识诗学,复朴归真、自求本心;在这个基础上,形成了宋诗自己的根本面目,博学多识而广泛涉猎,最终能自树立。

早在中唐,诗人深刻的创作思维,就蕴含着诗禅会通(共通的清净本体、共通的表现性)的深刻认识:

> 禅悟可通于艺术,唐人为僧侣之有才情者作诗文,每申此旨。即辟

---

① 钱锺书《谈艺录》六九,台北:书林出版社,1988年,第233页。

佛如韩退之,《送高闲上人序》末段亦以浮屠淡泊治心之学,比勘草书法。……权载之……"心冥空无,而迹寄文字……"杨巨源……云:"……搜奇本自通禅智。王维证时符水月,杜甫狂处遗天地。"刘梦得《秋日过鸿举法师院便送归江陵引》曰:"梵言沙门,犹华言去欲也。能离欲,则方寸地虚,虚而万象入,入必有所泄,乃形乎词,词妙而深者,必依乎声,故自近古而降,释子以诗闻于世者相踵焉。因定而得境,故翛然以清;由慧而遣辞,故粹然以丽。"皆以诗心禅心,打成一片,不特如李氏歌所谓以禅喻诗而已。①

以此回归"本心""真实"的立场来理解诗之"道",而同样以"寄迹"的方式将此无形之本质表现于文字,达到迥出于常理常形的境地:"上人心冥空无,而迹寄文字,故语甚夷易,如不出常境,而诸生思虑,终不可至。"(权德舆《送灵澈上人庐山回归沃洲序》)②

在诗歌和各种艺术所谓"真性"的认识之下,诗人更加掌握艺与"道"感物观物的共通性,而使得艺道相通的精神无所不在,所谓"世间何事非妙理,悟处不独非风幡"(晁冲之《送一上人还滁州琅琊山》),"棋所以长吾之精神,瑟所以养吾之德性。艺即是道,道即是艺,岂为二物,于此可见矣"(陆九渊《象山先生文集》卷三五《语录下》)。

也在这般存在根本的立足点上,无所不在的"真性"之下,不同的艺术品类得以跨越法式矩度之限制,掌握艺术思维的共通性,凸显(诗歌)艺术精神的本质:而后宋人的"诗画一律""以文为诗"等种种作为,莫不是以此精神为支持,跨越藩篱而发挥艺术本源的全体大用。

(2)"三无"与"象外之境""味外之味"等极致价值。

在这一真如本体下,禅学发展出"三无"的精神,同时此思维架构也启发了文学美学"象外之境""味外之味"等极致价值的思考。

如上所述,南宗禅的本体,植立于融通空有二宗的"无入而不自得"的精神,肯定了念念于一切之中而不住不染的存有之"真性"。慧能于《坛经》中揭示了"三无"以为实现禅最终境界之法门:

> 我此法门,从上以来,先立无念为宗,无相为体,无住为本。无相者:于相而离相;无念者:于念而无念;无住者:人之本性。……念念之中,不思前境。若前念、今念、后念,念念相续不断,名为系缚。于诸法

---

① 钱锺书《谈艺录》八四,第260页。
② 《全唐文》卷四百九十三,引自《中国古代文艺理论专题资料丛刊　意境·典型·比兴编》,北京:中国社会科学出版社,1994年,第13页。

上,念念不住,即无缚也。此是以无住为本。

自此"无念""无住""无相",奠定了禅之"真如"的实践要义。其中"念念不住"并非断念绝思,乃是任心自运,念念相续不断,而无缚无系;"无相""无念"也是"于相而离相""于念而无念"。这同时也揭示了出世间法之实践法门原不离于世间,更可以在世间成就圆满;此种任运自然而不杂染的精神,由后续五家七宗继续发挥,诸多机锋、公案,所"明"之"心",所"见"之"性",均直指以此"三无"实现之"自性""本心"。

作为佛学中国化的典型,禅宗的发展流播,吸收了道家老庄丰厚的资材,禅家之"无念""无住""无相"于是也与物外之"游"合流。从"行住坐卧皆是禅"到"触事即真",一切日常、寻常的接机应物,禅家、文人,"两忘于江湖",到"无所用心"地游艺于日常之"趣","理""事"交融,应接善巧,得意会心,于是,"道"无所不在;"悟",无所不在。

如同禅寄迹于无所不在的世间万象,语言、文字、符号,无非是此"寄迹"之下的方便施设。于是,禅结合了文人所熟悉的庄子"道无所不在""心有天游"等"物外意"的精神,形成了任心自运而清净真朴、无迹无形而无所不在的艺术精神:"道"在一切之中而不滞泥于任何名目、物象和形式,通达于一切物内、物外之"意"与"趣":"虚其心以观天下之善,凡为吾用,皆吾物也。是意也,东莱意也,而北山子得之。观舞剑而悟字法,因解牛而知养生,予也,受教于北山子矣。"(文天祥《文山先生全集》卷九)[①]

于是这无缚无执的精神,同道家的逍遥于物外,从心灵修养进入诗论。文人尤好引陶渊明诗以为典式:"惟渊明……当忧则忧,遇喜则喜,忽然忧乐两忘,则随所遇而皆适,未尝有择于其间,所谓超世遗物者……"(《蔡宽夫诗话》"论子厚、乐天、渊明诗")[②]至谓"达摩未西来,渊明早会禅"(施德操在《北窗炙輠录》中引范正夫语)、"渊明不为诗,写其胸中之妙尔"(陈师道《后山诗话》)等等。

同时,不再灰心灭度而更善感善知的心智,超然于一切形名法度之外,于是美学上复归于"本心"的极致追求,反而更能会通一切艺术、一切题材,使之互为资借、互为呼应感通,并在无形而有宗的"元本"之下,产生了所有诗材、风格、手法俱能殊途同归的"境界""意象",如刘禹锡所谓:"片言可以明百意,坐驰可以役万里,工于诗者能之。风雅体变而兴同,古今调殊而理一,达于诗者能之。……心源为炉,笔端为炭,锻炼元本,雕镌群形。……诗

---

① 《古典文学研究资料汇编·杜甫卷》(上编)第三册,第973页。
② 《诗人玉屑》卷十二,第252页。

者其文章之蕴邪？义得而言丧,故微而难能;境生于象外,故精而寡和。"①

如此,在诗人明敏"心源"的意会下,以"意象""境界"为标的,也催生了诗歌玄妙的"象外之象""景外之景"等课题。如司空图所谓"是有真迹,如不可知,意象欲生,造化已奇"(《诗品·缜密》),"超以象外,得其环中"(《诗品·雄浑》)②,或如"钱容州云:'诗家之景,如蓝田日暖,良玉生烟,可望而不可置于眉睫之前也。'象外之象、景外之景,岂容易可谭哉!"(司空图《与极浦书》)③

诗歌有清净本体、有"心源",有融通于名相、形质之上的极致价值,于是有此等"象外之象、景外之景"的微妙体会,后续更衍生出宋人乐于称道的"味外之味"。

诗歌的"味外之味",又称"余韵""余味"。在范温《潜溪诗眼》中有一长段"论韵"之说,非常详尽,观念流布既广,遂成为宋人论诗之一大要旨,至如洪迈说元稹《行宫》一诗:"语少意足,有无穷之味"(《容斋随笔》卷二),如杨万里所谓"诗已尽而味方永,乃善之善也。"(《诚斋诗话》)④比比皆是。

文学上对"味"的认识很早,钟嵘"滋味"说已经是文学赏"味"之说的成熟。⑤"但钟嵘所讲的'味',还属于风格的观念,到了晚唐司空图'辨味说'的时候,'味'已超出风格范畴,由辨识各类审美感受而进入'味外之旨''味外之味',这种美学认识上的超越,被诗人普遍接受,并且提升为诗歌最终的价值。"⑥诗人们用"余味""余意""不尽之意""韵""余韵""趣"等,表达超出一切特定风格的审美价值,并以之作为诗歌的本质。严羽《沧浪诗话》是宋代最有名的以禅论诗之作,他在"诗辨"一节中所讲的"不涉理路""不落言筌",如"水中之月,镜中之象",不可凑泊的"一唱三叹之音",正是这种诗歌本质的总结:"盛唐诗人惟在兴趣,羚羊挂角,无迹可求。故其妙处透彻玲珑,不可凑泊,如空中之音,相中之色,水中之月,镜中之象,言有尽而意无穷。"⑦

这类超出语言意象的诗歌终极价值,像严羽以禅论诗一样,常常与禅学中的极致"正法眼藏"("自性""真如")相比拟,进一步深化了诗歌审美价值

---

① 《刘禹锡集》卷十九,引自《意境·典型·比兴编》,第18—19页。
② 引自《中国古代文艺理论专题资料丛刊　意境·典型·比兴编》,第31、74页。
③ 引自《中国古代文艺理论专题资料丛刊　意境·典型·比兴编》,第74页。
④ 引自《中国古代文艺理论专题资料丛刊　意境·典型·比兴编》,第88页。
⑤ 参考皮朝纲《中国古代文艺美学概要》,成都:四川省社会科学院,1986年,第八章"味",第80—98页。
⑥ 笔者《禅宗与宋代诗学理论》,台北:文津出版社,2002年,第37页。
⑦ 引自《中国古代文艺理论专题资料丛刊　意境·典型·比兴编》,第89页。

的意识。这类思维,具有这样的同构:①

这般思维架构,原可追溯至上述深于禅学的诗人刘禹锡"象外之境";或如皎然"两重意""文外之旨"之说"两重意已上,皆文外之旨……但见情性,不睹文字,盖诣(或作'诗')道之极也"②;都是结合了禅之"道"、诗之"道",而以此"道"为旨归,为创作之终极标的。

在这类思维中,诗学和禅学都以超出文字、意象、名相、声色等感性层次的内在体验为极致价值,凸显诗人重视主体的心灵状态,并在"于相离相"的思考下,深化了"意"("余意""味外之味")的艺术特征,更强调了剥落文字和意象之后的情感价值。诗学和禅学同样认识到:"语言的……本质是'无感的死的物质',不是美感的赋予者,致力于记号本身,犹如禅家所谓磨砖作镜、鞭策牛车之举,'余意'的体验关系到作者和读者的心灵状态,属于个人独特的体验,是这个体验使语言活了起来,发挥美的作用。"③这种认知,使得诗学中常环绕着不落言筌、不涉概念的心理状态,进行诗歌本质与语言关系的探讨。而这种超越媒介的深刻认知,恐怕也是艺术能够跨越各个门类的界限进行交流的关键之一。

透过这般思维共识,诗人得以认识无形而只能意会之趣味,得以传达幽微玄妙的感知洞察:"王维《书事》云:'轻阴阁小雨,深院昼慵开。坐看苍苔色,欲上人衣来。'舒王云:'若耶溪上踏莓苔,兴尽张帆载酒回。汀草岸花浑不见,青山无数逐人来。'两诗皆含不尽之意,子由谓之不带声色。"(释惠洪《天府禁脔》)④"或问:道果有味乎?余曰:如介甫'午鸡声不到禅林,柏子烟中坐拥衾'……'各据槁梧同不寐,偶然闻雨落阶除',澹泊中味,非造此境,

---

① 以下架构参见笔者《禅宗与宋代诗学理论》第三章第二节"禅宗与诗歌极致价值——'味外之味'的审美价值"详细解析。
② 引自《中国古代文艺理论专题资料丛刊 意境·典型·比兴编》,第35页。
③ 笔者《禅宗与宋代诗学理论》,第44页。
④ 《诗人玉屑》卷六,第128页。

不能形容也。"(《碧溪诗话》)①

更进一步，在此等圆融高妙的感知理解下，这不着形迹的美学趣味，更穿透了一切有形有术的艺术藩篱，而贯通于所有的"形"与"理"与"事"，而有"诗画本一律"等连绵引申的课题，涵括了从感物、体物到起兴、构思，从认知、学习到专精的文字表现等交互融通的整体论式的认识论与方法论。

而这玄妙无迹之至理，如何实践，如何认知与传授，也必须从南宗禅以及文学思维为此"自性"本体所发展出来的种种"悟"与"参"的法门说起。

2. 认识论和方法论："参"与"悟"

(1) 认识论："默会致知"(tacit knowing)与"焦点—支援"致知架构。

南宗禅种种"饱参""自得""活法"与"顿悟"等认知和实践的方法运作，在知识结构上，具有"默会致知"以及"焦点知识—支援知识"的模式。

在博蓝尼对致知行动精辟而全面的研究中，提出致知行为里有一关键而难以明示的机制："焦点目标—支援意识"；其结构包含了三个环节，即"支援成分""焦点目标"和把这两个环节接合起来的"致知者"(认知主体)：

支援意识　　——焦点意识
//　　　　　//
非明示的支援知识(nonexplicit knowing)——目标认知(focus knowing)

而禅宗主要的"致知"架构，也有类于此：②

支援意识——焦点意识
//　　　//
饱参——妙悟
//　　　//
万象与应机接物等一切有形无形之"道场"——"禅"

这些环节如何运作，如何从复杂隐晦非明示的"饱参"到明敏透彻而全体了然的"顿悟"？正如这一默会致知架构所运作的："在这个由'起转意识'(from-awareness)到'焦点意识'(focal-awareness)的整合功能中，致知者经由专注于焦点目标，透过默会的行动，整合了所有的支援成分；诸支援成分

---

① 《诗人玉屑》卷十，第214页。
② 上述"默会致知"与"支援意识—焦点目标"等知识论，乃从伯蓝尼(Michael Polanyi)而来；参见其《意义》(Meaning，彭淮栋译，台北：联经出版社，1986年)一书第二章"个人知识"。笔者引申以解释禅宗认识论的思维结构及其发展历程，以上解说，详见笔者《从菩提达摩到大慧宗杲——一个禅学认识架构的历史形成》(《普门学报》2005年第28期)。

的意义充实了焦点注意力的中心。"①禅宗在所有修行法门里一再强调的，那不可言说，却是经年累月地全心投入每一"当下"应机接物、行住坐卧，种种"自性自度"而后收之于"自得""妙悟"的平常法门，正叩合了这一"默会致知"的机转。

这套"默会致知"与"焦点—支援"致知架构也符合宋诗"心法"的思维模式。

宋诗有理有则有规矩方圆的"法"度意识，因应着上述超乎形质名相的审美价值，从而走向实现只可意会不可言传，如欧、梅所谓"作者得于心，览者会以意"的诗学高致，于是诗歌之"法"更凸显以"活法""无法"为标志的默会致知之"心法"认知；而宋诗种种"句法""心法"的论述，往往与禅学合辙，甚至直接援用禅学观念。

这套心法的写作思维，特别是以黄庭坚为盟主所主张的以博学治心养性的全幅人格的诗学体系，更可以绎绎出"默会致知"与"焦点—支援"致知模式：②

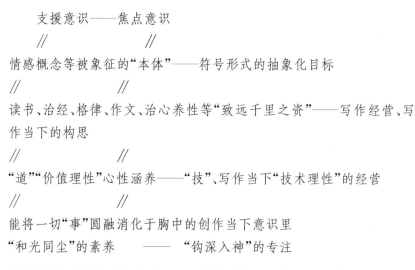

支援意识——焦点意识
//　　　　　　//
情感概念等被象征的"本体"——符号形式的抽象化目标
//　　　　　　//
读书、治经、格律、作文、治心养性等"致远千里之资"——写作经营、写作当下的构思
//　　　　　　//
"道""价值理性"心性涵养——"技"、写作当下"技术理性"的经营
//　　　　　　//
能将一切"事"圆融消化于胸中的创作当下意识里
"和光同尘"的素养　　——　"钩深入神"的专注

诗歌、艺术审美等致知本有上述"默会致知"的特质，难以为认知性的、系统性的知识囊括；在各领域知识大幅扩充之后，加之庞大的文化资源，催生了宋代文人对于认知学习的全盘反思。自古文运动文化复兴以来，以人

---

① 笔者《从菩提达摩到大慧宗杲——一个禅学认识架构的历史形成》，《普门学报》2005 年第 28 期，第 38 页。
② 整个宋诗学与江西诗派的"心法"，以及以下认知架构，详见笔者《中国诗学的关键流变——宋代"江西诗派"》卷贰第三章"实践基础：江西诗学的实现基础是句法默会致知的方法意识"。

文担负者自任的知识分子吸收这大量文化成就，又"能自树立"于知识的浩浩洪流。

正好比佛学的"圆教"体系正是在各学派理论鼎盛之际产生的全盘佛学的大整理、大架构，以安置各擅胜场的诸家真理；南宗禅正是以上述的知识架构安置、消纳了空有二宗滂沛的思想，并能够定位于禅宗的终极目标，这套"悟"与"参"的方法论架构，也为后来五家七宗大量的语录、说法提供了足以各安其位又不失禅学本旨的认知法门。

唐诗庞大成果与古文运动之后的宋人诗学，追求大"道"之下的知识理念，向往着"集大成"以及"可致而不可求"的"道"与"知"的实现，这套禅学无法之法的认知架构，正提供了诗人最理想的方法论典范。

文学有得于这般"活法"与"悟入"之启引，以吕本中以下所述最是透彻："要之，此事（作诗）须令有所悟入，则自然度越诸子。悟入之理，正在工夫勤惰间耳。如张长史见公孙大娘舞剑，顿悟笔法。如张者，专意此事，未尝少忘胸中，故能遇事有得，遂造神妙。"①从"专意此事，未尝少忘胸中"，到"故能遇事有得，遂造神妙"，正是这一默会架构里，从"饱参"之积累到目击道存、触事而真的"顿悟"；从既深且广的积渐涵养之"参"，到极犀利果决的觉知明察之"顿悟"，这一完整的致知历程。

于是文学在六朝风格、体制的专业摹习之后，在唐代文选之学等之外，更加重视涵养多方以广为支援之功：正如苏轼论"道"与"致知"，以"日与水居"而"得于水之道者"为喻，说明"道可致而不可求"以及如何"莫之求而自至"（《日喻》）；②或姜夔论创作所谓"贵涵养也"；③以及黄庭坚论杜诗"子美诗妙处，乃在无意于文。夫无意而意已至，非广之以《国风》《雅》《颂》，深之以《离骚》《九歌》，安能咀嚼其意味，闯然入其门耶？"④等所谓既"无意于文"，又要"广之以""深之以"博通之学术，正是以阀肆扎实的支援知识撑起精湛无匹的焦点知识——诗道之极致。

此"顿门"实乃"饱参"而来也。

就连反对江西而以"以禅论诗"著称的《沧浪诗话》，在其开宗明义的《诗辨》中也是揭示这套学思方法："先须熟读楚词，朝夕讽咏以为之本；及读《古

---

① 《与曾吉甫论诗第一帖》，《苕溪渔隐丛话》前集卷四九引，第331—332页。
② "'道可致而不可求。'……子夏曰：'百工居肆以成其事，君子学以致其道。'莫之求而自至……日与水居也……必将有得于水之道者。日与水居，则十五而得其道；生不识水，则虽壮，见舟而畏之……"（《日喻》）。《宋诗话全编》，第776页。
③ 姜夔《白石道人诗说》，《宋诗话全编》，第7549页。
④ 引自《中国古代文艺理论专题资料丛刊　意境·典型·比兴编》，第388页。

诗十九首》,乐府四篇,李陵、苏武、汉魏五言皆须熟读,即以李、杜二集枕藉观之,如今人之治经,然后博取盛唐名家,酝酿胸中,久之自然悟入。"并将这称为"向上一路","谓之直截根源,谓之顿门,谓之单刀直入也"①。

而诗歌"焦点"成果的创造,便在这浸染至深的储备之后,"无意而意已至"地水到渠成:"'池塘生春草,园柳变鸣禽。'世人多不解此语为工,盖欲以奇求之尔。此语之工,正在无所用意,猝然与景相遇,备以成章,不假绳削,故非常情所能到。诗家妙处,当须以此为根本。"(《石林诗话》)②

上述山谷说杜甫"无意而意已至",正是得力于长期耕耘以致贯通而无所不能的默会领悟,这等思维,以至于到后来吕本中所谓:"自古以来语文章之妙,广备众体,出奇无穷者,唯东坡一人;极风雅之变,尽比兴之法,包括众作、本以新意者,唯豫章一人。此二人当永以为法。"③也指出苏、黄两位大手笔正是在"广备众体""包括众作"等厚实的支援基础上,方得以尽其高明透彻之表现,而此种涵养正足以为当世典范。正是基于这种思维模式,吕本中继而有"波澜壮阔""规模宏放"的"涵养""冶泽"之说:"楚辞、杜、黄,固法度所在,然不若遍考精取,悉为吾用,则姿态横出,不窘一律矣。"并称:"悟入必自工夫中来。"(《童蒙诗训》)④

这等体会,正呼应了杜甫夫子自道之心得"读书破万卷,下笔如有神",因而更为宋代博学文人所乐于流传。

（2）方法论:从"参"到"悟"的辩证超越。

上述心法的认知结构,从渐"参"到顿"悟",当中有一转知成悟的关键作为,这便是:在长期实践的过程里,处处以"自得"精神应机接物而体现主体能动性,以至超越而臻至圆成。

惠能禅学中本有《金刚经》"应无所住而生其心"的精神,真心既无执着,加上"自性常清净"的体认,衍生出佛法无所不在,并在主体常自体认下,普现于一切应机接物时的修行态度。从马祖的洪州禅之后,这种"触事即真"的精神更成了禅门主要的特色。

如此致知法门也改变了诗人感物观物的方式,诗人以其主体的丰富储备,时刻以此主动的默会自得应机接物,亦即时时"应物现形""触事而真"。禅家"触事而真"与诗人创作的共通处,就在以这般观照事物、应接事物的独特能力,在世间万象与一切俗事俗态中,创造无俗不真的天机。

---

① 《沧浪诗话·诗辨》,郭绍虞《沧浪诗话校释》,台北:里仁书局,1987年,第1页。
② 《诗人玉屑》卷十三,第280页。
③ 引自《中国古代文艺理论专题资料丛刊　意境·典型·比兴编》,第405页。
④ 《诗人玉屑》卷五,第115、116页。

杨万里在南宋被认为是"活法"实践最成功的诗人,他的创作,往往在日常生活中,以不着成见、无所用意的眼光,捕捉活活泼泼、超出常理常情的意趣。他曾自述从窘于诗材、困于寻言觅句到一朝了悟的创作历程,说明这一朝"触事而真"的心态是如何启发无所不在的诗思诗趣,以致"万象毕来,献予诗材,盖麾之不去,前者未雠,而后者已迫,涣然未觉作诗之难矣!"(《诚斋荆溪集序》,《诚斋集》卷八十)

在这等精神氛围中,除了以"无心合道""随缘运用"的精神善用诗材、开拓诗思之外,诗人随机应物的创作,更具有创作者面向存有开展,解除创作束缚的意义。如苏轼有名的"欲令诗语妙,无厌空且静。静故了群动,空故纳万境"(《送参寥师》)的说法,禅家的"空"非虚无,"静"非沉寂,如此"空"与"静"的心境,却能涵融万有,包含生命的整体感受。虽是诗人不经思虑、不假他人经验与诗材最直接的接触,却并不偏蔽,而具有超越意义的直观真实,如禅宗讲自性的大用现前,是"一切圆通一切性,一法遍含一切法"(玄觉《永嘉证道歌》)的圆满完整。

所以诗人也借助禅学"全春在花""全花在春"的整体感受,讲诗歌"雄浑""不可凑泊""难以句摘"的整体美感,以对抗创作中沉溺于外境的精微刻画,或过于追求文字工巧,以致流于意象破碎雕镂、气格卑弱的弊病。也因此禅宗"自得"的观念,经常被用以对治心性的向外驰张所造成的创作活动与人格的异化。

宋代以来诗人常用"活法"的观念说诗法,多半都以这种"自得"的精神为依归,如提倡诗歌"活法"的吕本中所谓:"诗有活法,若灵均自得,忽然有入,然后惟意所出,万变不穷。"(《江西诗社宗派图序》)强调主观体验的精神,像禅宗强调"一切万法,尽在自心中"的作用,主张创作需"一一从自己胸中流出",使得宋诗无论是在学古的风潮中,还是"法"度学习的争议,都能以"自得"的主体表现,收到不失自我的艺术创获。

经默会内化而付诸诗歌之表现的无形绝技,杜甫曾喻以禅家所谓"水中着盐"之说,后人也以此理解杜诗山高水深的创作,"杜少陵云:'作诗用事,要如禅家语:水中着盐,饮水乃知盐味。'此说,诗家秘密藏也。如'五更鼓角声悲壮,三峡星河影动摇'。人徒见凌轹造化之功,不知乃用事也。……则善用事者,如系风捕影,岂有迹耶!"[1]或如山谷评东坡所谓"胸中有万卷书,下笔无一点尘俗气"[2]种种皆得益于化饱参于无迹之默会工夫。

---

[1]　《诗人玉屑》卷七,第148页。

[2]　《诗人玉屑》卷二十一,第470页。

这由积渐以至神悟而自然圆成的工夫，既是由深自耕耘广博历练所致，同时也引导着诗人注意到在超越的极境之前，必有扎实而曲折的涵养历程：如唐代皎然所说"夫不入虎穴，焉得虎子？取境之时，须至难至险，始见奇句。成篇之后，观其气貌，有似等闲不思而得，此高手也。有时意静神王，佳句纵横，若不可遏，宛若神助；不然，盖由先积精思，因神王而得乎！"（《诗式》）①实已开后来黄庭坚等"平淡而山高水深"之说的先河。

在这等历练下，无形的涵养历程也有其进境和阶段，这些说法一样来自禅宗。例如常为人传诵的"三关"之说：

> 老僧三十年前未参禅时，见山是山，见水是水；及至后来亲见知识，有个入处，见山不是山，见水不是水；而今得个休歇处，依前见山只是山，见水只是水。

运用"三句"式的辩证，以表现层层翻转超越以至炉火纯青的"圆成"之境。"三句"的模式常用于境界论，诗人也学着用禅宗这种破与立的辩证技巧，表达创作从工夫到境界，层层转进又层层辩证以至超越而最终"圆成"的历程。

后来在诗论里又将其简化，描述从"饱参"到"悟入"、从"自得"至"圆成"等"学诗如参禅"之说。宋代吴可的三首《学诗诗》即为典型：

> 学诗浑似学参禅，竹榻蒲团不计年。
> 直待自家都了得，等闲拈出便超然。
>
> 学诗浑似学参禅，头上安头不足传。
> 跳出少陵窠臼外，丈夫志气本冲天。
>
> 学诗浑似学参禅，自古圆成有几人。
> 春草池塘一句子，惊天动地至今传。

吴可之前之后，产生了诸多"学诗如参禅"的表达，从工夫到境界，从"法"到"无法""活法"，普遍流传着文学与禅学实践方法的共通性。而这一篇篇句意浅白的心得，更强调创作如何在平实之中蕴含着蜕化而超越的艰难历程。

极尽辩证锻炼而蜕化为最终真实，禅宗素有繁华落尽始见真淳之说：

> 寒山《有树先林生》"皮肤脱落尽，惟有真实在"，用《涅槃经》意："如大树外，有娑罗林，中有一树，先林而生，足一百年，其树陈朽，皮肤枝叶

---

① 引自《中国古代文艺理论专题资料丛刊 意境·典型·比兴编》，第19页。

悉皆脱落,惟真实在。"后药山又用寒山语云:"皮肤脱落尽,惟有一真实。"(《五灯会元》卷五)

而山谷论诗亦如此:"老来枝叶皮肤,枯朽剥落,惟有心如铁石。"(黄庭坚《与王云子飞书》)"《正法眼藏》云:……(药)山曰:'皮肤脱落尽,惟有真实在。'鲁直《别杨明叔》诗云:'皮毛剥落在,惟有真实尽',全用药山禅语也。"(胡仔转述)①

有似上述青原惟信之"三关",最终虽说仍"依前见山只是山,见水只是水",却已是历经艰阻长途的锻炼,历经内外质性重重蜕变超越而臻至圆成的结果;山谷诗论则一路从锐意进取,博综参学,到完整内化至精淳而无丝毫冗赘多余的境界。遇物以无心顺应之"自得",实乃主体主动切磋磨砺、刮垢磨光至极之"自然天成",也是对于处处不离内化与工夫实践的致知之肯定。"平淡"乃是"圆成"之极致,最终之真实。

这历经锻炼而落尽繁华的平淡,便在上述"心源""真性"等至理与"味外之味"等价值观下,为文学所奉行:"欲造平淡,当自组丽中来,落其纷华,然后可造平淡之境。……李白云:'清水出芙蓉,天然去雕饰。'平淡而到天然处,则善矣!"(《韵语阳秋》)"东坡尝有书与其侄曰:'大凡为文,当使气象峥嵘,五色绚烂,渐老渐熟,乃造平澹。'余以谓不但为文,作诗者尤当取法于此。"(《竹坡诗话》)②

综上所述,这一切自得而"触事即真",历经锻炼蜕化到"平澹",正是从工夫到境界的完整实现;而上述"三关"的意义,也就是在一重一重辩证与超越的历程之后,在历经博综多学而刻抉深入等种种"奇迹"工夫之后,自得而圆成,付于无迹至其极致。于是繁华落尽始见真淳,创造了内蕴厚实而炉火纯青的"平淡"课题;于是这"平淡而山高水深",外不着形迹,内中实包容众有而蕴蓄"厚味"等种种创作实践,使宋诗成为专门之学。

3. 象征与表达:语言、符号之反思

禅宗基本的认知架构,原不脱佛家立场,然而为了传播,透过特别的宗教实践与说法方式,更为凸显了一些思维模式,在跨领域的影响中显得更为意义重大。例如:有关语言文字的立场。

本以"不立文字""教外别传"为标榜的禅宗,受惠于般若空观,独立于佛门义学的重重论证、层层推演,为自己教外别传的身份发展出特殊的认知方

---

① 《苕溪渔隐丛话》前集卷四十八,《黄庭坚和江西诗派资料汇编》上册,第59—60页。
② 《诗人玉屑》卷十,第218页。

法和语言形式。这套知识和表达方式，本系联于禅门自证自悟而不可言传的心法，然而禅者们秉持念念自在的精神，在一切身心作用中直指心要的宗教实践，遂使这种不可言传的心法，发展成禅门独特的语言模式，发展成与语言紧密相系而辩证超越的学授法门。也因为此等说法行法的特殊立场，禅门语录遂在佛学传统的经律论之外，另开出一大传播途径，更普遍流行于文化圈。

禅师对后学的接引，"作家"（善以机锋指点的大师）机锋相对，灯录的传播，禅宗在文化环境里的活动，改换了一切授学和见闻觉知的作法。"道"弥漫在一切见闻觉知中最典型的表现便是认识架构、语言形态，而在此种种作用之下，作为一切思维载体的（广义的）语言形式，成为应机接物、启发禅思之不可或缺的表征。禅门于是从原有"不立文字"的批判精神发展出"不离文字"的各种反思性的作用。这整个历程，随着文化领域间的会通化成，进入了文人的思维形态，进入了文学的思维模式。这些模式，也在上述诗学的价值观与认识论之后，大行于诗论。

如此，上述"默会致知"与不可明示的支援知识的认识论以及以"行入"①落实"明心见性"之方法论，引发了禅学对于语言、符号的意义作用全面的反省。在"不立文字"的前提下，运用必要的语言表达"不可言说"的思理，产生了南宗禅"遮诠"以示意的表达法门。

佛家常以"遮诠"的方式表达不可指称的真如实相，从中观之学到中国佛教的天台、华严更是善用遣执荡相的诡辞，以超脱真俗二谛的重重辩证，发展出各家圆融的义理。禅宗虽强调离言绝相，却发展出更为精练的、更契合情境的当机点化的语言，如"二道相因"的表达方式。而这也是喜欢超脱名相而不耐烦琐的文人最善于援用的。②

"二道相因"乃慧能亲授的传道说法的方法：

> 忽有人问汝法，出语尽双，皆取对法，来去相因，究竟三法尽除，更无去处。……通贯一切经法，出入即离两边，自性动用，共人言语，外于相离相，内于空离空……若有人问汝义，问有，将无对；问无，将有对；问凡，以圣对；问圣，以凡对。二道相因，生中道义，汝一问一对，余问一依此作，即不失理也。……汝等于后传法，依此转相教授，勿失宗旨。

（《坛经·付嘱品第十》）

---

① 佛家行道学道之途径，有"理入"与"行入"二道。禅宗之外，其他以经律论为传述主体的宗派，可谓之"理入"，见印顺《中国禅宗史》。

② 关于禅宗"二道相因"与"遮诠"等特殊的表达模式，详见笔者《禅宗与宋代诗学理论》第七章"诗论与禅宗特有的表达模式"。

后来的五家七宗所盛行之机锋、公案,甚至喝佛骂祖等种种举动,无非也是发挥这"来去相因""外于相离相,内于空离空""出入即离两边"的教法;简言之,为了呼应"拈花微笑"这一禅学发轫的不言之教,慧能禅法以一"遮诠"方式,迂回妙转语言之全幅大用以还诸"直指本心"之根本实践之道。

如此,"二道相因"以及禅门机锋、公案等隐晦却犀利的教法,更发挥了语言非推论、非逻辑却更丰富而直接的表达效果。当"遮诠"的表达模式,扩及中唐以来士人省思文字所承载、应承载的内容,以及可能之成就时,南宗禅独特的"示意"与表达方法,启示了文字辩证以及符号积极的表征作用,而宋人最关心的"文—道""言—意"关系,被推上更高进境。

(1)促成"道—意—文"整合理解。

在上述无迹的真实本体与默会的致知架构下,"禅"作为无限意义的聚焦,令学者认识到一切说法,均如"以指指月"般不可言说,只能透过点拨、示意等化用"表征"而"意会"之。如此体察"知"之难、"说"之难,犹如以上的认知方法("支援—焦点")中,那最终之焦点目标实是在无数支援知识的支撑下成立,因此,借助象征思维以"一"表"多"、以"分殊"寓"万有",借符号巧妙表征那不可离析的无限概念、感知与觉察,表现那至广大却只能"目击道存"的至理。于是造就了自"拈花微笑"以来种种非常之教或不言之教等诸多表现道、"象征"道的语言(含非语言)方法。

和禅门一样,文学也脱离不了语言,却又面对超越语言形质的挑战:古文运动以来,在"道""意"觉醒背景下,文人探求"道""意""文"的整合方法;于是,上述禅门应用语言大破大立、辩证超越的作法,为人文与美学的历史难题提供了解决之道,启发了"文"完美地实现始终言不尽"意"的"道"。

如上所述,诗人意识到,诗歌文外的美感本质与禅宗念念无住的"自性"真如有类似的地位和性质,而禅宗对语言文字的运用和批判恰也提供了诗歌发展历程中反省的资材。因此,当诗人表达实相无相,不即不离的诗学观念时,便自然地吸收了许多禅宗的语汇及表达方式,这是诗论和创作与文化环境交流会通最显著的证据。

对革新了诗歌文字、符号的全体大用有所意会的诗人,自然采用以禅喻诗、论诗的方式,表达其诗学的认知和体会,也将此禅门教法——辩证式的表达、符号表征的多重致知与效果,实现于创作之中。

如苏轼著名的"发纤秾于简古,寄至味于澹泊"(《书黄子思诗集后》),"质而实绮,癯而实腴"(苏辙《子瞻和陶渊明诗集引》)等说法,几已成为宋人口头禅;或是后来如"简易"与"工巧"、"平淡"与"山高水深",或"法"与"无法",以及诗歌语言之"即"与"离"的种种对立观念之辩证等,无不是运用了"二道相因"的思维;并透过这一辩证,达至二分之上更高一层的圆融实相:那不可分析、不落理性逻辑的诗学、艺术乃至人文终极之"道"、之至理。而后所有"文""道"相依、"技"进于"道"的思维,都离不开这般特有的表达模式。

"不离文字"又"不在文字",处处可见诗学运用禅学大破大立、随破随立的遮诠表达。禅式的语言观,否定了语言与真理的直接对应;但"行住坐卧皆是道"等以应机接物日常修行作为自性表征的体认,却肯定(广义的)语言"表现"的功能,肯定了语言形式与真理之间"象征"的关系。在这种思维下,诗人对待语言,既肯定其传达与符示的功能,又能体会其本质上的局限;因此,在"学诗如参禅"的观念中,借助禅宗参"活法"的精神,诗人既认识"法"的必要和它对诗歌表现力的拓展,又能时时意识到"法"如佛家讲的"方便施设",能够保持和佛学相似的不落二边、不执一端的方法批判,造就中国诗学特殊的语言态度。

此种不落于文字的理想,宋人常以陶渊明"彭泽意在无弦"式的创作"本心"为其嚆矢,如叶梦得所谓:"陶渊明直是倾倒所有,借书于手,初不自知为语言文字也,此其所以不可及。"(《玉涧杂书》)①

这种立场,一直到严羽以禅喻诗的"妙悟"、"惟在兴趣"说,至"诗有别材,非关书也""诗有别趣,非关理也",至"无迹可求""不可凑泊""言有尽而意无穷"(《沧浪诗话·诗辨》),使诗歌由语言文字的辩证,转换为文学上"言""意"的辩证。宋初以来诗人"意新语工"的成熟发展,在"言""意"更为丰富的交互辩证下,"文"更灵活而完整地象征、表现"道",并充分运用长年累积的实作经验。于是文学上"道—意—文"之整合,便在语言文字之全盘颠覆、透彻反省之下成就。

(2) 启发"艺术作品表征情感概念"之认识。

这般语言立场,也使得整个宋代文艺美学充满"艺术作品表征情感概念"的理解。

在语言形式与至理间的象征关系下,从阐发诗歌不着形式却蕴含难以企及的妙旨,到诗歌语言设计如何全是象征、全是寄寓,所谓"兴寄深微""兴托深远",或所谓"格见于成篇,浑然不可镌;气出于言外,浩然不可存"(《王直方诗话》)②等高明的方法和理想,皆是宋人之常谈。于是更强调诗歌虽

---

① 引自《中国古代文艺理论专题资料丛刊 意境·典型·比兴编》,第 285 页。
② 引自《中国古代文艺理论专题资料丛刊 意境·典型·比兴编》,第 318 页。

属"心法",虽是"不言之教",却必须经由诗人超绝的语言直截地会"意"方能达到体"道"之境界:

> 学诗浑似学参禅,妙处不由文字传。
>
> 个里稍关心有悟,发为言句自超然。
>
> （戴复古《论诗十绝》之七）①
>
> 学诗浑似学参禅,语可安排意莫传。
>
> 会意即超声律界,不须炼石补青天。
>
> （龚圣任《学诗诗》）
>
> 学诗浑似学参禅,几许搜肠觅句联。
>
> 欲识少陵奇绝处,初无言句与人传。
>
> （龚圣任《学诗诗》）②

如此诗歌圣境,如佛陀拈花,迦叶微笑,以心传心,不待言传,"意"会之底蕴(所象征之智慧、心境、情感、理解),虽是透过文字或符号等象征、指点,却超乎一切文字、形式、名相,而寄寓于语言形式内外巧妙之辩证。如此种种,更加凸显了符号象征言高意远之妙用,而象征、隐喻更扩充了符号的示意功能,使其成为"充满意味的形式"。

对于符号文字的这般认识,犹如西方符号论美学所理解的:"艺术创作,就是艺术家创造了一个完整而统一的艺术符号,表现其情感概念。""艺术就是人类情感符号的创造。在人文创造活动的项下,艺术创作就是符号表现。"③艺术符号表征了至为丰富的"情感概念"(涵盖作者知情意多维的心智理解),即所谓"充满意味的形式"。这使得一切文学或艺术创作成为"充满人文意味的符号形式"。

"拈花微笑"就是一个"充满意味的形式"之典范。而禅宗和宋人诗论种种这类的论述,正符应这般的美学立场,在这"充满意味的形式"下,呈现一多相即、以一含万种种觉察。

> 一切圆通一切性,一法遍含一切法,一月普现一切水,一切水月一月摄。直截根源佛所印,寻枝摘叶我不能。
>
> （玄觉《永嘉证道歌》）

---

① 《宋诗话全编》,第 7600 页。

② 《诗人玉屑》卷一,第 9 页。

③ 《中国诗学的关键流变——宋代"江西诗派"》,第 52 页。关于卡西勒和苏珊·朗格一派符号论美学的观点,以及笔者推阐之以阐明宋代诗文观念之特色,详见笔者是书卷贰第二章。

于是,此种"遮诠"不断超越且蕴含无限层次之"所见"与"能见",圆通地涵盖所有,把文字符号的作用发挥到"一即一切";而这层层工夫更系联起工夫技艺的"圆成"实践。以至于文学上"充满意味的形式"更推进了极精辟的美学认知,达到艺术形式最完美的效果,苏轼著名的"谁言一点红,解寄无边春",即从此假借而来。

诗歌和一切艺术一样,都强调感性价值;而在此符号表现的思维下,更发挥语言文字对于意蕴情味之极致表现、极致内蕴,拓展了感性形式之能,丰富了感性价值的层次。

于是,这般的认识,这般的诗论、文论,更开拓了作品的审美性、艺术性,更释解了"文"与用"意"和明"道"之间的紧张关系。如此,"道""文"不相妨,也推拓出"文以载道"最好的实践路线。宋初以来,"文"曾因过度倾向认知性、概念性的传"道",以致成为"言"道、"说"道,致令诗文本身也失去了心声心曲、抒情言志的艺术感性。而今在这极尽表现意味的语言立场下、符号表征作用下,创作强调形式技艺的表现力、强调文字符号的艺术表现,以充满承载情感价值与丰富意蕴的"意",撑起"载道"的形式——"文";于是,"道—意—文"成为融贯而互为支撑、互为开展的一体,以"意"的表现力传导了涵盖乾坤而说之不尽的"道"。同时,"文"的极致表现力,也持续开启"道"的无限可能,生发着对"道"无限扩充的理解和感悟。

"东坡号思聪诗为《水镜集》,又作序赠之,云:'聪能如水镜以一含万,则书与诗当益奇,吾将观焉,以为聪得道深之候。'"(《王直方诗话》)[1]所谓"得道"之"候",正意味着在上述"道—文"一体关系的前提下,"道"并非静态的概念式的既成存在,而是活活泼泼地"存有"而自我展现于"文"之表现的一切可能性之中,在"充满意味的形式"之"能表现"与"所表现"之中。

如此,承传了韩愈"文以载道",强调以"意"为主导的创作,也呼应着欧阳修诗文革新以来,以"意新语工"结合意义价值和艺术感性的路线,在"作品(艺术符号)—表征—(充满意味的)情感概念"的意识下,为使意韵丰富,以期符号、文字尽其象征表现,表现最为隽永深挚、意义丰富的情感内蕴,发挥最极致的表现力与感性价值,"意"就成为连贯主客条件,连贯作品感性价值与内蕴的"情感概念"之关键;而意味丰富也成为评价文字工夫的重要标准:"诗吟函得到自有得处,如化工生物,千花万草,不名一物一态。若摸勒前人,无自得,只如世间剪裁诸花,见一件样,只做得一件也。"(《漫斋语

---

① 引自《中国古代文艺理论专题资料丛刊 意境·典型·比兴编》,第155页。

录》)①不受限于一物一态,而得到完整的象征表现,于特定事类思义之上,构筑完形之文字设计以包笼全盘,以精湛的艺术形式寄托蕴寓丰富深曲的妙理,遂成为宋代文学之最高标杆。

二、禅学语境下的宋诗

(一) 诗歌从"自性""悟人"到"工夫""境界"的思维和语境

禅学、美学与文学的相互渗透,是宋代人文语境的一大特征。不只是语言的互用,思维方式、精神价值,甚至致知学用等,皆产生了深刻的变化。最典型的转变,发生于诗学。

禅思启引诗人反思诗歌本质、遇物感兴、情感价值等,以致在创作、鉴赏、方法论等方面开新求变,打开新的局面。特别是"不立文字"的禅门对于语言、语用的深度辩证,更改变了诗歌语言的深层机转以及诗人语言的熔铸、转化,其中甚至有着"日与语言居"(生活于语言之中)这般存在与语言的本体论内涵。这使得诗歌的"意新语工"进入更精微、更辩证的层次,诗歌的感性技艺与"道"的关系,有了更加融通而创造性的发展。

禅学在文化上的风行,更令其语境成为一切文艺理解和论述的依归,以致宋诗从创作到评价,常恍然与禅门同一关捩。对诗歌从"自性""自得"的本体、境界,到感兴体物的"参""悟"等工夫,到"平澹"而充满"味外之味"的价值判准,到技艺、手法自然浑成、无缚无脱,自由出入于一切文字、形式、物内物外,皆有启发。后来严羽所讲的"妙悟""入神",也是奠基于这类思维:"……然后博取盛唐名家酝酿胸中,久之,自然悟入。……谓之向上一路,谓之直截根源,谓之顿门,谓之单刀直入也。"(《沧浪诗话》)所参取之对象不同,导致所认同的典范与作法有异,然而就思维、学习法门与最终标的而言,严羽诗论与黄庭坚所代表的宋诗"心法"往往有合辙之处。

语境犹如一价值体系、生态体系,作品存在的语境决定了能够理解的眼光——"法眼",语境提供作品生存的脉络,作品须在此等法眼下方能发光发热;同时作品和评论也循环而持续地创造了禅与诗相应的"真性""自得""工夫""境界"等生态圈,进一步发展了宋诗内部的起兴造意、构思手法,以至于崭新的表现效果与审美价值。宋诗以诗歌美学为本位吸收了禅思智慧,在

① 《诗人玉屑》卷十,第220页。

创作与主张方面呈现了独特的主题,形成了从本旨、方法到风格评断,诗禅彼此交关互摄的文字艺术。

当欧阳修、梅尧臣以"作者得于心,读者会以意"提示了诗学本旨具有内在性、主体性以及某种隐晦性之后,诗歌的典范和创作路线便挥别了六朝以来客观体制之学,走向主体内省与形式觉知交融的、充满意会与"言""意"辩证的诗歌美学。① 这便与禅宗"以心传心"的默会之旨(tacit knowing)、主体自证的"见性"之学打开了交互融通的视域。而欧、梅所谓"状难写之景,如在目前;含不尽之意,见于言外",更指出诗歌透过饶富感知性的形式、充满情感体验的文字经营,表征、表现了诗人深层的思致和情感理解;其中所蕴含的文字隐喻和象征等精神,更与禅学深层的意会、超越语言的表达、象喻等,殊途同归。

后来诗人与禅宗的种种交流,更扩充了诗禅相通的思维和语境。诗歌也如同心性之学一般,追求真实之本体与无住无迹之浑融境界等极致价值,寻求自性自度等主体"自得"的精神,强调"目击道存""触事即真"等直观的领悟力和感受性,也充满博参与淬炼至高明透彻的"工夫"等实作心得。

就本体和本质论的立场而言,诗歌所体现的本心与极致的境界,和禅的无相浑融之"真实"若合符契:

小隐自题

林 逋

竹树绕吾庐,清深趣有余。鹤闲临水久,蜂懒得花疏。

酒病妨开卷,春阴入荷锄。常怜古图画,多半写樵渔。

此诗饶富别趣,特别是宕开一笔的结句别有意致,查慎行:"七、八思致别。"纪昀说此诗:"可云静远。"又说:"三、四景中有人。拆读之句句精妙,连读之一气涌出。兴象深微,毫无凑泊之迹。此天机所到,偶然得之,非苦吟所可就也。"②

听崇德君鼓琴

黄庭坚

月明江静寂寥中,大家敛袂抚孤桐。

古人已矣古乐在,仿佛雅颂之遗风。

---

① 宋代诗学如何在古文运动以来的历史氛围下,发展成兼具主体性与形式省思的诗学体系,以及以下所说充满心性之学一般的精神内涵,详见笔者《中国诗学的关键流变——宋代"江西诗派"》卷叁。

② 诗为方回《瀛奎律髓》卷二十三"闲适类"所选,诸评见李庆甲《瀛奎律髓汇评》中册,第975页。

妙手不易得,善听良独难。犹如优昙华,时一出世间。

两忘琴意与己意,乃似不着十指弹。

禅心默默三渊静,幽谷清风淡相应。

丝声谁道不如竹,我已忘言得真性。

罢琴窗外月沉江,万籁俱空七弦定。

袁昶:"赋物述情以笔先笔后摄取神魂为佳,无杲砌题面者……此章首尾皆不使一直笔,亦诗家秘密法也。"(《山谷外集诗注评点》)黄爵滋:"'两忘'二语善谈琴理。"(《读山谷诗集》)①

诗评在在表明:诗句写出了琴声"弦外之音"的艺术本质——"高情远韵",诗歌本身更是以"言外曲旨"的手法表现了"意在无弦"的至境。

此诗意转韵不转,韵转意不转,在转折之间,仍有另一层次的连绵相系,(如南宗禅所谓之"念念相续"又"念念不住",此中有不滞不离之自性"真如"),宛如琴音留白处,有默默余意相系相引,诗中音韵断续处,有渊默无言之"真性"依存。如此,"两忘"而化其道(泯然于无相无住之"真性"),于是,诗作之本旨,其自我表现的"意"所指引之"本心""本体",不只是"琴理",不只是"道"理,亦是诗歌至高的"言""意"真实境界。琴,与诗,与"道",虽内涵不同,凭借不同,而共通的艺术精神连贯于其间,道—意—文在"忘言而得真意"的精神下互通为一。

经由诗歌(的感知形式、感性价值)象征、表现诗人深层的情感体会、心地境界的认识,也衍生出诗歌"表征"诗人本心与"心性""胸次"等领会:"杜少陵绝句云:'迟日江山丽,春风花草香。泥融飞燕子,沙暖睡鸳鸯。'或谓此与儿童之属对何以异? 余曰:不然,上二句见两间莫非生意,下二句见万物莫不适性。于此而涵泳之、体认之,岂不足以感发吾心之真乐乎! 大抵古人好诗,在人如何看,在人把做什么用;如'水流心不竞,云在意俱迟''野色更无山隔断,天光直与水相通''乐意相关禽对语,生香不断树交花'等句,只把做景物看,亦可;把做道理看,其中亦尽有可玩索处。大抵看诗,要胸次玲珑活络。"(罗大经《鹤林玉露》卷八)②虽是理学家之言,然而此时的理学已受禅学浸润不少,可见这类思维在文化的大领域里普泛地达成共识。

当诗歌如同心性之学般充满主体和内化(personal internalization)的精神,当诗歌创作与品味必须经由此种以"悟"统称的法门(tacit knowing)获致之后,南宗禅自性自度的精神也随之过渡到诗论里,成就所谓"自得"的精

① 诗和笺注见黄宝华《黄庭坚选集》,第 27—29 页。
② 《古典文学研究资料汇编·杜甫卷》(上编)第三册,第 890 页。

神:"苏尚书符,东坡先生之孙,尝与人论诗。……曰:祖父谓老杜'四更山吐月,残夜水明楼',以为古今绝唱。此乃祖父于此有妙悟处,他人未易晓也。大凡文字须是自得自到,不可随人转也。""鲁直云:'随人作诗终人后',又云:'文章切忌随人后',此自鲁直见处也。近世人学老杜多矣,左规右矩,不能稍出新意,终成屋下架屋,无所取长。独鲁直下语,未尝似前人而卒与之合,此为善学。如陈无己力尽规摹,已少变化。"①"杨东山尝谓余曰:'如欧公之文,山谷之诗,皆所谓不向如来行处行'者也。"②

"自得"所欲达到的进境,更往往移用了禅学理学等强调心性工夫内敛内化以至通透"本源"而臻至"境界"等论述:"子美此诗,非特为山光野色,凡悟一道理透彻处,往往境界皆如此也。"(蔡梦弼《杜工部草堂诗话》卷二引张子韶《心传录》赞美杜诗"野色更无山隔断,山光直与水相通")③诗歌后来所谓"气象浑融""圆成"等美学价值便与此等一"悟"即悟全体境界的观点有关;且由此等"境界"语境继而衍生出后续"余韵""味外之味"风格论述与工夫、技道等辩证。

在这种文化语境之下,诗人继而探问只能自得而内化的"境界"为何,主体的厚实底蕴与创作浑朴圆美的终极价值如何内外交关,并论述、演练历经淬炼以至最终进境,尽去繁华,山高水深,引出"技"与"道"深刻的艺术辩证法门,将高远精微如"道"般的极致价值落实于扎实的技艺与学识心地中。如此,从"参"到"悟",从"工夫"到"境界",始用功精深,至于若无斧凿绳削的"平淡",开出了攸关诗歌专门之学与实作实践的技道辩证的"工夫"与"境界"论述,也建构了宋诗新典范。"至于渊明,则所谓不烦绳削而自合者。虽然,巧于斧斤者,多疑其拙;窘于检刮者,则病其放。……渊明之拙与放,岂可为不知者道哉。"(《苕溪渔隐丛话前集》卷三"五柳先生"上引山谷云)在此类语境下,陶诗方能云开日出,为宋人所理解,成就与杜诗无分轩轾的典范地位。

同时,从本旨、方法到风格评断的大"语境",从本体本质到致知内化、到锻炼而成就极致价值、到示意表达皆有可观的完整语境,落实到诗人具体创作实务和心得中的体现,首要就是深化了感"兴"造"意"的言意关系和审美与"表现"效果。

---

① 张镃《仕学规范》卷三十八、卷三十九,《宋诗话全编》,第7516,7524页。
② 罗大经《鹤林玉露》卷四,《宋诗话全编》,第7617页。
③ 引自《中国古代文艺理论专题资料丛刊 意境·典型·比兴编》,第22页。

（二）诗"兴"与诗"意"：创作之发兴、造意与诗法

1. 感物观物与诗材诗兴

在南宗禅一切"行住坐卧""见行觉知"皆"无非道场"的语境下，禅家的应机接物与诗家的感物观物，都充满"触事即真"的精神：

过百家渡四绝句
杨万里

出得城来事事幽，涉湘半济值渔舟。
也知渔父趁鱼急，翻着春衫不裹头。

园花落尽路花开，白白红红各自媒。
莫问早行奇绝处，四方八面野香来。

柳子祠前春已残，新晴特地却春寒。
疏篱不与花为护，只为蛛丝作网竿。

一晴一雨路干湿，半淡半浓山叠重。
远草平中见牛背，新秧疏处有人踪。

这组小诗，是杨万里典型的"活法"实践："发掘日常生活中的诗意，捕捉瞬间的新鲜感受，渲染平凡事物中的奇情异趣""首句'出得城来事事幽'就是源自杜甫的'长夏江村事事幽'（《江村》），又如'远草平中见牛背'，也是取意于《敕勒歌》的'风吹草低见牛羊'，然而用得自然贴切，见出熔铸词语的功力"[1]。有所熔铸却又写得轻巧自然，文字如白话般脱口而出，即景写真如率意白描，其中却有精密对偶，间或掺杂了宋人盛称的流水对等精巧句式，增添尖新奇巧之趣，却都行云流水，了无形迹。

杨万里诗处处机敏新巧，如快门取景[2]，虽或流于肤廓轻俗，但就其诗材之日常性、随机性，或诗思之灵便善巧而言，呼应着禅家应机接物，发兴于日常之趣味。

小　池
杨万里

泉眼无声惜细流，树阴照水爱晴柔。
小荷才露尖尖角，早有蜻蜓立上头。

---

[1]　《宋辽金诗鉴赏》，第 350 页，引文为周启成撰写。
[2]　钱锺书说杨万里善"写生"，如摄影撷取景物或人物活动的瞬间。（《谈艺录》）

"信手自孤高",诗兴诗材无所不可,无所不至,"万象毕来,献予诗材"的"透脱"①,也多得之于其娴熟于禅学理学而"无入而不自得"的心态,以致能表现如禅宗行住坐卧触处即真的平常心,掌握前后际断、念念不住之瞬间,令其诗歌确有可观。

春 日

朱 熹

胜日寻芳泗水滨,无边光景一时新。
等闲识得东风面,万紫千红总是春。

朱子自然未曾到过北方孔子故居的泗水,此时的诗人正在湖南的岳麓书院讲学,而这正是理学、儒学复兴的契机。于是此处"胜日寻芳泗水滨",便意味着只要能实现儒者的真境真理,精神所在,心意所在,处处无非"万紫千红总是春"。

一代大儒写研究学问的心得,写得春风拂面、清新快意;理学家更把禅学触事有得的本体真实引入了起心动念之契机,于念念发用之时,于遇事起兴之际,眼前的"无边光景"或"天光云影"即目皆真。精神所在,心意所在,无处不是"本心""真性"现形的道场,有源头活水般"触事即真"的本心(能等闲"识"得东风面),又何处不是"郁郁黄花,无非般若;青青翠竹,即是法身"?

善于应机接物而敏于见闻觉知的视野一旦打开,在"能"感善知之法眼下,当下的耳闻目睹、所觉所知,莫不涉笔成趣,天地间长养的寻常事物,莫不见其不凡姿态、意味,"真心""本性"所到,即"天理"流行之处。

朱熹的另外二首《观书有感》,也充溢着这般意兴感知。这位大学问家、理学家,"写'观书'而不谈书,却着意刻画'方塘''活水''江水''巨舰',借以表达自己的感想,这是一种比兴,或者说是一种象征"②。"天理"(之心、之性)无所不在,"向来枉费推移力,此日中流自在行",会得诗道同源的"本心""元气",成为时刻能得于心、会于意的真实自在,扩及一切经验的感兴与发用。

曾长年从学于理学家的陆游正有得于此。陆游自述盛年时悟得"诗家三昧"的历程:"我昔学诗未有得,残余未免从人乞。力屏气馁心自知⋯⋯四十从戎驻南郑,酣宴军中夜连日。打球筑场一千步,阅马列厩三万匹;华灯纵博声满楼,宝钗艳舞光照席;琵琶弦急冰雹乱,羯鼓手匀风雨疾。诗家三昧忽见前,屈贾在眼元历历。天机云锦用在我,剪裁妙处非刀尺。世间才杰

---

① 以上引语皆为杨万里自述其作诗心得,见《宋诗话全编》,第5955、5975页。
② 《宋辽金诗鉴赏》,第359页,引文为郭建勋撰写。

固不乏,秋毫未合天地隔……"(《九月一日夜,读诗稿有感,走笔作歌》)

所言正是诗人"自得"于心之后,一切诗材诗兴无不历历在眼,得于意而会以心;诗家之"得"不假于外,用之在我。光景夺目、五声乱耳,念念过耳、念念过目,无所住而生其心,遇物无忤,与物(物兴、物感)无隔,与天地无隔,正是诗心发用之时。

2. 构思造意与句法诗法

除了上述"触事即真"的精神对诗人诗材诗兴的启发,南宗禅在既肯认(自性是)"念念相续"而能处之以"无心任自然"的宗旨下,又发展出"活法""活句"等关于表达的省思,这般更加辩证、更加精巧而练达的"言—意"思维也影响了诗歌创作,特别是诗人感物观物之后进一步的构思造意。

禅家以其启"悟"的致知与表达,启示了诗家敏锐的感知能力和直观洞察的领会,然而这不凡的能知能感、所知所感,也必须与非常的构思造意相互为用,方能造就诗歌终极的表现价值。禅家语言也未必一味平浅,它更构设出诸多即事随兴的语言和非语言、曲折深透的"活句"表达,透过重重辩证、点拨却更直观的手法以启示而朗现更高一层的"真实"。在处处运用语言又时刻反省"话头禅""死于句下"的辩证思维下,言语表面的"平常"与朴实内敛的"恒常"是互为内外、相互支持的;所谓"触事即真"的种种感知和表现,是与日常的返璞归真、普适的"行住坐卧皆是道"等时时参悟的涵蓄工夫合而不分的:"表达"="体现"="行道"。在禅式语境的开拓下,在诗禅表达手法的相互启发下,诗歌愈益凸显"言""意"之间更高明而微妙的相互涵融与互动,更推进构思造意的深化。

上述杨万里快门般直取诗材"一切现成"的写作,虽有即景的小趣味,却常不免流于谐俗浅薄,相较于此,同样擅长取景于农家日常、生活细末,张耒诗歌更能够展现朴实平常的即兴所"感"之中种种难以言喻的内涵:

海州道中二首
孤舟夜行秋水广,秋风满帆不摇桨。
荒田寂寂无人声,水边跳鱼翻水响。
河边守瞗茅作屋,瞗头月明人夜宿。
船中客觉天未明,谁家鞭牛登陇声。

秋野苍苍秋日黄,黄蒿满田苍耳长。
草虫咿咿鸣复咽,一秋雨多水满辙。
渡头鸣春村径斜,悠悠小蝶飞豆花。
逃屋无人草满家,累累秋蔓悬寒瓜。

诗风虽带晚唐即景写情之韵味,却更不着痕迹,也更不限于抒写一己之情,"无心任自然"式的娓娓描绘,却蕴含更多的日常生活感受,更丰沛的情感价值满溢于笔下。

"谁家"一句,极自然而不着意地(影射)点拨出眼前这日复一日的平常。而同样表现田园的亲切况味,比之陶、韦以来多表现高旷闲适心曲的作品,张耒诗中的农家生涯又更显生活朴实平凡之"真相""真味"。相较之下,杨万里、范成大等对于农家生活的片刻白描,像是旁观者一时的兴之所至,捉住有意思的片刻;而张耒则更道出了生活的情味或绵长余韵。

诗道虽借径禅宗"触事即真"的感知能力,然而无论是禅的修行还是诗歌艺术的成就,皆不止于能见能识的新巧鲜活之一刻;一瞬间之所以能"悟",尚涵融无数厚实之情味和思意,禅的活法活句等表达创造了更复杂的"意在言外"的设计,蕴蓄了更辩证的"言—意"机转。于是,诗人"目击道存"的写景叙事,也应当体现在难能可贵的构思造意中,这才足以托寓、足以全盘表征"道"应机接物之"真";不只是现下之"真",而更蕴含存有之"真"、本质之"真"。

也是这独特的构思造意,让此诗中的"复字",摆脱了诗歌用字遣词"字复""意复"之忌,反而能更创造思意连绵、淡然接续的意味(生活在如此平常、重复的事物中脉脉相续着)。张耒诗歌"平常"而自然,正如同为苏门君子的晁补之所称:"君诗容易不着意,忽如春风开百花。"(《题文潜诗册后》)如此"平常"而不俗,(造意构思)经营至"工"而自然,正是"平淡而山高水深"之真意。

诗人感叹"无常"的多,能写"平常"的反而少有(即使陶诗之自然风韵,亦是出自其心性气象之"高"),杨万里诗俗浅,也能因其新颖轻巧而得誉,多少受惠于诗人多食螺蛤而思笋蔬的心态,然而笋蔬之中,亦有实在真味,这更必须植根于能感能知之下"言""意"机转的领悟和运用。

于是在诗材诗兴之上,诗人更开发互为表现的言意思维,以托载、寄寓淳厚思意于文字表现中;精心构思造意,以托载各自独特的世情体会。诗人感知、理解世事之才能,尽呈现于其各异其趣的诗法、句法里:吕本中曾说东坡、山谷各自一种句法,如苏轼之"秋水今几竿",黄庭坚之"夏扇日在摇""行乐亦云聊"①,这些"句法"形式,体现着两位大手笔殊异的性情人格与文学涵养。苏、黄的"句法"(句式经营和布置),正是以其构思造意,承载了、体现了其人其诗独特的心性底蕴、文学涵养。(这其实也是对传统文论主张"文

---

① 吕本中《童蒙诗训》,《黄庭坚和江西诗派资料汇编》上册,第43页。

如其人"一种更具美学和创作认知的拓展。）

苏轼《送曹辅赴闽漕》诗"我亦江海人，市朝非所安。常恐青霞志，坐随白发阑。……凭君问清淮，秋水今几竿。我舟何时发，霜露日已寒"，将他的江海之志、游于江湖之心愿，语带双关地与庄子《秋水》篇游于物外之喻联系起来。

黄庭坚的物外意则又别是一味。《招子高二十二韵兼简常甫世弼》："我行向厌次，夏扇日在摇。甘瓜未除垄，高柳尚鸣蜩。驾言聊摄归，飞霜晓封条。……岁月坐腕晚，鬓颜飒然凋。"联系了"东陵瓜"的隐喻，一样有光阴荏苒，岁月倏然已与物迁，而逍遥物外之心愿未了之意。其"句法"——其手法、句式之表现，则和东坡诗颇为异趣。他的《次韵答常甫、世弼二君不利秋官，郁郁初不平，故予诗多及君子处得失事》（中有"相期淡薄处，行乐亦云聊"二句）这首长诗更是深有含义。[1]

作品的文字形式，涵容无限细腻感知与文字表现动态，这是上述吕本中要学者分辨苏、黄"各自一种句法"的用意所在。此等"句法"，难以明示而有赖于技能完备而涵养丰富条件下的细腻体会。丰富涵养，就诗歌艺术而言，也就是深厚的"知""情""意"以及它们与文字经营之间精微高明的表现关系。这启发了诗歌更复杂微妙的"言""意"关系；加上禅学的"活法""活句"等表达方式，为"句法""诗法"示范了意在言外等更加灵活高明的形式表现。[2] 在言意相掎相持的禅式"活法"下，"饱参"与"妙悟"的致知机转，造就了诗"法"更加精密工致的构设安排。在言意互动更加全面的意识下，在感性形式与情感价值的辩证互动下，吸收了禅之象征表达与精微辩证的"句法"艺术，贯穿了诗人从感物观物到造意构思、到形成完备圆美形式的总体过程，在完整"句法"及"法眼"之下，文字创作更加勾抉深至，创造更加出色的感性意味，拓展言意的纵深度，而成就意味更加丰富的形式。

南宋诗人当中，较之上述诗材"无处不真"的杨万里，陈与义更为典型，

---

① 相传黄庭坚此诗有一序言："己酉二月……食罢，解衣盘礴，壁间得往岁书。思拂尘落笔之时，观者左右便似数百年事，信今梦中强记昔梦耳。新物代故物，如十指相为倚伏，抵掌而谈，缩手入袖，遂成前尘故形，乃悟已非其会，矢贯其首，方且睨引弓者谁。故古人尝眇万物以为言，以谓枢始得其环中，以应无穷。嗟乎，浩浩七年，其间兴废成坏所更多矣。自其究竟言之，谁废谁兴，谁成谁坏？非见无我，非我无见，故曰无所见见。去言以观吾言，后当有知言者。"（见罗凤珠主持之"唐宋诗词资料库"网站 http://cls.lib.ntu.edu.tw/sung/sung/SMP_MenPoem.html。又此序另有一说是其同隶于己酉二月的《书舞阳西寺旧题处》诗序。）此序交代诗人有感于时光白驹过隙，今昔往来间不免触事感怀，故了然于世事"真味""真相"而处心于淡、无缚无脱；有助于意会诗句"相期淡薄处，行乐亦云聊"所以如此表现之哲思理趣。

② 详见笔者《禅宗与宋代诗学理论》第四章。

无论其老杜般"沉郁顿挫"的功力还是宋诗风格之独树,都更能把握精微的"句法"诗艺,这与其能将感物感兴进一步表现于更精练的构思造意,借着老杜般炼字锻意的手法布置,直达更加深沉有味的言意层次有关。所以诗歌既要有触事即真的敏锐感知,又须设计经营使之有"法";正如禅家讲"目击道存"之后,又须济之以饱"参"、博"参"。

怀天经智老因以访之

陈与义

今年二月冻初融,睡起苕溪绿向东。
客子光阴诗卷里,杏花消息雨声中。
西庵禅伯还多病,北栅儒仙只固穷。
忽忆轻舟寻二子,纶巾鹤氅试春风。

临安春雨初霁

陆 游

世味年来薄似纱,谁令骑马客京华。
小楼一夜听春雨,深巷明朝卖杏花。
矮纸斜行闲作草,晴窗细乳戏分茶。
素衣莫起风尘叹,犹及清明可到家。

这两首诗都是名动一时的佳作,其中"客子光阴诗卷里,杏花消息雨声中""小楼一夜听春雨,深巷明朝卖杏花"都是脍炙人口的名联。

然而在诗人的"法眼"下,纪昀就以陆游此诗"熟滑"之故,认为其"格调殊卑""谐俗"。比较这两首诗歌,令人深思:七律一向怕熟滑,然而熟滑与圆美流转如何区分? 简斋诗何以不俗,不流于熟滑?

这涉及其"诗法"与其"言""意"关系的设计。

简斋一向善于运用文字、声律、意象、意脉等形式布置,创造更深一层、耽思感怀的回荡空间,亦即沉郁之"意"。这首诗,方回列入"变体"一类,也就是句内流水对,这类在后来看似相当普遍的对仗变化,方回颂扬不已,后人也认为流水对能够调节律诗严饬的格律,使诗意有走马贯珠的动态灵便,且因词性句式的交叠错落而更能拉开想象的空间。品味"客子光阴诗卷里,杏花消息雨声中"一联,在同一句中,诗意、雨情、客中时光,连贯有致,远近交织,几重思意渐次渲染开,且一层递延一层,在更辩证而多维的言意设计下,动态地表现时光和感性空间的绵延迢递之感,更托寓出诗人感物起兴之深怀;相较之下,"小楼一夜听春雨,深巷明朝卖杏花",对仗齐整,而思意直线般单指一路熟顺而下,便显得清新快意却欠缺层次和纵深了。

历经精微辩证而蜕化的"法""无法"与"活法",方能造就更高的进境;犹如"见山是山"之后,须得"见山不是山"之久参,再久历浸习而成就"见山是山"之境界。遍历经营转化之禅门心法,亦是诗学活法之致远长途。诗人喜欢援禅论诗:"凡作诗如参禅,须有悟门。"①关键就在于经营深至而有"参"有"悟",交互圆转活用,"学诗浑似学参禅"遂成为诗歌与禅学方法论的共识。"后山论诗说'换骨',东湖论诗说'中的',东莱论诗说'活法',子苍论诗说'饱参',入处虽不同,然其实皆一关捩,要知非'悟入'不可。"②这遍历周方而涵养沉深的"悟入"就是诗禅总体语境的代表。

甚至在构思造意中,欲使言意表现深刻悠长,诗歌还引入了禅宗"二道相因"式的语言辩证,这源于更早的中唐诗,而慧黠的苏轼将此等思维发扬光大,用以启发诗人更高妙的美学境界。

赠日本僧智藏

刘禹锡

浮杯万里过沧溟,遍礼名山适性灵。

深夜降龙潭水黑,新秋放鹤野田青。

身无彼我那怀土,心会真如不读经。

为问中华学道者,几人雄猛得宁馨。

方回:"三、四遒丽,五、六有议论。"纪昀:"不为极笔,然气格自别。"③

诚如以上评语,不作常见的壮语、诡奇谲丽之语,如何别出心裁地藏"议论"于"遒丽"之中?这般心得心法,犹如"雄猛得宁馨"的辩证,孕育于禅宗"皆取对法,来去相因""二道相因,生中道义"(《坛经·付嘱品第十》)的表达方式中。禅宗"二道相因"式的语言运用,寓圆融之极理于常理常形的表达中,无丝毫说理的有形理路,思意却经这正反辩证更翻一层,而兴发感悟,意在言外,别有滋味,此不辩之辩也。

"二道相因"的表现方法,引出苏轼精彩高妙的"至味"之说:

送参寥师

苏　轼

上人学苦空,百念已灰冷。剑头惟一吷,焦谷无新颖。

胡为逐吾辈,文字争蔚炳。新诗如玉屑,出语便清警。

---

①　吴可《藏海诗话》,《宋诗话全编》,第 5547 页。

②　曾季狸《艇斋诗话》,《宋诗话全编》,第 2635 页。

③　诗为方回《瀛奎律髓》卷三十八"远外类"所选,诸评见李庆甲《瀛奎律髓汇评》下册,第 1451 页。

退之论草书,万事未尝屏。忧愁不平气,一寓笔所骋。
颇怪浮屠人,视身如丘井。<u>颓然寄淡泊,谁与发豪猛</u>。
细思乃不然,真巧非幻影。<u>欲令诗语妙,无厌空且静</u>。
<u>静故了群动,空故纳万境</u>。阅世走人间,观身卧云岭。
<u>咸酸杂众好,中有至味永</u>。诗法不相妨,此语更当请。

借助于禅宗二道辩证的思维,"静故了群动,空故纳万境""咸酸杂众好,中有至味永"使此诗成为示范"至味"美学构思造意的代表,和苏轼"美在咸酸之外""发纤秾于简古,寄至味于澹泊"等议论,成为宋人最具表现力的"味外之味""余韵"说之源头。

诗与禅在共通的辩证深化的立场上,扩充了语言(与非语言、不语言)的运用、涵纳与层次,衍生出出入于语言形式、出入于风格法度而摆落两端的"味外之味"与"别材""别趣"等表现效果。

(三) 表现效果:"至味"与"别材""别趣"

宋诗在与禅共通的语境和思维下,最独特的美学效果,一是"味外之味""余韵"等审美价值,二是摆脱形迹而全在"作用"的"别材""别趣"等表现。

1. "味外之味"与"平淡":无相无住的审美价值

诗歌用"意"的课题,从中唐到宋代愈加凸显。宋代文人重"道"又长于思辨,特别善于议论和判断,但诗歌不是文章,戒直白申论,因此如何蕴藏,如何收放,更加挑战"道—文"关系,而道、义互为掎持的关系,又聚焦于关合这两端的"意"的课题上。

在宋人诗学重"意"、重视文字内涵又重视"法"的形式布置下,整合出对于创作的一种类似符号论美学"作品(艺术符号)—表征—情感概念"的认识,并以此统整了中唐以来"道—意—文"的关系。①

于是,"意"就成为连贯主客条件,连贯作品感性价值与内蕴的"情感概念"的关键;而作品也就是"<u>充满意味的形式</u>",意味丰富也成为评价文字工夫的重要标准——所谓:"山谷最爱舒王'扶舆度阳焰,窈窕一川花',谓包含数个意。"②"山谷于退之诗少所许可,最爱《南溪始泛》,以为有<u>诗人句律之深意</u>。"③"诗人句律之深意",就意味着诗歌应尽其所能地以其文字构作的

---

① 详见笔者《中国诗学的关键流变——宋代"江西诗派"》卷贰第二章"江西诗派是一种'符号表现'型态的诗学"。
② 《王直方诗话》转引陈师道语,《黄庭坚和江西诗派资料汇编》上册,第25页。
③ 《王直方诗话》转引洪龟父语,《黄庭坚和江西诗派资料汇编》上册,第28页。

形式(以其独到的句律形式)表现极致的感性价值。

禅学语境与禅宗的表达,又提示了诗人对诗歌感性价值的体认,既蕴含最丰富的深意,又须不着议论、判断。于是诗人挑战以直观如"目击道存"般的艺术形式,寄寓最超越的极致价值,这便产生了余味、余韵等课题,寻求"味外之味""美在咸酸之外"等表现效果,形成别有深意而不可凑泊的审美价值,如严羽所谓不可凑泊、镜花水月、无迹可寻。

范温《论韵》对于"韵"的定义,恰是对"余意""味外之味"等概念完整而具有代表性的解说:

> ……"有余意之谓韵。"……定观曰:"余得之矣。盖尝闻之撞钟,大声已去,余音复来,悠扬宛转,声外之音,其是之谓矣。"……予曰:"盖生于有余。……凡事既尽其美,必有其韵,韵苟不胜,亦亡其美。……其为有包容众妙,经纬万善者矣……一不备焉,不足以为韵。……必也被众善而自韬晦,行于简易闲澹之中,而有深远无穷之味,观于世俗,若出寻常。至于识者遇之,则暗然心服,油然神会。测之而益深,究之而益来……故巧丽者发之于平澹,奇伟有余者行之于简易……割据一奇,臻于极致,尽发其美,无复余蕴,皆难以韵与之。惟陶彭泽体兼众妙,不露锋铓,故曰:质而实绮,癯而实腴,初若散缓不收,反覆观之,乃得其奇处……是以古今诗人,惟渊明最高,所谓出于有余者如此。至于书之韵……夫惟曲尽法度,而妙在法度之外,其韵自远。……盖古人之学,各有所得,如禅宗之悟入也。山谷之悟入在韵,故关(开)辟此妙,成一家之学,宜乎取捷径而径造也。如释氏所谓一超直入如来地者……自有超然神会,冥然吻合者矣。是以识有余者,无往而不韵也。……"
>
> (《潜溪诗眼》)[1]

范温此说,实是麇集了此前苏、黄诸家"余味""余意""至味""味外之味"等相关论述,而统称为"余韵"。宋诗中经常与"至味"论述相联结的,便是"平淡"风格。

梅尧臣《鲁山山行》有"好峰随处改,幽径独行迷""人家在何许,云外一声鸡"二联,前者方回谓之"幽而有味",后者后来诗人谓其"尤有远致"或"落句妙,觉全首便不寂寞"[2],皆以其为"余韵""余味"之佳范。淡笔之中饱含韵致,诚如欧阳修论梅尧臣诗"真味久愈在"(《水谷夜行寄子美圣俞》),如此

---

①　《潜溪诗眼》,《宋诗话全编》,第 1259—1261 页。
②　诗为方回《瀛奎律髓》卷四"风土类"所选,诸评见李庆甲《瀛奎律髓汇评》上册,第 174 页。

"幽而有味",遂首开宋人"平淡"的典型。

"平淡",大概是禅道思维最主要的风格了。不过在诗学中,"平淡"往往不仅是一种特定风格的指称,不仅是诗歌内容的素朴和语汇的"淡乎寡味",甚至还在文学性和审美性的讲求下,表现心境上虚融冲淡的修养,借助高明而精微的形式安排与辩证,形成"外枯而中膏,似澹而实美"的特殊美感,以及"繁华落尽见真淳"的书写工夫。

传统诗学本就有"自然""平淡"一体,最初主要指在以"道"为先的前提下,"无为"的写作态度,以及朴拙无华的表达方式。后来,又有韩孟诗派到宋初梅尧臣"精意刻琢""艰宕怪变得"的平淡。或是因说"理"而平淡,或是因情感的素朴而刻意平淡,却终未达到在诗歌美感和禅道境界上的双美。

突破要从苏轼对陶渊明、柳宗元、韦应物等诗风辩证的赏析开始:

"独韦应物、柳宗元发纤秾于简古,寄至味于澹泊,非余子所及也。唐末司空图……其论诗曰:'梅止于酸,盐止于咸。饮食不可无盐梅,而其美常在咸酸之外。'……美在咸酸之外,可以一唱而三叹也。"(《书黄子思诗集后》,《苏轼文集》卷六七)"柳子厚诗在陶渊明下,韦苏州上。退之豪放奇险则过之,而温丽精深不及也。所贵乎枯澹者,谓其外枯而中膏,似澹而实美,渊明、子厚之流是也。若中边皆枯澹,亦何足道!"(《评韩柳诗》,《苏轼文集》卷六七)于是"澹泊""平淡"遂与"味外之味"联系起来,成为宋人公认"至味"之典范。

> 陶渊明意不在诗,诗以寄其意耳。"采菊东篱下,悠然望南山",则既采菊又望山,意尽于此,无余蕴矣,非渊明意也。"采菊东篱下,悠然见南山,则本自采菊",无意望山,适举首而见之,故悠然忘情,趣闲而景远,此未可于文字精粗间求之……
>
> (晁补之《题陶渊明诗后》引东坡语)[1]

苏轼这段话是站在诗歌立场上来讲的,但是他继续发挥"趣闲而景远""浑然有物外意"等心境表现说陶诗,后来诗人们便将"胸中之妙"的解脱心境与外枯中膏的辩证美感结合起来,树立了把创作表现与体"道"心境结合起来的"平淡"一体。

诗人肯定得道的心境是诗歌中重要的情感价值,并且在"无物不真"的体会下,重新体认文学作为人文创作的精神价值,给予"平淡"在文学上新的诠释。于是,"平淡"指向"淡而有味",如禅宗所谓"平常心是道"一般,在"闲

---

① 《鸡肋集》卷三十三,《宋诗话全编》,第 1042—1043 页。

远自得"的心境下,突破表达的形式,摆脱体道诗歌总是缺乏文学技巧而致"枯槁""不工""不文"的习见,强化了诗歌表现"物外意"等生命情态的能力。

如此,高风远韵、味外之味等课题,透过崇陶、和陶等典范学习推进了六朝以来既有的"平淡"课题,将其提升到锻炼极致后倍加精彩的隽永至味。"陶潜、谢朓诗,皆平澹有思致,非后来诗人怵心刿目雕琢者所为也。老杜云:'陶谢不枝梧,风骚共推激。紫燕自超诣,翠驳谁剪剔。'是也。……今之人多作拙易诗,而自以为平澹,识者未尝不绝倒也。梅圣俞《和晏相诗》:'因令适性情,稍欲到平澹。苦词未圆熟,刺口剧菱芡。'言到平澹处甚难也。所以《赠杜挺之诗》有'作诗无古今,惟造平澹难'之句。李白云:'清水出芙蓉,天然去雕饰',平澹而到天然处则善矣。"①

平淡天然却含"不尽之意",于是进入如何蕴含深广的"意"的课题:炼"意"的根本工夫使题材的"平淡",风格与辞藻的"平淡",文字表面上形式的平易,蕴含更丰富的感性价值、情感理解,而这更需要切磋琢磨、辗转反思,更为考验创作与鉴赏的见识与能力,于是有工夫论上历经山高水深的"平淡"。如诗人"平淡而到天然处"之说:"大抵欲造平淡,当自组丽中来,落其华芬,然后可造平淡之境。"(葛立方《韵语阳秋》卷一)②将山高水深之辩证,落实于工夫淬炼至平淡之语言表现。

博学的文人,在累积深厚心性、句法技艺之后,如何会归于前述浑融无迹的理境? 除了表现于平淡至味之审美价值外,还有摆落文字、形相、法度等一切框架依附而发挥全体大用以至创造出"别材""别趣",创造宋诗"奇外无奇更出奇"的表现效果。

至于后续这等表现力又须做到何等工夫,则在以下九、十两章详述之。

2."别材""别趣":摆落形迹的"作用"

由上述"味外之味"等无相无住的感性价值还引出创作与评赏"不即不离"的判断:既要运用文字、法式,又要求更超脱于一切形式、名相的表现,于是,诗学也像禅宗一样,造就诗歌与文字、形相、法度等任何有形之资不即不离的辩证思考。

"炎天梅蕊""雪中芭蕉""九方皋之相马,遗其牝牡骊黄"等"离形"而更"传神写意"之说:"诗者,妙观逸想之所寓也,岂可限以绳墨哉? 如王维作画,雪中芭蕉,法眼观之,知其神情寄寓于物,俗论则讥以为不知寒暑。"(惠洪《冷斋夜话》卷四《诗忌》)"陈去非作《墨梅》诗云:'含章檐下春风面,造化

---

① 张镃《仕学规范》卷四十,《宋诗话全编》,第 7526 页。
② 葛立方《韵语阳秋》卷一,《宋诗话全编》,第 8198 页。

功成秋兔毫。意得不求颜色似，前身相马九方皋。'（《和张规臣水墨梅五绝》其四）后之鉴画者，如得九方皋相马法，则善矣。"（葛立方《韵语阳秋》卷十四）①从宋初"以文为戏"锻炼"文字"到后来追求极致的"技近于道"等主张，都充满出入于法度、意象、意念等的辩证。

这里引用的王维画作和九方皋（或伯乐）相马能摆脱形貌、得其精神意气等典故，原本用以论画，然而诗人亦常援引以论诗，将遗其形相而传神写意之精神引入诗歌创作，发挥妙观逸想，打了诗歌广阔的创作想象与实践。"前人论子美之用故事，有着盐水中之喻，固善矣，但未知九方皋之相马，得天机于灭没存亡之间，物色牝牡，人所共知者为可略耳。……近世惟山谷最知子美，以为今人读杜诗，至谓草木虫鱼皆有比兴，如试世间商度隐语然者，此最学者之病。山谷之不注杜诗，试取《大雅堂记》读之，则知此公注杜诗已竟。可为知者道，难为俗人言也。"（元好问《杜诗学引》）②

善学者、善知者奇外出奇的窍要，正是"人所共知者为可略耳"：略其筌蹄，得其真意。至谓"无意而意已至"：内敛沉潜而忘形于默会的意识里，于是目击而道存——如庄子所谓"我知之濠上矣"③。天全之知，不待一一细较而得，所以"道可致而不可学"矣。诗人将文字、风格形式之外的"天然无迹"更推而广之，并借禅宗"以心印心"感悟之道启发之："《三百篇》美刺箴怨皆无迹，当以心会心。"（姜夔《白石道人诗说》）④

以心会心之理，发于文字表现，如方回所谓"读后山诗，若以色见，以声音求，是行邪道，不见如来。全是骨、全是味，不可与拈花簇叶者相较量也"⑤，用以理解江西所谓"意在言外"的"活句"之法；或如元好问所谓"诗家所以异于方外者，渠辈谈道不在文字，不离文字；诗家圣处，不离文字，不在文字。唐贤所谓情性之外，不知有文字云耳"（《陶然集诗序》，《遗山先生文集》卷三七）。

如此，不依恃任何成法、成见，乃至摆脱任何有形有迹之刻意框架，一切精彩，自作用而出；"工夫"所到，"境界"所到，作用十足，无须执持任何有形

---

① 葛立方《韵语阳秋》卷十四，《宋诗话全编》，第8298页。
② 元好问《杜诗学引》，《黄庭坚和江西诗派资料汇编》上册，第191—192页。
③ 关于庄、禅以及诗学这类"默会致知"的认识架构，详见笔者《从菩提达摩到大慧宗杲——一个禅学认识架构的历史形成》（《普门学报》2005年第28期），和《中国诗学的关键流变——宋代"江西诗派"》卷贰。
④ 姜夔《白石道人诗说》，《宋诗话全编》，第7549页。
⑤ 《瀛奎律髓》卷十六"节序类"，《瀛奎律髓汇评》上册，第577页。

有名之"体"与名相矩度，作用所到，精神所在，"全春在花，全花在春"①。这也奠定了后来整个严羽诗歌美学的定论：诗歌是"不涉理路""不落言诠"而禀赋"别材""别趣"（《沧浪诗话》"诗辨"）②的创作。

如宋祁《落花》诗颔联"将飞更作回风舞，已落犹成半面妆"，诗话多有称誉，后来甚至被推为"宋人落花诗第一"（贺裳《载酒园诗话》卷一），便在于抒写物情，不着于具象描摹，善于运用典故，托寓其风姿神采，而传神写照，更无其匹。

与小宋落花诗一样，传神写意而与所描绘之物情"不即不离"却得其写真之趣，词中则有苏轼之"杨花词"：

水龙吟（次韵章质夫杨花词）

似花还似非花，也无人惜从教坠。抛家傍路，思量却是，无情有思。萦损柔肠，困酣娇眼，欲开还闭。梦随风万里，寻郎去处，又还被、莺呼起。　　　不恨此花飞尽，恨西园、落红难缀。晓来雨过，遗踪何在，一池萍碎。春色三分，二分尘土，一分流水。细看来，不是杨花。点点是，离人泪。

这首词是宋人咏物词中最有名的一首，个中趣味，就在于丝毫不及于杨花形貌的具体描绘，却又处处扣合、呼应其"说是一物即不中"的神情意态，"唤起"无数难以言喻的情感理解，正如诗论所谓"不着一字，尽得风流"。

本书第三章曾引苏轼《百步洪》诗论其用典奇绝，而此诗用典、文字之"活"，达到全面成功，更得力于处处"即"境又"离"境的灵活手法。万象猝起，乍得乍失，却畅达明快，毫不黏滞；诗中每着一境一念，随即跃开，一境随着一境，一念随着一念，念念相续却前后际断，瞬时当境当念，时刻离境离念，使得此诗"语皆奇逸，亦有滩起涡漩之势"（纪昀评语）③。即景会心，句句出入于文字内外、意象内外，一路而下，可谓念念无住，前后交替，意绪之间，无缚无脱。虽类比繁多，却是动态与覃思亦即亦离，交关互摄，开阖有致。深邃之哲思与鲜活之意象争驰，想象与即景并行，穿梭连带，而丝毫未有深奥的概念化之凝滞，与过度形象化之堆砌，诚是不落两端而毫厘无差。

黄庭坚于此也深有心得，并有其戛戛独造。

---

① 僧达观撰惠洪《石门文字禅序》曰："禅如春也，文字则花也。春在于花，全花是春。花在于春，全春是花。而曰禅与文字有二乎哉？"参见钱锺书《谈艺录》，第230—231页。

② 郭绍虞《沧浪诗话校释》，第1页。

③ 《宋辽金诗鉴赏》，第147页，引文为仓阳卿撰写。

如其论画："余初未尝识画，然参禅而知无功之功，学道而知至道不烦，于是观图画悉知其巧拙功倍，造微入妙。"(《题赵公佑画》，《豫章黄先生文集》卷二七)所谓"无功之功"，"与'繁华落尽'同属不染外境的心性工夫"，譬如禅家以"三无"(无念无住无相)所示之"自性"，因此，此"无功之功"便在于"摆脱外境、意象刻意的营造，而纯任'意'(美感体验)的自然朗现。并以这种无造作的自然工夫的立场，超越外象巧拙，洞悉造妙入微的天然工巧"[1]。黄庭坚对诗禅之摆落形迹、全在作用的意会和实践，就在其诗从"拾遗句中有眼"的锻炼极致，至于蜕化一切斧凿之迹，而达到"彭泽意在无弦"之境。

除了上述"大手笔"们以诗之至道拟于禅之最高境界，追求味外之味、无功之功，以超脱于文字、名相、物内物外，到了南宋晚期，为了改革江西过于经营文字和意念以至"资书而腐"以及"死于句下"之弊，诗人也以超脱文字、法度之精神，引领写作的新风潮。"四灵"诗人或江湖诗人借径晚唐，另辟诗歌别材、别趣；摒弃江西以来宋诗所长之概念思维，转以刻画景物、不带学问、不带句法之白描手法，寻求文字之外、博学之外的新天地。

如此，或工于精细白描，着力于刻画意象物境；或刻意"捐书"，远离用典用"意"。然而另寻蹊径的诗人们又往往心地不开，落于另一极端，虽刻意离于文字经营或学问，却陷入晚唐纤巧靡弱之风，陷入仗恃景语、意象语以致气韵卑弱浅薄之弊。

然而其中也有能够不落于两端，离合于江西、晚唐，出入于句法、虚字与意象、景语的秀异之作：

三峡吟

徐　照

山水七百里，上有青枫林。啼猿不自愁，愁落行人心。

"在三峡诗中翻猿啼之案，非始自徐照。中唐诗人刘禹锡即有诗云：'……千里愁人肠自断，由来不是此声悲。'两首诗的后二句虽同为感慨，但较之刘诗的咏叹，徐诗的语气更为斩截，更具有汉魏古歌的遗风。"[2]此诗超脱于文字设计，超脱于三峡一向啼猿愁人的意象，创造别有会意的诗境，平白如话而能尽着古诗风味，是"四灵"难得的既不资书也不资意象语，全在"作用"之佳作。

---

① 见笔者《禅宗与宋代诗学理论》，第97页。
② 《宋辽金诗鉴赏》，第364页，引文为张家英撰写。

新　凉

徐　玑

水满田畴稻叶齐，日光穿树晓烟低。

黄莺也爱新凉好，飞过青山影里啼。

虽然一样是偏重写景之作，此处的虚字却用得好："此处用一虚字'也'，妙在于不经意中对以上景物描写作了补充交代……'也'字不仅承上点明题旨，而且开启出下面一个昂扬振奋的新境界。"①"也"这虚字，在轻巧妆点中，一齐收束所有景语并带动了起来，随着黄莺之"飞"、之"啼"，画面"醒"了起来，"活"了起来。其成功就在于能出入于"虚""实"、灵动调用虚词（江西所偏重）和景语（江西所轻视），结合概念性的"意"念与形象性的意象，正是受益于文字、诗法不即不离之别用。

　　"四灵"因反对江西而起，而其真正的追求，正是摆落法度、摆落文字，却保有宋诗善于调度文字，活用虚实之法、之心眼；故其高处，亦在于"捐书"与"资书"、"晚唐"与"宋调"之间能超越两端、兼有其美：

呈蒋薛二友

赵师秀

中夜清寒入缊袍，一杯山茗当香醪。

禽翻竹叶霜初下，人立梅花月正高。

无欲自然心似水，有营何止事如毛。

春来拟约萧闲客，同上天台看海涛。

纪昀指出拥护江西的方回对此诗似有不满，然而方回评此诗曰："此等诗平正……然尾句高洒。"仍有欣赏之意。拥唐派的冯舒则说："三联宋甚。"谓其"宋"气十足。许印芳持平而论："宋诗好作理语，此诗五、六亦然，好在不腐。"②可见此诗出入于江西与晚唐，理语与景语，两边皆不落，虽有江西之好"理"，却也能调之以"景"语托寓萧散宽广之兴意；虽工致刻画意象，却也不失以"理"语规整气格，以致风情之中饶有意态、"精神"。

淮村兵后

戴复古

小桃无主自开花，烟草茫茫带晚鸦。

---

① 《宋辽金诗鉴赏》，第374页，引文为黄宝华撰写。

② 诗为方回《瀛奎律髓》卷十五"暮夜类"所选，诸评语见李庆甲《瀛奎律髓汇评》上册，第563页。

几处败垣围故井,向来一一是人家。

景语铺陈出"境"、铺陈出氛围,关键诗"意"却蕴含于平白虚词"作用"里,托载出绝句简而有味之"意"绪,而令文字隽永,气韵十足。其虚实相济之用,颇为出色,"境""意"两端,无执无失。

除夜自石湖归苕溪

姜　夔

细草穿沙雪半销,吴宫烟冷水迢迢。

梅花竹里无人见,一夜吹香过石桥。

诗句有痕无迹,空灵一片。

不着丝毫意念写除夜清冷之归心;不见抒情主体,却也非无抒情,其人其情,尽在有意无意之间。这是所谓"不带声色",超越有限有形的经验,更高妙的感性价值,也是姜夔所言诗歌最高层次"剥落文采,知其妙而不知其所妙"的"自然高妙"。

白石的"不带声色",却又不似后山。后山虽"不带声色",却是更着意于"虚"(虚词、虚字,不用实字、景语),显得"劲""力"俱着,全运以横空排纂之作用,展痕甚深;不若白石之踏雪无痕,无有着力,"作用"所到,如梅花芬芳,风飘处处,沁人心怀。

三、结论

综合以上文学与禅思自唐宋以来在新的论辩境域下,在共通的思维和语境下,所展现的启思与创获,叶梦得诗论"云门三句"的论述正是在各方面概括了新典范:

禅宗论云间(门)有三种语:其一为随波逐浪句,谓随物应机,不主故常;其二为截断众流句,谓超出言外,非情识所到;其三为函盖乾坤句,谓泯然皆契,无间可伺。其深浅以是为序。余尝戏谓学子言,老杜诗亦有此三种语,但先后不同。'波漂菰米沉云黑,露冷莲房坠粉红'为函盖乾坤句;以'落花游丝白日静,鸣鸠乳燕青春深'为随波逐浪句;以'百年地僻柴门迥,五月江深草阁寒'为截断众流句。若有解此,当与渠同参。①

① 叶梦得《石林诗话》卷上,《宋诗话全编》,第 2688 页。

这段诗论应该是严羽之前宋代"以禅论诗"最典型的代表。在这段论述里，诗思与禅思，从本体到境界，从致知方法到语言之象征表达，从存有之气象浑融到创作之极致价值，都在默契相通的心智本质下展现新的"文""意"关系和"言""意"机转，而有别于往昔的美学价值和文艺理解，全面展示了禅宗语境下宋诗别开生面的视域与创获。

第九章 运斤之工夫

——"拾遗句中有眼"

一、诗歌自为一门专业:有学问也要有"工夫"

宋人的工夫论建立在诗歌自为一等学问、一等技艺的认识上。

清代徐增讲"少陵诗人宗匠,从'熟精文选理'中来"(《而庵诗话》)。这种视杜甫为诗人"宗匠"之认知,乃上承宋人视诗歌为精工之"技艺",如王安石评杜诗,认为杜甫的文字"工夫"使诗歌成为专门之学:

> (杜诗句)……下得"觉"字大好。足见吟诗要一字、两字工夫也。
>
> (《钟山语录》)

> 予知非人所能为而为之实甫者,其文与意之着也。……世之学者,至乎甫而后为诗,不能至,要之不知诗焉尔。
>
> (王安石《杜工部后集序》)

或苏轼所谓:

> 知者创物,能者述焉……君子之于学,百工之于技,自三代历汉至唐而备矣。故诗至于杜子美,文至于韩退之,书至于颜鲁公,画至于吴道子,而古今之变,天下之能事毕矣。 (《书吴道子画后》)

承此而下,有黄庭坚成就杜诗工夫与境地之说:

> 黄鲁直深悟此理,乃独用昆体工夫,而造老杜浑成之地。今之诗人少有及者。此禅家所谓更高一著也。
>
> (朱弁《风月堂诗话》卷上)①

---

① 王安石、苏轼和朱弁语分别见《古典文学研究资料汇编·杜甫卷》(上编)第一册,第81、80页;99页;(上编)第二册,403页。

宋代以来，诗人认识到诗歌不只有学问，也要熟精技艺，特别是"言""意"之间经营的"工夫"，并因此而体认杜甫创作之"宗匠"精神。纵使这时"文道"论述已席卷一切论域，然而欧、苏以来诗人也都肯定"有道有艺"，在人文省思之下，形式觉知也更加强烈。因此，"艺"之一事，在宋代既有转化，也有更正面的肯定。

《大唐新语》载唐太宗时画家阎立本事：

> 太宗尝与侍臣泛舟春苑，池中有异鸟随波容与，太宗击赏数四，诏坐者为咏，召阎立本写之。阁外传呼云："画师阎立本。"立本时为主爵郎中，奔走流汗，俯伏池侧，手挥丹青，不堪愧赧。既而戒其子曰："吾少好读书，幸免面墙。缘情染翰，颇及侪流。唯以丹青见知，躬厮养之务，辱莫大焉。汝宜深戒，勿习此也。"

这是唐初"文艺"不如"学术"的情形。

文学方面，以《文选》而言，中唐以前文人重视《文选》，家家皆蓄《文选》（浸淫于六朝以来骈俪为重、摹习外在体制、工于辞藻之文风）；然而中唐之后，风气一变，文须根实于道，而"道""艺"二分下，致如李德裕所言："家不置《文选》，盖恶其不根艺实。"[1]连"文"都不以其"艺事"一面为重。然而与此同时，诗歌在辉煌的盛唐成就之后，由追求自我树立的诗人开创出了另一番局面。

"文"为"艺事"的一面，从古文运动到北宋欧、梅的诗文革新，创造了另一番辩证。倡导"文与道俱"的文学家们，辩证地正视了"文"亦为文字之艺术，出奇的"意"、恢宏的"道"是要透过"不自循常"的"文"的艺术来传达、表现的。

承接晚唐诗格、诗式初步展开诗歌内在的文字法则、形式技巧之探索，欧、梅提倡"意新""语工"，并通过诗话的广泛论述，具体提点、培养文人专业的诗歌感受力和鉴赏力，例如从（能够寄"言"出"意"的）"一字之工"着手："欧阳《诗话》言：陈舍人从易……偶收得杜集旧本，文多脱误，至《送蔡都尉》云：'身轻一鸟'，其下脱一字。陈公因与数客各用一字补之，或云疾，或云落，或云下，莫能定。其后得一善本，乃是'身轻一鸟过'。陈公叹服，以为虽一字，诸君亦不能到也。"同时这等技艺的概念与敏会感知，还通过诗话传播，汇聚了主体认知与群体默契；例如上述这则议论，屡经转述后的效应："欧阳文忠公《诗话》：陈公时得杜集，至《蔡都尉》'身轻一鸟'，下脱一字。数

---

① 《新唐书·选举志》，参见钱锺书《谈艺录》六三，第217页。

客补之,各云疾、落、起、下,终莫能定。后得善本,乃是'过'字。其后东坡诗'如观老杜飞鸟句,脱字欲补知无缘',山谷诗'百年青天过鸟翼',东坡诗'百年同过鸟',皆从而效之也。"①

诗话的大量论述肯定了文学"技艺"的一面,肯定了诗歌是以文字艺术创造的精品。加之重"文"的时代,重视文字经营,精心镕裁"句""意"等诗"法"观念日深,令文本各环节的布置安排,以及"言""意"交互作用的表现性均日益突出。于是,在文学也要有 know-how 的技能的认知下,大量讨论用字用韵,讲究炼字炼意炼气,并广及一切古今诗句之考究等文字,屡见于诗话、诗论;于是,争竞一字之"工"、一字之"奇"的冶炼工夫成为专业之必需。虽然如此,在宋人博闻强识的氛围中,冶炼工夫与晚唐为文而文的雕琢风气已不可同日而语。

自从王安石倡议学杜,诗歌作为"思深绪密"的文字精华,愈益强调技艺性的文字"工夫"。② 而他更以自身的创作,将"一字两字工夫"的表现能力推升至极,以致连黄庭坚也称誉其精巧工致的小诗:"荆公暮年作小诗,雅丽精绝,脱去流俗;每讽味之,便觉沉濬生牙颊间。"③就连推崇"物外意",追求自然天成高风远韵的苏轼,也重视一字、两字"言""意"之间品鉴诗学专业的"法眼":"陶潜诗:'采菊东篱下,悠然见南山。'采菊之次,偶然见山,初不用意而境与意会,故可喜也。今皆作'望南山'。杜子美云:'白鸥没浩荡,万里谁能驯。'盖灭没于烟波间耳。而宋敏求……改作'波'。二诗改此两字,觉一篇神气索然矣。"(《东坡题跋》卷二)④

文字工艺的理想,在崇杜风气下,在抉发杜诗出神入化的"宗匠"之能的理念下,揭示了诗人用"工"所在与着手、用心的门道:"诗人以一字为工,世固知之。惟老杜变化开阖,出奇无穷,殆不可以形迹捕。如'江山有巴蜀,栋宇自齐梁',远近数千里,上下数百年,只在'有'与'自'两字间,而吞纳山川之气,俯仰古今之怀,皆见于言外。《滕王亭子》'粉墙犹竹色,虚阁自松声',若不用'犹'与'自'两字,则余八言凡亭子皆可用,不必滕王也。此皆工妙至到,人力不可及,而此老雍容闲肆,出于自然,略不见其用力处。……意与境

---

① 以上分别见:张镃《仕学规范》卷三十九,《宋诗话全编》,第 7521 页;吴曾《能改斋漫录》卷八,《黄庭坚和江西诗派资料汇编》上册,第 103 页。

② "'无人觉来往,疏懒意何长',下得'觉'字大好";"'暝色赴春愁',下得'赴'字最好。若下'起'字,即小儿语也。足见吟诗要一字、两字工夫也。"《钟山语录》,《古典文学研究资料汇编·杜甫卷》(上编)第一册,第 80—81 页。

③ 《苕溪渔隐丛话》,《诗人玉屑》卷十七,第 372 页。

④ 《古典文学研究资料汇编·杜甫卷》(上编)第一册,第 100—101 页。

会,言中其节,凡字皆可用也。"(《石林诗话》卷中)①

这种文字绝技的意识,也促使学杜别有门径可法的黄庭坚成为宋诗典范;从黄庭坚到江西诗派,以锻炼熔铸文字"惊创"之功为宗旨,专意于文字经营的目标甚至让江西诗派走上了唯"骨"无"肉"的窄途。

"语工"的讲究一路而下,从技艺的养成到极致能力的追求,"工夫"的概念逐渐形成:"殊不知诗家当有情致,抑扬高下,使气宏拔,又使事能破觚为圆,挫刚成柔,始为有功者。昔人所谓缚虎手也。"②

诗人并进而诠释文字之"功",以指引能力锻炼的方向:"古今论诗者多矣,吾独爱汤惠休称谢灵运'初日芙蕖',沈约称王筠为'弹丸脱手'两语,最当人意。'初日芙蕖',非人力所能为,而精彩华妙之意,自然见于造化之妙。……'弹丸脱手',虽是输写便利,动无留碍,然其精圆快速,发之在手……然作诗审到此地,岂复更有余事!韩退之《赠张籍》云:'君诗多态度,霭霭春空云';司空图记戴叔伦语云:'诗人之辞,如蓝田日暖,良玉生烟。'亦是形似之微妙者,但学者不能味其言耳。"③诗歌作为一门技艺专业,其工夫能力须以精能圆熟为目标,而此处叶梦得也不忘提醒读者鉴赏品味之能的重要性——微妙高绝的专业鉴赏能力与此技艺的养成是同步的!

专门之学的工夫与评价两端于是建构起来,上述苏轼、叶梦得等的论述,全都基于内在、质性的涵养。此种文字"艺"能已大异于六朝"巧构形似"之学那般讲求外在美感形式的作法,在宋人重"道"与心性自觉的氛围下,它已经与文化的、人文的精神价值结合不分,将主体的涵养与专业技艺内化为一,以致有"意与境会"、精微品"味"诗歌自然工妙等体会。

诗人将讲求"文字之工",和"气格""去浅易鄙陋之气"结合起来,使得"工夫"更有内化、内在性的意义;因此也在"文""道"氛围浓厚的时代风气下,提供了追求文字技艺的正当性:"作诗浅易鄙陋之气不除,大可恶。客问何从去之,仆曰:'熟读唐李义山诗与本朝黄鲁直诗而深思焉,则去也。'"④

于是李商隐、黄庭坚用意精深,且能运博学之功于文辞熔铸,便成为宋诗专业姿态的指引;而这也启发了宋诗学在大方向的理想之下(欧、梅以来所提倡的"意新语工",以及文化复兴以来"意""文"与"道"的思辨性)具体的操作之方、实现的典范。文学的两个面向——学问与技艺,也在古文运动后,在杜甫与黄庭坚的示范下,以"道—意—文"的方式圆满地结合起来:

---

①　《古典文学研究资料汇编·杜甫卷》(上编)第一册,第 229 页。
②　张镃《仕学规范》卷三十六,《宋诗话全编》,第 7504 页。
③　张镃《仕学规范》卷三十六转引自叶梦得《石林诗话》,《宋诗话全编》,第 7509 页。
④　许顗《彦周诗话》,《杜甫卷》(上编)第二册,第 346 页。

奉为道之"词意高胜",要从学问中来尔。……始学诗,要须每作一篇,辄须立一大意,长篇须曲折三致焉,乃为成章耳。读书要精深,患在杂博。①

……词笔纵横,极见日新之效。更须治经,深其渊源,乃可到古人耳。

作诗以杜子美为标准,用一事如军中之令,置一字如关门之键,而充之以博学,行之以温恭。

此事要须从治心养性中来,济以学古之功。……有人问老杜诗如何是好处……

融通"文""道","道""艺"相资,互为推拓,也是黄庭坚令理学家如陆九渊等亦为之折服之故。

"工夫"(贯通"言""意"、贯通"道""艺")论肯定了技艺的正当性,诗歌艺术手法更加精到,句律以及文字经营的艺能更加富赡而完备,奠定了诗歌作为专业技艺的基础。

二、专业的核心:文字工夫的经营

在宋初以来诗话的无数讨论中,宋人对于"意"和"语"相互作用的认知愈加深广,加上古文运动以来重"意"的氛围,逐渐加强了这般意识:作品以语言形式象征、表现了丰富的意味;作品是以精湛的形式(焦点知识)聚焦了、象征了支撑起整个文本的情感、意义、启悟等种种内涵(支援知识)。②

因此,宋诗发展成为专门之学,首先要形塑诗歌的精湛形式("焦点知识")。形式创造离不开意味。

(一)"文之精":专业技艺的琢磨与锻炼

在文学之"艺"途上,历经欧、苏"白战"与苏、黄险韵等种种挑战,创作之精微竞出;尤其从王安石开始,揭示了任何创作皆与一事一物的考究琢磨有

---

① 以下分见:《论作诗文》,《宋黄文节公全集》别集卷第十一,第 1684 页;《与洪蒭驹父》,《宋黄文节公全集》正集卷第十八,第 475 页;《跋高子勉诗》,《宋黄文节公全集》正集卷第二十五,第 669 页;《与秦少章帖》,《宋黄文节公全集》别集卷第十八,第 1866 页;成都:四川大学出版社,2001 年。

② 宋人对于诗歌作品的认知,如何隐含这等"焦点知识—支援知识"的架构,请参见笔者《中国诗学的关键流变——宋代"江西诗派"》卷贰。

关，"诗者，文之精"的观念与文字经营能力密不可分："王荆公晚年诗律尤精严，造语用字，间不容发，然意与言会，言随意遣，浑然天成，殆不见有牵率排比处。……但见舒闲容与之态耳。而字字细细考之，若经檃栝权衡者，其用意亦深刻矣。"①

平山堂

王安石

城北横冈走翠虬，一堂高视两三州。
淮岑日对朱栏出，江岫云齐碧瓦浮。
墟落耕桑公恺悌，杯觞谈笑客风流。
不知岘首登临处，谁睹当时有此不。

方回："庆历八年二月，欧阳公以起居舍人知制诰守扬州，作是堂于蜀冈之大明寺，江南诸山拱列檐下，故名曰'平山堂'。……'日出对朱栏，云浮齐碧瓦'，则所谓平山而堂字又在其中也，其精如此。"此联表面是写景，却暗自扣合主题，字字精到，托意广远。又查慎行谓此联"三、四联一南一北"；许印芳："五句'恺悌'字腐气，以对句潇洒不觉耳。"五、六句一拘牵一疏宕，前句既揄扬了清平太守的教化之美，后句又纾解了前句的陈腐气味，形成一收一放的节奏。这是荆公诗典型的"檃栝权衡"。

王安石的诗歌极精于用字遣词，必不肯轻纵一意一句，也是宋诗重"意"文化的领头者，更塑造了诗歌字斟句酌、用意深刻的专业典型，此诗中"淮岑日对朱栏出，江岫云齐碧瓦浮"一联，层层深密地包蕴几重思意，以文字的拆解和错位蕴含静中实动的恢宏景象（暗扣"平山""堂"），继而又以"墟落耕桑""杯觞谈笑"等往来动势隐喻（欧阳修）恢宏气度及其人其事的风流情貌。中间这两联精到的表现显然是经过了缜密精算的。

这样的态度，也就是刻意以一种文字工艺、文人专业的姿态，以近乎学问讲求、专家绝技的眼光来看待原以抒情、感性价值为重或是以营造意象来生发情感的诗歌作品，将其转向更加讲求技艺能力这一面向——特别是文人所长的文字艺能。

次韵平甫金山会宿寄亲友

王安石

天末海云横北固，烟中沙岸似西兴。
已无船舫犹闻笛，远有楼台只见灯。

---

① 叶梦得《石林诗话》卷上，第 406 页。

山月入松金破碎，江风吹水雪崩腾。

飘然欲作乘桴计，一到扶桑恨未能。

这首诗句句用劲，特别是虚词、动词的着意经营，几乎夺尽景语的风采；王安石的"用意深刻"其实正是后来陈师道善用虚词、动词创造瘦硬生新的宋诗风格之先声；而其文字经营又精密周延而不失雅致（不同于后来江西诗作常用力过甚而失于枯槎瘦硬）："第二联善写夜景，又切江天，移易他处不得。"①

这就将写景写情之文字讲求推拓到"不可移易"、不可取代的地步，催生了诗歌"中的"的概念，催生了语言文字精准地"櫽栝权衡"的专业能力；这有赖于文人对于形式价值的认识、对于技术能力（know-how）有不亚于学问知识的认识。正是不可取代的技艺要求，确立了专业门槛。

前述宋人"句法""诗法"等"法"的概念，表征了诗歌之学成立的充分条件——可授可学；而"工夫"等独特技艺的门槛，更是决定了这门文字专业不可或缺的必要条件。

后来黄庭坚诗学从锻字炼"意"，以至谋篇布局，皆有其独到之能，更加发挥了王安石（讲杜甫）所谓的"思深绪密"之道，令诗作之经营，成为独特的技艺能力，成为可以建构、可以识认、可以专业评价的技艺之学。所以刘克庄评述山谷的创建之功："至六一、坡公，巍然为大家数，学者宗焉。然二公亦各极其天才笔力之所至而已，非必锻炼勤苦而成也。豫章稍后出，会粹百家句律之长，究极历代体制之变，搜猎奇书，穿穴异闻，作为古律，自成一家；虽只字半句不轻出，遂为本朝诗家宗祖，在禅学中比得达摩。"②

谢送宣城笔

宣城变样蹲鸡距，诸葛名家捋鼠须。

一束喜从公处得，千金求买市中无。

漫投墨客摹科斗，胜与朱门饱蠹鱼。

愧我初非草玄手，不将闲写吏文书。

钱锺书《谈艺录·黄山谷诗补注》："夫'蹲'与'鸡距'双关，'捋'与'虎须'双关，又借'虎须'喻鼠须笔，山谷用字法固如是。例若……'管城子无食肉相，孔方兄有绝交书'……皆此类……均就现成典故比喻字面上，更生新意，将

---

① 诗为方回《瀛奎律髓》卷一登临类所选，查慎行评语见李庆甲《瀛奎律髓汇评》上册，第34—35页。

② 《江西诗派·黄山谷》，《后村先生大全集》卷九十五，《黄庭坚和江西诗派资料汇编》上册，第159—160页。

错而遽认真,坐实以为凿空。"①讲的正是山谷炼字炼词的双关之趣。此诗之动词、数量词,甚至副词等,是特为着意处;几处贯注思意之语,发挥了意脉盘旋回斡之功,虚中运力而精到,用意深致,格外有味;如此之形式手法,更与所表现遒媚劲健之"笔"意内外符契,于题更是"中的"。(又:宋袁文《瓮牖闲评》卷五已指出此诗用韵为"双出双入"的"辘轳格",此中韵脚"须""无"化为"鱼""书"之变化进退,亦颇堪好论山谷用"意"者参酌寻味。而格律也是其巧于运用之一技。)

一篇之中处处关合交涉,严丝合缝;形式上的经济、美学上的完备照应,全在这极精湛的文字技艺里完成。

所以宋人说:"造语之工,至于舒王、东坡、山谷,尽古今之变。"②这则出自王直方诗话的议论,后来被释惠洪转用,以宋人常用的"句中眼"来解释。③ 经此传播,山谷"句中有眼"的说法,遂成为诗歌从炼字、炼句、炼意甚至到炼"格"等完整技艺工夫的代表。

(二)"意"和"语":以形式创造最极致的表现力

然而"工夫"锻炼,日益精进以达到极致的形式经营,目标何在? 宋人评价里普遍蕴含着"作品是充满意味的形式"这般认知④,包括欧阳修讲"意新语工"、苏轼"道艺俱进"、黄庭坚融贯"道—意—文",皆指向以形式创造风味、创造意义、创造价值的关键作用。

欧阳修"意新语工"之说就说明了形式创造是有所为而为,为了更高明、更丰富的"意"而锻炼文字之工。

欧阳修借(梅尧臣之说)贾岛、严维、温庭筠等人出色的晚唐诗句,说明"工"如何"见于言外",状难写之景,含不尽之意,创造那言语涵容不尽的意韵风味:

> (梅尧臣云:)"贾岛云:'竹笼拾山果,瓦瓶担石泉。'姚合云:'马随山鹿放,鸡逐野禽栖。'等是山邑荒僻,官况萧条,不如'县古槐根出,官清马骨高为工也'。"余曰:"语之工者固如是。<u>状难写之景,含不尽之意</u>,何诗为然?"圣俞曰:"作者得于心,览者会以意,殆难指陈以言也。虽然,亦可略道其仿佛:若严维'柳塘春水漫,花坞夕阳迟',则天容时

---

① 诗和笺注见黄宝华《黄庭坚选集》,第265—266页。
② 《王直方诗话》,《黄庭坚和江西诗派资料汇编》上册,第29页。
③ 释惠洪《冷斋夜话》卷五,《黄庭坚和江西诗派资料汇编》上册,第29页。
④ 详见笔者《中国诗学的关键流变——宋代"江西诗派"》卷贰,说明宋人诗学如何与符号论美学所谓的"作品是充满意味的形式"认知相符。

态,融和骀荡,岂不如在目前乎! 又若温庭筠'鸡声茅店月,人迹板桥霜',贾岛'怪禽啼旷野,落日恐行人',则道路辛苦,羁愁旅思,岂不见于言外乎!"①

梅尧臣的名作就以语言之"工",传达出有"味"之不尽情致:

鲁山山行

适与野情惬,千山高复低。好峰随处改,幽径独行迷。

霜落熊升树,林空鹿饮溪。人家在何许,云外一声鸡。

此诗自然清新却充满意在言外的情致,正是"意新语工"的佳范,教后世挑剔的诗评家尽皆俯首。方回:"王介甫最工唐体,苦于对偶太精而不脱洒。圣俞此诗尾句自然,'熊''鹿'一联,人皆称其工,然前联尤幽而有味。"纪昀难得毫不增减一字地赞同:"此评的当。"陆贻典:"无句不妙。"查慎行:"句句如画,引人入胜,尾句尤有远致。"陆庠斋:"落句妙,觉全首便不寂寞。"②

有"味"有"情致",文字之工全服务于"意",工夫成熟到能全然隐没于融洽之"意"而不显刻画之迹。故方回拿王安石的诗歌作比。王安石有专家作意尚奇的本事,其"艺"固然精到无匹,相较于此"语""意"圆足之作,却少了些天然谐洽的姿态、宽舒和悦的风韵。

这一比,不只是"技"胜一筹的问题,还涵盖了欧、梅在提出"意新语工"时,对诗歌专业更全面的思考:作品所表现的风度、性格,甚至劲道,须蕴含在"技"之中。

此诗正是梅尧臣最好的自我实践,谓为宋诗开山之作的典型亦无不可。而这成功的自我实现之作,回过头来,亦印证了欧、梅之远见开辟了宋诗之大方向,开启"言""意"宽广而辩证丰富的技艺空间。这也预示了宋诗的课题必将一再超越、转化,同时也面对任何技能专业都逃不过的"异化"的危机,种种考验引出宋诗"技""道"的思考,寻求致远而不泥的宏图远略。

林逋和魏野,同是宋初隐逸山林的著名诗人,诗歌同样都带有晚唐精于写"景"的风格:

秋日湖西晚归舟中书事

林 逋

水痕秋落蟹螯肥,闲过黄公酒舍归。

鱼觉船行沉草岸,犬闻人语出柴扉。

① 《六一诗话》,《历代诗话》本,第267页。
② 诗为方回《瀛奎律髓》卷四"风土类"所选,诸评见李庆甲《瀛奎律髓汇评》上册,第174页。

苍山半带寒云重，丹叶疏分夕照微。

却忆青溪谢太傅，当时未解惜蓑衣。

方回言其"句句有滋味"。纪昀直指："三句'湖西舟中'，四句'归'字醒，五句'晚'字、'秋'字俱到。"这恬澹萧疏的田园诗篇，却是字字到位的精工之作；浅澹内敛的文字，句句有涵括不尽的思意，意脉绵延，内外前后与主题皆隐隐指涉对应，充满辉光交映的趣味。

秋霁草堂闲望

魏　野

草堂高迥胜危楼，时节残阳向晚秋。

野色青黄禾半熟，云容黑白雨初收。

依依永巷闻村笛，隐隐长河认客舟。

正是诗家好风景，懒随前辈却悲愁。

此诗每一句皆可看出倾力刻画的痕迹，然而意皆止于一句之中、一景之内，虽能缮写即目风景，诗歌本身却不耐寻味，无怪纪昀直言："自是真景，然不见其佳。"①相较于林逋诗，魏野此诗句式经营显得刻意而夹生，显然含蕴不足而止于"意尽"。

　　林逋诗颇富晚唐风情，然而其隐逸诗篇清隽而不寒酸，在"语工"上颇为致力却不显苦吟痕迹，能不着义理而把隐逸诗提升到更疏宕含情的层次，这种"表现"的精神，与书画"写意"有异曲同工的风韵。

山村冬暮

林　逋

衡茅林麓下，春气已微茫。雪竹低寒翠，风梅落晚香。

樵期多独往，茶事不全忙。双鹭有时起，横飞过野塘。

简净而含蓄有味，表明了诗作之"工"乃贵在"写"意，而非写"义理"或写景物；不尽的意味，有赖佳妙的文字艺术"表现"出来。

　　林逋的创作，也引发了诗人独特的体会，反映了"工夫"观念的转变与深化，这便是关于林逋两首梅花诗的诗学公案。

　　林逋最著名的两首梅花诗，各有一联名句，一是"雪后园林才半树，水边篱落忽横枝"，一是"疏影横斜水清浅，暗香浮动月黄昏"，欧阳修嘉赏后联，而黄庭坚则盛称前一联，遂成公案。

---

①　两首诗为方回《瀛奎律髓》卷十二"秋日类"所选，诸评见李庆甲《瀛奎律髓汇评》上册，第456—457页。

欧阳修首开诗话类批评风气，承继了晚唐诗歌成果，同时也展开省思和评断。在讲求"不尽之意"、讲求意会与神采的欧阳修看来，"疏影横斜水清浅，暗香浮动月黄昏"，尚带有晚唐诗的美感特征，风韵尤胜，与唐诗"意与境会"的感性价值若合符契。

而向来强调"意味""气格"的黄庭坚亦有其见地，赏重"雪后园林才半树，水边篱落忽横枝"诗句之格韵独出，其中的审美关键已经从意象转移到意思的启悟，句中虚字的角色更加吃重，更引动了"意"的曲折活用，这正是江西对峙唐诗所提倡的以"意"为先，炼字起意的典型。所以认同宋派的纪昀、查慎行等支持黄庭坚，而拥唐派的冯舒、冯班则以欧公所称赏为是。①

林逋两首梅花诗正代表了宋初这个风气渐变、典型共存的时期，诗人的承继和反思的交错，而在后续两位大家具有指标性的揭示之下，美学风气、诗学视野的分流就此展开，并使得"意新语工"的倡导提出以来，形式认知与美学特质的相关性，更加敏锐、更加通透，诗人对于形式经营如何创造"意"更为清楚。在精微的论述和有力的评断中，更蕴含着专业技艺与专门之学的基础。宋诗"工夫""境界"的底蕴也因此积淀下来。

山谷诗学的高深莫测，正源于对于艺术"形式""语工"有更深刻的理解的前提下，结合有形与无形之间，可意会而难言传的技艺能力，精心构作不可取代的"思深绪密"之形式安排，其关键就在于以有形之"文"创造丰富微妙的不尽意味。如其所谓"覆却万方无准，安排一字有神"②"至于遇变而出奇，因难而见巧，则又似予所论诗人之态也"；③又如他赞许陈师道诗文，"其论事，救首救尾，如常山之蛇，时辈未见其比"，这其实也是山谷创作工夫的写照，总是能前呼后应、纵横捭阖，交错涵摄，必使一切艺术面向完足照应。④ 此等工夫虽"活"，虽"难"，虽往往须意会于无形无迹，但经由其诗作有力的示范和论述指点，方向笃实而指标俱在。

黄庭坚诸多手法并无绝对，全在适"意"而行，应诗歌的所有艺术面向，适"题"适"体"而作。除了前述律体在一篇之内能够面面俱到，令内外交关、回环跌宕而寓意无穷之外，黄庭坚也有一气直下、俊逸流畅的古体之作：

次韵郭明叔长歌

君不见悬车刘屯田，骑牛涧壑弄潺湲。

---

① 两首诗为方回《瀛奎律髓》卷二十"梅花类"所选，诸评见李庆甲《瀛奎律髓汇评》中册，第785—786页。
② 黄庭坚《荆南签判向和卿……奉酬四首》，《宋诗话全编》，第938页。
③ 黄庭坚《胡宗元诗集序》，《宋诗话全编》，第940页。
④ 黄庭坚《答王子飞书》，《宋诗话全编》，第942页。

八十唇红眼点漆,金钟举酒不留残。

君不见征西徐尚书,为国捐躯矢石间。

龙章凤姿委秋草,天马长辞十二闲。

何如高阳郦生醉落魄,长揖辍洗惊龙颜。

丈夫当年倾意气,安用蚓食而蝎蛆。

古人已作泉下土,风义可想犹班班。

郭侯忠信如古人,荐书飞名上九关。

诗书自可老斫轮,智略足以解连环。

铜章屈宰山水县,友声相求不我顽。

鹏翼垂天公直起,燕巢见社身思还。

文思舜禹开言路,即看承诏着豸冠。

尚趋手板事直指,少忍吏道之多艰。

黄花零落一尊酒,别有天地非人寰。

这首古体,是黄庭坚难得的不刻意"蕴藉"的畅情达意之作,顺着歌行,放开襟怀,畅言陈述。

　　黄庭坚的古体诗较律体流畅直叙,典故虽未少用,但较少有曲折影射或繁复双关的运用,这与写作形式有关。律诗的思意常在对偶、句式、声律、前后、内外、点题收摄中,极尽工致精巧之能,创造层叠呼应、纡曲多折之趣;长篇古体宜于铺叙开展,韩、苏等雄才大力者甚至可径自摆落羁束,纵横驰骋。

　　宋人常在比较苏、黄创作特质之后,多认为苏轼古体天才纵恣,人所难及,而黄庭坚之律体亦山高水深,不可测度。然而殊途同归,皆是运"意"于最完善的形式经营。

寄耿令几父过新堂邑作,乃几父旧治之地

黄庭坚

呼船凌大河,驱马踏平沙。道傍开新邑,千户有生涯。

四衢平且直,绿槐阴县衙。问谁作此邑,耆旧对予嗟。

前日耿令君,迁民出坳窊。始迁民怀土,异端极纷拏。

既迁人气和,草木茂萌芽。桃李虽不言,春风满城花。

陵陂青青麦,烟雨润桑麻。自非耿令君,大泽荒蒹葭。

白头晏起饭,襁褓语呕哑。自非耿令君,漂转随鱼虾。

岂弟民父母,不专司敛赊。令君两男儿,有德必世家。

问令今安在,解官驾柴车。当时舞文吏,白璧强生瑕。

令君袖手去,不忍试虎牙。人往惜事废,感深知政嘉。

我闻耆旧语,叹息至昏鸦。定知循吏传,来者不能加。

今为将军客,轩盖湛光华。幕府省文书,醉归接䍦斜。

怀宝仁者病,偷安道之邪。勉哉思爱日,赠言同马樝。

在此一路直叙的长篇中,山谷间或运用工整的对仗("人往惜事废,感深知政嘉"),调节节奏,同时为气畅条达的叙述作一小结,步调稍作休歇——并再启下一个段落。而三次呼唤"耿令君",颇有古诗复沓句式的风味,延展歌行的层次与纵深,亦表"感深"而人"不废"的再三嗟叹之意。

山谷古诗的艺术手法虽不复杂,不似其律体炼句炼意之勾抉深至,却更符合古风质朴冲澹的神韵,意绪畅达,读来甚有韵致。

在以"意"为主导的技艺能力下,诗人对于风格差异、美学表现的敏锐意识,扩及一切诗作的形式感知和判断。"工夫"所以养成,所以下手锻炼乃至极致,皆归依于形式所能创造之最丰富深挚的意味、情感价值。

三、表现力:知识方法多方运用下的综合判断

在抉发了多维多面向的诗歌技艺之后,宋诗步步走向专业化,而"江西诗派"观念典范形成后,更加确立了文字技能的考究与方法,同时也不免于窄化之弊。

这类似于近代孔恩所谓的"观念盒子",一项学术往往在其"典范"和专业社群成熟之后,达成知识体系和方法论等共识,并以此共识为基点,追求更精进更有效率的研究,以致学术趋向精练却窄化,形成创新的瓶颈,后来才由其解决或解释不了的问题被打破,以建立新的典范。这很能说明宋诗和江西诗派的情况。专门技艺建立之后,虽然学授有"方",诗歌"学术"和技能快速精进,但同时也产生了窄化和异化的危机。[①]

诗歌虽然是专门之学,有其精益求精的技术方法,然而善于省思的宋人在这时也看到了陷溺于一隅之见的门派缺失,而回归苏、黄等大家以寻求解方,并反思苏、黄等人如何在专门之学的认知上,开辟多方门径,综合成胸襟恢宏的一家之言:"今之言诗者,江西、晚唐之交相诋也,彼病此冗,此訾彼拘,胡不合杜、李、元、白、欧、王、苏、黄诸公而并观。诸公众体该具弗拘,一

---

① 关于宋诗和"江西诗派"这一"典范"的形成与变革,乃至颠覆,详见笔者《中国诗学的关键流变——宋代"江西诗派"》卷贰。

也;可古则古,可律则律,可乐府杂言则乐府杂言,初未闻举一而废一也。"①欧、王、苏、黄等"大家数",不同于"派家"的党同伐异,正如杜甫之"转益多师",不拘执于任一路数、任一法度,善用各类知识方法,对每一首作品形成最理想判断。

而黄庭坚因广博"涵泳渊源"而能将至大无外的学识与技能贯通,实现"勾深入神"之绝技,甚至连理学家都为之叹服:"至于诗,则山谷倡之,自为一家,并不蹈古人町畦。象山云:'豫章之诗,包含欲无外,搜抉欲无秘,体制通古今,思致极幽眇。贯穿驰骋,工夫精到。虽未极古之源委,而其植立不凡,斯亦宇宙之奇诡也。开辟以来,能自表见于世若此者,如优钵昙华,时一现耳。'"②

苏、黄二人之诗集竟开启了当代人为当代诗作注之先例:

> 书存于世,惟六经、诸子及迁、固之史有注,其下方者以其古今之变,诂训之不相通也。而今人之文,今人乃随而注之,则自苏、黄之诗始也。……而苏、黄二公,乃以今人博古之书……山谷之诗与苏同律,而语尤雅健,所援引者乃多于苏。其诗集已有任渊史会更注之矣……史公仪甫遂继而为之注。上自六经、诸子、历代之史,下及释老之藏、稗官之录,语所关涉,无不尽究。③

至大无外的用书、用学,甚至令当代注家窘于应接:"昔苏、黄以博极绪余,游戏章句,天运神化,变衔莫测,多后世名儒注释所不及知者。"④

征引博洽而涵盖古今之学,以至综合融贯而精到出色地表现,启人不凡之思,扩充作品的含义,所以元好问说:"奇外无奇更出奇,一波才动万波随。只知诗到苏黄尽,沧海横流却是谁?"⑤诗学工夫竟至沧海无涯,乃至规模宏大而波澜壮阔,所以为江西定名而昌言宗旨的吕本中屡屡申明创作须遍考精取以成"规摹""波澜":"楚词、杜、黄,固法度所在,然不若遍考精取,悉为吾用,则姿态横出,不窘一律矣。如东坡、太白诗,虽规摹广大,学者难依,然读之使人敢道,澡雪滞思,无穷苦艰难之状,亦一助也。要之,此事须令有所悟入,则自然越度诸子。悟入之理,正在工夫勤惰间耳。""近世次韵之妙,无出苏黄。虽失古人唱酬之本意,然用韵之工,使事之精,有不可及者。"(吕本

---

① 赵孟坚《孙雪窗诗序》,《黄庭坚和江西诗派资料汇编》上册,第168页。
② 罗大经《鹤林玉露》卷四,《宋诗话全编》,第7616—7617页。
③ 钱文子《山谷外集诗注序》,《黄庭坚和江西诗派资料汇编》上册,第150页。
④ 卫宗武《林丹昮吟编序》,《黄庭坚和江西诗派资料汇编》上册,第172页。
⑤ 《论诗绝句三十首》,《黄庭坚和江西诗派资料汇编》上册,第191页。

中《与曾吉甫论诗》第一帖)"……治择工夫已胜,而波澜尚未阔;欲波澜之阔去,须于规摹令大,涵养吾气而后可。规摹既大,波澜自阔,少加治择,功已倍于古矣。……退之云:'气,水也,言,浮物也。水大则物之浮者大小毕浮。气之与言,犹是也,气盛则言之长短与声之高下皆宜。'如此,则知所以为文矣。……近世江西之学者,虽左规右矩,不遗余力,而往往不知出此。故百尺竿头,不能更进一步,亦失山谷之旨也。"(《与曾吉甫论诗》第二帖)①

自巴陵略平江、临湘,入通城,无日不雨,至黄龙奉谒清禅师,继而晚晴,邂逅禅客戴道纯款语,作长句呈道纯②

黄庭坚

山行十日雨沾衣,幕阜峰前对落晖。

野水自添田水满,晴鸠却唤雨鸠归。

灵源大士人天眼,双塔老师诸佛机。

白发苍颜重到此,问君还是昔人非。

三、四句是有名的当句对的语法,钱锺书《谈艺录》谓:"此体创于少陵,而名定于义山。……山谷亦数为此体。"(按:义山诗:"座中醉客延醒客,江上晴云杂雨云")

此种句式虽非山谷独创,而其造意却有独到之处,这也是山谷檃栝前人句式用意——"无一字无来处"而造就新意的工夫:"自古诗人文士,大抵皆祖述前人作语。梅圣俞诗云:'南陇鸟过北陇叫,高田水入低田流',欧阳文忠公诵之不去口。鲁直诗有:'野水自添田水满,晴鸠却唤雨鸠归'之句,恐其用此格律,而其语意高妙如此,可谓善学前人者矣。"③

诗中句对声气相通的连绵思意,既开下联"灵源大士""双塔老师"(为诗中惟清禅师与其黄龙一系师与师祖)喻禅宗谱系法嗣连绵相继;同时也暗扣好禅的自己与禅客道纯之先来后到的邂逅。而最后"问君还是昔人非"是极妙的用典,语出僧肇《物不迁论》:"是以梵志出家,白首而归,邻人见之曰:'昔人尚存乎?'梵志曰:'吾犹昔人,非昔人也。'"此文深论佛学"今不去昔,昔不来今"的时间观,谓"物性各住于一世",万象运动,实则不住不迁的真"空"。山谷借此隐喻,总结"山行十日""无日不雨""奉谒禅师""邂逅"禅客,以及"重"字所代表的一直以来的奉禅之行、之时光,凡此种种俱收入佛家本旨;同时又暗喻此(感悟之)前后际会,"今""昔"之"我"(前次与此番来谒之

---

① 《古典文学研究资料汇编·杜甫卷》(上编)第一册,第284—285页。
② 诗与部分诗注见黄宝华《黄庭坚选集》,第296—298页。
③ 周紫芝《竹坡诗话》卷二,《黄庭坚和江西诗派资料汇编》上册,第50—51页。

"我"、已谒与未谒禅机之"我"),是一(即)是异、是疑(即)是悟的意味既是宕开,又是收摄,展现了黄庭坚一语多关、面面俱到的心法工夫。

在这般广大的诗学下,工夫的实现与"意"统整众殊的悟性相偕而行,于是,诗人更须依赖"意"的整全判断,用尽各种知识、方法,结合为完整而美感连贯的作品;而"工夫"更必须是一涵盖种种悟性与判断的整体的艺术能力。这便引申了宋诗更丰富曲折的鉴赏和创作,以及宋诗开山之初衷:更开阔的为"文"之门径;在博学与更宽广的知识方法下,讲求工夫,取得最极致的表现。

(一) 工夫做在关键:照会全篇的"句中有眼"

"句中有眼"的综合判断能力促成了更深刻曲折的鉴赏功力与创作手法。

池口风雨留三日①
黄庭坚

孤城三日风吹雨,小市人家只菜蔬。
水远山长双属玉,身闲心苦一春锄。
翁从旁舍来收网,我适临渊不羡鱼。
俯仰之间已陈迹,暮窗归了读残书。

"属玉""春锄",皆为水鸟名,前者见司马相如《上林赋》;后者即为白鹭。第二联据钱锺书《谈艺录·补订》:"太白《白鹭鸶》云:'心闲且未去,'白居易《池上寓兴》之二云:'水浅鱼稀白鹭饥,劳心瞪目待鱼时。外容闲暇心中苦,似是而非谁得知。'……山谷采撷唐人赋此题之惯词常意耳。"方东树所谓"以物为兴,兼比"是也。第三联则反用了《淮南子》和《汉书》中"临渊羡鱼,不如退而结网"的相关表述。

进一步综观中间四联的用典,并非只如钱锺书所言"唐人赋此题之惯词常意",而更有曲折和蕴藉:盖山谷活用唐人成典"临渊不羡鱼"这个小收拾,既有翻案意,且又影射了庄子濠梁之上羡"鱼之乐",前有属玉白鹭,后有渔人收网,所以"临渊不羡鱼(之乐)";而"我适"也多了一层"黄雀在后"的戏谑;遂令既不羡结网亦不羡鱼乐之我"适"归结于末句之"读书"。

这几层意思之间本有往复辩证的空间,而在耐人寻味的"我适"(也同时收拾了"水远山长""身闲心苦"的属玉春锄、从旁收网的渔翁)连贯综合的小

---

① 　诗与部分诗注见黄宝华《黄庭坚选集》,第 102—103 页。

结之后,又翻出了一层,寓意更为丰富。

末联"俯仰之间已陈迹",暗合王羲之《兰亭集序》"向之所欣,俯仰之间,已为陈迹"。以此联收拾了以上多端意味及三日滞留的时光,所有情事顿时形迹俱灭,与时迁流,转瞬收入寂寥,唯留感慨起落之悠悠余韵。结句"暮窗归了读残书",唐代薛能有"昨日春风欺不在,就床吹落读残书"(《老圃堂》)句;因此也呼应了首句"三日风吹雨",而以此敛入读书与孤城的清寂作结。

在手法上,方东树指出:"起句顺点,次句夹写夹叙。三、四以物为兴,兼比。五、六以人为兴。收出场入妙。此诗别有风味,一洗腥腴。"(《昭昧詹言》卷二十)钱锺书则说:"山谷此诗以'翁从旁舍来收网,我适临渊不羡鱼'一联,承'水远身闲'一联,'我适'句词与'翁从'句对照成联,而意与'翁从'一句及'水远身闲'一联对照作转,盖'翁'与'属玉春锄',皆羡鱼者也。章法错落有致,不恃对仗流行自在。"(《谈艺录·补订》)

山谷诗艺术手法丰富,覃思深远,完足的安排布置下,有转折,有反复,有含藏,有旁通,有错落,有流动,有回应,有收结,致使言外有意,不断衍宕,却又沉着收敛于包含整体的"意"。一首题材或形式都堪称平淡的"小诗",却经营得余味无穷。

如前几章所述,在集结了唐诗丰硕的作品成果与积极能动的反思之后,宋诗逐渐形成全面性的"文"之艺术认知,有章法、句法,有熔铸多义的"多重用典"(自从善于熔炼而蕴藉深曲的义山典型出现之后,诗家便很难容忍泛泛无归等意味空乏之作);有音律奇健的拗体,大破大立地复苏了律诗灵动的生命力,唤醒声情与韵律交关的感性作用;有"味外之味"的情感价值,上述种种超越而辩证地汇聚为总体的美学思考。

以上种种形成了支援诗歌终极判断的"支援知识",诗家承继、思辨而综合地熔铸了各种维度的创作运用、各种维度的鉴赏理解,据此获致作品的总体表现、总体象征——"焦点知识",作为关键,作为作品之旨归,于是产生了所谓的句中有"眼"、"句眼";以句中有"眼"表彰作品之有关键,有表现力。

自杜诗之后,中晚唐以来,大手笔诗人善加经营"句中之眼"、关键:

睦州四韵

杜 牧

州在钓台边,溪山实可怜。有家皆掩映,无处不潺湲。
好树鸣幽鸟,晴楼入野烟。残春杜陵客,中酒落花前。

选诗的方回说:"轻快俊逸。"清代何义门更指出:"'残春''中酒',比年事蹉跎,作用既微,笔力尤横。"

以浅淡的"残春""中酒"为这首字面上的暮春诗作结,看似平顺轻快,毫不费力,然而这一逆折却漂亮地接住了"杜陵客""落花",于是前三联的轻盈之景为之一转,利落松活地为老大伤春的情怀做了饱满却精微的注脚,隐喻自出——看似顺着景物轻描淡写却加倍反衬出"年事蹉跎"无可奈何的伤感。移景作人,感时伤己,更显得伤情益甚,这就是何义门所谓的"作用既微,笔力尤横",移浅淡寻常之时移景易,喻己身势不可当而无可奈何之老大伤情,清浅一笔作结,而尾韵无穷。所以纪昀也说整首诗"风致宜人",而"结得浅淡有情"。

这便是句中有关键、有深刻表现作用,而又能饱藏全诗风韵的"句中有眼"的安排。

雪夜感旧

陆　游

江月亭前桦烛香,龙门阁上驮声长。
乱山古驿经三折,小市孤城宿两当。
晚岁犹思事鞍马,当时那信老耕桑?
绿沉金锁俱尘委,雪洒寒灯泪数行。

纪昀:"'两当',地名,借对'三折'。"又云:"后四句沉着慷慨。六句逆挽有力,'那信'二字尤佳,若作'谁料'便不及。"许印芳解析之:"第六句逆挽,笔法固佳,第五句横插,笔法尤佳。盖前四句追叙旧事,笔势平衍。五句横空插入,写眼前心事,便觉陡峭。……六句挽到旧事一边,兜得最紧。晓岚谓'那信'若作'谁料'便不及,此论微妙。盖'料'字虚,'信'字实,'料'是事前揣度,'信'是经事之后追忆事前,较'料'字深而有力。'谁'字嫩而轻,'那'字老而重,亦较'谁'字有力。凡诗中字眼,有讲义大概相似而用来顿分优劣者,此类是也。用之而优者,又有天然合拍之妙,其所以合拍之故,可以意会,可以神悟,而不可以言传。非于古人章句涵泳纯熟,于古人门径经历甘苦,亦不能意会神悟,此诗之所以难言也。七句'绿沉''金锁',是言旧物;'俱尘委',是眼前光景。八句点题,收拾通篇。此等结法神力绝大,勿以寻常视之。"①

一诗之中,有今昔之逆挽,有陡峭平衍之权衡,有虚实轻重之琢磨,而总结收拾入题,皆统整于关键之判断、完足之表现,是宋诗"句中有眼"的工夫极致。

---

① 诗为方回《瀛奎律髓》卷四十五"感旧类"所选,诸评见李庆甲《瀛奎律髓汇评》下册,第1605—1606页。

句中有"眼"的工夫,有时会演变成讲究一字一句之"工",其精神却全然不同于晚唐之琐细讲求一字一句之精巧,而是放眼全局,发挥统整全体的关键表现力,如宋人常讨论的杜诗字字句句如何精于统摄全局,以致这一字一句的关键,影响了全诗的格局、气魄,如叶梦得所谓杜诗"言随意遣""自然工巧",一字一句皆不失牵引、照会全篇。

看一首老杜的"悲壮沉着"之作:

刈稻了咏怀

稻获空云水,川平对石门。寒风疏草木,旭日散鸡豚。

野哭初闻战,樵歌稍出村。无家问消息,作客信乾坤。

何义门:"第五句起第七,第六句顾第三。"①指出杜诗映带首尾、呼应转折的文字与句意,虚词与实景,往复照应,心理空间与即目景象交互回荡,拓深意思,而沉郁,而浑厚有味。

登牛头山亭子

杜 甫

路出双林上,亭窥万井中。江城孤照日,山谷远含风。

兵革身将老,关河信不通。犹残数行泪,忍对百花丛。

纪昀评曰:"'犹残'二字,紧跟上二句说下,却于上二句内,隐隐藏得泪已流尽,此流残之数行耳。用笔最深曲。若如二冯所说,则当云'忍将数行泪,来对百花丛',意味浅矣。"②

如何"言",如何表现、隐喻了什么,关系着意味浅深。同样的表层意思,移易一二字后,手法、效果均自不同,完全改换了深层内涵。诚如纪昀所云,一味反对句法的二冯所见,万不及于"字"透纸背、深曲淳厚的行家之笔。

老杜光是借着这一两字的功力,就足以蕴含令人低回咏叹的隽永之情,宋人会意甚深,故以句中之"眼",来比喻这差之毫厘,失之千里的笔下工夫,喻其有如佛家所谓"正法眼藏"。句中有"眼"的精神,更考验总体判断力,以指引"工夫"实现的下手处、着力点,指引如何掌握笼罩一切(而非一字一句)的作用关键、掌握"焦点知识",以统整来源广衾的多维方法和视角("支援知识");这般艺术上更具洞见的认知,让宋诗在工夫进境外,鉴赏、批评,甚至改写(夺胎换骨、点铁成金),都有超越性的进展。

以下这首刘禹锡赠白居易诗,正为宋诗展示了融贯综合,以长补短、借

---

① 诗为方回《瀛奎律髓》卷十三"冬日类",评见李庆甲《瀛奎律髓汇评》上册,第471—472页。
② 方回《瀛奎律髓》卷一"登览类",李庆甲《瀛奎律髓汇评》上册,第8页。

力使力的能力。综合用事、用词、用意，展现高明而融贯无痕的效果：

赴苏州酬别乐天

> 吴郡鱼书下紫宸，长安厩吏送朱轮。
>
> 二南风化承遗爱，八咏声名蹑后尘。
>
> 梁氏夫妻为寄客，陆家兄弟是州民。
>
> 江城春日追游处，共忆东归旧主人。

方回："善用事，笔端有口，未易可及。"陆贻典："诗有远近起伏，意致便灵。"何义门："四联若无'共忆'二字变成死句。后四句极变极细。"纪昀："第三句'二南风化'四字无着，亦不切苏州，而不觉借用，以原是太守事耳。"①

　　诗中又是"吴郡"，又是"长安"，又是"二南"，又是"八咏"，故实重重，如何不成臃赘而堆叠厚意？"共忆"二字成为精微用典之"眼"目所在。《汉书·循吏传》述汉宣帝以来，重视太守一职，属以教化重任，使为"吏民之本"，"是故汉世良吏，于是为盛，称中兴焉"，而当时名太守之风范能"所居民富，所去见思……此禀禀庶几德让君子之遗风矣"。"共忆"二字深契白居易太守身份，又绾合前述众多故实，尽发其中"史"识（"化民成俗"的大功业），成就出色而跌宕之"意"。

　　此诗艺术手法之关键，在于末联以"逆挽"手法翻转动势，一切顺势成就。"共忆"弥合了一连串用典可能的瑕疵、缝隙，促成思维的灵动变化与深度聚焦；前后用典错综地运用前前后后、过去未来等种种联想、对比，而连山断岭地系连了乍看毫不相干的用典，更富思致。

（二）精彩不在意象：虚词彰显"诗中有法"

　　开拓技艺工夫，以致宋诗产生超越性创新的一个典型便是虚字与动词的运用，从此，宋诗全然走出唐诗门径，其精彩不靠意象经营。

　　前面说过，从《诗经》到唐人以意象和抒情为主体的诗歌，到了宋代，在深厚而普及的文化涵养下，更有文字的自觉，对于作品所蕴含、所营造的人文内容更有敏锐感知和丰富反思。"句中有眼"的认知，又将文字技艺经营的"工夫"与诗作总体判断的"意"贯通起来，使技艺的全面习得有了方向以及具体可行的下手处，其中最典型的便是虚字与动词的运用。

　　先来看一首唐末纯以意象主导写作的典型——宋人所谓唐诗晚期"末

---

① 诗为方回《瀛奎律髓》卷四"风土类"所选，诸评见李庆甲《瀛奎律髓汇评》上册，第184—185 页。

流之弊"。许浑诗在唐末宋初亦知名,然而在宋诗欲以新颖独特的形式涵纳人文价值的反省风气下,其作品遂因"气格平靡"而染上"恶诗"之名。例如,方回《瀛奎律髓》里选了几首许浑诗,但多得"熟套而格卑"等评语,后来精于"法眼"的清代诗家更嗤其"神气"不浃,就连最有名的一首《咸阳城东楼》也难逃负面评价。

宋初的西昆体,为了追求李商隐诗的工雅用典与华美风格,更变本加厉地援引故实、造作秾词丽藻,虽仍有佳作,然而光是用力于静态的名词积累,堆垛用事,多数作品还是"平钝""杂凑",通篇平板饾饤,新"意"有限。

意识到拼凑意象、堆砌景语以成诗的弊病,加上文人驾驭文字的信心,宋人一改唐诗惯性,刻意灵活调动各种词类,尤其大量起用过去在唐诗中绝非要角的"虚词",发挥了令人耳目一新的表现力。

诗中虚词如语助词,在古体诗歌中并非罕见,直至后来唐宋近体诗亦多有以语助词作对仗的用法,唐代有王、孟少数杰出的作品。不过近体中虚词的作用,多半亦如前人古体一般,乃"多摇曳以添姿致,非顿勒以增气力",甚或被讥为"头巾气"重。而近体诗中用虚词,真正具有革新意义的,要到杜诗以及黄、陈发扬杜诗"炼句""炼意"之宗旨。

宋代在炼"意"的风气下,黄、陈继杜诗之后大胆挑战,借"虚字"灵活转圜,变化词气,并营造迥异的句式安排:

> (山谷)老笔与少陵诗无以异也矣。……"直知难共语,不是故相违",即老杜诗"直知骑马滑,故作泛舟回"也。凡为诗,非五字七字皆为实之为难,全不必实,而虚字有力之为难。……所以诗家不专用实句实字,而或以虚为句,句之中以虚字为工,天下之至难也。后山曰:"欲行天下独,信有俗间疑","欲行""信有"四字是工处。"剩欲论奇字,终能讳秘方","剩欲""终能"四字是工处。简斋曰:"使之临难日,犹有不欺臣","使之""犹有"四字是工处。他皆仿此。且如此首"宵征江夏县,睡起汉阳城",又与"气蒸云梦泽,波动岳阳城"不同,盖"宵征""睡起"四字应接浙之意,闻命赴贬,不敢缓也,与老杜"下床高数尺,倚杖没中洲"句法一同。①

除虚字外,有别于唐诗好用意象语、好用名词,宋诗更凸显了动词的作用:

> (王仲至:"日斜奏罢长杨赋,闲拂尘埃看画墙"……荆公改为"奏赋

---

① 方回《瀛奎律髓》卷四十三,《黄庭坚和江西诗派资料汇编》上册,第205页。

长杨罴"，以为如是乃健。……）盖唐人诗好用名词，宋人诗好用动词，《瀛奎律髓》所圈句眼可证。荆公乙"赋"字，非仅倒妆字句，乃使"赋"字兼为动词耳。①

　　好用虚字，后山诗特别明显，也是在他之后，宋诗掀起创作格外着意虚字和动词的风气。典型的后山诗作，不恃意象，功力极老练，一字一句都蕴藏巨大气力，且句中的动词、虚字压过意象作用：

除棣学

元符三年七月，蒙恩复除棣学，喜而成诗。

老作诸侯客，贫为一饱谋。折腰真耐辱，捧檄敢轻投。

早作千年调，中怀万斛愁。暮年随手尽，心事许盟鸥。

纪昀："三、四句人不肯道，弥见其真，弥见其高。"陈师道诗的"语工"，常表现为道人之未能道的用词以凸显人难尽道之意，如善用虚词、俚词等，营造句势，而曲尽情理，以是"五、六接得挺拔，势须有此一拓一振"②。虽用虚、用俚，整首作品却意脉劲健，不落虚张俗气。

　　虚词虽更加灵活，却也更难调度，考验"工夫"。后山之后，诗人好用虚字，功过并陈：

二月十日喜雨呈李纯教授去非尉曹

赵　蕃

沧浪一夜起鸣雷，雨阵因之续续来。

所病农家成久旱，未论花事有新开。

书生狂妄常忧国，圣代飘零岂弃才。

儒馆卫曹俱国士，好为诗赋咏康哉。

方回："三、四奇瘦，五、六古典。此公诗惟有骨，全无肉。"（指虚词多，少用意象较为丰润的景语）冯舒道："虚字可厌。"纪昀持平而论："次句'因之'二字不佳，五句深微，六句斡转有力。"③

　　好用虚字的赵蕃另有《雨后呈斯远》一诗，更引出评家对虚字的争议，方回："章泉好用虚字拗斡，不专以为眼也。……劲瘦枯淡。"冯班道："恨二语拙。"查慎行："明季钟、谭论诗，坐此云雾。"纪昀："此种虚字纯是宋人习

---

① 钱锺书《谈艺录》七四，第244页。
② 诗为方回《瀛奎律髓》卷六"宦情类"所选，纪昀评见李庆甲《瀛奎律髓汇评》上册，第251页。
③ 诗为方回《瀛奎律髓》卷十七"晴雨类"所选，诸评见李庆甲《瀛奎律髓汇评》中册，第709—710页。

气,不可为法。"①

虚字究竟需要什么样的工夫根底,方能振起其独特的精神气韵呢? 如陈师道这首《别负山居士(张仲达)》:

> 田园相与老,此别意如何。更病可无酒,犹寒已自和。
>
> 高名胡未广,诗兴尚能多。沙草东山路,犹烦一再过。

异于送别诗借景寓情的惯例,此诗四十个字几乎没有景物,全在"意"上层层转进、字字打磨。全凭虚字铺陈,却无一字蹈虚,平实老成的殷殷存问,意绪醇厚,颇耐斟酌。

情景交融是唐诗极大的成就,诗歌清空或妩媚,就在情与景的相互生发、相互调节;而情景交融的课题,更是崇尚唐诗的明清诗学里重要的论题。然而,在宋诗里,这个课题却被虚字压过,字词的"意"更取代意象,虚词在文字脉络里多面向之活用胜过情—景间线性对应的喻示,成为经营布置曲折深至的工夫所在。这绝异的下手处便是唐宋诗各自独到之心法。

九日寄秦觏

陈师道

> 疾风回雨水明霞,沙步丛祠欲暮鸦。
>
> 九日清尊欺白发,十年为客负黄花。
>
> 登高怀远心如在,向老逢辰意有加。
>
> 淮海少年天下士,独能无地落乌纱?

方回说"无地落乌纱"用典极佳,典出《晋书·孟嘉传》。不过此诗的功力尚不在用典,而在用字炼意之劲道,纪昀说此诗"诗不必奇,自然老健"(《纪评瀛奎律髓》卷十六)。而此劲道,明显出自种种动词、虚词的刻意使用。

更进一步,就连诗中咏物也不用景语、"即物"之语,以致更敢摆脱意象,摆脱咏物常容易"黏"滞的弊病,更加超脱情事物象以凸显"物外"之"意",成就了另一番虚词工夫的展露:

雪中寄魏衍

陈师道

> 薄薄初经眼,辉辉已映空。融泥还结冻,落木复沾丛。
>
> 意在千山表,情生一念中。遥知吟榻上,不道絮因风。

---

① 诗为方回《瀛奎律髓》卷十七"晴雨类"所选,诸评见李庆甲《瀛奎律髓汇评》中册,第710页。

纪昀："前四句纯用禁体，妙于写照。<u>五、六全不着题，而确是雪天独坐神理。此可意会，而不可言传。</u>"①"禁体"，禁体物语也，这对于一向不用意象语言的陈师道而言，是一大优势。五、六句极超脱，径自跳出言表，意在情外；然而因为接在前联禁体之后，则不嫌突兀，反而能翻上一层，表现物外之思，最后收摄而结束于近取诸物的"遥知吟榻""柳絮风"，同时令"柳絮因风"之成典不落俗套，且使全诗不至于太跳脱。特别是五、六一联，若是"意"语稍弱，则不能将前后统摄于一体，极易落于游谈无根。

由于虚字更考验用劲、用意，因此富含情致之作更显难得：

次韵无斁雪后（二首之一）

陈师道

闲阁春云薄，开门夜雪深。江梅犹故意，湖雁起归心。

草润留余泽，窗明度积阴。殷勤报春信，屋角有来禽。

纪昀："中四句细腻风光，后山极有情致之作。"②此诗难得地重用了景语、物语，而与虚字调配相当，这是后山少数不借盘空硬语之力，而能发抒意兴、调和节奏，而宽绰有度之作。

这类作品形成宋诗的一大特色，也令后来诗家注意到用字用句"帖妥"的范例，"诗用助语字贵帖妥，如杜少陵云：'古人称逝矣，吾道卜终焉'，又云：'去矣英雄事，荒哉割据心'；山谷云：'且然聊尔耳，得也自知之'；韩子苍云：'曲槛以南青嶂合，高堂其上白云深'，皆<u>浑然帖妥</u>。"③

用字工夫的最高层次，便如杜诗，无论虚字、实字，皆能调和鼎鼐，曲尽其"意"，达到最完美的综合判断、最极致的表现效果："诵老杜：'旧摘人频异'，徒一'频'字，而上下二三十年存没离合之际，无不俱见，但觉去年明年之感，未极平生。又如'衣冠却扈从'，为还京之喜与。先时不及扈从，而今扈从，道旁观者之叹，班行回首之悲，尽在一'却'字中。<u>然此尤（犹）以虚字见意</u>。如'远愧梁江总，还家尚黑头'；才一'梁'字耳，举梁而入陈、入隋，不胜其愧。人知江令之为隋臣而已，三诵此语，复何必深切著明，攘臂而起，正色而议哉？"④

如此"虚字见意"之用，"虚"字见而"实"意醒，让"实"词更出色、意蕴更

---

① 诗为方回《瀛奎律髓》卷二十一"雪类"所选，诸评见李庆甲《瀛奎律髓汇评》中册，第864—865页。

② 诗为方回《瀛奎律髓》卷二十一"雪类"所选，诸评见李庆甲《瀛奎律髓汇评》中册，第866页。

③ 罗大经《鹤林玉露》卷八，《古典文学研究资料汇编·杜甫卷》（上编）第三册，第890页。

④ 刘辰翁《须溪集》卷六，《古典文学研究资料汇编·杜甫卷》（上编）第三册，第955页。

饱满,能更进一步引领语脉意脉的节奏、方向和质感,而为景语名词等增色不少。

如徐俯《春日游湖上》一诗:

> 双飞燕子几时回? 夹岸桃花<u>蘸水</u>开。
> 春雨断桥<u>人不度</u>,<u>小舟撑出柳荫来</u>。

此诗带有唐诗寄情于景的风味,全诗写景而充满兴会。然而,此诗虽以写景为胜,其意味、情趣全在于善用动词、虚词等托衬,景语在虚词的映衬下成就明媚鲜妍的意象、推宕出兴致盈满的意境。

又如陆游《病足累日,不能出庵门,折花自娱》一诗:

> 频报园花照眼明,蹒跚正废下堂行。
> 拥衾又听五更雨,屈指元无三日晴。
> <u>不奈病何抛酒醆</u>,粗知春在赖莺声。
> 一枝自浸铜瓶水,喜与年光未隔生。

诗评家说“粗知春在赖莺声”,“绝妙”“一语叫醒一篇”[①]。而诗中“未隔生”“不奈病何”,皆为虚字用语,增添了句意上迁延迟迟的效果,宛转隐喻了心绪踌躇蹒跚的意态,更与清脆醒眼之诗句形成绝妙反差;诗句也因如此一番跌宕,更加精彩。

风雨中诵潘邠老诗

韩淲

> 满城风雨近重阳,独上吴山看大江。
> 老眼昏花忘远近,壮心轩豁任行藏。
> 从来野色供吟兴,是处秋光合断肠。
> 今古骚人乃如许,暮潮声卷入苍茫。

“满城风雨近重阳,独上吴山看大江”,是“景语”的好开头,放在唐诗中,就要用各种意象来展开,以景寓情拓展情致;然而这里,韩淲接的是“老眼昏花忘远近,壮心轩豁任行藏”,这一以“意”主持的关键,贯通前一联的风雨大江、后一联的“野色”“秋光”等景语,转圜了远近、大小、静动、灵动变化,有收有放,卷舒自如,景语完全被收摄在“意”的文字表现里,而迥异于唐诗在文字上较静态地以景烘托、比喻、影射、寄托情感等的写法。

---

① 诗为方回《瀛奎律髓》卷四十四“疾病类”所选,诸评见李庆甲《瀛奎律髓汇评》下册,第1599页。

许印芳的精湛解析,便是出自"宋诗"范式的眼光——虚实相济以写"意":"次句雄阔,足与首句相称,恰似天生此语配合潘诗者。① 能续潘诗,全在此句接得好。虚谷谓若押不倒则馁,可谓切中肯綮。中四句只从空虚写意,盖实景已包入起二句中。此处若再实写,必至叠床架屋。而且挂一漏万,故换笔写意,只用'野色''秋光'映带实景,便与前后消息相通。七句束住中四句,八句回应起二句,将全诗收入景中,有宕往不尽之致。得此一结,中四句虚处皆实,枯处皆润。且措词壮浪,仍与起句相称,故佳。"②

相对而言,若是唐诗风情,通常寄意于景。

例如:方回《瀛奎律髓》卷一"登览类",让陈与义的《渡江》和宋之问的《登越台》毗邻:

渡 江

江南非不好,楚客自生哀。摇楫天平渡,迎人树欲来。

雨余吴岫立,日照海门开。虽异中原险,方隅亦壮哉。

登越台

江上越王台,登高望几回。南溟天外合,北户日边开。

地湿烟尝起,山晴雨半来。冬花采卢橘,夏果摘杨梅。

迹类虞翻枉,人非贾谊才。归心不可度,白发重相催。

清代陆贻典评曰:"陈简斋心哀中原,而所咏者唯吴岫;宋考功身留越地,而所望者乃日边。时异,人异,而情一也。如此则樵歌巷曲,可与'三百'同观,何唐宋之别乎?"③说的便是唐宋诗中寄情寄意于意象的传统。唐宋诗意象抒情与虚词写意之分,区别不过在调度起手、轻重掌握之间,诗人的表现,一如光谱般的序列,宋人有唐风,唐人有宋调,斯乃常事。

犹带唐风的半山诗,大概正当这光谱的半途,也开始通过文字里的"意"展现宋诗好处:

登大茅山顶

一峰高出众山巅,疑隔尘沙道里千。

俯视云烟来不极,仰攀萝茑去无前。

---

① "满城风雨近重阳"为诗坛的一则诗歌残局之公案。此诗句原是诗人潘邠老福至心灵的佳句,诗话称其因被收租人一时打断,下联遂无以为继;诗人以极有气氛的诗句开头,解此诗谜"珍珑",然多未果;此处韩淲所续近乎天成,"轩豁痛快,不可言喻",极受诗人青睐。

② 诗为方回《瀛奎律髓》卷十二"秋日类"所选,评见李庆甲《瀛奎律髓汇评》上册,第466—467页。

③ 李庆甲《瀛奎律髓汇评》上册,第21页。

人间已换嘉平帝,地下谁通句曲天。

陈迹是非今草莽,纷纷流俗尚师仙。

这是典型的以"意"为主导,凸显议论于写景和寄情之上的诗作。

难怪学李义山的冯舒嫌其作"史断",但纪昀珍重其深于用"意":"其言有物,必如是乃非空腔。凡初学为诗,须先有把握,稍涉论宗亦未妨,久而兴象深微,自能融化痕迹。若入手但流连光景,自诧王、孟清音,韦、柳嫡派,成一种滑调,即终身不可救药矣。"当然纪昀的话也是有为而为,为整饬一类专讲意象、空论神韵、不问意兴之作,正犹如宋诗以"意"之经营矫治晚唐意象空滑的现象;因此许印芳说:"此说盖为近代学渔洋'神韵',流为空滑者痛下针砭,虽为一时流弊所发,实至当不易之论,学诗者宜书诸绅。"①

陈师道诗,正是以其用意奇崛位居光谱之极端,然而"意"之劲力、虚词之精神,也一并光彩尽出:

登快哉亭

城与清江曲,泉流乱石间。夕阳初隐地,暮霭已依山。

度鸟欲何向,奔云亦自闲。登临兴不尽,稚子故须还。

纪昀:"刻意淘洗,气格老健。第四句'依'字微嫩,五、六挺拔,此后山神力大处。晚唐人至此,平平拖下矣。"②

然而这光谱尽处,全赖虚词担当大任,也引出了一个问题:宋诗到了陈师道,甚至我们曾提过的张耒(《寒食》),都是以"意"为主,刚好被眼尖的诗评家指出,两人都常犯"复字"的问题。

张耒《寒食》诗"屋头眠鸡正寂寂"和"春色床头酒满缸","头"字重复;陈师道诗则更常见了:

和寇十一晚登白门

重门杰观屹相望,表里山河自一方。

小市张灯归意动,青衫当户晚风长。

孤臣白首逢新政,游子青春见故乡。

富贵本非吾辈事,江湖安得便相忘。

这本是一首相当有韵味的好诗,中二联措语深至,末句更转化江湖之超脱为

---

① 诗为方回《瀛奎律髓》"登览类"卷一所选,诸评见李庆甲《瀛奎律髓汇评》上册,第30—31页。

② 方回《瀛奎律髓》卷一"登览类",李庆甲《瀛奎律髓汇评》上册,第17页。

沉挚,这是后山之善于使"意"处;然而首尾"相"字重复①,"相望""相忘",而且"望""忘"同音,这样的重复,不免有文字单调狭隘少变化之憾,故意思经营虽深刻,却往往有"穷"窘拘俭以至推拓不开之感。至江西一脉,更难见洒脱风范。

诗中字词不是绝对不可复用,但诗歌发展愈益成熟,愈益成为一门独到的艺术,愈益脱离一般文字的实用性、工具性,也就不自足于抒情达理的角色,而更有其艺术性的完足要求,自身完美的规范,更追求一唱三叹,值得往复回味的效果,于是对于美感形式更加挑剔。

诗歌需要艺术性、感性价值来调和,以免落入观念化、思维化的陷阱。于是,韵味要叠合相生,却更忌"复调"(评家用语,谓重复字词字意)。诗歌在脱离可歌的音乐性之后,就更须仰仗节奏韵律的虚实布置来调节其韵味,更进一步,透过感性形式间虚的、暗的连山断岭的系联、呼应,形成有意义的复合结构而非重复使用,是多层次的结构的复合而非字词句意的重复,字面板实的重复容易造成层次单调、沉滞乏味。

词性、意思、情态、动作都相同而不能点化句子的复字,正显示了诗歌语言(在过度倚赖文字经营下)的贫乏窘困,尤其虚字更加考验笔力。宋人有意矫正晚唐之弊,不凭借意象润饰,虚字大家如陈师道都不免疏误,其他人笔力不到的话,更是蹈空:

十一月五日晨起,书呈叶德璋司法
赵 蕃

卧闻落叶疑飘雨,起对空庭盖卷风。

政自摧颓同病鹤,况堪吟讽类寒虫。

忽思有客浑如我,却念题诗不似公。

已分虀盐终白首,可因霜雪愧青铜。

方回:"读此诗句句是骨,非晚唐装贴纤巧之比。"后来诗家的看法却是:"二句纯是牢骚叫嚣,非和平之旨。""'盖'字入诗,古人未见。好以文句为对,势必至此。意求古健,而笔力不足以振之。惟以数虚字转换,反成软调。"②他的另一首诗(《次韵叶德璋见示》),冯舒直斥:"'江西'恶派。"纪昀又评曰:

---

① 这是后山诗有名的毛病,清代许印芳说:"此诗复字,晓岚指出。他诗复字,都不检点,是其疏处。"此诗收在方回《瀛奎律髓》"登览类"卷一,纪评、许评见李庆甲《瀛奎律髓汇评》上册,第41页。

② 诗为方回《瀛奎律髓》卷十三"冬日类"所选,纪昀评语见李庆甲《瀛奎律髓汇评》上册,第497页。

"真力不足,而欲出奇以求新,势必至此。"

同样善用虚字而不重意象语的送别诗,陈与义一样写得老成深挚,却毫无拘窘吃力之弊:①

别伯恭

樽酒相逢地,江枫欲尽时。犹能十日客,共出数年诗。

供世无筋力,惊心有别离。好为南极柱,深慰旅人悲。

可见虚字工夫更加挑战格力,调度灵便方能支持浑厚圆融的"意"之关键表现;若无相当才力,执意走此狭路,一味求奇用虚,处处见骨,反为枯索怪诞。

四、"熔铸"全篇的"象征"与"表现"

作为宋诗的开山祖师,杜甫开发了虚字见"意"的工夫,以虚词调动全篇意脉而凸显意象(实词)的"象征"作用,虚实相济,展现其登峰造极的功力,达到最饱满的表现:

野 望

清秋望不极,迢递起曾阴。远水兼天净,孤城隐雾深。

叶稀风更落,山迥日初沉。独鹤归何晚,昏鸦已满林。

查慎行:"中二联用力多在虚字,结意犹深。"②此诗虚词之用,不仅如其所云在二、三联,直是句句皆是,而原已沉沉有味的意象,更显动势而出色;是真能用虚用奇而饱蕴实意之健笔。

如此"大手笔"的工夫,出入于虚实,奠基于"熔铸"全篇之语工以达"意"——如何"象征"、如何"表现"意的思考。

(一) 用"意"、寄"意"与寓"意"

一切起于"意":工夫从"意"下手,而全篇也是收摄于"意"这个"大判断"。如东坡以钱为喻的解释:"葛延之在儋耳,从东坡游,甚熟。坡尝教之

---

① 两人诗为方回《瀛奎律髓》卷二十四"送别类"所选,诸评语见李庆甲《瀛奎律髓汇评》中册,第 1063—1064 页。

② 诗为方回《瀛奎律髓》卷十五"暮夜类"所选,纪昀评语见李庆甲《瀛奎律髓汇评》上册,第 534—535 页。

作文字云：'譬如市上店肆，诸物无种不有，却有一物可以摄得，曰钱而已。莫易得者是物，莫难得者是钱。今文章、词藻、事实，乃市诸物也；意者，钱也。为文若能立意，则古今所有，翕然并起，皆赴吾用。汝若晓得此，便会做文字也。'"掌握"意"这一"焦点知识"，则一切"支援知识"——艺术材质、感性形式，莫不"翕然并起，皆赴吾用"。

如梅尧臣"意新语工"的作品：

和欲雪（二首之二）

雪欲漫天落，云初着地垂。臂鹰过野健，走马上冰迟。

公子多论酒，骚人自咏诗。都无少年意，只卧竹窗宜。

查慎行："第七句总承上两联，章法、笔法古健。作者用意所在，读者不可不知。"纪昀："格意殊健。"[①]

此诗"欲雪"之"意"写得笔墨酣畅，一开场就顺着雪"欲"漫天落拉开大景（不是"雪"景），第二联"健"与"迟"，不着于意象，顺着莽苍野地欲雪之情状，折入了第三联人之"欲雪"之"意"（如"晚来天欲雪，能饮一杯无"），把苍天之水墨移入人心之水墨，意象化为情貌、化为意脉，顺势而放，顺势而收，而"欲雪"之意贯穿于景与人，贯穿于客与我，贯穿于首与尾。

诗篇之构思、铺叙有韵致，寄意、寓意工夫甚为关键，梅尧臣另一首雪诗也示范了"意"的营造：

猎日雪

风毛随校猎，浩浩古原沙。寒入弓声健，阴藏兔径赊。

马头迷玉勒，鹰背落梅花。少壮心空在，悠然感岁华。

方回："五、六绝佳。"冯班："气骨自是不同。"纪昀："'风毛'二字双关，甚巧而不纤。"许印芳："通首'猎'与'雪'双关，出语皆自然大方，六句尤隽妙。"[②]此诗处处交关，句句是"雪"，句句是"猎"，意脉矫健，顺势开阖；"形"与"势"、"景"语与动词，虚实交关、思意互涉，静象摄入动势，动态推拓静意，既超脱于物象，又处处呼应，收拾得情味高华雅隽。

黄山谷谓陈后山："其作诗渊源，得老杜句法，今之诗人，不能当也。至于作文，深知古人之关键，其论事救首救尾，如常山之蛇，时辈未见其比。"讲

---

① 诗为方回《瀛奎律髓》卷二十一"雪类"所选，纪昀评语见李庆甲《瀛奎律髓汇评》中册，第861页。

② 诗为方回《瀛奎律髓》卷二十一"雪类"所选，纪昀评语见李庆甲《瀛奎律髓汇评》中册，第862页。

的就是这"意"出多源,又善于整合经营的技巧。

"大手笔"们如此示范"工夫在诗外",于是诗眼的工夫,创作的关键,便从一两字的锤炼工夫,扩大到"意",拓展到全篇脉络的涵摄与运作。

强调诗中有"眼"的北宋范温,著有《潜溪诗眼》一书,其中有一大段论及李商隐诗歌如何生动精准,熔铸"非如此不可"的表现力:

> 过筹笔驿,如石曼卿诗云:"意中流水远,愁外旧山青",脍炙天下久矣,然有山水处便可用,不必筹笔驿也。殷潜之与小杜诗甚健丽,亦无高意,惟义山诗云:"鱼鸟犹疑畏简书,风云长为护储胥"……诵此两句,使人凛然复见孔明风烈。至于"管乐有才真不忝,关张无命欲何如",属对亲切,又自有议论,他人不及也。……义山云:"海外徒闻更九州,他生未卜此生休",语既亲切高雅,故不用愁怨堕泪等字,而闻者为之深悲。"空闻虎旅鸣宵柝,无复鸡人报晓筹",如亲扈明皇,写出当时物色意味也。"此日六军同驻马,他时七夕笑牵牛",益奇。义山诗世人但称其巧丽,至与温庭筠齐名。盖俗学只见其皮肤,其高情远意,皆不识也。①

义山"用意""寓意"等熔铸工夫,能表现最精微而无与伦比的"高情远意",使一切皆形之于极明晰而不可取代的感知形式:

筹笔驿

鱼鸟犹疑畏简书,风云常为护储胥。
徒令上将挥神笔,终见降王走传车。
管乐有才真不忝,关张无命欲何如。
他年锦里经祠庙,梁父吟成恨有余。

"筹笔驿"为历史胜迹,李商隐前后皆有诗人题写,唯义山此诗,起手就已不同凡响,其思意经营独出于众人之上,后来诗家议论纷繁,莫不叹服其"意"之起伏捭阖、笼络镕裁。何义门:"第一句,扬。第二句,驿。第三句,抑。第四句,起'恨'字。第五句,扬。第六句,抑。又恨。第七句,对驿。第八句,对筹笔。""议论固高,尤当观其抑扬顿挫,使人一唱三叹,转有余味。"冯舒:"荆州失,益德死,蜀事终矣。第六句是巨眼。"纪昀:"起二句斗然抬起;三、四句斗然抹倒;然后以五句解首联,六句解次联;此真杀活在手之本领,笔笔有龙跳虎卧之势。'他年'乃当年之谓,言他时经其祠庙,恨尚有余,况今日亲见行兵之地乎?亦加一倍法,通篇无一钝置语。"许印芳:"沉郁顿挫,意境宽然

---

① 范温《潜溪诗眼》,郭绍虞辑《宋诗话辑佚》,台北:华正书局,1981 年,第 329 页。

有余,义山学杜,此真得其骨髓矣! 笔法之妙……沈归愚云:'瓣香在老杜,故能神完气足,边幅不窘,六句对法活变。'"①甚至连一向反对宋派议论化(以及因尚议论而粗硬空泛的诗法)的冯班亦赞许为"好议论",正是其优异的表现力,已将议论化入绝技,将精微深沉的精神意义融贯于感性形式之中,化重重抽象的奥衍之"意"于生动明晰的诗艺当中。

纪昀特别留意到义山"他年"的殊异诗法。李商隐诗善于宕开一笔而牵连更广的意蕴:言"当年",言"他时",而隐含并对衬、反衬"今日""此时""此处"之"境"与"情"。如其《马嵬》诗"海外忽闻更九州,他生未卜此生休"的"他生"/"此生"之对映;《夜雨寄北》"君问归期未有期""却话巴山夜雨时"的"却话"与"巴山夜雨涨秋池"之时;《锦瑟》"此情可待成追忆,只是当时已惘然"的"此情可待"与"只是当时"……

此乃义山绝技,一笔折返而拉开场景、拉开时空;经由时空的转换与对比,造成今昔孰真孰幻的时空感,对比之下益显冲突遗憾或怅惘莫及;而"他年"的"当时"当"境",与"此日"之此情此境,人事人情已时移事易,皆是真实、皆是绝对,而情与思依违于其间,不觉惝恍莫名。

义山此种句法堪称最富时空想象力、时空感受之笔。时光迢递而虚实跌宕,"意"与"思"貌似宕开而连山断岭地呼应回荡,众"虚"中之"实"与众"实"中之"虚"一样惝恍迷离,而益显"虚""实"之真况味。

此法类似杜诗(《奉济驿重送严公》)"几时杯重把,昨夜月同行"句法,许印芳称之为"逆挽法",谓"老杜惯用此法,学杜者亦多用之"②。不过义山这些诗歌的用法,已有联络多意的发挥和多重效果,恐非单一句法所能牢笼。如此逆挽,往往能跨越绵长的思意,一联之间,百折千回;使短章之内,层次丰富,意蕴深远,其用"意"耽思绸缪却又浑涵笼罩而回荡无已,丰富了诗歌综合辩证的表现,也正是义山诗无与伦比的表现力所在。

在诗歌中,使议论绝佳,使"意"妙不可言者,在于透过诗歌艺术不可取代的非常言说,以"表现""象征"深挚莫名、娓娓无穷的情感价值、感性思意。如上述何义门所谓"尤当观其抑扬顿挫,使人一唱三叹,转有余味"。

这也是义山学杜最成功的地方,不光在技法、不光在作意深刻,也不光在字句经营,"意"与"技"之间多方多重融会贯通的工夫才是真工夫,诗眼的极致就是这种辩证工夫,所以宋人常讲的诗中有眼,也就是用"意"的工夫,

---

① 诗为方回《瀛奎律髓》"怀古类"卷三所选,诸评见李庆甲《瀛奎律髓汇评》上册,第106—107页。

② 诗为方回《瀛奎律髓》卷二十一"雪类"所选,纪昀评语见李庆甲《瀛奎律髓汇评》中册,页1028—1029。

如范温《潜溪诗眼》讲的"以识为主"：

> 山谷言学者若不见古人用意处，但得其皮毛，所以去之更远。如"风吹柳花满店香"，若人复能为此句，亦未是太白。至于"吴姬压酒劝客尝"，"压酒"字他人亦难及。"金陵子弟来相送，欲行不行各尽觞"，益不同。"请君试问东流水，别意与之谁短长"，至此乃真太白妙处，当潜心焉。故学者要先以识为主，如禅家所谓正法眼者。直须具此眼目，方可入道。①

用"意"、寄"意"与寓"意"，遂为诗歌力求表现、力求突破的关键。"意"主导了一切技巧，譬如用事：

大　雪

陆　游

大雪江南见未曾，今年方始是严凝。
巧穿帘罅如相觅，重压林梢欲不胜。
毡幄掷卢忘夜睡，金羁立马怯晨兴。
此生自笑功名晚，空想黄河彻底冰。

雪中作

陆　游

竹折松僵鸟雀愁，闭门我亦拥貂裘。
已忘作赋游梁苑，但忆衔枚入蔡州。
属国餐毡真强项，翰林煮茗自风流。
明朝日暖君须记，更看青鸳玉半沟。

前一首方回说："中四句不用事，只虚模写，亦工。"对后一首则说："中四句皆用雪事，不妨工致。"纪昀则直指要义，指明两诗之好，前诗"意节悲壮"，后诗"有寓意，则用事不冗"。

两首雪诗，一则用事，一则不用事，而皆是精警有风骨之佳作。用事不用事，关键全在"意"之掌握和表现。前诗放翁示"真面目"，虽不用事而直以其富健才力，表现"风骨峻嶒，意节悲壮"，诗评家所谓"结得酣足"。而后诗，许印芳更借以说明用事用语之道："用事能按切身世，方无涂饰堆砌之病。又须语脉联贯，不可杂凑添设。此诗三、四，于放翁身世虽不相涉，而'作赋游梁'与领史局之事暗合，'衔枚入蔡'与取中原之志暗合。五、六脱开说，而

---

① 范温《潜溪诗眼》，《黄庭坚和江西诗派资料汇编》上册，第37页。

'属国'句与'入蔡'句相关照,'翰林'句与'游梁'句相关照,妥帖而细密。此等可为用事之法。末句'青鸳'谓屋瓦,'玉'谓雪。此诗通体精警,故晓岚全加密圈。"纪昀也指出用事之中,意脉的关联与呼应:"五、六各有所指,而互衬出末二句。"①

以"意"为关键的认知,甚至决定了鉴赏与注解的重心。例如任渊注解黄庭坚与陈师道诗作,陈振孙强调其"大抵不独注事,而兼注'意',用功为深"②。宋诗之"意"于是收摄了诗学所有广袤深至的技艺,成为创作与诗学的核心目标、焦点意识。在"意"的主导下,琢磨一切方法以创造精湛明晰的感知形式,来(象征地)表现思深绪密而笼罩全局的高"情"远"意"。

(二)"意"的主导:从关键的"眼"与"法"到技艺的深层内容

"望"南山与"见"南山,是宋初以来一则重大的公案,在宋人诗话里流传甚广:"'采菊东篱下,悠然见南山',此其闲远自得之意,直若超然邈出宇宙之外。俗本多以'见'字为'望'字,若尔,便有褰裳濡足之态矣……若此等类,纵误不过一字之失,如'见'与'望',并其全篇佳意败之。"③

牵一发而动全身,关键一差,全体意境有"美玉""碔砆"之别,原因是:在"意"的主导下,所有的锻炼工夫统整于牵引全篇的"句眼""诗眼"。统筹全局的"意",是全篇语境情境的关键,铸就全篇七宝楼台的拱顶石,有力贯千钧之大用。

技艺亦是有"内涵"的——它所托载的情感价值,让作品成为充满意味的感知形式。讲究"法""眼""意",讲究种种"语工"的经营,目的无非是追求最极致的表现力——表现诗人的感思理解、"情感概念",所以"工夫"不独在技巧本身,更在于贯通全体情感价值。这也意味着,经由精湛的技艺工夫达成的极致表现力原是由背后所有丰厚的意念神思所支撑的。技艺实与深稳的情感价值互为支撑。

"意""句中有眼"等焦点知识与"博学""心地"等作为根底的支援知识彼此互为表现、完整统合,精练明晰的感知形式,(象征地)表现思深绪密的高"情"远"意"、情感价值。

"工夫"与"情""意"、形式创造与情感价值两得的典范,如李商隐诗,清代陆贻典评曰:"义山之高妙,全在用意,不在对偶。"而同样对于李商隐《马

---

① 诗为方回《瀛奎律髓》卷二十一"雪类"所选,诸评见李庆甲《瀛奎律髓汇评》中册,第899—900页。
② 陈振孙《直斋书录解题》卷二十,《黄庭坚和江西诗派资料汇编》上册,第149页。
③ 蔡居厚《蔡宽夫诗话》,《宋诗话全编》,第609页。

嵬》一诗("海外徒闻更九州"),查慎行说:"一起括尽《长恨歌》。"①俱指出李商隐诗歌韵味无穷,不逊于长篇叙事诗,其绝高之手法和其底蕴、所表现之情感价值密不可分。

名列黄、陈之后的陈与义得到如此评论:"陈简斋之'客子光阴诗卷里,杏花消息雨声中',诗中皆有人在,则景而带情者矣。"②正谓其优美的感知形式足以传达,足以托载主体丰美的情感价值。

在技艺之极致与情感价值的山高水深互为辩证、互为支持的结构里,也就是在这两端高度平衡融贯的眼界下,纵使文字工夫精到,能排斡乾坤的陈师道,仍显枯窘粗硬,意绪深至绵密的黄庭坚仍偶有"作态"之憾,反倒后起的陈与义已"炼"到了"意"能含情的境界,能结合抒情表现,使得思意饱满,是所谓学杜能既得其"骨"又得其"肉"者。③ 如前章所说,简斋诗多"沉挚""有味"之作,甚至被纪昀称为"完美之篇",于是能超拔于"宋气",熔铸唐宋,气韵风骨两得之。

宋人眼中,诗眼、诗法贯通情感价值的极致表现,首推杜诗。如令宗唐宗宋诗人尽皆折节俯首的作品:

阁 夜

岁暮阴阳催短景,天涯霜雪霁寒宵。
五更鼓角声悲壮,三峡星河影动摇。
野哭千家闻战伐,夷歌几处起渔樵。
卧龙跃马终黄土,人事音书漫寂寥。

方回盛赞此诗"他人所无",并称述三、四句("悲壮""动摇")"诗势如之"与末联之"感慨豪荡";清代宗唐派的冯舒则说:"无首无尾,自成首尾;无转无接,自成转接;但见悲壮动人,诗至此而《律髓》之选法于是乎穷!"意谓杜诗天衣无缝的表现功力,方回等诗法诗眼之说,已无可着力。另外,更有意思的是,纪昀以下这很可争议的评论,正恰恰凸显了营造深远不凡的整体之"意"与个别句式的精彩畅达之间可能的矛盾:"前路凌跨一切,结句费解,凡费解便非诗之至者。三、四(句)只是现景,宋人诗话穿凿可笑。"④

---

① 李庆甲《瀛奎律髓汇评》上册,第107页。
② 陈衍《石遗室诗话》卷十四,《黄庭坚和江西诗派资料汇编》下册,第850页。
③ 胡应麟诗"与义得杜肉",《诗薮》外编卷五,《黄庭坚和江西诗派资料汇编》下册,第834页;陈衍说"与义《再登岳阳楼感赋诗》,学杜而得其骨",《石遗室诗话》卷十四,《黄庭坚和江西诗派资料汇编》下册,第851页。
④ 诗为方回《瀛奎律髓》"登览类"卷一所选,冯评、纪评见李庆甲《瀛奎律髓汇评》上册,第29页。

按：此诗末句收入一片寂寥，呼应"卧龙跃马终黄土"，收笼宇宙历史静动悲欢于寂寥之瞬时；正如《红楼梦》尾声"落了片白茫茫大地真干净"，将全书收拾于一片独立苍茫，也收拢了全书无数叙事、无数精心刻画的章节布局，百味杂陈而包笼于"一"，浑然无可言却饱含一切意义的"scene"，实为美学上最好的结局。

可以说，老杜眼中看到的，是一片皇天后土之下战乱人世的大场景、大叙事；而纪昀纠结于诗句内部结构之"解"。纪昀所说"费解"，谓其思意不够通透，与前联句意"接不上"。然而三、四句已不是"现景"，而是笼络心象与境象、当前与历史时空的大氛围、大语境；结句看似不承卧龙跃马，却是收拢完结的"大判断"。此结句断不可单独视之，而是收拢一切的紧要关键，老杜高明就在关键处处理得平夷澹荡，意犹未尽。可惜纪昀将其看得平常，以其片段所见谓之"费解"，实未达诗歌整体之"大判断"！

于是在"意"的总体收摄下，百般复杂情感的支撑下，三、四句也不止如纪昀所谓之"现景"，正以极动人的感知形式传达悲壮之"心"、动摇之"情"；此二句功力实已超越一般所谓"气势""豪荡"等经营，更当放在整体作品下观照，体会其转折承接的作用："五更鼓角"——此际之"声"、"三峡星河"——此刻之"影"，极（即）热闹，极（即）寂寥，正是顺势接应首尾的关键。此"现景"，岂止是寓目即景的刻画！冯舒所谓"无首无尾，自成首尾；无转接，自成转接"浑然天成的境地，功力正在此！

黄庭坚也遇到此类误解，如许尹在《黄陈诗注序》中所说："其用事深密，杂以儒佛，虞初稗官之说，隽永鸿宝之书，牢笼渔猎，取诸左右，后生晚学此秘未睹者，往往苦其难知。"宋代以来，或有诗评家以黄庭坚手法过于曲折繁复，而目之为"矫揉"，如贺裳《载酒园诗话》卷五："读黄豫章诗，当取其清空平易者，如《曲肱亭》……不甚矫揉，政自佳。"矫揉或蕴藉亦视作者表现之宗旨与"理想"读者相关领会而定，山谷所以被误解为矫揉，恐怕就在于其支援知识包罗极广，联想跨越极大——其极致技艺熔铸了极高明精微的情感价值，读者如无相应的知识储备则难以理解，故有"隔"，故"费解"。

所谓"拾遗句中有眼"，已经超越了个别可指陈、可分析的句法或文字工夫。表现和象征的极致，是浑然整体的"意"，从浑然整体的气象与形势中凸显出来。"拾遗句中有眼，彭泽意在无弦"（《赠高子勉》），黄庭坚正是用他特有的对立并举的辩证手法，互文为训地指出：虽然作法风格不同，然而杜甫功力深处，直如陶渊明诗一般浑然天成。从老杜诗篇中所体会到的"诗眼""句法"之理，其极致目标在于透过总体表现、象征而传递技艺深层所蕴含的情感价值，这样的情感价值宋人多以"意"称之。"意"——由深厚隽永的艺术手法表征的情感价值，主导了创作的目的，主导了技艺一贯追求的方向。

就像刘禹锡这首被何义门称为"才识俱空千古"的作品：

金陵怀古

潮落冶城渚，日斜征虏亭。蔡州新草绿，幕府旧烟青。

兴废由人事，山川空地形。后庭花一曲，幽怨不堪听。

此诗方回赞曰："每读刘宾客诗，似乎百十选一以传诸世者，言言精确。"①方回评诗有许多问题，唯独此说精确无比。在"意"的精练上，刘禹锡诗歌确是宋人心中又一典范。

这最是劲健的"诗豪"之作，其中蕴含之"法"与"意"，启发诗家无数。何义门："'潮落''日斜''烟青''草绿'，画出'废'字。……第五起后二句，第六收前四句，变化不测。前四句借地形点化人事……"就连反对诗有法度之说的冯舒也说："'新草''旧烟'，只四字逼出'怀古'；五、六斤两起结，俱'金陵'。丝缕俨然，却自无缝！"在在指出此诗措辞、结构上，字面与含意处处跌宕相生、互为接引，溶融无际，意义空间一层深似一层，极其深广丰富。

此诗前四句连用四地名，貌似平板相对，倘一般诗人手笔极易流于泛泛，此诗却自有关节，纪昀所谓："叠用四地名，妙在安于前四句，如四峰相矗，特有奇气。若安于中二联，即重复碍格。""五、六筋节，施于金陵尤宜，是龙盘虎踞，帝王之都。末后庭一曲，乃推江南亡国之由，申明五、六。""起四句似乎平对，实则以三句'新草'，剔出四句'旧烟'，即从四句转出下半首。运法最密，毫无起承转合之痕。"许印芳："乃知三、四'新''旧'二字是眼目。……暗起暗承，暗转暗合，暗中消息相通，外面筋骨不漏。""又按六句用龙虎天堑故事，而用其意，不用其词，此亦暗用法。……又此句不但缴足第五句，而且收拾前四句。若无收拾，便是无法，可谓精密之至。"

短短一首四十字的五律，既有铺陈，又有收摄；既意象鲜明，又暗扣多重意思，实大手笔天衣无缝之作，"法"/"意"、"才"/"识"两相匀称，使这短章"气格高浑，意味深厚"。

"意""艺"绝高的境界、贯通形式工夫与情感价值的极致境地，由黄庭坚"拾遗句中有眼，彭泽意在无弦"这缺一不可、互文为训的言意辩证所指点：工夫的锻炼也是情感内涵的锻炼；通过"句中有眼"等焦点知识、精湛的感知形式的锻炼，更能招引厚实广袤的情感内涵、更能炉炼博学而内化的支援知

---

① 诗为方回《瀛奎律髓》卷三"怀古类"所选，诸评语见李庆甲《瀛奎律髓汇评》上册，第80—81页。

识,也因此技艺工夫和崇高的精神价值——"道"贯通了起来。"无一意一事不可入诗者,唐则子美,宋则苏、黄,要其胸中具有炉锤,不是金银铜铁强令混合也。""唐诗以情韵气格胜,宋苏、黄皆以意胜,惟彼胸襟与手法俱高,故不以精能伤浑雅焉。"[1]

情感内涵与诗歌形式、法度技艺等高度的辩证也就是前述"意"与"技"之间融贯会通、组织化用的工夫;创作的所有历程正是贯通这两端而不断辩证而上、层层翻越至极致的熔铸与内化的过程。这样的作为,也使得工夫逐步雕琢复朴,升华至陶诗一般自然天成、淳厚无斧凿痕的境地。

在这双向的融通炉炼中,情感内涵也随工夫锻炼不断积淀而沉郁宏博。蕴蓄充足的支援知识,历经醇熟内化的过程,在"当"机、"应"机之时,化为浑成之作的整体进程,犹如苏轼所谓:"道可致而不可求。……莫之求而自至。"(《日喻》)"游"于浩瀚的"学识"与"心地"等无所不至的支援知识,于是一朝升华而至"道"——是"意"与"工夫"的圆成、焦点知识与支援知识的完美辩证。

在这浩瀚的情感内涵(一切知情意内化的理解)、支援知识中,一切致知、一切技艺皆溶融一体;诗艺工夫的极致也与其他学问和技艺之殊胜相互贯通、彼此促成:

弈棋呈任公渐

黄庭坚

偶无公事客休时,席上谈兵角两棋。

心似蛛丝游碧落,身如蜩甲化枯枝。

湘东一目诚堪死,天下中分尚可持。

谁谓吾徒犹爱日,参横月落不曾知。

"按山谷《弈棋呈任公渐》诗云:'心似蛛丝游碧落,身如蜩甲化枯枝',此二语穷形尽相,真是绘水绘声手。"[2]

山谷论画曾强调当聚焦于最具张力的瞬时(钱锺书所谓"包孕最丰富的片刻""留有生发余地的片刻"):"黄庭坚《豫章黄先生文集》卷二七《题摹燕郭尚父图》:'往时李伯时为余作李广夺胡儿马,挟儿南驰,取胡儿弓引满以拟追骑。观箭锋所直,发之,人马皆应弦也。伯时笑曰:使俗子为之,作箭中追骑矣。余因此深悟画格。'"[3]而此诗第二联"心似蛛丝游碧落,身如蜩甲

① 皆见刘熙载《艺概》卷二,《黄庭坚和江西诗派资料汇编》上册,第369页。
② 蒋澜《艺苑名言》卷一,《黄庭坚和江西诗派资料汇编》上册,第292—293页。
③ 转引自钱锺书《读拉奥孔》,《七缀集》,台北:书林出版公司,1990年,第51页。

化枯枝",正捕捉了弈棋者外弛内张而与物无二的"形"与"势"——聚焦于静态中的万钧张力。

不只是诗艺绝伦,在整体性的"工夫—意""技艺—情感价值"互为撑持而博通学识的认知架构下,山谷亦能体认高度艺术层次的状态,深明画格与棋道,能以"法眼"捕捉技艺之心理关键。犹如此诗,"心"似蛛丝、"身"如蜩甲这一饱蕴张力的一瞬,提点了全盘棋局的真精神;诗歌由此关键一联"心似蛛丝游碧落,身如蜩甲化枯枝"提点并总摄全诗绝对之形"势"。

倾其深沉之"意"、博厚之情感价值与支援知识,所炼就而沉着蕴蓄于诗歌形式之万钧工夫,当其极致,已完美熔铸全体而化为"意在无弦"的真朴质性。于是,从这诗法工夫如何汇聚("意"所营造的)种种形势和条件于此关键之焦点——"技"来思考,对山谷所谓"(如灵丹一粒,)点铁成金"或"夺胎换骨"之方,当有更深之反思。

次韵谢子高读渊明传

黄庭坚

枯木嵌空微暗淡,古器虽在无古弦。
袖中政有南风手,谁为听之谁为传。
风流岂落正始后,甲子不数义熙前。
一轩黄菊平生事,无酒令人意缺然。

袁昶:"以枯淡语吸取神髓,调謇吃而意浑圆,如书家北宗,以侧锋用抽挈翻绞法取平直体势。"(《山谷外集诗注评点》)[①]

首句令人惊艳的天外之笔,从"无弦琴"着意,合于无弦琴古朴雅趣、陶渊明诗与人之浑朴淡雅,也暗扣题主谢子高举进士不中之"微暗淡",非常形象而所指又在有意无意之间,所"象"极"中的"却又风貌浑朴,外枯澹而意蕴悠长。"枯木嵌空"足以与老子以"橐籥"之"象"天地——虚而不屈,动而愈出之形相比,是极其高明的人文意象。继而顺势歌咏,谓有其人而有其"韵"——大音无弦的"南风"(传说为舜时古曲)之曲,"谁为听之谁为传"?

前四句意绪流畅宛转,韵律则超脱律式而带古风,却是今(近体)之古调,恰也暗扣"古调虽自爱,今人多不弹"之意。在不古不律而浑沦超脱之间,极富风流云散之致。诗在恬静平淡的风格下,合奇思转折于一手,直是方东树所说"入思深,造句奇崛,笔势健"之大手笔了。[②]

无论老杜还是山谷,"充满意味的形式"均奠基于"读书破万卷"——源

---

① 诗和笺注见黄宝华《黄庭坚选集》,第29—31页。
② 方东树《昭昧詹言》卷十二,《黄庭坚和江西诗派资料汇编》上册,第319页。

自多方的"涵蓄"积累，由此而善能融贯一切开阖收放的资源"技艺""学识"与"心地涵养"等致知能力之磅礴，终究是后来落于学派、光致力于一"才"一"意"者远远不及的："山谷却得工部之雄而浑处。有才者便可压成，故谢无逸古硬处不减鲁直所作，然鲁直却有涵蓄，脍炙人齿颊处。"①

①　陈模《怀古录》卷上，《黄庭坚和江西诗派资料汇编》上册，第154页。

第十章　大匠之境界

——"彭泽意在无弦"

一、诗歌也是一门奥衍宏深的学问：工夫之极致与升华

东坡曰："渊明诗初看若散缓，熟读有奇趣。如曰：'日暮巾柴车，路暗光已夕。归人望烟火，稚子候檐隙。'又曰：'采菊东篱下，悠然见南山。'又曰：'蔼蔼远人村，依依墟里烟。犬吠深巷中，鸡鸣桑树颠。'才意高远，造语精到如此，如大匠运斤，无斧凿痕。"[①]苏轼看陶诗之平淡散缓、之韵味天成，却是"大匠运斤"的结果；非无"工夫"在，无迹之淡味即是工夫极致的表现。于是将"工夫"的课题，辩证地升华至不着相的境地：将有迹之"法"锻炼至无迹无相的境界。

后来黄庭坚以"拾遗句中有眼，彭泽意在无弦"指点后学诗歌全貌，也象征了宋诗学的总体精神：诗歌是一门"句中有眼"、有工夫的专门技艺；同时在工夫高处，足以贯通磅礴而成其大。在高风远韵而不可学的陶诗之后，是体大思精、炉炼至深微而"似欲不可企及"的杜诗；这也是黄庭坚将杜诗陶诗并列，工夫与境界辩证而圆成之深意所在。

春　望

杜　甫

国破山河在，城春草木深。感时花溅泪，恨别鸟惊心。
烽火连三月，家书抵万金。白头搔更短，浑欲不胜簪。

---

① 《诗人玉屑》卷十，第211页。

何义门：“起联笔力千钧。”纪昀：“语语沉着，无一毫做作，而自然深至。”①有笔力，有工夫，而能够“自然深至”，沉着而毫无制作之痕，正是行家眼中最高的表现力：工夫做到天衣无缝般浑成无迹，有如纪昀以以下梅尧臣诗为例所云：“诗未有不用工者，功深则兴象超妙，痕迹自融耳。”②

春　寒

春昼自阴阴，云容薄更深。蝶寒方敛翅，花冷不开心。
亚树青帘动，依山片雨临。未尝辜景物，多病不能寻。

方回：“梅诗淡而实丽，<u>虽用工而不力</u>。”纪昀：“三、四<u>托意深微，妙无痕迹</u>，真诗人之笔。”③

“平淡”不只作为一类顺应自然的写作风格，内含精微工夫之“平淡”意识也在诗人深有省思的创作下逐渐发皇。

就连开启宋诗刻意为工、思深绪密风气的王安石，在其工夫深处，也致力于使一切工致了无痕迹。

葛溪驿

缺月昏昏漏未央，一灯明灭照秋床。
病身<u>最</u>觉风霜早，归梦<u>不</u>知山水长。
坐感岁时歌慷慨，起看天地色凄凉。
鸣蝉更乱行人耳，正抱疏桐叶半黄。

方回：“半山诗如此慷慨者少，却似‘江西’人诗。”虽然半山诗近乎晚唐者多，但是方回此语表明了此诗高处符合“江西”理想——困心衡虑，用意深刻，却能隐伏收束于沉着笔力。许印芳：“此旅宿感怀而赋诗也。首联伏后六句，无一闲字，‘病身’‘归梦’、起坐、耳闻，从‘床’字生出，‘风霜’‘岁时’‘鸣蝉’、黄叶，从‘秋’字生出。山水之长，天地之色，桐叶之黄，在灯月中看出。早觉不知，慷慨凄凉，乱耳之情，在月昏灯明中悟出。‘正抱’二字，与‘漏未央’相应，此则点明赋诗之时，收束通篇也。后六句紧跟‘秋床’来，而五句又跟三句，六句又跟四句，七句又紧跟五、六来，故用一‘更’字，八句则紧跟七句，乃一定之法。<u>诗律精细如此，而气脉贯注</u>，无隔塞之病，加以风格高老，意境沉深，<u>半山学杜</u>，此真得其神骨矣。”纪昀谓此诗：“老健深稳，意境殊自不凡。

---

① 诗为方回《瀛奎律髓》卷三十二“忠愤类”所选，诸评见李庆甲《瀛奎律髓汇评》下册，第1346—1347页。
② 见李庆甲《瀛奎律髓汇评》上册，第344页。
③ 诗为方回《瀛奎律髓》卷十“春日类”所选，诸评见李庆甲《瀛奎律髓汇评》上册，第344页。

三、四细腻,后四句神力圆足。"①

承继杜诗绝技的风范,宋人不断抉发工夫深处神力圆足而朴淡无迹的作法:

> 然缘情体物,自有天然工巧,而不见其刻削之痕。老杜"细雨鱼儿出,微风燕子斜",此十字殆无一字虚设。……至"穿花蛱蝶深深见,点水蜻蜓款款飞","深深"字若无穿字,"款款"字若无点字,皆无以见其精微如此。然读之浑然,全似未尝用力。此所以不碍其气格超胜。唐末诸子为之,便当入"鱼跃练江抛玉尺,莺穿丝柳织金梭"体矣。七言难于气象雄浑,句中有力而纡余,不失言外之意。自老杜"锦江春色来天地,玉垒浮云动古今",与"五更鼓角声悲壮,三峡星河影动摇"等句之后,常恨无复继者。韩退之笔力最为杰出,然每苦意与语俱尽。……不若刘禹锡……"天子旌旗分一半,八方风雨会中州",语远而体大矣。②

"气象雄浑",讲"气格",讲"体"大语"远",胜于刻画精工然而"意与语俱尽"之作,诗有远超"工妙",超出高明的技艺者。在杜诗"言""意"表现的启发下,宋诗走出一线生机,易晚唐之精工以平淡自然而纡余有味,展示出宋诗走出唐风的一大创获。

二十三日立秋夜行泊林里港

张　耒

浙浙晚风起,孤舟愁思生。蓬窗一萤过,苇岸数蛩鸣。

老大畏为客,风波难计程。家人夜深语,应念客犹征。

方回:"宛丘诗大抵不事雕琢,自然有味。"纪昀:"三、四天然清远。"

张耒秉承苏门遗风,其诗不在江西之列,而夙以平淡自然著称。此诗亦然,所呈现的皆为常语常境,"客"之"我"思,"家人"之挂"念",皆生动而有情致。实乃江西风格之外,宋人"言""意"创获的另一番境地:老练成熟的自然圆满。

发长平

张　耒

归舟川上渡,去翼望中迷。野水侵官道,春芜没断堤。

川平双桨上,天阔一帆西。无酒消羁恨,诗成独自题。

---

① 诗为方回《瀛奎律髓》卷二十九"旅况类"所选,诸评见李庆甲《瀛奎律髓汇评》中册,第1295—1296页。

② 叶梦得《石林诗话》卷下,《历代诗话》本,第230页。

方回：“虽自然，无不工处。”纪昀则谓：“自然而工，乃真自然矣。”而许印芳更借此引申一番因“洗练”而“自然”之要义：“盖<u>自然乃文字美名，实文字老境</u>。功候未深，必不能到。初学宜用艰苦工夫，以洗练为主，久而<u>精力弥满，出之裕如，渐近自然</u>，方臻妙境。若入手即求自然，必有粗率病，且有油滑病。人皆知粗率油滑之为病，不知病根即在妄求自然……岂知其<u>自然皆自艰苦来乎</u>！”①

于是“自然”绝无空乏率意，再看两首张耒的诗作：

自海至楚途寄马全玉(八首之六)

萧萧晚雨向风斜，村远荒凉三四家。

野色连云迷稼穑，秋声催晓起蒹葭。

愁如夜月长随客，身似飞鸿不记家。

极目相望何处是，海天无际落残霞。

虽无刻意为工的诗“法”可指实，虚词、实词相济为用的手法却相当老成，有自然挥洒之致。故方回说：“文潜诗大抵<u>圆熟自然</u>。”纪昀：“此诗好在脱洒。”陆庠齐：“五、六正如<u>绝不用意</u>，却有蕴味。”

登城楼

沙雨初干布褐轻，独披衰蔓步高城。

天晴海上峰峦出，野暗人家灯火明。

归鸟各寻芳树去，夕阳微照远村耕。

登楼已恨荆州远，况复安仁白发生。

方回：“此二诗皆自然隽永。<u>人所难能者，独以易言之</u>。”向来不喜宋诗的冯舒也说：“宛丘诗耐看。”查慎行：“三、四此种境界原从学杜得来。”②此处查慎行所讲，指出了出自工夫圆熟裕如、展现脱洒风度之“自然”，正是宋人孜孜矻矻追求的理想目标——黄庭坚所谓从“拾遗句中有眼”的工夫升华到“彭泽意在无弦”的境界。

张耒之后，还有曾几，也有工夫平易自然而别有韵味的创作。陆游年少时诗学曾几，并在江西专门之学的诗法上更开启一重“平淡而山高水深”的视野：“<u>律令合时方帖妥，工夫深处却平夷</u>。”③茶山诗歌名气虽不如弟子陆

---

① 以上两首诗为方回《瀛奎律髓》卷二十九“旅况类”所选，诸评见李庆甲《瀛奎律髓汇评》中册，第1280—1281页。

② 以上两首诗为方回《瀛奎律髓》卷二十九“旅况类”所选，诸评见李庆甲《瀛奎律髓汇评》中册，第1297—1298页。

③ 《剑南诗稿》卷二，《黄庭坚和江西诗派资料汇编》下册，第862页。

游,但风格雅澹,自有其清迥标致(赵仲白形容其诗"清于月白初三夜,淡似汤烹第一泉"),后来翁方纲甚赏其"浑成自然",谓"南宋诸家,格高韵远,可上接香山,下开放翁者,其惟茶山乎?"①"上接香山"又能"格高韵远",正谓其善造平易自然风味。

宋人文字工夫观念成熟之后,随着高度发展的"语工",要求更进一步、更高明圆融的省思也随之而来,甚至连王安石、黄庭坚都不能免:"陈无己云:'荆公晚年诗伤工,鲁直晚年诗伤奇'。"②如何既思意奇肆非常,又涵养浸淫至于平夷不露圭角?"意在无弦"之难——难于不"着相"。

浑然天成的境界,宋人由唐诗高处意会所得尤多。如以下方回所选王维三首诗,皆被诗家盛赞为"斧凿俱化""无迹"而自然超妙之作:

归嵩山作

清川带长薄,车马去闲闲。流水如有意,暮禽相与还。
荒城临古渡,落日满秋山。迢递嵩高下,归来且闭关。

韦给事山居

幽寻得此地,讵有一人曾。大壑随阶转,群山入户登。
庖厨出深竹,印绶隔垂藤。即事辞轩冕,谁云病未能。

辋川闲居

一从归白社,不复到青门。时倚檐前树,远看原上村。
青菰临水拔,白鸟向山翻。寂寞于陵子,桔槔方灌园。③

王维诗一向为盛唐"气象"中清空自然之典范,方回谓"闲适之趣,澹泊之味,不求工而未尝不工者,此诗是也"。然而纪昀直接反驳这种"不求工"的自然之说:"非不求工,乃已雕已琢后还于朴,斧凿之痕俱化尔。学诗者当以此为进境,不当以此为始境。需从切实处入手,方不走作。"许印芳则赞同曰:"诗欲求工,须从洗练而出,又须从切实处下手,能切题则无陈言,有实境则非空腔,可谓诗中有人矣。"行家从澹泊清空的境界中看出了洗练与切实。

这般由刻意求工而臻至"斧凿之痕俱化"、由工夫锻炼升华至极致境界的观念,也是发扬自江西盟主黄庭坚平易致远的先见:"但熟观杜子美夔州后古律诗,便得句法简易而大巧出焉。平淡而山高水深,似欲不可企及,文

---

① 翁方纲《石洲诗话》卷四与《七言律诗钞》卷首,《黄庭坚和江西诗派资料汇编》下册,第887页。
② 《王直方诗话》,《黄庭坚和江西诗派资料汇编》下册,第28页。
③ 以下诗为方回《瀛奎律髓》卷二十三"闲适类"所选,诸评见李庆甲《瀛奎律髓汇评》中册,第931—934页。

章成就更无斧凿痕,乃为佳作耳。"①

这般"自然",对诗歌境地而言,已全不同于六朝或唐人"自然"之作——率意无为或风味朴淡。宋人深刻认识到,在体式成熟、文人有"意"为文的专业氛围里,刻意求工已是必然的趋势。历史演化下的"自然""平淡"非不求工,反而是精工至极的境地。后来就算是最讲"妙悟""入神"又要求"气象雄浑""无迹可寻"的严羽,也不得不承认这等境地一样须奠基于"多读书""多穷理"与辨体式等种种冶择工夫。

王维《韦给事山居》诗,方回指出其"善用韵,'曾''登'二韵险而无迹""'群山入户登'一句尤奇,比之王介甫'两山排闼送青来',尤简而有味"。这样的评语,说中了宋人心目中诗歌工夫到位的目标——造意作奇,却更要镕裁精华、蕴藉深意,真淳无痕,亦即"简而有法"。纵使诗境浑融无迹,诗人"法"眼亦往往能探得其"法"。如冯班对上述王维《辋川闲居》一诗所指出的,"次联俱说'无山'",意谓其语脉安排呼应连贯,不着一字,而能领会眼前"无山"的平远视野与心境,正示其托寓笔法已达自然浑融的境界。

气象浑成的唐代诗歌,在有专业经验、实作心得的宋代诗人的"法眼"中,已全面展开了创作内在丰富而辩证的演化历程;尤其宋诗特别的领会,多得力于中唐以来吸收了杜诗笔法,又对诗律、用"意"等有所深思反省的几位大家。在其覃思益进的高深工夫下,向着最高表现力趋近,这些精神被涵括进宋诗学有关工夫论、境界论的广泛认识中。

登柳州城楼寄漳汀封连四州

柳宗元

城上高楼接大荒,海天愁思正茫茫。
惊风乱飐芙蓉水,密雨斜侵薜荔墙。
岭树重遮千里目,江流曲似九回肠。
共来百越文身地,犹自音书滞一乡。

查慎行:"起势极高,与少陵'花近高楼'两句同一手法。"纪昀:"一起意境阔远,倒摄四州,有神无迹。通篇情景俱包得起。三、四赋中之比,不露痕迹。旧说谓借寓震撼危疑之意,好不着相!"

这首诗既用成典,情感表达也直白,然而由于工夫极地道,感受深挚而不狭隘拘限,意象宽广却所指清晰,这是工夫到了极致,已将浓郁的情感化成全然融贯的形式,毫无刻意描绘的痕迹。纪昀所云三、四句的"赋中之

---

① 《与王观复书》,《黄庭坚全集》正集卷第十八,第470页。

比",谓其虽白描直写眼前之景象,却渲染出无限意蕴与想象,不至于指实而限定于某一确然所指,"情景俱包得起""有神无迹";反倒是过去旧评家硬是将其作明喻解读,便如纪昀所说,如此反而"着相"了。如此境地,无怪乎陆赆典以"神妙"称之,评曰:"子厚诗律细于昌黎,至柳州诸咏,尤极神妙!"①

前一章提到方回说:"王介甫最工唐体,苦于对偶太精而不脱洒。"王安石苦心学唐,诗律、用字皆讲究精到却难能融熔自在,中晚唐诗人已在格律精细等形式自觉的条件下,达到"有神无迹""简而有法"的创作进境,以"句中藏句""笔外有笔"示范了工夫、笔法的极致:

题宣州开元寺水阁,阁下宛溪,夹溪居人

杜 牧

六朝文物草连空,天淡云闲今古同。
鸟去鸟来山色里,人歌人哭水声中。
深秋帘幕千家雨,落日楼台一笛风。
惆怅无因见范蠡,参差烟树五湖东。

查慎行:"第二联不独写眼前景,含蓄无穷。"许印芳:"此诗全在景中写情,<u>极脱洒,极含蓄</u>,<u>读之再三</u>,神味益出,与空讲风调者不同。学者须<u>从运实于虚处求之</u>,乃能句中藏句,笔外有笔。若徒揣摩风调,流弊不可胜言矣。"②

此诗以景写情,景中又含蓄用典,致眼前之景、古往今来之事、人家生活之况味,全浑融一气,"今古同"于此意、此情怀,所以诗评谓"句中藏句,笔外有笔",韵味无穷。宋人所讲"句中有眼"的工夫、所讲"句法",讲虚实,讲动静,讲浓淡,讲铺陈转折,讲开展收结,种种全方位的经营布置,其最终标的,就在这极谐洽平易("极脱洒")了无着相而涵融全体的圆熟风貌("极含蓄");而一切专业技艺的考究、笔力宏肆的涵养,也是为了归依于这"极含蓄"的诗意。

安定城楼

李商隐

迢递高城百尺楼,绿杨枝外尽汀洲。
贾生年少虚垂涕,王粲春来更远游。
<u>永忆江湖归白发</u>,欲回天地入扁舟。
不知腐鼠成滋味,猜意鹓雏竟未休。

---

① 诗为方回《瀛奎律髓》卷四"风土类"所选,诸评见李庆甲《瀛奎律髓汇评》上册,第185页。
② 诗为方回《瀛奎律髓》卷四"风土类"所选,诸评见李庆甲《瀛奎律髓汇评》上册,第194—195页。

纪昀："'江湖''扁舟'之兴俱自'汀洲'生出,故次句非趁韵凑景。<u>五、六千锤百炼,出以自然,杜亦不过如此</u>。世但喜其浮艳雕镂之作,而义山之真面隐矣。"许印芳则云:"<u>句中层折暗转暗递,出语浑沦,不露筋骨</u>,此真少陵嫡派。"①

此诗熔铸多方典故,思"意"层层涵蕴,回环往复,前前后后叩引回响:"贾生"—"猜意鹓雏","王粲(登楼远眺)"—"迢递高城百尺楼,绿杨枝外尽汀洲",再从"绿杨枝外尽汀洲"开出"江湖""扁舟",又螺旋式地回应了"猜意鹓雏"—"贾生",每一环节前后往返呼应,似一完整无缺口的连环。句义自成一内在圆足而封闭的结构,却层层迢递呼应,思意重重叠宕,绵密拓深而衍漾无极;所有动态空间总收摄于"登楼"这一"场景"(scene)。

诗歌技艺,特别是言意的互动、结构与作用,至此已臻浑沦圆足的完美境界;无怪乎宋人将义山诗与山谷用意独深的诗相提并论,两人的创作最能示范如何以综合炉炼的精湛技艺展现极致表现力,表现蕴蓄宏深的情感底蕴。

二、"发源"与"诗外工夫":情感底蕴与综合炉炼的表现力

符号论美学认为:艺术是"情感概念"的象征表现,亦即文学、艺术作品是能够表现、象征丰富情感内涵的符号,因此作品的"表现力"决定于"充满意味的形式"、表现丰富情感底蕴的能力。在时代风气下,宋诗学对文学作品的审美评论均与符号论美学若合符契。②

美好的作品也就是由丰厚而独特的情感概念所支撑的"充满意味的形式",而评断作品的价值、诗人的创作能力,往往也着眼于是否能表现深厚的情感底蕴、精心熔铸出无穷意味等等。于是一切创作的技艺和学问等"支援知识",聚焦于"表现"深厚的情感底蕴,其极致目标则是作品将丰厚内蕴经由精湛的艺术能力,完美地表现于出色的感知形式里。

(一)"发源":支撑起完整美学表现的情感底蕴

在宋人眼里,工夫到处天工自然的境界,意味深至而饱满,源自内在的

---

① 诗为方回《瀛奎律髓》卷三十九"消遣类"所选,诸评见李庆甲《瀛奎律髓汇评》下册,第1461页。

② 关于宋诗学及其人文表现的认知结构,如何契应于卡西勒和苏珊·朗格这一派的符号论美学,请参见笔者《中国诗学的关键流变——宋代"江西诗派"》卷贰第三章详述。

意蕴:情感价值。

因此"工夫"的根基必将追问内蕴丰厚的情感品质,这也是山谷教人创作,不单讲作"法"或技巧,也讲"心地""根柢",讲求扎扎实实的情感内涵的原因。"文""道"之间的系联,也正是用"意"将情感内蕴和精神价值贯通起来,成功地统合了"道—意—文"的完整表现,回应了历史的关键课题。

同理,宋人所谓"气格"、所谓"格"高"格"卑等判断,就在于透过形式表现,所能象征、所能表现的情感价值。这样的价值判定,更关乎美学而非关乎特定道德律则的,关乎深有底蕴的表现力。而底蕴便植根于情感品质、感性价值的深厚培养,所以有"眼界""胸次""才调""才情"等种种持于中而形于外的情感概念。

"格高"和思深意远的余韵余味,充实了宋诗对于工夫的辩证:

> "北邙不种田,唯种松与柏;松柏未生处,留待市朝客。"……"照水欲梳妆,摇摇波不定;不敢怨春风,自无台上镜"。二诗格高,而又含不尽之意,见于言外。(《藏海诗话》)

> 读《古诗十九首》及曹子建诗,如"明月入我牖,流光正徘徊"之类,诗皆思深远而有余意,言有尽而意无穷也。学者当以此等诗常自涵养,自然下笔不同。(吕本中《童蒙诗训》)[1]

这正反映了黄庭坚诗学及创作示范所格外强调的"气韵""心地""渊源"等诗歌内在的品质,贯通内外而建立起更高的辩证——以致工夫升华为高明境界,成就精工极致却更加深远圆融的创作本质。

黄庭坚早在钻研"句法"的时候,已凭其高远的眼界,指出诗法不应以追求"语工"、以造意奇的本事自足,指出文章简易而通达大道的至理:"观子美到夔州后诗,韩退之自潮州还朝后文章,皆不烦绳削而自合矣。……文章盖自建安以来好作奇语,故其气象衰薾。"[2]

在工夫论初始就已经立稳平易致远的目标,正是有见于文章表现力不专是技能工夫之事。在宋人宽博的视野下,文如此,诗亦然,必须有规模、有内蕴,曲折深致以涵养至高的表现力:"气象浑然""体大语远",远而又远,玄冥无(工巧之)迹却情味隽永。情味非自外袭之,而来自主体心智之冶炼沉蓄。

所以诗家示人以"质厚""精华"之资:"天社之于山谷也,其录取精华之

---

① 皆引自《中国古代文艺理论专题资料丛刊 意境·典型·比兴编》,第99页。
② 黄庭坚《与王观复书三首》,《宋诗话全编》,第943页。

义，盖罕有知之者。……且山谷之诗，或云由昆体而入杜也，又或谓其善于使事，又或谓其善用逆笔也，<u>此果皆山谷之精华乎</u>？愚在江西三年，日与学人讲求山谷诗法之所以然，第于中得二语，曰：以古人为师，<u>以质厚为本</u>。……愿与善学者质之耳。"①深厚的情感概念，足以撑起诗学如连山断岭一般脉络相通的底层知识。

作品的"重量"根源于不凡的"情感概念"。如老子所谓"重为轻根"，"焦点知识"形塑了专业，而"支援知识"成就伟大的专业。这样的认知，让宋人更能意识到诗作之"源"、工夫之"源"——创作人格所涵养的襟抱胸怀。

元好问正是以如此眼光为柳宗元定位："谢客风容映古今，发源谁似柳州深。朱弦一拂遗音在，却是当年寂寞心。"在谢灵运山水诗篇清词丽句的示范之下，诗作以景寓情的表现格外出色，而后唐人发明之，盛唐诗情"景"交融、意与"境"会，高明之作迭起，辉映谢诗，"风容"遍在，而其中佼佼者莫若柳宗元诗。柳诗并非仅是诗歌手法、艺术成就的进步，更能阐发、鸣应当年谢诗在清词丽句之下所蕴含的深情厚意。

别舍弟宗一

柳宗元

零落残魂倍黯然，双垂别泪越江边。
一身去国六千里，万死投荒十二年。
桂岭瘴来云似墨，洞庭春尽水如天。
欲知此后相思梦，长在荆门郢树烟。

"语意浑成而真切，至今传颂口熟，仍不觉其滥。"②情深味厚，则其英华更耐咀诵，宋人沉潜于这类深蕴情感价值的作品中，以敏锐精巧的感知形式表现质厚情实的见识，培养出关于表现力与情感品质的高度鉴赏能力。情感价值的判断，也让宋人在诗话看似散漫的流播中隐隐营造出某种历史筛检、专业群体批判的鉴识氛围：在大量的诗作之中，不浮滥、不熟滥、不泛滥（不言过其情）、有厚实"支撑"的作品方能通过这种筛检，流传下来。

寄李儋元锡

韦应物

去年花里逢君别，今日花开又一年。
世事茫茫难自料，春愁黯黯独成眠。

---

① 翁方纲《复初斋文集》卷三，《黄庭坚和江西诗派资料汇编》上册，第298页。
② 诗为方回《瀛奎律髓》卷四十三"迁谪类"所选，诸评见李庆甲《瀛奎律髓汇评》下册，第1554页。

> 身多疾病思田里，邑有流亡愧俸钱。
>
> 闻道欲来相问讯，西楼望月几回圆。

这首诗手法极为流畅轻倩，所以查慎行说"村学小儿皆能读此诗，不可因习见而废也"。诗作貌似简易轻巧，却不能轻看，原因就在于"气韵不俗，胸次本高"——更高层次的情感表现。故纪昀说："五、六亦是淡语，然出香山辈手便俗浅，此于'意境'辨之。七律虽非苏州所长，然气韵不俗，胸次本高故也。"①

或如宋初林逋诗，也能以"意境"独高，卓立于诗坛：

湖楼写望

> 湖水混空碧，凭栏凝睇劳。夕寒山翠重，秋静鸟行高。
>
> 远意极千里，浮生轻一毫。丛林数未遍，杳霭隔渔舠。

其实林逋这首诗已经在唐诗以意象为主体的风格外，掺进了一点宋诗略带理趣的文字特色，然而连一向崇唐抑宋的冯班也赞誉"七言以'疏影''暗香'为第一，五言以此三、四为第一。人能作此，足鸣万世矣，贵多乎哉"，纪昀则赏其"前四句极有意境"②，则与澹荡风格下情韵特深有关。

又如李商隐诸多"艳"诗，却未以艳语而伤其美质，关键也在才"情"："妆裹"之内有涵藏深远的思意。如同评家所说："唐末艳诗义山为首，意思深远而中间藏得讽刺……西昆高在有学问，非空腹所辨；若义山则不止用学问为高矣。千古以来为此体者只此一人，备十分才情也。"

再如，与饱受宋人批评的许浑相对，具有晚唐风情的寇准诗：

春日登楼怀归

> 高楼聊引望，杳杳一川平。野水无人渡，孤舟尽日横。
>
> 荒村生断霭，古寺语流莺。旧业遥清渭，沉思忽自惊。

其中"野水无人渡，孤舟尽日横"一联，明显是从韦应物"野渡无人舟自横"一句化用而来。单看此联，恐不免"偷句"之嫌；然而整首诗歌颇堪细味，诗意已完全融贯在全诗的意境之中，融贯在渲染无际的高情远韵里。此所以评家说："三、四虽有本，却不厌。""三、四实本苏州'野渡无人舟自横'句，然不

---

① 诗为方回《瀛奎律髓》卷六"宦情类"所选，诸评见李庆甲《瀛奎律髓汇评》，第254—255页。
② 诗为方回《瀛奎律髓》卷二十三"闲适类"所选，诸评见李庆甲《瀛奎律髓汇评》中册，第973—974页。

觉其衍。"终究是源于其"气体自高"①。评价与许浑等人的晚唐诗风自有泾渭之别。

如此,"高"格成为提振整首诗歌的本源。艺术不光是形式的完美妆裹,表现力与内有底蕴的才情表现,才是感性价值所依据的大判断。这也是宋人以"意"主之的含义:不只调度技能,创作以"意"主导、调动情感内涵,才是真谛。

底蕴决定了表现力的层次,便有了所谓"格"高、"韵"胜(境界、情味、表现力)等评断——进入感性价值、审美判断更精敏微妙的赏鉴。特别是在黄庭坚的标准中,甚至连王安石晚年精密工致的作品,都被评为:"荆公之诗,暮年方妙,然格高而体下。"(《后山诗话》)

这般"法眼"、鉴赏层次,由江西诗人承接下来。山谷的学生潘淳的两段诗话,正是山谷与江西由诗歌从句式、炼意等工夫讲求,再翻上一层至境的表现:"山谷言庾子山'涧底百重花,山根一片雨',有以尽登高临远之趣。《喜晴应诏》全篇可为楷式,其卒章'有庆兆民同,论年天子万',不独清新,其气韵尤更深稳。""杜诗云:'门阑多喜色,女婿近乘龙。'宋景文亦云:'承家男得凤,择婿女乘龙。'事虽不如宋之切当,至造语则杜浑厚而有工,是知文章当以韵为胜也。"②

> 陶渊明诗:"采菊东篱下,悠然见南山。"采菊之际,无意于山,而景与意会,此渊明得意处也。而老杜亦曰:"夜阑接偃语,落日如金盆。"予爱其意度闲雅,不减渊明,而语句雄健过之。每咏此二诗,便觉当时清景尽在目前,而二公写之笔端,殆若天成,兹为可贵。
>
> (陈善《扪虱新话》下集卷三)③

陶与杜这两联诗句,同样吻合欧、梅"状难写之景,如在目前""含不尽之意,见于言外"的"意新语工"之高境。在"意"在"韵"的精微见识下,诗人读出了文字表现力精工细致的差异,读出了各各有别的微妙淳厚的内蕴。

此等深有底蕴之情感表现,有所"发源",而能化入天工的"胸中丘壑",正如黄庭坚说陶渊明诗之"真"意:至于渊明,则所谓'不烦绳削而自合'。虽然,巧于斧斤者多疑其拙,窘于检括者辄病其放。孔子曰:'宁武子其智可及也,其愚不可及也。'渊明之拙与放,岂可为不知者道哉!……若以法眼观,

---

① 诗为方回《瀛奎律髓》卷十"春日类"所选,评语见李庆甲《瀛奎律髓汇评》上册,何义门与纪昀评,第342页。

② 《潘子真诗话》,《宋诗话全编》,第666、668页。

③ 以上见《古典文学研究资料汇编·杜甫卷》(上编)第二册,第334—335页。

无俗不真,若以世眼观,无真不俗。渊明之诗,要当与一丘一壑者共之耳。"①

相对于这化于无痕的境界,对于阅读赏鉴而言,也亟须相当深厚的蕴蓄和阅历:"血气方刚时,读此诗如嚼枯木;及绵历世事,如决定无所用智,每观此篇,如渴饮水,如欲寐得啜茗,如饥啖汤饼。今人亦有同味者乎?但恐嚼不破耳。"②

诗文深厚的本质,既是"发源",也决定了境界。且含蓄深挚而充满意味的本质,更因此超越风格,决定了外在形式的独特性与感性价值,如黄庭坚以其沉郁内敛的精神价值而得以在韩、杜巨刃摩天的典型之下另有一番境地:"山谷之不如韩、杜者,无巨刃摩天,乾坤摆荡,雄直浑斥,浑茫飞动,沛然浩然之气,而沉顿郁勃,深曲奇兀之致,亦所独得,非意浅笔懦调弱者所可到也。"③

书磨崖碑后

黄庭坚

春风吹船着浯溪,扶藜上读中兴碑。
平生半世看墨本,摩挲石刻鬓成丝。
明皇不作苞桑计,颠倒四海由禄儿。
九庙不守乘舆西,万官已作鸟择栖。
抚军监国太子事,何乃趣取大物为。
事有至难天幸尔,上皇局蹐还京师。
内间张后色可否,外间李父颐指挥。
南内凄凉几苟活,高将军去事尤危。
臣结春陵二三策,臣甫杜鹃再拜诗。
安知忠臣痛至骨,世上但赏琼琚词。
同来野僧六七辈,亦有文士相追随。
断崖苍藓对立久,冻雨为洗前朝悲。

《磨崖碑》原文是唐代元结的《大唐中兴颂》,此文由颜真卿书,磨崖刊刻于浯溪,以元(结)文颜(真卿)书传颂于世。

碑文原为"歌颂(肃宗)大业"所作;然而山谷"平生半世看墨本",摩挲石刻之时,却刻意绕过"自有至难,宗庙再安"之中兴"盛德",反而扣住"上皇"

---

① 黄庭坚《题意可诗后》,《宋诗话全编》,第948页。
② 黄庭坚《书陶渊明诗后寄王吉老》,《宋诗话全编》,第955页。
③ 方东树《昭昧詹言》卷十,《黄庭坚和江西诗派资料汇编》上册,第318页。

事,转入"事有至难天幸尔,上皇局蹐还京师"之"情"事,再引出"臣结春陵二三策,臣甫杜鹃再拜诗"与"安知忠臣痛至骨,世上但赏琼琚词":引出杜甫悲叹唐"中兴"本事,并诘净世人但赏颜书元文,然而元文之堪重者原不在此。

按:杜甫除数首《杜鹃》诗或明或暗感叹玄宗遭逼宫成为"上皇"外,更有《同元史君春陵行》长诗,为有感于元结《春陵行》《贼退示官吏》而作;杜甫谓其"微婉顿挫"——微婉以达讽喻、顿挫以表沉郁,谓元结诗篇能悲悯下情、为天子"分忧"而"参错天下",而这方是元结作为完美文人的"本色"之笔、丹青之作。

这是诗中"臣结春陵二三策,臣甫杜鹃再拜诗"并列之由。诗人再三曲折致意,将整首诗的主旨从碑文转移到杜甫杜鹃诗的用"意"所在——此为诗人"摩挲"著作"平生半世"的深意。

元结、杜甫、黄庭坚诗作前后呼应,山谷前诗形式上有意模仿杜甫杜鹃诗(所谓"臣甫杜鹃再拜诗"):如复沓式的语句"内间……""外间……""臣结……""臣甫……"呼应杜诗"西川有杜鹃,东川无杜鹃。涪万无杜鹃,云安有杜鹃""杜鹃暮春至""犹解事杜鹃";或如"何乃趣取大物为""事有至难天幸尔"等议论式的古文语序,"色可否""颐指挥""几苟活""高将军去事尤危"有春秋笔法之旨趣,古意盎然,效法杜甫杜鹃诗古风微言大义的表现力(春秋礼法"圣贤古法则,付与后世传")。①

山谷厚养含蓄之"意",始终与杜诗的"情感概念"相呼应,支撑着诗歌的表现。

(二)"诗外工夫"是真工夫:专精而综合多方的能力

山谷《跋东坡乐府》谓:"非胸中有万卷书(支援知识),笔下无一点尘俗气(焦点知识),孰能至此。"可见工夫的极致是:焦点知识与支援知识的融洽会通,以精湛的艺术形式完美地整合富厚的情感底蕴,如"无所用意"般浑融无迹。

黄庭坚《大雅堂记》:

> 子美诗妙处乃在无意于文。夫无意而意已至,非广之以《国风》《雅》《颂》,深之以《离骚》《九歌》,安能咀嚼其意味,闯然入其门耶!

---

① 曾季狸《艇斋诗话》谓"山谷《浯溪碑》诗有史法";张戒《岁寒堂诗话》评此诗"真可谓入子美之室矣"。

……后生可畏,安知无涣然冰释于斯文者乎?①

学杜的目标,其高处是"涣然冰释"的效果,而这更须"广之以""深之以"宏博的支援知识,冶炼至于"化":化为无相、化为日常和"无意而意已至"。

因完美整合而包容万有又超然诗外、超然书外、超然物外的"意",也是"诗外工夫"所本:"老坡作文,工于命意,必超然独立于众人之上。此皆非世人所能到者。平日得意处多如此。其源盖出于庄子。故其论刘伶、庄子、阮千里、阎立本,皆于世人意外,别出眼目,其平日取舍文意〔亦〕多以此为法。"(《潜溪诗眼》)

过故人庄

孟浩然

故人具鸡黍,邀我至田家。绿树村边合,青山郭外斜。

开筵面场圃,把酒话桑麻。待到重阳日,还来就菊花。

方回已指出:"此诗句句自然,无刻画之迹。"然而纪昀补充:"王(维)清而远,孟(浩然)清而切;学王不成,流为空腔;学孟不成,流为浅语。如此诗之自然冲淡,初学遽躐等而效之,不为滑调不止也。"许印芳:"此阅历深透之言。"②

后来诗评家之议论指出自然闲适乃是有所蕴藏而深自历练以致工夫达到深透的境地。这也同时照见了陆游、杨万里等大家都难免的"滑调"的缺失:追求自然展现、无所用意的创作,却时而疏略深厚含蓄与沉着自持的节律,忽视了"诗外工夫",以及愈益磨砺深厚的工夫境界之辩证。

在这类熟极而流的"自然无迹"中,被流放的是诗人本应琢磨至深的"诗外工夫"。例如陆游光是题名《幽事》的诗就有十八首,此类诗本最近于王、孟田园心曲,更有恬淡朴实的况味。王、孟的"无迹"之作,虽诗句清空平易,但往往有含蓄深远的"无意"之"意",非真无所蕴藉而率意流露者;反倒是"作诗太多"的陆游,虽不乏名篇,一旦疏忽沉着自持的工夫,也不免浅率平庸。所以从工夫到境界,黄庭坚刻意以"诗中有眼"与"意在无弦"对立而并举的辩证,强调其始终连贯而一体的实现。

南 邻

杜 甫

锦里先生乌角巾,园收芋栗不全贫。

---

① 《豫章黄先生文集》卷十七,引自华文轩《古典文学研究资料汇编·杜甫卷》上编(第一册),第119页。

② 诗为方回《瀛奎律髓》卷二十三"闲适类"所选,诸评见李庆甲《瀛奎律髓汇评》中册,第935页。

> 惯看宾客儿童喜，得食阶除鸟雀驯。
>
> 秋水才深四五尺，野航恰受两三人。
>
> 白沙翠竹江村暮，相送柴门月色新。

在评论此诗之后，纪昀指出："五、六天然好句，然无其根柢而效之，则易俚易率。'江西'变症，多于此种暗受病根。"而许印芳则说："凡天地间事物，有一美在前，即有一病随之于后。惟诗亦然：雄有粗病，奇有怪病，高有肤廓病，老有草率病。惟根柢深厚者，始能善学古人，得其美而病不生。根柢浅薄者，每学古人，未得其美，病已着身；非古人原有是病，乃不善学而自成其病耳。此学古所以贵先培养根柢也。"①

两人皆针对学者自限于写作窄门，尽管坚持学杜学古等路线，却难屏除粗率浅俗的"诗病"，并指出病根就在于"根柢"未养：工夫不深，积累不厚，以致撑不起统合融贯之境地。这也是宋代诗人一贯强调的"诗外工夫"的深度辩证：冶炼工夫与超脱境界实为交织的内外两端，在诗歌专业精湛之"技"与深厚博通的"支援知识"等培养下，综合两端而炉炼至于无迹，以求完整的表现力。无论借助哪一派、哪一家，若不能融化众学以贯通之，使之成为深有内蕴的技艺、意味饱满之形式，一隅之技终不足以成事。

在工夫与境界的交互辩证里，也自然产生了以下这般包容性：在更为高远的表现目标下，在工夫冶炼圆熟的内化下，辩证而融贯的极致境地，表现为恢恢乎游刃有余优游安适的气度，而足以超越其他枝节的、无关紧要的用字造语等小差池。如此宽博气度甚至连黄庭坚这等大家都有难处：

> 北宋诗惟苏、黄两家，盖才力雄厚，书卷繁富，实旗鼓相当。然其间亦自有优劣：东坡随物赋形，信笔挥洒，不拘一格，故虽澜翻不穷，而不见有矜心作意之处；山谷则专以拗峭避俗，不肯作一寻常语，而无从容游泳之趣。且坡使事处，随其意之所之，自有书卷供其驱驾，故无掇摭痕迹；山谷则书卷比坡更多数倍，几无一字无来历，然专以选才庀料为主，宁不工而不肯不典，宁不切而不肯不奥，故往往意为词累，而性情反为所掩。此两家诗境之不同也。②

山谷诗壁立千仞之绝境，孤峰独高而不免于有"执"——"见山仍不是山"；东坡则能于重重包容之后，展现"见山是山"纡余有余的从容气象。此

---

① 诗为方回《瀛奎律髓》卷二十三"闲适类"所选，诸评见李庆甲《瀛奎律髓汇评》中册，第992页。

② 赵翼《瓯北诗话》卷十一，《黄庭坚和江西诗派资料汇编》上册，第293—294页。

等"气象",亦正是工夫炉炼圆成的表征：内化已至浑融无相，"无意而意已至"，故充满从容涵泳之趣。以下王维与陈与义诗，正可为这涵泳有余，小疵不掩大瑜的自然气度作一注脚：

辋川闲居

王　维

一从归白社，不复到青门。时倚檐前树，远看原上村。

青菰临水拔，白鸟向山翻。寂寞于陵子，桔槔方灌园。

纪昀既赞许此诗"三、四自然流出，兴象天然"，又言："'青''白'二字究是重复，不可为训。诗则静气迎人，<u>自然超妙，不能以小疵废之</u>。"①虽复字不可为训，然其天然大方之诗境，油然展出，<u>丝毫不为字句刻画所拘</u>。

题东家壁

陈与义

斜阳步屟过东家，便置清樽不煮茶。

高柳光阴初罢絮，嫩凫毛羽欲成花。

群公天上分时栋，闲客江边管物华。

醉里吟诗空跌宕，借君素壁落栖鸦。

此诗方回赞誉："三、四极天下之工，亦止言景耳……气岸高峻，骨格开张，殆天授，非人力；然亦力学，则可即也。"不过冯班和纪昀皆认为五句"时栋"二字太古奥，"入律不宜"；结句以"栖鸦"戏指题壁如涂鸦，也过于隐晦；然而许印芳不以此等用字不周为瑕，更详述此诗句法之精湛浑成："此诗因过东家饮酒而作，首句点'东家'，次句言置酒，三、四言景，新而不纤，炼而不碎。且<u>句法浑成，故不碍其气格之高</u>。五、六言情，上开下合，笔法变化；'物华'二字，又收拾三、四，法最精密。其措词<u>囫囵，不露圭角</u>，而身分自见，所以为妙。七句应'置酒'，八句应'东家'，结出作诗题壁之意。"②

相对于东坡从容涵泳于广大之境，山谷虽有未及，然而亦有化入"山高水深"的能力："山谷诗未能若东坡之行所无事，然能于诗家因袭语漱涤务尽，以归独得，乃如潦水尽而寒潭清矣。""山谷诗取过火一路，妙能出之以深隽。所以露中有含，透中有皱，令人一见可喜，久读愈有致也。"③山谷之学

---

① 诗为方回《瀛奎律髓》卷二十三"闲适类"所选，诸评见李庆甲《瀛奎律髓汇评》中册，第932—933页。

② 诗为方回《瀛奎律髓》卷二十三"闲适类"所选，诸评见李庆甲《瀛奎律髓汇评》中册，第1003页。

③ 皆见刘熙载《艺概》卷二，《黄庭坚和江西诗派资料汇编》上册，第368页。

亦自有独到的炉炼精纯之境地,皆为综合多方而善于熔铸的"诗外工夫"
所致。

三、极致的境地:"本质"与"真实"

在工夫极境的认知下,一方面诗作的实践已触及艺术美学的本质:能以
极致而完足的感性形式,表征浑厚精深的情感价值;而立足于广大视野,那
化为无相、化为日常、"无意而意已至"的人文进境,已如禅道观念中绝对而
圆满的真实:任运自然,以体贴天地大美为厚养生命之道。

(一) 从工夫到境界:实现永不匮乏的美学本质

诗作工夫与境界的冶炼,首先是精研感性形式之极致表现力,积极能动
的表现意识源源不断地创造崭新的"意兴"与神思,永远能以"富含意味的形
式",超出一切既定的囿限实现无穷出清新的艺术本质。

"律熟"而老健的放翁诗工夫深至处,甚至已触及艺术构思殊异的"意"
"兴"与高度的美学思致:

山行过僧庵不入

垣屋参差竹坞深,旧题名处懒重寻。

茶炉烟起知高兴,棋子声疏识苦心。

淡日晖晖孤市散,残云漠漠半川阴。

长吟未断清愁起,已见横林宿暮禽。

方回评曰:"诗不但豪放高胜,非细下工夫有针线不可,但欲如老杜'裁缝减
尽针线迹'耳。此诗题目甚奇:'山行'是一节,'过僧庵而不入'又似是两节。
'垣屋参差竹坞深',只此一句便见山行而过僧庵,及过僧庵而不入矣;……
'茶炉烟起知高兴',此谓不入庵而遥见煮茶之烟,想像此僧之不俗也;'棋子
声疏识苦心'……妙之又妙也,过僧庵而不入,尽在是矣。'淡日''残云'下
一联,及末句结,乃结煞'山行'一段余意。前辈诗例如此,须合别有摆脱,老
杜《缚鸡行》、山谷《水仙花》一律皆然。此放翁八十五岁时诗也。"评语虽过
于细较,然纪昀亦大致赞同。不过纪昀也质疑"知高兴,识苦心,何以又懒重
寻? 此未免不联贯"。许印芳又就纪评疑处,深加分析:"首句点僧庵,次句
点不入,三、四从不入转身,言身不入庵,心却想像庵中之人。晓岚前评呆讲
字句,谓不联贯,非也。茶酒……此二句从窄处细摹神意,庵内、庵外、两面

圆到,乃一篇之警策……"①

此诗"山行"与"(过而不入)懒意",恰恰交互成趣,明为双主题,而诗句相互檃栝、互训互明,远近离合间,拓开了诗境。方回引老杜诗例,已隐约探得;许印芳则更详析其内外圆成之旨。

此中实蕴含"乘兴而至,兴尽而返,何必见戴"的潇洒神思,是陆游兴致超逸的神品,并发挥了回互双关的妙旨,"意"在有意无意间,言有尽而意无穷,高明难寻,不可拘以常法,致令纪昀和冯班关于遣词用字的质疑皆沦于无稽。此时的放翁真不愧诗老成精,妙逸无伦,神思莫测,无黏无脱,开阖自在。

宋人改换面目,好用虚字、动词,淘汰了晚唐诗堆砌景语、意象语造成的板滞老钝之弊,创造了一种瘦硬生新、迂曲却灵动的韵味,这是宋诗用劲、用意所在。然而工夫亦不乏刻意用力或炼意无度所造成的空乏、重复的瑕疵,山谷以先知般的预见,提倡"句中有眼"的高度淬炼而回归陶诗自然天成的极致境界——雕琢复朴以致"意在无弦"。

在宋人眼里,最接近陶诗浑然清新而情韵真实风格的,除了艺术手法几近天工的杜甫外,在风格上、气韵上,还有神清骨秀的王维诗作。

以意境风韵著称的王维诗歌,不只以意象清空、情境悠远的特质超越诸多唐诗重景、重意象之作,甚至有些作品早开宋人风气,重用虚字、动词、数量词,且神思超越、气韵悠远,毫无宋诗不时显露的"瘦""硬"形迹:

送杨长史济赴果州

褒斜不容幰,之子去何之。鸟道一千里,猿声十二时。

官桥祭酒客,山木女郎祠。别后同明月,君应听子规。

虚字、动词、数量词成为点亮全诗意韵、连贯情致的要角,正是宋诗风度的先河。于是一向拥唐的冯班说:"起句得宋人体。澄景隆而清之矣,却浑秀无圭角。"纪昀谓之:"一片神骨,不比凡马空多肉!"②

杜诗:"始知神龙别有种,不比凡马空多肉""斯须九重真龙出,一扫万古凡马空"。这"无肉"之誉,既是比之杜甫浑成之境,亦同时谐谑东坡"质而实绮,癯而实腴"之喻,除赞誉此诗手法殊异,一扫唐诗普遍风味,也剑指宋诗自矜瘦硬(无肉)而骨老意老(用老用钝)之弊!

---

① 诗为方回《瀛奎律髓》卷二十三"闲适类"所选,诸评见李庆甲《瀛奎律髓汇评》中册,第1007—1008页。

② 诗为方回《瀛奎律髓》卷四"风土类"所选,诸评见李庆甲《瀛奎律髓汇评》上册,第152—153页。

王维诗之"根柢盘深"①也揭示了:从刻意为工的工夫到泯然无迹的境界是美学本质上的至理,而无关乎所谓实字、虚词,主"意"主"情"之偏好。

黄庭坚的天成之作也有王维此等成就,亦是善用虚词、工于用"意"。其"刿骨损心"之作不伤皮肉,而造就清奇秀逸之神品,也指引诗人在题材、风格、神思、手法等艺术自律下,彻底释放艺术本质的自由,收放自如;而诗歌创作的目的,就在于艺术内在本质的实现。

次韵雨丝云鹤(二首之二)
黄庭坚

几片云如薛公鹤,精神态度不曾齐。

安知陇鸟樊笼密,便觉南鹏羽翼低。

风散又成千里去,夜寒应上九天栖。

坐来改变如苍狗,试欲挥毫意自迷。

此诗形式手法与主题有一体两面、密合无间之趣:首句句式句意类比了雨丝云鹤的"精神态度不曾齐";首联之后,由"精神态度"的自由,展开"南鹏"之"千里去""九天栖"。在虚词灵动万变的调度下,一个漫无边际的小主题,却能神采尽出,将艺术上随机兴发的主题,发挥无遗。其形式安排恰如其分地彰显了意蕴内涵,又足以实现诗歌艺术语言面面俱到的成就,却没有可以指认的单一门径或手法;在"句中有眼"的刻意经营下处处圆成而"意在无弦",诗人指引了不拘于任一规律、任一风格,而以终极的艺术真实、美学本质为指归的思维,打开了诗歌宽广而无所不至的法门。

这般无所不在而臻至完足的美学本质之认识,说明了许多诗有"不可学"的一面(以解释"意在无弦"的境界),如吕本中讲"不窘一律"、杨万里讲"活法"等,提倡随机应物、不拘法式的创作,揭示了无论何种手法、何种风格,感知形式的完足,即是艺术本质的实现的真谛。诗人尽可不拘一隅,随"意"随"兴",收放自如。

登拟岘台
陆 游

层台缥缈压城闉,倚杖来观浩荡春。

放尽樽前千里目,洗空衣上十年尘。

萦洄水抱中和气,平远山如酝藉人。

---

① 许印芳引沈德潜"右丞五律有清远者,有雄浑者,宜分别观之"之说加以发挥,谓:"清远、雄浑,虽分二体,其实清远即雄浑之意味,雄浑乃清远之气骨,惟其根柢盘深,故能合二体为一手也。"见李庆甲《瀛奎律髓汇评》上册,第154页。

更喜机心无复在，沙边鸥鹭亦相亲。

此诗以第三联为枢纽，系联起所有诗句迂回卷舒的动态和意脉，辞气、语序、音韵，平易而从容蕴藉，有道心而无道气，理顺辞远，句律淳熟却不显刻意之迹，也不轻率油滑，一派平和浩荡之气。

此等诗歌无固定手法、无限定主题，触目即景，皆别有会心，诗性艺术与审美判断，应景、应机、适时、适"兴"，无所不在，无所不可，所有题材、所有构思，皆能熔于一炉而炼之，正是杜甫所谓"诗尽人间兴，兼须入海求"（《西阁》）。无一事、无一物不可入诗且能尽诗之兴、诗之致的广博深厚，更实现了诗歌作为"人文制作"的作用。

中晚唐以来产生了一种把诗歌当作一门精巧艺术来刻意经营的专业意识，用技巧讲求和现实世界区隔开来，每首作品各自创造一个自足的、以文字形式表征的世界。

而在宋代诗中，这种工夫做到极致之后，更有所省思：让诗歌融入"道"——对宋人而言，这"道"几乎就是无所不包的人文设置和文化经验。

吕本中在讲了那一大段有定法而无定法的"活法"观念之后，特意提示："然余区区浅末之论，皆汉魏以来<u>有意于文者之法</u>，而非无意于文者之法也。"[1]"有意于文者之法"发展到最极致的阶段，浑然如"无意于文者之法"。

在"无一书不读"的学问基础上（陆游说"本朝文人，耻一书之不读，一事之不识"），在诗歌写作的实际操作下，诗歌的"知识"已经内化为多维而灵活的"支援意识"，而不再只是写作可以外显的形式、内容和规则。

也没有"意"的经营痕迹可寻，重心所在，便纯粹是"醇熟"境地的问题。

陆游诗歌的好处，便是能将往昔一切客观学问都内化了，并非不用典，也非白话平浅，也非不用"意"，只是用得更圆熟流动。相较之下，杨万里的诗歌追求自然而熟练的境地，他固然有极成熟的写作能力，但少了客观知识的内化这一锻炼，便像素人画作一般，纵使不乏惊艳之笔，却难有丰厚而可耐回味的内涵。

宋人诗歌后来的问题不只是"资书而腐"，不只是以议论文字为诗，还流于浅俗滑脱，都与诗学认知的偏颇有关。因此，"彭泽意在无弦"，须是做足了"拾遗句中有眼"的工夫方有着落处。

（二）存在与存有的本质：一切的最终与最初

工夫炉炼至极，在达至"意在无弦"的"境界"之后，还有些作品触及了文

---

[1]　吕本中《夏均父集序》，《后村先生大全集》（一）卷九十五引录，《四部丛刊》本，第824页。

学与艺术最高的沉思。诗歌创作实际和鉴赏方法在学术（erudition）和技艺（know-how）推升到极精极广之后，也将宋诗推进到对诗文本质、学术本质、知识本质等"本体论"的思考。所以宋人的"境界论"并非只是风格论的一种，更代表了其理想的创作本原、情性本体的样态，返璞归真的"实在""真实"（authenticity）。如此而将"言""意"和"文""道"关系推进到一切创作与创作者终极的本体——存有论上绝对的"本质"（supremacy）与"真实"。

本书讲述禅学对诗学的影响时，对禅宗"真如""本心"等境界论所启发的诗论已有部分说明。除此之外，无论是禅宗"皮毛落尽，惟在真实"还是理学"极高明而道中庸"的论断，诗人皆能移用于将诗歌工夫化于恒常而"止于至善"。

"但熟观杜子美夔州后古律诗，便得句法简易而大巧出焉。平淡而山高水深，似欲不可企及，文章成就更无斧凿痕，乃为佳作耳。"如刘克庄所说，"诗必穷始工，必老始就，必思索始高深，必锻炼始精粹"[1]，必待相当的磨砺后始成。所以"杜诗夔州后""韩文潮州后""柳宗元永州后""欧阳修夷陵后""苏轼海南后""黄庭坚黔州后"的认知，取代了苏轼"高风绝尘"或"自然成文"等文章自然天成的思考，近乎成为宋人诗文最高理想。前述黄庭坚晚年所作《书磨崖碑后》[2]的成就，即如此类。而在人生与心识皆经历深度淬炼之后，诗文实践更彻底内化，除了工夫锻炼所成就的技艺绝境之外，还将在深刻的诗思下，质问生命最终的真实，本质的实现。

从"意新语工"一路走来，诗人认同语言工夫可以"实现"作品的知情意、实现人情意态的丰富性；从"道—意—文"一路走来，从"工夫"到"境界"这条路上，诗人思考诗歌创作的宗旨，思考了一个重要的问题——"性"与"天道"的根本问题。

这个问题从一个至轻的识认发想：从一样闲适自在的创作心灵出发，陶诗之闲适与乐天之闲适究竟有何差别？何以在宋人眼里，前者成为无可取代的至高境界，而后者常被警惕为不可学，恐沦为无关紧要的空腔滑调？"自然"与"平淡"的内在层次为何，竟产生如此天壤之别？

苏轼曾自述"自觉出处老少，粗似乐天，虽才名相远，而安分寡求亦庶几焉"，也曾以"渊明形神自我，乐天身心相物"（《刘景文家藏乐天身心问答三者，戏书一绝其后》）诗句以渊明、乐天并比。适性逍遥之趣，皆有得于生活

---

① 《赵孟俛诗题跋》，《后村先生大全集》卷一〇六，《宋诗话全编》第 8606 页。
② 此诗作于崇宁三年，诗人自谓久已不复为文，老来强作，诗人时年六十，隔年逝于宜州贬所。

之欢欣喜悦,而其间的精神层次,有着从"可喜"到"宏远"等种种意愿之选择。不妨说,自其同者而观之,"远"与"近","深"与"浅",皆有所乐,皆有所取,皆能"安"于所择,"安"于所遇。此乐天之道与东坡之道、渊明之道所以为一也。

然而,当进入创作里,进入艺术表现中,身心的闲适同样以自然浅易的风格表现时,评价却是迥异的。这种极具意义的差异,恰恰可以彰显宋人所谓"境界"的深意。

"内在"亦完全由"外在"文字风貌、感性价值表现、象征出来,究竟是什么样的语言表现,让诗人判断出两者的不同? 如前所述,晚年陆游也和白居易一样,有许多抒写小民日常闲情的平淡"小诗",部分诗作也同白诗一般落得空泛流滑的评价。相较之下,黄庭坚也写"平淡"安适,写市井生涯,如何从不落于俗套而味道隽永许多?

陈留市隐

市井怀珠玉,往来人未逢。乘肩娇小女,邂逅此生同。

养性霜刀在,阅人清镜空。时时能举酒,弹镊送飞鸿。

市井磨刀磨镜的生计,常人眼中,不过适性安命,小有"达生"之趣;独山谷一双慧眼识透,写出了超越红尘俗世的不凡,表现了大隐隐于市的潇洒清空。

此诗用了许多典故,却流畅自然,也因此带出无穷意味。平凡生活的许多况味,不再只是一个泛泛的"闲适"概念;一样过着平常生活的诗人,其慧心、洞察力通达更深挚的"人情"事理,在"平淡"的共性中,洞察意趣不凡的"个性"。

于是诗人更能在陶诗的闲适自在外,觉察到淡而有味、远而有情的高风远韵。写闲情逸趣,写得有"滋味",写得意味深长而充满感悟,平淡而有"真味"。宋人之所以青睐渊明,正因为苏轼所谓的"高风远韵"的表现力。

苏轼以"高风远韵"等说法,指出了诗歌的审美"本质"与"真实":

> 苏、李之天成,曹、刘之自得,陶、谢之超然,盖亦至矣。而李太白、杜子美以英玮绝世之姿,凌跨百代,古今诗人尽废,然魏晋以来高风绝尘,亦少衰矣。李、杜之后,诗人继作,虽间有远韵,而才不逮意。独韦应物、柳宗元发纤秾于简古,寄至味于澹泊,非余子所及也。唐末司空图……其论诗曰:"梅止于酸,盐止于咸。饮食不可无盐梅,而其美常在咸酸之外。"[1]

---

① 《书黄子思诗集后》,《苏轼文集》(五)卷六七,第2124—2125页。

柳子厚诗在陶渊明下，韦苏州上。退之豪放奇险则过之，而温丽精深不及也。所贵乎枯澹者，谓其<u>外枯而中膏，似澹而实美</u>，渊明、子厚之流是也。若中边皆枯澹，亦何足道！①

在这种价值启蒙下，陶诗重新被认识，崇陶之风鹊起，甚至被纳入宋初以来"意新""语工"的大潮流中，重新解释、标举陶诗出类拔萃的表现。

宋代之前，渊明其人其诗偶被清誉，但多以其人代言重阳故事、轶事，借其诗风表质朴天真之概，不特为彰显其著作所成就②，更遑论以"语工"解释其文字内外"平淡"之奥义。

在"语工"发展至极致时，陶诗带来了透彻敏锐的反思与辩证式的觉知：在晚唐精细工巧的氛围下，司空图提出了风格表现以及"意"之余味等相当精湛的美学见解（见其《二十四诗品》），苏轼进一步发挥了关于"意"、关于"味"、关于"韵"之极致的辩证思维，以"发纤秾于简古，寄至味于澹泊"；而后黄庭坚再深入一层，以更具可学性、可行性的"句中有眼""意在无弦"互文为训地启示了工夫的辩证。而后宋人接着走，探察最精微的诗歌艺术之中（之外），一切隽永的深思：

> 《归去来辞》云："云无心以出岫，鸟倦飞而知还。"此陶渊明出处大节，非胸中实有此境，不能为是此言也。……杜子美云："水流心不竞，云在意俱迟。"吾尝三复爱之。……耳目所接，宜其了然自与心会，此固与渊明同一出处之趣也。　　（叶梦得《避暑录话》卷上）③

同一比较，蔡梦弼又续引张子韶评陶、杜二诗，认为杜诗"水流心不竞，云在意俱迟"，之所以更胜陶诗"云无心以出岫，鸟倦飞而知还"，就在于："观其云'云无心''鸟倦飞'，则可知其本意。至于水流而'心不竞'，云在而'意俱迟'，则与物初无间断，气更混沦……"（《草堂诗话》卷二）④这种种关联心境与"性命"的感悟体会，出自这样一种认识：诗句之"言""意"，表现了作者"物""我"存在关系的形上理解，表现了诗境与作者心灵整体浑成之"境界"。

体悟到诗歌也是关乎性命、禀赋与存在的学问，让宋诗美学和创作走上至高的辩证；产生了能够探察到、意会到，同时能够象征或表现"存有"思意、"存在"本质——文学与审美的终极向往的诗作。

---

① 《评韩柳诗》，《苏轼文集》（五）卷六七，第2109—2110页。
② 可参见钱锺书《谈艺录》二四，第88—93页。
③ 《古典文学研究资料汇编·杜甫卷》（上编）第一册，第224页。
④ 见《宋诗话全编》，第8861页。

六月二十日夜渡海

苏 轼

参横斗转欲三更,苦雨终风也解晴。

云散月明谁点缀,天容海色本澄清。

空余鲁叟乘桴意,粗识轩辕奏乐声。

九死南荒吾不恨,兹游奇绝冠平生。

查慎行:"前半四句俱用四字作叠而不觉其板滞,由于气充力厚,足以陶铸镕冶故也。"纪昀:"前半纯是比体,如此措辞,自无痕迹。"

对于"存有"无甚概念的诗评家,但能赞其气力雄厚、陶铸无痕,或文字内容的"了生死、轻得丧";①然而于其中感悟超然的"高风绝尘","谈何容易"!

东坡在恣意挥洒、率性而平易的文笔下,已将人生的况味、存在的深度,合而为一。

"云散月明谁点缀,天容海色本澄清":大象无形,天地无情,而"点缀"其间者谁? 这是宇宙六合终极追索之"大哉问",诗人"天问"的下一联,正是此一回应:此时此境,岂非人文启蒙之时("鲁叟乘桴"),岂非天地造化与人文交接之临界("轩辕奏乐"),是人文"赞"于天地再不退转之一瞬,而悠悠苍天,此何人哉,能以"天—地—人"之地位共参这无极宇宙,而生"太极"——开出一生发无穷意义与价值的世界。

如此一来,东坡之渡海便与"鲁叟乘桴""轩辕奏乐"具有同等的力量;于是,人文的作为、历史性的遭际与苍茫宇宙千年一会的感慨与自许,尽皆聚焦于此——一切遭遇、一切事物终极的"精神"所在。

诗人壮恣之"意"、深沉之"思",溢于笔墨之外,正合于方东树所云:"坡诗每于终篇之外,恒有远境,非人所测。于篇中又有不测之远境,其一段忽自天外插来,为寻常胸中所无有。"②

有意思的是,历经这一番"奇绝"之"境"后,存在和生命的心念已达完熟,人,与命,与天,"变"与"不变"间,清明透彻如朗朗晴空:一切又终归是"云散月明谁点缀,天容海色本澄清"。此种种绝对之体会、沉浸于万有而无极的"奇绝"之境(物境、情境、心境、意境),如此简淡自然,萧散适志,了无刻意。

---

① 诗为方回《瀛奎律髓》卷四十三"迁谪类"所选,诸评见李庆甲《瀛奎律髓汇评》下册,第1563—1564 页。

② 方东树《昭昧詹言》卷十一,《黄庭坚和江西诗派资料汇编》上册,第319 页。

当其寓恢宏远思于"天人之际""古今之变"间,化南荒险境成奇绝之游,透彻性与天道的"一家之言"如此澹然平易,境界之高、气格之高,无与伦比。

这等诗歌创作极境,也见于黄庭坚的诗篇中。如其《观化》十五首,是诗人静观物外之趣、造化之意之作,以下四首为其中之一、之二、之四、之十一:

> 柳外花中百鸟喧,相媒相和隔春烟。
> 黄昏寂寞无言语,恰似人归锁管弦。
>
> 生涯萧洒似吾庐,人在青山远近居。
> 泉响风摇苍玉佩,月高云插水晶梳。
>
> 风烟漠漠半阴晴,人道春归不见形。
> 嫩草已侵水面绿,平芜还破烧痕青。
>
> 竹笋初生黄犊角,蕨芽已作小儿拳。
> 试挑野菜炊香饭,便是江南二月天。

自足自适观"物化"之意、之趣,恰如庄子(《至乐》)所谓"且吾与子观化而化及我","我"(于无所为而为之中)以廓然天真与"物"相与之情,已化入无形之诗艺绝境中,同于"物化"之平实自然,天机自现。简淡恬适,"化"去刻意而为的艺术手法或真知灼见的表达,忘言静观而韵味无穷。如果艺术最高的目的是表现人生至境、极致的心灵体会,如此工夫至境,成就大音希声,大象无形的感悟,成就化去一切名相的真实本质,"淡"中之美丽深远不可胜言。

上述诗人的力作中充满无限人文内涵、至大无外、至精微至高远的情感价值与表现,是心性的极致境界,在宋人"心即理""性与天道"的理念中,甚或足以笼络天地、浑涵宇宙。

而这等饱满浑厚的情感内蕴和表现,宋人亦时或以"气"称之。

> 文以气为主,诗亦然。……是气也……而其中所存,英华果锐,不以之具靡,则奋而为辞,琦玮卓绝,夐出寻俗,而足以传远。(卫宗武《秋声集》卷五)①

于是,除了磨砺以臻至淳熟入神,直至诗歌本体价值等课题外,宋人由诗歌境界直至"性"与"天道"、存在之真实的思考的,还有以下课题:诗歌展

---

① 《古典文学研究资料汇编·杜甫卷》(上编)第三册,第 941 页。

现性命之"(正)气"、存有之"(元)气"。①

  诗歌创作能贯通文学根本价值而足以"表现"(象征)性命之"意"之"气",其"思"致与"道"意不逊于理学家言说,而更展现诗人之当行本色。比如以下这首元气浩大之作:

长歌行

陆 游

  人生不作安期生,醉入东海骑长鲸;

  犹当出作李西平,手枭逆贼清旧京。

  金印煌煌未入手,白发种种来无情。

  成都古寺卧秋晚,落日偏傍僧窗明。

  岂其马上破贼手,哦诗长作寒螿鸣?

  兴来买尽市桥酒,大车磊落堆长瓶。

  哀丝豪竹助剧饮,如巨野受黄河倾。

  平时一滴不入口,意气顿使千人惊。

  国雠未报壮士老,匣中宝剑夜有声。

  何当凯还宴将士,三更雪压飞狐城。

陆游此诗舍弃技巧性,气力圆足,无有间隙,不露"作诗"之相,不可归类、难以辨识,无挥刃析解之余地;但"意"脉宏阔处,有甚于苏、黄,实真有工夫、有元气而以"无意于文"的姿态为文者。

  又其《稽山行》一诗,为诗人八十一岁老而弥健之作:

  稽山何巍巍,浙江水汤汤。千里亘大野,勾践之所荒。

  春雨桑柘绿,秋风粳稻香。村村作蟹椴,处处起鱼梁。

  陂放万头鸭,园覆千畦姜。春碓声如雷,私债逾官仓。

  禹庙争奉牲,兰亭共流觞。空巷看竞渡,倒社观戏场。

  项里杨梅熟,采摘日夜忙。翠篮满山路,不数荔枝筐。

  星驰入侯家,那惜黄金偿。湘湖莼菜出,卖者环三乡。

  何以共烹煮,鲈鱼三尺长。芳鲜初上市,羊酪何足当。

  镜湖潴众水,自汉无旱蝗。重楼与曲槛,激滟浮湖光。

  舟行以当车,小伞遮新妆。浅坊小陌间,深夜理丝簧。

  我老述此诗,妄继古乐章。恨无季札听,大国风泱泱。

---

  ① 这是承庄子"乘天地之正,而御六气之辩,以游无穷者"(《逍遥游》)以来,存在本体与宇宙性命之"气"的课题。

写泱泱风物,却有来历、有典实,以致言意饱满,既"丰"且"厚",而故实与即景,又参错迭出,圆转流畅如一气呵成。在诗人磅礴元气流转下,是词是意,气象浩大而全无空言。

本于磅礴元气,通达存在与存有之本源,最后是文天祥"天地有正气,杂然赋流形"……涵盖人文和宇宙的世界观,而这也正是宋代诗学在这一存在论层面最终的结论:

正气歌

天地有正气,杂然赋流形。下则为河岳,上则为日星。

于人曰浩然,沛乎塞苍冥。皇路当清夷,含和吐明庭。

……

是气所磅礴,凛烈万古存。当其贯日月,生死安足论。

地维赖以立,天柱赖以尊。三纲实系命,道义为之根。

宋初以来诗歌倡言"气格",本就有将诗歌"言""意"关系、审美特质与价值论结合之倾向,直到诗学讲"心地""本根"、讲博学、讲"波澜"壮阔,于是回归历史人文的博大内涵,循内化之路,令创作与生命本质趋向同一,此后又贯之以天地大有之元气,诗歌壮盛之姿复起,以至于最终成就了诗歌之有根本、凛然存在之典型。

参考文献

一、专书部分

（一）诗文集，诗话笔记，诗论、文论资料，相关年谱，资料汇编

1. 韩愈《韩昌黎全集》，北京：中国书店，1998 年。
2. 柳宗元《柳河东集》，上海：上海古籍出版社，2008 年。
3. 刘学锴、余恕诚《李商隐诗歌集解》，台北：洪叶文化出版，1992 年。
4. 杨亿 等著，王仲荦 注《西昆酬唱集注》，上海：上海书店，2001 年。
5. 孔凡礼 点校《苏轼诗集》，北京：中华书局，1999 年。
6. 黄庭坚《黄庭坚全集》，成都：四川大学出版社，2001 年。
7. 黄庭坚《山谷诗注》，台北：台湾中华书局，1965 年。
8. 黄宝华《黄庭坚选集》，上海：上海古籍出版社，1991 年。
9. 魏庆之《诗人玉屑》，台北：台湾商务出版社，1974 年。
10. 胡仔《苕溪渔隐丛话》，台北：长安出版社，1978 年。
11. 魏庆之《诗人玉屑》，台北：世界书局，1992 年。
12. 叶梦得《石林诗话》，吉林：时代文艺出版社，2000 年。
13. 郭绍虞 校释《沧浪诗话校释》，台北：里仁书局，1987 年。
14. 钱锺书 选注《宋诗选注》，台北：书林出版社，1990 年。
15. 郭绍虞 辑《宋诗话辑佚》，台北：华正书局，1981 年。
16. 郭绍虞《宋诗话考》，台北：汉京文化出版公司，1983 年。
17. 程毅中 主编《宋人诗话外编》，北京：国际文化出版社，1996 年。
18. 吴文治 主编《宋诗话全编》，南京：江苏古籍出版社，1998 年。

（注：其中鼓吹或倾向江西诗论之诗话：苏轼诗话、谢薖诗话、黄庭坚诗话、陈师道诗话、洪朋诗话、谢逸诗话、王直方诗话、范温诗话、洪刍诗话、许顗诗话、李錞诗话、吴开诗话、惠洪诗话、张表臣诗话、曾季狸诗话、王庭珪诗话、陈岩肖诗话、周紫芝诗话、吕本中诗话、张戒诗话、吴可诗话、杨万里诗话、葛立方诗话、刘克庄诗话等等。

其中反对或批评江西诗论之诗话：魏泰诗话、唐庚诗话、黄彻诗话、叶梦得诗话、朱弁诗话、张戒诗话、陆游诗话、姜夔诗话、戴复古诗话、严羽诗话、范晞文诗话等等）。

19. 吴讷《文章辨体序说》，台北：长安出版社，1978 年。

20. 何文焕 辑《历代诗话》，北京：中华书局，2004 年。

21. 丁福保 辑《历代诗话续编》，北京：中华书局，1983 年。

22. 刘肃 著，许德楠、李鼎霞 校《大唐新语》，北京：中华书局，1984 年。

23. 孔凡礼 点校《苏轼文集》，北京：中华书局，1986 年。

24. 苏轼 等《仇池笔记》（外十八种），上海：上海古籍出版社，1992 年。

25. 刘勰 著，周振甫 注《文心雕龙注释》，台北：里仁书局，1994 年。

26. 傅璇琮 编《黄庭坚和江西诗派资料汇编》，北京：中华书局，1978 年。

27. 洪迈《容斋随笔》，长春：吉林文史出版社，1996 年。

28. 叶梦得《石林燕语》，北京：中华书局，1997 年。

29. 郑永晓《黄庭坚年谱新编》，北京：社会科学文献出版社，1997 年。

30. 华文轩 编《古典文学研究资料汇编·杜甫卷》，北京：中华书局，1982 年。

31. 叶燮 等著《原诗·一瓢诗话·说诗晬语》，北京：人民文学出版社，1998 年。

32. 赵翼《瓯北诗话》，北京：人民文学出版社，2006 年。

33. 方回 选评，李庆甲 集评、校点《瀛奎律髓汇评》，上海：上海古籍出版社，2008 年。

34. 徐中玉 主编《中国古代文艺理论专题资料丛刊 意境·典型·比兴编》，北京：中国社会科学出版社，1994 年。

（二）文学、文学理论、文艺理论等研究专著或论文集

1. 徐复观《中国艺术精神》，台北：学生书局，1966 年。

2. 刘若愚《中国诗学》，台北：幼狮文化，1979 年。

3. 蔡镇楚《中国诗话史》，长沙：湖南文艺出版社，1988 年。

4. 钱锺书《谈艺录》，台北：书林出版社，1988 年。

5. 钱锺书《七缀集》，台北：书林出版公司，1990 年。

6. 蔡镇楚《诗话学》，长沙：湖南教育出版社，1992 年。

7. 王梦鸥《文学概论》，台北：艺文印书馆，1994 年。

8. 张毅《宋代文学思想史》，北京：中华书局，1995 年。

9. 莫砺锋《推陈出新的宋诗》，沈阳：辽宁古籍出版社，1995 年。

10. 张宏生《江湖诗派研究》，北京：中华书局，1995 年。

11. 韩经太《宋代诗歌史论》，长春：吉林教育出版社，1995 年。

12. 程杰《北宋诗文革新研究》，台北：文津出版社，1996 年。

13. 周裕锴《宋代诗学通论》，成都：巴蜀书社，1997 年。

14. 黄宝华《黄庭坚评传》，南京：南京大学出版社，1998 年。

15. 黄奕珍《宋代诗学中的晚唐观》，台北：文津出版社，1998 年。

16. 《宋辽金诗鉴赏》，上海：上海古籍出版社，1998 年。

17. 韩经太《诗学美论与诗词美境》，北京：北京语言文化大学出版社，2000 年。

18. 詹杭伦《方回的唐宋律诗学》，北京：中华书局，2002 年。

19. 林湘华《禅宗与宋代诗学理论》，台北：文津出版社，2002 年。

20. 傅雷《傅雷音乐讲堂》，台北：三言社，2003 年。

21. 叶嘉莹《杜甫秋兴八首集说》，台北：大块文化，2012 年。

22. 张立荣《北宋前期七言律诗研究》，北京：中国社会科学出版社，2014 年。

23. 张健《知识与抒情——宋代诗学研究》，北京：北京大学出版社，2015 年。

24. 邹进先《宋代杜诗学述论》，北京：中国社会科学出版社，2016 年。

25. 林湘华《中国诗学的关键流变——宋代"江西诗派"》，上海：上海古籍出版社，2022 年。

(三) 研究方法参考资料

1. 伯蓝尼 著，彭淮栋 译《意义》，台北：联经出版公司，1986 年。

2. 傅伟勋《从创造的诠释学到大乘佛学》，台北：东大图书出版公司，1990 年。

3. 苏珊·朗格 著，刘大基 译《情感与形式》，台北：商鼎出版公司，1991 年。

4. 卡西勒 著，关子尹 译《人文科学的逻辑》，台北：联经出版公司，1994 年。

5. 孔恩 著，王道还 等译，《科学革命的结构》，台北：远流出版社，1998 年。

二、单篇论文

1. 赵毅衡《文化转型期与纯文学》，《当代》1991 年第 64 期。

2. 韩经太《诗歌史：关注方式的转换与审美心理的调整》，《文学评论》1993 年第 5 期。

3. 黄宝华《"江西诗社宗派图"的写定与"江西诗派"总集的刊行》，《文学遗产》1999 年第 6 期。

4. 曾维刚、王兆鹏《南宋中兴诗坛的传承与文学史演进》，《江西社会科学》2005 年第 8 期。

5. 罗宗强、张毅《"自强不息，易；任自然，难。心向往之，而力不能至"——罗宗强先生访谈录》，《文艺研究》2004 年第 3 期。

6. 祝尚书《论宋元文章学的"用事"》，《四川师范大学学报》2008 年第 5 期。

7. 林湘华《宋代诗话与诗话学——一套"以言行事"的规范诗学》，《淡江中文学报》2008 年第 19 期。

8. 葛晓音《从五古的叙述节奏看杜甫"诗中有文"的创变》，《岭南学报》（复刊版）2016 年第 5 期。